D1144064

Das Buch

Es gibt nichts Langweiligeres, als jeden Tag in sein Büro zu gehen und dort die Zeit totzuschlagen, sich abends über lästige Mitbewohnerinnen zu ärgern und auf den richtigen Mann zu warten. Das finden jedenfalls Megan, Meredia, Helen und Lucy aus London. Deshalb beschließen sie kurzerhand, sich von einer Wahrsagerin in die Zukunft blicken zu lassen – eine rosige, versteht sich. Doch was als Spaß beginnt, wird plötzlich ernst, als sich die Voraussagen nach und nach tatsächlich bewahrheiten. Nur Lucy kann nicht daran glauben, daß sie binnen eines Jahres heiraten wird. Um so beeindruckter ist sie, als ihr Gus begegnet, ein arbeitsloser Musiker, der zwar an chronischem Geldmangel leidet und dem Alkohol mehr als zugetan ist, in den sich Lucy dennoch Hals über Kopf verliebt. Aber dann stellt sie fest, daß Gus sich von »seiner geliebten Guinness-Göttin« zwar lieb und gern aushalten läßt, ansonsten aber eher durch Unzuverlässigkeit und Bindungsunfähigkeit »glänzt«. Sollte sich das Schicksal doch geirrt haben? Allen gutgemeinten Ratschlägen zum Trotz hält Lucy an der Beziehung fest, bis Gus von heute auf morgen von der Bildfläche verschwindet. Erst dann bemerkt sie, daß ihr wirkliches Glück ganz in ihrer Nähe schlummert…

Ein frecher, junger Frauenroman voller Sprachwitz und Selbstironie über das unfreiwillige Single-Leben einer jungen Frau, die erst nach einigem Stolpern ihr Glück findet.

Die Autorin

Marian Keyes wurde 1963 als ältestes von fünf Kindern in Cork (Irland) geboren. Sie studierte Jura, stellte aber rasch fest, daß ihr die Juristerei wenig Spaß machte. 1986 siedelte sie nach London über, wo sie sich mit Gelegenheitsjobs durchschlug und nebenbei einen Abschluß in Buchprüfung machte. Ihr erster Roman »Wassermelone« (erschienen im Heyne-TB 01/10742) wurde zum Bestseller. »Lucy Sullivan wird heiraten« ist ihr zweiter Roman. Marian Keyes lebt heute in Dublin.

MARIAN KEYES

Lucy Sullivan
wird heiraten

Roman

Aus dem Englischen
von K. Schatzhauser

WILHELM HEYNE VERLAG
MÜNCHEN

HEYNE ALLGEMEINE REIHE
Nr. 01/12227

Die Originalausgabe
LUCY SULLIVAN IS GETTING MARRIED
erschien bei Poolberg Press Ltd., Dublin

Umwelthinweis:
Dieses Buch wurde auf
chlor- und säurefreiem Papier gedruckt

Taschenbuchausgabe 05/2001
Copyright © 1996 by Marian Keyes
Copyright der deutschsprachigen Ausgabe 1998 by
Wilhelm Heyne Verlag GmbH & Co. KG, München
Printed in Germany 2001
http://www.heyne.de
Umschlaggestaltung: Hauptmann und Kampa
Werbeagentur, CH-Zug
Umschlagillustration: Uwe Seeger, München
Druck und Bindung: Elsnerdruck, Berlin

ISBN: 3-453-18022-4

Für Liam

1

Als mich Meredia daran erinnerte, daß wir vier aus dem Büro am kommenden Montag zur Wahrsagerin wollten, schlug mir der Schreck heftig auf den Magen.

»Du hast es also vergessen«, sagte sie vorwurfsvoll, wobei ihre Fettbäckchen wabbelten. Das stimmte.

Sie schlug mit der flachen Hand auf ihren Schreibtisch und sagte mit Nachdruck: »Sag jetzt *bloß* nicht, daß du nicht mitfährst.«

»Unsinn«, flüsterte ich. Genau das hatte ich gerade vorgehabt. Allerdings nicht etwa, weil ich mir nicht wahrsagen lassen wollte – im Gegenteil, das war ja meist ganz lustig. Vor allem wenn man mir vorhersagte, daß an der nächsten Ecke mein Traummann auf mich wartete, war das jedesmal *umwerfend komisch*. Manchmal lachte sogar *ich* darüber.

Aber ich war pleite. Trotz des Monatsersten sah es auf meinem Konto wüst und leer aus, denn kaum war mein Gehalt überwiesen, hatte ich ein Vermögen für Aromatherapie-Öle ausgegeben, die mich angeblich verjüngen, vitalisieren und beleben würden.

Und mich in den Bankrott treiben würden, nur stand das nicht auf der Packung. Vermutlich wäre ich dann ja so verjüngt, vitalisiert und belebt, daß mir das nichts weiter ausmachen würde.

Ich begriff recht schnell, daß ich zwei Wochen auf mein Mittagessen würde verzichten müssen, als mich Meredia an meine freiwillig eingegangene Verpflichtung erinnerte, einer Frau dreißig Pfund dafür zu zahlen, daß diese mir dann sagen konnte, ich würde eine Reise über das Wasser antreten und sei selbst durchaus übersinnlich begabt.

»Ich weiß nicht recht, ob ich mir das leisten kann«, gab ich besorgt zu bedenken.

»Du kannst jetzt nicht einfach kneifen!« donnerte Meredia. »Mrs. Nolan gibt uns Rabatt. Wenn du nicht mitkommst, müssen wir anderen mehr zahlen.«

»Wer ist eigentlich diese Mrs. Nolan?« fragte Megan mißtrauisch und hob den Blick vom Bildschirm ihres Computers, auf dem gerade Solitär lief. Eigentlich hatte sie die Aufgabe festzustellen, welche Kunden schon über einen Monat mit der Zahlung im Rückstand waren.

»Sie liest aus Tarot-Karten«, sagte Meredia.

»Wie kann sie da bloß Mrs. Nolan heißen?« fragte Megan.

»Sie ist Irin«, gab Meredia zurück.

»Das meine ich nicht!« Ärgerlich warf Megan ihr schimmerndes Blondhaar zurück. »Ich meine, wie kann sich eine *Zukunftsdeuterin* ›Mrs. Nolan‹ nennen? Madame Zora oder irgendwas in der Art wäre viel besser. ›Mrs. Nolan‹ ist doch lachhaft. Wie sollen wir ihr da auch nur ein Wort glauben?«

»Aber so heißt sie nun mal«, sagte Meredia gekränkt.

»Und warum hat sie ihren Namen nicht geändert?« hakte Megan nach. »Soweit ich weiß, sind Namensänderungen hierzulande ganz einfach. Stimmt doch, Meredia, oder wie auch immer?«

Eine vielsagende Pause trat ein. »Oder sollte ich ›Coral‹ sagen?« fuhr Megan triumphierend fort.

»Nein, sollst du nicht«, sagte Meredia. »Ich heiße Meredia.«

»Klar«, sagte Megan mit unüberhörbarem Sarkasmus.

»Wirklich!« brauste Meredia auf.

»Dann zeig uns doch mal deine Geburtsurkunde«, forderte Megan sie heraus.

Es gab nicht viel, worin Megan und Meredia einer Meinung waren. Ganz besonders galt das für Meredias Vornamen. Megan war eine nüchterne Australierin, der niemand so schnell etwas vormachte. Seit sie vor drei Monaten als Aushilfe zu uns gekommen war, behauptete sie immer wieder, Meredia heiße in Wahrheit nicht Meredia. Vermutlich hatte sie recht. Zwar konnte ich Meredia gut leiden, aber der Name hörte sich auch für mich irgendwie behelfsmäßig und wackelig an, so, als hätte man ihn aus einem alten Eierkarton zusammengeschustert. Aber im Unterschied zu Megan konnte ich gut damit leben.

»›Coral‹ heißt du also bestimmt nicht?« Megan entnahm ihrer großen Umhängetasche ein Notizbüchlein und strich etwas durch.

»Nein«, sagte Meredia bockig.

»Schön. Damit wäre der Buchstabe C abgehakt. Kommen wir also zum D. Daphne? Deirdre? Dolores? Denise? Diana? Dinah?«

»Halt den Rand!« fauchte Meredia. Sie schien den Tränen nahe.

Mit den Worten »Schluß jetzt« legte Hetty Megan freundlich eine Hand auf den Arm, wie das so ihre Art war. Zwar wirkte sie damenhaft, ganz höhere Tochter, aber sie war umgänglich und konnte hochgehende Wogen glätten. Weswegen man mit ihr natürlich nie richtig Spaß hatte, aber bekanntlich ist niemand vollkommen.

Daß Hetty eine höhere Tochter war, merkte man gleich. Nicht nur, weil sie aussah wie ein Pferd, sondern auch weil sie sich grauenhaft kleidete. Obwohl sie erst um die Fünfunddreißig war, trug sie entsetzliche Tweedröcke und geblümte Kleider, die verdächtig nach Familienerbstück aussahen. *Nie* kaufte sie sich etwas Neues zum Anziehen – leider, da es zu den wichtigsten Gemeinschaftserlebnissen der Büroangestellten gehörte, zur Schau zu stellen, was sie nach dem Zahltag beim Sturm auf *Principles*, einen von Londons besseren Klamottenläden, erbeutet hatten.

»Hoffentlich verpißt sich die blöde australische Kuh bald«, flüsterte Meredia Hetty zu.

»Sicher dauert es nicht mehr lange«, beschwichtigte Hetty sie. Dann sagte sie etwas, was man nur aus dem Munde höherer Töchter hört, nämlich »Kopf hoch«.

»Wann hörst du hier auf?« wandte sich Meredia an Megan.

»Sobald ich wieder bei Kasse bin, meine Dicke«, antwortete diese.

Bei ihrer großen Europa-Tour war ihr das Geld ausgegangen. Sowie sie wieder genug zusammen hatte, wollte sie, wie sie uns immer wieder wissen ließ, weiter nach Skandinavien oder Griechenland reisen – vielleicht aber auch in die Pyrenäen oder in den Westen Irlands.

Bis dahin mußten Hetty und ich die furchterregenden, aber regelmäßigen Streitereien zwischen ihr und Meredia schlichten.

Diese Feindseligkeit hing meiner festen Überzeugung nach weitgehend damit zusammen, daß die hochgewachsene und braungebrannte Megan im Unterschied zur dicken kleinen Meredia blendend aussah. Die eine beneidete die andere um ihre Schönheit, und wurde von dieser wiederum wegen ihrer Körperfülle verachtet. Wenn Meredia keine Klamotten fand, die ihr paßten, knurrte Megan, statt wie wir anderen mitfühlend zu seufzen: »Mach lieber 'ne Abmagerungskur, statt rumzujammern, alter Fettsack!«

Diesen Rat beherzigte Meredia nicht, statt dessen sorgte sie dafür, daß Autofahrer auf der Straße vor Schreck das Steuer herumrissen, wo immer sie auftauchte. Sie dachte nicht daran, über ihren beachtlichen Umfang mit Längsstreifen und gedeckten Tönen hinwegzutäuschen, sondern sie unterstrich ihn auch noch bewußt, indem sie unendlich viele Stoffschichten um sich drapierte. Sie steckte die textilen Hektar, die endlosen Meter Samt mit Nadeln fest, verknotete und schlang sie, verankerte sie mit Broschen, verknüpfte sie mit Tüchern und arrangierte das Ganze nach dem Grundsatz, daß es gar nicht bunt genug sein konnte. So leuchteten an ihr Karmesin- und Zinnoberrot, grelles Orange, Feuerrot und Magenta.

Und erst ihr Haar! Meredia hatte den sonst unter Sozialarbeiterinnen verbreiteten Hang zu Henna.

»Entweder sie oder ich«, knurrte sie jetzt, während sie rachsüchtig zu Megan hinübersah. Aber das waren nur leere Drohungen. Meredia arbeitete schon ziemlich lange in unserem Büro. Wenn man ihren Worten glaubte, war sie schon ewig da, in Wahrheit waren es rund acht Jahre. Während all der Zeit war es ihr nie gelungen, eine andere Anstellung zu finden, und sie war auch nie befördert worden. Letzteres schob sie verbittert auf den ›Schlankheitsfimmel der Unternehmensleitung‹. Dabei war nicht zu übersehen, daß in unserer Firma eine Unzahl dicklicher Männer auf kürzestem Wege alle herausgehobenen Positionen erreichte.

Auf jeden Fall gab ich, Schwächling, der ich war, Meredia ohne große Gegenwehr nach. Ich brachte es sogar fertig, mich davon zu überzeugen, daß es gut für mich sei, kein Geld zu haben – es konnte meinem unaufhörlichen Bemühen abzunehmen nur gut tun, daß ich zwei Wochen lang ohne Mittagessen auskommen mußte.

Außerdem erinnerte mich Meredia an etwas, das ich vergessen hatte.

»Du hast gerade mit Steven Schluß gemacht«, sagte sie. »Du mußt also *sowieso* zu einer Wahrsagerin.«

Zwar gab ich das nicht gern zu, aber eigentlich hatte sie damit recht. Nachdem ich gemerkt hatte, daß Steven nicht der Mann meiner Träume war, konnte es nur eine Frage der Zeit sein, bis ich auf übersinnlichem Wege zu erkennen versuchte, wer mein Traummann sein könnte. So gingen meine Freundinnen und ich die Sache an, auch wenn wir uns dabei hauptsächlich amüsierten und keine von uns einer Wahrsagerin *glaubte*. Jedenfalls hätten wir das nie zugegeben.

Armer Steven. Was für eine Enttäuschung er gewesen war, vor allem, wenn man bedenkt, wie verheißungsvoll alles angefangen hatte. Er hatte großartig ausgesehen – jedenfalls in meinen Augen. Er war mir mit seinem eigentlich eher durchschnittlich guten Aussehen, den blonden Locken, der schwarzen Lederhose und der Harley wie ein Adonis vorgekommen. Für mich war er wild, gefährlich und unbekümmert – was sonst? Was ist ein Motorrad und eine schwarze Lederhose, wenn nicht die Uniform eines wilden, gefährlichen und unbekümmerten Mannes?

Natürlich war ich überzeugt gewesen, bei ihm nicht die Spur einer Chance zu haben. Nie im Leben würde sich ein Mann, der aussah wie er und um den sich die Frauen bestimmt rissen, für ein so alltägliches Geschöpf wie mich interessieren.

An mir war wirklich nichts Besonderes. Jedenfalls sah ich ziemlich durchschnittlich aus, hatte ganz gewöhnliche dunkelbraune, gelockte Haare und gab so viel Geld für dubiose Anti-Kraushaar-Mittel aus, daß es wahrscheinlich die Verwaltungskosten ungeheuer vermindert hätte, wenn ich mein Gehalt gleich an die Drogerie in der Nähe meiner Arbeitsstelle hätte überweisen lassen. Ich hatte ganz gewöhnliche braune

Augen und als Strafe dafür, daß ich als Kind irischer Eltern zur Welt gekommen war, etwa acht Millionen Sommersprossen – eine für jeden Iren, der bei der großen Hungersnot im 19. Jahrhundert umgekommen war, wie mein Vater immer sagte, wenn ihn der Alkohol rührselig gemacht hatte und er von der »alten Heimat« anfing.

Doch trotz meiner Durchschnittlichkeit war Steven mit mir ausgegangen und hatte so getan, als gefiele ich ihm. Anfangs hatte ich kaum verstanden, warum ein knackiger Typ wie er mit mir etwas zu tun haben wollte.

Natürlich hatte ich ihm kein Wort geglaubt. Wenn er sagte, daß ich die Einzige in seinem Leben sei, nahm ich an, daß er log; wenn er behauptete, ich sei hübsch, suchte ich gleich nach dem Haken und überlegte, was er bei mir damit wohl erreichen wollte.

Es machte mir nicht mal was aus, denn ich hielt es für normal, wenn man mit einem Mann wie Steven zusammen war.

Es dauerte eine ganze Weile, bis ich herausgefunden hatte, daß er es tatsächlich ernst meinte und *nicht* allen Frauen dasselbe sagte.

Also hatte ich mich versuchsweise dazu durchgerungen, mich darüber zu freuen, war aber in Wirklichkeit verwirrt gewesen. Ich war eigentlich sicher, daß er insgeheim ein Doppelleben führte und ich von seinem anderen Leben nichts wissen durfte. Vielleicht fuhr er mitten in der Nacht mit dem Motorrad ans Meer, um am Strand wildfremde Frauen zu vernaschen, und dergleichen. Er sah danach aus. Ich hatte eine kurzlebige Affäre erwartet, bei der es voll Leidenschaft wie auf der Achterbahn auf und ab ging; eine Affäre, in der ich mit zum Reißen angespannten Nerven auf seine Anrufe wartete und vor Begeisterung außer mir sein würde, wenn er tatsächlich anrief.

Aber er hatte immer genau dann angerufen, wenn er es versprochen hatte, und er hatte auch immer gesagt, ich sähe toll aus, ganz gleich, was ich anhatte. Doch statt darüber glücklich zu sein, hatte ich mich unbehaglich gefühlt. Obwohl ich genau das bekam, was ich mir gewünscht hatte, kam es mir sonderbarerweise so vor, als wäre ich zu kurz gekommen.

Er fing an, mich zu sehr zu mögen.

Eines Morgens, als ich aufwachte, sah er, auf die Ellbogen gestützt, auf mich herab. »Du bist wunderschön«, murmelte er. Es hörte sich so *falsch* an.

Wenn wir miteinander im Bett waren, wiederholte er voll Leidenschaft und wie im Fieber Millionen von Malen: »Lucy, Lucy, o Gott, Lucy.« Ich versuchte mitzumachen und auch wie im Fieber und voll Leidenschaft zu sein, kam mir dabei aber nur blöd vor.

Je mehr er mich zu mögen schien, desto weniger ertrug ich ihn, bis ich schließlich in seiner Gegenwart kaum noch atmen konnte.

Seine Hymnen und seine Bewunderung erstickten und erdrückten mich. Unwillkürlich dachte ich, daß ich *so* gut nicht aussah, und wenn er das behauptete, konnte das nur bedeuten, daß mit ihm irgend etwas nicht in Ordnung war.

»Warum magst du mich?« hatte ich ihn immer wieder gefragt.

»Du bist schön« oder »Du bist sexy« oder »Du bist eine tolle Frau« waren seine widerlichen Antworten gewesen.

»Bin ich nicht«, hatte ich verzweifelt zurückgegeben. »Wie kannst du so was sagen?«

»Man könnte annehmen, daß du dich mit Gewalt herabsetzen willst«, hatte er mit zärtlichem Lächeln gesagt.

Vermutlich hatte mir diese Zärtlichkeit den Rest gegeben. Sein zärtliches Lächeln, seine zärtlichen Blicke, seine zärtlichen Küsse und Liebkosungen, all diese *Zärtlichkeit* waren der reinste Alptraum.

Und immer fummelte er an mir herum – es war zum Verrücktwerden.

Wo wir gingen und standen, hielt er mit mir Händchen, stellte stolz zur Schau, daß ich »seine« Freundin war. Im Auto legte er mir die Hand auf den Schenkel, und beim Fernsehen lag er fast auf mir. Immer machte er sich an mir zu schaffen, streichelte meinen Arm, liebkoste mein Haar oder fuhr mir über den Rücken, bis ich es nicht mehr aushielt und ihn fortstieß.

Schließlich nannte ich ihn nur noch die Klette, und ganz zum Schluß sagte ich es ihm sogar ins Gesicht.

Es war so weit gekommen, daß ich mir am liebsten die Haut abgezogen hätte, sobald er mich anfaßte, und der Gedanke, mit ihm ins Bett zu gehen, hatte mir Übelkeit verursacht.

Eines Tages hatte er gesagt, er würde gern einen riesengroßen Garten und einen Haufen Kinder haben. Das hatte das Faß zum Überlaufen gebracht, und ich hatte auf der Stelle Schluß mit ihm gemacht.

Mir war völlig unverständlich, wieso ich ihn anfangs so anziehend gefunden hatte, denn inzwischen konnte ich mir auf der ganzen Welt keinen abstoßenderen Mann vorstellen als ihn. Er hatte immer noch das blonde Haar, die Lederhose und das Motorrad, aber darauf fiel ich nicht mehr herein.

Ich verachtete ihn, weil er mich so sehr mochte und fragte mich, wie er sich mit so wenig zufriedengeben konnte.

Keine meiner Freundinnen verstand, warum ich mit ihm Schluß gemacht hatte. »Er war doch so nett«, sagte die eine. »Er war doch so gut zu dir«, erklärte eine andere. »Er war doch ein wirklich guter Fang«, empörten sie sich. Darauf gab ich zur Antwort: »War er nicht. Einen guten Fang macht man nicht so einfach.« Er hatte mich enttäuscht.

Wo ich Respektlosigkeit erwartet hatte, stieß ich auf Ergebenheit. Wo ich Untreue vermutet hatte, war er voll Bindungswillen, und wo ich mit einem Aufruhr der Gefühle gerechnet hatte, stieß ich auf Voraussagbarkeit. Vor allem aber (und das enttäuschte mich am meisten) hatte ich mit einem Wolf gerechnet, und bekommen hatte ich ein Lamm.

Es nimmt eine Frau ziemlich mit, wenn sich der nette Bursche, den sie wirklich mag, als verlogener Mistkerl entpuppt, der sie nach Strich und Faden betrügt. Aber fast ebenso schlimm ist es, wenn sich der Bursche, den sie für einen unbeständigen Frauenhelden gehalten hat, als unkompliziert und nett erweist.

Einige Tage lang hatte ich über die Frage nachgegrübelt, wieso ich ausgerechnet die Kerle mochte, die nicht nett zu mir waren. Warum konnte ich nicht die Netten mögen?

Würde ich jeden Mann verachten, der mich je gut behandelte? War es mein Schicksal, nur solche zu wollen, die mich nicht wollten?

Ich war mitten in der Nacht aufgewacht und hatte mir Gedanken über meine Selbstachtung gemacht. Warum ging es mir nur gut, wenn man mich schlecht behandelte?

Dann wurde mir klar, daß der Grundsatz »Wenn du zum Weibe gehst, vergiß die Peitsche nicht« schon ziemlich lang Bestand hatte. Ich ergab mich drein – schließlich stellte nicht ich die Regeln auf.

Wenn nun mein idealer Mann selbstsüchtig, zuverlässig, untreu, anhänglich, liebevoll und unbeständig war, mich auf Händen trug, nie anrief, wenn er es versprochen hatte, mir das Gefühl verschaffte, die wunderbarste Frau im Universum zu sein und zugleich bei all meinen Freundinnen zu landen versuchte? War es meine Schuld, daß ich einen Mann wollte, der mehrere, sich komplett widersprechende Eigenschaften vereinte?

2

Zwischen dem Ruf einer Wahrsagerin und der Erreich-
barkeit ihres Hauses schien eine direkte Beziehung zu
bestehen. Allgemein galt die Regel: je abgelegener und ab-
weisender das Anwesen, desto zuverlässiger die Voraussagen.

Das konnte nur bedeuten, daß Mrs. Nolan einfach erstklassig sein mußte, denn sie wohnte in einem scheußlichen Vorort
weit außerhalb Londons. Er war so schlecht zu erreichen, daß
wir mit Hettys Wagen hinfuhren.

»Warum können wir nicht den Bus nehmen?« fragte
Megan, als Hetty erklärte, wir müßten uns die Benzinkosten
teilen.

»Da draußen fahren keine Busse mehr«, sagte Meredia unbestimmt.

»Warum nicht?« wollte Megan wissen.

»Einfach so«, sagte Meredia.

»Warum?« Ich war beunruhigt.

»Es hat 'nen … Zwischenfall … gegeben«, murmelte Meredia. Mehr war aus ihr nicht herauszubekommen.

Am Montagnachmittag um Punkt fünf standen Megan, Meredia und ich auf der Treppe vor dem Bürogebäude und warteten auf Hetty. Sie holte ihren Wagen, den sie ein paar Kilometer weiter geparkt hatte, weil das mitten in London nicht
anders geht, und wir stiegen ein.

»Laßt uns diesen verwunschenen Ort verlassen«, sagte eine
von uns. Ich weiß nicht mehr wer, denn wir sagten das jeden
Tag zum Feierabend. Wahrscheinlich war es nicht Hetty.

Die Fahrt war ein Alptraum. Stundenlang standen wir im
Stau oder fuhren durch gesichtslose Vororte, bis wir eine
Autobahn erreichten. Nachdem wir noch einmal ewig lange
gefahren waren, gelangten wir schließlich über eine Aus-
fahrt in eine Siedlung mit Sozialwohnungen – und was für
eine!

Da ich mit meinen beiden Brüdern (Christopher Patrick Sullivan und Peter Joseph Mary Plunkett Sullivan, wie meine glühend katholische Mutter sie genannt hatte) in einer Sozialwohnung aufgewachsen war, kann ich es mir erlauben, sozialen Wohnungsbau und seine Unmenschlichkeit zu kritisieren, ohne daß mir jemand eine scheißliberale Haltung vorwerfen dürfte. Bei uns hatte es nicht annähernd so nach Weltuntergang ausgesehen wie dort, wo Mrs. Nolan lebte. Zwei gewaltige graue Wohnblocks erhoben sich wie Wachttürme über Hunderten von Häuschen, die wie elende graue Schuhkartons aussahen. Ein paar herrenlose Hunde streunten umher – auf der halbherzigen Suche nach jemandem, den sie beißen konnten.

Es gab keinerlei Grün, weder Bäume noch Büsche, noch Gras.

Ein Stück weiter lag eine kleine Ladenzeile aus Betonbauten. Außer bei einem Fisch-Imbiß, einem Wettbüro und einem Schnapsladen waren alle Fenster mit Brettern vernagelt. Wahrscheinlich hat mir meine überschäumende Phantasie in der Abenddämmerung einen Streich gespielt, aber ich hätte schwören können, daß ich vor dem Fisch-Imbiß vier Gestalten auf Pferden herumlungern sah. So weit, so gut. Offenbar war Mrs. Nolan noch besser, als ich inzwischen zuzugeben bereit war.

»Großer Gott«, sagte Megan und verzog voll Abscheu das Gesicht. »Was für eine Müllkippe!«

»Nicht wahr?« gab Meredia mit stolzem Lächeln zurück.

Inmitten all des Graus lag ein kleines Fleckchen Erde, das die Stadtplaner vermutlich als üppig begrünte Oase vorgesehen hatten, in der lachende Familien im Sonnenschein spielen würden. Allerdings sah es ganz so aus, als wüchse dort schon lange kein Gras mehr.

Im Zwielicht konnten wir eine Gruppe von etwa fünfzehn Kindern erkennen, die sich dort zusammengerottet hatten. Sie drängten sich um etwas, das verdächtig nach einem ausgebrannten Auto aussah.

Trotz der bitteren Kälte des Märzabends trug keins von ihnen einen Mantel (nicht einmal die üblichen Parkas). Kaum hatten sie unser Auto erspäht, unterbrachen sie ihr vermutlich ungesetzliches Treiben und kamen laut brüllend auf uns zugerannt.

»Mein Gott!« rief Hetty. »Verriegelt bloß die Türen!«

Alle vier Schließknöpfe rasteten ein, während sich die Kinder um den Wagen drängten und uns mit ihren alten und wissenden Augen durchdringend anstarrten.

Das Furchterregende ihres Anblicks wurde noch dadurch gesteigert, daß ihre Gesichter ganz schwarz verschmiert waren. Auch wenn es wahrscheinlich nur Öl oder Ruß von dem ausgebrannten Autowrack war, sah es aus wie eine Kriegsbemalung.

Sie redeten durcheinander.

»Was wollen sie?« fragte Hetty völlig verängstigt.

»Ich nehme an, sie fragen, ob wir zu Mrs. Nolan wollen«, sagte ich zweifelnd.

Ich kurbelte das Fenster einige Millimeter herunter und hörte aus dem Gewirr der Kinderstimmen heraus, daß tatsächlich genau das ihre Frage war.

»Puh! Die Eingeborenen sind also nicht feindselig!« sagte Hetty mit erleichtertem Lächeln, wischte sich mit theatralischer Geste imaginären Schweiß von der Stirn und atmete tief auf.

»Red du mit ihnen, Lucy.« Unsicher öffnete ich das Fenster noch ein Stück weiter.

»Äh... wir wollen zu Mrs. Nolan«, sagte ich. Ein wildes Durcheinander schriller Stimmen ertönte.

»Da wohnt sie.«

»Das da hinten ist ihr Haus.«

»Sie können den Wagen hierlassen.«

»Da steht ihr Haus.«

»Da drüben.«

»Ich zeig es Ihnen.«

»Nein, ich.«

»Nein, *ich zeig es.*«

»*Nein*, ich zeig es.«

»Aber ich hab sie zuerst gesehen.«

»Du hattest die letzten.«

»Leck mich, Cherise Tiller.«

»Leck *du* mich, Claudine Hall.«

Während vier oder fünf der kleinen Mädchen haßerfüllt miteinander stritten, saßen wir im Wagen und warteten darauf, daß sie aufhörten.

»Laß uns aussteigen.« Megans Stimme klang gelangweilt. Wer ihr Angst machen wollte, mußte mehr aufbieten als einen Haufen halbwilder Kinder, die sich auf dem Bürgersteig balgten. Sie öffnete die Tür und stieg über einige von ihnen hinweg. Hetty und ich folgten ihr.

Kaum hatte Hetty den Wagen verlassen, als ein dürres, drahtiges Mädchen mit dem Gesicht einer fünfunddreißigjährigen Falschspielerin sie am Mantel zupfte. »He, ich und meine Freundin passen auf euer Auto auf«, versprach sie.

Ihre Freundin, noch dürrer und kleiner als sie, nickte stumm. Sie sah aus wie ein mißgestimmter Affe.

»Danke«, sagte Hetty und versuchte sie abzuschütteln. Auf ihrem Gesicht stand das blanke Entsetzen.

»Wir passen auf, daß ihm nichts passiert«, sagte die verhutzelte Kleine, ohne Hettys Mantel loszulassen. Diesmal klang es eine Spur drohender.

»Gib ihnen 'n bißchen Geld«, sagte Megan ungeduldig. »Darauf wollen sie hinaus.«

»Ich *bitte* dich«, sagte Hetty empört. »Ich denke nicht daran. Das ist glatte Erpressung.«

»Willst du, daß dein Wagen noch Räder hat, wenn du zurückkommst?« wollte Megan wissen.

Die Kleine und ihr Affe warteten mit verschränkten Armen geduldig auf das Ende des Palavers. Da jetzt eine vernünftige und allem Anschein nach mit den Gesetzen der Straße vertraute Frau wie Megan die Sache in die Hand genommen hatte, würde das Ergebnis zu ihrer Zufriedenheit ausfallen.

»Da«, sagte ich und gab der fünfunddreißigjährigen Kleinen ein Pfund. Finster nickend nahm sie es.

»Können wir jetzt endlich gehen, um uns die Zukunft voraussagen zu lassen?« fragte Megan ungeduldig. Während der Verhandlung mit den Kindern hatte die dicke Meredia feige im Auto gehockt. Erst als sie langsam verschwanden, arbeitete sie sich heraus.

Kaum sahen die kleinen Satansbraten sie, kamen sie zurückgerannt. In dieser Umgebung tauchte wohl nicht oft eine rothaarige Frau von hundertfünfzehn Kilo auf, die von Kopf bis Fuß in zur Haarfarbe passenden leuchtendroten Pannesamt gehüllt war. Eine solche Gelegenheit verstanden die Kinder zu nützen, bot sie doch für einen Abend kostenlose Unterhaltung und Gelegenheit zu Spott und Hohn.

Das kreischende Gelächter aus dem Mund dieser Kinderfratzen ließ einem das Blut in den Adern gefrieren. Ihre Kommentare reichten von »Geil! Hast du schon mal so'n fettes Weib gesehen?«, »Geil! Die läuft ja mit Mamis Vorhängen rum!« über »Leck mich! Das ist ja widerlich!« bis hin zu »Saugeil! Wo bleiben die Boote von Greenpeace?«

Mit blutrotem Gesicht schleppte sich die arme Meredia über die kurze Strecke zu Mrs. Nolans Haustür, während ein ganzer Schwarm hämisch lachender und Beleidigungen ausstoßender Kinder sie teils umtanzte, teils hinter ihr herlief – ganz, als wäre sie der Rattenfänger von Hameln. Es war für sie wohl so etwas wie Karneval oder wie wenn der Zirkus kommt. Hetty, Megan und ich bildeten um Meredia einen schützenden Ring und versuchten halbherzig, die Kinder zu verscheuchen.

Dann sahen wir Mrs. Nolans Haus. Man konnte es nicht verfehlen.

Es hatte eine Klinkerfassade, Doppelfenster und vor der Haustür einen kleinen verglasten Windfang. An allen Fenstern hingen mit Spitzen verzierte Stores und kunstvoll geraffte bunte Vorhänge. Auf den Fensterbänken drängte sich allerlei Nippes: Porzellanpferde, gläserne Hunde, Messingkrüge und kleine pelzige Gestalten auf winzigen hölzernen Schaukelstühlchen. Diese Zeichen offenkundigen Wohlstands hoben das Haus von allen anderen in der Nachbarschaft ab. In der Kartenlegerinnen-Zunft schien Mrs. Nolan eine Art Superstar zu sein.

»Klingel schon«, forderte Hetty Meredia auf.

»Klingel du«, sagte Meredia.

»Aber du warst zuerst da«, sagte Hetty.

»Ich mach's schon«, seufzte ich und drückte auf den Knopf.

Als in der Diele die ersten Takte von *Greensleeves* ertönten, begannen Megan und ich zu kichern. Meredia drehte sich mit wütendem Blick um.

»Reißt euch gefälligst zusammen!« zischte sie uns zu. »Mrs. Nolan ist Spitze! Sie ist die beste von allen.«

»Sie kommt, o Gott, sie kommt«, flüsterte Hetty aufgeregt, als hinter der Milchglasscheibe des Windfangs eine schattenhafte Gestalt sichtbar wurde. Hetty kam nicht viel unter Leute.

»Gott im Himmel, laß dir mal 'n bißchen den Wind der großen Welt um die Nase wehen!« sagte Megan verächtlich.

Die Tür öffnete sich, und statt einer geheimnisvoll-exotischen, düsteren Frau, der man die übersinnlichen Kräfte schon von weitem ansah, stand da ein mißmutig dreinblickender junger Mann.

Ein kleines Kind mit schmutzigem Gesicht spähte zwischen seinen Beinen hervor.

»Ja?« sagte er und musterte uns. Seine Augen weiteten sich leicht entsetzt, als er Meredias Erscheinung mit all ihrem schrillen Rot in sich aufgenommen hatte.

Keine sagte ein Wort. Mit einem Mal waren wir alle von Mittelschicht-Gehemmtheit befallen – sogar ich. Dabei war ich ein Arbeiterkind.

Hetty stieß sacht Meredia an, diese stupste Megan mit dem Ellbogen, und Megan stupste mich.

»Sag was«, flüsterte Hetty.

»Nein, du«, knurrte Meredia.

»Nun?« fragte der gereizt wirkende Mann erneut. Es klang nicht besonders einladend.

»Ist Mrs. Nolan zu Hause?« fragte ich.

Er warf mir einen argwöhnischen Blick zu und beschloß dann, daß man mir trauen könne.

»Sie hat zu tun«, knurrte er.

»Was?« fragte Megan ungeduldig.

»Sie nimmt ihren Tee«, sagte er.

»Könnten wir nicht drinnen warten?« fragte ich.

»Wir sind angemeldet«, unterstützte mich Meredia.

»Wir hatten einen weiten Weg«, erklärte Hetty.

»Ein Stern aus dem Osten ist uns vorangezogen«, kicherte Megan von hinten. Alle drei drehten wir uns mit mißbilligendem Blick zu ihr um.

»'tschuldigung«, murmelte sie.

Der junge Mann wirkte angesichts der Mißachtung, die man seiner Mutter, Großmutter oder was auch immer Mrs. Nolan für ihn sein mochte, entgegenbrachte, tödlich beleidigt und machte Anstalten, die Tür zu schließen.

»Bitte nicht«, bat Hetty. »Es tut ihr leid.«

»Ja, tut es«, sagte Megan munter. Es klang nicht die Spur so, als ob sie es ernst meinte.

»Na schön«, sagte er widerwillig und ließ uns in die winzige Diele eintreten. Sie bot kaum Platz für uns vier.

»Warten Sie hier«, sagte er und ging nach nebenan. Dem Rauch, dem Klirren von Teetassen und dem Geruch von Bratfett nach zu urteilen, der uns umwehte, als er die Tür öffnete, war es die Küche.

So dicht waren die Wände der Diele mit Bildern, Barometern, Wandbehängen und Hufeisen bestückt, daß kaum ein Fleckchen frei blieb. Als sich Meredia kaum merklich umdrehte, fiel das Photo einer sehr großen Familie von der Wand. Sie bückte sich, um es aufzuheben und fegte dabei mit ihrem Hintern zehn weitere Bilder zu Boden.

Wir mußten ewig lange warten, ohne daß sich jemand um uns kümmerte, während Gesprächsfetzen und Gelächter durch die geschlossene Tür zu uns drangen.

»Ich komm um vor Hunger«, sagte Megan.

»Ich auch«, erklärte ich. »Was die wohl essen?«

»Das ist doch blöd«, sagte Megan. »Kommt, laßt uns gehen.«

»Wartet bitte noch einen Augenblick«, sagte Meredia. »Sie ist ausgezeichnet, wirklich.«

Schließlich beendete Mrs. Nolan ihren Nachmittagstee und gesellte sich zu uns. Bei ihrem Anblick überkam mich Enttäuschung – weder ein rotes Kopftuch noch ein goldener Ohrring war zu sehen.

Sie trug einen beigefarbenen Pullover, eine Trainingshose und als Krönung Hausschuhe. Und sie war geradezu *zwergenhaft*! Ich bin wahrhaftig nicht besonders groß, aber sie reichte mir kaum bis zur Hüfte.

»Wer macht den Anfang?« fragte sie munter und geschäftsmäßig mit Dubliner Zungenschlag.

Meredia ging als erste mit ihr hinein. Ihr folgte Hetty, und dann ich. Megan wollte bis zum Schluß warten, um zu sehen, ob wir anderen der Ansicht waren, daß sich die Ausgabe lohnte.

3

Dann war ich an der Reihe. Ich kam kaum weiter als bis zur Tür des Zimmers, das den Nolans als ›gute Stube‹ zu dienen schien, so voll war es mit Möbeln und allerlei Einrichtungsgegenständen. Neben einer riesigen Mahagoni-Anrichte, die sich unter der Last weiterer Nippessachen förmlich bog, stand ein reich verziertes Kamin-Schutzgitter. Wohin das Auge fiel, überall standen Fußbänkchen und Beistelltischchen. Dann fiel mein Blick auf eine mit braunem Samt bezogene dreiteilige Sitzgarnitur, von der noch nicht einmal die durchsichtigen Plastiküberzüge abgenommen waren.

In einem dieser Sessel saß Mrs. Nolan und bedeutete mir, mich ihr gegenüberzusetzen.

Während ich mich zu dem mir angebotenen Sessel vorarbeitete, merkte ich, daß ich nervös und aufgeregt wurde. Zwar sah Mrs. Nolan eher wie eine Frau aus, die sich am wohlsten fühlte, wenn sie Hettys Küchenfußboden schrubbte, doch sie mußte sich ihren großartigen Ruf als Wahrsagerin ja *irgendwie* erworben haben. *Was kommt da auf mich zu?* überlegte ich. *Was sie mir wohl sagen wird?*

»Nehmen Sie Platz, meine Liebe«, sagte sie. Ich setzte mich ganz vorn auf den Rand des plastiküberzogenen Sessels.

Sie sah mich an. Abschätzend? Voll Weisheit?

Dann sprach sie. Prophetische Worte? Unheilschwangere Botschaften?

»Sie haben einen langen Weg hinter sich, meine Liebe«, sagte sie.

Ich fuhr ein wenig zusammen. Ich hatte nicht damit gerechnet, daß sie ohne Umschweife zur Sache kommen würde. Außerdem hatte sie ins Schwarze getroffen! Tatsächlich war es von meiner Kindheit in der Sozialwohnung in Uxbridge zu meinem gegenwärtigen Leben ein langer Weg gewesen. »Ja«, stimmte ich zögernd zu. Ihre Klarsichtigkeit beeindruckte mich.

»War der Verkehr schlimm, meine Liebe?«

»Der *was*? Äh… ach… der Verkehr? Nein, eigentlich nicht«, brachte ich heraus.

Ach so. Sie hatte nur geplaudert und noch gar nicht mit dem Kartenlesen angefangen. Wie enttäuschend. Na ja. »Tja, meine Liebe«, seufzte sie. »Wenn die je mit der verdammten Umgehungsstraße fertig werden, wäre das wirklich ein Wunder. Zur Zeit sind die Staus so lang, daß man nachts nicht schlafen kann.«

»Äh, ja«, sagte ich.

Irgendwie schien mir eine Unterhaltung über Straßenverkehr und Staus nicht angemessen.

Dann aber kam sie zur Sache. »Kugel oder Karten?« fragte sie mich.

»W… wie bitte?«

»Kugel oder Karten? Die Kristallkugel oder die Tarotkarten?«

»Ach so! Mal sehen. Was ist der Unterschied?«

»'n Fünfer.«

»Nein, ich meinte… Schon gut. Bitte die Karten.«

»Wie Sie wünschen«, sagte Mrs. Nolan und begann, den Packen mit der Fingerfertigkeit eines Pokerspielers auf einem Mississippidampfer zu mischen.

»Jetzt Sie, meine Liebe«, sagte sie und gab mir die Karten. »Achten Sie aber darauf, daß sie nicht zu Boden fallen.«

Wahrscheinlich bedeutet das Unglück, dachte ich fachkundig.

»Ich hab's nämlich im Kreuz«, erklärte sie. »Und der Arzt hat mir das Bücken verboten.« Dann forderte sie mich auf: »Stellen Sie sich selbst eine Frage, meine Liebe. Die Karten werden sie Ihnen beantworten. Stellen Sie sie nicht mir, meine Liebe. Ich brauch das nicht zu wissen«, – eine kleine Pause, bedeutungsschwerer Blickkontakt – »meine Liebe.«

Ich hätte alle möglichen Fragen stellen können, wie beispielsweise, ob man je etwas Entscheidendes gegen den Hunger auf der Welt unternehmen oder ein Mittel gegen Aids finden würde, ob es auf der Welt Frieden geben oder ob man imstande sein würde, das Ozonloch zu reparieren. Aber erstaunlicherweise beschloß ich zu fragen, ob ich irgendwann einen netten Mann kennenlernen würde. Merkwürdig, oder?

»Haben Sie sich für eine Frage entschieden, meine Liebe?« fragte sie und nahm mir die Karten wieder ab.

Ich nickte. Mit flinken Fingern verteilte sie Karten aus dem Stapel auf den Tisch. Ich kannte keins der Bilder, fand aber nicht, daß sie besonders vielversprechend aussahen. Viele der abgebildeten Gestalten schienen Schwerter zu tragen, was bestimmt nichts Gutes bedeuten konnte. »Ihre Frage betrifft einen Mann, meine Liebe?« fragte sie. Nicht einmal *mich* beeindruckte das.

Immerhin war ich eine junge Frau und hatte nur wenige Sorgen. Na ja, eigentlich waren es ziemlich viele. Aber gewöhnlich geht die *durchschnittliche* junge Frau ausschließlich aus zwei Gründen zur Wahrsagerin – sie will etwas über ihre Aussichten im Beruf oder über ihr Liebesleben erfahren. Was die Aussichten im Beruf angeht, würde sie die Sache wahrscheinlich selbst in die Hand nehmen – zum Beispiel mit ihrem Chef ins Bett gehen. Also blieb nur noch das Liebesleben. »Ja«, antwortete ich lustlos. »Es betrifft einen Mann.«

»Sie hatten Unglück in der Liebe, meine Liebe«, sagte sie mitfühlend. Auch davon ließ ich mich nicht beeindrucken.

Ja, ich hatte Pech in der Liebe gehabt. Aber man zeige mir eine Frau, für die das nicht zutrifft.

»In Ihrer Vergangenheit gibt es einen blonden Mann, meine Liebe«, sagte sie.

Vermutlich meinte sie damit Steven. Andererseits, in der Vergangenheit welcher Frau gibt es *keinen* blonden Mann? »Er war nicht der Richtige für Sie, meine Liebe«, fuhr sie fort.

»Danke«, sagte ich eine Spur verärgert. Das hatte ich selbst schon gemerkt.

»Verschwenden Sie keine Tränen an ihn, meine Liebe«, riet sie.

»Keine Sorge.«

»Denn es gibt einen anderen, meine Liebe«, fuhr sie fort und schenkte mir ein breites Lächeln.

»Tatsächlich?« fragte ich entzückt und beugte mich näher zu ihr. Dabei quietschte der Plastiküberzug unter meinen Oberschenkeln. »Jetzt wird es interessant.«

»Ja«, sagte sie und betrachtete aufmerksam die Karten. »Ich sehe eine Hochzeit.«

»Wirklich?« fragte ich. »Wann?«

»Bevor das Laub zum zweiten Mal gefallen ist, meine Liebe.«

»Wie bitte?«

»Bevor die vier Jahreszeiten eineinhalbmal um sind«, sagte sie.

»Entschuldigung, ich versteh immer noch nicht ganz, was Sie meinen«, erklärte ich.

»In gut einem Jahr«, sagte sie kurz angebunden. Es klang ein wenig mürrisch. Ich war etwas enttäuscht. In gut einem Jahr würde es Winter sein, und ich hatte immer davon geträumt, im Frühling zu heiraten, jedenfalls bei den wenigen Gelegenheiten, da ich mir überhaupt vorstellte, daß ich heiraten würde. »Ein bißchen später ginge es nicht?« fragte ich.

»Meine Liebe«, sagte sie scharf. »Auf diese Dinge habe ich keinen Einfluß. Ich bin nur Übermittlerin der Botschaft.«

»Verzeihung«, murmelte ich.

»Sagen wir sicherheitshalber bis zu achtzehn Monaten«, räumte sie ein, ein wenig freundlicher.

»Danke«, sagte ich. Das fand ich ausgesprochen entgegenkommend. Ich würde also heiraten. Großartig. Vor allem, wo ich schon zufrieden gewesen wäre, einen Freund zu haben.

»Ich frage mich, wer das sein könnte.«

»Sie müssen vorsichtig sein, meine Liebe«, teilte sie mir mit. »Möglicherweise erkennen Sie ihn nicht gleich als den, der er ist.«

»Heißt das, daß ich ihm beim Maskenball begegne?«

»Nein«, sagte sie bedeutungsvoll. »Möglicherweise scheint er Ihnen am Anfang nicht der zu sein, der er ist.«

»Ach so, Sie meinen, daß er mir was vormacht«, sagte ich. Ich hatte begriffen. »Das ist schon in Ordnung. Warum sollte er anders sein als die anderen?« Ich lachte.

Mrs. Nolan schaute mich verdrießlich an. »Nein, meine Liebe«, sagte sie gereizt. »Ich will damit sagen, daß Sie darauf achten müssen, Cupido seine Aufgabe nicht zu erschweren, indem Sie mit Scheuklappen durchs Leben gehen. Vielleicht erkennen Sie selbst, wer dieser Mann ist. Dann müssen Sie ihn mit klarem und furchtlosem Blick ansehen. Es ist möglich, daß er kein Geld hat, aber deshalb dürfen Sie ihn nicht demütigen. Es ist möglich, daß er nicht besonders gut aussieht, dann dürfen Sie ihn deshalb nicht herabsetzen.«

Großartig, dachte ich. Ich hätte es mir denken können! Ein mißgestalteter Sozialhilfeempfänger.

»Ich verstehe«, sagte ich. »Er ist also arm und häßlich.«

»*Nein*, meine Liebe«, sagte Mrs. Nolan und gab in ihrer Verzweiflung die geheimnisvolle Sprechweise auf. »Ich will damit lediglich sagen, daß er möglicherweise nicht Ihren bisherigen Vorstellungen entspricht.«

»Ach *so*«, sagte ich. Das hätte sie doch gleich sagen können statt ihrem »mit klarem und furchtlosem Blick ansehen«.

»Wenn mich also Jason mit seinen siebzehn Jahren, all seinen Pickeln und der schrecklich weiten Hose am Fotokopierer anquatscht«, fuhr ich fort, »und mich zu einer Drogenparty einlädt, darf ich ihm also nicht ins Gesicht lachen und ihm sagen, er soll sich zum Teufel scheren.«

»So ungefähr, meine Liebe«, sagte Mrs. Nolan. Es klang zufrieden. »Die Blume der Liebe kann an den unerwartetsten Orten aufblühen, und Sie müssen bereit sein, sie zu pflücken.«

»Ich verstehe«, nickte ich.

Trotzdem müßte es mir schon ziemlich schlecht gehen, ehe Jason bei mir auch nur die kleinste Chance hätte. Das aber brauchte Mrs. Nolan nicht zu wissen.

Sofern sie ihr Geld wert war, wußte sie es ohnehin bereits. Rasch wies sie auf verschiedene Karten und stieß abgehackte Sätze hervor – ein Hinweis darauf, daß sich die Séance ihrem Ende näherte. »Sie werden drei Kinder bekommen, zwei Mädchen und einen Jungen, meine Liebe« und »Sie werden nie Geld haben, aber glücklich sein, meine Liebe«, und »Sie haben eine Feindin am Arbeitsplatz. Sie neidet Ihnen Ihren Erfolg.« Darüber mußte ich – ein wenig bitter – lachen. Auch sie hätte gelacht, wenn sie gewußt hätte, wie unbedeutend und schrecklich meine Arbeit war.

Dann ließ sie eine Pause eintreten. Erneut sah sie auf die Karten, dann wieder auf mich. Ihr Gesicht nahm einen besorgten Ausdruck an.

»Sie haben unter einer Wolke gelebt, meine Liebe«, sagte sie gedehnt. »Es war etwas Düsteres und Trauriges.«

Mit einem Mal hatte ich zu meinem Entsetzen einen Kloß im Hals. Meine gelegentlichen depressiven Anfälle stellte ich mir in der Tat immer als dunkle Wolke vor. Es war nicht die übliche Art von depressiven Anflügen, bei denen es darum ging, daß ich gern den Wildlederrock hätte, den ich gesehen hatte – obwohl ich auch an *ihnen* litt. Doch seit meinem siebzehnten Lebensjahr hatte ich richtige Depressionen.

Ich nickte, da ich kaum ein Wort herausbrachte. »Ja«, flüsterte ich schließlich.

»Sie tragen das schon seit vielen Jahren mit sich herum«, sagte sie gelassen und sah mich verständnisvoll und teilnahmsvoll an.

»Ja«, flüsterte ich erneut und spürte, wie mir die Tränen in die Augen stiegen.

»Sie haben das fast ganz allein mit sich herumgetragen«, sagte sie sanft.

»Ja.« Während ich nickte, merkte ich, wie mir langsam eine Träne über die Wange lief. Großer Gott! Es war entsetzlich! Eigentlich waren wir gekommen, um uns zu amüsieren, und jetzt hatte diese mir völlig fremde Frau in die tiefsten Winkel meiner Seele geblickt und mich an einer Stelle getroffen, die nur wenige Menschen je erreicht hatten.

»'tschuldigung«, schniefte ich und fuhr mir mit der Hand über das Gesicht.

»Schon gut, meine Liebe«, sagte sie und gab mir aus einer Schachtel, die erkennbar zu diesem Zweck auf dem Tisch stand, ein Papiertaschentuch. »Das passiert immer wieder.«

Sie wartete einige Augenblicke, während ich mich faßte, und begann dann erneut zu sprechen.

»Alles in Ordnung?«

»Ja.« Schnief. »Danke.«

»Das kann besser werden, meine Liebe. Aber Sie dürfen sich nicht vor Menschen verstecken, die Ihnen ihre Hilfe anbieten. Wie könnten die Ihnen helfen, wenn Sie ihnen keine Möglichkeit dazu geben?«

»Ich weiß nicht, was Sie meinen«, murmelte ich.

»Möglich«, stimmte sie mir freundlich zu. »Aber ich hoffe, Sie werden es erkennen.«

»Danke«, schniefte ich. »Sie waren sehr freundlich. Danke auch für die Sache mit dem Heiraten und so weiter. Das hat mir gutgetan.«

»Keine Ursache, meine Liebe«, sagte sie aufgeräumt. »Das macht dreißig Pfund.«

Ich bezahlte und erhob mich von dem quietschenden Plastiküberzug.

»Alles Gute, meine Liebe. Würden Sie die nächste junge Dame hereinschicken?«

»Wer ist dran?« fragte ich mich laut. »Ach so, Megan, nicht wahr?«

»Megan!« rief Mrs. Nolan aus. »Ein wunderschöner Name. Bestimmt kommt sie aus Wales.«

»Nein, aus Australien«, lächelte ich. »Noch mal vielen Dank. Auf Wiedersehen.«

»Wiederseh'n, meine Liebe«, sagte sie mit einem Lächeln und nickte. Ich trat wieder in die winzige Diele, wo mich die drei anderen mit Fragen bestürmten. »Und?«, »Was hat sie gesagt?« und »War es das Geld wert?« (Das war Megan.)

»Ach doch«, sagte ich zu Megan. »Du solltest wirklich reingehen.«

»Aber nur, wenn ihr alle versprecht, erst zu erzählen, wenn ich wieder da bin«, forderte sie uns auf. »Ich will nichts verpassen.«

»Wenn es sein muß«, seufzte ich.

»Alte Egoistin«, knurrte Meredia.

»Reiß dich zusammen, Specki«, zischte Megan.

4

Als Megan etwa zwanzig Minuten später lächelnd herauskam, war es Zeit, in die Kälte und die Dunkelheit zurückzukehren, um zu sehen, was die kleinen Teufel mit Hettys Wagen angestellt hatten.

»Es wird ja wohl alles in Ordnung sein?« sorgte sich die Ärmste und strebte im Laufschritt ihrem Auto entgegen.

»Das will ich hoffen«, bekräftigte ich, während ich mit ihr Schritt zu halten versuchte. Das meinte ich durchaus ernst, waren doch die Möglichkeiten, auf andere Weise zurückzukehren, äußerst dürftig.

»Wir hätten nie herkommen sollen«, sagte sie. Es klang niedergeschlagen.

»Doch, unbedingt«, sagte Megan munter. »Ich fand es klasse.«

»Ich auch«, sagte Meredia, die sich im Abstand von etwa fünfzehn Metern hinter uns herwälzte.

So unglaublich es klingt, dem Wagen fehlte nichts.

Kaum waren wir um die Ecke gebogen, als das kleine Mädchen, das auf ihn aufpassen sollte, wie aus dem Nichts auftauchte. Ich weiß nicht, welche Art drohenden Blick sie Hetty zuwarf, doch griff diese sofort in die Handtasche und fischte noch ein paar Pfundmünzen heraus, die sie ihr gab.

Wir sahen keins der anderen Kinder. Wohl aber hörten wir sie ganz in der Nähe heulen und kreischen. Glas splitterte.

Als wir aus der Siedlung hinausfuhren, kamen wir an einer Gruppe von ihnen vorüber. Sie machten sich an einem Wohnmobil zu schaffen. Vermutlich zerlegten sie es in seine Bestandteile.

»Müssen die eigentlich nie ins Bett?« fragte Hetty besorgt, von ihrer ersten Begegnung mit einem Ghetto sichtlich entsetzt. »Ich meine, wo sind ihre Eltern? Was tun die? Man muß doch was dagegen unternehmen können?«

Unser Anblick begeisterte die Kinder sichtlich. Als sich ihnen unser Auto näherte, begannen sie zu lachen, zu rufen, zu gestikulieren und herumzublödeln. Es war deutlich zu sehen, daß ihre besondere Aufmerksamkeit nach wie vor Meredia galt. Drei oder vier der Jungen brachten es fertig, eine ganze Weile neben dem Wagen herzulaufen, wobei sie lachten und Grimassen schnitten, bis wir sie schließlich abhängen konnten.

Als wir zu guter Letzt den Straßengören entkommen waren, entspannten wir uns zusehends. Es wurde Zeit für die Nachbesprechung unseres Besuchs bei Mrs. Nolan. Wir alle vier waren ein wenig gereizt. Jede wollte wissen, was die anderen ›gekriegt‹ hatten – wie kleine Mädchen, die vergleichen, was sie in ihrer Wundertüte gefunden haben. »Was hast du? Zeig es mir! Sieh mal, was ich hab!«

Meredia und Megan wetteiferten darin, ihre Geschichte zu erzählen. Der Lärm im Wagen war ohrenbetäubend.

»Sie hat gewußt, daß ich aus Australien komme, ohne daß ich es ihr sagen mußte«, meldete sich Megan aufgeregt. »Und sie hat gesagt, daß bei mir was auseinandergeht, daraus aber Gutes entsteht und ich glänzend damit zurechtkomme, wie mit allem.« Die letzten Worte klangen ein wenig selbstgefällig.

»Das könnte heißen, daß es Zeit ist, weiterzureisen«, fuhr sie fort. »Auf jeden Fall sieht es ganz so aus, als brauchte ich es nicht mehr lange bei euch trüben Tassen auszuhalten.«

»Mir hat sie gesagt, daß ich zu Geld komme«, sagte Meredia glückstrahlend.

»Gut«, sagte Hetty. Ihre Stimme klang sonderbar verdrießlich. »Dann kannst du mir ja die zwanzig Pfund zurückgeben, die du mir schuldest.«

Mir fiel auf, daß Hetty stiller war als sonst. Sie beteiligte sich nicht an der allgemeinen Heiterkeit und Aufgekratztheit und steuerte konzentriert ihren Wagen.

Saß der höheren Tochter die hautnahe Berührung mit Unterschichtkindern noch in den Knochen? Oder war es etwas anderes?

»Was hat sie dir gesagt, Hetty?« fragte ich ein wenig besorgt. »Ist es womöglich was Schlimmes?«

»Ja«, sagte sie leise. Es klang, als sei sie den Tränen nahe.

»Was denn? Was hat sie gesagt?« fragten wir durcheinander und näherten unsere Gesichter dem ihren, begierig, die Prophezeiung furchtbarer Ereignisse zu hören: Unglück, Krankheit, Tod, finanzieller Ruin, explodierende Gasboiler im Badezimmer, fällige Hypotheken, die nicht zurückgezahlt werden konnten – was auch immer.

»Sie hat gesagt, ich würde schon bald meiner großen Liebe begegnen«, sagte Hetty mit tränenerstickter Stimme.

Mit einem Mal schwiegen wir alle. O Gott, das war in der Tat schlimm. Die arme Hetty!

Es ist für eine verheiratete Frau mit zwei Kindern mehr als beunruhigend, zu erfahren, daß ihr die große Liebe begegnen wird.

»Sie sagt, ich würde mich richtig in ihn verknallen«, erklärte uns Hetty schluchzend. »Ist das nicht entsetzlich? In unserer Familie hat es noch nie eine Scheidung gegeben. Und was ist mit Marcus und Montague? (Möglicherweise hat sie auch »Troilus und Tristan« oder »Cecil und Sebastian« gesagt.) »Sie leiden auch so schon unter dem Leben im Internat, da können sie gut auf die Blamage verzichten, daß ihre Mutter dem Vater durchbrennt.«

»Ach je«, sagte ich voll Mitgefühl. »Aber das war doch sicher nicht ernst gemeint. Bestimmt kommt es gar nicht so weit.«

Darauf flossen Hettys Tränen nur um so heftiger. »Aber warum soll ich meiner großen Liebe *nicht* begegnen? Ich *möchte* ihn ja kennenlernen.«

Megan, Meredia und ich tauschten entsetzte Blick. Grundgütiger Gott! Das war ja höchst außergewöhnlich. Sollte die sonst so vernünftige und ruhige Hetty – ich würde sogar so weit gehen, sie phantasielos zu nennen –, eine Art Nervenzusammenbruch erlitten haben?

»Warum kann *ich* nicht auch mal Spaß haben? Warum soll *ich* es mein Leben lang bei meinem langweiligen Dick aushalten?« wollte sie wissen.

Bei jedem »Ich«, das sie sagte, schlug sie mit der Faust auf das Lenkrad, so daß der Wagen auf die andere Fahrbahn geriet. Rings um uns wurde gehupt, aber Hetty schien nichts davon zu merken.

Ich war verblüfft. Schon seit zwei Jahren arbeiteten wir zusammen, und ich meinte sie recht gut zu kennen, auch wenn wir nicht unbedingt Busenfreundinnen waren.

Im Wagen trat verblüfftes Schweigen ein. Meredia, Megan und ich schluckten eine Weile und überlegten, womit wir Hetty trösten könnten. Es fiel uns aber nichts ein.

Hetty selbst rettete die Situation. Nicht umsonst war eine um vierzehn Ecken mit ihr verwandte Cousine dritten Grades Hofdame bei der Königin. Außerdem hatte sie ein immens teures Mädchenpensionat besucht und dabei gelernt, wie man heikle Situationen in der Öffentlichkeit überspielt. »Tut mir leid«, sagte sie. Mit einem Schlag schien sie wieder die alte Hetty zu sein. Die Fassade höflicher, vornehmer, gefaßter Distanz war wieder an Ort und Stelle. »Tut mir leid, Kinder«, sagte sie noch einmal. »Entschuldigt bitte.«

Sie räusperte sich und setzte sich aufrecht hin, ein Hinweis darauf, daß die Sache für sie erledigt war. Das Thema ›Dick der Langweiler‹ eignete sich nicht dazu, vor aller Welt durchgehechelt zu werden.

Eigentlich schade. Schon immer hatte ich Genaueres über ihn wissen wollen. Ehrlich gesagt, schien er *über alle Maßen* langweilig zu sein. Das allerdings galt, und ich meine das auf die denkbar wohlwollendste Weise, auch für Hetty selbst.

Munter fragte sie mich nun: »Und was hat Mrs. Nolan dir vorhergesagt?« Auf diese Weise lenkte sie die letzten verbleibenden Reste von Aufmerksamkeit von sich ab.

»Mir?« fragte ich gedehnt. »Sie hat gesagt, daß ich heirate.«

Wieder trat Schweigen ein. Wieder waren alle wie vor den Kopf geschlagen.

Megans, Meredias und Hettys Ungläubigkeit ließ sich beinahe mit Händen greifen. Es war so, als befände sich eine fünfte Person im Wagen. Wenn sie nicht aufpaßte, würde sie sich noch an den Benzinkosten beteiligen müssen.

»Tatsächlich?« fragte Hetty. Aus ihrem Munde klang das Wort so, als hätte es sechzehn Silben.

»Du sollst heiraten?« rief Megan aus. »Das hat sie gesagt?«

»Ja«, sagte ich trotzig. »Was ist daran so erstaunlich?«

»Eigentlich nichts«, meinte Meredia freundlich, »abgesehen davon, daß du bei Männern bisher nicht gerade großes Glück hattest.«

»Was natürlich nicht deine Schuld war«, beeilte sich Hetty taktvoll hinzuzufügen. In Taktfragen machte ihr so schnell niemand etwas vor.

»Jedenfalls hat sie das gesagt«, entgegnete ich mürrisch.

So recht fiel ihnen nichts darauf ein, und die Unterhaltung kam erst wieder in Gang, als wir erneut zivilisierte Gefilde erreichten. Ich stieg als erste aus, weil ich nahe dem Hyde Park wohnte, in Ladbroke Grove. Bevor die Tür des Wagens ins Schloß fiel, hörte ich noch, daß Meredia den anderen erklärte, Mrs. Nolan habe gesagt, ihr stehe eine Reise über das Wasser bevor und sie sei selbst übersinnlich begabt.

5

Ich teilte mir die Wohnung mit zwei anderen jungen Frauen. Karen war achtundzwanzig, Charlotte dreiundzwanzig, und ich sechsundzwanzig. Wir alle waren einander ein schlechtes Vorbild und brachten viel Zeit damit zu, angebrochene Weinflaschen auszutrinken und das Bad nicht gründlich zu putzen.

Als ich hereinkam, schliefen die beiden schon. Gewöhnlich gingen wir montagabends früh ins Bett, um uns von den Exzessen des Wochenendes zu erholen.

Karen hatte für mich einen Zettel auf den Küchentisch gelegt, auf dem stand, daß Daniel angerufen hatte. Daniel war ein guter Freund, doch ich hätte mich auch dann nicht näher mit ihm eingelassen, wenn der Fortbestand der Menschheit davon abhängig gewesen wäre. Das vermittelt einen ungefähren Eindruck von der Rolle, die Männer in meinem Leben spielten.

Sie kamen darin nur in kleinen Dosen vor, sozusagen als Männer light.

Daniel war wirklich großartig. In meinem Leben kamen und gingen Männer (und wie sie gingen), aber ich konnte mich stets darauf verlassen, daß Daniel da war und mir mit Macho-Sprüchen von der Art auf die Nerven ging, daß ihm ein kürzerer und engerer Rock lieber wäre.

Er sah auch gar nicht schlecht aus. Jedenfalls hörte ich das von den anderen, eigentlich von all meinen Freundinnen. Sogar mein Freund Dennis, der schwul war, sagte, er würde Daniel nicht einmal dann aus dem Bett werfen, wenn er dort Kartoffelchips futtern würde. Wenn Karen ans Telefon ging und er am Apparat war, machte sie immer ein Gesicht, als hätte sie einen Orgasmus. Manchmal kam Daniel zu uns in die Wohnung. Dann legten sich, sobald er gegangen war, Karen und Charlotte an die Stelle des Sofas, auf der er gesessen hatte, wälzten sich hin und her und gaben ekstatische Laute von sich.

Ich verstand nicht, was das ganze Getue sollte. Weil Daniel und mein Bruder Chris Freunde waren, kannten wir uns sozusagen aus dem Sandkasten. Ich kannte ihn einfach viel zu gut, als daß ich etwas hätte mit ihm anfangen wollen. Das galt auch umgekehrt, ganz nebenbei.

Schon möglich, daß es früher einmal eine Zeit gegeben hatte, in der Daniel und ich uns bei einer Platte von Duran Duran verlegen angelächelt und erwogen hatten, miteinander zu knutschen. Das mußte aber ein paar tausend Lichtjahre her sein. Es war aber auch möglich, daß es nicht so war. Jedenfalls konnte ich mich nicht *erinnern*, je etwas in dieser Richtung für ihn empfunden zu haben. Ich habe das nur vermutet, weil mir in der Gefühlsverwirrung, aus der die Jahre meines Heranwachsens bestanden hatten, fast jeder gefallen hatte.

Es war für alle Beteiligten unbedingt das beste, daß Daniel und ich nichts voneinander wollten, denn andernfalls hätte sich Chris die Mühe machen müssen, Daniel zu verprügeln, um die Ehre seiner Schwester zu retten. Ich aber wollte niemanden in Schwierigkeiten bringen.

Karen und Charlotte beneideten mich – völlig grundlos – um meine Beziehung zu Daniel.

Immer wieder schüttelten sie verwundert den Kopf und sagten: »Du Glückspilz! Wie bringst du es bloß fertig, so locker mit ihm umzugehen? Wie schaffst du es, lustig zu sein und ihn zum Lachen zu bringen? Mir fällt bei ihm nie was ein.«

Aber das war leicht, weil ich nichts für ihn empfand. Wenn ich jemanden richtig gern hatte, geriet ich in Panik, stieß Sachen um und begann Gespräche mit Aussagen wie »Hast du dich je gefragt, wie es ist, ein Heizkörper zu sein?«

Ich sah auf den Zettel, den Karen für mich hingelegt hatte – es war sogar ein kleiner Fleck darauf, an den sie »Sabber« geschrieben hatte – und überlegte, ob ich Daniel anrufen sollte oder nicht. Besser nicht. Vielleicht war er schon im Bett. Ich meine, nicht allein.

Der Teufel mochte Daniel und sein aktives Geschlechtsleben holen. Ich wollte mit ihm reden.

Mrs. Nolans Worte hatten mich nachdenklich gemacht. Es ging *nicht* um das, was sie über mich und das Heiraten gesagt hatte – so blöd war ich nicht, daß ich das ernst nehmen würde. Aber ihre Äußerung darüber, daß ich unter einer dunklen Wolke lebte, hatte mich an meine Depressionen erinnert und daran, wie entsetzlich sie gewesen waren. Natürlich hätte ich Karen und Charlotte wecken können, aber das ließ ich lieber bleiben. Ganz abgesehen davon, daß sie sauer reagieren würden, wenn ich sie für etwas anderes als eine improvisierte Party aus dem Schlummer riß, wußten sie auch nichts von meinen Depressionen.

Natürlich wußten sie, daß ich manchmal sagte, ich wäre deprimiert. Dann fragten sie: »Aber warum nur?«, und ich erzählte ihnen etwas von einem untreuen Freund oder einem schlechten Tag im Büro oder daß mir der Rock vom letzten Sommer nicht mehr paßte, und sie quollen über vor Mitgefühl.

Aber sie wußten nicht, daß ich manchmal richtige Depressionen bekam. Daniel hingegen war das als einem der ganz wenigen Menschen außerhalb meiner Familie bekannt.

Deswegen schämte ich mich ja auch so. Die einen hielten Depressionen für eine Geisteskrankheit und folglich mich für verrückt. Sie nahmen an, man müsse ganz langsam mit mir sprechen und mir am besten aus dem Wege gehen. Andere, und das war die Mehrzahl, vermuteten, Depressionen gebe es in Wahrheit gar nicht, es handele sich dabei um eine Art neurotischer Einbildung, eine neuzeitliche Version des altväterlichen »Nervenleidens«. Sie übersetzten sich das als »sie tut sich ohne jeden Grund leid«, nahmen an, ich würde wie eine Heranwachsende ständig zwischen himmelhochjauchzend und zu Tode betrübt hin und her schwanken und es sei höchste Zeit, daß sich das änderte. Dazu mußte ich mich lediglich »zusammenreißen«, »mich nicht so wichtig nehmen« und »Sport treiben«.

Diese Haltung konnte ich sogar verstehen, denn irgendwann ist *jeder* mal deprimiert. Das gehört zum Leben, zum alltäglichen Auf und Ab.

Manche Menschen litten wegen Geldsachen an Depressionen (weil sie nicht genug Geld hatten, nicht etwa, weil das Geld schlecht in der Schule war oder in letzter Zeit ziemlich hohlwangig aussah). Schwerwiegendes geschah – Beziehungen gingen in die Brüche, Arbeitsplätze wurden gestrichen, Fernsehgeräte gaben ihren Geist auf, wenn die Garantie zwei Tage abgelaufen war, und so weiter und so weiter – und die Leute fühlten sich deswegen elend.

All das *wußte* ich. Aber die Depression, die ich hatte, war nicht eine gelegentliche Niedergeschlagenheit von der Art oder eine der Phasen, die Holly Golightly in *Frühstück bei Tiffany* durchmachte – obwohl ich die auch hatte, und das zu allem Überfluß ziemlich regelmäßig. Das allerdings ging vielen Leuten so, vor allem, wenn sie gerade eine Woche lang ziemlich getrunken und kaum geschlafen hatten. Aber diese Niedergeschlagenheit und diese düsteren Phasen waren ein Kinderspiel verglichen mit den unerbittlichen schwarzen Dämonen, die mich von Zeit zu Zeit heimsuchten, um in meinem Kopf Kreuzigung zu spielen.

Meine Depression war nichts Gewöhnliches. O nein, es handelte sich um die Super-Luxus-Ausführung, das Spitzenmodell mit allen Schikanen, bei dem aber auch nichts fehlte.

Allerdings merkte man das nicht gleich, wenn man mich kennenlernte. Mir ging es nicht *immer* elend. Im Gegenteil, oft war ich munter, umgänglich und amüsant. Selbst wenn ich mich entsetzlich fühlte, gab ich mir große Mühe, mir das nicht anmerken zu lassen. Erst wenn es so schlimm wurde, daß es nicht mehr vor den anderen verheimlichen konnte, verzog ich mich für ein paar Tage oder eine ganze Woche ins Bett und wartete, daß es aufhörte. Das tat es auch jedesmal, früher oder später.

Am allerschlimmsten war übrigens meine erste Depression gewesen, in dem Sommer, als ich die Schule verlassen hatte. Damals war ich siebzehn und hatte mich aus irgendeinem Grund – von all den auf der Hand liegenden Gründen einmal abgesehen – auf die Vorstellung versteift, daß die Welt ein Jammertal ist, in dem man sich einsam fühlt und man so ungerecht behandelt wird, daß es einem das Herz bricht.

Mich deprimierte, was Menschen in den entlegensten Winkeln der Erde widerfuhr, Menschen, die ich weder kannte noch vermutlich je kennenlernen würde. Meist fühlte ich mich ihretwegen deprimiert, weil sie an Hunger oder einer Seuche starben, oder weil ihnen während eines Erdbebens das Haus über dem Kopf zusammenfiel.

Bei jeder Radio- oder Fernsehnachricht heulte ich – ob es um Autounfälle ging, um Hungersnöte, Kriege, Sendungen über Aids-Opfer, Geschichten von Müttern, die starben und kleine Kinder hinterließen, Berichte über mißhandelte Ehefrauen, Interviews mit Männern, die zu Tausenden ihren Arbeitsplatz im Bergbau verloren hatten und wußten, daß sie nie wieder Arbeit finden würden, obwohl sie erst vierzig waren, Zeitungsartikel über sechsköpfige Familien, die von lachhaften fünfzig Pfund pro Woche leben mußten, oder um Bilder von vernachlässigten Eseln. Sogar die lustigen Einsprengsel am Ende von Nachrichtensendungen von der Art, daß ein Hund Rad fährt oder »Würstchen« sagt, ließen mich voll Schmerz zusammenzucken, denn mir war klar, daß es nur eine Frage der Zeit war, bis der Hund sterben würde.

Eines Tages hatte ich auf dem Gehweg in der Nähe unseres Hauses einen blau-weißen Kinderfäustling gefunden, und der Kummer, den er in mir auslöste, war nahezu unerträglich. Die Vorstellung, daß eine winzige halberfrorene Hand oder der andere Fäustling so ganz allein ohne sein Gegenstück sein mußte, war in mir so lebendig gewesen, daß ich jedesmal, wenn ich den Handschuh sah, heiße Tränen vergoß und an meinem Schluchzen fast erstickt wäre.

Nach einer Weile ging ich nicht mehr aus dem Haus, und bald darauf verließ ich auch das Bett nicht mehr. Es war grauenvoll. Ich hatte den Eindruck, persönlich in Berührung mit jedem bißchen Kummer auf der Welt zu stehen. Es kam mir vor, als hätte ich ein Sorgen-Internet im Kopf, und jedes Trauer-Atom, das je existiert hatte, würde durch mich hindurchgeleitet, bevor man es verpackte und in die Außenbezirke transportierte. Ich sah mich als eine Art zentraler Lagerstätte für Elend.

Meine Mutter nahm die Sache in die Hand und verhängte mit der Tüchtigkeit eines vom Staatsstreich bedrohten Despoten eine vollständige Nachrichtensperre über mich. Ich durfte nicht mehr fernsehen, was zum Glück zeitlich damit zusammenfiel, daß wir gerade wieder einmal pleite waren – wahrscheinlich ging es um versäumte Ratenzahlungen – und der Gerichtsvollzieher verschiedene Einrichtungsgegenstände mitgenommen hatte – darunter den Fernseher. Ich hätte also *ohnehin* nicht fernsehen können.

Wenn meine Brüder abends nach Hause kamen, hatte meine Mutter sie an der Haustür gefilzt, bevor sie hineindurften und ihnen jede Zeitung abgenommen, die sie womöglich hineinschmuggeln wollten.

Allerdings bedeutete für mich der von ihr verhängte Ausschluß von den Medien keinen Unterschied. Ich besaß die bewundernswerte Gabe, in wirklich allem und jedem eine Tragödie zu sehen – wie unbedeutend es auch immer sein mochte. So brachte ich es fertig loszuheulen, wenn ich in der Gartenzeitschrift, die mir als einziger Lesestoff noch erlaubt war, einen Artikel über kleine Blumenzwiebeln entdeckte, die bei einem Februarfrost eingegangen waren.

Schließlich hatten meine Eltern Dr. Thornton kommen lassen, aber erst, nachdem wir nahezu einen ganzen Tag damit verbracht hatten, das Haus zu Ehren seines Besuchs aufzuräumen und zu putzen. Er hatte Depression diagnostiziert und mir – welch Überraschung! – Antidepressiva verschrieben. Ich weigerte mich, sie zu nehmen.

»Wozu sollen die gut sein?« hatte ich geschluchzt. »Kriegen die Kumpels in den Bergwerken von Yorkshire davon ihre Arbeit wieder? Taucht davon der zweite… der zweite…« (inzwischen redete ich vor lauter Schluchzen schon unzusammenhängend) »der zweite FÄUSTLING wieder auf?«

»Kannst du nicht endlich mal mit diesem dämlichen Handschuh aufhören?« hatte sich meine Mutter eingemischt. »Damit trampelt sie mir schon weiß Gott wie lange auf den Nerven rum. Ja, Herr Doktor, sie möchte gern mit den Tabletten anfangen.«

Wie viele andere Menschen, die man die Schule nicht hatte beenden lassen, vertrat meine Mutter die Ansicht, wer auf die Universität gegangen war, vor allem Ärzte, müsse nahezu so unfehlbar sein wie der Papst, und die Einnahme einer verschriebenen Arznei sei eine Art heiliges Mysterium.

(»Ich bin nicht würdig, sie zu empfangen, aber sprich nur ein Wort, und ich werde gesund.«)

Außerdem hatte sie, Irin, die sie war, einen gigantischen Minderwertigkeitskomplex und nahm an, alles, was ein Engländer sagte, müsse stimmen. (Dr. Thornton war Engländer.)

»Lassen Sie mich nur machen«, versicherte sie ihm resolut, »ich seh schon zu, daß sie das nimmt.« So kam es dann auch.

Nach einer Weile hatte ich mich besser gefühlt, wenn auch nicht glücklich oder was in der Richtung. Zwar kam es mir nach wie vor so vor, als wären wir alle zum Untergang verurteilt und die Zukunft eine ungeheuer graue, düstere Wüste, doch ich fand, es könnte mir nicht schaden, wenn ich für eine halbe Stunde aufstand, um mir im Fernsehen meine Lieblings-Seifenoper anzusehen.

Nach vier Monaten hatte Dr. Thornton gesagt, jetzt müsse ich mit der Einnahme der Antidepressiva aufhören. Wir alle hielten den Atem an, um zu sehen, ob ich aus eigener Kraft fliegen konnte oder im Sturzflug in die salzige Hölle mit dem einzelnen Fäustling zurückkehren würde.

Inzwischen hatte ich eine Sekretärinnen-Ausbildung begonnen und ein gewisses, wenn auch äußerst brüchiges Vertrauen in die Zukunft.

In der Schule für Sekretärinnen öffnete sich mir die Welt. Dort lernte ich viele sonderbare und wundersame Dinge – beispielsweise, daß man *jede Woche gute bequeme Pelze kaufen* soll, man eine Anrede sogar mitten im Satz groß schreibt und die Welt untergehen würde, wenn ich es mir einfallen ließe, einen Brief anders als mit »Sehr geehrte Damen und Herren« beginnen und »Mit freundlichen Grüßen« enden zu lassen.

Ich lernte die Kunst, wie man mit einem Spiralblock auf den Knien dasitzt und seine Seiten mit Kringeln und Strichen füllt, bemühte mich nach Kräften, eine vollkommene Sekretärin zu werden, und brachte es bald immerhin auf vier Bacardi mit Cola light, wenn ich abends mit den anderen jungen Frauen ausging. Mein Wissen über das Sortiment der Damenabteilungen sämtlicher Kaufhäuser war zu jener Zeit enzyklopädisch.

Nie war es mir in den Sinn gekommen, daß ich mit meinem Leben möglicherweise etwas anderes hätte anfangen können. Lange hatte ich die Gelegenheit, mich als Sekretärin ausbilden zu lassen, sogar für eine große Ehre gehalten, und so merkte ich anfangs gar nicht, wie entsetzlich mich das Ganze langweilte. Selbst *falls* ich es gemerkt hätte, wäre ich nicht imstande gewesen, mich aus der Sache herauszuwinden, denn meine Mutter – eine äußerst tatkräftige Frau – war nicht davon abzubringen, daß ich genau diesen Beruf ergreifen sollte. An dem Tag, an dem ich mein Abschlußzeugnis bekommen hatte, in dem es hieß, daß ich meine Finger flink genug bewegen konnte, um zweihundertfünfzig Anschläge in der Minute zu schreiben, hatte sie doch tatsächlich vor Freude geweint.

Ginge es auf der Welt gerechter zu, hätte *sie* sich statt meiner zum Steno- und Maschinenschreibkurs angemeldet.

In die Sekretärinnen-Schule war ich als einzige aus meiner Klasse gegangen. Abgesehen von Gita Pradesh, die Sportlehrerin wurde, hatten die anderen alle Kinder gekriegt, geheiratet, als Aushilfen im Supermarkt gearbeitet oder all das zusammen.

Ich lernte ziemlich gut – oder hatte jedenfalls zuviel Angst vor den Nonnen und meiner Mutter, als daß ich in der Schule ganz und gar versagt hätte.

Auf der anderen Seite hatte ich vor einigen der anderen Mädchen in meiner Klasse so viel Angst, daß ich mir Mühe gab, auf keinen Fall zu gute Noten zu bekommen. Es gab da die Gruppe der Coolen, die schon rauchten und Lidschatten trugen. Ihr Busen war für ihr Alter beachtlich entwickelt, und es hieß, daß sie mit ihren Freunden ins Bett gingen. Ich hätte alles gegeben, zu ihnen zu gehören, doch bestand nicht die geringste Aussicht darauf, weil meine Klassenarbeiten manchmal ziemlich gut ausfielen.

Als ich einmal in Bio eine glatte Zwei schrieb, konnte ich von Glück sagen, daß sie mich am Leben ließen. Das war ziemlich ungerecht, denn bei der Arbeit war es um die menschliche Fortpflanzung gegangen, und darüber wußten sie wahrscheinlich weit mehr als ich und hätten alle erstklassig abgeschnitten, wenn sie nur aufgekreuzt wären.

Aber nach jeder Klassenarbeit brachten sie eine Entschuldigung ihrer Mütter an, daß sie krank gewesen waren.

Vor diesen Müttern mußte man sich noch mehr fürchten als vor ihnen. Wenn die Nonnen gelegentlich an der Echtheit der Entschuldigungen zweifelten und die Mädchen entsprechend bestraften, kamen die Mütter – und manchmal sogar die Väter – in die Schule und mischten sie auf. Sie beschuldigten die Nonnen, ihre Töchter als Lügnerinnen hinzustellen, drohten ihnen Prügel an und stießen wilde Drohungen aus, die Sache »nach oben« zu melden.

Als Maureen Quirke in ein und demselben Monat dreimal mit einer Entschuldigung wegen ihrer Periode angekommen war, hatte ihr Schwester Fidelma eine runtergehauen und sie gefragt: »Hältst du mich eigentlich für blöd?« Schon ein paar Stunden später war Maureens Mutter wie ein Racheengel in der Schule aufgetaucht. (Wie Maureen später sagte, war der Witz an der Sache, daß sie damals schwanger war, nur hatte sie das nicht gewußt, als sie die Entschuldigungen schrieb.) Maureens Mutter hatte Schwester Fidelma angeschrien: »Niemand faßt meine Kinder an. Niemand außer mir und Mr. Quirke! Bloß weil Sie Schiß vor Männern haben, Sie verschrumpelte alte Schachtel, brauchen Sie noch lange nicht auf meiner Maureen rumzuhacken.«

Dann war sie hoheitsvoll mit ihrer Maureen abgerauscht und hatte sie auf dem ganzen Nachhauseweg durchgeprügelt. Das weiß ich, weil sich mein Vater, als ich mittags aus der Schule gekommen war, mit den Worten auf mich gestürzt hatte: »Heut' morgen hab ich auf der Straße gesehen, wie die alte Quirke ihre Kleine grün und blau geschlagen hat. Was war denn da bloß los?«

Als ich mit den Antidepressiva aufhörte und zur Sekretärinnen-Schule ging, meldeten sich meine Depressionen zwar nicht mehr so schlimm wie vorher, waren aber auch nicht ganz weg. Weil ich schreckliche Angst hatte, wieder welche zu bekommen, aber keine Pillen nehmen wollte, machte ich es mir zur Lebensaufgabe festzustellen, wie ich sie am besten auf natürliche Weise in Schach halten konnte.

Am liebsten hätte ich die Depressionen ganz aus meinem Leben verbannt, mußte mich aber damit zufriedengeben, ihre Flut dadurch einzudämmen, daß ich unermüdlich meine emotionale Sandsackbarriere verstärkte.

So wurde der Kampf gegen die Depression zusammen mit Lesen und Schwimmen eine meiner Freizeitbeschäftigungen. Strenggenommen gehörte Schwimmen nicht dazu; man müßte es wohl in die Rubrik ›Kampf gegen die Depression‹, UnterRubrik ›Bewegung‹, Kapitel ›sanft‹ einordnen.

Ich las zum Thema Depression, was mir in die Finger fiel, und nichts baute mich mehr auf als eine schöne, breit ausgewalzte Geschichte von berühmten Leuten, die entsetzlich darunter litten.

Berichte über Menschen, die ganze Monate im Bett verbrachten, weder aßen noch sprachen und einfach die Decke anstarrten, wobei ihnen die Tränen über beide Wangen liefen, Menschen, die sich nichts sehnlicher wünschten, als genug Kraft, sich umbringen zu können, ließen mir einen Schauer der Begeisterung über den Rücken laufen. Ich schien mich in bester Gesellschaft zu befinden.

Churchill hatte seine Depressionen seinen »schwarzen Hund« genannt, was mich mit achtzehn Jahren allerdings verwirrte, weil ich Hunde gern hatte. Das war, bevor die Medien die Pitbull-Terrier erfunden haben. Danach verstand ich genau, worauf Sir Winston hinausgewollt hatte.

Wenn ich eine Buchhandlung betrat, tat ich grundsätzlich so, als stöberte ich absichtslos umher, doch bevor ich es selbst merkte, hatte ich den Tisch mit den Neuerscheinungen, die Romane, die Krimis, die Science-fiction, die Kochbücher, die Heimwerkerecke und die Horrorschinken hinter mir gelassen, die Abteilung Biographien durchquert (wobei ich nur kurz innehielt, um zu sehen, ob in letzter Zeit irgendein an Depressionen leidender Mensch einen Bericht über sein Leben veröffentlicht hatte) und landete wie durch Zauberei jedesmal vor dem Regal mit den Selbsthilfe-Ratgebern. Dort schmökerte ich stundenlang in Büchern, von denen ich hoffte, daß sie mir helfen würden, weil ich in ihnen die magische Formel fände, die dem nahezu beständigen Nagen in mir ein Ende bereitete oder es zumindest linderte.

Natürlich waren viele dieser Bücher zur Lebenshilfe so voll von abgedrehtem Schwachsinn, daß sie den glücklichsten und ausgeglichensten Menschen zur Verzweiflung treiben konnten. Es gab Bücher, bei denen sogar Leute, die so bekloppt waren wie jemand aus San Francisco, Schwierigkeiten gehabt hätten, nicht laut herauszulachen. Titel wie *Kein Platz für Platzangst* oder Hinweise wie *Ein Buch, das jeder Kleptomane einfach mitnehmen muß*, waren keine Seltenheit.

Dennoch kaufte ich gewöhnlich irgendein kleines Bändchen, das mich ermutigte. Da gab es *Die Angst spüren und überwinden* oder *Heilung durch Glauben*, und es kam auch vor, daß man mir ein solches Buch empfahl: *Entdecken Sie das Kind in sich* oder mich aufforderte, über die Frage nachzudenken *Warum du mich lieben mußt, bevor ich mich lieben kann.*

Was ich wirklich brauchte, war ein Ratgeber, der mir half, keine Ratgeber mehr zu kaufen, da sie mir nicht halfen. Mit den Worten meines Vaters: sie waren nutzloser Mumpitz.

Ihretwegen bekam ich ein richtig schlechtes Gewissen. Es genügte nicht, sie zu lesen – wenn das, was drin stand, klappen sollte, mußte ich auch etwas *tun*: mich zum Beispiel vor einen Spiegel stellen und mir hundertmal am Tag vorsagen, ich sei schön. Das nannte man Affirmation. Oder ich mußte mir jeden Morgen eine halbe Stunde lang vorstellen, daß man mich mit Liebe und Zuneigung überschüttete – das hieß Visualisierung. Oder ich mußte Listen schreiben, in denen alles Gute stand, was es in meinem Leben gab – das nannte man Listen von allem Guten schreiben, das es in seinem Leben gibt.

Gewöhnlich las ich ein solches Buch, tat ungefähr zwei Tage lang, was darin empfohlen wurde, bis es mich ermüdete oder langweilte oder meine Brüder es mir wegnahmen, während ich verführerisch auf mein Spiegelbild einredete. (Nie habe ich den Spott und Hohn vergessen, der jedesmal darauf folgte.)

Anschließend fühlte ich mich deprimiert *und* schuldbewußt. Also sagte ich mir, daß das Buch von einer grundfalschen Voraussetzung ausgehen mußte, da ich mich nicht besser fühlte, woraufhin ich das ganze Vorhaben mit reinem Gewissen aufgeben konnte.

Ich habe auch manches andere ausprobiert – allerlei Heilöle, Vitamin B$_6$, körperliche Bewegung bis zur Erschöpfung, Suggestopädie-Tonbänder (unterschwellig wirkende Kassetten, die man im Schlaf laufen ließ), Yoga, Bachblüten, den Aufenthalt im Schwebebassin, Shiatsu, Massage mit aromatischen Ölen und Reflexzonenmassage. Eine Zeitlang habe ich mich von nichts anderem als von Lebensmitteln ohne Hefe ernährt, dann von glutenfreien, später von solchen ohne Zucker und schließlich von solchen, die keinerlei Nährstoffe enthielten. Außerdem habe ich abwechselnd vegetarisch gegessen und dann wieder Unmengen Fleisch vertilgt (ich weiß nicht, ob es für diese Therapie einen Namen gibt), habe ein Ionisierungsgerät verwendet, einen Kurs zur Stärkung meines Selbstbewußtseins besucht und einen Kurs, bei dem ich lernen sollte, positiv zu denken. Ich habe mich in frühere Phasen meines Lebens zurückversetzt, mich Gebets-, Meditations- und Traumtherapien unterzogen und schließlich sogar einer Sonnen-Therapie (eigentlich war das ein Urlaub auf Kreta). Eine Zeitlang habe ich ausschließlich von Milchprodukten gelebt, dann eine Weile vollständig auf sie verzichtet (ich hatte den Artikel beim ersten Lesen falsch verstanden), dann wieder meinte ich, mein sofortiger Tod sei unvermeidlich, wenn ich auch nur einen einzigen Tag ohne eine Tafel Schokolade auskommen müßte.

Auch wenn mich keiner dieser Schritte dem Heil nähergebracht hatte, war doch zumindest für eine Weile eine gewisse Wirkung von ihnen ausgegangen, und ich war nie wieder so deprimiert wie einst.

Aber Mrs. Nolan hatte gesagt, es könne besser werden, wenn ich mir helfen ließe, ich müsse es nur zulassen. Hätte ich doch nur ein Tonbandgerät mit zu ihr hineingenommen! Ich konnte mich nicht an den genauen Wortlaut erinnern. Was sie wohl gemeint hatte?

Das einzige, was mir einfiel, war, daß sie vielleicht hatte sagen wollen, ich müsse mir von einem Spezialisten helfen lassen und zu irgendeinem Therapeuten, Berater oder Psycho-Sonstwas gehen. Der Haken daran war, daß ich etwa ein Jahr zuvor bei einer Art Therapeutin gewesen war, was sich als vollständige Zeitverschwendung herausgestellt hatte.

6

Sie hieß Alison, und ich ging eine Weile einmal pro Woche zu ihr. Wir setzten uns in einen spärlich möblierten ruhigen kleinen Raum und versuchten dahinterzukommen, was mit mir nicht stimmte.

Zwar hatten wir allerlei interessante Sachen entdeckt – wie beispielsweise, daß ich immer noch auf Adrienne Cawley böse war, weil sie zur Feier meines sechsten Geburtstags ein Spiel mitgebracht hatte, auf dessen Schachtel stand, daß es sich für Zwei- bis Fünfjährige eignete –, doch darüber hinaus schien ich über mich nicht mehr in Erfahrung gebracht zu haben, als was ich in so mancher schlaflosen Nacht schon selbst herausbekommen hatte.

Natürlich machten Alison und ich uns unter dem Stichwort »cherchez la famille« als erstes auf die psychotherapeutische Hexenjagd. Der Sinn der Übung bestand darin, die Verantwortung für all das, was mit meiner ramponierten Psyche nicht in Ordnung war, auf meine Angehörigen abzuwälzen.

Aber wir fanden in meiner Familie nichts Ungewöhnliches, es sei denn, man betrachtet Normalität als ungewöhnlich.

Ich hatte eine völlig normale Beziehung zu meinen beiden Brüdern Chris und Peter – das heißt, als kleines Mädchen hatte ich sie gehaßt, und sie hatten mir das auf die bei Brüdern übliche Weise vergolten, indem sie mir das Leben zur Hölle gemacht hatten. Sie hatten mich einkaufen geschickt, wenn ich keine Lust dazu hatte, den Fernseher mit Beschlag belegt, mein Spielzeug kaputtgemacht, in mein Hausaufgabenheft gekritzelt, mir weisgemacht, ich sei ein adoptiertes Kind und meine wirklichen Eltern säßen wegen Bankraubs hinter Gittern. Dann hatten sie das als dummen Witz hingestellt und behauptet, meine richtige Mutter sei eine Hexe. Wenn Mum und Dad in eine Kneipe gegangen waren, um etwas zu trinken, hatten sie mir vorgeflunkert, sie hätten sich in Wahrheit aus dem Staub gemacht und würden nie wiederkommen und ich käme ins Waisenhaus, wo es Prügel und angebrannten Grießbrei mit kaltem Tee gäbe. Es waren die unter Geschwistern üblichen Hänseleien.

All das berichtete ich Alison. Als ich darauf zu sprechen kam, daß Mum und Dad gelegentlich in eine Kneipe gegangen waren, stürzte sie sich begeistert darauf.

»Berichten Sie mir über die Trinkgewohnheiten Ihrer Eltern«, sagte sie und lehnte sich in Erwartung der bevorstehenden Enthüllungen behaglich zurück.

»Da kann ich Ihnen eigentlich nichts sagen«, sagte ich. »Meine Mutter trinkt nicht.« Alison wirkte enttäuscht.

»Aber Ihr Vater?« fragte sie hoffnungsvoll. Noch war nicht alles verloren.

»*Der* schon«, sagte ich. Sie war begeistert!

»Ach ja?« sagte sie mit ihrer besonders sanften Stimme. »Wollen Sie darüber reden?«

»Da gibt es nichts zu reden«, sagte ich verwirrt. »Wenn ich sage, daß er trinkt, ist das eigentlich nichts Besonderes.«

»Hm«, nickte sie wissend. »Und was meinen Sie mit ›nichts Besonderes‹?«

»Ich weiß nicht«, sagte ich. »Vielleicht ist es was Besonderes, wenn jemand Säufer ist. Er ist aber keiner.« Sie sagte nichts.

»Wirklich nicht.« Ich lachte. »Tut mir leid, Alison. Ich würde Ihnen gern erzählen, daß mein Vater meine ganze Kindheit hindurch betrunken war, wir nie Geld hatten, er uns verprügelt und angebrüllt hat, mit mir ins Bett gehen wollte und meiner Mutter gesagt hat, daß es besser gewesen wäre, er hätte sie nicht geheiratet.«

Alison stimmte nicht in mein Gelächter ein, so daß ich mir ein wenig blöd vorkam.

»*Hat* er Ihrer Mutter gesagt, daß er sie besser nicht geheiratet hätte?« fragte sie leise und würdevoll.

»Nein!« sagte ich verlegen.

»Nein?« fragte Alison.

»Jedenfalls ganz selten«, gab ich zu. »Nur wenn er betrunken war. Das kam so gut wie nie vor.«

»Und *hatten* Sie den Eindruck, daß Ihre Familie nie genug Geld hatte?« fragte sie.

»Wir waren nie knapp bei Kasse«, sagte ich steif.

»Gut«, sagte Alison.

»Ganz stimmt das nicht«, mußte ich einräumen. »Es ist bei uns immer knapp hergegangen, aber das lag nicht daran, daß Dad getrunken hätte, sondern einfach daran, daß wir ... nun, daß wir nicht viel Geld hatten.«

»Und warum hatten Sie nicht viel Geld?« fragte Alison.

»Weil mein Dad keine Arbeit kriegen konnte«, erklärte ich eifrig. »Wissen Sie, er hatte keinen Abschluß, weil er mit vierzehn von der Schule mußte, um nach dem Tod seines Vaters für seine Mutter zu sorgen.«

»Aha«, sagte sie.

Dad machte gewöhnlich sehr viel mehr Worte über seine Arbeitslosigkeit, aber ich zögerte, Alison in Einzelheiten mitzuteilen, was er zu sagen pflegte.

In einer der deutlichsten Erinnerungen meiner Kindheit sehe ich ihn am Küchentisch sitzen und hitzig die Fehler des Systems erläutern. Er sagte mir immer, daß ein Ire in England, wenn es um einen Arbeitsplatz geht, grundsätzlich »der Dumme« sei und es sich bei Seamus O'Hanlaoin und Michael O'Herlihy und all den anderen um nichts anderes handele als um einen Haufen »Speichellecker und Arschkriecher«, weil sie sich bei ihren englischen Chefs lieb Kind machten. Man müsse nur mal hören, was sie hinter ihrem Rücken über die sagten. Sicher, Seamus O'Hanlaoin und Michael O'Herlihy und all die anderen hatten Arbeit, aber er, Jamsie Sullivan, hatte sich seine Würde bewahrt. Das muß ihm ausgesprochen wichtig gewesen sein, denn er sagte es oft.

Besonders oft hatte er es gesagt, als Saidbh O'Herlihy und Siobhán O'Hanlaoin auf Klassenreise nach Schottland mitdurften und ich nicht.

Das wollte ich Alison aber nicht erzählen, weil ich fürchtete, sie damit zu kränken, für den Fall, daß sie die Ausdrücke persönlich nahm, mit denen er seine potentiellen englischen Arbeitgeber in Bausch und Bogen verurteilt hatte.

Gerade fing ich an, ihr von all den Arbeitsstellen zu berichten, um die sich mein Vater vergeblich bemüht hatte, als sie mich in meinen Erinnerungen unterbrach. »Wir müssen es für diese Woche dabei bewenden lassen.« Sie stand auf.

»Ach, ist die Stunde schon um?« fragte ich, von der Plötzlichkeit erschüttert, mit der die Sitzung endete.

»Ja«, sagte Alison.

Eine Welle ängstlichen Schuldgefühls stieg in mir auf. Ich hoffte, daß ich mit meinen Enthüllungen meinem Vater nicht in den Rücken gefallen war.

»Wissen Sie, ich möchte nicht, daß Sie denken, mein Vater wäre nicht nett gewesen oder so«, sagte ich verzweifelt. »Er ist großartig, und ich hab ihn wirklich gern.«

Alison schenkte mir ihr Mona-Lisa-Lächeln, wie immer, wenn sie nichts preisgeben wollte, und sagte: »Bis nächste Woche, Lucy.«

»Ehrlich, er ist großartig«, beharrte ich.

»Ja, Lucy«, lächelte sie undurchdringlich. »Bis nächste Woche.«

In der folgenden Woche war es noch schlimmer. Irgendwie holte Alison die Sache aus mir heraus, daß ich nicht mit auf die Klassenreise nach Schottland gekonnt hatte.

»Hat es Ihnen nichts ausgemacht?« wollte sie wissen.

»Nein«, sagte ich.

»Haben Sie keine Wut auf Ihren Vater gehabt?« fragte sie.

»Nein«, sagte ich erneut.

»Aber warum nicht?« Das klang ziemlich verzweifelt – es war das erste Mal, daß ich bei ihr eine Art Gefühlsregung wahrgenommen hatte.

»Weil ich ihm nicht böse war«, sagte ich einfach.

»Was hat Ihr Vater getan, als sich herausstellte, daß Sie nicht mitreisen konnten?« fragte sie. »Wissen Sie das noch?«

»Natürlich«, sagte ich überrascht. »Er hat gesagt, daß er ein reines Gewissen habe.«

Tatsächlich sagte Dad häufig »Mein Gewissen ist rein.« Auch sagte er oft »Ich kann nachts ruhig schlafen.« Das stimmte. Oft schlief er schon ruhig, bevor er überhaupt ins Bett gegangen war – meist dann, wenn er getrunken hatte.

Irgendwie brachte mich Alison dazu, auch das alles zu erzählen.

»Berichten Sie mir über die Abende, an denen er … äh … getrunken hatte«, forderte sie mich auf.

»Ach, es klingt so abscheulich, wie Sie das sagen«, beklagte ich mich. »Das war es aber gar nicht, sondern eher ziemlich nett. Er hat dann ein bißchen gesungen und ein bißchen geheult.«

Alison sah mich wortlos an. Um das Schweigen zu überbrücken, platzte ich heraus: »Es war aber gar nicht traurig, wenn er geheult hat, weil ich wußte, daß er es auf sonderbare Weise genoß, traurig zu sein. Verstehen Sie, was ich meine?« – Offenbar verstand sie es nicht.

»Wir sprechen nächste Woche darüber«, sagte sie. »Unsere Stunde ist um.«

Wir sprachen aber in der kommenden Woche nicht darüber, weil ich nie wieder hingegangen bin.

Ich hatte den Eindruck, daß mich Alison zu gemeinen Aussagen über meinen Vater manipuliert hatte und litt deswegen unter einem entsetzlich schlechten Gewissen. Außerdem war *ich* depressiv und verstand daher nicht, warum sie zwei ganze Sitzungen auf meinen Vater und die Frage verwendet hatte, wieviel er trank oder nicht trank.

Es kam mir ganz so vor, als machte einem die Psychoanalyse erst richtig Probleme, etwa so, wie man von Abmagerungskuren dick wird. Daher hoffte ich aufrichtig, daß Mrs. Nolan nicht gemeint hatte, ich sollte zu einer neuen Alison gehen, denn dazu hatte ich nicht die geringste Lust.

7

Wir hätten Mrs. Nolan vergessen und die ganze Sache in irgendeine dunkle und staubige Ecke auf dem Dachboden unserer Erinnerung verbannt, wenn nicht verschiedenes passiert wäre.

Als erstes traf die Voraussage über Meredia ein. Jedenfalls in gewisser Weise ...

Am Tag, nachdem wir uns hatten wahrsagen lassen, kam sie zur Arbeit und schwenkte triumphierend etwas über ihrem Kopf. Dabei fiel mir auf, daß ihre Haare so scheckig aussahen, als wären sie gebatikt. »Seht mal«, forderte sie uns auf. »Seht gut hin.«

Hetty, Megan und ich sprangen von unserem Schreibtisch auf und gingen zu Meredia hinüber, um zu begutachten, was es da gab. Es war ein Scheck.

»Sie hat gesagt, daß ich zu Geld komme, und es *stimmt*«, rief sie und tanzte aufgeregt im Büro herum. Als genügte es nicht, daß sie dabei ein knappes Dutzend Ordner von ihrem Tisch riß, ließ sie auch das ganze Gebäude erbeben.

»Zeig schon, zeig schon«, bettelte ich und versuchte ihr das Papier zu entreißen. Doch trotz ihrer Fülle erwies sie sich als erstaunlich flink.

»Wißt ihr, wie lange ich auf das Geld gewartet habe?« fragte sie und sah eine nach der anderen an. »Könnt ihr euch das denken?«

Stumm nickten wir drei. Meredia verstand es, ihr Publikum in Bann zu schlagen.

»*Monate!*« schrie sie heraus und warf den Kopf in den Nacken. »Buchstäblich *Monate!*«

»Ist ja toll«, sagte ich. »Was soll man dazu sagen?«

»Woher kommt der Scheck?« fragte Hetty.

»Wieviel ist es?« Megan stellte die einzig wichtige Frage.

»Es ist eine Rückzahlung von meinem Buchclub«, jubelte Meredia. »Und ihr könnt euch einfach nicht *vorstellen*, wie oft ich denen schreiben mußte, um das Geld zu kriegen. Ich war schon drauf und dran, hinzufahren, um mich zu beschweren.« Megan, Hetty und ich sahen einander verwirrt an.

»Dein … *Buchclub*?« fragte ich gedehnt. »Eine Rückzahlung von deinem Buchclub?«

»Ja«, sagte Meredia und seufzte theatralisch. »Es war ein ganz unglaubliches Hin und Her, bis es soweit war. Ich hatte denen gesagt, daß ich das Buch des Monats nicht wollte, aber sie haben es trotzdem geschickt, und …«

»Wieviel hast du gekriegt?« unterbrach Megan mitleidlos.

»Siebenfünfzig«, sagte Meredia.

»Siebenhundertfünfzig oder sieben Pfund fünfzig?« fragte ich, auf das Schlimmste gefaßt.

»Sieben Pfund fünfzig«, sagte Meredia. Es klang verärgert. »Was meinst du mit siebenhundertfünfzig? Da müßte das Buch des Monats schon aus purem Gold sein, wenn ich so viel dafür ausgeben sollte. Wirklich, Lucy, manchmal muß ich mich über dich wundern!«

»Aha!« sagte Megan mit kühler Sachlichkeit. »Du hast einen Scheck über sieben Pfund fünfzig bekommen – ein *Viertel* dessen, was du Mrs. Nolan für ihre Wahrsagerei bezahlt hast –, und behauptest, ihre Vorhersage, daß du zu Geld kommst, hat sich erfüllt? Hab ich das richtig verstanden?«

»Ja«, sagte Meredia ungnädig. »Sie hat ja nicht gesagt, *wieviel* es ist, sondern nur, *daß* ich zu Geld komme. Und damit hat sie recht gehabt«, fügte sie streitlustig hinzu.

»Was habt ihr denn?« rief sie, während wir alle mit enttäuschten Gesichtern zu unserem Schreibtisch zurückkehrten. »Ihr erwartet zu viel. Das ist euer Fehler.«

»Einen Augenblick lang hatte ich gedacht, die Voraussagen würden sich erfüllen. Aber es sieht nicht so aus, als würde ich meiner großen Liebe begegnen«, sagte Hetty betrübt.

»Und bei mir geht nichts auseinander«, sagte Megan. »Höchstens ich selbst, wenn ich so weiter esse.«

»Und ich werde nicht heiraten«, sagte ich.

»Keine Chance«, stimmte Megan zu.

»Nicht die geringste«, sagte Hetty tief aufseufzend.

Unsere Unterhaltung wurde durch das Eintreten unseres Chefs Ivor Simmonds unterbrochen, den wir manchmal auch Giftzwerg oder Ivor den Schrecklichen nannten.

»Meine Damen«, sagte er, uns zunickend, wobei sein Gesichtsausdruck zeigte, daß er uns für alles andere als Damen hielt.

»Guten Morgen, Mr. Simmonds«, sagte Hetty mit höflichem Lächeln.

»Rhabarber, Rhabarber«, sagten wir anderen. Wir konnten ihn nämlich nicht ausstehen.

Dafür gab es keinen besonderen Grund. Weder hing das mit seiner völligen Humorlosigkeit zusammen – Megan vermutete, daß man ihm bei der Geburt jegliches Charisma operativ entfernt hatte –, noch damit, daß er klein war, hinter seiner Stirnglatze ein paar vereinzelte rote Haarsträhnen lagen, und auch nichts mit seinem abscheulichen rötlichen Bart, seinen getönten Gläsern, den aufgeworfenen roten Lippen, die stets feucht zu sein schienen, noch mit seinem runden, tiefhängenden Weiberhintern, der das Schlimmste von allem war, und auch nichts mit seinem abstoßenden billigen, spekkigen Anzug, der diesen Hintern – gerade so eben – umspannte. Das hatte gar nichts damit zu tun, daß sich der Umriß seiner Unterhose durch den glänzenden Hosenstoff abzeichnete.

Natürlich trugen all diese Faktoren zu unserer Abneigung bei, doch am meisten haßten wir ihn einfach deshalb, weil er unser Chef war. Weil es sich so *gehörte*.

Manchmal war es ganz nützlich, daß er so abstoßend wirkte. Als sich Megan einmal nach einer bei Fosters Bier und Pfirsichbowle durchzechten Nacht so richtig übel fühlte, war es eine große Hilfe.

»Könnte ich doch bloß kotzen«, klagte sie, »dann ginge es mir gleich besser.«

»Stell dir einfach vor, du gehst mit Ivor ins Bett«, sagte ich hilfsbereit.

»Ja«, stimmte Meredia begeistert ein. »Stell dir vor, du müßtest ihn knutschen. Denk an seinen Mund und seinen Bart. Würg!«

»Gott im Himmel«, murmelte Megan. »Ich glaub, es funktioniert.«

»Bestimmt schmatzt er beim Essen richtig laut«, sagte Meredia und verzog das Gesicht vor begeistertem Entsetzen.

»Und überleg nur, wie er in der Unterhose aussieht«, meinte ich. »Ich möchte wetten, daß er nichts Normales trägt, keine hübschen Boxershorts oder so was.«

»Bestimmt nicht«, sagte Hetty, die sich an solchen Unterhaltungen üblicherweise nicht beteiligte. Überrascht drehten wir uns alle drei um.

»Woher willst *du* das wissen?« fragten wir einstimmig.

»Weil ... äh ... man kann ... nun ja ... den Umriß durch die Hose erkennen.« Sie errötete züchtig.

»Ach so«, gaben wir uns zufrieden.

»Bestimmt trägt er Liebestöter«, sagte ich hämisch. »Riesige rosa Altweiber-Schlüpfer, die ihm bis zu den Achseln reichen und die ihm seine Frau besorgen muß.«

»Und stell dir nur vor, wie sein Pimmel aussieht«, regte Meredia an.

»Ja«, sagte ich und merkte, wie sich mein Magen zu heben begann. »Der ist unter Garantie winzig und so dünn wie ein Bleistift. Ich möchte wetten, daß er rötliche Schamhaare hat und ...« Das genügte. Megan stürmte hinaus und kehrte etwa zwei Minuten später strahlend zurück.

»Das wär's«, grinste sie. »Volles Rohr! Hat jemand Zahnpasta?«

»Wirklich, Megan«, sagte Hetty kalt, »manchmal übertreibst du es wirklich.«

Megan, Meredia und ich sahen einander mit fragend gehobenen Brauen an. Was mochte die sonst so umgängliche und höfliche Hetty aufgebracht haben?

Ein glücklicher Zufall wollte es, daß Mr. Simmonds uns ebenso zu hassen schien wie wir ihn.

Er warf uns einen wütenden Blick zu, ging in sein Büro und schlug die Tür hinter sich zu.

Träge machten Meredia, Megan und ich uns daran, unsere Computer einzuschalten. Hetty nicht – ihrer lief schon. Sie erledigte in unserem Büro den größten Teil der Arbeit.

Als Megan zu uns gestoßen war und angefangen hatte zu schuften, daß die Fetzen flogen, hatten wir alle um unseren Arbeitsplatz gefürchtet. Nicht nur hatte sie pünktlich angefangen, sondern sogar schon, *wenn sie zu früh kam*, statt wie wir anderen eine Zeitung zu entfalten, auf die Uhr zu sehen und zu sagen »Noch drei Minuten. Diese Scheißkerle kriegen keine Sekunde mehr, als ihnen zusteht.«

Meredia und ich hatten sie dann beiseite genommen und ihr erklärt, daß sie nicht nur unsere Arbeitsplätze gefährdete, sondern sich womöglich auch um den eigenen brachte, wenn sie so verbissen schuftete. (»Und wie würdest du *dann* nach Griechenland kommen?«) Von dem Tag an hatte sie ihr Tempo gedrosselt und sogar von Zeit zu Zeit ein paar Fehler in ihrer Arbeit untergebracht. Seither kamen wir deutlich besser miteinander klar.

Die allgemeine Parole im Büro hieß »Hetty soll das machen.« Allerdings wußte sie selbst nichts davon.

Ich hatte nie verstanden, warum sie überhaupt arbeitete. Auf das Geld war sie bestimmt nicht angewiesen. Meredia und ich kamen zu dem Ergebnis, daß alle Ehrenämter in sämtlichen wohltätigen Einrichtungen Londons vergeben sein mußten, als Hetty gemerkt hatte, daß sie sich langweilte und ein bißchen Abwechslung brauchte. Also hatte sie ihre Ansprüche ein bißchen zurückgeschraubt und war statt dessen in unser Büro gekommen.

Die Arbeit dort hatte durchaus Ähnlichkeit mit der in einer wohltätigen Einrichtung. Weil unsere Gehälter so lächerlich niedrig waren, sagten Meredia und ich oft im Scherz, daß die Arbeit für die Firma Metall- und Kunststoff-Großhandel *dasselbe* sei wie die ehrenamtliche Tätigkeit für eine wohltätige Einrichtung.

Der Tag nahm seinen Lauf. Wir erledigten unsere Arbeit – mehr oder weniger.

Kein Wort fiel mehr über Mrs. Nolan, den Traummann, zu erwartendes Geld, darüber, daß etwas auseinanderging, und auch nicht über meine Heirat.

Später rief meine Mutter an. Vermutlich hatte es eine Katastrophe gegeben, denn sie rief nie an, um zu plaudern, einfach über dies und jenes zu reden und die Zeit meines Arbeitgebers sinnlos zu vergeuden. Sie rief ausschließlich an, wenn es Katastrophen zu verkünden gab. Am liebsten waren ihr Todesfälle, aber sie gab sich auch mit vielem anderen zufrieden. Ihr genügte beispielsweise die Möglichkeit, daß in der Firma, in der mein Bruder arbeitete, Personal eingespart wurde, ein Knötchen in der Schilddrüse meines Onkels, eine abgebrannte Scheune in Monaghan oder die Schwangerschaft einer unverheirateten Cousine (neben Unfalltod im Räderwerk eines Mähdreschers eins ihrer Lieblingsthemen).

»Du kennst doch Maisie Patterson?« fragte sie aufgeregt.

»Natürlich«, sagte ich, während ich überlegte, was für eine Maisie das sein mochte. Ich dachte nicht im Traum daran, meine Unwissenheit zuzugeben, denn dann hätte sie mir den ganzen Tag lang Maisie Pattersons Stammbaum erklärt. (»Sie ist eine geborene Finertan ... *natürlich* kennst du die Finertans, weißt du nicht mehr, wie ich dich als kleines Mädchen mit zu ihnen genommen habe? Sie wohnen in einem schönen großen Haus mit einem grünen Tor, gleich hinter dem Haus der Nealons. Die Nealons *kennst* du doch, weißt du noch, wie Bridie Nealon dir zwei Mandelmakronen geschenkt hat? Bestimmt erinnerst du dich noch, daß du damals ganz verrückt nach Mandelmakronen warst ...«)

»Nun ...« sagte meine Mutter, im Versuch, Spannung zu erzeugen. Es lag auf der Hand, daß Maisie Patterson das Zeitliche gesegnet hatte, aber diese einfache Mitteilung genügte meiner Mutter nicht.

»Ja«, sagte ich geduldig.

»Man hat sie gestern beerdigt!« stieß sie schließlich hervor.

»Warum denn das?« fragte ich freundlich. »Hat sie ihre Leute geärgert? Wann läßt man sie wieder raus?«

»Ach, du mußt ja alles ins Lächerliche ziehen«, sagte meine Mutter, die sich ärgerte, daß ich ihre Neuigkeit nicht mit ungläubigem Staunen aufgenommen hatte. »Du solltest ihnen eine Beileidskarte schicken.«

»Wie ist es passiert?« fragte ich, in der Hoffnung, sie aufzumuntern. »Ist sie mit dem Kopf in den Mähdrescher gekommen? Im Getreidesilo erstickt? Oder hat ein Huhn sie massakriert?«

»Keins von alldem«, sagte sie ärgerlich. »Sei bitte nicht albern. Du weißt ja wohl, daß sie all die Jahre in Chicago gelebt hat.«

»Ach ja … stimmt.«

»Es war schrecklich traurig«, sagte sie und nahm ihre Stimme pietätvoll um mehrere Dezibel zurück. Dann berichtete sie mir in der nächsten Viertelstunde Maisie Pattersons Krankengeschichte. Ihre geheimnisvollen Kopfschmerzen, die Brille, die sie gegen den Kopfschmerz verschrieben bekam, die Computertomographie, der man sie unterzog, als die Brille nichts nützte, die Bestrahlung, die Medikamente, die Aufenthalte im Krankenhaus, in deren Verlauf Spezialisten, die nicht wußten, was sie davon halten sollten, an und in ihr herumstocherten, bis man sie schließlich für gesund erklärte, und dann der rote Toyota, der sie angefahren hatte, wobei sie einen Milzriß bekam und ins Jenseits katapultiert wurde.

8

Der Donnerstag begann schlecht und wurde immer schlimmer.

Als ich aufwachte und mich elend fühlte, konnte ich noch nicht wissen, daß sich die Megan gemachte »Voraussage« an jenem Tag »erfüllen« sollte. *Hätte* ich es gewußt, wäre mir das Aufstehen möglicherweise leichter gefallen.

So aber war bis zum Schluß unklar, ob ich es schaffen würde, mich aus der warmen und liebevollen Umarmung des Daunenbettes zu befreien.

Morgens aufzustehen fiel mir immer schwer – es war eine der Hinterlassenschaften der Depressionsphase meiner Jugend, jedenfalls sagte ich das gern. Wahrscheinlich war es einfach Trägheit, aber wenn ich es Depression nannte, brauchte ich kein so schlechtes Gewissen zu haben.

Ich konnte mich kaum ins Bad schleppen, und als ich erst dort war, kostete es mich eine Wahnsinnsmühe, mich zum Duschen zu zwingen.

In meinem Zimmer war es eiskalt, ich konnte keine frische Unterwäsche finden und hatte auch nichts gebügelt, so daß ich anziehen mußte, was ich am Vortag getragen und vor dem Schlafengehen einfach auf den Fußboden geworfen hatte. Da ich auch in Karens und Charlottes Zimmer keinen frischen Slip fand, mußte ich mein Bikini-Unterteil ins Büro anziehen.

Am U-Bahnhof waren alle interessanten Zeitungen schon ausverkauft, und eine U-Bahn fuhr mir vor der Nase weg. Während ich auf dem Bahnsteig wartete, überlegte ich, daß ich eine Packung Schokolinsen aus dem Automaten ziehen könnte. Ausnahmsweise funktionierte das verdammte Ding auch, und ich schlang die Schokolinsen in zwei Sekunden hinunter. Gleich darauf hatte ich ein richtig schlechtes Gewissen und machte mir Sorgen, daß ich möglicherweise an einer Eßstörung litt, wenn ich schon am frühen Morgen Heißhunger auf Schokolade hatte.

Ich fühlte mich elend. Es war kalt und naß. Es schien so wenig zu geben, auf das man sich freuen konnte, und ich wollte daheim in meinem warmen Bett sein, einen Stapel Illustrierte griffbereit, und mir im Fernsehen die Vormittags-Talk-Show *Richard and Judy* ansehen und dabei Kartoffelchips und Kekse essen!

Als ich mich mit zwanzig Minuten Verspätung ins Büro schleppte, hob Megan den Blick von ihrer Zeitung.

»Hast du dich gestern abend nicht ausgezogen?« fragte sie munter.

»Wie kommst du darauf?« fragte ich matt.

»Du siehst aus, als hättest du in deinen Klamotten geschlafen«, erläuterte sie.

»Ach, hör doch auf«, sagte ich. An solchen Tagen war mir ihre australische Direktheit einfach zuviel. »Wenn du findest, daß ich von außen schlimm ausseh, solltest du erst mal sehen, was für Unterwäsche ich anhab.«

Megan bügelte ihre Sachen sogar dann, wenn sie nur fünf Minuten Schlaf bekommen hatte. Falls sie keine saubere Unterwäsche mehr hatte, nahm sie sich die Zeit, auf dem Weg ins Büro welche zu kaufen. Allerdings bestand keinerlei Gefahr, daß sie je in diese Verlegenheit käme, denn sie wusch immer so rechtzeitig, daß ihre Wäscheschublade nie leer wurde. Typisch Australier. Ein arbeitsames Volk. Zäh. Führen ein geregeltes Leben.

Der Tag ging normal weiter. Von Zeit zu Zeit malte ich mir eine Katastrophe aus, bei der ein Flugzeug vom Himmel stürzte, wie damals über Lockerbie, und in unserem Büro aufschlug. Sicherheitshalber am besten auf meinem Schreibtisch. Dann würde ich ewig nicht mehr zur Arbeit gehen müssen. Natürlich könnte ich auch tot sein, aber auch dann brauchte ich nicht zur Arbeit zu gehen.

In regelmäßigen Abständen öffnete sich die Tür zu Mr. Simmonds Büro. Er kam mit wabbelndem Hinterteil heraus, warf mir, Meredia oder Megan ein Blatt auf den Schreibtisch und brüllte dazu »Achtundvierzig Tippfehler. Sie steigern sich von Tag zu Tag« oder »Wer von Ihnen hat Tippex-Aktien gekauft?« oder eine andere Unfreundlichkeit.

Hetty behandelte er nie schlecht, weil er Angst vor ihr hatte. Ihre Damenhaftigkeit erinnerte ihn daran, daß er ein durchschnittlicher Junge aus der Mittelschicht war und Kunstfaser-Anzüge trug.

So gegen zehn vor zwei entfaltete sich im Büro ein kleines Drama, und mit einem Schlag schien sich die Megan gemachte Voraussage zu erfüllen. Ich hing gerade über meinem Schreibtisch und las einen Artikel darüber, was für eine Wohltat Kaffee sein kann, und Meredia schnarchte leise an ihrem Schreibtisch vor sich hin, eine große Tafel Schokolade griffbereit neben sich.

Megan kam mit einem Gesicht weiß wie ein Laken hereingewankt. Aus ihrem Mund floß Blut.

»Megan!« rief ich beunruhigt aus und sprang von meinem Schreibtisch auf. »Was ist *passiert*?«

»Äh?« fragte Meredia, die verwirrt zu sich kam, wobei ihr ein dünner Speichelfaden aus dem linken Mundwinkel lief.

»Es ist nichts«, sagte Megan. Allerdings sah sie ziemlich angegriffen aus, als sie sich auf meinen Schreibtisch setzte. Blut lief ihr über das Kinn auf die Bluse.

»Ich ruf 'nen Krankenwagen.«

»Kommt überhaupt nicht in Frage«, sagte ich, von Panik ergriffen und gab ihr eine Handvoll Papiertaschentücher, die sich sogleich mit Blut vollsogen. »Das mach ich schon. Leg dich lieber hin. Meredia, schwing deinen dicken Hintern und hilf ihr dabei!«

»Der Krankenwagen ist nicht für mich, Dummkopf«, sagte Megan ärgerlich und schüttelte Meredia ab. »Er ist für den Kerl, der von seinem Rad gefallen und auf mir gelandet ist.«

»Großer Gott!« rief ich aus. »Ist er schwer verletzt?«

»Nein«, sagte Megan knapp, »aber warte nur, bis ich mit ihm fertig bin. Dann braucht er einen Sarg und keinen Krankenwagen.«

Bevor ich dazu kam, hatte sie den Hörer abgenommen und die Notrufnummer gewählt. Mit einem Mund voll Blut forderte sie einen Krankenwagen an.

»Wo ist er?« fragte Meredia.

»Er liegt vor dem Haus auf der Straße und hält den ganzen Verkehr auf«, sagte Megan. Sie war *furchtbar* schlecht gelaunt.

»Kümmert sich jemand um ihn?« fragte Meredia, in deren Augen ein besitzergreifendes Flackern trat.

»Haufenweise Leute«, knurrte Megan. »Ihr Briten habt für Unfälle was übrig, was?«

»Na, auf jeden Fall sollte ich besser nach ihm sehen«, sagte Meredia und wälzte sich zur Tür. »Falls er einen Schock hat, deck ich ihn mit meinem Umschlagtuch zu.«

»Nicht nötig«, sagte Megan, deren Blutung nicht aufhörte. »Jemand hat schon einen Mantel über ihn gelegt.«

Aber Meredia war bereits gegangen. Sie witterte eine günstige Gelegenheit. Trotz ihres (wenn auch mit übermäßigen Fettablagerungen gepolsterten) hübschen Gesichts hatte sie bei Männern nur wenig Erfolg. Nur solche sprangen auf sie an, die auf mehr als mollige Frauen abfuhren. Dazu pflegte Meredia voller Würde zu sagen, »Welche Frau will was mit 'nem Kerl zu tun haben, der sie nur wegen ihres Körpers will?«.

Doch umgekehrt standen die Dinge meiner Ansicht nach nahezu ebenso schlimm. Sie begegnete Männern gern in Situationen, in denen sie entweder seelisch oder körperlich verwundbar waren. Dann kümmerte sie sich um sie, machte sich unentbehrlich und ließ ihnen jede Unterstützung angedeihen, die ein schwacher Mensch brauchen kann.

Das einzige Haar in der Suppe war, daß diese Männer aus Meredias Gesichtskreis verschwanden, kaum daß es ihnen wieder so gut ging, daß sie sich frei bewegen konnten. So gut ihre frisch geheilten Gliedmaßen es zuließen, entzogen sie sich so rasch wie möglich ihrer liebenden Umarmung.

»Ich schaff hier am besten mal 'n bißchen Ordnung«, sagte Megan und wischte sich den Mund am Ärmel ab.

»Sei nicht albern«, sagte ich. »Du mußt dich nähen lassen.«

»Ach was«, sagte Megan verächtlich. »Das ist überhaupt nichts. Hast du schon mal gesehen, was ein Mähdrescher mit dem Arm eines Mannes anstellen kann ...«

»Ach hör doch auf und sei nicht so ... *australisch*! Du mußt ins Krankenhaus und das nähen lassen. Ich komm mit.«

Wenn sie annahm, ich würde mir einen freien Nachmittag entgehen lassen, irrte sie sich gewaltig.

»Das kommt auf keinen Fall in Frage«, gab sie in scharfem Ton zurück. »Was glaubst du eigentlich, wer ich bin? Eine hilflose Halbwüchsige?«

In dem Augenblick öffnete sich die Tür, und Hetty kam von der Mittagspause zurück. Sie war entsetzt vom apokalyptischen Anblick, den Megans Gesicht bot.

Zwei Sekunden später kam Mr. Simmonds herein, der ebenfalls seine Mittagspause beendet hatte. Es schien ihm außerordentlich wichtig zu betonen, daß er und Hetty nicht zusammen in der Mittagspause waren. Er machte klar, daß sie einander erst am Haupteingang begegnet waren – als ob das einen Menschen interessiert hätte.

Auch er sah entsetzt drein. Der Anblick von Megans Blut bestürzte ihn sichtlich, vermutlich aber störte es ihn mehr, *wo* dies Blut überall verteilt war – auf den Schreibtischen, den Aktenordnern, den Telefonen, der Korrespondenz und den Dokumenten seines kostbaren kleinen Reiches.

Er sagte, selbstverständlich müsse Megan ins Krankenhaus und selbstverständlich solle ich sie begleiten. Als Meredia zurückkehrte, um uns vom Eintreffen des Krankenwagens zu unterrichten, erklärte er ihr, auch sie solle uns begleiten. Hetty allerdings müsse dableiben, weil er jemanden brauche, um die Stellung zu halten.

Während ich bereitwillig meinen Computer abschaltete und meinen Mantel holte, kam mir mit einem Mal der Gedanke, daß Hetty dem Giftzwerg sicher alles mögliche andere halten sollte als die Stellung.

9

Im Krankenwagen war nicht genug Platz für Meredia. Das tat mir richtig leid für sie, aber neben all der Ausrüstung, den beiden Sanitätern, dem verletzten Radfahrer, Megan und mir ließ sich eine Frau vom Umfang eines Elefanten nicht auch noch unterbringen.

Meredia aber entmutigte das überhaupt nicht. Sie wollte ein Taxi nehmen und uns am Krankenhaus treffen.

Während der Krankenwagen anfuhr, kam ich mir ein wenig vor wie ein Popstar – wahrscheinlich wegen der getönten Scheiben und der paar Schaulustigen, die uns nachsahen.

Sie gingen nur zögernd weiter. Wahrscheinlich kosteten sie die mit dem Unfall verbundene Erregung bis zur Neige aus, bevor sie in ihr eigenes Leben zurückkehrten, enttäuscht, weil das Drama vorüber und noch mehr enttäuscht, weil dabei niemand ums Leben gekommen war.

»Er scheint ja noch ganz gut beisammen zu sein, oder?« sagte einer von ihnen zum anderen.

»Ja«, kam die mürrische Antwort.

Vier Stunden lang saßen wir auf harten Stühlen in der überfüllten Notaufnahme, wo überarbeitete Schwestern herumhetzten. Auch Menschen mit weit schlimmeren Verletzungen als Megan oder Shane (so hieß der Radfahrer – mittlerweile kannten wir einander alle ziemlich gut) saßen da und warteten, ihre abgetrennten Gliedmaßen, die sie hatten in Sicherheit bringen können, auf dem Schoß. Sterbende wurden mit atemberaubender Geschwindigkeit auf Tragen an uns vorübergeschoben. Niemand schien uns sagen zu können, was vor sich ging oder wann sich jemand um Megan oder Shane kümmern würde. Der Kaffeeautomat funktionierte nicht. Der Imbißstand war geschlossen. Es war bitter kalt.

»Wenn ich daran denke, daß wir jetzt im Büro säßen ...« Selig schloß ich die Augen.

»Ja«, seufzte Megan. »Da haben wir aber Glück gehabt, was?« Während sie sprach, bröckelte ihr eine Blutkruste vom Gesicht.

»Großer Gott.« Ich lächelte. »Heute morgen ging es mir so *elend*. Hätte ich doch nur gewußt, was für eine Überraschung der Tag für mich bereithielt.«

»Ich hoffe, daß sich bald jemand um mich kümmert«, sagte Shane besorgt und mit verwirrtem Blick. »Die warten nämlich dringend auf die Papiere hier. Hat jemand mein Funkgerät gesehen?«

Er war ein Fahrradkurier, der auf dem Weg zu einem Kunden ins Schleudern gekommen und auf Megan gelandet war.

Er nickte immer wieder ein, fuhr ruckartig hoch und fing wieder von seinen dringenden Dokumenten an. Megan und ich tauschten leidende Blicke, als er zum dutzendsten Mal dieselbe Geschichte erzählte, während Meredia ihm zulächelte wie einem süßen kleinen Kind. Irgendwann kam uns der Gedanke, daß er vielleicht nicht geistesgestört war, sondern eine Gehirnerschütterung hatte.

Abgesehen von Shanes regelmäßigen Ausbrüchen verlief die Unterhaltung träge.

»Sieh es mal positiv«, lächelte ich Megan zu und wies auf ihren verletzten Mund. »Jetzt ist bei dir was auseinandergegangen, ganz wie vorhergesagt. Allerdings möchte ich wetten, daß du dabei nicht an eine Lippe gedacht hast.«

Mit einem Mal fuhr Meredia hoch, als hätte sie einen Schuß in den Rücken bekommen. Dabei packte sie mich so fest am Handgelenk, daß sich ihre Nägel tief in meine Haut gruben.

»Großer Gott«, zischte sie und sah starr vor sich hin, wobei ihre Augen sonderbar glänzten. Das Wort, das mir fehlte, war ›wahnsinnig‹. Ein *wahnsinniger* Glanz lag in ihren Augen.

»Sie hat recht!« sagte sie mit nach wie vor zischender Stimme, den Blick weiter unbestimmt vor sich gerichtet. »Mein Gott, sie hat recht.«

»Ich habe einen Namen«, sagte ich. Ihr albernes Getue ging mir auf die Nerven. Außerdem schmerzte mein Handgelenk.

»He, du hast recht«, sagte Megan und begann zu lachen.

»Au!« entfuhr es ihr. Durch das Lachen hatte ihr Gesicht wieder zu bluten angefangen.

»Auseinandergegangen«, fuhr sie fort und lachte noch mehr, so daß ihr das Blut wie ein Wasserfall über das Gesicht lief. »Ja, bei mir ist was auseinandergegangen. Ganz wie Mrs. Nolan gesagt hat. Allerdings kann ich nicht sehen, was daran gut sein soll.«

»Das zeigt sich vielleicht erst im Lauf der Zeit«, sagte Meredia mit geheimnisvoller Stimme und sah unauffällig zu Shane hin, während sie Megan bedeutungsvoll zuzwinkerte und mit dem Kopf erneut auf ihn wies.

»Wenn du weißt, was ich meine ...« fuhr Meredia mit nachdrücklicher Betonung fort.

»Ja, möglich«, lachte Megan fröhlich.

Mir war nicht klar, ob Meredia Shane für sich haben wollte oder ihn Megan zugedacht hatte, aber nach früheren Erfahrungen zu urteilen, hatte sie ihn für sich selbst ausersehen. Die ganze Situation war typisch für sie.

Von Rechts wegen allerdings stand er Megan zu. Hatte nicht sie seinen Sturz gebremst? Außerdem war sie bei dem ganzen Drama so tapfer gewesen, daß sie eine Belohnung verdient hatte.

»Jetzt seid ihr an der Reihe«, meinte Megan. »Demnächst wird sich die Voraussage an dir und Hetty erfüllen.«

»Kennst du den Ausdruck ›Sankt Nimmerleinstag‹?« fragte ich sie lachend.

»Zweifle nur immerzu«, sagte Meredia. »Aber du mußt zugeben, daß es merkwürdig ist.«

»Ich denk nicht dran«, sagte ich. »Sei bloß nicht albern! Wer sich genug Mühe gibt, kann alles so hindrehen, daß es zu beliebigen Voraussagen paßt.«

»So jung und schon so zynisch«, sagte Meredia und schüttelte betrübt den Kopf.

»Hat jemand mein Funkgerät gesehen?« krächzte Shane, der wieder zu Bewußtsein gekommen war. »Ich muß mit meiner Einsatzzentrale sprechen.«

»Pst, Schätzchen, ist ja schon gut«, sagte Meredia tröstend und drückte seinen Kopf auf ihre Schulter.

Er murmelte irgend etwas Abwehrendes, was ihm aber nichts nützte.

»Warte nur«, drohte mir Meredia über Shanes verwirrten Kopf hinweg. »Du wirst schon sehen. Alles wird eintreffen, und dann wird dir dein Mißtrauen leid tun.«

Ergeben lächelte ich zu Megan hinüber. Doch statt zurückzulächeln, wie ich das erwartet hatte, nickte sie zu meiner großen Bestürzung Meredia bestätigend zu.

Großer Gott, dachte ich, während sich mein Magen vor Schreck zusammenkrampfte, *könnte ihr Gehirn gelitten haben?* Immerhin war Megan der womöglich zynischste Mensch, dem ich je begegnet war, mich nicht ausgenommen, und ich hatte, was Zynismus anging, verdammt hohe Maßstäbe. An manchen Tagen brachte ich es spielend fertig, die besten Zyniker weit und breit zu übertreffen.

Megan war ähnlich zynisch wie ich und mochte nicht einmal Daniel. »Mir kann der mit seinem feinen Getue und seinem guten Aussehen nichts vormachen«, hatte sie gesagt, nachdem sie ihn kennengelernt hatte.

Was also war mit ihr passiert? Sie konnte doch unmöglich glauben, daß die ihr und Meredia gemachten Voraussagen eingetroffen waren oder gar, schlimmer noch, daß deshalb auch die eintreffen würden, die Mrs. Nolan Hetty und mir gemacht hatte?

Als es schließlich soweit war, daß weder Herzinfarkt-Patienten noch andere dem Tode nahe Menschen behandelt werden mußten, nähte man Megans Wunde. Shanes Diagnose lautete, daß er keine Gehirnerschütterung habe, aber zu gewissenhaft sei. Endlich durften wir alle gehen.

»Wo wohnst du?« erkundigte sich Meredia bei Shane, als wir auf dem Parkplatz des Krankenhauses standen.

»In Greenwich«, sagte er vorsichtig. Das lag im Süden Londons. *Weit* im Süden.

»Was für ein glücklicher Zufall«, sagte Meredia rasch. »Wir können gemeinsam ein Taxi nach Hause nehmen.«

»Aber…« wollte ich einwenden und Meredia daran erinnern, daß sie fern von Greenwich in Stoke Newington lebte, im Nordosten der Stadt.

Sie aber bedachte mich mit einem so mordlüsternen Blick, daß ich verstummte.

»Ich muß mich aber um mein Rad kümmern«, protestierte Shane und wich furchtsam vor ihr zurück. »Außerdem muß ich diese Papiere wirklich noch zustellen.«

»Ach was«, sagte Meredia voll falscher Munterkeit. »Dazu ist auch morgen noch Zeit. Komm. Gute Nacht! Bis morgen im Büro – wenn ich dann noch gehen kann«, murmelte sie halblaut. Wohl aber laut genug, daß Shane es hören konnte, denn er zuckte zusammen.

»Ihr wißt schon«, sagte sie mit anzüglichem Blick und einer unzweideutigen Handbewegung. Mit einem letzten bedeutungsvollen Zwinkern ging sie davon und zog den völlig verschreckten Shane am Arm hinter sich her. Er warf Megan und mir einen flehenden Blick zu. Sein Gesicht war ein einziger Hilferuf, aber wir konnten nichts für ihn tun.

Ein unschuldiges Lamm wurde zur Schlachtbank geführt.

10

Als Megan und Meredia am folgenden Tag aller Welt mitteilten, daß ich heiraten würde, brach die Hölle los. Eigentlich sagten sie es nicht aller Welt, sondern lediglich Caroline, der Empfangsdame in unserem Bürogebäude. Das war aber genausogut, als wenn sie es aller Welt gesagt hätten – fast noch besser.

Obwohl ich zur Zeit keinen Freund hatte, waren sie überzeugt, daß sich Mrs. Nolans Voraussage bei mir ebenso bewahrheiten würde wie bei ihnen.

Natürlich entschuldigten sie sich später und sagten, sie hätten es nicht böse gemeint, es sei nur ein Scherz gewesen, usw. usw., aber da war der Schaden schon geschehen und der Gedanke hatte sich in meinem Kopf festgesetzt – schließlich wäre es gar nicht so schlecht, einen Freund zu haben, einen Menschen, der mich verstand, bei dem ich mich geborgen fühlte, dem ich mich mitteilen konnte.

Alte Sehnsüchte kamen wieder hoch. Ich begann, etwas vom Leben zu *erwarten*, und das war immer ein Fehler.

Aber all das stand mir noch bevor, als mein Wecker klingelte. Dabei glaubte ich schon in dem Augenblick, daß ich mich elend fühlte. Nur gut, daß es wenigstens Freitag war.

Als ich aufwachte, herrschte in meinem Zimmer das gleiche Chaos wie am Vortag. Da ich nach wie vor nicht gewaschen hatte und daher immer noch keine saubere Unterwäsche hatte, mußte ich die Boxershorts anziehen, die Steven bei seinem fluchtartigen Aufbruch vor etwa drei Wochen zurückgelassen hatte. Ich wollte sie ihm irgendwann zurückgeben und hatte sie daher gewaschen, damit sie wenigstens sauber waren.

Der Schokoladenautomat am U-Bahnhof erwies sich als heimtückisch – er funktionierte schon wieder! Augenscheinlich konnten mich Maschinen nicht leiden. Er spuckte einen

Nußriegel mit Trockenfrüchten aus, und meine Willenskraft reichte nicht aus, ihn nicht zu essen. Immer mehr gelangte ich zu der Überzeugung, daß ich an Eßstörungen litt. Schokolinsen haben nur 170 Kalorien, ein Nußriegel mit Trockenobst aber 267. Oder sind es 269? Auf jeden Fall *mehr*. Es wurde schlimmer statt besser. Am nächsten Tag würde ich vermutlich versuchen, eine von den riesigen Familientafeln aus dem Automaten zu holen, überlegte ich, und noch eine Woche später würde ich eine Zweikiloschachtel Pralinen zum Frühstück in mich hineinstopfen.

Unser Bürogebäude erreichte ich mit einer Verspätung, die sogar nach meinen Maßstäben beträchtlich war.

Während ich am Empfang vorbeirannte, hätte mich fast Mr. Simmonds umgerannt, während er im Sturmschritt der Herrentoilette entgegeneilte. Dabei hopste sein Hinterteil etwa drei Meter hinter ihm her und gab sich die größte Mühe, mit ihm Schritt zu halten. Er wirkte erregt und hatte leicht gerötete Augen. Hätte ich diesem Mann menschliche Empfindungen zugetraut, ich hätte geschworen, daß er weinte. Offensichtlich war er aufgewühlt. Meine Stimmung besserte sich schlagartig.

Munter lächelte ich Caroline am Empfang zu. Das war dringend angesagt, denn sie war ziemlich mimosenhaft und würde mir keine Privatgespräche mehr durchstellen, wenn sie sich von mir gekränkt fühlte. Sie lächelte fröhlich zurück. Während ich an ihr vorüberhastete, hörte ich, wie sie mir etwas nachrief – es klang verdächtig nach »Glückwunsch« –, aber ich war zu neugierig darauf, welche Katastrophe über Mr. Simmonds hereingebrochen war, als daß ich weiter darauf geachtet hätte.

Als ich die Tür zum Büro aufriß, machte ich mir keine großen Sorgen mehr wegen meiner Verspätung. Schließlich hatte Mr. Simmonds offenbar Wichtigeres zu tun, als sich damit abzugeben.

Megan trug rechts an Kinn und Mund einen weißen Verband. Ihre Abschürfungen schienen gut verheilt zu sein. Dann blieb ich wie angewurzelt stehen: Megan und Meredia stritten sich nicht, sondern sprachen liebenswürdig miteinander. Das steigerte meine Verwirrung noch mehr.

Waffenstillstand, dachte ich. *Wie ungewohnt*. Aufgeregt tuschelten die beiden in der Ecke miteinander, wo die Bürokekse standen und wo auch sonst immer eine gewisse Eintracht herrschte.

Es war kaum anzunehmen, daß sie sich über Megans Verletzungen oder Meredias Geschlechtsleben unterhielten. Um die beiden an einen Tisch zu bringen, war mehr nötig.

Das konnte nur bedeuten, daß es um etwas Schwerwiegendes ging. Herrlich! Meine Stimmung hob sich noch mehr. Aufregung gefiel mir. Vielleicht hatte man Mr. Simmonds gekündigt, oder seine Frau war ihm davongelaufen. Irgend etwas Angenehmes in der Richtung mußte es sein.

Ich sah mich rasch um. Wo war denn die eifrige Hetty?

»Lucy!« rief Meredia mit dramatischer Stimme, wie es so ihre Art war. »Gut, daß du endlich da bist. Es gibt was, was du unbedingt wissen mußt.«

»Hat es mit dir und Shane geklappt?« fragte ich, während mich prickelnde Vorfreude überlief.

Ein Schatten überzog Meredias Gesicht. »Darüber reden wir später«, sagte sie. »Nein, es hat was mit hier zu tun.«

»*Ach ja?*« stieß ich erregt hervor. »Ich dachte mir schon, daß was passiert sein mußte. Auf dem Gang bin ich gerade an Ivor dem Schrecklichen vorbeigekommen, und er war …«

»Lucy, es ist besser, du setzt dich«, unterbrach mich Megan.

»Wo brennt's denn?« fragte ich. Ich konnte nicht erwarten, es zu erfahren.

»Es ist was passiert, was du wissen mußt«, sagte Meredia und flüsterte theatralisch. Sie war sichtlich darauf erpicht, eine Atmosphäre der Spannung zu erzeugen.

»Warum sagst du es dann nicht einfach?« fragte ich.

»Es geht um Hetty«, sagte Megan feierlich und sprach mit der Seite ihres Mundes, die nicht verletzt war.

»*Hetty?*« stieß ich ungläubig hervor. »Aber was hat sie mit Ivor dem Schrecklichen zu tun? Oder mit mir? Großer Gott – die beiden haben doch nicht etwa ein Verhältnis?«

»Aber nein«, sagte Meredia erschauernd. »Es ist was *Gutes*. Aber sie kommt erst in ein paar Tagen wieder, weil ihr was passiert ist.«

»Könntet ihr mir nicht endlich sagen, was?« sagte ich ziemlich wütend. »Oder muß ich den ganzen Tag hier sitzen, während ihr das auseinanderdröselt?«

»Mann, sei doch nicht so ungeduldig«, sagte Meredia ungnädig.

»Sag's ihr schon«, forderte Megan mit dem Gangstermund sie auf.

»Was soll sie mir sagen?« fragte ich – ganz, wie es vermutlich von mir erwartet wurde.

»Hetty«, begann Meredia. Dann ließ sie eine Pause eintreten – großer Gott, die reinste Schikane.

»Hetty«, sagte sie wieder. Erneute Pause. Ich unterdrückte das Bedürfnis herauszuschreien.

»Hetty hat ihre große Liebe kennengelernt«, erklärte Meredia schließlich mit feierlicher Stimme. Danach herrschte Schweigen. Man hätte einen Tropfen Säure fallen hören können.

»Tatsächlich?« brachte ich mit heiserer Stimme heraus.

»Du hast es doch gehört«, sagte Meredia mit süffisantem Lächeln. In der Hoffnung auf etwas Vernunft und Normalität sah ich zu Megan hinüber. Sie aber nickte nur und lächelte ebenso süffisant.

»Sie hat ihre große Liebe kennengelernt, ihren Dick verlassen und zieht sofort bei Roger ein.«

»Und Ivor dem Schrecklichen hat es das Herz gebrochen«, lachte Megan laut heraus und schlug sich auf die gebräunten schlanken Schenkel.

»So ein Blödsinn«, sagte ich abwesend. »Er hat doch gar keins.«

Meredias und Megans glucksendes Lachen antwortete mir, doch ich brachte es nicht fertig einzustimmen.

»Er muß richtig in sie verschossen gewesen sein«, sagte Megan. »Gott, die arme Hetty. Wie entsetzlich. Überlegt doch nur! Wahrscheinlich ist er pausenlos mit 'nem Steifen rumgelaufen.«

»Hör auf, Megan«, flehte ich. »Sonst kommt's mir hoch.«

»Mir auch«, sagte Meredia.

»Hab ich das richtig verstanden?« fragte ich schwach. »Der andere heißt Roger?«

»Ja«, lächelte Megan.

»Aber Hetty tut so was nicht«, sagte ich. Ich war unsicher und verwirrt. Es kam mir alles falsch vor. Eine solche Handlungsweise entsprach *wirklich* nicht Hettys Art. Es paßte nicht zu ihr. Sie war die Beständigkeit, Standhaftigkeit, Unerschütterlichkeit, Zuverlässigkeit und alles andere, was auf -keit endet, in Person. Sie war nicht die Art Frau, die vor ihrer Ehe und allem, was damit zusammenhängt, davonläuft, nur, weil ihr die große Liebe begegnet. So etwas tat sie einfach nicht.

Ich wäre ebenso verstört und fassungslos gewesen, wenn die Erde ihren Lauf geändert hätte und die Sonne im Westen statt im Osten aufgegangen oder eine zu Boden gefallene Scheibe Toast mit der Butterseite nach oben liegengeblieben wäre.

Daß Hetty ihren Dick verlassen hatte, widersprach allem, was ich für wahr hielt. Meine Welt war in ihren Grundfesten erschüttert.

»Freust du dich nicht für sie?« fragte Meredia.

»Wer ist ihre große Liebe?« stieß ich hervor.

»Warte, du wirst es erfahren«, sagte Meredia und ließ sich dabei jede Sekunde auf der Zunge zergehen.

»Ja, paß nur auf.« Auch Megan kostete jeden Augenblick aus.

»Ihre große Liebe ist niemand anders als Dicks Bruder«, sagte Meredia schließlich triumphierend.

»Sein Bruder?« flüsterte ich. Die Sache wurde immer sonderbarer. »Was ist da passiert? Sie kennt den Burschen seit Jahren und beschließt mit einem Mal, daß sie ihn liebt?«

»Aber nein«, sagte Meredia und lächelte mir zu wie einem ungezogenen Kind. »Es ist schrecklich romantisch. Sie hat ihn erst vor drei Tagen kennengelernt. Kaum hatten sie sich gesehen, ging es ›voilà, Liebe auf den ersten Blick, coup de foudre, toujours l'amour, je t'adore, äh … hm … la plume de ma tante‹.« Sie verstummte, weil ihr keine weiteren französischen Brokken zur neuen Situation einfielen.

»Und wieso hat sie ihn nicht früher getroffen?« fragte ich. »Sie ist doch schon seit Jahren verheiratet?« Aber da fiel mir etwas ein.

»Bitte nein«, sagte ich beunruhigt. »Bitte nein. Das darf nicht sein.«

»Was?« fragten Megan und Meredia wie aus einem Munde.

»Sagt mir bitte nicht, daß er Dicks jüngerer Bruder mit den langen blonden Haaren ist, der sich die letzten zwanzig Jahre in fernen Ländern rumgetrieben hat – vielleicht in Kenia, Birma oder was weiß ich wo – ungefähr so wie in *Die letzten Tage des Radscha*, und jetzt ist er braungebrannt zurückgekehrt, trägt einen weißen Leinenanzug, sitzt in einem Korbstuhl, trinkt Gin und wirft Hetty einen Schlafzimmerblick zu. Das könnte ich einfach nicht *ertragen*! Das wäre ja nur noch klischeehaft.«

»Na hör mal, Lucy«, tadelte mich Meredia. »Du hast eine viel zu blühende Phantasie. Nein, in die Richtung geht es überhaupt nicht.«

»Hat er ihr auch kein Elfenbeinarmband geschenkt?«

»Jedenfalls hat sie nichts davon gesagt«, sagte Meredia mit Zweifel in der Stimme.

»Puh.« Ich stieß einen Seufzer der Erleichterung aus. »Gut.«

»Es ist Dicks *älterer* Bruder«, sagte Megan.

»Gut«, sagte ich noch mal. »Das ist wenigstens schon mal gegen das Klischee.«

»Und sie hatte ihn noch nie gesehen, weil sich die Familie zerstritten hatte«, fuhr Meredia fort. »Dick und Roger haben jahrelang nicht miteinander gesprochen. Inzwischen aber sind sie die besten Freunde. Na ja, vielleicht auch nicht, jetzt, wo Hetty…«

Ich sah die beiden an und ihre glücklichen, erregten Gesichter.

»Du sitzt ja da wie ein Trauerkloß«, sagte Megan. »Was stimmt eigentlich nicht mit dir?«

»Ich weiß nicht«, sagte ich. »Irgendwie paßt das alles nicht.«

»Tut es aber«, jubelte Meredia. »Die Wahrsagerin hat gesagt, daß sie ihrer großen Liebe begegnet, und jetzt ist es passiert!«

»Aber irgendwas mit Hetty und Dick stimmt nicht«, sagte ich verzweifelt. »Das konnte man doch auf der Rückfahrt von Mrs. Nolan sehen, als sie so aus der Fassung war.«

Schweigend und mit verdrießlichem Gesicht saßen Meredia und Megan da.

»Statt dagegen was zu unternehmen, glaubt sie lieber, was sich eine hergelaufene Wahrsagerin aus den Fingern saugt. Diese Frau ist ein Scharlatan und ...«

»Ist sie nicht«, fiel mir Meredia erbost ins Wort. »Ich hab jedenfalls nichts davon gesehen, daß sie ihre Farbe geändert hätte.«

»Du meinst ein Chamäleon«, erklärte ich gereizt. »Jedenfalls hat sie zu Hetty gesagt, sie würde ihrer großen Liebe begegnen, und die geht her und fällt auf den erstbesten Kerl rein, der ihr über den Weg läuft. Dabei hat er nicht mal 'nen Leinenanzug oder 'nen Korbsessel, wie es sich gehört. Dann brennt sie auch noch mit ihm durch, ohne eine Sekunde lang an die Konsequenzen zu denken!«

»Könnte sogar sein, daß sie mit Ivor dem Schrecklichen ein bißchen geflirtet hat oder was in der Richtung«, fügte ich hinzu, »weil es ihr so dreckig gegangen ist.« Beide sahen bleich aus und hatten kalten Schweiß auf der Stirn, und so ließ ich eine Pause eintreten – für den Fall, daß sich eine von ihnen übergeben mußte.

Nach einer Weile fuhr ich fort: »Es war schon in Ordnung, daß wir uns die Karten haben legen lassen, aber ihr hättet das nicht ernst nehmen dürfen. Es sollte doch nur ein Spaß sein und nicht etwa eine Lösung bei wirklichen Schwierigkeiten.« Beide schwiegen.

»Versteht ihr nicht?« fragte ich, aber sie wichen meinem Blick aus und fixierten ihre Schuhspitzen. »Das ist nicht das Richtige für Hetty.«

»Woher willst du das wissen?« fragte Meredia. »Warum hast du kein Vertrauen zu Mrs. Nolan? Warum glaubst du ihr nicht?«

»Weil Hetty wirklich Schwierigkeiten in ihrer Ehe hat«, sagte ich. »Die löst sie nicht dadurch, daß sie sich einredet, sie wäre der großen Liebe begegnet. Das ist Flucht vor der Wirklichkeit.«

»Du hast ja nur Angst«, stieß Megan plötzlich heftig hervor. Es klang wütend, sie hielt dabei den Kopf schief, und ihr Gesicht war von Eifer gerötet.

Mit ihren Abschürfungen und dem Verband sah sie aus wie jemand aus einer australischen Seifenoper.

»Wovor soll ich Angst haben?« fragte ich überrascht.

»Du willst nicht wahrhaben, daß die Voraussagen für mich, Meredia und Hetty eingetroffen sind, weil du sonst einsehen müßtest, daß sich auch die erfüllt, die sie dir gemacht hat.«

»Was ist bloß in dich gefahren, Megan?« sagte ich verzweifelt. »Ich appelliere an dich als diejenige, die den klarsten Verstand hier hat. Die Stimme der Vernunft.«

Meredia plusterte sich vor Empörung förmlich auf. Das war eine ziemliche Leistung, denn es hatte vorher schon ausgesehen, als würde sie im nächsten Augenblick platzen.

»Hör mal«, fuhr ich fort. »Du glaubst doch nicht etwa an den ganzen faulen Zauber mit der Wahrsagerei? Oder?«

»Die Tatsachen sprechen für sich«, sagte sie von oben herab.

»So ist es«, grinste Meredia. Jetzt, da sie Megan auf ihrer Seite wußte, war sie außerordentlich mutig und versuchte sogar, höhnisch den Mund zu verziehen. »Jawohl, die Tatsachen sprechen für sich, und deshalb solltest du dich ihnen besser stellen. Du heiratest, und Schluß.«

»Ich will wirklich nicht mit euch darüber streiten«, sagte ich beherrscht, »aber ich kann mir diesen Blödsinn nicht länger anhören. Für mich ist das Thema erledigt.«

Die beiden tauschten einen sonderbaren Blick, den ich bewußt übersah. Konnte es sein, daß Besorgnis oder gar Schuldbewußtsein darin lag?

Ich ging an meinen Platz, schaltete den Rechner ein, unterdrückte den Drang, mich aufzuhängen, der sich flüchtig, aber durchaus nachdrücklich, in mir meldete, und widmete mich dem, was zu tun war.

Nach einer Weile fiel mir auf, daß nach wie vor keine der beiden arbeitete. Das war zwar nicht weiter ungewöhnlich, zumal Mr. Simmonds noch nicht wieder zurück war, doch statt Privatgespräche mit Australien zu führen, in *Marie Claire* zu blättern oder ihr Mittagessen zu verzehren (was Meredia meist gegen halb elf tat), saßen sie einfach da und sahen mich komisch an.

Ich hörte auf zu schreiben und hob den Blick.

»Warum führt ihr euch eigentlich so abartig auf?« fragte ich gereizt.

»Sag's ihr«, brummelte Meredia.

»O nein, ich nicht«, sagte Megan mit leicht bitterem Lachen. »Es war dein Einfall, jetzt sag es ihr auch.«

»Du bist doch ein Miststück!« begehrte Meredia auf. »Es war nicht mein Einfall, sondern *unserer*.«

»Da soll doch...« fiel ihr Megan ins Wort. »Du hast damit angefangen.« In dem Augenblick klingelte mein Telefon. Ohne den Blick von den beiden zu nehmen, die sich so ineinander verbissen hatten, daß die Fetzen flogen, nahm ich ab. Einen guten Streit ließ ich mir nur ungern entgehen, und Meredia und Megan waren auf dem Gebiet absolute Spitzenklasse. Es war amüsant zu sehen, wie kurz sie es durchgehalten hatten, ein Herz und eine Seele zu sein.

»Ja, bitte«, meldete ich mich.

»Lucy«, kam es zurück. Ich kannte die Stimme: meine Mitbewohnerin Karen. Sie klang verärgert. Vermutlich hatte ich vergessen, meinen Anteil an der Gasrechnung, der Telefonrechnung oder an was auch immer zu bezahlen.

»Hallo, Karen!« sagte ich rasch und versuchte meine Nervosität zu überspielen. »Es tut mir wirklich leid, daß ich nicht an die Telefonrechnung gedacht habe. Oder war es die Gasrechnung? Ich bin gestern erst spät nach Hause gekommen, und...«

»Lucy, stimmt das?« fiel sie mir ins Wort.

»Natürlich stimmt es«, gab ich entrüstet zur Antwort. »Es war schon weit nach Mitternacht, als ich...«

»Ach was, davon rede ich doch gar nicht«, sagte sie ungeduldig. »Ich meine, stimmt es, daß du heiratest?«

Der Raum um mich herum schwankte.

»Entschuldige bitte«, sagte ich schwach. »Wer hat dir denn um Himmels willen *den* Floh ins Ohr gesetzt?«

»Eure Telefonistin«, sagte Karen. »Ich muß schon sagen, das von ihr zu erfahren, finde ich das Letzte. Wann hattest du die Absicht, es Charlotte und mir zu sagen? Da glaubt man, deine besten Freundinnen zu sein, und jetzt müssen wir eine Anzeige aufgeben und uns eine neue Mitbewohnerin suchen.

Dabei kommen wir doch so gut miteinander aus. Wenn wir nun eine Zicke kriegen, die nicht trinkt und keine gutaussehenden Männer kennt? Ohne dich wird alles ganz anders sein …« In diesem Jammerton ging es weiter.

Megan und Meredia waren verdächtig still geworden. Beide saßen da und rührten sich nicht. Auf ihren Gesichtern lag unübersehbar Schuldbewußtsein.

Sahen sie schuldbewußt drein? Karen sprach davon, daß ich heiraten würde? Und was war mit Megans und Meredias Beharren darauf, daß die auf Hetty gemünzte Prophezeiung »eingetroffen« sei? Mrs. Nolan hatte vorausgesagt, daß ich heiraten würde. *Das Schuldbewußtsein auf ihren Gesichtern.*

11

Zu guter Letzt dämmerte es mir. Die Sache war so unerhört, daß ich es kaum fassen konnte. War es wirklich möglich, daß sie glaubten, Mrs. Nolans Prophezeiung müsse sich auch bei mir bewahrheiten, weil sie bei Meredia, Hetty und Megan angeblich eingetroffen war? War es denkbar, daß diese beiden blöden Kühe überall herumerzählt hatten, ich würde heiraten, als handelte es sich dabei um eine *Tatsache* und nicht um etwas, das eine Kartenlegerin zusammenphantasiert hatte?

Wut stieg in mir auf. Und ich war verblüfft. Wie konnten die beiden nur so unsagbar dämlich sein?

Mir wurde klar, daß ich kein Recht hatte, mich groß darüber aufzuregen. Mein bisheriges Leben hatte aus einer Abfolge von Dummheiten bestanden, darunter die eine oder andere wirklich kindische und ein oder zwei ausgesprochen verrückte Sachen. Trotzdem war ich ziemlich sicher, daß mir etwas derart Hirnrissiges nie und nimmer in den Sinn gekommen wäre.

Ich warf den beiden einen haßerfüllten strafenden Blick zu. Meredia schien auf ihrem Stuhl zusammenzuschrumpfen, das Urbild feiger Angst. (Natürlich meine ich das ›Schrumpfen‹ rein bildlich.) Megan, die sich nicht so leicht beeindrucken ließ, setzte trotzig ihre Kämpfer-Miene auf. – Und Karen redete in unvermindertem Tempo weiter. »… Wir könnten uns natürlich einen Typen ins Haus holen. Bloß, was ist, wenn der auf eine von uns beiden abfährt und …«

»Karen«, versuchte ich ihren Redefluß zu unterbrechen.

»… außerdem würde er das ganze Badezimmer vollpinkeln, du weißt ja, wie Männer sind …«

»Karen«, setzte ich erneut an, ein wenig lauter.

»… auf der anderen Seite wäre es möglich, daß er gutaussehende Freunde hat. Vielleicht sieht er ja selber gut aus. Aber wir dürften dann nicht mehr ohne was rumlaufen, obwohl, wenn er gut aussieht, täten wir das ja unter Umständen ganz gern …«

»Karen!« schrie ich. Sie hörte auf.

»Ich kann jetzt nicht so reden, aber ich ruf dich an, sobald es geht«, sagte ich und war erleichtert, ihrem endlosen Monolog Einhalt geboten zu haben.

»Vermutlich ist es Steven«, fuhr sie fort. »Das finde ich schön. Er ist nett. Ich frag mich sowieso, warum du ihn hast laufen lassen – außer du warst von Anfang an darauf aus, daß er dir 'nen Antrag macht. Raffinierter Schachzug, Lucy. Hätte ich dir gar nicht zugetraut ...« Ich legte auf. Was hätte ich sonst tun sollen?

Durchdringend sah ich Meredia und Megan an. Dann nahm ich mir Meredia allein vor, feuerte aber auch einen Blick auf Megan ab, damit sie begriff, daß ich auch mit ihr noch ein Hühnchen zu rupfen hatte.

Nach einigen Sekunden begann ich wie betäubt zu sprechen. »Das war Karen. Sie scheint der Ansicht zu sein, daß ich heirate.«

»Tut mir leid«, sagte Meredia.

»Mir auch«, murmelte Megan.

»Was tut euch leid?« schnaubte ich unfreundlich. »Vielleicht habt ihr die Güte, mich darüber aufzuklären, was hier gespielt wird?«

Zwar konnte ich mir das ziemlich gut denken, aber ich wollte den beiden die Qual nicht ersparen, mir Wort für Wort ihre Dummheit zu erklären.

Im nächsten Augenblick flog die Tür auf, Catherine aus dem Direktionsbüro stürmte herein und warf ein Schriftstück auf den Tisch. Mit den Worten »Tolle Neuigkeit, Lucy! Ich komm später noch mal runter und laß mir alles genau erzählen«, eilte sie wieder hinaus.

»Was zum Teu...« setzte ich an, da schrillte das Telefon. Es war Charlotte, meine andere Mitbewohnerin.

»Lucy«, sagte sie munter. »Ich hab's gerade von Karen gehört! Ich kann dir gar nicht sagen, wie ich mich für dich freue! Karen findet zwar, daß es bescheuert von dir war, es uns nicht zu sagen, aber bestimmt hattest du deine Gründe.«

»Charlo ...« versuchte ich ihr ins Wort zu fallen, doch das erwies sich, wie bei Karen, als aussichtsloses Unterfangen.

»Wie schön, daß es bei dir endlich geklappt hat«, plapperte sie munter drauflos. »Ehrlich gesagt hätte ich das nie für möglich gehalten. Ich hab dir zwar immer widersprochen, wenn du gesagt hast, du würdest deine Tage als alte Jungfer in einer Wohnküche mit einem Elektroöfchen und vierzig Katzen beenden, aber ich hatte doch allmählich befürchtet, daß es dahin kommen könnte…«

»Charlotte, ich muß dringend weg«, fiel ich ihr wütend ins Wort – von wegen Elektroöfchen! – und knallte den Hörer auf die Gabel. Prompt klingelte es erneut. Diesmal war Daniel am Apparat.

»Lucy«, krächzte er, »sag, daß es nicht wahr ist. Heirate ihn nicht. Niemand kann dich je so lieben wie ich.«

Fuchsteufelswild wartete ich, daß er aufhörte.

»Bist du noch dran?« fragte er nach einer Weile.

»Ja«, sagte ich kurz angebunden. »Wer hat es dir gesagt?«

»Chris«, antwortete er. Es klang überrascht.

»*Chris*«, brüllte ich. »Mein Bruder Chris?«

»Ja, wieso?« fragte der arme Daniel. »Sollte es etwa ein Geheimnis bleiben oder was?«

»Daniel«, sagte ich, »ich kann dir das jetzt nicht im einzelnen erklären, aber ich ruf dich an, sobald es geht. Einverstanden?«

»Einverstanden«, sagte er. »Und was ich vorhin gesagt hab, war nur ein Scherz. In Wirklichkeit bin ich über alle Maßen glückl…«

Ich legte auf. Das Telefon klingelte schon wieder. Ich ließ es klingeln.

»Eine von euch beiden sollte rangehen«, sagte ich wütend. Meredia nahm ab.

»Hallo«, sagte sie nervös.

»Nein«, sagte sie mit einem furchtsamen Blick auf mich, »sie kann im Augenblick nicht an den Apparat kommen.«

Eine Pause.

»Ich sag's ihr«, sagte sie und legte auf.

»Wer war das?« fragte ich. Ich kam mir vor wie in einem bösen Traum.

»Die Jungs vom Lager. Sie wollen dir einen ausgeben und mit dir feiern gehen.«

»Wie weit habt ihr das eigentlich getrieben?« fragte ich. In meinem Kopf drehte sich alles. »Habt ihr allen Abteilungen eine E-Mail geschickt? Oder nur an ein paar hundert meiner engsten Freunde? Wieso weiß es zum Beispiel mein *Bruder*?«

»Dein Bruder?« fragte Megan, die einen leicht verstörten Eindruck machte.

Meredia schluckte. »Wir haben keinem Menschen eine E-Mail geschickt, Lucy. Ehrenwort.«

»Wirklich nicht«, stimmte Megan mit einem Lachen zu, von dem ich in ihrem ureigensten Interesse hoffte, daß es ein Lachen der Erleichterung war. »Wir haben es kaum jemand gesagt. Nur Caroline. Dann noch Blandina und ...«

»Blandina!« unterbrach ich sie scharf. »Ihr habt es *Blandina* gesagt? In dem Fall brauchen wir keine verdammte E-Mail, dann ist es auch so schon überall herum. Bestimmt weiß man es auf dem Mars. Ich möchte wetten, daß es inzwischen auch meine Mutter weiß.«

Blandina war in unserer Firma für Öffentlichkeitsarbeit zuständig. Gerüchte waren ihr Lebenselixier, die Luft, die sie atmete.

Mein Telefon klingelte wieder.

»Da geht jetzt besser eine von euch ran«, sagte ich drohend. »Wenn mir wieder jemand zu meiner bevorstehenden Hochzeit gratulieren möchte, kann ich für die Folgen nicht garantieren.«

Megan nahm ab. »Hallo«, sagte sie, mit einem nervösen Tremolo in der Stimme.

»Für dich«, sagte sie und warf mir den Hörer zu, als wäre er rotglühend.

»Megan«, zischte ich ihr zu und bedeutete ihr mit einer Handbewegung, die Hand auf die Sprechmuschel zu legen. »Ich will mit niemand reden und jetzt auch nicht.«

»Das wäre aber besser«, sagte sie mit kläglicher Stimme. »Es ist deine Mutter.«

12

Flehend sah ich Megan, das Telefon und schließlich wieder Megan an.

Der Anruf meiner Mutter konnte nichts Gutes bedeuten. Sicher war nicht schon wieder jemand gestorben, und einfach nur um zu plaudern rief sie nicht an. Wir hatten nie die Art von Verhältnis gehabt, bei der es hieß: »Kauf's ruhig; ich sag deinem Vater auch nichts davon; niemand würde denken, daß du schon 'ne erwachsene Tochter hast; es steht dir besser als mir; kann ich 'n paar Tropfen von deinem Parfüm haben?; du hast 'ne bessere Figur als damals, wie du geheiratet hast; laß uns noch 'n paar Gin Tonic trinken, schließlich bist du meine beste Freundin.« Es konnte also nur bedeuten, daß meine Mutter irgendwie von dem Gerücht über meine Heiraterei Wind bekommen hatte. Mit ihr zu sprechen ging mir ziemlich gegen den Strich. Offen gestanden hatte ich Angst vor ihr.

»Sag ihr, ich bin nicht da«, zischte ich Megan verzweifelt zu. Im selben Augenblick ertönte aus dem Hörer etwas, das so klang, als zankten sich zwei Papageien. In Wirklichkeit war es meine Mutter. Ich nahm den Hörer.

»Wer ist tot?« fragte ich, um Zeit zu schinden.

»Du«, brüllte sie. So geistreich war sie sonst nicht.

»Ha, ha«, gab ich nervös zurück.

»Lucy Carmel Sullivan«, sagte sie mit wütender Stimme. »Gerade hat mich Christopher Patrick angerufen und mir gesagt, daß du heiraten willst. Heiraten!«

»Mum…«

»Ist es nicht reizend, daß deine eigene Mutter so was aus dem Mund anderer Leute erfahren muß?«

»Mum…«

»Natürlich mußte ich so tun, als wüßte ich es längst. Aber mir war schon immer klar, daß dieser Tag kommen würde, Lucy. Von klein auf warst du pflichtvergessen und zu nichts nutze. Bei dir konnte man sich auf nichts verlassen als darauf, daß du nichts zustande bringen würdest. Für eine so überstürzte Heirat gibt es bei einer jungen Frau nur einen Grund, nämlich wenn sie so dämlich war, sich ein Kind anhängen zu lassen. Dabei hast du noch Glück, daß der Kerl zu dir halten will, wenn auch der Himmel wissen mag, was für ein Schafskopf das schon wieder ist ...«

Ich wußte nicht, was ich darauf sagen sollte, denn es war typisch meine Mutter, daß sie an allem, was ich tat, etwas auszusetzen hatte. So oft schon hatte ich ihre Mißbilligung und Enttäuschung ertragen müssen, daß es mich nicht mehr wirklich rührte.

Seit Jahren hatte ich jede Hoffnung aufgegeben, sie könnte meine Freunde akzeptieren, meine Wohnung schön finden, von meiner Arbeit beeindruckt sein oder sagen, daß ihr meine Mitbewohnerinnen gefielen.

»Du bist genau wie dein Vater«, sagte sie bitter. Die arme Mum, was auch immer ich tat, nichts war ihr je gut genug.

Als ich nach der Sekretärinnen-Ausbildung bei der Londoner Niederlassung eines internationalen Unternehmens untergekommen war, hatte sie mich am ersten Arbeitstag angerufen – nicht etwa, um mich zu meiner Anstellung zu beglückwünschen, sondern um mir mitzuteilen, daß die Aktien der Firma um zehn Punkte gefallen waren.

»Was soll der Unfug, Mum? Hör mir lieber zu«, fiel ich ihr lautstark ins Wort. »Ich heirate nicht.«

»Aha. Lieber willst du mir die Schande eines unehelichen Enkels antun«, klagte sie, nach wie vor verärgert. »Und wie kommst du dazu, mich zu beschimpfen?«

»Mum, ich bin nicht schwanger, und ich habe nicht die Absicht zu heiraten«, sagte ich munter. Eine verwirrte Pause trat ein.

»Es ist ein Jux.« Ich bemühte mich, einen liebenswürdigeren Klang in meine Stimme zu legen.

»So, ein blöder Jux. Ist ja reizend«, schnaubte sie, wieder in ihrem Element. »Wenn du eines Tages heimkommst und mir sagst, du hast einen anständigen Jungen, der dich heiraten will, ist das ein Jux. Dann werde ich aber lachen, bis mir die Tränen kommen.«

Zu meiner Überraschung war ich mit einem Mal richtig wütend. Ohne jeden Anlaß wollte ich sie anschreien, daß ich nie wieder nach Hause kommen und es auf keinen Fall *ihr* sagen würde, sollte ich die Absicht haben zu heiraten, ja, daß ich sie nicht einmal zur Hochzeit einladen würde.

Am komischsten war natürlich daran, daß ich es mir in dem unwahrscheinlichen Fall, daß ich je einen anständigen Mann fand, der eine Arbeit, einen festen Wohnsitz und weder Ex-Ehefrauen noch Vorstrafen hatte, auf keinen Fall würde verkneifen können, ihn meiner Mutter vorzuführen und sie lässig aufzufordern, in aller Ruhe festzustellen, was sie an ihm auszusetzen habe. Obwohl ich sie oft haßte, gab es in mir nach wie vor etwas, das von ihr gern getätschelt und gelobt werden wollte: »Lucy, braves Mädchen.«

»Ist Dad da?« fragte ich.

»Selbstverständlich ist dein heißgeliebter Vater hier«, sagte sie bitter. »Wo sollte er sonst sein? Etwa in der Arbeit?«

»Könntest du ihn mir kurz geben?«

Wenn ich einige Augenblicke mit ihm redete, würde ich mich besser fühlen. Zumindest konnte ich mich damit trösten, daß ich kein hoffnungsloser Fall war, denn einer von beiden liebte mich. Dad verstand es immer prächtig, mich aufzumuntern und sich über Mum lustig zu machen.

»Das wird nicht gehen«, sagte sie hart.

»Warum nicht?«

»Denk mal nach, Lucy«, sagte sie müde. »Gestern ist seine Stütze gekommen. Was glaubst du wohl, in was für 'nem Zustand er da ist?«

»Ich verstehe«, sagte ich, »er schläft.«

»Von wegen schlafen«, knurrte sie. »Im *Koma* liegt er. Und zwar mehr oder weniger ununterbrochen seit vierundzwanzig Stunden. In unserer Küche sieht es aus wie in einem verdammten Flaschencontainer.«

Ich sagte nichts. Für meine Mutter, die keinen Tropfen Alkohol anrührte, war jeder, der gelegentlich einen Schluck trank, automatisch ein Trinker. Wenn man sie hörte, hätte man glauben können, Dad sei der größte Säufer aller Zeiten.

»Du heiratest also nicht?« fragte sie.

»Nein.«

»Heißt das, du hast das ganze Affentheater für nichts und wieder nichts aufgeführt?«

»Aber ...«

»Ich muß jetzt aufhören«, sagte sie, bevor mir etwas Bissiges darauf einfiel. »Ich kann nicht den ganzen Tag hier rumstehen und quatschen. Schön, wenn jemand Zeit dazu hat.«

Zorn stieg in mir auf. Immerhin hatte sie *mich* angerufen, doch bevor ich sie anbrüllen konnte, legte sie wieder los. »Hab ich dir schon gesagt, daß ich jetzt in der Reinigung arbeite?« fragte sie übergangslos mit versöhnlicher Stimme. »Drei Nachmittage die Woche.«

»Sieh mal einer an.«

»Zusätzlich zur Wascherei für die Kirche am Sonntag und Mittwoch.«

»Soso!«

»Die haben nämlich den kleinen Supermarkt zugemacht.«

»Aha.« Ich war so wütend, daß ich nicht mit ihr reden wollte.

»Deshalb war ich froh, das in der Reinigung zu kriegen«, fuhr sie fort. »Die paar Kröten kann ich gut brauchen.«

»Mhm.«

»Ich hab also mit dem Putzen im Krankenhaus, dem Blumenschmuck in der Kirche und dem Ausflug, den ich mit Father Colm vorbereite, ganz schön was um die Ohren.«

Ich *haßte* es, wenn sie so sprach. Es war fast schlimmer, als wenn sie bitter und gemein war. Wie konnte sie erwarten, daß ich nach allem, was sie mir gerade an den Kopf geworfen hatte, plötzlich ein zivilisiertes Gespräch mit ihr führte.

»Und geht es dir gut?« fragte sie unbeholfen.

Am liebsten hätte ich gesagt: »Um so besser, je weniger ich dich sehe«, schluckte es aber hinunter.

»Ach doch«, brachte ich heraus.

»Wir haben dich schon ewige Zeiten nicht gesehen«, sagte sie in einem Ton, der munter und eine Spur frotzelnd klingen sollte.

»Kann schon sein.«

»Warum kommst du nicht nächste Woche einen Abend bei uns vorbei?«

»Mal sehen«, sagte ich und spürte, wie mich Panik überfiel. Ich konnte mir nichts Schlimmeres vorstellen, als einen Abend in Gesellschaft meiner Mutter.

»Donnerstag«, sagte sie in entschiedenem Ton. »Bis dahin hat dein Vater kein Geld mehr, also haben wir gute Karten, daß er nüchtern ist.«

»Bis Donnerstag also«, sagte sie abschließend. »Ich muß jetzt wirklich aufhören.«

Sie bemühte sich, gut gelaunt und freundlich zu klingen, aber man merkte die mangelnde Übung. »Sicher stehen all die … *yuppies* oder wie die heißen, die in den neuen Stadtvillen wohnen, schon vor der Reinigung Schlange, weil sie ihre schicken Armada-Anzüge, ihre teuren Seidenhemden und was weiß ich abholen wollen. Hast du gewußt, daß sich manche sogar die Schlipse reinigen lassen? Ich frage dich! Ihre *Schlipse*! Hat man Töne? Gut und schön für Leute, die zuviel Geld haben …«

»Du mußt dann ja wohl aufhören«, sagte ich trübselig.

»Alles Gute, und bis Donn…« Ich knallte den Hörer auf die Gabel. »Und es heißt *Armani*!« brüllte ich ihn an.

Mit Tränen in den Augen sah ich Megan und Meredia an, die während des ganzen langen Gesprächs schweigend und betreten dagesessen hatten.

»Da seht ihr, was ihr angestellt habt, ihr blöden Kühe!« schnaubte ich, von den heißen Zornestränen überrascht, die mir über das Gesicht liefen.

»Tut mir leid«, flüsterte Meredia.

»Mir auch, Lucy«, murmelte Megan. »Es war Elaines Idee.«

»Hör doch endlich mit dem Quatsch auf«, zischte Meredia. »Ich heiße Meredia, und du hattest den Einfall.« Ich beachtete keine von beiden.

Sie waren vom Ausmaß meines Zorns verblüfft und schlichen auf Zehenspitzen. Ich wurde kaum je wütend. Jedenfalls glaubten sie das. In Wirklichkeit passierte mir das oft, aber ich ließ es mir nur äußerst selten anmerken. Ich fürchtete viel zu sehr, andere könnten mich nicht mehr mögen, wenn ich auf

Konfrontationskurs zu ihnen gehen würde. Das hatte Vorzüge und Nachteile. Zu den Nachteilen gehörte, daß sich die Säure durch meine Magenwand gefressen haben dürfte, bevor ich dreißig bin, der Vorteil aber war, daß man mich bei den seltenen Gelegenheiten ernst nahm, bei denen ich meinem Zorn die Zügel schießen ließ.

Am liebsten hätte ich den Kopf auf die Tischplatte gelegt und geschlafen. Statt dessen entnahm ich meiner Handtasche einen Zwanzig-Pfund-Schein und steckte ihn in einen Umschlag, den ich an Dad adressierte. Wenn Mum nicht mehr im Supermarkt um die Ecke arbeitete, dürfte das Geld zu Hause noch knapper sein als sonst.

Die Nachricht, daß ich nicht heiraten würde, verbreitete sich in der Firma mindestens ebenso schnell wie die von meiner angeblichen Heirat. Ein endloser Zug von Leuten kam unter den unwahrscheinlichsten Vorwänden in mein Büro. Es war ein Alptraum. Kollegen, die auf den Gängen beieinanderstanden, stellten ihre Unterhaltung ein, wenn ich vorüberkam und lachten hinter meinem Rücken. In der Personalabteilung hatte wohl jemand angefangen, Geld für Geschenke zu sammeln, und als es nun zurückgegeben werden sollte, brach ein häßlicher Streit aus, weil viel mehr Geld zurückgefordert wurde als gespendet worden war. Zwar konnte ich nichts dafür, hatte aber doch irgendwie das Gefühl, daß es meine Schuld war.

Der entsetzliche Tag schien nie aufhören zu wollen, aber schließlich endete er doch. Freitags ging ich gewöhnlich nach Feierabend mit Arbeitskollegen »auf ein Glas« in ein Lokal. An jenem Freitag aber fuhr ich sofort nach Hause. Ich wollte niemanden in meiner Nähe haben.

Meine Beschämung, meine Demütigung und das Mitleid der anderen mit meiner Soloexistenz nahm ich mit. Ich hatte mehr als genug davon, daß einen Tag lang alle über mich geredet und gespottet hatten.

Glücklicherweise gingen freitagabends auch Karen und Charlotte mit ihren jeweiligen Kollegen »auf ein Glas«.

Da das gewöhnlich bedeutete, daß man sieben Stunden lang ordentlich becherte und sich in den frühen Morgenstunden des Samstags irgendwo in der Nähe des Oxford Circus in einem namenlosen, als Nachtclub firmierenden Kellerlokal wiederfand, wo man mit jungen Männern in billigen Anzügen tanzte, die sich die Krawatte um die Stirn gebunden hatten, bestand eine gewisse Aussicht, daß ich die Wohnung für mich haben würde. Das war mir sehr recht.

Immer, wenn ich im Kampf mit dem Leben den kürzeren zog – was meist der Fall war –, zog ich mich zu einer Art Winterschlaf zurück. Ich versteckte mich vor den anderen und wollte mit niemandem reden. Meine Kontakte mit meinen Mitmenschen versuchte ich darauf zu beschränken, daß ich beim Pizza-Service anrief und den Boten bezahlte. Dabei war es mir am liebsten, wenn dieser seinen Sturzhelm aufbehielt, weil das für möglichst wenig Blickkontakt sorgte.

Nach einer Weile ging auch das wieder vorüber, und nach ein paar Tagen reichte meine Kraft gewöhnlich wieder aus, mich der Welt und anderen Menschen zu stellen. Es war mir gelungen, aufs neue meine schützende Rüstung anzulegen. Sie gab mir die Möglichkeit, anderen nicht ständig etwas vorjammern zu müssen und erlaubte mir, über meine Mißgeschicke zu lachen und andere darin zu bestärken, das ebenfalls zu tun – einfach, um ihnen zu zeigen, wie umgänglich ich war.

13

Es war bitter kalt, und als ich aus dem Bus stieg, hatte es angefangen zu regnen. Obwohl ich stumm vor Elend war und mich nach der Geborgenheit meiner Wohnung sehnte, durchstreifte ich noch eine Weile die Ladenzeile neben der Bushaltestelle, um Vorräte für die Tage meiner Abkapselung von der Welt anzulegen.

Als erstes kaufte ich am Kiosk vier Tafeln Schokolade und eine Illustrierte, wobei ich es schaffte, mit dem Inhaber kein einziges Wort zu wechseln. (Einer der Vorzüge des Lebens in Londons Mitte.)

Dann erstand ich im Laden nebenan mit schlechtem Gewissen eine Flasche Weißwein. Ich hatte ein unbehagliches Gefühl – so als wüßte der Mann, daß ich sie ganz allein auszutrinken beabsichtigte. Allerdings ist mir nicht klar, warum ich mir darüber Sorgen machte, denn er hätte sich wahrscheinlich einen Dreck darum geschert, wenn mir jemand aus der Schlange ein Messer in den Rücken gerammt hätte, solange er sein Geld bekam. Aber es fiel mir schwer, meine angeborene Kleinstadtmentalität abzuschütteln.

Als nächstes ging ich in die Imbißbude, wo ich es fertigbrachte, eine Tüte Pommes zu kaufen, ohne dabei von jemandem angesprochen zu werden, außer als es um die leicht abzuhandelnde Frage ging, ob ich Essig oder Salz dazu wollte.

Dann marschierte ich in die Videothek, wo ich mir rasch und mit minimalem Gesprächsaufwand etwas Leichtes zur Zerstreuung besorgen wollte. Doch es sollte nicht sein.

»Lucy!« rief Adrian, der Mann hinter der Ladentheke. Es klang so, als wäre er ganz entzückt und begeistert, mich zu sehen.

Warum war ich auch dort hingegangen? Ich hätte mich in den Hintern beißen können, weil ich nicht daran gedacht hatte, daß Adrian auf jeden Fall mit mir würde reden wollen, denn seine Kunden waren sein ganzes Privatleben.

»Hallo, Adrian«, lächelte ich spröde, in der Hoffnung, das werde ihn entmutigen.

»Großartig, dich zu sehen«, brüllte er.

Mir wäre es lieber gewesen, er hätte das gelassen. Bestimmt sahen die Leute im Laden zu mir her. Ich versuchte, mich in meinem unauffälligen braunen Mantel kleiner zu machen.

Rasch – sehr viel rascher, als ich eigentlich gewollt hatte – nahm ich eine Kassette aus dem Regal, und ging damit zur Kasse. Adrian grinste breit.

Wäre ich nicht so brummig gewesen, hätte ich zugeben müssen, daß er wirklich süß war. Nur ein bißchen zu begeistert.

»Wo hast du bloß gesteckt?« fragte er mit lauter Stimme. »Ich hab dich schon seit ... seit *Tagen* nicht gesehen!«

Die anderen Kunden hielten beim Durchstöbern der Regale inne und sahen zu uns herüber. Sie warteten auf meine Antwort. So jedenfalls kam es mir vor, ich war nah am Verfolgungswahn.

Ich war knallrot vor Verlegenheit.

»Du hast dich also ins Leben gestürzt?« fragte Adrian.

»Hab ich«, murmelte ich. (*Adrian, hör bitte auf.*)

»Und was ist passiert?« fragte er.

»Es hat nicht geklappt«, lächelte ich wehmütig. Er lachte schallend. »Weißt du, daß du irrsinnig komisch bist?«

Ich antwortete mit einem gezwungenen Lächeln. Ich spürte es förmlich im Nacken, wie sich die Leute im Laden nach mir umwandten, mich ansahen und dachten: Allen Ernstes? Dieses nichtssagende mickrige Geschöpf? Die sieht mir aber gar nicht irrsinnig komisch aus.

»Jedenfalls ist es schön, dich mal wieder zu sehen«, tönte Adrian. »Und was ziehst du dir heute abend rein?« Er betrachtete die Hülle des Videos, das ich ausgesucht hatte. »Na hör mal!« sagte er. Sein breites Grinsen wich einem Ausdruck von Abscheu. Fast hätte er mir die Kassette an den Kopf geworfen. »Doch wohl nicht *Vier Hochzeiten und ein Todesfall*?«

»Sicher, *Vier Hochzeiten und ein Todesfall*«, beharrte ich und schob ihm die Kassette über die Theke wieder hin.

»Aber Lucy«, flehte er und schob sie mit Bestimmtheit zurück, »das ist rührseliger Kinderkram. Ich weiß es! Wie wär's mit *Cinema Paradiso*?«

»Hab ich schon gesehen«, sagte ich. »Auf deine Empfehlung. Das war an dem Abend, als du mir *Schlaflos in Seattle* nicht geben wolltest.«

»Na siehst du«, sagte er triumphierend. Und was ist mit *Cinema Paradiso – Die ungekürzte Fassung*?

»Auch schon.«

»*Jean Florette*«, fuhr er hoffnungsvoll fort.

»Schon gesehen«, sagte ich.

»*Babettes Fest?*«

»Kenn ich schon.«

»Und *Cyrano de Bergerac*?«

»Welche Fassung?«

»Jede beliebige.«

»Hab ich alle schon gesehen.«

»*La Dolce Vita?*«

»Auch.«

»Irgendwas von Fassbinder?«

»Nein, Adrian« sagte ich, die Verzweiflung niederkämpfend und darum bemüht, entschlossen zu klingen. »Du läßt mich nie mitnehmen, was ich haben möchte. Ich hab alles gesehen, was du an Kultfilmen und ausländischen Filmen da hast. Laß mich bitte was Lustiges sehen, *wenigstens* dies eine Mal. Und zwar auf englisch«, fügte ich hastig hinzu, bevor er versuchte, etwas Lustiges auf schwedisch für mich zu finden.

»Wie du willst«, sagte er mit resignierendem Seufzen. »Also *Vier Hochzeiten und ein Todesfall*. Was gibt's bei dir heute abend eigentlich Schönes zu essen?«

»Na ja«, sagte ich, durch den plötzlichen Themenwechsel aus dem Gleis geworfen.

»Zeig mal, was du hast«, forderte er mich auf. Zögernd stellte ich meine Tüten auf die Theke – das übliche Ritual zwischen Adrian und mir. Vor langer Zeit hatte er mir einmal anvertraut, daß ihn seine Arbeit stark isoliere, er zum Beispiel nie zur selben Zeit esse wie die anderen. Wenn er mit Leuten zu tun habe, die morgens zur Arbeit gingen und abends heimkehrten, wenn er wisse, was sie abends taten und vor allem, was sie aßen, habe er das Gefühl, nach wie vor der wirklichen Welt anzugehören.

Normalerweise hatte ich viel Verständnis für ihn, aber an jenem Abend wollte ich mich von der Außenwelt abschotten, mit der Schokolade und dem Wein allein sein und im vollständigen Rückzug schwelgen.

Außerdem schämte ich mich für das, was ich gekauft hatte: lauter Dinge mit bergeweise Zucker und gesättigten Fettsäuren, aber so gut wie keinem Eiweiß und nicht der Spur von Ballaststoffen.

»Aha«, sagte er, während er den Inhalt meiner Tüten inspizierte. »Pommes, Wein, Schokolade – die schmilzt dir aber, wenn sie lange neben den Pommes liegt. Bist du irgendwie deprimiert?«

»Schon möglich«, sagte ich, wobei ich aus Höflichkeit zu lächeln versuchte. Dabei sehnte ich mich mit jeder Faser danach, daheim zu sein und die Tür hinter mir zumachen zu können.

»Du Arme«, sagte er mitfühlend.

Wieder versuchte ich zu lächeln, aber es gelang mir nicht. Einen Augenblick lang war ich versucht, ihm das ganze Fiasko mit meiner Heiraterei zu erzählen, hatte aber nicht die Kraft dazu.

Adrian war wirklich ein lieber Kerl, und obendrein richtig süß, wie mir undeutlich klar wurde. Er hatte es wohl ein bißchen auf mich abgesehen.

Vielleicht sollte ich ihm eine Chance geben, überlegte ich halbherzig. Möglicherweise hatte Mrs. Nolan das gemeint, als sie sagte, ich würde meinen künftigen Ehemann anfangs nicht erkennen, oder wie auch immer ihre Worte gewesen waren.

Mit leichtem Ärger begriff ich, daß sogar *ich* ihr allmählich glaubte. Ich war also keine Spur besser als Megan und Meredia.

Ärgerlich befahl ich mir, mich zusammenzureißen, und sagte mir, daß ich niemanden heiraten würde, *schon gar nicht* Adrian. Es würde nie gut gehen.

Erstens war da die finanzielle Seite. Ich wußte nicht, wieviel er verdiente, aber besonders üppig konnten seine Einnahmen nicht sein – auf keinen Fall viel mehr als mein Hungerlohn. Man konnte mir bestimmt nicht vorwerfen, daß ich hinter dem Geld her war, aber wie sollten wir – überlegte ich – mit unserem gemeinsamen Einkommen eine Familie ernähren? Und was wäre mit unseren Kindern? Adrian schien an sieben Tagen die Woche zwanzig Stunden täglich zu arbeiten, so daß sie ihren Vater nie zu sehen bekommen würden.

Vermutlich würde ich ihn nicht einmal so lange zu Gesicht bekommen, daß er mich auch nur schwängern konnte. Na ja.

Adrian hatte meine Kundennummer eingetippt, die er auswendig wußte und erklärte mir, daß ich für eine Kassette nachzahlen müßte, die vor zehn Tagen entliehen und nicht zurückgegeben worden war.

»Tatsächlich?« fragte ich und erbleichte, als ich daran dachte, wieviel ich ihm schuldete und daß ich möglicherweise gar nicht wieder aus dem Laden herauskäme.

»Ja«, sagte er mit besorgtem Blick. »Das sieht dir aber gar nicht ähnlich, Lucy.«

Das stimmte. Ich tat nie etwas Unrechtes, denn ich hatte viel zu viel Angst, jemanden damit zu ärgern oder dafür getadelt zu werden.

»Großer Gott«, sagte ich beunruhigt. »Ich kann mich nicht mal *erinnern*, in den letzten vierzehn Tagen was geholt zu haben. Was ist es denn?«

»*Meine Lieder – meine Träume.*«

»Ach so«, sagte ich bekümmert, »das hab ich nicht geholt. Das war bestimmt Charlotte mit meiner Karte.«

Mir rutschte das Herz in die Hose. Das hieß nämlich, daß ich Charlotte Vorwürfe machen mußte, weil sie jemanden getäuscht hatte. Außerdem würde ich die Strafgebühr aus ihr herausbekommen müssen. Zähneziehen dürfte einfacher sein.

»Aber warum, ausgerechnet *Meine Lieder – meine Träume*?« wollte Adrian wissen.

»Ihr Lieblingsfilm.«

»Tatsächlich? Tickt die nicht ganz richtig?«

»Ach was«, nahm ich sie in Schutz. »Sie ist ganz bezaubernd.«

»Na hör mal«, sagte Adrian abschätzig. »Die muß ziemlich dämlich sein.«

»Nein«, beharrte ich, »nur ein bißchen jung.« Und vielleicht eine *Spur* dämlich, dachte ich. Aber das brauchte ich Adrian nicht auf die Nase zu binden.

»Wenn sie älter als acht ist, fällt sie nicht mehr unter ›ein bißchen jung‹,« schnaubte Adrian. »Wie alt ist sie?«

»Dreiundzwanzig«, murmelte ich.

»Alt genug, um es besser zu wissen«, befand er. »Bestimmt hat sie 'ne rosa bezogene Steppdecke und so alberne Pantoffeln mit Figuren drauf«, fügte er hinzu, wobei er seinen Mund vor Abscheu verzog. »Außerdem mag sie Kinder und Tiere und steht sonntags früh auf, um im Fernsehen *Das kleine Haus in der Prärie* nicht zu verpassen.«

Wenn er geahnt hätte, wie nahe er der Wahrheit war!

»Man kann eine Menge über Leute sagen, wenn man sich ansieht, was für Videos sie sich aussuchen«, erklärte er. »Wieso läuft das überhaupt auf *deine* Karte?«

»Weil du ihre eingezogen hast. Weißt du das nicht mehr?«

»Ist das etwa die Blonde, die *Autos, Eisenbahnen und Flugzeuge* mit nach Spanien genommen hatte?« fragte Adrian, und seine Stimme bekam einen beunruhigten Unterton. Entsetzt begriff er, daß er eins seiner kostbaren Videos der widerwärtigen jungen Frau anvertraut hatte, die einen seiner Schätze quer durch Europa geschleppt und sich nach der Rückkehr geweigert hatte, die Strafe zu zahlen. Ihm dämmerte, daß sie es irgendwie geschafft hatte, die von ihm verhängte Sanktion zu unterlaufen.

»Ja.«

»Ich verstehe gar nicht, wieso ich die nicht erkannt haben soll«, sagte er. Er wirkte verstört.

»Schon gut, schon gut«, sagte ich, und wollte ihn beruhigen, damit ich nach Hause gehen konnte. »Ich bring's dir zurück, und ich zahl auch die Strafe.«

Ich hätte mich bereit erklärt, was auch immer zu bezahlen, nur um endlich gehen zu können.

»Nein«, sagte er, »bring's einfach wieder.« Es klang wie im Fernsehen der tränenreiche Appell einer Mutter an die Entführer ihres Kindes.

»Bring's einfach wieder«, wiederholte er. »Mehr verlang ich nicht.«

Ich ging. Ich war erschöpft. So viel zu meinem Wunsch, mit niemandem zu reden.

Auf keinen Fall würde ich an dem Abend mit irgend jemandem mehr ein Wort wechseln, beschloß ich. Ich gelobte mir zu schweigen, doch schien es mir eher, als legte sich das Schweigen über mich.

14

Die Wohnung sah aus wie ein Schlachtfeld. Zwei leere Pizzaschachteln auf dem Fußboden des Wohnzimmers rochen nach Zwiebeln und Peperoni. In der Küche stapelten sich Berge von ungewaschenen Töpfen und Tellern, der Mülleimer quoll über, und auf dem Heizkörper hingen ein paar Klamotten zum Trocknen. Als ich die Kühlschranktür öffnete, um die Weinflasche hineinzustellen, schlug mir ein sonderbarer Geruch entgegen.

Zwar steigerte all das meine Depression noch, doch brachte ich es lediglich fertig, die Pizzaschachteln in eine Mülltüte zu stecken. Wenigstens war ich zu Hause.

Während ich mit spitzen Fingern in der Küche nach einem halbwegs sauberen Teller für meine Pommes suchte, klingelte das Telefon, und bevor ich mir klarwerden konnte, was ich tat, hatte ich abgenommen.

»Lucy?« sagte eine Männerstimme. Zumindest hielt ich den Betreffenden einen Augenblick für einen Mann, merkte dann aber, daß es Daniel war.

»Hallo«, sagte ich höflich. Dabei verfluchte ich mich im stillen, daß ich abgenommen hatte. Offenkundig rief er an, um sich über den Heirats-Mumpitz der Wahrsagerin zu amüsieren.

»Na, wie geht's?« fragte er. Es klang warmherzig und besorgt.

»Was willst du?« fragte ich schroff. Mit meiner Vermutung hatte ich richtig gelegen: ganz offenbar beabsichtigte er, sich an meinem Elend zu weiden.

»Ich wollte sehen, wie es dir geht« sagte er. »Und herzlichen Dank für das freundliche Willkommen.« Dabei gelang es ihm, einen durchaus glaubwürdigen überraschten Klang in seine Stimme zu legen.

»Du willst mich ja nur aufziehen«, sagte ich eingeschnappt.

»Aber nein«, sagte er, »Ehrenwort.«

»Daniel«, seufzte ich, »natürlich tust du das. Immer, wenn mir was danebengeht, rufst du an, um darauf herumzureiten. So wie ich mich immer schieflache, wenn dir was danebengeht. Das ist bei uns einfach so.«

»Eigentlich nicht«, sagte er sanft. »Ich will nicht bestreiten, daß es dir großen Spaß zu machen scheint, wenn mir was mißlingt, aber es stimmt nicht, daß ich über deine Mißgeschicke lache.«

Nach einer Pause fuhr er fort: »Sei ehrlich: da käm ich ja aus dem Lachen überhaupt nicht mehr raus.«

»Mach's gut, Daniel«, sagte ich kalt und zog den Apparat näher.

»Augenblick, Lucy!« rief er, »es war ein Witz!«

»Großer Gott«, murmelte er dann, »du bist viel netter, wenn du deinen Humor eingeschaltet hast.«

Ich sagte nichts, weil ich nicht wußte, ob ich das mit dem Witz glauben sollte. Ich war ziemlich empfindlich, denn immerhin pflegte mich eine Unzahl an Katastrophen heimzusuchen. Der Gedanke, daß man sich über mich lustig machte, war mir fast ebenso zuwider wie die Vorstellung, jemand könnte Mitleid mit mir haben.

Das Schweigen dauerte an. *Schade um die Telefoneinheiten*, dachte ich betrübt. Dann versuchte ich mich zusammenzunehmen. Das Leben war ohnehin schon schlimm genug. Es gab nicht den geringsten Grund, mich hängenzulassen, weil tragischerweise bei einem Anruf viele Worte ungesagt blieben.

Um die Zeit totzuschlagen, blätterte ich in der Illustrierten und stieß auf einen Artikel über Dickdarmreizung. *Pfui Teufel*, dachte ich, *das sieht ja ekelhaft aus. Ist bestimmt gut.*

Dann steckte ich zwei Karamelbonbons mit Schokoladenüberzug in den Mund, weil mir eins nicht genügte.

»Ich hab gehört, du heiratest jetzt doch nicht«, sagte Daniel, nachdem sich das Schweigen unangenehm in die Länge gezogen hatte.

»So ist es. Ich heirate nicht«, stimmte ich zu. »Hoffentlich habe ich dir zu einem schönen Wochenende verholfen. Jetzt möchte ich Schluß machen. Tschüß.«

»Lucy, *bitte*«, bat er.

»Ich bin wirklich nicht in der Stimmung für so was«, fiel ich ihm müde ins Wort. Ich wollte mit niemandem reden, und schon gar nicht streiten.

»Tut mir leid«, sagte er. Es klang bedauernd.

»Ehrlich?« fragte ich voll Argwohn.

»Bestimmt«, sagte er.

»Schön«, sagte ich, »aber ich möchte jetzt wirklich Schluß machen.«

»Du bist immer noch sauer auf mich«, sagte er, »das merke ich.«

»Bin ich nicht«, antwortete ich matt. »Ich will einfach meine Ruhe haben.«

»Heißt das, du geht bis nächsten Mittwoch mit 'ner Schachtel Kekse auf Tauchstation?« fragte er.

»Möglich«, sagte ich mit leisem Lachen. »Dann also bis nächste Woche.«

»Ich komm von Zeit zu Zeit vorbei, um dich umzudrehen«, sagte er. »Sonst liegst du dich wieder wund.«

»Vielen Dank.«

»Nein, hör mal, Lucy«, fuhr er fort. »Warum gehst du nicht morgen abend mit mir aus?«

»Morgen?«, fragte ich. »Am *Samstagabend?*«

»Ja.«

»Aber Daniel, selbst wenn ich morgen abend wollte – was aber ist nicht der Fall –, würde ich bestimmt nicht mit dir ausgehen«, erklärte ich.

»Schade.«

»Nichts für ungut«, sagte ich, »aber Sinn des *Samstagabends* ist es, auf Parties zu gehen und Männer kennenzulernen, nicht aber, mit guten Freunden auszugehen. Dafür hat der liebe Gott den Montagabend erschaffen.« Mit einem Mal kam mir ein beunruhigender Gedanke.

»Von wo aus rufst du eigentlich an?« fragte ich mißtrauisch.

»Äh, von zu Hause«, sagte er. Es klang betreten.

»An einem Freitagabend?« fragte ich erstaunt. »Und am Samstagabend willst du mit mir ausgehen? Was ist da faul?«

Dann begriff ich, und meine Stimmung hob sich beträchtlich.

»Diese Ruth ist zur Vernunft gekommen und hat dich in die Wüste geschickt, stimmt's?« sagte ich mit zuckersüßer Stimme. »Offen gestanden hatte ich gar nicht gewußt, daß sie irgendeine Vernunft *hat*, zu der sie kommen könnte.«

Zu Daniels Frauengeschichten fiel mir grundsätzlich nur Herabsetzendes ein. Meiner Ansicht nach verdiente jede Frau, die so blöd war, sich mit einem bindungsscheuen Süßholzraspler wie Daniel einzulassen, boshafte Kommentare.

»Bist du jetzt nicht doch froh, daß ich angerufen hab«, fragte er gut gelaunt, »und du abgehoben hast, statt den Anrufbeantworter laufen zu lassen?«

»Danke, Daniel«, sagte ich und fühlte ich mich ein wenig besser. »Du bist wirklich aufmerksam. Geteiltes Leid ist halbes Leid. Raus mit der Sprache – was ist passiert?«

»Ach«, sagte er unbestimmt, »wie das so ist. Ich erzähl dir alles genau, wenn wir uns morgen abend sehen.«

»Du wirst mich morgen abend nicht sehen«, sagte ich betont liebenswürdig.

»Aber Lucy«, gab er mit vernünftig klingender Stimme zurück, »ich habe einen Tisch in einem Restaurant bestellt.«

»Tja, Daniel«, sagte ich mit ebenso vernünftig klingender Stimme, »das hättest du nicht tun sollen, ohne vorher mit mir darüber zu sprechen. Du kennst meine unvorhersagbaren Stimmungen, und im Augenblick bin ich wirklich nicht besonders amüsant.«

»Nun ja«, fuhr er fort, »ich hatte ihn schon vor ewigen Zeiten bestellt, weil ich mit Ruth hingehen wollte. Aber weil das mit uns beiden jetzt nichts mehr ist ...«

»Ach so«, sagte ich, »du willst gar nicht unbedingt mit *mir* gehen, sondern mit *irgendeiner*. Das dürfte dir nicht schwerfallen, wenn man bedenkt, wie dich die Frauen anhimmeln, auch wenn ich ehrlich gesagt nicht ganz verstehe, warum ...«

»Nein, Lucy«, unterbrach er mich. »Ich möchte unbedingt, daß du mit mir gehst.«

»Tut mir leid, Daniel«, sagte ich traurig, »aber ich bin wirklich zu deprimiert.«

»Hat dich denn die Neuigkeit nicht aufgeheitert, daß mich meine Freundin verlassen hat?«

»Doch, natürlich«, sagte ich und bekam ein schlechtes Gewissen. »Aber ich kann mich einfach nicht mit dem Gedanken anfreunden, daß ich ausgehen soll.«

Dann spielte er seinen Trumpf aus. »Ich hab Geburtstag«, sagte er trübselig.

»Erst nächsten Donnerstag«, antwortete ich rasch.

Ich hatte vollständig vergessen, daß er Geburtstag hatte, war aber blitzschnell mit einer Ausrede zur Stelle. Ich hatte ziemlich Übung darin, mich aus Situationen herauszumogeln, die mir unangenehm waren, und das kam mir jetzt zugute.

»Aber ich möchte unbedingt gerade in das Restaurant gehen«, sagte er einschmeichelnd. »Und man kriegt da so schwer 'nen Tisch.«

»Ach, Daniel«, sagte ich und merkte, wie mich Verzweiflung überkam. »Warum tust du mir das an?«

»Du bist nicht die einzige, die sich elend fühlt«, sagte er ruhig, »du hast kein Monopol darauf, mußt du wissen.«

»Entschuldige«, sagte ich, teils schuldbewußt, teils verärgert. »Bist du jetzt sehr traurig?«

»Du weißt ja, wie das ist«, sagte er, nach wie vor ruhig und niedergeschlagen.

Mit der Frage »Hab ich dich schon mal im Stich gelassen, wenn's dir dreckig ging?« war mein Schicksal besiegelt.

»Das ist Erpressung«, sagte ich düster, »aber ich komm mit.«

»Schön«, sagte er. Es klang fröhlich.

»Geht's dir sehr schlecht?« fragte ich. Mich interessierte die Verzweiflung anderer grundsätzlich. Ich verglich sie immer mit meiner eigenen, weil ich mich nicht für die einzige halten wollte, die daneben war.

»Ja«, sagte er tief betrübt. »Würde dir das nicht so gehen, wenn du nicht wüßtest, wann du die nächste Nummer schieben kannst?«

»Du alter Dreckskerl«, sagte ich aufgebracht. »Ich hätte es mir denken müssen, daß du nur so tust, als ob es dir naheginge. Du bist mit keiner Faser zu einer aufrichtigen Empfindung fähig!«

»Es war ein Witz, Lucy, ein Witz«, sagte er sanft. »Das ist meine Art, mit unangenehmen Dingen fertig zu werden.«

»Ich weiß nie, wann du Späße machst und wann es dir ernst ist«, seufzte ich.

»Ich auch nicht«, pflichtete er mir bei. »Und jetzt laß mich dir von dem herrlichen Restaurant erzählen, wohin ich dich ausführe.«

»Du wirst mich *nicht* ausführen.« Mir war unbehaglich. »Wenn du das so sagst, klingt es, als hätten wir 'ne Verabredung – und das ist nicht der Fall. Du meinst ›das Restaurant, zu dessen Besuch du mich schanghait hast‹.«

»'tschuldigung. Ich meine das Restaurant, zu dessen Besuch ich dich schanghait hab.«

»Gut«, sagte ich. »Das hört sich besser an.«

»Es heißt *Der Kreml*«, sagte er.

»*Der Kreml?*« fragte ich beunruhigt. »Ist das etwa ein russisches Lokal?«

»Das hört man doch«, sagte er. Seine Stimme klang besorgt. »Ist damit was nicht in Ordnung?«

»Da fragst du noch!« sagte ich. »Vermutlich müssen wir da ja wohl stundenlang um unser Essen anstehen? Und das bei Temperaturen unter Null? Außerdem gibt es dann nur rohe Steckrüben, obwohl allerlei köstliche Sachen auf der Speisekarte stehen?«

»Aber nein, nicht die Spur«, beschwichtigte er mich. »Das Restaurant stammt aus der Zeit *vor* dem Bolschewismus, und alle sagen, es ist großartig. Luxus in Reinkultur, mit Kaviar und parfümiertem Wodka. Es wird dir bestimmt gefallen.«

»Mir wird wohl nichts anderes übrigbleiben«, sagte ich grimmig. »Ich verstehe auch nach wie vor nicht, warum du unbedingt mit mir gehen willst. Wie wäre es mit Karen oder Charlotte? Die sind beide scharf auf dich, und du hättest mit der einen wie der anderen viel mehr Spaß – oder mit *beiden*, wenn ich es recht überlege. Würde dir ein Flirt beim Borschtsch nicht gefallen? Oder ein flotter Dreier bei den Blinis?«

»Nein, danke«, sagte er entschlossen. »Ich hab für eine Weile genug von den Frauen und leck mir jetzt erst mal die Wunden.«

»Du?« höhnte ich. »Ich fasse es nicht. Für dich ist doch die Schürzenjagd eine ebenso natürliche Tätigkeit wie das Atmen.«

»Du hast eine so schlechte Meinung von mir«, sagte er. Es klang belustigt. »Ich würde ganz ehrlich lieber mit einer Frau zusammen sein, die nichts von mir wissen will.«

»Für sonst tauge ich ja nicht viel, aber in der Hinsicht kann ich dir dienen«, sagte ich in beinahe fröhlichem Ton. Es schien mir ein wenig besser zu gehen.

»Toll!« sagte er. Nach einer kurzen Pause fügte er unbeholfen hinzu: »Darf ich dich was fragen, Lucy?«

»Nur zu.«

»Es ist nicht wirklich wichtig oder so. Es ist einfach Neugier. *Warum* willst du eigentlich nichts von mir wissen?«

»Daniel«, sagte ich angewidert. »Du bist ein erbärmlicher Kerl.«

»Ich möchte doch nur wissen, was ich falsch mache …« hielt er dagegen. Ich legte auf.

Kaum hatte ich meine lauwarmen Pommes auf eine Herdplatte gestellt, als das Telefon wieder klingelte. Diesmal aber war ich klüger und schaltete den Anrufbeantworter ein. Wer auch immer es jetzt war, ich würde nicht abnehmen.

»Äh, ah, hallo. Hier ist Mrs. Connie Sullivan. Ich möchte gern mit meiner Tochter Lucy Sullivan sprechen.« Meine Mutter.

Was die Alte wohl glaubt, wie viele Lucy Sullivans hier leben, dachte ich aufgebracht. Gleichzeitig jubelte ich innerlich, weil ich ihr so knapp entronnen war. Ich war richtig erleichtert, nicht abgenommen zu haben. Was sie wohl wollte? Egal, jedenfalls schien es ihr nicht besonders zu behagen, das dem Anrufbeantworter mitzuteilen.

»Lucy, Kind, hm, äh, ah, hier ist Mum.«

Es klang ziemlich kleinlaut. Immer, wenn sie sich »Mum« nannte, bedeutete das ein Friedensangebot. Vermutlich rief sie an, um sich brummig für ihr gemeines Verhalten mir gegenüber zu entschuldigen. So lief das bei ihr üblicherweise ab.

»Lucy, Kind, ich möchte dir, äh, sagen, daß ich heute am Telefon vielleicht ein bißchen schroff war. Falls du das so auffaßt, vergiß nicht, daß ich nur dein Bestes will.« Mit verächtlicher Miene hörte ich weiter zu.

»Aber ich mußte dich anrufen. Ich war es meinem Gewissen schuldig«, fuhr sie fort. »Es hat mich ziemlich mitgenom-

men, verstehst du, als ich annahm, jemand könnte dich...
äh... *ins Unglück* gebracht haben...« Das mit dem Unglück
flüsterte sie, sicherlich für den Fall, daß ein Dritter ihren Anruf
zufällig abhörte und ihre Ausdrucksweise zu unanständig
fand.

»Aber ich werde dich ja am Donnerstag sehen. Vergiß nicht,
daß am Tag davor Aschermittwoch ist, ein wichtiger kirch-
licher Feiertag, an dem die Fastenzeit beginnt...«

Obwohl niemand da war, der es sehen konnte, hob ich die
Augen gen Himmel und ging wieder in die Küche, um noch
Salz zu holen. Ich hätte es um keinen Preis zugegeben, aber
jetzt, nachdem meine Mutter angerufen und gewissermaßen um Entschuldigung gebeten hatte, ging es mir ein wenig
besser...

Ich aß die Pommes und die Schokolade, sah mir das Video an
und ging früh zu Bett. Die Flasche Wein trank ich nicht. Das
hätte ich vielleicht tun sollen, denn ich schlief schlecht.

Die ganze Nacht schienen Leute in unserer Wohnung zu
kommen und zu gehen. Es klingelte, Türen wurden geöffnet
und geschlossen, es roch nach frischem Toast. Im Wohnzimmer sagte jemand: »Wie soll man so ein Problem wie das mit
Maria lösen?«, aus der Küche kam unterdrücktes Gekicher,
aus irgendeinem Zimmer hörte man allerlei Geräusche und
mit lautem Gepolter umfallende Möbel, erneut wurde geki-
chert, diesmal nicht so unterdrückt, es klapperte in der Be-
steckschublade, vermutlich suchte jemand einen Korkenzieher, Männerstimmen lachten.

Das war einer der Nachteile, wenn man freitagabends in
einer Wohnung früh zu Bett ging, deren andere Bewohnerinnen ausgingen und sich vollaufen ließen. Häufig beteiligte ich
mich selbst am Gekicher, Gepolter und den anderen Geräu-
schen, und deshalb machte es mir bei solchen Gelegenheiten
nichts aus, wenn andere es taten.

Aber damit klarzukommen, wenn man nüchtern war, es
einem schlecht ging und man vergessen wollte, war weit
schwerer. Ich hätte natürlich aufstehen und im Schlafanzug
mit zerzaustem Haar und einem Gesicht, auf dem nicht die

Spur von Make-up zu sehen war, auf den Flur gehen und Karen, Charlotte und ihre Gäste um ein wenig Ruhe bitten können. Allerdings hätte das nichts gefruchtet. Entweder hätten sie sich, betrunken, wie sie waren, hemmungslos über mich, meinen Schlafanzug und meine Haare lustig gemacht oder mich dazu gebracht, eine halbe Flasche Wodka in mich hineinzuschütten, weil Mitmachen das kleinere Übel gewesen wäre.

Manchmal hätte ich gern für mich allein gelebt. Daran dachte ich in letzter Zeit öfter.

Endlich schlief ich ein, wachte aber kurz darauf wieder auf – jedenfalls kam es mir so vor.

Ich wußte nicht, wie spät es war, aber noch immer herrschte pechschwarze Nacht. Das Haus lag still, und in meinem Zimmer war es kalt – vermutlich war die Heizung noch nicht angesprungen. Vor den klapprigen Fenstern aus dem vorigen Jahrhundert, an denen der Wind heftig rüttelte, hörte ich den Regen niederprasseln. Die Vorhänge bewegten sich leicht in einem Luftzug von irgendwoher. Ein Auto fuhr vorüber. Seine Reifen zischten auf dem nassen Asphalt.

Plötzlich durchzuckte mich eine unangenehme Empfindung. War es Leere? Einsamkeit? Verlassensein? Sofern es keins dieser drei war, dann ein Mitglied von deren Großfamilie.

Ich werde nie wieder ausgehen, dachte ich. Nicht, solange sich die Welt nicht geändert hat. Schlechtes Wetter und Leute, die mich auslachen, kann ich nicht brauchen.

Nach einer Weile fiel mir auf, daß ich wach war, obwohl es erst halb sechs am Samstagmorgen war.

So ging es mir immer: von Montag bis Freitag bekam ich morgens die Augen nicht auf, wenn der Wecker läutete, obwohl mir klar war, daß ich meine Arbeit verlieren würde, wenn ich noch einmal zu spät kam. Aufstehen war beinahe hoffnungslos, als hielten Klettverschlüsse die Bettlaken fest.

Aber kaum war Samstag, ein Tag, an dem ich nicht aufzustehen brauchte, wurde ich ganz von selbst wach und brachte es einfach nicht fertig, mich umzudrehen, die Augen zu schließen, es mir unter der Bettdecke gemütlich zu machen und wieder einzuschlafen.

Von diesem Muster wichen lediglich die wenigen Samstage ab, an denen ich arbeiten mußte. Dann fiel mir das Aufstehen ebenso schwer wie an den vorangegangenen fünf Tagen.

Hätte meine Mutter das gewußt, wäre das für sie vermutlich ein Beweis dafür gewesen, wieviel Widerspruchsgeist – ihrer Meinung nach – in mir steckte.

Ich weiß, was ich tu, dachte ich, *ich werd was essen*. Also stand ich auf und lief aus dem eiskalten Zimmer über den Flur in die Küche. Zu meinem Entsetzen war dort schon jemand.

Egal, wer es ist, dachte ich kampflustig, *ich werde nicht mit ihm reden.*

Es war ein wildfremder junger Mann. Er trug nichts als rote Boxershorts und nahm einen kräftigen Schluck Leitungswasser aus einem Becher. Sein ganzer Rücken war mit Pickeln übersät.

Das war nicht der erste Samstagmorgen, an dem ich in unserer Küche auf einen Mann gestoßen war, den ich nie zuvor gesehen hatte. Der einzige Unterschied zu den anderen Samstagmorgen bestand darin, daß nicht ich ihn mitgebracht hatte.

Irgend etwas an ihm veranlaßte mich, ihn freundlich zu behandeln. Vielleicht lag es an der Art und Weise, wie er das Wasser trank, so, als stünde er kurz vor dem Verdursten, vielleicht war es aber auch sein mit Pickeln übersäter Rücken.

»Im Kühlschrank ist Cola«, sagte ich gastfreundlich.

Er schrak zusammen und wandte sich um. Auch sein Gesicht war voller Pickel.

»Oh, äh, hallo«, sagte er, wobei er die Hände sofort mit schützender Geste vor seine Scham legte. (*Ob er da auch Pickel hat?* fragte ich mich, ohne mir groß etwas dabei zu denken.)

»'tschuldigung«, murmelte er, »hoffentlich hab ich dir keinen Schreck eingejagt. Ich hab deine ... deine Mitbewohnerin nach Hause gebracht.«

»Ach so«, sagte ich. »Welche denn?«

Wem mochte dieser pickelige Jüngling im Lauf der Nacht seine Aufmerksamkeiten aufgenötigt haben – Karen oder Charlotte?

»Äh, das ist mir jetzt ziemlich unangenehm«, sagte er verlegen. »Ich kann mich nicht mehr genau an ihren Namen erinnern. Ich hab wohl ziemlich viel getrunken.«

»Na, dann beschreib sie mal«, sagte ich gutmütig.

»Sie ist blond.«

»Das nützt nichts«, teilte ich ihm mit, »das sind sie beide.«

»Äh, eher kräftig gebaut«, sagte er und machte ausgreifende Handbewegungen.

»Ach, du meinst große Titten«, sagte ich, nachdem ich verstanden hatte, was er meinte. »Auch das könnten beide sein.«

»Ich glaub, sie hat irgendwie eigenartig gesprochen.«

»Als ob sie aus Schottland käme?«

»Nein.«

»Aus Yorkshire?«

»Ja!«

»Dann ist es Charlotte.«

Ich holte mir eine Tüte Salzstangen und ging wieder ins Bett. Kurz darauf stand der pickelige Jüngling in der Tür zu meinem Zimmer.

»Oh«, sagte er verwirrt, und wieder fuhren seine Hände nervös in die Leistengegend. »Wo ist denn …? Ich dachte …«

»Eine Tür weiter«, sagte ich schläfrig.

15

Als ich zum zweiten Mal wach wurde, war es fast Mittag. Jemand war im Badezimmer, und unter der Tür kam so viel Dampf hervor, daß ich kaum den Flur sehen konnte. Karen lag auf dem Wohnzimmersofa unter einer Steppdecke. Sie hustete und rauchte abwechselnd. Neben ihr auf dem Boden stand ein überquellender Aschenbecher, und sie sah aus wie ein Panda, weil sie sich das Make-up vom Vorabend noch nicht abgeschminkt hatte.

»Morgen, Lucy.« Sie lächelte, ein wenig bleich und matt. »Was hast du gestern abend so getrieben?«

»Nichts«, sagte ich abwesend. »Warum geht es hier zu wie in einer Sauna? Wer ist im Bad? Warum dauert das so lange?«

»Charlotte. Sie läutert sich mit brühend heißem Wasser und schrubbt sich mit Scheuerschwämmchen bis aufs Blut, um für ihre Sünden zu büßen.« Ich konnte nachempfinden, was sie durchmachte.

»Ach, dann hat also die arme Charlotte mit Mister Pickelrücken geschlafen?«

»Woher kennst du den denn?« fragte Karen und wollte sich vor Überraschung aufsetzen, überlegte es sich dann aber anders.

»Ich bin ihm heute morgen gegen halb sechs in der Küche über den Weg gelaufen.«

»War er nicht gräßlich? Aber Charlotte hat ihn durch ihre Bierbrille gesehen, besser gesagt durch ihre Tequilabrille, und hinreißend gefunden.«

»Also ein Fall von verminderter Schuldfähigkeit?«

»Das kannst du laut sagen.«

»War sie wieder scharf auf alles, was sich bewegte und hat aufreizende Tänze aufgeführt?«

»So ist es.«

»O nein!«

Charlotte, eine wohlerzogene lebhafte junge Frau aus einer Kleinstadt in der Nähe von Bradford, lebte erst seit etwa einem Jahr in London. Sie steckte also noch mitten in dem schwierigen Prozeß, zu erkennen, wer sie eigentlich war: das ein wenig vorlaute, aber durchaus anständige, kleine Mädchen mit den Apfelbäckchen, als das sie aufgewachsen war, oder die vollbusige blonde Verführerin, in die sie sich verwandelte, sobald sie zuviel getrunken hatte. Es klingt sonderbar, aber wenn sie als Verführerin auftrat, schien ihr Haar um einige Schattierungen blonder zu werden und ihr Busen sich um mindestens eine Nummer zu vergrößern.

Diese beiden Wesenszüge zur Deckung zu bringen fiel ihr ungemein schwer. Wenn sie wieder einmal die Rolle der vollbusigen blonden Verführerin gespielt hatte, machte sie sich tagelang die bittersten Vorwürfe. Dann waren schlechtes Gewissen, Selbsthaß, Angst vor Vergeltung sowie Abscheu vor sich und ihren Taten ihre ständigen Begleiter. In solchen Zeiten nahm sie viel zu viele heiße Bäder.

Erschwerend kam hinzu, daß sie blond, vollbusig *und* nicht übermäßig intelligent war, womit sie allerlei Vorurteile bestätigte. Junge Frauen wie sie verschafften Blondinen den Ruf, den sie hatten. Ich selbst mochte sie wirklich gern, denn sie war liebenswürdig und eine angenehme Mitbewohnerin.

»Aber jetzt mal Schluß mit Charlotte. Sag mir was über dich«, forderte mich Karen schadenfroh auf. »Was für eine Geschichte ist das mit deinem Heiraten und so weiter.«

»Darüber möchte ich nicht sprechen!«

»Warum nicht?«

»Mir ist nicht danach.«

»Das sagst du immer.«

»Tut mir leid.«

»Bitte.«

»Nein.«

»*Bitte.*«

»Na schön. Aber du darfst mich nicht auslachen und mich auch nicht bemitleiden.«

Hingerissen lauschte Karen, während ich ihr von unserer Fahrt zu Mrs. Nolan und deren Voraussagen berichtete, ihr erzählte, wie Hetty plötzlich mit Dicks Bruder durchgebrannt war, nachdem Meredia in den Besitz von sieben Pfund fünfzig gelangt war und Megan sich eine aufgeschlagene Lippe eingehandelt hatte, und wie beide aller Welt weisgemacht hatten, ich würde heiraten.

»Großer Gott«, keuchte sie. »Wie schrecklich. Und wie peinlich.«

»Das kannst du wohl sagen.«

»Ärgerst du dich?«

»Ein bißchen schon«, gab ich zögernd zu.

»Du solltest das Meredia auf keinen Fall durchgehen lassen. Du mußt sie umbringen. Ich kann mir gar nicht vorstellen, daß Megan dabei mitgemacht hat. Sie hat auf mich immer so *normal* gewirkt.«

»Ich weiß.«

»Es muß eine Art Massenhysterie gewesen sein«, vermutete Karen.

»Was für eine andere Möglichkeit gäbe es bei einem Brocken wie Meredia?« fragte ich. Sie lachte und wurde dann von einem Hustenanfall geschüttelt.

Charlotte kam in einem schweren unförmigen rosa Strickkleid mit Rollkragen herein, das ihr bis zu den Knöcheln reichte – ihre Auffassung von härenem Büßerhemd.

»Ach, Lucy«, jammerte sie, brach in Tränen aus und fiel mir um den Hals.

Ich umarmte sie, so gut ich konnte – immerhin muß man bedenken, daß sie zwanzig Zentimeter größer war als ich.

»Ich schäme mich so«, schluchzte sie. »Ich verabscheue mich. Am liebsten wäre ich tot.«

»Ist doch nicht so schlimm«, sagte ich mit oft geübter Geläufigkeit. »Dir geht es bestimmt bald besser. Denk dran, daß du gestern abend viel getrunken hast. Du weißt ja, daß Alkohol Depressionen auslöst, da kann es gar nicht ausbleiben, daß du dich heute deprimiert fühlst.«

»Ehrlich?« fragte sie mit einem Blick voller Hoffnung.

»Bestimmt.«

»Ach, Lucy, du bist so lieb. Du findest immer die richtigen Worte, wenn ich mich elend fühle.«

Das war kein Wunder. Ich hatte so viel Erfahrung aus erster Hand, daß es ungehörig gewesen wäre, sie nicht von dem profitieren zu lassen, was ich unter so großen Mühen gelernt hatte.

»Ich werde nie wieder was trinken«, versprach sie. Ich sagte nichts.

»Nie wieder.« Ich betrachtete meine Fingernägel.

»Zumindest keinen Tequila«, sagte sie mit Nachdruck. Ich sah aus dem Fenster.

»Ich werde mich an Wein halten.« Ich widmete meine ganze Aufmerksamkeit dem Fernseher (dabei war er ausgeschaltet).

»Und zwischen zwei Gläsern trinke ich Mineralwasser.« Ich strich ein Kissen glatt.

»Und höchstens vier Gläser Wein an einem Abend.« Wieder betrachtete ich meine Fingernägel.

»Na ja, vielleicht sechs.« Jetzt war wieder der Blick aus dem Fenster an der Reihe.

»Je nachdem, wie groß die Gläser sind.« Dann wieder der Blick zum Fernseher.

»Und keinesfalls mehr als vierzehn pro Woche.« So ging es weiter, bis sie schließlich zu dem Ergebnis gekommen war, daß eine Flasche Tequila für eine Nacht nicht zuviel war. Ich hatte es schon oft gehört.

»Lucy, ich habe mich schrecklich aufgeführt«, vertraute sie mir an. »Ich hab mir die Bluse ausgezogen und bin im BH herumgetanzt.«

»Nur im BH?« fragte ich ernsthaft.

»Ja.«

»Hattest du keinen Slip an?«

»*Natürlich* hatte ich einen Slip an. Und einen Rock.«

»Na, dann war das ja nicht so schlimm, oder?«

»Ich glaub nicht. Ach Lucy, muntere mich ein bißchen auf. Erzähl mir eine Geschichte. Erzähl mir ... laß mal sehen ... erzähl mir, wie dein Freund dir damals den Laufpaß gegeben hat, weil er sich in einen anderen Kerl verknallt hatte.« Mir wurde das Herz schwer.

Aber es war meine eigene Schuld. Ich hatte mir – zumindest unter meinen guten Freundinnen – einen gewissen Ruf als Erzählerin komischer Geschichten geschaffen, in deren Mittelpunkt die Tragödien meines eigenen Lebens standen. Vor langer Zeit hatte ich erkannt, daß eine Möglichkeit, wie ich vermeiden konnte, eine tragische und mitleiderregende Rolle zu spielen, darin bestand, daß ich eine witzige und spaßige Figur abgab – vor allem, wenn ich über meine tragischen und mitleiderregenden Eigenschaften Witze machte.

Auf diese Weise konnte niemand über mich lachen, weil ich ihnen zuvorgekommen war.

Aber in dem Augenblick war ich nicht dazu in der Stimmung.

»Nein, Charlotte, ich kann nicht.«

»Mach schon.«

»Nein.«

»Erzähl doch, wie du dir die Haare für ihn kurz schneiden lassen mußtest und er trotzdem mit dir Schluß gemacht hat.«

»Ach, nein, zum Teufel. Na, von mir aus. Was soll's.«

Wer weiß, dachte ich, *vielleicht muntert es mich ja auf.*

Also ergötzte ich Charlotte, so spaßig wie ich konnte, mit einer der vielen demütigenden Niederlagen in meinem Liebesleben. Einfach um ihr das Gefühl zu geben, daß ihr Leben nie und nimmer so schlimm sei wie meins, wie katastrophal auch immer es sein mochte.

»Heute abend gibt's 'ne Party«, sagte Karen. »Kommst du mit?«

»Ich kann nicht.«

»Kannst du nicht, oder willst du nicht?« fragte sie mit schottischer Schärfe.

»Ich kann nicht.«

»Warum nicht?«

»Ich hab mich überreden lassen, mit Daniel zum Abendessen auszugehen.«

»Du Glückspilz gehst mit Daniel zum Essen«, hauchte Charlotte mit rot übergossenem Gesicht.

»Aber wieso hat er *dich* eingeladen?« kreischte Karen entrüstet.

»Karen!« mahnte Charlotte.

»Du weißt schon, was ich meine, Lucy«, sagte Karen ungeduldig.

»Na klar.«

Karen nahm kein Blatt vor den Mund, aber offen gestanden hatte sie völlig recht. Auch mir war schleierhaft, warum Daniel mit mir ausgehen wollte.

»Er hat mit seiner Tussi Schluß gemacht«, sagte ich, und sofort gab es einen Aufschrei. Karen saß kerzengerade auf dem Sofa, als wäre sie von den Toten auferstanden.

»Ist das dein Ernst?« fragte sie mit sonderbar besessener Miene.

»Super«, sagte Charlotte mit glückseligem Lächeln. »Ist das nicht phantastisch?«

»Er ist frei und ungebunden?« fragte Karen.

»Genau«, bestätigte ich feierlich. »Er hat der Gesellschaft gegenüber alle Schulden bezahlt und so weiter.«

»Nicht mehr lange, wenn ich da ein Wörtchen mitreden darf«, sagte Karen mit stählerner Entschlossenheit und dem Kopf voller Bilder, wie sie mit Daniel Hand in Hand feine Lokale besuchte, sie und er einander an ihrem Hochzeitstag strahlend anlächelten, wie sie und er ihr erstes gemeinsames Kind zärtlich kitzelten.

»Wohin geht ihr?« fragte Karen, als sie in die Gegenwart zurückgekehrt war und der allgemeine Tumult sich ein wenig gelegt hatte.

»In irgend so ein Russenlokal.«

»Doch nicht etwa in den *Kreml*?«

»Doch.«

»Du ahnst ja nicht, was für ein Schweineglück du hast!«

Beide starrten mich an, der blanke Neid stand ihnen ins Gesicht geschrieben.

»Seht mich nicht so an«, sagte ich ängstlich. »Ich will ja nicht mal hin.«

»Wie kannst du so was sagen?« fragte Charlotte.

»Ein gutaussehender ...«

»Wohlhabender«, warf Karen dazwischen.

»Ein gutaussehender wohlhabender junger Mann wie

Daniel lädt dich in ein piekfeines Restaurant ein, und du willst nicht mal hingehen?«

»Aber er sieht doch überhaupt nicht gut aus und ist auch nicht wohlhabend ...« protestierte ich matt.

»Aber ja«, riefen sie im Chor.

»Gut, mag sein, daß ihr recht habt. Aber, aber – aber mir nützt das nichts«, sagte ich klanglos. »Ich finde nicht, daß er gut aussieht. Und er ist einfach ein guter Freund. An einem Samstagabend mit so jemand auszugehen, ist in meinen Augen totale Zeitverschwendung, vor allem, wo ich eigentlich überhaupt nicht ausgehen möchte.«

»Du stehst echt daneben«, brummelte Karen.

Ich widersprach ihr nicht. Damit rannte sie bei mir offene Türen ein.

»Was willst du anziehen?« fragte Charlotte.

»Ich weiß nicht.«

»Aber das *mußt* du wissen. Es ist nicht so, wie wenn man auf ein Glas in die Eckkneipe geht.«

Als Daniel gegen acht kam, war ich noch nicht fertig. Aber wenn mich nicht Charlotte und Karen dazu gedrängt hätten, ein Bad zu nehmen und mein traumhaftes Kleid aus Gold-lamé anzuziehen, wäre ich da sogar noch im Schlafanzug herumgelaufen.

Allerdings war ich ihnen dafür keineswegs dankbar, sondern unterstellte ihnen, daß sie mich wie einen Pfingstochsen herausputzten, um mich gewissermaßen stellvertretend mit Daniel ausgehen zu lassen.

Sie gaben mir zahllose Ratschläge, was ich anziehen, wie ich mich zurechtmachen und mich frisieren sollte. Jeder ihrer Sätze fing mit den Worten an: »Wenn *ich* mit Daniel ausgehen würde ...« und »Wenn Daniel *mich* eingeladen hätte ...«

»Die mußt du anziehen«, sagte Charlotte ganz aufgeregt und holte mit Spitze verzierte Seidenstrümpfe aus meiner Wäscheschublade.

»Nein«, sagte ich, nahm sie ihr aus der Hand und legte sie zurück.

»Aber die sind doch bezaubernd.«

»Ich weiß.«

»Und warum willst du sie dann nicht anziehen?«

»Wozu? Es ist doch nur Daniel!«

»Du bist so undankbar.«

»Überhaupt nicht. Aber warum sollte ich sie anziehen? Es wäre reine Verschwendung – wer würde sie denn sehen?«

»Gott im Himmel«, sagte Karen, die gerade einen meiner BHs herauszog. »Ich wußte gar nicht, daß es so kleine gibt.«

»Zeig mal«, verlangte Charlotte, nahm ihn ihr aus der Hand und brach dann vor Lachen fast zusammen. »Ach du liebes bißchen! Das ist ja ein Puppen-BH, wie für eine Barbie-Puppe. Da würde meine Brustwarze so grade reinpassen.«

»Mußt du winzige Brustwarzen haben«, lachte Karen, wobei sie Charlotte mit dem Ellbogen anstieß. »Ich wußte gar nicht, daß es die Größe AAA überhaupt gibt.«

Mit schamrotem Gesicht stapfte ich in meinem Zimmer auf und ab und wartete, daß sie aufhörten, sich über mich lustig zu machen.

Im selben Augenblick, als es an der Haustür klingelte, kam Karen angestürmt und besprühte mich von oben bis unten mit ihrem Parfüm.

»Danke«, sagte ich mit tränenden Augen, während ich darauf wartete, daß sich die Duftwolke auflöste.

»Nichts zu danken«, sagte sie. »Ich will ja nur, daß du so riechst wie ich. Damit ebnest du mir den Weg zu Daniel.«

»Aha.«

Charlotte und Karen stritten sich, wer öffnen gehen sollte. Schließlich blieb Karen Siegerin, weil sie schon länger in der Wohnung lebte.

Mit den überschwenglichen und von einem breiten Lächeln begleiteten Worten »Komm rein« riß sie die Tür einladend auf.

Daniel sah aus wie immer, aber zweifellos würde ich mir später von Karen und Charlotte endlose Lobgesänge über sein tolles Aussehen anhören müssen.

Merkwürdig, daß er bei Frauen so gut ankam, denn es gab an ihm eigentlich nichts Bemerkenswertes. Weder hatte er durchdringende blaue Augen noch blauschwarzes Haar und auch keinen sinnlichen Schmollmund oder einen Unterkiefer von der Größe einer Handtasche – nichts von all dem.

Seine Augen waren grau und nicht im geringsten durchdringend. Ich fand graue Augen langweilig. Seine Haare waren brünett, was eigentlich überhaupt keine Farbe ist. Auch ich war brünett, aber ihm hatte die gute Haarfee glattes und glänzendes Haar beschert, während sich meine Haare bei der kleinsten Gelegenheit zu Locken drehten. Wenn ich im Regen draußen gewesen war, sah ich aus, als hätte ich mir eine Heimdauerwelle gelegt.

Daniel lächelte Karen zu. Er lächelte viel, und all die Frauen, die ihn anziehend fanden, konnten sich nicht genug über sein wunderbares Lächeln auslassen. Ich verstand nicht, was sie daran fanden. Es war einfach eine Ansammlung kleiner Häufchen Zahnschmelz.

Gut, seine Zähne schienen vollzählig und auch echt zu sein. Keiner fehlte, war schwarz, grün und moosbewachsen oder stand im rechten Winkel aus dem Mund hervor. Ja und?

Vermutlich bestand das Geheimnis seines Erfolges darin, daß er aussah wie ein netter Kerl, wie ein anständiger, umgänglicher Mann, dem die überlieferten Werte noch etwas gelten und der eine Frau wie eine Dame behandelt.

Das aber entsprach so wenig der Wahrheit, daß es schon ein Witz war. Doch bis die Frauen, mit denen er zu tun hatte, das gemerkt hatten, war es schon viel zu spät.

»Hallo, Karen«, sagte Daniel und ließ wieder sein breites Lächeln erstrahlen. »Wie geht's dir?«

»Wunderbar«, sagte sie, »einfach großartig.« Unverzüglich flirtete sie geradezu schamlos mit ihm und deckte ihn mit herausfordernden Blicken und wissendem Lächeln ein. Mit überlegener Selbstsicherheit wischte sie besitzergreifend imaginäre Fussel von seinem dunklen Wintermantel.

Mit den Worten »Hallo, Daniel« kam Charlotte träge aus ihrem Zimmer geschlichen. Auch sie flirtete schamlos mit ihm, setzte aber auf die Technik der scheuen und flüchtigen Blicke. Mit ihren rosigen Wangen, den leuchtenden Augen, der hellen Haut und dem zarten Erröten bot sie das Urbild milchtrinkender, vor Gesundheit strotzender Vollkommenheit.

Lächelnd stand Daniel in unserem kleinen Flur und wirkte sehr groß. Er widerstand Karens Versuchen, ihn ins Wohnzimmer zu bugsieren. »Nein, vielen Dank«, sagte er, »das Taxi wartet draußen.«

Bei diesen Worten sah er mich ziemlich bedeutungsvoll an und warf dann einen Blick auf seine Uhr.

»Du bist zu früh dran«, hielt ich ihm vor, während ich auf der Suche nach meinen hochhackigen Schuhen durch den Flur rauschte.

»Offen gesagt bin ich auf die Minute pünktlich«, gab er sanftmütig zurück.

»Du hättest es besser wissen müssen«, rief ich aus dem Bad.

»Gut siehst du aus«, sagte er und hielt mich fest, als ich erneut an ihm vorübereilte. Dabei versuchte er mich zu küssen. Charlotte verzog gequält das Gesicht.

»Laß das«, sagte ich. »Du verschmierst mir das ganze Make-up.«

Die Schuhe fand ich in der Küche, im Spalt zwischen Kühlschrank und Waschmaschine. Ich zog sie an und stellte mich neben Daniel. Trotz der hohen Absätze war er immer noch viel zu groß.

»Du siehst mit dem Goldlamékleid wie eine Prinzessin aus«, sagte Charlotte mit Wehmut in der Stimme. »Es steht dir wirklich gut.«

»Ja«, stimmte Karen zu und lächelte Daniel ununterbrochen an. Daß sie ihm dabei weit länger in die Augen sah als nötig, schien den alten Weiberhelden nicht weiter zu stören.

»Sind sie nicht ein herrliches Paar?« fragte Charlotte, wobei sie abwechselnd Daniel und mir zulächelte.

»Absolut nicht«, sagte ich und verlagerte peinlich berührt das Gewicht von einem der hohen Absätze auf den anderen. »Es sieht bescheuert aus: Er ist viel zu groß, und ich bin viel zu klein. Die Leute werden denken, daß der Zirkus in der Stadt ist.«

Charlotte bestritt das wortreich und empört, doch Karen widersprach mir nicht. Sie konnte nicht anders, denn sie gehörte zu den Menschen, die die Ersten sein müssen, wo sie gehen und stehen.

Sie gehörte zu den Menschen, die nie über sich selbst lachen, keinen blassen Schimmer von Selbstironie haben und nie das kleinste Späßchen auf eigene Kosten machen – meiner Ansicht nach wäre sie dazu unter keinen Umständen imstande gewesen. Ich hingegen tat selten etwas anderes.

Meist war sie die Liebenswürdigkeit in Person, aber wer ihr in die Quere kam, hatte allen Grund, das zu bedauern. Vor allem, wenn sie betrunken war, konnte sie wirklich fürchterlich sein. Sie hatte es vor allem mit der Selbstachtung – wenn man mich fragte, würde ich sagen, daß sie davon beinahe besessen war.

Vor etwa zwei Monaten hatte ihr Freund Mark schüchtern angedeutet, daß ihre Beziehung unter Umständen ein wenig zu ernsthaft wurde. Sie hatte den armen Kerl kaum ausreden lassen und ihn aufgefordert, augenblicklich das Haus zu verlassen, wobei sie ihm kaum Zeit ließ, sich anzuziehen. (Sie besaß sogar noch seine Unterhose, mit der sie ihm triumphierend aus dem Fenster nachgewinkt hatte, während er nach Hause schlich.) Dann hatte sie eine Drei-Liter-Flasche Wein gekauft und darauf bestanden, daß ich ihr bei deren Vertilgung Gesellschaft leistete.

Es war ein schrecklicher Abend gewesen. Sie hatte wortlos dagesessen, finster vor sich hin gegrollt und gelegentlich das Wort »Scheißkerl« ausgestoßen, während ich nervös neben ihr an dem Wein genippt und nichtssagende Dinge gesagt hatte, von denen ich hoffte, daß sie sie trösteten. Aus heiterem Himmel wurde sie dann gemein.

Sie wandte sich mir zu, packte mich vorn am Kleid und sagte ziemlich unartikuliert: »Wenn ich schon keine Achtung vor mir hab, wer soll dann welche haben? Hä?« Ihre Augen waren halb geschlossen und ihr Gesicht dem meinen unangenehm nah. »Sag schon!«

»Absolut«, antwortete ich, »wer soll sonst Achtung vor dir haben?«

Aber am nächsten Tag hatte sie sich entschuldigt, und seither war es nicht mehr zu einem ähnlichen Vorfall gekommen.

Davon abgesehen, daß sie immer die Nummer eins sein mußte, war sie wirklich in Ordnung. Es gab mit ihr viel zu lachen, sie hatte tolle Klamotten, die sie auslieh, ohne sich lange bitten zu lassen, sie konnte unvorstellbar ordinär sein und zahlte ihre Miete immer pünktlich. Selbstverständlich war mir klar, daß ich mich entweder bereitwillig zurückziehen oder auf Krankenhauskost einstellen mußte, falls es je zu einem Interessenkonflikt zwischen ihr und mir käme. Aber bislang war dieser Fall noch nicht eingetreten, und die Wahrscheinlichkeit, daß sich das wegen Daniel ändern würde, war denkbar gering.

Sie nutzte seine Anwesenheit gewaltig aus.

»Heute abend gibt's 'ne Party«, sagte sie zu ihm und keinem anderen. »Vielleicht hast du Lust, später dahin zu kommen.«

»Klingt gut«, sagte er mit einem Lächeln. »Möglicherweise sollte ich mir die Adresse aufschreiben.«

»Nicht nötig«, sagte ich, der gefühlsgeladenen Atmosphäre im Raum durchaus bewußt, »ich hab sie.«

»Bestimmt?« fragte Karen besorgt.

»Bestimmt. Jetzt aber los, damit wir die Sache hinter uns bringen.«

»Bitte komm auch dann zur Party«, rief Karen, »wenn Lucy keine Lust hat.« Ich lachte in mich hinein und dachte: *Wahrscheinlich meinst du, ganz besonders, wenn Lucy keine Lust hat.*

Wir gingen. Daniel schenkte Karen und Charlotte ein Showmasterlächeln, und ich sah ihn belustigt an.

»Was ist?« fragte er, während wir die Treppe hinuntergingen. »Was hab ich getan?«

»Du bist unglaublich!« lachte ich. »Bist du je einer Frau begegnet, mit der du nicht geturtelt hast?«

»Hab ich doch gar nicht«, begehrte er auf. »Ich war ganz normal und höflich.« Mein Blick gab ihm zu verstehen, daß ich ihm kein Wort glaubte.

»Du siehst wunderschön aus, Lucy«, sagte er.

»Du redest solchen Stuß«, antwortete ich. »Man müßte dir ein Schild umhängen, um alle Frauen vor dir zu warnen.«

»Ich hab keine Ahnung, was ich falsch gemacht haben soll«, klagte er.

»Weißt du, was da drauf stehen müßte?« fragte ich, ohne auf ihn einzugehen.

»Was?«

»Achtung, Quatschkopf.«

Er öffnete mir die Haustür, und wie eine Ohrfeige fuhr mir die kalte Luft, die Welt da draußen, ins Gesicht. *Großer Gott*, dachte ich ernüchtert, *wie soll ich den Abend bloß überleben?*

16

Wir stiegen vor dem Restaurant aus dem Taxi und gingen hinein. Noch nie im Leben hatte ich jemanden so traurig dreinblicken sehen wie den Mann, der unsere Tischreservierung bestätigte.

»Dmitri wird Ihnen die Mäntel abnehmen«, sagte er mit unüberhörbarem russischen Akzent. Er machte eine Pause, als brächte er kaum die Kraft für den nächsten Satz auf. Dann sagte er tief aufseufzend: »Dmitri wird Sie dann zu Ihrem Tisch führen.«

Er schnippte lustlos mit den Fingern, und etwa zehn Minuten später kam Dmitri, ein kleiner untersetzter Mann in einem schlecht sitzenden Smoking. Er sah aus, als würde er im nächsten Moment in Tränen ausbrechen.

»Tisch für Vazzon?« fragte er mit einer Miene, als sei er einer der Hinterbliebenen bei einem Begräbnis.

»Äh, wie bitte?« fragte Daniel zurück.

Ich stieß ihn an. »Er meint uns. *Du* bist Mr. Vazzon.«

»Tatsächlich? Ach so, stimmt ja.«

»Bitte mir zu folgen«, flüsterte Dmitri mit heiserer Stimme.

Er führte uns an eine kleine Theke, wo wir einer ausnehmend schönen jungen Frau, die überaus gelangweilt aussah, unsere Mäntel gaben. Über ihren Wangenknochen spannte sich porzellanfarbene Haut, und der Ausdruck auf ihrem Gesicht unter dem rabenschwarzen Haar ließ auf lange ertragenen Weltschmerz schließen. Nicht einmal Daniels Hundert-Watt-Grinsen rief eine Reaktion bei ihr hervor.

»Lesbe«, knurrte er.

Darauf folgten wir Dmitri, der uns auf eine Weise durch das Restaurant voranschritt, die er wohl für würdevoll hielt. In Wahrheit ging er einfach so entsetzlich langsam, daß wir ihn immer wieder anrempelten. Als ich ihm dann noch auf den Absatz trat, blieb er stehen, wandte sich um und warf mir einen Blick zu, in dem mehr Traurigkeit als Ärger lag.

Auch wenn ich nun wirklich nicht in das Lokal gewollt hatte, mußte ich zugeben, daß es großartig war. Überall sah man roten Samt, gewaltige Palmen in Kübeln und riesige Spiegel mit Goldrahmen. Von der Decke hingen schimmernde Kronleuchter, und der Raum summte von der gutgelaunten Unterhaltung lachender, gutaussehender junger Leute, die Wodka mit schwarzer Johannisbeere tranken und sich Hemd und Hosenbeine mit Kaviar bekleckerten.

Ich war Karen und Charlotte ausgesprochen dankbar, daß sie mich überredet hatten, das Kleid aus Goldlamé anzuziehen. Auch wenn ich nicht den Eindruck hatte, daß ich dorthin gehörte, sah ich doch zumindest so aus.

Daniel legte mir den Arm leicht um die Taille. »Laß den Blödsinn«, knurrte ich und entwand mich ihm. »Was soll das? Hör auf, mich wie eins von deinen Weibern zu behandeln.«

»Entschuldige«, sagte er. Seine Stimme klang ernst. »Es ist mir zur zweiten Natur geworden. Ich bin in meine Restaurant-Routine verfallen, weil ich eine Sekunde lang nicht daran gedacht hatte, daß du es bist.«

Ich lachte leise. Sogleich fuhr Dmitris Kopf herum. Er funkelte mich mißbilligend an.

»Äh, pardon…« murmelte ich. Ich schämte mich irgendwie, als hätte ich dem Ort nicht genug Achtung erwiesen oder irgendeine Lästerung begangen.

Mit den Worten »Ihr Tisch« wies Dmitri auf eine gewaltige Fläche schneeweißen gestärkten Leinens, auf der Hunderte von Kristallgläsern und mehrere Kilometer blinkenden Tafelsilbers paradierten.

Auch wenn es im *Kreml* nichts als rohe Steckrüben zu essen geben mochte, bot er doch zumindest eine traumhafte Umgebung zum Verzehr besagter Ackerfrüchte.

»Wirklich hübsch«, sagte ich mit einem Lächeln zu Daniel.

Dann kam es zu einem Tänzchen zwischen mir und Dmitri, weil wir beide versuchten, mir den Stuhl zurechtzurücken. Erst traten wir gleichzeitig von ihm zurück, dann wieder griffen wir gleichzeitig danach.

»Äh, könnten wir wohl was zu trinken bestellen?« sagte Daniel, als wir einander schließlich am riesigen Rund des Tisches gegenübersaßen.

Dmitri stieß einen Seufzer aus, dem zu entnehmen war, daß er ein solches Ansinnen hatte kommen sehen, es für ganz und gar unvernünftig hielt, aber als korrekter und fleißiger Vertreter seines Standes sein Bestes tun würde, ihm nachzukommen.

»Ich werde Ihnen Gregor schicken. Er ist für die Getränke zuständig«, sagte er und zog schleppenden Schrittes ab.

»Aber ...« sagte Daniel hinter ihm her. »Großer Gott«, beschwerte er sich, »ich wollte doch bloß ein Glas Wodka bestellen, und jetzt müssen wir uns bestimmt das ganze Weinpalaver anhören.«

Gregor kam sofort und breitete mit melancholischem Lächeln eine Getränkekarte von eindrucksvoller Länge vor uns aus. Sie verzeichnete Wodka aller nur erdenklichen Geschmacksrichtungen.

Das gefiel mir, und ich war fast froh, daß ich gekommen war.

»Mmmmm«, sagte ich ganz aufgeregt. »Wie wär's mit Erdbeergeschmack? Oder lieber Mango? Oder, nein, warte ... schwarze Johannisbeere?«

»Was du willst«, rief mir Daniel vom anderen Ende des Tisches zu. »Such für mich mit aus.«

»In dem Fall könnten wir doch mit Zitronengeschmack anfangen und nach einer Weile vielleicht was anderes probieren«, sagte ich.

Als junges Mädchen hatten mich Cocktailkarten magisch angezogen, und ich hatte jede einzelne Sorte probieren wollen. Am liebsten hätte ich die ganze Liste von oben bis unten durchprobiert, hatte mich aber nicht getraut, weil ich viel zu viel Angst gehabt hatte, davon betrunken zu werden. Vermutlich war mein jetziger Vorschlag hinsichtlich der parfümierten Wodkas einfach die erwachsene Variante dieses Jungmädchentraums. Zwar fürchtete ich immer noch, betrunken zu werden, hatte aber an jenem Abend das Gefühl, damit leben zu können.

»Also Zitrone«, sagte Daniel.

Kaum war Gregor verschwunden, zischte mir Daniel über den Tisch zu: »Komm rüber. Du sitzt viel zu weit weg.«

»Nein«, sagte ich beunruhigt. »Dmitri hat gesagt, daß ich hier sitzen soll.«

»Ja und? Du bist doch nicht in der Schule!«

»Aber ich möchte ihn nicht verstimmen ...«

»Lucy, sei nicht so ein Waschlappen und komm her.«

»Nein!«

»Dann komm ich eben zu dir.« Er stand auf, schob seinen Stuhl ein beträchtliches Stück um den Tisch herum und setzte sich mir fast auf den Schoß.

Die beiden bezaubernd aussehenden jungen Paare am Nebentisch machten eine entsetzte Miene, und ich warf ihnen einen bedauernden Blick zu, in dem zu lesen stand, daß ich armes Geschöpf durchaus wisse, was sich gehört und nie im Traum daran dächte, dagegen zu verstoßen, aber dummerweise mit einem solchen Verrückten an einem Tisch säße. Daniel scherte sich nicht darum und sah sehr zufrieden aus.

»Na bitte«, triumphierte er mit einem Lächeln. »Das ist schon viel besser. Jetzt kann ich dich wenigstens sehen.« Dann schob er sein Besteck, seine Gläser und seine Serviette neben meine.

»Bitte, Daniel«, sagte ich und blickte nervös um mich. »Man sieht zu uns her.«

»Wer?« fragte er und drehte sich um. »Ach die!«

»Wirst du dich jetzt anständig benehmen?« donnerte ich voll heiligem Zorn. Er aber achtete nicht mehr auf mich, da er der hübscheren der beiden jungen Frauen am Nebentisch verliebte Blicke zuwarf und seine übliche Schau abzog. Er sah sie an, bis sie errötete und den Blick abwandte. Darauf wandte er den Blick ab, und sie sah unauffällig wieder her. Dann sah er hin, fing ihren Blick auf und lächelte sie an. Daraufhin lächelte sie zurück, und ich rempelte ihn kräftig.

»Hör mal, du Idiot, ich wollte von Anfang an nicht mit dir ausgehen!«

»Verzeih, Lucy! Ich bitte tausendmal um Verzeihung.«

»Schluß damit, verstanden? Ich hab keine Lust, den ganzen Abend zuzusehen, wie du dich über meine Schulter hinweg unterhältst.«

»Hast recht. Entschuldige.«

»Du wolltest unbedingt mit mir herkommen, dann bring auch so viel Anstand auf, dich mit mir zu unterhalten. Wenn du mit einer anderen flirten willst, hättest du mich nicht einzuladen brauchen.«

»Entschuldige, Lucy, du hast ja recht, verzeih mir bitte.« Seine Worte *klangen* nach aufrichtiger Reue, aber er sah nicht so aus, als ob er es ernst meinte.

»Und zu grinsen wie ein kleiner Junge, der sich schlecht benommen hat und es nie wieder tun will, beeindruckt mich überhaupt nicht«, fuhr ich fort. »Du kannst es dir also sparen.«

»Tut mir leid.«

Gregor brachte zwei ziemlich große Gläser mit einer leuchtendgelben Flüssigkeit. Zwar sah sie aus, als käme sie geradewegs aus Tschernobyl, aber es schien mir unhöflich, das zu sagen.

»Mann, das sieht ja ziemlich radioaktiv aus«, sagte Daniel mit Zweifel in der Stimme und hielt sein Glas gegen das Licht.

»Halt den Rand«, sagte ich. »Alles Gute zum Geburtstag.« Wir stießen miteinander an und stürzten den Wodka hinunter.

Sofort spürte ich seine Wirkung. Eine warme Glut sandte von meinem Magen ihre Kreise in mir aus.

»Ach du liebes bißchen«, kicherte ich.

»Was?«

»Es *ist* radioaktiv.«

»Aber ganz angenehm.«

»Unbedingt.«

»Noch was davon?«

»Warum nicht?«

»Wo ist Gregor?«

»Da kommt er schon.« Er war in unserer Richtung unterwegs, und Daniel winkte ihn zu sich.

»Noch mal zwei davon, Gregor, danke«, sagte Daniel. Gregor machte ein zufriedenes Gesicht, sofern es möglich ist, daß jemand gleichzeitig ganz und gar zu Tode betrübt und zufrieden dreinschauen kann.

»Rosa bitte«, meldete ich mich.

»Erdbeere?« fragte Gregor.

»Ist das rosa?«

»Ja.«

»Also Erdbeere.«

»Außerdem sollten wir mal anfangen zu überlegen, was wir essen wollen.«

»Prima«, sagte ich und nahm mir die Speisekarte vor. Die rosa Wodkas kamen und waren so vorzüglich, daß wir beschlossen, noch einmal zwei zu nehmen. Ich meinte: »So klein wie die sind, können sie kaum großen Schaden anrichten.«

Der Wodka kam – diesmal war es schwarze Johannisbeere –, und wir leerten die Gläser.

»Das Zeug hält nicht lange vor, was?«

»Noch mal?« wollte Daniel wissen.

»Noch mal.«

»Was zu essen?«

»Wär wohl ganz vernünftig. Da kommt ja Dmitri. Dmitri, von mir aus können Sie allmählich die rohen Steckrüben auffahren«, sagte ich gönnerhaft. Ich merkte, daß mir die Sache großen Spaß machte.

»Ich muß dir was sagen, Lucy.« Daniel wurde mit einem Mal ganz ernst.

»Nur zu«, sagte ich. »Einen Augenblick lang dachte ich schon, die Sache würde mir allmählich Spaß machen, aber es wird Zeit, daß der Spaß aufhört.«

»Entschuldige, ich hätte das nicht sagen sollen. Laß gut sein.«

»Dafür ist es zu spät, Schwachkopf. Jetzt *mußt* du es mir sagen.«

»Wie du willst. Aber es wird dir nicht gefallen.«

»Fang schon an.«

»Es ist wegen Ruth.«

»*Sag* schon.«

»Ich hab mit ihr Schluß gemacht. Nicht sie mit mir.«

Ist das alles?, dachte ich, leicht benommen. Dann fiel mir ein, daß ich Daniel eigentlich kleinhalten wollte.

»Du verdammter Schweinehund! Wie konntest du nur?«

»Sie hat mich so unvorstellbar gelangweilt. Es war der reinste Alptraum.«

»Aber sie hatte doch unwahrscheinliche Titten.«

»Ja und?«

»Heißt das, du hast sozusagen ›Danke für die Milchdrüsen‹ gesagt?« fragte ich und brach in haltloses Gelächter aus. Es war eine der seltenen Gelegenheiten, bei denen ich mich unwiderstehlich witzig fand.

»Genau«, sagte Daniel und stimmte in mein Lachen ein.

»Und jetzt bist du ruthlos und ratlos«, fuhr ich fort und fand mich immer noch zum Brüllen komisch.

»Stimmt.«

»Außerdem bist du ausgesprochen herzlos.«

»Das ist nicht wahr. Ich habe versucht, es ihr möglichst schonend beizubringen.«

»Hat sie weinen müssen?«

»Nein.«

Daniel sah etwas verstört drein, fast, als kämen ihm die Tränen. Der Wodka hatte uns beide ein wenig rührselig gestimmt.

»Jetzt tut es mir leid, daß ich es dir gesagt hab«, sagte er, ein wenig gekränkt. »Ich wußte ja, daß es dir nicht gefallen würde.«

»Schon möglich. Aber damit muß ich fertig werden.«

Ich lächelte ihm ein wenig zu. Mit einem Mal hatte ich den Eindruck, als gehe mir die Sache mit Ruth nicht mehr so nahe. Irgendwie schien das jetzt alles keine Rolle zu spielen.

»Du nimmst das sehr gelassen, Lucy.«

»Ich weiß. Ich fühl mich auch sehr gelassen.«

»Komisch, ich mich auch.«

»Was meinst du, woran das liegt? Vielleicht am Wodka?«

»Das muß es wohl sein.«

»Mir ist so sonderbar, Daniel. Ich bin ein bißchen traurig, wie immer, aber auch glücklich. Auf traurige Weise glücklich.«

»Ich kenn das«, sagte er eifrig. »Genauso fühl ich mich auch, nur umgekehrt. Ich bin glücklich wie immer, aber auf glückliche Weise traurig.«

»So geht es den Russen wohl dauernd«, kicherte ich. Ich merkte, daß ich ziemlich beschwipst war und wußte, daß ich Unsinn redete, aber es machte mir nichts aus. Es klang nicht wie Unsinn, sondern äußerst bedeutend und aufrichtig. »Was meinst du: trinken die so viel Wodka, weil sie zum Philosophieren neigen und sich elend fühlen, oder neigen sie zum Philosophieren und fühlen sich elend, weil sie so viel Wodka trinken?«

»Schwer zu sagen.« Dann fuhr er in ernsthaftem Ton fort: »Warum lern ich nie die richtige Frau kennen?«

»Keine Ahnung. Warum lern ich nie den richtigen Mann kennen?«

»Ich weiß nicht. Ob ich immer einsam sein werde?«

»Ja, Daniel. Und werde ich immer einsam sein?«

»Ja, Lucy.«

Eine kurze Pause trat ein, in der wir einander betrübt zulächelten, in bittersüßer Schwermut vereint. Wir genossen das richtig. Irgendwann kam das Essen. Vielleicht war es in dem Augenblick.

»Sieh mal, Dan, es ist unerheblich, weil wir grundsätzlich wie Menschen fühlen. Leben ist Qual. Wollen wir noch was trinken?«

»Welche Farbe?«

»Blau.«

Er lehnte sich auf seinem Stuhl zurück und versuchte, einen der Kellner an den Rockschößen festzuhalten. »Die Dame will noch zwei von denen hier«, rief er und schwenkte ein Glas in der Luft. »Na ja, nicht zwei für sich selbst ... oder vielleicht doch ... Lucy, möchtest du zwei?«

»Das gleiche noch einmal, der Herr?« fragte Gregor. Jedenfalls vermute ich, daß es Gregor war. Ich lächelte ihn wehmütig an, und er lächelte ebenso zurück.

»Genau dasselbe noch mal«, sagte Daniel. »Aber zwei. Ach was, sagen wir vier. Und ... ach ja«, rief er ihm nach, »blau!«

»Wo waren wir stehengeblieben?« fragte mich Daniel mit munterem Lächeln. Mit einem Mal war ich froh, daß ich mitgekommen war. Ich hatte ihn richtig gern.

»Wir haben über die Qual des Daseins gesprochen, oder?« fragte Daniel.

»Ja«, sagte ich, »so ist es. Würde es mir gut stehen, wenn ich mir die Haare so zurechtmachte wie die Frau da?«

»Welche?« fragte er und drehte sich um. »O ja, bestimmt. Du würdest sogar *besser* aussehen als sie.«

»Gut«, kicherte ich.

»Worum geht es, Lucy?«

»Worum geht was?«

»Alles, verstehst du? Das Leben, die Dinge allgemein, der Tod, die Haare.«

»Woher soll ich das wissen, Dan? Was meinst du wohl, warum mir dauernd so verdammt mies zumute ist?«

»Aber das hat doch auch was Gutes, oder?«

»Was?«

»Wenn einem mies zumute ist.«

»Ja«, kicherte ich. Ich konnte es mir einfach nicht verkneifen. Er hatte recht. Uns war beiden mies zumute, aber wir schwebten geradezu verzückt über all unsere Miesheit.

»Erzähl mir die Sache mit dieser Heirat.«

»Nein.«

»Bitte.«

»Nein.«

»Möchtest du nicht darüber reden?«

»Nein.«

»Das sagst du bei allem, immer.«

»Was?«

»Daß du nicht darüber reden möchtest.«

»Ich möchte auch nicht.«

»Hat Connie durchgedreht?«

»Komplett. Sie hat mir unterstellt, daß ich schwanger wäre.«

»Arme Connie.«

»Von wegen arme Connie.«

»Du bist sehr hart zu ihr.«

»Bin ich nicht.«

»Weißt du, sie ist eine gute Seele. Sie will nur dein Bestes.«

»Ha! Du kannst das leicht sagen, weil sie zu dir immer nett ist.«

»Ich mag sie.«

»Ich nicht.«

»So was über seine eigene Mutter zu sagen ist furchtbar.«

»Mir egal.«

»Du kannst ganz schön dickköpfig sein.«

»Ach, Daniel.« Ich lachte. »Hör bloß auf. Hat dich meine Mutter dafür bezahlt, daß du hier ihr Loblied anstimmst?«

»Nein, ich mag sie wirklich.«

»Wenn das so ist, kannst du ja Donnerstag mitkommen, wenn ich sie besuchen geh.«

»Schön.«

»Was meinst du mit ›schön‹?«

»Schön.«

»Macht es dir nichts aus?«

»Natürlich nicht.«

»Mir schon.« Eine kleine Pause trat ein.

»Können wir jetzt bitte aufhören, über sie zu reden?« fragte ich. »Es deprimiert mich.«

»Aber uns war doch sowieso schon mies zumute.«

»Ich weiß. Aber das war anders. Es war ein angenehmes mieses Gefühl.«

»Okay. Wollen wir davon reden, daß wir eh alle sterben müssen und all das keine Rolle spielt?«

»Ach ja, bitte. Danke, Dan, du bist ein Engel.«

»Zuerst aber noch was zu trinken«, meinte er. »Welche Farbe haben wir noch nicht probiert?«

»Grün.«

»Kiwi?«

»Einverstanden.«

Die Getränke kamen. Obwohl Daniel und ich Unmengen gegessen haben, war es mir hinterher unmöglich zu sagen, was es war. Aber es muß mir geschmeckt haben. Daniel behauptet, ich hätte immer wieder gesagt, es sei köstlich. Und wir haben uns großartig unterhalten. Ich kann mich nicht mehr an viel von unserem Gespräch erinnern, aber ich weiß noch, daß es irgendwie darum ging, wie sinnlos alles ist und daß wir alle zum Untergang verurteilt sind. Damals fand ich das alles vollkommen sinnvoll. Ich war völlig eins mit mir, dem All und mit Daniel. Ich kann mich dunkel erinnern, daß er mit der Faust auf den Tisch geschlagen und mit Nachdruck gesagt hat: »Ganz meine Meinung.« Dabei hat er einen der Kellner (Gregor? Dmitri?) angehalten und zu ihm gesagt: »Hören Sie sich an, was diese Frau zu sagen hat. Sie spricht die Wahrheit, sie spricht nicht mit gespaltener Zunge.«

Es war ein zauberhafter Abend, und wahrscheinlich säße ich immer noch da und riefe: »Lila! Haben Sie das auch in Lila?« wenn Daniel und mir nicht irgendwann aufgefallen wäre, daß wir die einzigen Gäste waren und viele breitschultrige Kellner im Smoking aufgereiht hinter der Bar standen und unverwandt zu uns hersahen.

»Lucy«, zischelte er, »ich glaube, wir sollten allmählich gehen.«

»Nein. Mir gefällt es hier.«

»Wirklich, Lucy. Gregor und die anderen müssen nach Hause.«

Da bekam ich ein sehr schlechtes Gewissen.

»Natürlich. Natürlich. Noch dazu, wo sie mit dem Nachtbus *Stunden* brauchen, bis sie in Moskau sind, die Ärmsten. Bestimmt müssen sie morgen auch wieder ganz früh anfangen.«

Daniel rief nach der Rechnung. Unser anfängliches pompöses Auftreten hatten wir längst aufgegeben. Die Rechnung kam – sehr zügig –, und Daniel warf einen Blick darauf.

»Ist das die Staatsverschuldung von Bolivien?« fragte ich.

»Schon eher die von Brasilien«, sagte er. »Aber was macht das schon?«

»Genau«, pflichtete ich ihm bei. »Du hast es ja schließlich.«

»So ist das nun auch wieder nicht. Das ist alles relativ. Bloß weil man dich mit einem Hungerlohn abspeist, hältst du jeden für reich, der mehr verdient als du.«

»Ach, so ist das.«

»Es läuft einfach darauf hinaus, daß du um so mehr Schulden machen kannst, je mehr du verdienst.«

»Dan, das ist großartig! Das ist eine tiefe ökonomische Wahrheit – mitten im Leben schwimmen wir in Schulden. Kein Wunder, daß du so eine gute Stellung hast.«

»Nein, Lucy«, sagte Daniel. Seine Stimme klang heiser vor Erregung. »Was *du* gerade gesagt hast, ist großartig, so wahr: Mitten im Leben schwimmen wir *tatsächlich* in Schulden. Das mußt du unbedingt aufschreiben. Wir sollten überhaupt alles aufschreiben, worüber wir heute abend geredet haben.«

Mir war von seiner und meiner Weisheit ein wenig schwindlig. Ich erklärte ihm, daß ich ihn für ausgesprochen weise und großartig hielte. »Danke, Daniel«, sagte ich, »das war einfach umwerfend.«

»Ich freue mich, daß es dir gefallen hat.«

»Es war hinreißend. So vieles ist mir jetzt klargeworden.«

»Was zum Beispiel?«

»Es ist doch kein Wunder, daß ich nie den Eindruck hatte, irgendwohin zu gehören, wo ich offensichtlich Russin bin.«

»Wie kommst du darauf?«

»Weil ich mich traurig und zugleich glücklich fühle. Außerdem kommt es mir ganz so vor, als gehörte ich hierher.«

»Vielleicht bist du nur betrunken.«

»Ach was. Ich war auch früher schon betrunken und hab mich nie so gefühlt. Meinst du, ich krieg in Rußland 'ne Stelle?«

»Glaub ich schon. Aber ich möchte nicht, daß du dahin ziehst.«

»Du kannst mich besuchen kommen. Das wirst du wahrscheinlich sowieso müssen, wenn es hier keine Frauen mehr gibt, die mit dir ausgehen wollen.«

»Nicht blöd, Lucy. Wollen wir jetzt zu der Party, von der Karen gesprochen hat?«

»Ja! Die hatte ich ganz vergessen.«

17

»Hast du denen ein großes Trinkgeld gegeben?« flüsterte ich Daniel zu, als wir schließlich den *Kreml* verließen, wobei uns das gesamte Personal nachwinkte.

»Ja.«

»Gut. Die waren nett.« Ich lachte, während wir die Treppe hinaufgingen, und ich lachte noch mehr, als wir vor dem *Kreml* in der kalten Nachtluft standen.

»Herrlich. Das hat Spaß gemacht«, sagte ich und lehnte mich an Daniel.

»Gut«, sagte er. »Jetzt benimm dich aber, sonst kriegen wir kein Taxi.«

»Tut mir leid, Dan. Ich glaub, ich hab 'nen kleinen Schwips, aber ich fühl mich richtig glücklich.«

»Gut. Halt trotzdem bitte eine Minute lang den Mund.« Ein Taxi blieb stehen. Der Fahrer machte ein ziemlich böses Gesicht.

»Lächeln«, kicherte ich. Zum Glück hörte er mich nicht.

Ich stieg ein, und Daniel zog die Tür hinter uns zu.

»Wohin?« fragte der Fahrer.

»Wohin Sie wollen«, sagte ich verträumt.

»Hä?«

»Wohin Sie wollen«, sagte ich. »Was für eine Rolle spielt das? In hundert Jahren sind weder Sie noch ich hier, und Ihr Taxi ist *bestimmt* nicht mehr hier.«

»Schluß, Lucy!« Daniel stieß mich mit dem Ellbogen an und versuchte, nicht zu lachen. »Laß den armen Mann zufrieden. Bitte nach Wimbledon.«

»Wir sollten an einem offenen Laden anhalten und für die Party was zu trinken mitnehmen«, sagte ich.

»Woran hast du gedacht?«

»Wodka? Seit neuestem mein Lieblingsgetränk.«

»Einverstanden.«

»Nein, ich hab's mir anders überlegt.«

»Warum?«

»Weil ich schon betrunken genug bin.«

»Ja und? Gefällt es dir nicht?«

»Doch, aber ich sollte wohl besser aufhören.«

»Tu's nicht.«

»Doch, ich muß. Wir wollen was anderes holen, was nicht so stark ist.«

»Pils?«

»Von mir aus.«

»Oder soll ich 'ne Flasche Wein besorgen?«

»Was du willst.«

»Wie wär's mit Guinness?«

»Auch recht.«

»Lucy, sei doch um des Himmels willen keine solche Jasagerin und sag schon, was du haben willst. Warum hältst du dich immer so zurück und ...«

»Ich bin keine Jasagerin und halt mich auch nicht zurück.« Ich lachte. »Es macht mir wirklich nichts aus. Du weißt, daß ich nicht viel trinke.« Der Taxifahrer gab ein empörtes Schnauben von sich. Er glaubte das wohl nicht.

Wir hörten die Musik schon, als das Taxi in die Straße einbog.

»Klingt wie 'ne gute Party«, sagte Daniel.

»Ja«, sagte ich. »Bin mal gespannt, ob die Bullen kommen – erst dann ist es eine richtige Party.«

»Bloß nicht. Bestimmt rufen die Nachbarn schon im nächstgelegenen Bullenstall an. Laß uns also schnell reingehen und mitmachen, bevor die den Laden dichtmachen.«

»Keine Sorge«, sagte ich besänftigend, »viele Bullen werden gerufen, aber nur wenige Parties werden mittendrin verboten.«

Daniel lachte. Ein bißchen übertrieben, fand ich. Der Wodka schien nach wie vor seine Wirkung zu tun.

Dann kam es zu einer kleinen Auseinandersetzung zwischen uns, weil wir beide den Fahrer bezahlen wollten.

»Ich übernehm das.«

»Nein, ich.«

»Du hast schon für das Essen bezahlt.«

»Aber du wolltest gar nicht mitkommen.«

»Egal. Recht muß Recht bleiben.«

»Warum kannst du nicht einfach mal annehmen, daß jemand nett zu dir ist? Du bist so...«

»He! Wird's bald? Ich kann nicht die ganze Nacht hier rumhängen!« mischte sich der Taxifahrer in Daniels Westentaschen-Psychoanalyse ein, bevor er richtig damit loslegen konnte.

»Mach schon«, murmelte ich, »sonst holt er noch den Hammer unterm Sitz vor.« Daniel zahlte, und brummelnd nahm der Taxifahrer sein zweifellos üppiges Trinkgeld entgegen.

»Gib der Kleinen ruhig mal eine aufs Maul«, riet er Daniel noch. »Mir stinken Weiber, die 'ne dicke Lippe riskieren.« Dann brauste er davon.

Entrüstet und vor Kälte zitternd stand ich da und sah dem verschwindenden Taxi nach.

»Wie kommt der Idiot dazu, so was über mich zu sagen?«

»Lucy, reg dich nicht auf.«

»Na, wenn du meinst.«

»Er hatte in gewisser Hinsicht sogar recht. Manchmal riskierst du wirklich eine ganz schön dicke Lippe.«

»Halt doch du die Klappe.«

Ich versuchte mich über Daniel zu ärgern, mußte aber wider Willen lachen. Das war ungewöhnlich bei mir, aber es war ja auch alles in allem ein ungewöhnlicher Abend gewesen.

Wir klingelten an der Haustür, aber niemand öffnete.

»Vielleicht ist die Musik zu laut und sie können die Klingel nicht hören«, sagte ich, während wir mit unserem Guinness unter dem Arm bibbernd und erwartungsvoll in der diesigen Nachtluft standen und das Hämmern der Musik und das Gelächter hörten, die hinter der schweren Holztür hervordrangen.

»Laß mich zumindest die Hälfte übernehmen«, sagte ich. Daniel sah mich an, als hätte ich den Verstand verloren.

»Wovon redest du?«

»Von dem Taxi. Laß mich zumindest die Hälfte übernehmen.«

»Lucy, manchmal würde ich dir liebend gern eine kleben! Du treibst mich zum ...«

»Psst! Da kommt jemand.« Die Tür öffnete sich, und ein junger Mann in gelbem Hemd sah uns mißgelaunt an.

»Kann ich was für euch tun?« fragte er höflich. In derselben Sekunde fiel mir ein, daß ich nicht im entferntesten ahnte, wer die Party gab.

»Äh«, sagte Daniel.

»Hm, John hat uns eingeladen«, murmelte ich.

»Ach so«, sagte Gelbhemd grinsend und war mit einem Schlag viel freundlicher. »Ihr seid also Johns Freunde. Ein verrückter Hund, was?«

»Kann man wohl sagen«, stimmte ich munter zu, den Blick zum Himmel gerichtet. »Total durchgeknallt.«

Das schien das Losungswort zu sein, denn die Tür öffnete sich weit, und wir durften eintreten, um am munteren Treiben im Hause teilzunehmen. Mir wurde flau, als ich sah, wie viele Frauen da waren. Auf jeden Mann kamen etwa tausend, wie das in London bei Parties üblich zu sein scheint. Sie alle musterten Daniel aufmerksam.

»Wer ist dieser John?« fragte mich Daniel flüsternd, während wir in den östrogengeschwängerten Flur vordrangen.

»Hast du es nicht gehört? Ein verrückter Hund.«

»Schon. Aber wer ist er?«

»Keine Ahnung«, flüsterte ich verstohlen zurück, wobei ich darauf achtete, daß uns Gelbhemd nicht hören konnte. »Ich hab einfach angenommen, daß mit einer gewissen Wahrscheinlichkeit ein John entweder hier wohnt oder mit den Leuten bekannt ist, die hier wohnen. Ist ja ein ziemlich alltäglicher Name.«

»Mann, du bist wirklich gut«, sagte Daniel bewundernd.

»Ach was«, sagte ich, »du bist nichts gewohnt, weil du immer nur mit dummen Gänsen rumziehst.«

»Da hast du recht«, sagte er nachdenklich. »Warum ich bloß immer auf die reinfalle?«

»Weil sie die einzigen sind, die mit dir was zu tun haben wollen«, sagte ich betont freundlich. Er warf mir einen gekränkten Blick zu. »Du bist sehr gemein zu mir.«

»Nicht die Spur«, sagte ich, »es ist zu deinem Besten. So was zu sagen schmerzt mich mehr als dich.«

»Tatsächlich?«

»Nein.«

»Schade.«

»Komm, schmoll jetzt bloß nicht. Das verdirbt deine männliche Kinnpartie und verscheucht die Frauen.«

Eine muntere und unüberhörbar schottisch gefärbte Stimme, die uns zurief »Na prima, ihr seid gekommen«, unterbrach unseren aufkeimenden Streit. Flammenden Blicks zwängte sich Karen durch das Gedränge junger Leute, die sich mit Bierdosen in der Hand von einem Raum in den anderen schoben. Niederträchtigerweise nahm ich an, sie hätte die Haustür den ganzen Abend nicht aus den Augen gelassen, und hatte sogleich ein schlechtes Gewissen. Daniel anziehend zu finden war schließlich kein Verbrechen, sondern lediglich eine grauenvolle Geschmacksverirrung. Karen sah hinreißend aus. Und sie war ohnehin sein Typ: blond, lebhaft, sinnlich. Wenn sie ihre Trümpfe richtig ausspielte und mit ihrer Intelligenz ein bißchen hinter dem Berg hielt, schätzte ich ihre Aussichten, Daniels nächste Freundin zu werden, als gar nicht schlecht ein. Vor Munterkeit übersprudelnd erzählte sie uns, wie entzückt sie sei, uns zu sehen, und überschwemmte uns mit Fragen, wie ein Gewitterregen das Straßenpflaster. Wie das Restaurant war, wollte sie wissen, das Essen? Ob berühmte Leute dagewesen waren?

Eine Weile war ich so naiv zu glauben, es handele sich um ein wirkliches Gespräch und ich sei daran beteiligt – bis ich merkte, daß Karen meine Berichte über Gregor und Dmitri, die ich so lustig fand, mit eisigem Schweigen quittierte, aber jedesmal in lautes Lachen ausbrach, sobald Daniel den Mund aufmachte. Wann immer mein Blick auf sie fiel, runzelte sie finster und bedeutungsvoll die Brauen. Sie hüpften förmlich zwischen ihrem Haaransatz und den Wangenknochen hin und her. Dann merkte ich, daß sie mit den Lippen unhörbare Worte formte. Ich versuchte sie ihr mit zusammengekniffenen Augen vom Mund abzulesen und zu verstehen, was sie meinte. Sie tat es schon wieder. Was sagte sie? ... Was sollte das heißen? Drei Silben. Erster Buchstabe V? Was zum Teufel meinte sie?

»Verpiß dich.«

Als Daniel einen Augenblick abgelenkt war, weil er seinen Mantel auszog, beugte sie sich zu mir her und zischte mir ins Ohr: »Sieh zu, daß du hier schleunigst verduftest!«

»Na klar doch.«

Es war offenkundig, daß das Samenkorn meiner Unterhaltung auf steinigen Boden fiel und ich das fünfte Rad am Wagen war. Höchste Zeit, daß ich den Rückzug antrat, denn sonst würde es mir am folgenden Tag schlecht ergehen. Karen würde mir ordentlich die Leviten lesen (»Warum hast du blöde Kuh dich nicht einfach verdrückt? Wie bescheuert kannst du eigentlich sein?«)

Ich wußte, wann ich unerwünscht war. Gewöhnlich hatte ich in dieser Hinsicht ausgesprochen gute Antennen und merkte es oft früher als die, die mich los sein wollten. An jenem Abend gab ich mich für meine Verhältnisse demonstrativ dickfellig.

Mir war die Situation so peinlich, daß ich über und über rot wurde – das war mir gar nicht recht, denn jetzt sah es erst recht so aus, als hätte ich etwas falsch gemacht –, und ich murmelte: »Äh, ich geh mal kurz da rüber.« Dann wandte ich mich diskret von den beiden ab und ging in die Diele.

Weder Daniel noch Karen hatten offenbar etwas dagegen. Ich war ein klein wenig enttäuscht, daß Daniel mich nicht zu halten versucht oder zumindest gefragt hatte, was ich tun wollte, doch ich wußte genau, daß mir seine Gegenwart in der umgekehrten Situation, wenn ich einen jungen Mann angemacht hätte, auch nicht recht gewesen wäre. Dann aber begann ich mich zu schämen. Ich stand allein da, hatte immer noch meinen Mantel an und sah niemanden, den ich kannte. Ich war überzeugt, daß mich alle anstarrten und alle wußten, daß mich dort niemand kannte. Mein anfängliches Hochgefühl war meiner alles überlagernden Gehemmtheit gewichen. Mit einem Mal war ich ziemlich nüchtern.

Eigentlich hatte ich immer das Gefühl gehabt, das Leben sei eine Party, zu der mich niemand eingeladen hatte. Jetzt war ich wirklich auf solch einer Party, und es beruhigte mich fast, daß die Empfindungen, die ich gewissermaßen mein Leben lang gehabt hatte – Unbeholfenheit, Verfolgungswahn, das Gefühl, von den anderen geschnitten zu werden – genau das waren, was man in einer solchen Situation empfand.

Trotz des Gedränges gelang es mir, Zentimeter für Zentimeter meinen Mantel abzustreifen. Ich zauberte ein strahlendes Lächeln auf mein Gesicht, in der Hoffnung, die lärmenden und glücklichen Menschen um mich herum zu überzeugen, daß sie nicht die einzigen waren, die sich amüsierten, und daß auch ich glücklich war, ein erfülltes Leben und einen Haufen Freunde hatte und nur deshalb gerade allein war, weil ich es so wollte, ich mich aber jederzeit ins Getümmel stürzen konnte, sofern mir danach war. Allerdings war das völlig unerheblich, denn niemand achtete auch nur im geringsten auf mich. Als mich eine junge Frau anrempelte, die aufgeregt zur Tür rannte, um jemandem zu öffnen und eine andere Frau beim Versuch, auf ihre Uhr zu sehen, ein Glas Wein über mich goß, hatte ich das Gefühl, unsichtbar zu sein.

Mich ärgerte weniger mein nasses Kleid als die Art, wie mir die junge Frau zu verstehen gab, es sei meine eigene Schuld, so daß ich schließlich selbst glaubte, ich hätte nicht dort stehen dürfen.

Irgendwie schwankte ich lebenslänglich zwischen dem Gefühl, schrecklich auffällig, und dem Gefühl, ganz und gar unsichtbar zu sein.

Als sich dann in der Menge eine kleine Lücke auftat, erspähte ich Charlotte, und mir wurde wohler ums Herz. Sie schien mit einem jungen Mann zu sprechen. Ich lächelte breit in ihre Richtung und rief ihr zu, daß ich zu ihr rüberkommen wolle. Sie aber schüttelte, kaum merklich, aber dennoch entschieden, den Kopf.

Nachdem ich ewig lange grinsend wie ein Dorftrottel dagestanden hatte, fiel mir ein, was ich tun konnte: das Bier in den Kühlschrank stellen. Ich war entzückt, eine Aufgabe und ein Ziel zu haben, von Nutzen zu sein. Auf meine ganz unbedeutende Weise war ich wichtig!

Begeistert von mir und meinem neu entdeckten Wert kämpfte ich mich durch die Menschenmenge in der Diele und die noch größeren Menschenmassen in der Küche und stellte vier Dosen Guinness in den Kühlschrank. Dann klemmte ich mir die beiden übrigen unter den Arm und versuchte mir den Rückweg freizukämpfen. Ich wollte ins große Wohnzimmer, wo es am übermütigsten zuzugehen schien.

Auf dem Weg dorthin begegnete ich ihm.

18

In den folgenden Monaten durchlebte ich die Szene in meinem Kopf so oft noch einmal, daß ich mich bis in die kleinsten Einzelheiten genauestens an alles erinnern konnte.

Ich schob mich gerade aus der Küche, als ich hörte, wie eine Männerstimme bewundernd sagte: »Sieh an! Ein güldnes Traumbild! Eine Göttin – wahrlich eine Gottheit!«

Natürlich versuchte ich mit aller Kraft, den Raum zu verlassen, denn neben meinem goldenen Kleid besaß ich auch einen maßgeschneiderten Minderwertigkeitskomplex und kam daher keine Sekunde lang auf den Gedanken, daß der Vergleich mit der Göttin mir gelten könnte.

»Und es ist nicht irgendeine Göttin«, fuhr die Stimme fort, »sondern meine Lieblingsgöttin, eine Guinness-Göttin.«

Der Hinweis auf das Guinness durchbrach meine Bescheidenheitsschwelle, und so wandte ich mich um und sah einen jungen Mann eingezwängt zwischen Wand und Kühltruhe stehen. Daran war eigentlich nichts Ungewöhnliches, denn immerhin war es eine Party, und da der Raum gesteckt voller Menschen war, lehnten auch ein paar Männer an Haushaltsgeräten.

Der junge Mann – sein Alter ließ sich schwer schätzen – sah sehr gut aus. Er hatte längere schwarze Locken, leicht blutunterlaufene grüne Augen und lächelte mich auf eine Weise an, als ob wir miteinander bekannt wären – was mir gerade recht war.

»Hallo«, sagte er mit freundlichem Lächeln. Während sich unsere Blicke begegneten, hatte ich ein ganz merkwürdiges Gefühl. Es kam mir ganz so vor, als ob auch ich ihn kannte. Ich starrte ihn an und konnte den Blick nicht von ihm wenden, obwohl ich genau wußte, daß sich das nicht gehört. Ein Gefühl der Verwirrung trieb mir die Röte ins Gesicht, und zugleich erfüllte mich eine merkwürdige Unruhe. Obwohl ich sicher war, daß wir einander nie im Leben begegnet waren, war mir klar, daß ich ihn irgendwie kannte. Ich weiß nicht, *was* es war, aber irgend etwas an ihm kam mir äußerst bekannt und geradezu vertraut vor.

»Wo hast du nur so lange gesteckt?« fragte er munter. »Ich warte schon die ganze Zeit auf dich.«

»Tatsächlich?« fragte ich und schluckte nervös. In meinem Kopf drehte sich alles. *Was passiert da?* fragte ich mich. *Wer ist das? Woher dies blitzartige Erkennen zwischen uns?*

»Na klar«, sagte er. »Ich hab mir 'ne schöne Frau mit 'ner Dose Guinness gewünscht, und jetzt bist du da.«

»Ah ja.«

Eine Pause trat ein, während der er sich freudestrahlend und gut gelaunt wieder an die Wand lehnte – das Urbild der Entspanntheit. Allerdings hatte er einen leicht verschwommenen Blick. Er schien an unserer Unterhaltung nichts Besonderes zu finden.

»Wartest du schon lange?« fragte ich ihn. Sonderbarerweise kam mir die Frage völlig normal vor, so wie man einen Unbekannten an der Bushaltestelle fragt.

»Fast neunhundert Jahre«, sagte er mit einem Seufzer.

»Was, neunhundert Jahre?« fragte ich und hob eine Braue. »Aber vor neunhundert Jahren gab es doch noch gar kein Guinness in Dosen.«

»Eben«, sagte er. »Meine Rede! Weiß Gott, wie ich das bedauert hab. Ich mußte darauf warten, daß sie die Dinger erfanden. Gott, war das langweilig! Wenn ich nichts als ein Horn voll Met oder einen Humpen mit Schankbier hätte haben wollen, hätte ich uns beiden einen Haufen Ärger sparen können.«

»Und du bist schon die ganze Zeit hier?« fragte ich.

»Die meiste«, antwortete er. »Manchmal war ich auch da« – er wies auf eine Stelle, kaum einen halben Meter neben sich auf dem Fußboden –, »aber meistens hier.«

Ich lächelte und war ganz hin und weg von ihm und seinem Geplauder. Er war *genau* die Art Mann, die mir gefiel – weder lahm noch wichtigtuerisch, sondern einfallsreich und witzig. Obendrein sah er wirklich gut aus.

»Ich warte schon so lange auf dich, daß es mir schwerfällt zu glauben, daß du jetzt endlich da bist. Bist du echt?« fragte er, »oder nur ein Hirngespinst meiner nach Guinness lechzenden Vorstellungskraft?«

»Ich bin durch und durch echt«, versicherte ich ihm. Dabei war ich meiner Sache selbst nicht sicher, ganz davon abgesehen, daß ich nicht wußte, ob er seinerseits echt war.

»Ich möchte, daß du echt bist, und du sagst mir, daß du es bist. Aber vielleicht bilde ich mir das alles nur ein, einschließlich deiner Worte, die mir sagen, daß du echt bist. Das ist alles schrecklich verwirrend – kannst du das verstehen?«

»Und wie«, sagte ich feierlich. Ich war wie verzaubert.

»Kann ich eine Dose Guinness kriegen?« fragte er.

»Ich weiß nicht«, sagte ich etwas besorgt und vergaß einen Augenblick lang meine Verzauberung.

»Neunhundert Jahre«, erinnerte er mich liebenswürdig.

»Schon«, gab ich zurück. »Ich versteh dich ja, aber die Dosen gehören Daniel. Ich will damit sagen, er hat sie bezahlt, und ich wollte ihm gerade eine bringen, aber... ach, was soll's. Hier, nimm.«

»Donal hat sie vielleicht bezahlt, aber das Schicksal hat sie für mich vorgesehen«, erklärte er mir in vertraulichem Ton – und irgendwie nahm ich ihm das ab.

»Tatsächlich?« fragte ich mit unsicherer Stimme, hin und her gerissen zwischen dem Wunsch, einfach den übernatürlichen Kräften nachzugeben, die von diesem Mann ausgingen und Daniels Vorhaltungen, daß ich doch wohl einen hätte ausgeben wollen und jetzt sein Guinness verteilen würde.

»Donal wäre wirklich dafür«, fuhr er fort und zog sacht eine Dose unter meinem Arm hervor.

»Daniel«, sagte ich abwesend und ließ den Blick durch die Diele gleiten. Ich sah Karens und Daniels Köpfe dicht beieinander und hatte nicht den Eindruck, als läge ihm gerade an einer Dose Guinness.

»Vielleicht hast du recht«, stimmte ich zu.

»Es gibt nur einen Haken«, sagte er. »Wenn ich mir dich einbilde, bilde ich mir dein Guinness zwangsläufig auch ein, und eingebildetes Guinness ist nicht halb so gut wie echtes.«

Seine Sprechweise war so angenehm, er sprach so sanft und lyrisch – es klang vertraut, aber ich konnte es nicht einordnen.

Er öffnete die Dose und schüttete ihren Inhalt mit einem Zug in sich hinein, während ich zusah. Ich muß sagen, daß er mich beeindruckte. Bis dahin hatte ich erst wenig Männer gesehen, die dazu imstande waren. Wenn ich es recht bedachte, war der einzige, bei dem ich das je gesehen hatte, mein Vater.

Ich war von diesem Kind-Mann entzückt und gefesselt, wer auch immer er sein mochte.

»Hmmm«, sagte er nachdenklich mit einem Blick auf die leere Dose und dann auf mich. »Es war möglicherweise echt, es *könnte* aber auch eingebildet gewesen sein.«

»Hier«, sagte ich und hielt ihm die zweite Dose hin. »Es ist echt, ich versprech's.«

»Irgendwie trau ich dir.« Mit diesen Worten nahm er auch diese Dose und wiederholte die Vorstellung.

»Weißt du«, sagte er nachdenklich und wischte sich mit dem Handrücken den Mund ab, »du könntest recht haben. Und wenn das Guinness echt ist, mußt du es auch sein.«

»Ich denk schon, daß ich echt bin«, sagte ich geknickt. »Allerdings bin ich mir da oft nicht ganz sicher.«

»Vermutlich hast du manchmal das Gefühl, unsichtbar zu sein?« fragte er.

Mein Herz tat einen Sprung. Noch niemand, wirklich niemand, hatte mich das je zuvor gefragt, dabei fühlte ich mich während ganzer Abschnitte meines Lebens *genau* so. Hatte er meine Gedanken gelesen? Ich war wie gebannt. So viel Einfühlung! Jemand verstand mich. Ein mir völlig Unbekannter hatte mir soeben in die Seele geblickt und mein tiefstes Inneres erkannt. Mich überkam ein ungekanntes Hochgefühl, ich war voll Freude und Hoffnung.

»Ja«, sagte ich matt. »Manchmal hab ich das Gefühl, unsichtbar zu sein.«

»Ich weiß«, sagte er.

»Wieso?«

»Einfach so.«

»Ah ja.«

Wir schwiegen. Beide standen wir einfach eine Weile da und sahen einander leise lächelnd an.

»Wie heißt du?« fragte er unvermittelt. »Oder soll ich dich einfach Guinness-Göttin nennen? Wenn es dir recht ist, könnte ich es auch als GG abkürzen. Allerdings würde ich dich dann vielleicht mit einem Pferd verwechseln und auf dich zu setzen versuchen. Aber du siehst irgendwie nicht wie ein Pferd aus, obwohl du schöne Beine hast...« (Hier machte er eine Pause und neigte den Kopf so tief zur Seite, daß er auf der Höhe meiner Knie war.) »Doch, wirklich schöne Beine«, fuhr er fort und richtete sich auf. »Ich bin allerdings nicht sicher, ob du schnell genug laufen könntest, um das Grand-National-Rennen zu gewinnen. Andererseits könntest du unter den ersten dreien sein, es würde sich also möglicherweise lohnen, eine Einlaufwette auf dich abzuschließen. Wir werden das später sehen. Wie heißt du überhaupt?«

»Lucy.«

»So, Lucy« sagte er und sah mich mit seinen leuchtendgrünen, leicht blutunterlaufenen Augen an. »Ein schöner Name für eine schöne Frau.«

Obwohl ich sicher war, daß ich richtig lag, mußte ich ihn unbedingt fragen: »Du bist nicht... zufällig... Ire, was?«

»Klar, was denn sonst? Und nicht nur das«, sagte er, wobei er ein kleines Tänzchen aufführte und seinen Akzent so stark betonte wie ein Schauspieler, der im Theater einen Iren gibt, »ich komme sogar aus der Grafschaft Donegal.«

»Ich bin auch Irin«, sagte ich ganz aufgeregt.

»Davon hört man aber nichts«, sagte er zweifelnd.

»Stimmt aber trotzdem«, gab ich zurück. »Jedenfalls stammen meine Eltern beide aus Irland. Mit Nachnamen heiß ich Sullivan.«

»Tatsächlich, eine Irin, ein Paddy«, räumte er ein. »Fragt sich nur, was für einer. Gehörst du zufällig der Art Paddius, Unterart plasticus, hä?«

»Wie bitte?«

»Bist du eine nachgemachte Irin?«

»Ich bin hier geboren«, gestand ich, »aber ich fühl mich als Irin.«

»Mir genügt das«, sagte er munter. »Ich heiße Gus. Meine Freunde nennen mich kurz Augustus.«

»Ach ja?« Ich war wie verzaubert. Es wurde immer besser.

»Ich bin außerordentlich erfreut, deine Bekanntschaft zu machen, Lucy Sullivan«, sagte er und nahm meine Hand.

»Ich freue mich, deine Bekanntschaft zu machen, Gus.«

»Bitte nicht!« sagte er, die Hand abwehrend erhoben. »Ich bestehe auf Augustus.«

»Falls es dir nichts ausmacht, würde ich dich gerne Gus nennen. Augustus klingt ziemlich geschwollen.«

»Findest du?« fragte er. Es klang überrascht. »Du hast mich aber doch gerade erst kennengelernt.«

»Äh, du weißt schon, wie ich das meine …«, sagte ich und überlegte, ob da ein Mißverständnis vorliegen konnte.

»Das hat noch keine Frau zu mir gesagt«, erklärte er und sah mich nachdenklich an. »Du bist äußerst ungewöhnlich, Lucy Sullivan. Ungewöhnlich *einfühlsam*, wenn ich das mal so sagen darf. Wenn du also auf Förmlichkeit bestehst, sag ruhig Gus.«

»Danke.«

»Es spricht für deine gute Kinderstube.«

»Meinst du?«

»Aber ja! Du hast großartige Umgangsformen, bist sanft und höflich. Ich nehme an, du kannst Klavier spielen?«

»Äh, nein.« Ich fragte mich, was der Grund für den plötzlichen Themenwechsel sein mochte. Ich hätte ihm gern gesagt, daß ich Klavier spielen könne, weil ich ihm unbedingt gefallen wollte, aber ich wagte nicht, direkt zu lügen. Immerhin konnte es ja sein, daß er vorschlug, wir sollten miteinander musizieren. Dann hätte ich ganz schön dumm dagestanden.

»Aber Geige?«

»Äh, nein.«

»Die Querflöte?«

»Nein.«

»Zumindest aber Akkordeon?«

»Nein«, sagte ich. Wenn er doch nur damit aufhörte. Was wollte er mit diesen Fragen nach Musikinstrumenten?

»Deine Handgelenke sehen zwar nicht wie die einer Bodhrán-Spielerin aus, aber in dem Fall muß du wohl trotzdem eine sein.«

»Absolut nicht.« Wovon sprach er nur?

»Dann bin ich mit meiner Weisheit am Ende, Lucy Sullivan. Ich gebe auf. Was für ein Instrument spielst du?«

»Was für ein Instrument?«

»Ja.«

»Keins.«

»Was! Dann schreibst du sicher Gedichte.«

»Nein«, sagte ich kurz angebunden und begann zu überlegen, auf welche Weise ich ihm entkommen konnte. Diese Sache war sogar mir zu durchgeknallt, dabei hatte ich wahrhaftig eine hohe Toleranzgrenze, was Durchgeknalltheit anging.

Gestalten von Flann O'Brian waren in Flann O'Brians Büchern durchaus in Ordnung, aber es war etwas ganz anderes, wenn man mit ihnen Partygeplauder bestreiten sollte.

Als hätte er meine Gedanken gelesen, legte er mir mit einem Mal eine Hand auf den Arm und wurde erkennbar normaler.

»Entschuldige, Lucy Sullivan«, sagte er zerknirscht, »ich habe dich wohl verschreckt, was?«

»Ein bißchen«, gab ich zu.

»Tut mir leid.«

»Schon in Ordnung.« Ich lächelte erleichtert. Es machte mir nichts aus, daß jemand schrullig oder vielleicht sogar eine Spur exzentrisch war, aber wenn ein Hang zur Psychose erkennbar wurde, wußte ich, daß es Zeit war, Schluß zu machen.

»Ich hab vor 'ner Weile 'ne ziemliche Menge erstklassiger Pillen eingeworfen«, erklärte er, »und bin nicht ganz bei mir.«

»Mhm«, sagte ich matt und wußte nicht recht, was ich denken sollte. Er nahm also Drogen? Bereitete mir die Vorstellung Schwierigkeiten? Eigentlich wohl nicht, solange es nicht Heroin war, denn bei uns in der Wohnung waren Teelöffel ohnehin schon knapp.

»Was nimmst du denn so?« fragte ich vorsichtig und bemüht, meine Stimme nicht vorwurfsvoll klingen zu lassen.

»Was hast du da?« Er lachte. Dann hörte er unvermittelt auf. »Jetzt bin ich schon wieder dabei, dir angst zu machen, was?«

»Nuuuun, eigentlich …«

»Keine Sorge, Lucy Sullivan. Ich nehm' ab und zu – wirklich nur ganz selten – ein leichtes bewußtseinserweiterndes

Mittel oder was zur Entspannung, nichts weiter. Es ist auch nur ganz wenig. Mit Bier sieht das anders aus. Ich muß zugeben, daß ich dem oft zuspreche, früh am Tag und in großen Mengen.«

»Das ist schon in Ordnung«, sagte ich. Mit Männern, die tranken, hatte ich keine Probleme.

Allerdings fragte ich mich, sollte er gerade jetzt unter dem Einfluß eines Rauschmittels stehen – hieß das, daß er normalerweise keine Geschichten erzählte, sich nichts ausdachte und genauso langweilig war wie alle anderen? Hoffentlich nicht. Es wäre unerträglich enttäuschend, wenn dieser hinreißende, bezaubernde, ungewöhnliche Mann mit den letzten Spuren der Droge aus seinen Adern dahinschwände.

»Bist du auch sonst so?« fragte ich vorsichtig. »Äh, ich meine, denkst du dir Sachen aus, erzählst Geschichten und so? Oder liegt das nur an den Drogen?« Er sah mich aufmerksam an, wobei ihm die glänzenden Locken in die Stirn fielen.

Wieso kann ich *nicht so glänzendes Haar haben*, fragte ich mich abwesend. *Was für eine Pflegespülung er wohl nimmt?*

»Eine wichtige Frage, nicht wahr, Lucy Sullivan?« fragte er, den Blick nach wie vor auf mich gerichtet. »Davon hängt viel ab.«

»Find ich schon«, murmelte ich.

»Aber ich muß offen mit dir sein«, sagte er streng, »und darf dir nicht einfach sagen, was du gern hören möchtest, oder?«

Ich war nicht sicher, ob ich dem zustimmte. In einer unvorhersagbaren und unangenehmen Welt war es zugleich ungewöhnlich und angenehm zu hören, was ich gern gehört hätte.

»Wird schon stimmen«, seufzte ich.

»Bestimmt gefällt dir nicht, was ich dir jetzt sage, aber ich bin der Ansicht, daß ich moralisch dazu verpflichtet bin.«

»Nur zu«, sagte ich traurig.

»Mir bleibt keine Wahl.« Er fuhr mir sacht mit der Hand über das Gesicht.

»Ich weiß.«

»Ach je!« Mit einem Mal sprach er überlaut und schwang theatralisch die Arme durch die Luft, was ihm besorgte Blicke aus allen Richtungen eintrug. Sogar von der Hintertür, die aus der Küche in den Garten führte, sah man zu ihm hin. »›O welch verworrnes Netz wir weben, wenn wir einander zu täuschen streben‹. Würdest du dem zustimmen, Lucy Sullivan?«

»Ja.« Ich lachte. Ich konnte nicht anders, weil er so verrückt und lustig war.

»*Kannst* du weben, Lucy? Nein? Daran gibt es heutzutage keinen großen Bedarf. Ein aussterbendes Handwerk, die Weberei. Ich kann es auch nicht besonders gut – hab zwei linke Füße. Und jetzt die reine und unverfälschte Wahrheit, Lucy Sullivan …«

»Nur endlich raus damit.«

»Wie du willst! Ich bin sogar noch schlimmer, wenn ich nicht auf Drogen bin. So! Ich hab es gesagt. Ich vermute, daß du jetzt auf und davon gehst und nichts mehr von mir wissen willst.«

»Eigentlich nicht.«

»Aber hältst du mich nicht für überspannt und meinst, daß man sich für mich schämen muß, weil ich mich unmöglich aufführe?«

»Doch.«

»Willst du damit sagen, daß überspannte Leute, für die man sich schämen muß und die sich unmöglich aufführen, genau deine Kragenweite sind, Lucy Sullivan?«

Eigentlich hatte ich noch nie so richtig darüber nachgedacht, aber wo er das jetzt so formulierte …

»Ja«, sagte ich.

19

Er nahm mich bei der Hand und führte mich durch die Diele. Ich ließ es zu. *Wohin er wohl mit mir will?* dachte ich ganz aufgeregt. Als ich mich an Daniel vorbeischob, hob dieser erst fragend eine Braue und dann mahnend den Zeigefinger, aber ich achtete nicht auf ihn. Er hatte es schließlich nötig.

»Setz dich dahin, Lucy Sullivan.« Gus wies auf die unterste Treppenstufe. »Hier können wir uns in aller Ruhe unterhalten.«

Angesichts des Stroms von Menschen, der sich die Treppe hinauf und hinab wälzte und der das Gewimmel der Fußgänger auf der Oxford Street deutlich übertraf, kam mir das ausgesprochen unwahrscheinlich vor. Ich war nicht sicher, was da oben vor sich ging – vermutlich das Übliche: Die einen nahmen Drogen, die anderen trieben es mit dem Freund der besten Freundin auf deren Mantel und diese Sachen.

»Tut mir leid, wenn ich dir vorhin 'nen Schreck eingejagt hab, aber ich war fest überzeugt, daß du irgend so 'ne Art kreativer Mensch wärst«, sagte Gus, als ich meinen Platz am Fuß der Treppe eingenommen hatte.

»Ich bin Musiker, und die Musik ist meine große Leidenschaft«, fuhr er fort. »Deshalb vergeß ich manchmal, daß nicht alle Leuten so sind.«

»Ist schon in Ordnung«, sagte ich begeistert. Nicht nur war er nicht verrückt – er war Musiker. Mir waren Musiker, Autoren oder in irgendeiner Weise an einem Schöpfungsprozeß beteiligte Männer, die sich aufführten wie am Leben leidende Künstler, schon immer die liebsten gewesen. Ich hatte mich noch nie in einen Mann mit einem normalen Beruf verliebt und hoffte, daß es nie dazu kommen würde. In meinen Augen gab es nichts Langweiligeres als Männer mit regelmäßigem Einkommen, Männer, die vernünftig mit Geld umgingen oder Männer, die es fertigbrachten, mit ihrem Einkommen auszukommen. Finanzielle Unsicherheit war für mich geradezu ein Aphrodisiakum. In diesem Punkt gingen meine Ansichten und die meiner Mutter weit auseinander. Das lag daran, daß sie auch überhaupt keinen Sinn für Romantik hatte, während ich von Grund auf romantisch war, bis auf die Knochen sozusagen: Mein ganzes Skelett war romantisch – Elle, Speiche, Kniescheibe, Oberschenkelknochen, das Becken (vor allem das!), Brustbein, Oberarmknochen, Schulterblatt – offen gesagt beide Schulterblätter –, verschiedene Wirbel, eine ganze Anzahl Rippen, eine Fülle von Mittelfußknochen, nahezu ebensoviele Mittelhandknochen, die ganz winzigen Knöchlein in meinem Innenohr – jeder einzelne von ihnen war romantisch.

»Du bist also Musiker?« fragte ich interessiert. Vielleicht hatte ich deshalb geglaubt, ihn zu kennen, möglicherweise hatte ich ihn gesehen, von ihm gehört oder irgendwo ein Bild von ihm gesehen.

»So ist es.«

»Bist du berühmt?«

»Berühmt?«

»Ja. Kennt dich jeder?«

»Lucy Sullivan, mich kennt niemand, aber auch gar niemand.«

»Ach.«

»Jetzt bist du enttäuscht, was? Wir kennen uns erst ein paar Augenblicke und stecken schon mitten in einer Krise. Wir werden eine Beratungsstelle aufsuchen müssen. Warte hier, ich besorg ein Telefonbuch und such die Nummer raus.«

»Kommt überhaupt nicht in Frage«, lachte ich. »Ich bin nicht enttäuscht. Du kamst mir nur so bekannt vor, aber ich wußte nicht, woher, und so dachte ich, es käm vielleicht daher, daß du berühmt bist.«

»Willst du damit sagen, daß wir uns nicht kennen?« fragte er. Es klang entsetzt.

»Eigentlich nicht«, sagte ich belustigt.

»Wir *müssen* uns kennen«, beharrte er. »Wenn schon nicht aus diesem Leben, dann aus einem früheren.«

»Das ist alles gut und schön«, sagte ich nachdenklich. »Aber selbst wenn wir uns aus einem früheren Leben kennen sollten, wer sagt uns dann, ob wir einander damals sympathisch waren? Die Frage hat mir schon immer Kopfzerbrechen bereitet: Nur weil Leute sich aus einem früheren Leben kennen, muß das nicht heißen, daß sie sich *mögen*, oder?«

»Da hast du völlig recht«, sagte Gus und nahm meine Hand fest in seine. »So denke ich schon lange, aber du bist der erste Mensch, der mir darin zustimmt.«

»Stell dir zum Beispiel vor, ich wäre in einem früheren Leben deine Chefin gewesen – dann würde es dir wahrscheinlich nicht besonders gefallen, mir wieder zu begegnen, was?«

»Gott im Himmel, was für ein entsetzlicher Gedanke! Da stirbt man, reist durch Raum und Zeit, wird wiedergeboren, und das alles, um aufs neue denselben verdammten Hornochsen zu begegnen, die man schon vom vorigen Mal kennt. ›Weißt du noch, wer ich bin, na, damals im alten Ägypten? – schön, dann geh zurück und bring die Sache mit der Pyramide in Ordnung, die du seinerzeit versaut hast.‹«

»Genau. Oder ›Erinnerst du dich an mich? Ich war der Löwe, der dich in Rom gefressen hat, weil du Christ warst. Weißt du es jetzt wieder? Gut, dann laß uns heiraten‹.«

Gus lachte entzückt. »Du bist köstlich. Bestimmt sind wir beide gut miteinander ausgekommen, ganz gleich, in welchem Leben wir uns begegnet sind. Ich hab bei dir ein gutes Gefühl – vermutlich hast du mir den Pythagoras erklärt, als er selbst mit mir die Geduld verloren hatte. Der Bursche war ja ziemlich unbeherrscht. Oder du hast mir um die Jahrhundertwende Geld geliehen oder sonst was Nettes. Ist eigentlich noch mehr von dem Guinness da?«

Ich schickte Gus zum Kühlschrank, setzte mich auf die Treppe und wartete. Ich war aufgeregt, begeistert und zersprang fast vor Glück. Was für ein wunderbarer Mann! Ich war richtig froh, daß ich mitgekommen war – bei der Vorstellung, nicht zu der Party gegangen zu sein und ihn nie kennengelernt zu haben, gefror mir das Blut in den Adern. Vielleicht hatte Mrs. Nolan doch recht gehabt. Gus konnte Der Eine sein, auf den ich immer gewartet hatte.

Bei ›Warten‹ fiel mir ein: Wo zum Teufel blieb er eigentlich? Wie lange brauchte man zum Kühlschrank, um Daniels restliche Guinnessdosen zu klauen?

War Gus nicht schon ewig lange fort? Hatte er, während ich verträumt und mit dem Grinsen einer Halbirren auf der Treppenstufe saß, womöglich eine andere in ein Gespräch verwickelt und mich einfach vergessen? Langsam wurde ich unruhig.

Wie lange soll ich warten, bis ich anfange, nach ihm zu suchen? überlegte ich. Was mochte da als angemessener Zeitraum gelten? War es nicht – sogar für meine Vorstellungen – ein bißchen früh in unserer Beziehung, daß ich mir seinetwegen den Kopf zerbrach?

Schlagartig war es mit dem Zustand träumerischer und glückseliger Selbstversunkenheit vorbei. Ich hätte mir gleich denken können, daß es zu schön war, um wahr zu sein. Mir wurde der Lärm und das Gedränge um mich herum bewußt – über dem Gespräch mit Gus hatte ich die anderen vollständig vergessen –, und ich fragte mich, ob sie mich wohl alle auslachten. Waren sie Zeugen gewesen, wie Gus Tausende von Frauen so behandelt hatte? Konnten sie meine Ängste spüren?

Aber da war er ja! Allerdings sah er ein wenig zerzaust aus.

»Lucy Sullivan«, erklärte er mit einer gewissen Besorgnis und Unruhe in der Stimme, »es tut mir leid, daß es so lange gedauert hat, aber ich hatte gerade einen schrecklichen Auftritt.«

»Großer Gott«, lachte ich. »Was war denn los?«

»Am Kühlschrank hat sich jemand das Guinness von deinem Freund Donal anzueignen versucht. ›Her damit‹, hab ich ihn angebrüllt. ›Ich denk nicht dran‹, sagt der darauf. ›Doch‹, sag ich. ›Die gehören mir‹, sagt er. ›Stimmt ja gar nicht‹, sag ich. Dann ist es zu einer Rauferei gekommen, bei der ich ein paar kleine Schrammen abgekriegt hab. Aber das Guinness ist in Sicherheit.«

»Tatsächlich?« fragte ich überrascht, denn Gus hatte eine Flasche Rotwein in der Hand. Von Bierdosen war nichts zu sehen.

»Ja, Lucy, ich hab das höchste Opfer gebracht. Es ist in Sicherheit, und niemand wird je wieder versuchen, es zu klauen.«

»Was hast du damit gemacht?«

»Was ich damit gemacht hab, Lucy? Getrunken natürlich. Was sonst?«

»Äh …«

Nervös sah ich mich um, und richtig: Durch die Geländerstäbe erkannte ich Daniel, der sich mit finsterer Miene seinen Weg durch die Diele bahnte.

»Lucy«, rief er, »da hat doch tatsächlich irgend so ein Schweinehund unser Guinn …« Er unterbrach sich, als er Gus sah.

»Du!« brüllte er. – Tja, offenbar waren Daniel und Gus einander schon begegnet.

»Daniel, das ist Gus. Gus, das ist Daniel«, sagte ich matt.

»Das ist doch der Halunke, der das Guinness von deinem Freund klauen wollte«, sagte Gus voll Empörung.

»Ich hätte es mir denken müssen«, sagte Daniel, mit resigniertem Kopfschütteln, ohne auf Gus' anklagend erhobenen Zeigefinger zu achten. »Wo treibst du bloß immer diese Kerle auf, Lucy? Verrat mir das doch mal.«

»Ach, hau doch ab, scheinheiliger Scheißer«, sagte ich zornig und verlegen.

»Kennst du den Typ etwa?« wollte Gus von mir wissen. »Ich halte nichts davon, daß du mit solchen Burschen befreundet bist. Du hättest mal sehen sollen, wie er …«

»Ich gehe«, sagte Daniel, »und nehme Karens Wein mit.« Er entriß Gus die Flasche und verschwand damit im Gedränge.

»Hast du das gesehen?« rief Gus. »Er hat es schon wieder gemacht!«

Ich bemühte mich, ernst zu bleiben, aber es gelang mir nicht. Vermutlich war ich doch nicht so nüchtern, wie ich angenommen hatte.

»Laß gut sein«, sagte ich lachend und zog ihn am Arm. »Setz dich und sei brav.«

»Ach, jetzt heißt es auf einmal: Setz dich und sei brav?«

»Ja.«

»Ich verstehe!« Eine kurze Pause trat ein, während er mich anblickte, das gutaussehende Gesicht angestrengt verzogen. »Wie du willst, Lucy Sullivan.«

»Ich will es.«

Friedlich und mit übertrieben sanftmütigem Ausdruck setzte er sich neben mich auf die Treppe. Schweigend blieben wir einige Augenblicke so sitzen.

»Na ja«, sagte er, »es war den Versuch wert.«

20

Schlagartig wußte ich nicht mehr, was ich hätte sagen können. Eng an ihn gedrängt saß ich auf der Stufe und zerbrach mir den Kopf, ohne daß mir etwas eingefallen wäre.

»Nun denn,« sagte ich mit aufgesetzter Munterkeit, mit der ich meine plötzlich aufgetretene Schüchternheit zu überwinden versuchte. *Was jetzt?* überlegte ich. Sollten wir sagen, daß es nett war, sich kennengelernt zu haben, und uns davonmachen, wie Schiffe, die aus dem Hafen segeln? Das wollte ich eigentlich nicht.

Ich beschloß, ihn etwas zu fragen. Die meisten Menschen schienen gern über sich selbst zu sprechen.

»Wie alt bist du?«

»So alt wie die Berge, und so jung wie der Morgen, Lucy Sullivan.«

»Würde es dir was ausmachen, ein bißchen genauer zu werden?«

»Vierundzwanzig.«

»Gut.«

»Genauer gesagt neunhundertvierundzwanzig.«

»Tatsächlich?«

»Und du, Lucy Sullivan?«

»Ich bin sechsundzwanzig.«

»Hmmm. Ist dir klar, daß ich dein Vater sein könnte?«

»Mit neunhundertvierundzwanzig Jahren könntest du sogar mein Großvater sein.«

»Wohl wahr.«

»Für dein Alter hast du dich verdammt gut gehalten.«

»Ein tugendhaftes Leben, Lucy Sullivan – und mein Pakt mit dem Teufel.«

»Was war das?« Die Sache gefiel mir. Ich amüsierte mich königlich.

»Ich bin in den neunhundert Jahren, die ich jetzt schon auf dich warte, nicht älter geworden, aber sollte ich je einen Fuß in ein Büro setzen, um einen normalen Beruf auszuüben, würde ich augenblicklich altern und sterben.«

»Merkwürdig«, sagte ich, »genau das passiert mir jedesmal, wenn ich zur Arbeit geh, nur daß ich keine neunhundert Jahre darauf warten mußte.«

»Arbeitest du etwa in einem Büro?« fragte er voll Entsetzen. »Ach, meine arme kleine Lucy, das ist nicht recht. Du müßtest deine Tage damit zubringen, in deinem güldenen Kleid auf einem seidenen Bett zu liegen und inmitten deiner Untertanen und Bewunderer süßes Gebäck zu knabbern.«

»Da bin ich ganz deiner Meinung«, sagte ich aus tiefstem Herzen, »außer der Sache mit dem süßen Gebäck. Hättest du was dagegen, wenn es Schokolade wäre?«

»Nicht die Spur«, sagte er mit großer Geste. »Also Schokolade. Und wo wir schon von einem seidenen Bett sprechen – fändest du es schrecklich vermessen, wenn ich dich fragte, ob ich dich nach Hause begleiten darf?«

Ich öffnete den Mund. Mir war vor Schreck schwindlig.

»Verzeih mir, Lucy Sullivan«, sagte er und griff nach meinem Arm. Auf seinem Gesicht lag ungeheucheltes Entsetzen. »Ich kann selbst nicht glauben, was ich da gesagt hab. Streich es bitte aus deinem Gedächtnis, versuch zu vergessen, daß ich es gesagt hab, daß mir je was so Unfeines über die Lippen gekommen ist. Der Blitz soll mich treffen – ach was, das ist noch zu gut für mich.«

»Schon gut«, sagte ich freundlich und war von seiner Zerknirschung beruhigt. Wenn ihm das so peinlich war, dürfte es kaum zu seinen Gewohnheiten gehören, sich selbst bei jungen Frauen einzuladen, die er gerade erst kennengelernt hatte.

»Nein, es ist nicht gut«, sagte er zerknirscht. »Wie konnte ich einer Frau wie dir so was sagen? Ich geh jetzt einfach, und du vergißt am besten, daß du mir je begegnet bist. Es ist das mindeste, was ich tun kann. Gute Nacht, Lucy Sullivan!«

»Bitte geh nicht«, sagte ich, ganz aufgeschreckt. Auch wenn ich nicht sicher war, ob ich ihn im Bett haben wollte, sollte er auf keinen Fall gehen.

»Du meinst, ich soll bei dir bleiben, Lucy Sullivan?« fragte er mit scheuer Miene.

»Ja!«

»Wenn es dir damit ernst ist ... wart mal, ich hol nur schnell meinen Mantel.«

»Aber ...«

Großer Gott! Ich hatte gemeint, daß er auf der Party bleiben und weiter mit mir reden sollte. Er aber schien das so ausgelegt zu haben, als sollte er zu mir aufs seidene Bett mit dem süßen Gebäck kommen und dort bleiben. Da ich fürchtete, ihn durch eine Klarstellung zu verärgern, sah es ganz so aus, als stünde mir ein Übernachtungsgast ins Haus.

Er kam sehr viel schneller zurück als beim vorigen Mal und brachte einen Mantel, einen Pullover und mehrere Schals angeschleppt.

»Ich bin bereit, Lucy Sullivan.«

Kann ich mir denken, dachte ich und schluckte meine Nervosität herunter.

»Da ist nur noch eine Sache, Lucy.«

Was würde wohl jetzt kommen?

»Wahrscheinlich reicht mein Geld nicht, um meinen Anteil am Taxi zu bezahlen. Bis Ladbroke Grove ist es ziemlich weit, was?«

»Wieviel hast du denn?«

Er holte eine Handvoll Münzen aus der Tasche. »Mal sehen: vier Pfund ... fünf Pfund ... ach nein, 'tschuldige, das sind Peseten. Fünf Peseten, ein Zehn-Cent-Stück, ein wundertätiges Medaillon und sieben, acht, neun, ... *elf* Pence!«

»Laß es gut sein«, lachte ich. Was hatte ich denn erwartet? Ich konnte mir nicht gut einen mittellosen Musiker wünschen und mich dann beklagen, wenn er kein Geld hatte.

»Ich revanchier mich, Lucy Sullivan, sobald ich groß rausgekommen bin.«

21

Sehr viel später kamen wir in Ladbroke Grove an. Gus und ich hielten im Taxi Händchen, hatten uns aber noch nicht geküßt. Es war nur noch eine Frage der Zeit, und ich war schrecklich nervös. Nervös und aufgeregt.

Gus wollte sich unbedingt mit dem Taxifahrer unterhalten und ging ihm mit allen möglichen Fragen auf die Nerven – wer sein bisher berühmtester Fahrgast gewesen sei und wer der unbedeutendste, und solchen Sachen. Er gab erst Ruhe, als der Fahrer nach weniger als einem Drittel der Strecke irgendwo in der Nähe von Fulham mit kreischenden Bremsen anhielt und uns mit einem Schwall überdeutlicher Worte klarmachte, daß wir aussteigen und selber zusehen sollten, wie wir nach Hause kämen, wenn Gus nicht die Klappe hielte. Augenscheinlich standen Taxifahrer an jenem Abend für mich in einem ungünstigen Haus.

»Meine Siegel sind verlippt« rief Gus, und wir unterhielten uns nur noch im Flüsterton, stießen einander wie Schulkinder kichernd in die Rippen und überlegten, warum der Mann so schlechte Laune haben mochte.

Ich bezahlte den Taxifahrer, und Gus ließ nicht locker, bis ich seine Handvoll ausländischer Münzen annahm.

»Aber ich möchte sie nicht«, sagte ich. »Nimm sie, Lucy«, beharrte er. »Ich hab nämlich meinen Stolz«, fügte er hinzu. Das war keineswegs nur ironisch gemeint.

»Na schön«, sagte ich lächelnd. Wenn ich ihm damit einen Gefallen tun konnte... »Aber dein wundertätiges Medaillon möchte ich nicht. Davon hab ich selber Tausende, vielen Dank.«

»Wohl von deiner Mutter?«

»Von wem sonst?«

»Ja, in der Hinsicht sind irische Mütter ein Faß ohne Boden. Immer haben sie *irgendwo* eins davon versteckt. Findest du nicht auch, daß sie einem immer irgendwas aufdrängen?«

»Inwiefern?«

Er stieß mir einen Finger in die Rippen, als ich die Haustür aufzuschließen versuchte. »Willst du 'ne Tasse Tee, Kind? Ja? Gut, du kriegst 'ne ganze Kanne; das wärmt.«

Während er hinter mir die Treppe hinaufpolterte, fuhr er fort: »Willst du 'n Stück Brot, Kind? Nur zu, nimm den ganzen Laib. Hier hast du 'nen Halbzentnersack Kartoffeln, hier ein Bankett mit acht Gängen, wir müssen dich ein bißchen aufpäppeln, du bist ja klapperdürr. Natürlich weiß ich, daß du gerade erst zu Abend gegessen hast, aber es kann nichts schaden, wenn du nochmal ißt.«

Ich mußte unwillkürlich lachen, obwohl ich mich besorgt fragte, was die anderen Hausbewohner dazu sagen würden, daß ein betrunkener Ire, der mir gerade lautstark eine Rinderkeule aufdrängen wollte, sie nachts um zwei aus dem Schlaf riß.

»Vorwärts«, rief er, »wir machen sie dir fertig.«

»Pssst«, sagte ich kichernd.

»'tschuldigung« flüsterte er bühnenreif. »Aber hast du Appetit?« fragte er und zupfte mich am Mantelärmel.

»Worauf?«

»Auf ein ganzes Schwein.«

»Nein!«

»Wenn du es nicht ißt, werfen wir es sowieso nur weg. Schließlich haben wir es extra für dich geschlachtet.«

»Hör doch auf.«

»Aber zumindest willst du ja wohl 'nen Tropfen Weihwasser und 'n Medaillon mit Wunderkraft, oder nicht?«

»Gut, um dir eine Freude zu machen.«

Wir betraten die Wohnung und ich bot Gus an, Tee zu machen. Aber davon wollte er nichts wissen.

»Ich bin hundemüde«, sagte er. »Können wir nicht ins Bett gehen?«

Mutter Gottes, steh mir bei! Was das bedeutete, war mir klar. Dabei mußte da so viel in Betracht gezogen werden, nicht zuletzt die Frage der Verhütung. In seinem Zustand schien mir Gus nicht fähig, sich selbst um derlei zu kümmern. Wahrscheinlich käme er nicht einmal darauf. Möglich, daß sein Verantwortungsbewußtsein höher entwickelt war, wenn er nicht getrunken hatte – eine Wette hätte ich allerdings auch darauf nicht abgeschlossen –, und so sah es ganz danach aus, als bliebe die Rolle des vernünftigen und besonnenen Partners an mir hängen. Nicht, daß mir das was ausgemacht hätte: Männer, die zu jähen Gefühlsausbrüchen neigten, waren mir lieber als übervorsichtige.

»Wie wär's, Lucy?« fragte er mit einem Lächeln.

»Klar doch!« sagte ich und bemühte mich, meine Stimme fest und zuversichtlich klingen zu lassen, ganz wie eine Frau, die weiß, was sie will. Dann fiel mir ein, daß das vielleicht eine Spur zu bereitwillig wirken könnte. Ebensowenig wie er merken sollte, daß ich ein Nervenbündel war, sollte er den Eindruck haben, ich könnte es nicht erwarten, mit ihm ins Bett zu steigen.

»Äh, komm mit«, murmelte ich mit einer Stimme, von der ich hoffte, daß sie unbeteiligt klang.

Mir war klar, daß mein Verhalten nicht unbedingt vernünftig war. Ich hatte in meine leere Wohnung einen mir völlig Fremden mitgenommen, einen *Mann*, einen in hohem Maße befremdlichen Fremden. Sollte er mich vergewaltigen, ausrauben und ermorden, wäre ich selbst schuld. Allerdings verhielt sich Gus nicht wie jemand, der auf Vergewaltigung und Raubmord aus war. Er tanzte in meinem Zimmer herum, öffnete sämtliche Schubladen, las die Kreditkarten-Abrechnungen und bewunderte die Einrichtung.

»Ein richtiger offener Kamin!« rief er begeistert. »Weißt du, was das bedeutet, Lucy Sullivan?«

»Was?«

»Wir schieben unsere Sessel ganz dicht da ran, setzen uns hin und erzählen uns im Schein des flackernden Feuers Geschichten.«

»Eigentlich benutzen wir den Kamin nicht, weil der Abzug erst mal gerei…«

Aber er hörte schon nicht mehr zu, denn jetzt hatte er den Schrank geöffnet und schob einen Kleiderbügel nach dem anderen zur Seite.

Mit den Worten »Ah, ein Waldschratmantel« zog er einen alten langen Samtumhang mit Kapuze hervor. »Wie findest du mich?«

Er probierte ihn an (es schien alles zu sein, was er probieren wollte), stülpte sich die Kapuze über den Kopf, stellte sich vor den Spiegel und ließ den Umhang um seinen Körper schwingen.

»Herrlich«, lachte ich. »Er paßt zu dir.«

Er sah ein wenig wie ein Elf aus, allerdings ein ziemlich verlockender Elf.

»Du lachst mich aus, Lucy Sullivan.«

»Niemals.«

Das entsprach der Wahrheit, denn ich fand ihn hinreißend. Mich entzückte seine leicht entflammbare Begeisterung, die Art, wie ihn alles interessierte, seine ungewöhnliche Sicht der Dinge. Es gibt kein anderes Wort dafür – ich war wie verzaubert.

Außerdem war ich ausgesprochen erleichtert, daß er Verkleiden spielte, statt zu versuchen, mich ins Bett zu zerren. Ich fand ihn sehr anziehend, doch schien es mir einfach ein bißchen früh dafür. Aber da ich ihm erlaubt hatte, mit zu mir zu kommen, konnte ich ihm seinen Wunsch, mit mir zu schlafen, nicht abschlagen, sollte es ernst werden, jedenfalls nicht nach den üblichen Spielregeln.

Theoretisch war mir durchaus klar, daß ich nicht nur das Recht hatte, das jedem zu verwehren, mit dem ich nichts zu tun haben wollte, sondern es mir außerdem jederzeit anders überlegen durfte, aber in Wirklichkeit wäre es mir in einem solchen Fall viel zu peinlich gewesen, tatsächlich nein zu sagen.

Vermutlich hielt ich es für ungastlich, ihn sozusagen mit leeren Händen abziehen zu lassen, nachdem er schon den ganzen Weg auf sich genommen hatte. Das rührte von meiner Kindheit her, in der Freigebigkeit gegenüber Gästen auf der Wertetabelle unserer Familie ganz oben gestanden hatte. Beispielsweise war es unwichtig gewesen, ob wir selbst etwas zum Abendessen hatten, solange unsere Besucher nicht zu kurz kamen.

Außerdem kam es mir so vor, als gehörten Gus und ich irgendwie zusammen. Das war ziemlich verführerisch. Nicht nur wäre es unverzeihlich ungastlich von mir, nicht mit ihm ins Bett zu gehen, ich würde mich damit auch über das mir vorherbestimmte Schicksal hinwegsetzen und den Zorn der

Götter auf mein Haupt herabbeschwören. Das zu wissen erleichterte mich in hohem Maße, enthob es mich doch beim leidigen ›Soll ich, oder soll ich nicht?‹ jeglicher eigenen Entscheidung. Mir blieb gar keine Wahl. Ich mußte. Es gab nichts zu entscheiden – alles war klar und einfach.

All das aber änderte nichts an meiner Nervosität. Vermutlich können die Götter nicht an alles denken.

Ich setzte mich auf die Bettkante und spielte mit meinen Ohrringen, während Gus im Zimmer umherging, Dinge zur Hand nahm, wieder hinlegte und haufenweise Kommentare abgab.

»Nette Bücher, Lucy, abgesehen von diesem kalifornischen Kram«, brummelte er, während er den Titel *Wer bekommt das Auto in der gestörten Familie der Neunziger?* von einem Buchrücken ablas. Ich freute mich, daß er zwar leicht exzentrisch, aber allem Anschein nach nicht komplett neurotisch war.

Ich legte die Ohrringe wieder an, damit ich sie erneut abnehmen konnte. Schon seit langem war mir bewußt, daß es in einer Situation möglicher Verführung von Vorteil war, Schmuck zu tragen, denn wenn ich ein Stück nach dem anderen ablegte, sah es so aus, als machte ich mit und wäre zu allem bereit. Tatsächlich stand der andere viel früher als ich in der Unterwäsche da, und gab mir die Möglichkeit, noch einen Rückzieher zu machen oder es mir anders zu überlegen, ohne gewissermaßen auch nur meine Hand entblößen zu müssen.

Gelernt hatte ich diesen Trick mit fünfzehn Jahren, als ein paar Jungs aus unserer Straße mit Ann Garrett, Fiona Hart und mir in einem Sommer voll sexueller Schwingungen – ich möchte betonen, daß keine davon mich betraf oder von mir ausging – Strip-Poker spielten. Ann und Fiona hatten bereits einen Busen und waren ganz wild darauf, in eine Situation zu geraten, in der sie sich ausziehen durften. Ich war noch nicht so weit entwickelt wie die beiden, und obwohl ich gern mit meinen Freunden zusammen war, wäre ich lieber gestorben, als an lauen Sommerabenden in Unterhemd und Schlüpfer bei Derek und Gordon Wheatley, Joe Newey und Paul Stapleton auf der grünen Wiese hinter der Ladenzeile zu sitzen.

Ich löste das Problem, indem ich alles an Schmuck und Accessoires anlegte, was mir in die Finger fiel. Damals waren meine Ohrläppchen noch nicht durchstochen – das ließ ich erst mit dreiundzwanzig machen –, und so mußte ich Ohrclips tragen, die das Blut stocken ließen und aus meinen Ohrläppchen zwei vor Schmerz pulsierende rote Kugeln machten. Auch wenn ich diesen geringen Preis gern zahlte, war es immer eine Erleichterung, wenn ich beim Poker die ersten Stiche verlor. Sogar den Kameenring meiner Mutter, den sie unten in ihrem Kleiderschrank in Seidenpapier gewickelt in einer Schachtel aufhob und jedes Jahr nur an ihrem Geburtstag und ihrem Hochzeitstag herausholte, schmuggelte ich aus dem Haus. Er war mir viel zu groß, und ich hatte immer entsetzliche Angst, ihn zu verlieren. Da ich außerdem noch drei rosa Plastik-Armbänder vom Jahrmarkt sowie mein Kommunionskreuz samt Kette hatte, kam ich nie in die Verlegenheit, mehr als Sandalen und Socken ausziehen zu müssen. Dennoch trug ich bei diesen Gelegenheiten sicherheitshalber immer drei Paar Socken übereinander. Ann und Fiona legten merkwürdigerweise *überhaupt keinen* Schmuck an.

Auch schienen sie nichts vom Pokern zu verstehen, denn sie warfen Asse und Könige ab, als kämen diese aus der Mode, und so saßen sie in Null Komma nichts mit eingezogenem Bauch und nach hinten gedrückten Schultern aufrecht in BH und Höschen da, was ihren Busen gewaltig zur Geltung brachte, während sie kichernd beteuerten, wie schrecklich peinlich ihnen das sei. Ich hingegen war vollständig angezogen und hatte lediglich ein ordentliches Häufchen von Ohrringen und rosa Armbändern neben mir im Gras liegen.

Eigenartig, ich habe im Leben kaum je bei irgend etwas gewonnen, aber im Strip-Poker gelang mir das fast jedesmal. Am eigenartigsten aber war, daß das keinen meiner Mitspieler je besonders zu stören schien. Es dauerte mehrere Jahre, bis ich begriff, daß es ihnen ganz recht war, zu verlieren, während ich immer geglaubt hatte, es komme sie hart an. Ich war als junges Mädchen ziemlich naiv.

Während sich Gus mit dem Inhalt meines Zimmers vertraut machte, fuhr ich fort, mir die Ohrringe abzunehmen und anzulegen.

»Ich leg mich mal 'n bißchen hin, Lucy, wenn du nichts dagegen hast.«

»In Ordnung.«

»Macht es dir was aus, wenn ich mir die Schuhe auszieh?«

»Äh, nein, überhaupt nicht.« Ich hatte damit gerechnet, daß er eine ganze Menge mehr ausziehen würde. Sofern es bei den Schuhen bliebe, wäre ich glimpflich davongekommen. Ich hatte nicht erwartet, daß mir bei diesem Spiel viele Karten in der Hand bleiben würden.

Er legte sich neben mich aufs Bett.

»Das ist schön«, sagte er und hielt meine Hand.

»Mhmmm«, murmelte ich. Er hatte recht. Es war schön.

»Weißt du was, Lucy Sull...?«

»Was?«

Er sagte nichts.

»Was?« fragte ich erneut und drehte mich zu ihm um. Aber er schlief schon. In Jeans und Hemd lag er ausgestreckt auf meinem Bett. Er sah richtig süß aus, seine schwarzen gezackten Wimpern warfen Schatten auf sein Gesicht, kurze Bartstoppeln bedeckten Kinn und Kiefer, die Andeutung eines Lächelns umspielte seinen Mund.

Ich sah regungslos auf ihn hinab. *So möchte ich es*, dachte ich. *Er ist der Richtige.*

22

Ich zog die Steppdecke unter Gus hervor und legte sie über ihn. Dabei kam ich mir ganz zärtlich und fürsorglich vor. Um dieses Gefühl zu verstärken, strich ich ihm eine Locke aus der Stirn. Dann überlegte ich, ob ich ihn so vollständig angekleidet schlafen lassen sollte. Darauf würde es wohl hinauslaufen, denn ich dachte nicht im Traum daran, ihn auszuziehen. Ich wollte nicht in seiner Unterwäsche herumfuhrwerken und verstohlen ausspähen, was sie enthielt.

Da ich nicht so recht wußte, was ich tun sollte, machte ich mich zum Schlafengehen fertig und zog meinen Schlafanzug an. Auf verführerische Negligés legte Gus bestimmt keinen Wert, ganz davon abgesehen, daß ich derlei gar nicht besaß. Wahrscheinlich würde ihn ein solches Negligé eher einschüchtern als in Versuchung führen. Doch man konnte nie wissen ...

Dann putzte ich mir *selbstverständlich* die Zähne, und zwar so gründlich, daß mein Zahnfleisch zu bluten anfing. Ich wußte, das es nichts Wichtigeres gab als Zähneputzen, wenn man das Bett mit einem fremden Mann teilte – jedenfalls einschlägigen Artikeln in Frauenzeitschriften und meiner früheren Erfahrung nach. Zwar war es ein wenig traurig, daß ein Mann, der eine Frau ausreichend gern hatte, daß er es mitten in der Nacht mit ihr trieb, am nächsten Morgen das Haus fluchtartig verlassen würde, wenn sie keinen frischen und reinen Atem hatte, aber so war das nun mal. Daß es mir nicht paßte, würde nichts daran ändern.

Statt mich abzuschminken, legte ich noch mehr Make-up auf. Wenn Gus am nächsten Morgen erwachte, wollte ich ihm einen erfreulichen Anblick bieten. Außerdem könnte das zusätzliche Make-up ja vielleicht sogar einen Ausgleich für sein Nüchternsein schaffen. Dann legte ich mich neben ihn. Im Schlaf sah er richtig niedlich aus.

Ich lag da und ließ mir die Vorgänge des Abends erneut durch den Kopf gehen, während ich in die Dunkelheit starrte. Ich weiß nicht, ob es Aufregung, Vorfreude oder Enttäuschung war, auf jeden Fall konnte ich einfach nicht einschlafen.

Nach einer Weile ging die Wohnungstür und ich hörte außer Karens und Charlottes Stimme auch die eines Mannes. Tee wurde gemacht, und außer Fetzen leiser Unterhaltung drang unterdrücktes Gelächter zu mir her. Es ging weit friedlicher zu als in der vorigen Nacht – kein *Meine Lieder – meine Träume*, keine Möbelstücke fielen um, kein lautes und heiseres Gelächter war zu hören.

Nachdem ich ewig lange im Dunkeln gelegen hatte, beschloß ich, aufzustehen und nachzusehen, was es draußen gab. Ich fühlte mich ein wenig ausgeschlossen, aber das war nichts Neues. Da ich Gus nicht stören wollte, schob ich mich Zentimeter für Zentimeter vom Bett, verließ das Zimmer auf Zehenspitzen und stieß, als ich rückwärts auf den Flur trat und die Tür leise hinter mir ins Schloß zog, gegen etwas Großes und Dunkles, das normalerweise nicht unmittelbar vor meiner Zimmertür stand.

Vor Schreck machte ich einen Satz und stieß verwirrt: »Heilige Maria, Mutter Gottes!« aus.

»Lucy«, sagte eine Männerstimme. Dabei legte das Etwas mir die Hände auf die Schultern.

»Daniel!« entfuhr es mir, während ich mich umdrehte. »Was zum Teufel hast du hier verloren? Du hast mich zu Tode erschreckt.«

Statt sich zu entschuldigen, platzte er fast vor Lachen. Er schien die Situation irrsinnig komisch zu finden.

»Hallo, Lucy«, keuchte er. Dabei brachte er die Worte vor Lachen kaum heraus. »Was für ein wunderbares Willkommen du mir doch immer bereitest. Ich dachte schon, daß du inzwischen auf halbem Weg nach Moskau wärst.«

»Wozu lungerst du im Dunkeln vor meiner Zimmertür rum?« wollte ich wissen.

Er lehnte an der Wand. »Du hättest dein Gesicht sehen sollen«, sagte er, wobei er sich die Tränen abwischte. »Wirklich schade, daß du das nicht selbst sehen konntest.«

Ich war sauer und ziemlich erschrocken. Da ich die Sache überhaupt nicht erheiternd fand, stieß ich ihn kräftig in die Rippen.

»Au«, sagte er und hielt sich die getroffene Stelle, lachte aber immer noch. »Du bist ja richtig gemeingefährlich.«

Bevor ich erneut zuschlagen konnte, kam Karen in den Flur. Mit einem Mal war mir alles klar. Mit bedeutungsvollem Zwinkern erklärte sie: »Daniel ist mit mir gekommen. Keine Sorge, es hat mit dir nichts zu tun.«

Alle Achtung, Karen! Ich war tief beeindruckt. Sie schien beachtliche Fortschritte bei ihrem Projekt »Daniel« gemacht zu haben.

»Eigentlich wollte ich gerade gehen«, sagte Daniel, »aber wenn du sowieso schon auf bist, kann ich ja noch ein Weilchen bleiben.«

Wir gingen ins Wohnzimmer, wo sich Charlotte auf dem Sofa räkelte. Sie sah rundum glücklich aus. Ich genierte mich ein wenig, weil mich Daniel in meinem blauen Schlafanzug aus dünnem Flanell ertappt hatte. Das Teegeschirr stand noch auf dem Tisch.

»Du bist ja auf, Lucy«, sagte Charlotte begeistert. »Wie schön! Komm, setz dich zu mir.« Sie erhob sich und klopfte einladend auf das Polster neben sich. Ich tat wie geheißen und setzte mich züchtig im Schneidersitz auf meine Unterschenkel. Ich wollte nicht, daß Daniel den abgeblätterten Lack auf meinen Zehennägeln und die Blase auf meinem Rist sah.

»Ist noch Tee da?« fragte ich.

»Unmengen«, antwortete Charlotte.

»Ich hol dir 'ne Tasse«, sagte Daniel und verschwand in der Küche. Schon bald kam er zurück, goß Tee ein, gab Milch und zwei Löffel Zucker hinzu, rührte um und überreichte mir die Tasse.

»Danke. Manchmal bist du ganz brauchbar.« So, wie er da neben dem Sofa stand, überragte er mich.

»Zieh doch bloß den Mantel aus«, sagte ich ärgerlich, »du siehst damit aus wie ein Leichenbestatter.«

»Ich *mag* ihn aber.«

»Und setz dich. Du stehst mir im Licht.«

»Entschuldige.«

Er setzte sich auf den Sessel neben mir, Karen setzte sich auf den Boden und legte den Kopf an die Armlehne seines Sessels. Ihre Augen glänzten, und sie sah verträumt und verliebt drein. Offen gestanden war ich entsetzt.

Sie war nicht mehr sie selbst. Im allgemeinen spielte sie immer die Unnahbare und ließ die Männer zappeln. Sie war immer ein bißchen *hart*, vermute ich, und jetzt sah sie hübsch, friedfertig und anmutig aus. Was sollte man davon halten?

»Ich hab 'nen Typen kennengelernt«, verkündete Charlotte.

»Ich auch«, sagte ich mit Triumph in der Stimme. Auch Karen hatte eine Eroberung gemacht, aber unter den Umständen schien es ihr nicht passend, darüber zu sprechen.

»Haben wir mitgekriegt«, sagte Charlotte. »Karen hat an deiner Tür gelauscht, weil sie wissen wollte, ob ihr es miteinander treibt.«

»Alte Quasseltante ...« zischte Karen sie wütend an.

»Gebt doch Ruhe«, sagte ich. »Ich möchte alles über Charlottes Typ hören.«

»Erst möchte ich alles über deinen hören«, sagte Charlotte.

»Nein, zuerst du.«

»Nein, du.«

Karen machte ein gelangweiltes Erwachsenengesicht. Damit wollte sie Daniel beeindrucken und ihm zeigen, daß sie sich mit so billigem Kleinmädchengetue wie Klatsch und Tratsch nicht abgab. Dagegen war nichts einzuwenden – so hatten wir es in Gegenwart von Typen, auf die wir scharf waren, alle schon gemacht. Niemand hatte in der Hinsicht mehr Erfahrung als ich. Es war nichts als ein Kunstgriff, und sobald Karen sicher sein durfte, daß Daniel angebissen hatte, würde sie sich wieder verhalten wie immer und sie selbst sein.

»Bitte, Lucy, fang du an«, meldete sich Daniel. Karen sah überrascht drein, sagte dann aber: »Ja, vorwärts, Lucy. Zier dich nicht so.«

»Von mir aus«, sagte ich entzückt.

»Wunderbar.« Erwartungsvoll umschlang Charlotte ihre Knie.

»Wo soll ich anfangen?« fragte ich, von einem Ohr zum anderen grinsend.

»Sieh nur, wie selbstzufrieden sie dasitzt«, sagte Karen trocken.

»Wie heißt er?« fragte Charlotte.

»Gus.«

»*Gus!*« Karen war entsetzt. »Was für ein scheußlicher Name. Gustav Gans, Gus der Gorilla.«

»Und wie ist er?« fragte Charlotte, ohne auf Karen zu achten.

»Traumhaft«, begann ich, und meine Beschreibung wurde immer hymnischer. Dann merkte ich, daß mich Daniel sonderbar ansah. Er saß, die Hände auf den Knien gefaltet, vorgebeugt in seinem Sessel und sah mich verwirrt und, wie mir schien, irgendwie traurig an. »Warum schaust du mich so komisch an?« fragte ich aufgebracht.

»Was meinst du mit komisch?«

Dieser Zwischenruf kam nicht von Daniel, sondern von Karen.

»Danke«, sagte Daniel höflich zu ihr, »aber ich denke, ich kann selbst ein paar Wörter zusammenstopseln.«

Achselzuckend und hochmütig warf sie das Blondhaar zurück. Außer leicht rosa Wangen zeigte nichts, daß sie verlegen war. Ich beneidete sie um ihre Selbstsicherheit.

Daniel wandte sich wieder an mich. »Wo waren wir stehengeblieben?« fragte er. »Ach ja, bei ›was meinst du mit komisch?‹« Ich mußte lachen.

»Ich weiß nicht«, sagte ich kichernd, »So, als ob du was über mich wüßtest, was ich nicht weiß.«

»Lucy«, sagte er würdevoll, »ich wäre nie so blöd zu glauben, daß ich Dinge weiß, die du nicht weißt. Dazu hänge ich viel zu sehr am Leben.«

»Okay«, lächelte ich. »Darf ich euch jetzt von meinem Typ erzählen?«

»Mach schon«, zischte Charlotte, »und spann uns nicht so auf die Folter.«

»Nuuuun«, begann ich, »er ist vierundzwanzig, Ire und einmalig. Richtig witzig und, na ja, ein bißchen sonderbar. Ganz anders als alle, die ich vorher kannte und …«

»Echt?« fragte Daniel. Es klang überrascht. »Was ist denn mit Anthony, mit dem du mal was hattest?«

»Man kann Gus überhaupt nicht mit ihm vergleichen.«

»Aber ...«

»Anthony war verrückt.«

»Aber ...«

»Das ist Gus nicht«, sagte ich mit Nachdruck.

»Und der andere irische Trunkenbold, mit dem du rumgezogen bist?« Daniel ließ nicht locker.

»Wer soll das denn gewesen sein?« fragte ich. Ich merkte, wie ich allmählich ärgerlich wurde.

»Na, wie hieß er noch?« überlegte Daniel. »Matthew? Malcolm?«

»Malachy«, half ihm Karen auf die Sprünge. Treuloses Weib.

»Richtig, Malachy.«

»Gus ist auch nicht wie Malachy«, rief ich. »Malachy war dauernd betrunken.«

Daniel sagte nichts. Er hob lediglich eine Augenbraue und warf mir einen bedeutungsvollen Blick zu.

»Das mit deinem Guinness tut mir leid«, blaffte ich ihn an. »Mach dir nichts ins Hemd, du kriegst es wieder. Seit wann bist du eigentlich so kleinkariert und knauserig?«

»Bin ich doch gar nicht ...«

»Warum bist du so gemein?«

»Aber ...«

»Freust du dich denn nicht für mich?«

»Doch, aber ...«

»Weißt du, wenn du mir nichts Nettes zu sagen hast, ist es das beste, du hältst den Mund.«

»Entschuldige.«

Es klang so zerknirscht, daß ich ein schlechtes Gewissen bekam. Ich beugte mich zu ihm und strich ihm verlegen über das Knie. Als Irin war ich bei spontanen Gefühlsregungen ebenso hilflos wie in einem heißen Klima.

»Mir tut es auch leid«, murmelte ich.

»Vielleicht heiratest du ja doch noch«, gab Charlotte zu bedenken. »Dieser Gus könnte der Mann sein, von dem die Wahrsagerin gesprochen hat.«

»Möglich«, stimmte ich gedämpft zu. Es war mir peinlich zuzugeben, daß ich das auch schon gedacht hatte.

»Weißt du«, sagte sie und sah dabei etwas beschämt drein. »Eine Weile hatte ich ja gedacht, daß Daniel dein geheimnisvoller künftiger Mann sein könnte.« Ich platzte vor Lachen laut heraus.

»Der! Den würde ich nicht mal mit der Mistgabel anfassen – bei dem weiß man doch nicht, wo der sich schon überall rumgetrieben hat.«

Daniel machte ein beleidigtes Gesicht, und Karen sah mich fuchsteufelswild an. Hastig machte ich einen Rückzieher und zwinkerte Daniel freundschaftlich zu.

»War nur ein Witz. Du weißt, wie es gemeint ist. Wenn es dich trösten kann: Meine Mutter wäre vor Begeisterung aus dem Häuschen. Sie sieht in dir den idealen Schwiegersohn.«

»Ich weiß«, seufzte er. »Aber du hast recht – mit uns würde es nie klappen. Ich bin dir zu alltäglich, stimmt's, Lucy?«

»Wie meinst du das?«

»Nun ja, ich hab' eine feste Arbeit, komm nicht stinkbesoffen zu einer Verabredung mit dir, bezahl für dich, wenn wir ausgehen und hab keine leidende Künstlerseele.«

»Hör doch auf, du Blödmann«, lachte ich. »Wenn man dich so hört, sind meine Freunde grundsätzlich betrunkene Schmarotzer, die dem lieben Gott die Zeit stehlen.«

»Klingt das so?«

»Ja. Aber paß auf, was du sagst, so sind sie nämlich nicht.«

»Tut mir leid.«

»Ist schon gut.«

»Trotzdem kann ich mir nicht vorstellen, daß Connie übermäßig begeistert wäre, wenn sie Gus zu sehen kriegte«, sagte er.

»Sie wird ihn nicht zu sehen kriegen«, versicherte ich ihm.

»Das muß sie aber, wenn du ihn heiraten willst«, erinnerte er mich.

»Hör bitte damit auf, Daniel«, flehte ich. »Wir sitzen hier so gemütlich beisammen.«

»Tut mir leid, Lucy«, murmelte er.

Ich sah ihn an. Seine Entschuldigung kam mir nicht aufrichtig vor. Bevor ich mich beschweren konnte, sagte er: »Vorwärts, Charlotte, jetzt erzähl mal von deinem Typ.«

Darauf schien sie nur gewartet zu haben. Er hieß Simon, war neunundzwanzig, blond, groß, sah gut aus, arbeitete in der Werbung, besaß ein schickes Auto, hatte sich bei der Party wie eine Klette an sie gehängt und wollte sie am nächsten Tag anrufen, um sie zum Mittagessen einzuladen. »Das tut er bestimmt«, sagte sie mit glänzenden Augen. »Ich hab da ein sehr gutes Gefühl.«

»Wirklich toll!« sagte ich begeistert. »Es sieht ganz so aus, als hätten wir letzte Nacht alle Glück gehabt.«

Dann ging ich und legte mich, ohne ein Geräusch zu machen, wieder neben Gus ins Bett.

23

Gus schlief noch immer und sah bezaubernd aus. Aber Daniels Worte hatten einen kleinen Stachel in mir hinterlassen. Es stimmte – meiner Mutter würde Gus nicht gefallen. Im Gegenteil. Allmählich begann zu verblassen, was an dem Abend so schön gewesen war. Die Begabung meiner Mutter, allem Glück unfehlbar den Glanz zu nehmen, war erstaunlich.

Soweit ich mich zurückerinnern konnte, war sie schon immer so gewesen. Wenn mein Vater früher, als ich noch ein kleines Mädchen war, beschwingt nach Hause gekommen war – sei es, weil er eine Anstellung gefunden oder beim Pferderennen gewonnen hatte oder aus welchem anderen Grund auch immer –, stets hatte sie es fertiggebracht, Feierstimmung im Keim zu ersticken. Dad war breit lächelnd in die Küche gekommen, eine in eine braune Papiertüte gewickelte Flasche unter dem Arm und die Manteltaschen voller Süßigkeiten für uns. Statt erfreut zu fragen: »Was feiern wir, Jamsie?«, hatte sie grundsätzlich alles verdorben, indem sie mit saurer Miene so furchtbare Dinge gesagt hatte wie: »Oh Jamsie, nicht schon wieder« oder »Oh Jamsie, du hast es doch versprochen.«

Schon als ich sechs oder acht war, hatte das fürchterlich auf mich gewirkt. Ihr Undank hatte mich entsetzt. Mir lag so sehr daran, Dad zu zeigen, daß sie sich meiner Ansicht nach unmöglich aufführte und ich auf seiner Seite stand. Und nicht nur, weil es bei uns selten Süßigkeiten gab. Aus vollem Herzen stimmte ich Dad zu, wenn er sagte: »Lucy, deine Mutter ist eine richtige alte Spielverderberin.«

Mein Job war es dann, dafür zu sorgen, daß die Stimmung nicht ins Bodenlose sank. Wenn sich Dad also hinsetzte, um sich ein Glas einzugießen, setzte ich mich dazu, leistete ihm Gesellschaft und zeigte mich solidarisch mit ihm, damit er nicht allein feiern mußte, was es zu feiern gab.

Ihm zuzusehen war angenehm. Sein Trinken hatte einen Rhythmus, der mich beruhigte.

Meine Mutter äußerte ihre Mißbilligung, indem sie demonstrativ abwusch, aufwischte und laut in der Küche herumklapperte. Von Zeit zu Zeit versuchte Dad sie aufzumuntern, indem er sie aufforderte: »Iß deinen Knusperriegel, Connie.« Vermutlich hätte er ihr am liebsten gesagt, sie solle doch nicht alles so verbissen sehen.

Nach einer Weile holte er dann gewöhnlich den Plattenspieler hervor und sang lauthals bei *Grüne Wiesen, Ach wär' ich doch in Carrickfergus* und anderen irischen Liedern mit. Er spielte sie immer wieder und sagte zwischendurch zu meiner Mutter: »Nun iß doch schon deinen blöden Knusperriegel!«

Noch eine Weile später fing er dann gewöhnlich an zu weinen, sang aber mit tränenerstickter Stimme weiter. Vielleicht gingen die Tränen ja auch auf das Konto des Brandys, den er trank.

Ich wußte, daß es ihm das Herz brach, nicht in Carrickfergus zu sein – oft war ich um seinetwillen so traurig, daß ich mitweinte. Meine Mutter aber sagte dann einfach: »Gott im Himmel. Der blöde Kerl weiß doch nicht mal, wo Carrickfergus liegt – wie kann er da wünschen, er wär' da?«

Ich konnte nicht verstehen, warum sie so unausstehlich zu ihm war – oder so herzlos.

Er sagte dann mit unsicherer Stimme: »Es ist ein Gemütszustand, meine Liebe, ein Gemütszustand.« Ich war nicht sicher, was er damit meinte.

Wenn er dann aber fortfuhr: »Woher sollst du das auch wissen, du hast ja kein Gemüt«, war mir klar, was er damit meinte. Ich fing seinen Blick auf, und verschwörerisch kicherten wir in uns hinein.

Solche Abende verliefen stets nach demselben Muster: der nicht gegessene Knusperriegel meiner Mutter, das rhythmische Trinken, das laute Herumklappern in der Küche, das Singen und Weinen. Wenn dann die Flasche fast leer war, pflegte meine Mutter zu sagen: »Und jetzt aufgepaßt. Gleich fängt die Vorstellung an.«

Dad stand dann auf. Manchmal konnte er nicht mehr gerade gehen, das heißt, meistens konnte er nicht mehr gerade gehen.

»Ich gehe zurück nach Irland«, sagte meine Mutter dann mit gelangweilter Stimme.

»Ich gehe zurück nach Irland«, grölte Dad lallend.

»Wenn ich gleich geh, krieg ich noch den Zug zur Postfähre«, sagte meine Mutter, immer noch mit ihrer gelangweilter Stimme, wobei sie sich an den Spülstein lehnte.

»Wenn ich gleich geh, krieg ich noch die Fähre zum Postzug«, grölte Dad. Manchmal überkreuzte sich dabei der Blick seiner Augen, so, wie wenn jemand auf seine Nasenspitze schielt.

»Ich war ein Dummkopf, daß ich weggegangen bin«, sagte Mum träge und betrachtete dabei ihre Fingernägel. Mir war ihre völlige Teilnahmslosigkeit unverständlich.

»Ich war ein Blödmann, daß ich weggegangen bin«, grölte Dad.

»So, so, diesmal also ist es ›Blödmann‹?« mochte Mum dann sagen. »Ich fand ›Dummkopf‹ eigentlich ganz passend, aber 'n bißchen Abwechslung kann nicht schaden.«

Der arme Dad stand inzwischen leicht schwankend und vornübergebeugt da, womit er ein bißchen einem Stier ähnelte und blickte zu Mum hin, vermutlich ohne sie zu sehen. Wahrscheinlich sah er seine Nasenspitze.

»Ich pack jetzt meine Sachen«, sagte Mum wie eine Souffleuse.

»Ich sack jetzt meine Packen«, lallte Dad und schleppte sich zur Küchentür.

Obwohl das immer wieder so ablief und er nie weiter als bis zur Haustür kam, war ich jedesmal überzeugt, daß er wirklich weg wollte und flehte ihn an: »Bitte geh nicht, Dad.«

»Ich bleib nicht unter einem Dach mit einer Spielverderberin, die nicht mal den Knusperriegel essen will, den ich ihr gekauft hab«, sagte er gewöhnlich.

»Iß ihn doch«, bat ich Mum, während ich zu verhindern versuchte, daß Dad die Küche verließ.

»Aus dem Weg, Lucy, oder ich neh für stichts … äh, ich steh für nichts mehr grade.« Darauf fiel er mit dem Gesicht voraus in den Flur.

Als nächstes hörte man die Spiegelkommode zu Boden krachen, und Mum zischte: »Wenn der Halunke mir die ruiniert hat …«

»Mum, halt ihn auf«, flehte ich verzweifelt.

»Er kommt sowieso höchstens bis zum Gartentor«, sagte sie verbittert, »es ist jammerschade.« Obwohl ich ihr das nie glaubte, behielt sie fast jedesmal recht.

Einmal schaffte er es die Straße entlang bis zum Haus der O'Hanlaoins, wobei er eine Plastiktüte mit vier Scheiben Brot und der Flasche mit dem restlichen Brandy unter den Arm geklemmt hielt: sein Proviant für die Reise heim nach Monaghan. Eine Weile blieb er vor dem Haus der O'Hanlaoins stehen und brüllte ein paar Unverschämtheiten zu ihnen hinüber. Sinngemäß ging es darum, daß sie unehrenhafte Leute seien und Seamus O'Hanlaoin Irland verlassen hatte, um sich vor dem Gefängnis zu drücken. »Verjagt hat man euch von da«, brüllte Dad.

Mum und Chris mußten ihn hinterher zurückholen. Er kam schweigend mit. Mum führte ihn an der Hand an den mißbilligenden Blicken aller Nachbarn vorbei, die mit verschränkten Armen vor ihren Häusern standen, über ihre niedrigen Gartentore zu uns hersahen und wortlos das Schauspiel genossen. An unserem Haus angekommen, drehte sich Mum um und schrie ihnen zu: »Ihr könnt jetzt wieder reingehen. Der Zirkus ist vorbei.« Ich war überrascht, als ich sah, daß sie weinte.

Tränen der Scham vermutlich. Sicher schämte sie sich, ihn so behandelt und ihm die gute Laune verdorben zu haben, indem sie den eigens für sie gekauften Knusperriegel nicht gegessen und ihm klargemacht hatte, von ihr aus könne er ruhig aus ihrem Leben verschwinden. Sich für all das zu schämen hatte sie wirklich reichlich Grund.

24

Ich erwachte und merkte, daß sich Gus über mich beugte und mich besorgt ansah.

»Lucy Sullivan?« fragte er.

»Das bin ich«, sagte ich verschlafen.

»Gott sei Dank!«

»Wofür?«

»Ich dachte schon, ich hätte dich geträumt.«

»Das ist lieb von dir.«

»Schön, daß du das so siehst«, sagte er. Es klang ein wenig jämmerlich. »Ich habe Angst, es ist alles nicht wirklich. Bei dem, was ich bis jetzt so erlebt hab, wünsch ich mir beim Aufwachen oft, ich *hätte* den letzten Abend geträumt. Es ist mal was anderes, daß ich diesmal hoffe, es war kein Traum.«

»Mhm.« Ich war verwirrt, nahm aber an, daß es ein Kompliment sein sollte.

»Danke, daß du mich auf deiner Liegestatt hast nächtigen lassen«, sagte er. »Du bist ein kleiner Engel.«

Beunruhigt setzte ich mich auf. Das klang wie Abschiednehmen. Wollte er etwa gehen?

Aber nein, er hatte kein Hemd an. Also konnte von sofortigem Aufbruch keine Rede sein. Ich kuschelte mich wieder ins Bett, und er legte sich neben mich. Auch wenn die Steppdecke zwischen uns lag, war das ein wunderschönes Gefühl.

»Gern geschehen«, sagte ich mit einem Lächeln.

»Lucy, ich sollte dich vielleicht fragen, wie viele Tage ich schon hier bin.«

»Nicht mal einen.«

»Ist das alles?« fragte er. Es klang enttäuscht. »Das war sehr zurückhaltend von mir. Wahrscheinlich werde ich alt. Aber noch ist es nicht zu spät. Ich hab viel Zeit.«

Mir soll's recht sein, dachte ich. *Bleib, solange du Lust hast.*

»Und könnte ich jetzt von deinem Badezimmer Gebrauch machen, Lucy?«

»Über den Flur. Du kannst es nicht verfehlen.«

»Aber dazu sollte ich wohl besser meine Scham bedecken.«

Rasch richtete ich mich auf und stützte mich auf den Ellbogen, um einen möglichst unbehinderten Blick auf seine noch unbedeckte Scham zu erhaschen. Dabei sah ich, daß er sich irgendwann im Verlauf der Nacht bis auf seine Boxershorts ausgezogen hatte. Er war wirklich gut gebaut, hatte einen flachen Bauch, eine schmale Taille, kräftige Arme und eine schöne glatte Haut. Da er fast auf mir lag, konnte ich seine Beine nicht richtig sehen, aber wenn sie nur annähernd so waren wie der Rest, mußten sie einfach überwältigend sein.

»Nimm meinen Morgenmantel; er hängt an der Tür.«

»Und wenn ich eine von deinen Mitbewohnerinnen treffe?« fragte er in gespielter Furcht.

»Was dann?« kicherte ich.

»Ich bin so schüchtern. Und die … die werden Sachen von mir denken.« Kläglich und verlegen ließ er den Kopf hängen.

»Was für Sachen?« fragte ich mit einem Lachen.

»Die werden sich fragen, wo ich geschlafen hab, und dann ist mein Ruf dahin.«

»Geh nur. Ich werde deine Ehre verteidigen, wenn jemand was sagt.«

Seine Stimme und sein irischer Akzent waren so wunderschön, daß ich ihm endlos hätte zuhören können.

Er zog meinen weißen Frotteemantel an, setzte sich die Kapuze auf und umtänzelte schattenboxend mein Bett. Dazu sagte er: »Schönes Stück!« Während er sich im Spiegel betrachtete, fragte er: »Bist du im Ku-Klux-Klan, Lucy Sullivan? Hast du irgendwelche brennenden Kreuze unterm Bett?«

»Nein.«

»Falls du je bei denen Mitglied werden willst, mußt du dir keine Uniform mehr zulegen: Zieh einfach deinen Morgenmantel an, setz die Kapuze auf, und fertig ist die Laube.«

Von meinem Kopfkissen aus lächelte ich ihn an. Ich war selig.

»Schön«, sagte er, »ich verschwinde jetzt.«

Kaum hatte er die Zimmertür geöffnet, warf er sie wieder ins Schloß, so daß ich hochfuhr.

»Was ist los?«

»Da ist schon wieder der Kerl!« sagte Gus entsetzt.

»Was für ein Kerl?«

»Der große, der meinen Wein und das Bier von deinem Freund geklaut hat. Er steht genau vor deiner Tür!«

Also war Daniel über Nacht geblieben – wie amüsant.

»Nein, nein, hör mir zu«, versuchte ich ihn zu beschwichtigen.

»Er ist es, Lucy, ich schwör's dir.« beharrte Gus. »Oder ich seh schon wieder Gespenster.«

»Nein, du siehst keine Gespenster«, beruhigte ich ihn.

»Dann sorg dafür, daß der Kerl verschwindet! Sonst hast du hinterher kein einziges Möbelstück mehr – ehrlich! Ich hatte schon mal mit solchen Burschen zu tun. Das sind Profis ...«

»Gus, hör mir bitte zu«, sagte ich, bemüht, ernst zu bleiben. »Es ist ein guter Bekannter. Er stiehlt unsere Möbel bestimmt nicht.«

»Im Ernst? Du und ich kennen uns kaum, ich hab also kein Recht, was zu sagen und es geht mich auch nichts an, aber – ein gemeiner Verbrecher, damit hätte ich wirklich nicht gerechnet ... Ich versteh überhaupt nicht, was du daran komisch findest. Bestimmt vergeht dir das Lachen, wenn die mit einem Mal dein Bett auf dem Straßenmarkt von Camden verhökern und du auf dem Fußboden schlafen mußt. *Ich* jedenfalls finde das nicht zum Lachen ...«

»Hör doch mal zu, Gus«, brachte ich schließlich heraus. »Der Große draußen vor der Tür ist Daniel. Er hat niemandem das Bier gestohlen.«

»Aber ich hab ihn doch gesehen ...«

»Es war sein eigenes.«

»Nein, es gehörte Donal.«

»Er ist Donal, und er heißt Daniel.« Es dauerte einen Augenblick, bis Gus diese Mitteilung verdaut hatte.

»Ach du meine Güte«, stöhnte er. Er schleppte sich zu meinem Bett, warf sich darauf und verbarg das Gesicht in den Händen.

»Ach du meine Güte«, wiederholte er im gleichen Ton.

»Es ist schon in Ordnung«, sagte ich freundlich.

»Gott der Gerechte.« Gus sah zwischen den Fingern zu mir her.

»Gott der Gerechte«, sagte er noch einmal mit schmerzerfülltem Gesicht.

»Es ist in Ordnung.«

»Ist es nicht.«

»Doch.«

»Nein, bestimmt nicht. Ich hab ihn beschuldigt, daß er sein eigenes Bier gestohlen hätte und es ihm dann weggetrunken. Anschließend hab ich die Flasche Wein von seiner Freundin genommen ...«

»Sie ist nicht seine Freundin ...« sagte ich, als ob das von Bedeutung wäre. »Das heißt, jetzt vielleicht schon ...«

»Die gruselige Blondine?«

»Äh, ja.« So *konnte* man Karen beschreiben.

»Glaub mir«, beharrte Gus, »sie ist bestimmt seine Freundin, jedenfalls, wenn sie dabei mitzureden hat.«

»Da hast du vermutlich recht«, pflichtete ich ihm bei.

Interessant, dachte ich. Gus war also einfühlsam und hatte Scharfblick. Wieviel von seinem flatterhaften und durchgeknallten Verhalten mochte Schauspielerei sein? Oder war er einfühlsam *und* durchgeknallt? Konnte all das in ein und demselben Mann stecken? Und hatte ich genug Kraft dafür?

»Ich bin normalerweise nicht so ein Widerling, Lucy, ehrlich nicht«, sagte er. »Das müssen die Drogen gewesen sein.«

»Schon gut«, sagte ich und war fast enttäuscht.

»Ich muß mich bei ihm entschuldigen«, sagte Gus und sprang vom Bett auf.

»Nein«, sagte ich. »Später. Für Entschuldigungen ist es zu früh am Tag.«

Er drückte sich mit besorgtem Gesicht an der Tür herum und öffnete sie nach einer Weile einen Spalt weit. »Er ist weg«, sagte er erleichtert. »Jetzt kann ich mich duschen gehen.« Damit verschwand er.

Während er fort war, lag ich im Bett und war rundum mit mir zufrieden. Es erleichterte mich, daß es ihm wenigstens ein bißchen peinlich war, mit Daniels Guinness abgehauen zu sein. Er hatte Anstand im Leibe.

Und obendrein war er scharfsinnig. Er hatte Karen erstaunlich schnell richtig eingeschätzt.

Er sah sogar noch besser aus als in meiner Erinnerung: fröhlich, anziehend und mit nicht halb so blutunterlaufenen Augen wie die Nacht zuvor.

Was wohl geschehen würde, wenn er aus dem Bad zurückkam? Würde er sich anziehen und gehen, ohne zu versprechen, daß er anrufen würde? Irgendwie glaubte ich das nicht. Auf jeden Fall *hoffte* ich, daß es nicht so sein würde.

Wie auch immer: Hier war nichts von dem ekelhaften Gefühl, das man häufig beim Aufwachen am Sonntag hatte, wenn man entdeckte, daß man einen Wildfremden im Bett hatte oder selbst im Bett eines Wildfremden lag.

Immerhin hatte mich Gus geweckt und hatte nicht verstohlen das Bett verlassen, sich still im Dunkeln angezogen und sich, die Unterhose in der Hosentasche, fluchtartig aus dem Staub gemacht und in der Eile seine Uhr auf dem Nachttisch vergessen.

Ich war nicht von dem Knall aufgewacht, mit dem die Wohnungstür hinter ihm ins Schloß gefallen war. Wenn man meine bisherigen Beziehungen zu Männern so bedachte, wäre das eigentlich kein übler Start.

Das Zusammensein mit Gus erschien mir unverkrampft und gefiel mir. Ich war nicht einmal nervös. Jedenfalls kaum.

Mit naß glänzendem Haar kam er aus dem Badezimmer, hatte ein rosa Handtuch um die Hüften geschlungen, und war sauber und wohlriechend. Verdächtig wohlriechend.

Was seine Beine anging, hatte ich richtig vermutet. Er war zwar nicht besonders groß, aber von Kopf bis Fuß ein richtiger Mann.

Ein Schauer überlief mich. Ich freute mich darauf, mit ihm ... äh ... besser bekannt zu werden.

»Du siehst einen praktisch neugeborenen Menschen vor dir, Lucy«, sagte er mit breitem Lächeln. Er schien mit sich ausgesprochen zufrieden zu sein.

»Säubern, schrubben, scheuern, reinigen, nachspülen, abreiben, massieren, einsalben! Was du willst – all das hab ich in den letzten zehn Minuten mit mir gemacht. Erinnerst du dich

an die Zeiten, da man von uns nichts anderes erwartete, als
daß wir uns wuschen? So ist es nicht mehr. Wir müssen mit
der Zeit gehen, was, Lucy Sullivan?«

»Ja«, kicherte ich. Er war wirklich lustig.

»Wir können nicht einfach unter unseren Füßen Gras wachsen lassen, was, Lucy Sullivan?«

»Nein.«

»Es würde dir schwerfallen, in ganz London einen saubere-
ren Mann zu finden.«

»Davon bin ich überzeugt.«

»Ihr habt eine herrliche Badezimmereinrichtung. Darauf
könnt ihr stolz sein.«

»Äh, ja, vermutlich...«

Der Zustand unseres Bades gehörte nicht zu den Dingen,
die mich besonders beschäftigten.

»Ich hoffe nur, es macht nichts aus, daß ich ein bißchen von
Elizabeths Zeug genommen hab.«

»Wer ist Elizabeth?«

»Eigentlich müßte dir klar sein, daß es ziemlich sinnlos ist,
mich das zu fragen. Schließlich wohnst du hier. Ist sie etwa
keine von deinen Mitbewohnerinnen?«

»Nein, außer mir leben hier nur Karen und Charlotte.«

»Na, dann hat die aber Nerven, denn das ganze Badezimmer steht voll von ihren Sachen.«

»Wovon redest du denn bloß?«

»Wie heißt sie noch mit Nachnamen? Fängt mit ›G‹ an. Ach
nein, jetzt weiß ich wieder: Ardent. Es fällt mir wieder ein,
weil ich noch gedacht hab, das wäre ein guter Name für eine
Verfasserin von Liebesromanen. Jedenfalls hat sie im Badezimmer 'nen ganzen Haufen Flaschen und Tuben mit ihrem
Namen drauf stehen.«

»Ach je.« Ich mußte lachen. »Es heißt übrigens Arden,
nicht Ardent«, fügte ich hinzu. Offenbar hatte sich Gus an
Karens Duschgel und Körperlotion von Elizabeth Arden ver-
griffen, die ein Vermögen kosteten. Charlotte und ich beneideten Karen schon lange darum und hätten gern einmal
darin geschwelgt, wagten aber nicht, ihre Schätze anzu-
rühren.

Nicht einmal Karen tat das. Es waren Schaustücke, deren ausschließlicher Zweck es war, Daniel und seinesgleichen zu beeindrucken. Dabei fiel dem so etwas gar nicht auf, schließlich war er ein Mann. Bisher hatte ich geargwöhnt, die Flakons enthielten ohnehin nur gefärbtes Wasser.

Da würden Köpfe rollen.

»Ach«, sagte Gus nervös, »ich hätte das Zeug wohl besser nicht verwendet? Da hab ich wohl mal wieder ins Fettnäpfchen getreten. Was das angeht, hab ich mein Soll bestimmt schon übererfüllt.«

»Na, das ist kein Beinbruch«, tröstete ich ihn. Es war sinnlos, sich jetzt noch den Kopf darüber zu zerbrechen, wo das Kind schon in den Brunnen gefallen war. Sofern Karen Krach schlug – womit zu rechnen war –, würde ich mich bereit erklären, ihr die Kostbarkeiten zu ersetzen.

»Aber in Zukunft solltest du besser die Finger von Karens Sachen lassen.«

»Wieso Karen? Ich verstehe – der gehört das Zeug von Elizabeth? Die Arme, da kriegt sie was mit dem Namen von einer anderen drauf hingestellt. So war das bei mir früher auch immer. In all meinen Schulbüchern stand der Name von jemand anders, weil ich so viele ältere Brüder hab… Beim nächsten Mal nehm ich jedenfalls im Bad deine Sachen.«

»Gut«, lächelte ich, und war von der Aussicht begeistert, daß es ein nächstes Mal geben würde.

»Aber was sind deine?« fragte er. »Auf den einzigen anderen, die ich sehen konnte, steht Galileo. Die können ja wohl unmöglich dir gehören. Ist dieser Galileo nicht sowieso schon lange tot?«

»Ach, Gus«, sagte ich, verzaubert und geradezu gebannt von der Achterbahn, über die mich seine Unterhaltung auf und ab führte. »Das, wo Galileo drauf steht, gehört tatsächlich mir.«

»Hoffentlich ist dir klar, daß man dir wegen Falschdeklarierung einen Strick drehen könnte.« Er grinste. »Jammerschade wäre das, einer schönen Frau wie dir«, bemerkte er wie nebenbei.

Ich spürte, wie mir die Röte ins Gesicht stieg. Aus seinem Mund klangen die Komplimente besonders sinnlich, vor allem wegen seines irischen Akzents.

»Danke«, stammelte ich. Er kam um das Bett herum, setzte sich neben mich und hielt meine Hand, die neben der seinen schmal und zierlich wirkte. Sie war glatt und warm.

Ich wirkte neben Männern gern schmal und zierlich. Ein paar von meinen Verflossenen waren klapperdürr gewesen, und nichts stimmte mich schwermütiger, als mit einem Mann ins Bett zu gehen, der einen kleineren Hintern und dünnere Schenkel hatte als ich.

»Es tut mir aufrichtig leid«, sagte Gus ernsthaft und fuhr mit dem Daumen in Kreisen über meinen Handrücken, was mir leichte Schauer über den Rücken jagte. Ich konnte mich kaum auf seine Worte konzentrieren.

»Du bist sehr nett, und ich mag dich wirklich«, fuhr er befangen fort. »Ich hab schon so viel verkehrt gemacht, und dabei haben wir uns gerade erst kennengelernt. Manchmal reiß ich im falschen Augenblick Witze, und wenn mir was wichtig ist, hau ich noch mehr daneben. Bitte entschuldige.«

Mein Herz schmolz dahin. Ich war ihm ohnehin nicht böse, und nach diesen Worten erfüllte mich Zärtlichkeit, ja, ich empfand geradezu *Hingabe* für ihn.

»Und das Zeug im Bad ... Vielleicht, wenn ich zu Elizabeth geh und es ihr erklär...?«

»Karen!« erinnerte ich ihn, »sie heißt Karen, nicht Elizabeth ...« Ich gab es auf, als ich seine Augen zwinkern sah.

»Ein Witz, Lucy. Ich weiß, daß sie Karen heißt und daß hier keine Elizabeth wohnt.«

»Ach ja?« sagte ich ein bißchen verwirrt.

»Du darfst mich nicht für einen Dummkopf halten«, sagte er, »es ist aber lieb von dir, daß du Geduld mit mir hast.«

»Ich dachte nur ... weißt du ...« versuchte ich eine lahme Erklärung.

»Ist schon in Ordnung«, sagte er.

Wir lächelten einander wissend zu – das würde unser kleiner Privatscherz sein. Schon teilten wir Geheimnisse miteinander, private Scherze, mündliche Kurzschrift!

»Dann ist es ja gut«, sagte ich. »Könnte nicht besser sein.«

»Wenn du meinst. Und jetzt gehen wir spazieren, Lucy.«

Zwar hatte er mich schon mit vielem zum Lachen gebracht, aber über nichts mußte ich so herzlich lachen wie über diesen Vorschlag.

»Was ist daran so komisch, Lucy?«

»Ich soll spazierengehen? An einem Sonntag?«

»Ja.«

»Kommt überhaupt nicht in Frage.«

»Warum nicht?«

»Weil's draußen bitter kalt ist.«

»Aber wir können uns warm anziehen und flott marschieren.«

»Aber Gus, ich geh zwischen Oktober und April sonntags nie aus dem Haus, außer abends in die *Currykiste*.«

»Dann wird es höchste Zeit, daß du damit anfängst! Und was ist die *Currykiste*?«

»Ein Lokal. Der Inder um die Ecke.«

»Toller Name.«

»Er heißt eigentlich nicht so, sondern *Stern von Lahore* oder *Juwel von Bombay* oder so was.«

»Und da gehst du jeden Sonntagabend hin?«

»Du könntest die Uhr danach stellen. Und wir essen immer das gleiche.«

»Aha. Von mir aus können wir später auch dahin gehen. Aber jetzt gehen erst mal wir in den Holland Park. Der liegt gleich am anderen Ende der Straße.«

»Ach, tatsächlich?«

»Ja. Seit wann wohnst du hier, Lucy Sullivan?«

»Ein paar Jahre«, murmelte ich undeutlich, damit er es möglichst nicht verstand.

»Und du warst in der ganzen Zeit noch nie im Park? Das ist eine Schande.«

»Ich bin nicht für das Leben im Freien geschaffen, Gus.«

»Ich schon.«

»Gibt's da 'nen Fernseher?«

»Na klar.«

»Ehrlich?«

»Nein. Aber mach dir keine Sorgen. Ich unterhalt dich schon.«

»Einverstanden.«

Ich freute mich und war geradezu entzückt. Er wollte den Tag mit mir verbringen.

»Darf ich diesen Pulli anziehen?«

»Ja. Von mir aus behalt ihn; ich kann ihn nicht ausstehen.«

Gus hatte bei seinem Herumstöbern in meinem Kleiderschrank einen abscheulichen marineblauen Pullover zutage gefördert. Meine Mutter hatte ihn mir gestrickt, und ich hatte ihn noch nie getragen. Ich sah darin aus wie eine Hundert-Kilo-Riesenschildkröte, und er war oben so eng, daß er meinen Hals umspannte wie ein Autoreifen die Felge.

25

Als ich vom Duschen zurückkam, war Gus nirgends zu sehen. Panik überfiel mich. Der Gedanke, er wäre gegangen,
war schlimm genug, aber noch schlimmer war die Vorstellung,
daß er noch da war. Seine Fähigkeit, Katastrophen hervorzuru-
fen, suchte allem Anschein nach ihresgleichen, und trotz seiner
rührenden Entschuldigung war ich nicht überzeugt, daß man
ihn in der Wohnung unbeaufsichtigt lassen durfte.

Vor meinem inneren Auge tauchte das Bild auf, wie er munter plaudernd bei Daniel und Karen im Bett lag, so daß die beiden zögernd und knurrend ihr bis dahin munteres Treiben
einstellten. Aber es war alles in bester Ordnung. Gus saß mit
Daniel und Karen am Küchentisch, man trank Tee und hatte
die Sonntagszeitungen um sich ausgebreitet. Zu meiner un-
endlichen Erleichterung kamen alle blendend miteinander
aus und führten trotz geklautem Guinness und widerrecht-
licher Verwendung von Elizabeth-Arden-Kosmetik eine gesit-
tete sonntagvormittägliche Unterhaltung. Es sah ganz so aus,
als hätte Gus seine Differenzen mit Daniel beigelegt, und mit
Karen schien er gar ein Herz und eine Seele zu sein.

»Lucy«, lächelte er, als ich an der Tür erschien. »Komm rein,
setz dich und iß was.«

»Das hab ich vor«, sagte ich beim Anblick dieser Verbrüde-
rungsszene matt. Ich war ein wenig, na, nicht gerade *gereizt*,
wohl aber verärgert. Vermutlich deshalb, weil all diese Leute,
die einander ausschließlich dank meiner Vermittlung kannten, ohne mich bestens zurechtzukommen schienen.

»Ich hab Karen gesagt, daß ich ihr Zeug von Elizabeth
Arden benutzt hab«, erklärte mir Gus mit der Miene eines Un-
schuldsengels, »und sie sagt, das ist in Ordnung.«

»Kein Problem«, sagte Karen und lächelte dabei Gus, Daniel und mich an.

Donnerwetter! Mit Sicherheit hätte sie nicht halb so vernünftig reagiert, wenn Charlotte oder ich den Frevel an be-

sagten Kosmetikartikeln aus dem Hause Arden begangen hätten. Sie schien Gus zu mögen.

Natürlich war es auch möglich, daß sich Daniel diese Nacht im Bett selbst übertroffen hatte. Das würde ich zweifellos später erfahren. Sie würde es mit mir in den allerkleinsten Einzelheiten durchkauen, sobald die Männer verschwunden waren.

Es dauerte *Stunden*, bis ich fertig war. Nichts auf der Welt ist schwerer, als den Eindruck zu erwecken, vernünftig angezogen zu sein und dabei zugleich hübsch, feminin und zierlich zu wirken. Es war viel schwerer, als mich tags zuvor für das Abendessen mit Daniel passend anzuziehen. Der Trick beim Anziehen für die freie Wildbahn bestand darin, daß man den Eindruck erwecken mußte, als wäre einem völlig gleich, wie man aussah und als hätte man ohne hinzusehen in den Kleiderschrank gegriffen und angezogen, was einem in die Finger gefallen war. Ich trug Jeans, die ich eigentlich verabscheute, weil sich meine Oberschenkel darin richtig nach außen wölbten, aber ich sah einfach keine andere Möglichkeit.

Meine Oberschenkel haßte ich zutiefst, und ich hätte alles darum gegeben, daß sie dünn gewesen wären. Früher hatte ich sogar darum gebetet. Einmal jedenfalls, bei der Christmette (meine Mutter bestand darauf, daß die Familie geschlossen zur Messe ging, und ich hatte mich daran gewöhnt zu gehorchen, weil's sonst hinterher kein Viennetta-Eis zum Nachtisch gab). Als uns der Priester aufforderte, für das zu beten, was uns am Herzen liege, betete ich für dünnere Oberschenkel. Später fragte mich meine Mutter nach meinem besonderen Herzensanliegen, und als ich es ihr sagte, tobte sie los, so etwas sei völlig unwürdig und ungehörig. Also schlich ich beschämt in die Kirche zurück, neigte fromm das Haupt und betete für dünnere Schenkel für sie, Dad, Chris, Pete, Oma Sullivan, die armen Menschen in Afrika und überhaupt für jeden, der welche haben wollte.

Aber Gott lohnte mir meine Selbstlosigkeit nicht mit dünneren Schenkeln. Im Laufe der Zeit entdeckte ich die einzige Möglichkeit, sie mager erscheinen zu lassen: Ich mußte in ihrer näheren Umgebung unförmige Kleidungsstücke tragen.

Also zog ich jetzt meine schweren klobigen Stiefel an und mußte als Gegengewicht zu dem Fernfahrer-Eindruck, den ich damit machte, einen mädchenhaft wirkenden rosa Angorapulli sowie eine unförmige blauschwarz karierte Jacke anziehen, in der ich zerbrechlich und zierlich aussah.

Es kostete mich eine weitere Stunde, mein Haar so zu arrangieren, daß es aussah, als hätte ich es einfach lose auf dem Kopf zusammengerafft. Es dauerte ewig, bis die Locken so saßen, als wären sie gerade wild und ungeordnet um mein Gesicht gefallen. Dann kam eine dicke Schicht Schminke, die so aussah, als hätte ich gar kein Make-up aufgelegt. Das Ergebnis waren rosa Wangen, helle weiße Haut, leuchtende Augen und frisch glänzende Lippen. Ich nannte das den Schick des nackten Gesichts.

Inzwischen war Gus mit Karen, Charlotte und Daniel ins Wohnzimmer umgezogen. Es sah ganz so aus, als würden die vier sich von klein auf kennen. Ich verspürte einen leichten Stich in der Herzgegend. Es gefiel mir zwar, daß Gus bei meinen Mitbewohnerinnen und Freunden so gut ankam, und umgekehrt. Aber zu gut sollte er bei ihnen natürlich auch wieder nicht ankommen.

Nur eins ist schlimmer, als wenn der Freund einer jungen Frau mit ihren Mitbewohnerinnen und Freunden nicht gut auskommt, und das ist, wenn sie ein bißchen zu gut miteinander auskommen. Es kann zu ziemlichem Wirrwarr und zu Komplikationen darüber kommen, wer mit wem ins Bett geht.

Charlottes Simon hatte angerufen, und Charlotte, fertig hergerichtet und parfümiert, bereitete sich aufgeregt für ihre Verabredung vor.

»Kondome«, sagte sie nervös und setzte sich, um aufgeregt in ihrer Tasche herumzukramen. »Kondome, Kondome, hab ich Kondome mit?«

»Aber ihr trefft euch doch nur zum Mittagessen«, sagte ich.

»Sei nicht kindisch«, sagte sie empört. »Ah, hier ... verdammt, es ist nur eins. Was für eine Geschmacksrichtung? Piña Colada. Das muß dann eben reichen.«

»Du siehst großartig aus, Lucy«, sagte Daniel voll Bewunderung.

»Ja, das stimmt. Wunderschön.« Gus wandte sich um und musterte mich von Kopf bis Fuß.

»Doch, wirklich«, stimmte Charlotte zu.

»Danke.«

»Können wir gehen?« Gus stand auf.

»Wir können«, sagte ich.

»Es war richtig nett, euch alle kennenzulernen«, sagte Gus in die Runde. Alle Bitterkeit vom Vorabend schien vergessen zu sein. »Und viel Glück beim … äh … hmmm.« Er nickte zu Charlotte hinüber.

»Danke.« Sie lächelte aufgeregt.

»Viel Spaß.« Daniel zwinkerte mir zu.

»Danke gleichfalls.« Ich zwinkerte zurück.

26

Wenigstens regnete es nicht. Zwar war es kalt, doch der Himmel war blau und klar, kein Lüftchen regte sich.

»Hast du Handschuhe, Lucy?«

»Ja.«

»Dann gib sie mal her.«

»Ach so.« *Dieser Schweinehund denkt nur an sich.*

»Nee, nicht für mich!« lachte er. »Schau her, einen für deine rechte Hand, einen für meine linke Hand, und in der Mitte halten wir Händchen. Siehst du?«

»Ja.«

Diese Lösung gefiel mir, weil sie die peinliche Frage des Händchenhaltens aus der Welt schaffte. In der alkoholdurchtränkten Nacht hatte das keine Schwierigkeiten bereitet, doch im nüchternen kalten Licht des Tages hätte das schon problematisch werden können.

So liefen wir Hand in Hand los, und die kalte Luft rötete uns das Gesicht.

Wir räkelten uns auf einer Bank, hielten weiter Händchen und sahen den im Park hin und her springenden und kletternden Eichhörnchen zu.

Obwohl ich mich ein bißchen gehemmt fühlte, konnte ich den Blick nicht von Gus wenden. Mit seinem glänzenden Haar, den leuchtendgrünen Augen und dem Stoppelkinn (er hatte wohl den Rasierer nicht gefunden, mit dem sich Karen die Beine epilierte) sah er im Licht des kalten Wintertages unglaublich gut aus. Es war so schön, mit ihm zusammen zu sein.

»Hier ist es herrlich. Ich bin richtig froh, daß du mich mitgeschleppt hast.«

»Freut mich, daß es dich freut, kleine Lucy Sullivan.«

»Und die Eichhörnchen sind wirklich gut«, sagte ich. »Sieh nur, wie begeistert sie spielen. Ich seh ihnen richtig gern zu, wie sie rumtollen und die Bäume rauf- und runterrennen.«

Gus setzte sich ruckartig auf und sah mich mit aufgerissenen Augen an.

»Ist das dein Ernst?« fragte er. Er wirkte ziemlich beunruhigt.

Was ist denn nun schon wieder, fragte ich mich besorgt. *Kommt jetzt wieder einer seiner Anfälle?* Es sah ganz danach aus.

»Ich muß schon sagen, typisch London«, brach es aus ihm heraus. »Wenn sich die armen Tiere des Feldes mit verbotenem Glücksspiel vergnügen müssen, stehen ja wohl die Barbaren vor den Toren der Stadt. Als nächstes rauchen sie wahrscheinlich Crack!«

Er schien übergeschnappt zu sein. Ich konnte seine Worte nicht ernst nehmen und mußte so heftig lachen, daß ich kaum ein Wort herausbrachte.

»Ich hab gesagt, daß sie vergnügt spielen. Was ist daran schlimm?«

»Das fragst du noch?« giftete er. »Was spielen sie denn? Karten? Blackjack? Bingo? ›Zweiundsechzig für die lieben kleinen Eichhörnchen!‹ Roulette? Rien ne va plus – das stimmt nur zu sehr! Es gibt keine Natürlichkeit mehr, Lucy Sullivan! Nichts Unverdorbenes. Der bloße Gedanke, daß die kleinen Eichhörnchen spielen, bricht mir das Herz. In Donegal gäb's so was nicht. Was spricht dagegen, daß sie Nüsse sammeln? Wahrscheinlich nicht spannend genug… Kommt alles vom Fernsehen.«

Er sah mich an. Ihm schien es zu dämmern. »Oh«, sagte er und verzog beschämt das Gesicht, »du meinst wohl spielen wie kleine Kinder spielen, nicht spielen wie um Geld?«

»Ja.«

»Oh, oh! Tut mir leid. Ein Mißverständnis. Bestimmt findest du, daß ich nicht frei rumlaufen sollte. Ab mit Gus in die Gummizelle.«

»Nein, ich finde dich zum Brüllen komisch.«

»Sehr anständig von dir«, sagte er. »Die meisten Leute behaupten einfach, ich wär verrückt.«

»Wieso denn das?« fragte ich belustigt, denn das hätte ich gern gewußt.

»Was weiß ich?« sagte er und sein Koboldgesicht war das Urbild scheinheiliger Unschuld. »Wenn die meinen, daß *ich* verrückt bin«, fuhr er fort, »sollten sie erst mal den Rest unserer Familie sehen.«

Tja! Mir schwanten unangenehme Enthüllungen, aber ich ging die Sache entschlossen an.

»Wie sind die denn?«

Er grinste mich von der Seite an und sagte: »Na ja, mit dem Wort verrückt geh ich eigentlich ziemlich zurückhaltend um, aber ...«

Zwar bemühte ich mich, meine Besorgnis zu verbergen, doch muß sie mir ins Gesicht geschrieben gewesen sein, denn er platzte vor Lachen.

»Arme kleine Lucy. Du solltest mal sehen, was für ein bekümmertes Gesicht du machst.« Ich versuchte tapfer zu lächeln.

»Aber beruhige dich, ich hab dich auf den Arm genommen. Sie sind nicht wirklich verrückt ...«

Ich seufzte erleichtert.

»Wohl aber äußerst leicht erregbar,« fuhr er fort. »Das wäre wohl die angemessenste Formulierung.«

»Wie darf ich das verstehen?« Ich beschloß, der Sache an Ort und Stelle auf den Grund zu gehen.

»Ich trau mich nicht richtig, dir das zu erklären, weil du mich sonst vielleicht für total bekloppt hältst. Wenn du hörst, aus was für 'ner Familie ich komm, rennst du wahrscheinlich schreiend davon.«

»Red keinen Quatsch«, beruhigte ich ihn. Trotzdem hatte ich einen flaues Gefühl im Magen. *Bitte, lieber Gott, laß es nicht zu schrecklich sein. Ich hab ihn doch so gern.*

»Bist du sicher, daß du es hören willst, Lucy?«

»Ganz sicher. So schlimm kann es auch wieder nicht sein. Leben deine Eltern noch?«

»Ja. Alle beide. Ein zusammengehöriges vollständiges Paar.«

»Du hast gesagt, daß du 'nen Haufen Brüder hast ...?«

»Fünf Stück.«

»'ne ganze Menge.«

»Da wo ich herkomm, ist das eigentlich nicht besonders viel. Ich hab mich immer geschämt, weil es keine zweistellige Zahl ist.«

»Sind sie älter oder jünger als du?«

»Alle älter.«

»Du bist also der Benjamin.«

»Aber der einzige, der nicht mehr zu Hause lebt.«

»Fünf erwachsene Männer, die alle noch bei den Eltern wohnen – das gibt bestimmt 'nen Haufen Probleme.«

»Verdammt! Das kannst du laut sagen. Aber die Jungs werden da gebraucht, denn sie arbeiten auf dem Hof und in der Kneipe.«

»Ihr habt 'ne Kneipe?«

»Ja.«

»Dann müßt ihr ja ziemlich reich sein.«

»Leider nicht.«

»Ich hab immer gedacht, 'ne Kneipe haben ist fast so gut wie die Erlaubnis zum Gelddrucken.«

»Bei unserer ist das anders. Das liegt an meinen Brüdern. Das sind ziemliche Schluckspechte.«

»Aha, ich verstehe. Sie jagen den Gewinn durch die Gurgel.«

»Ach was«, lachte er. »Es gibt keinen Gewinn, den sie durch die Gurgel jagen könnten, weil sie den Stoff direkt durch die Gurgel jagen.«

»Ach Gus.«

»Es ist nur selten was zu trinken da, weil die alles wegkippen, und weil wir jeder Brauerei in Irland Geld schulden, werden wir kaum noch beliefert. Außerdem stehen wir bei allen irischen Schnapsbrennereien in denkbar schlechtestem Ruf.«

»Aber habt ihr denn keine Gäste, mit denen ihr Gewinn machen könntet?«

»Nicht so recht. Dafür leben wir zu weit ab vom Schuß. Unsere einzigen Gäste sind meine Brüder und mein Dad. Und natürlich die Dorfpolizisten. Die kommen aber immer erst nach der Sperrstunde und trinken hinter verschlossenen Türen. Außerdem können wir von denen nicht den vollen

Preis verlangen. Offen gesagt können wir von ihnen gar nichts verlangen, weil sie uns sonst den Laden wegen Überschreitung der Sperrstunde dicht machen würden.«

»Du machst Witze.«

»Nicht die Spur.«

In meinem Kopf purzelten die Gedanken durcheinander, während ich mir überlegte, wie man aus der Kneipe von Gus' Familie ein florierendes Unternehmen machen könnte. Karaoke? Quiz-Abende? Spezialitätenwochen? Mittagstisch? All das sagte ich ihm.

»Nein, Lucy.« Betrübt und belustigt zugleich schüttelte er den Kopf. »Ihnen fehlt jegliche unternehmerische Begabung. Irgendwas würde schiefgehen, weil sie sich fortwährend betrinken und prügeln.«

»Ist das dein Ernst?«

»Absolut. Die Abende sind bei uns meist der dramatische Höhepunkt. Wie ich beispielsweise eines Tages nach Hause komm, finde ich meine Brüder in der Küche. Ein paar sind voll Blut, einer hat sich die Hand mit einem Hemd verbunden, weil er die Faust durch ein Fenster gesteckt hat, sie beschimpfen sich, dann fangen sie an zu heulen und versichern sich gegenseitig, daß sie sich wie wahre Brüder lieben. Mir steht das bis hier.«

»Und worüber streiten sie sich?« fragte ich, ganz gefesselt von seiner Erzählung.

»Völlig egal. Sie sind da nicht wählerisch. Ein schiefer Blick, ein falsches Wort, wie's gerade kommt.«

»Tatsächlich?«

»Ja. Beispielsweise war ich Weihnachten zu Hause. Am ersten Abend hatten wir alle ordentlich gebechert. Anfangs hatten wir auch eine spitzenmäßige Stimmung, bis dann die Sache wie üblich aus dem Ruder lief. Gegen Mitternacht meinte PJ, Paudi hätte ihn komisch angesehen, also hat er Paudi eine geschmiert. Dann hat Mikey PJ angebrüllt, er soll Paudi zufrieden lassen und John Joe hat Mikey eine runtergehauen, weil er PJ angebrüllt hat. Darauf hat John von PJ eine gefangen, weil er Mikey geschlagen hatte, und Stevie hat angefangen zu heulen, weil Bruder gegen Bruder kämpfte. Dann hat PJ angefangen zu heulen, weil es ihm leid tat, daß er Stevie geärgert hatte, dann hat Stevie PJ eine gelangt, weil er mit der ganzen Sache angefangen hatte, dann hat Paudi Stevie eine geschmiert, weil er PJ geschlagen hatte, wo er das doch hatte selber machen wollen ... Und dann ist unser Dad reingekommen und hat versucht, allen eine runterzuhauen.«

Gus holte Atem. »Es war entsetzlich. Bestimmt liegt es an der Langeweile. Aber der Alkohol heizt das Ganze natürlich an. Seit wir den Sportkanal über Satellit kriegen, sind sie ein bißchen ruhiger geworden, aber dann hat Dad die Rechnung nicht bezahlt und der ganze Krawall ist von vorne losgegangen.«

Ich war fasziniert. Ich hätte Gus ewig zuhören können, wie er mit seinem schönen lyrischen Akzent ausgesprochen spannend über seine gestörte Familie berichtete.

»Und welche Rolle spielst du dabei? Wen verprügelst du?«

»Keinen. Ich versuch mich nach Kräften aus der Sache rauszuhalten.«

»Das Ganze klingt irrsinnig komisch«, sagte ich. »Wie aus einem Theaterstück.«

»Tatsächlich?« fragte er. Es klang erschreckt, ja, sogar ärgerlich. »Vielleicht hab ich es falsch erzählt, denn es war überhaupt nicht komisch.«

Ich schämte mich.

»Entschuldige«, murmelte ich. »Einen Augenblick lang hab ich nicht daran gedacht, daß wir über dein Leben sprechen. Du bist nun mal so ein guter Erzähler ... Bestimmt war es in Wirklichkeit furchtbar.«

»Kann man wohl sagen«, sagte er ungnädig. »Es hat entsetzliche Narben hinterlassen und mich dazu gebracht, schreckliche Dinge zu tun.«

»Was zum Beispiel?«

»Ich bin stundenlang durch die Berge gestreift, hab mit den Karnickeln geredet und Gedichte geschrieben. Natürlich nur, weil ich von der Familie weg wollte und es nicht besser wußte.«

»Aber was ist denn Schlimmes daran, daß jemand durch die

Berge streift, sich mit den Karnickeln unterhält und Gedichte schreibt?« Auf mich wirkte das ausgesprochen irisch – wild und romantisch.

»'ne ganze Menge. Wenn du meine Gedichte gelesen hättest, würdest du das bestimmt selber sagen.« Ich lachte, aber nur kurz, denn er sollte nicht meinen, daß ich mich über ihn lustig machte.

»Übrigens eignen sich Karnickel äußerst schlecht als Gesprächspartner«, sagte er. »Sie reden über nichts als Karotten und Gerammel.«

»Was du nicht sagst.«

»Sobald ich also von da weg war, hab ich die Sache mit der Dichterei und der leidenden Seele aufgegeben.«

»Eine leidende Seele zu sein ist doch in Ordnung ...«, wandte ich ein. Ich mochte mich nicht so recht vom Bild des Dichters Gus trennen.

»Ist es nicht. Es ist peinlich und langweilig.«

»Findest du? Ich mag leidende Seelen ...«

»Nein, Lucy, das darfst du nicht«, sagte er bestimmt. »Wirklich nicht.«

»Und wie sind deine Eltern so?« fragte ich, um das Thema zu wechseln.

»Mein Vater ist der schlimmste von allen. Ein schrecklicher Kerl, wenn er getrunken hat, und das ist fast immer der Fall.«

»Und deine Mutter?«

»Sie tut eigentlich nichts. Ich meine, sie tut schon 'ne Menge – Kochen, Waschen und so weiter, aber sie sorgt nicht dafür, daß sich die anderen anständig aufführen. Ich nehme an, sie hat zuviel Schiß. Sie betet viel. Und sie weint. Bei uns zu Hause wird viel geweint. Wir sind richtige Heulsusen. Sie betet, daß mein Vater und meine Brüder mit dem Trinken aufhören und Abstinenzler werden.«

»Hast du auch Schwestern?«

»Ja, zwei, aber die sind weggelaufen, als sie noch ganz jung waren. Eleanor hat mit neunzehn Francis Cassidy aus Letterkenny geheiratet. Der Mann hätte ihr Großvater sein können.«

Bei der Erinnerung daran schien Gus richtig munter zu werden. »Er war nur ein einziges Mal bei uns auf dem Hof, als er um ihre Hand angehalten hat. Vielleicht sollte ich dir das lieber nicht erzählen, weil du uns sonst für 'nen Haufen Wilde hältst, aber wir haben den armen alten Francis zum Teufel gejagt. Wir wollten sogar die Hunde auf ihn hetzen, aber die haben sich geweigert, ihn zu beißen. Wahrscheinlich hatten sie Angst, sie könnten sich dabei was holen.«

Gus sah mich aufmerksam an. »Muß ich jetzt vor Scham im Boden versinken, Lucy?«

»Nein«, sagte ich, »es ist lustig.«

»Ich weiß, daß das nicht besonders gastfreundlich von uns war, aber wir hatten nur wenig Unterhaltung, und Francis Cassidy war einfach grauenvoll, viel schlimmer als jeder von uns. Er war der elendste alte Kerl, den du je gesehen hast, und er hat bestimmt den bösen Blick, denn vier Tage lang haben unsere Hühner nicht gelegt und die Kühe keine Milch gegeben.«

»Und deine andere Schwester?«

»Eileen? Die ist einfach verschwunden. Keiner am Ort wollte was von ihr wissen – wahrscheinlich hat Francis Cassidy die Kerle gewarnt. Daß sie nicht mehr da war, haben wir gemerkt, als eines Tages kein Frühstück auf dem Tisch stand. Es war Sommer, wir waren beim Heumachen und mußten ganz früh raus. Eileen sollte für uns alle Frühstück machen, bevor wir gingen.«

»Und wo ist sie jetzt?«

»Keine Ahnung. Wahrscheinlich in Dublin.«

»Hat sich denn niemand Sorgen um sie gemacht?« fragte ich erschaudernd. »Hat niemand versucht, sie zu finden?«

»Natürlich haben wir uns alle Sorgen gemacht. Wir wußten doch nicht, wer sich in Zukunft um unser Frühstück kümmern würde.«

»Wie schrecklich«, sagte ich beunruhigt. Eileens Schicksal hatte mich weit mehr mitgenommen als die Geschichte mit Francis Cassidy und den Hunden. »Ganz und gar schrecklich.«

»*Ich* hab mir keine Sorgen darum gemacht, daß ich mich in Zukunft selbst um mein Frühstück kümmern mußte«, sagte Gus und drückte meine Hand. »Ich wollte ihr nach, aber Dad hat gesagt, er würde mich umbringen.«

»Das ist anständig von dir«, sagte ich und fühlte mich ein wenig besser.

»Sie hat mir gefehlt. Sie war äußerst liebenswürdig und hat sich immer mit mir unterhalten. Trotzdem war ich froh, als sie weg war.«

»Warum?«

»Sie hatte ein zu kluges Köpfchen und war als Dienstmagd zu schade. Mein Dad wollte sie einem der beiden uralten Knacker vom Nachbarhof zur Frau geben, weil er ein Auge auf deren Land geworfen hatte.«

»Wie barbarisch!« sagte ich entsetzt.

»Andere würden sagen, daß er gut zu wirtschaften versteht«, sagte Gus. »Ich nicht«, fügte er aber gleich hinzu, als er meinen bösen Blick sah.

»Und was ist aus der armen Eileen geworden?« fragte ich. Die Geschichte war so traurig, daß sie mir fast das Herz brach. »Habt ihr je wieder von ihr gehört?«

»Ich *vermute*, daß sie nach Dublin gegangen ist. Sie hat mir aber nie geschrieben, und deshalb weiß ich nichts Genaues.«

»Es ist richtig traurig«, sagte ich und schniefte.

Dann kam mir ein Gedanke, und ich sah ihn durchdringend an. »Du saugst dir das ja hoffentlich nicht aus den Fingern? Oder ist das etwa wieder einer von deinen Einfällen wie die spielenden Eichhörnchen und meine Mitbewohnerin Elizabeth Ardent?«

»Aber nein!« protestierte er. »Natürlich nicht. Hand aufs Herz und nicht gelogen, Lucy. Über wichtige Sachen würde ich nie Witze reißen oder mir dumme Geschichten ausdenken. *Wäre* die Geschichte meiner Familie doch nur ein Märchen! Vermutlich kommt sie einer kultivierten jungen Frau aus der Stadt, wie du eine bist, ziemlich sonderbar vor.« Das tat es merkwürdigerweise nicht.

»Weißt du, wir leben weit ab vom Schuß«, fuhr er fort. »Weil unser Hof mitten in der Pampa liegt, sind wir nicht viel unter Leute gekommen, und ich wußte es nicht besser. Womit hätte ich meine Familie vergleichen sollen? Jahrelang hab ich die Prügeleien, das Gebrüll und all das für ziemlich normal gehalten und gedacht, alle Leute wären wie wir. Ich kann dir nicht sagen, wie erleichtert ich war, als ich sah, wie richtig meine Vermutung gewesen war: daß meine Familie tatsächlich so verrückt ist, wie ich immer angenommen hatte. Jedenfalls weißt du jetzt, woher ich komme.«

»Vielen Dank, daß du mir die Geschichte erzählt hast.«

»Hab ich dich damit verschreckt?«

»Nein.«

»Warum nicht?«

»Ich weiß nicht.«

»Deine Familie ist wahrscheinlich auch ziemlich verrückt.«

»Eigentlich nicht. Tut mir leid, wenn ich dich enttäusche.«

»Warum bringst du dann so viel Verständnis für meine Leute auf?«

»Weil du du bist und nicht deine Familie.«

»Wenn das nur so einfach wär.«

»Aber das kann es sein, Gus... Wie heißt du überhaupt mit Nachnamen?«

»Lavan.«

»Nett, dich kennenzulernen, Gus Lavan«, sagte ich und schüttelte ihm die Hand.

Lucy Lavan dachte ich insgeheim. *Lucy Lavan?* Ja, das gefiel mir. Wie wär's mit einem Doppelnamen, *Lucy Sullivan-Lavan?* Klang eigentlich auch gut.

»Mir ist es gleichfalls angenehm, dich kennenzulernen, Lucy Sullivan«, sagte er feierlich und quetschte meine Hand zusammen. »Aber das hab ich schon gesagt, oder?«

»Ja, gestern abend.«

»Aber deswegen ist es nicht weniger wahr. Wollen wir ein Bier trinken gehen?«

»Äh, ja, wenn du möchtest. Bist du genug gelaufen?«

»Es genügt, um Durst zu kriegen, also bin ich genug gelaufen.«

»Gut.«

»Wie spät ist es eigentlich?«

»Ich weiß nicht.«

»Hast du keine Uhr?«

»Nein.«

»Ich auch nicht. Das hat was zu bedeuten.«

»Was?« fragte ich erwartungsvoll. Etwa daß Gus und ich seelenverwandt und das ideale Paar waren?

»Daß wir immer und überall zu spät kommen werden.«

»Oh. Was tust du da?«

Gus hatte sich fast waagrecht auf der Bank zurückgelehnt und starrte in den Himmel, wobei er an seinen Zähnen sog und etwas murmelte, das so klang wie »Hundertachtzig Grad« und »in New York sieben Stunden früher« und »könnte auch Chicago sein.«

»Ich seh den Himmel an, Lucy.«

»Warum?«

»Weil ich sehen will, wie spät es ist.«

»Ach natürlich.« Er schwieg.

»Irgendwelche Schlußfolgerungen?«

»Ich glaube schon.« Er nickte nachdenklich. »Ich glaube schon.«

Wieder schwieg er.

»Lucy, ich bin zu dem Ergebnis gekommen, daß es nahezu mit Sicherheit – natürlich kann man sich bei so was immer irren, aber das nehm ich auf meine Kappe – nahezu mit Sicherheit Tag ist. Mit siebenundachtzigprozentiger Wahrscheinlichkeit. Vielleicht sind es auch nur vierundachtzig Prozent.«

»Da dürftest du recht haben.«

»Ich würde gern deine Ansicht zu der Frage hören, wie spät es ist, Lucy.«

»Vermutlich so gegen zwei.«

»Großer Gott!« Er sprang von der Bank auf. »Schon so spät? Dann komm, wir müssen uns ranhalten!«

»Wovon redest du?« kicherte ich, während er mich hinter sich durch den Park zerrte.

»Sperrstunde, Lucy. Ein häßliches Wort. Ein schändliches und abscheuliches Wort«, sagte er und hätte dabei beinahe

ausgespien. »Schändlich! Die Kneipen machen heut nachmittag um drei zu und erst um sieben wieder auf – hab ich
recht?«

»Ja.« Ich versuchte mit ihm Schritt zu halten, »außer sie
haben heute morgen das Gesetz geändert.«

»Hältst du das für möglich?« fragte er und blieb unvermittelt stehen.

»Nein.«

»Also vorwärts«, sagte er und rannte fast. »Uns bleibt nur
eine Stunde.«

27

Wir hielten bei der ersten Kneipe, die wir sahen, als wir aus dem Park kamen. Sie sah nicht allzu heruntergekommen aus, und das war auch gut so, denn ich hatte das Gefühl, daß Gus auch dann von mir erwartet hätte, mit ihm hineinzugehen, wenn der Dachstuhl eingebrochen und die Wände eingestürzt gewesen wären.

An der Tür legte er mir die Hand auf den Arm. »Lucy, es tut mir leid, aber ich fürchte, du mußt diese Unternehmung finanzieren. Ich krieg meine Stütze am Dienstag und geb's dir dann zurück.«

»Äh… äh… von mir aus.«

Mein Herz rutschte einen Stock tiefer, aber ich hielt es fest, bevor es auf dem Boden aufschlug. Schließlich war es nicht Gus' Schuld, daß ich ihn an einem Wochenende kennengelernt hatte, an dem er gerade blank war.

»Was möchtest du denn trinken?« fragte ich ihn.

»'ne Halbe.«

»Eine bestimmte Sorte?«

»Natürlich Guinness…«

»Natürlich.«

»… und 'nen kleinen Whiskey«, fügte er hinzu.

»'nen kleinen Whiskey?«

»Jameson, ohne Eis.«

»Äh, in Ordnung.«

»Aber 'nen doppelstöckigen«, fuhr er fort.

»Was?«

»'nen doppelstöckigen Kleinen.«

»Was?«

»'nen doppelstöckigen Jameson. Die *doppelte* Menge.«

»Ach so. Wird gemacht.«

»Ich hoffe, es stört dich nicht, aber ich halte nichts davon, Dinge nur halb zu tun«, sagte er entschuldigend.

»Ist schon in Ordnung«, sagte ich matt.

»Und du nimmst, was du willst«, fügte er hinzu.

»Hm, danke.«

Karen hätte das sarkastisch gesagt, aber ich sagte es, als ob ich tatsächlich ›hm, danke‹ meinte. Typisch.

»Gleich da vorne ist ein Tisch. Ich halt ihn für uns besetzt, während du die Drinks holst.«

Ich stellte mich an den Tresen und war einen Augenblick lang schwermütig, verbot mir das aber. Es war albern von mir. Am Dienstag würde er Geld haben.

»Und vielleicht noch 'n paar Chips«, ertönte Gus' Stimme in meinem Ohr.

»Mit was drauf?«

»Mit Salz und Essig.«

»In Ordnung.«

»… und falls die hier Rindfleisch mit Senf haben …«

»Ist so gut wie erledigt.«

»Bist ein braves Mädchen.« Für mich selbst bestellte ich eine bescheidene Cola light.

Gus hatte den halben Liter Guinness und den doppelten Whiskey hinuntergekippt, bevor ich meine Cola ausgetrunken hatte. Eigentlich waren seine Gläser fast schon leer, als ich mich setzte.

»Wir gönnen uns noch einen«, kündigte er an.

»Ganz meine Meinung.«

»Bleib, wo du bist«, sagte er liebenswürdig. »Gib mir einfach das Geld, und ich hol das Zeug.«

»Gut«, sagte ich, angelte in meiner Handtasche nach der Geldbörse, die ich gerade eingesteckt hatte, und nahm eine Fünf-Pfund-Note heraus.

»Fünf von diesen irdischen Pfunden?« fragte er zweifelnd. »Bist du sicher, daß das reicht, Lucy?«

»Ja«, sagte ich entschlossen.

»Willst du denn nichts?«

»Doch!«

Während er fort war, trank ich rasch den Rest meiner Cola aus. Ich beschloß, für den Fall, daß er mir das Wechselgeld nicht unaufgefordert zurückgab, ihn zu … ihn zu … ich weiß nicht …

»Hier ist das Wechselgeld, Lucy.«

Ich hob den Blick von meinem leeren Glas, in das ich trübselig gestarrt hatte. Gus sah mich besorgt an. Auf seiner offenen Handfläche lagen einige Pennies.

»Danke«, lächelte ich und nahm alle dreizehn oder wieviel auch immer es waren. Mit einem Mal fühlte ich mich besser. Schließlich ging es ebensosehr um das Prinzip wie um das Geld.

»Dank dir, für die Getränke und alles …«, sagte Gus mit aufrichtig klingender Stimme. »Du bist echt spendabel, Lucy. Ich krieg am Dienstag Kohle. Dann lad ich dich für den Abend ein. Versprochen. Ah … danke.«

»Keine Ursache«, sagte ich mit einem Lächeln und fühlte mich sehr viel wohler. Er hatte die Scharte ausgewetzt. Vielleicht hatte er gespürt, daß ich immer enttäuschter wurde.

Vom Schartenauswetzen verstand er etwas. Allem Anschein nach besaß er die Gabe, sich im letzten Augenblick in die Sicherheitszone jenseits meiner Mißbilligung zurückzuziehen.

Es störte mich nicht etwa, Geld für ihn – oder sonst jemanden – auszugeben, schon gar nicht, wenn es etwas so Wichtiges war wie die mittägliche Stärkung, aber es ging mir sehr gegen den Strich, wenn mich die Kerle für eine nützliche Idiotin hielten, die sich leicht ausnehmen ließ.

Er gönnte sich noch einige weitere Halbe mit Whiskey, die ich gern bezahlte. (»Dienstag revanchier ich mich, Lucy.«) Eine knappe Stunde später hatte er schon ziemlich gebunkert.

»Das muß uns der Neid lassen, Lucy – in der kurzen Zeit, die wir hatten, haben wir Glänzendes geleistet.« Als uns der Mann am Tresen zum Gehen aufforderte, weil das Lokal geschlossen wurde, ließ Gus den Blick über den Tisch schweifen, den leere Gläser bedeckten.

»Es ist doch wirklich erstaunlich, was sich erreichen läßt, wenn man es sich fest vornimmt, was?« Um seine Worte zu unterstreichen, fuchtelte er mit seinem letzten halbleeren Glas durch die Luft. »Es kostet nur ein klein wenig Anstrengung. Du hast mich allerdings enttäuscht, Lucy.« Zärtlich berührte er mein Gesicht. »Es tut mir leid, dir das sagen zu müssen. Aber zwei Cola light und ein Gin Tonic? Bist du sicher, daß du Irin bist?«

»Ja«, sagte ich.

»Dann mußt du dich beim nächsten Mal einfach ein bißchen anstrengen. Du kannst nicht einfach alles mir überlassen, weißt du.«

»Gus«, kicherte ich, »ich hab schlechte Nachrichten für dich.«

»Was denn?«

»Ich trink eigentlich nicht besonders viel, und tagsüber nie ... Für gewöhnlich«, fügte ich schnell hinzu, als ich seinen anklagenden Blick auf meinem Glas sah.

»Tatsächlich? Aber ich dachte ... Hast du nicht gesagt? ... Es macht dir doch hoffentlich nichts aus, daß *andere* Leute mehr trinken? Oder?« fragte er hoffnungsvoll.

»Nicht im geringsten«, beruhigte ich ihn.

»Dann ist es ja in Ordnung.« Er seufzte erleichtert. »Einen Augenblick lang hast du mir einen Schreck eingejagt. Würdest du sagen, daß die hier tatsächlich zumachen?«

»Ja.«

»Vielleicht geh ich einfach mal hin, um mich zu vergewissern«, sagte er verschmitzt.

»Gus! Es ist Feierabend!«

»Aber da hinten steht noch einer am Tresen. Bestimmt krieg ich von dem noch was.«

»Er wäscht Gläser.«

»Ich geh mal hin und seh nach.«

»Gus!«

Aber er war schon aufgesprungen und zum Tresen gestürmt, wo er den Barkeeper in ein Gespräch verwickelte, bei dem Gus ziemlich viel und mit großem Nachdruck herumgestikulierte. Dann erhoben sich zu meinem Entsetzen die Stimmen, was schlagartig aufhörte, als Gus mit Wucht die Hand auf das Holz des Tresens niedersausen ließ. Er kam zu mir zurück.

»Die machen dicht«, murmelte er bedrückt. Er nahm sein Glas und mied meinen Blick.

Mir war klar, daß uns die wenigen noch im Lokal befindlichen Gäste mit belustigter Aufmerksamkeit musterten. Es war mir ein bißchen peinlich, amüsierte mich aber zugleich auch.

»Ich weiß nicht, was der Kerl da hinten hat, aber er war äußerst unvernünftig«, murmelte Gus. »Und unangenehm. Es gab keinen Grund, so mit mir zu reden. Was ist überhaupt mit dem Prinzip ›Der Kunde ist König‹?« Ich lachte, und Gus sah mich finster an.

»Du etwa auch, Lucy?« wollte er wissen.

Ich lachte wieder. Ich konnte nicht anders – es lag wohl am Gin.

»Hier waren wir zum letzten Mal, Lucy. O nein! Ich geh doch in kein Lokal, um mich da beleidigen zu lassen. Ich denke nicht daran. Ums Verrecken nicht!« Sein lebhaftes hübsches Gesicht verzog sich vor Ärger.

»Es gibt viele andere Lokale, in die ich gehen kann, um mich beleidigen zu lassen«, fügte er finster hinzu.

»Was hat er denn gesagt?« fragte ich und bemühte mich, das Zucken um meine Mundwinkel zu unterdrücken.

»Das werde ich auf keinen Fall wiederholen. Schon gar nicht in deiner Gegenwart«, sagte er ernst. »Ich möchte weder meinen Mund beschmutzen, noch die wohlriechende Luft um deine zarten Ohren damit verseuchen, daß ich wiederhole, was mir dieser Hurensohn, dieser..., dieser... verdammte Mistkerl, dieser miese Paragraphenreiter von Arschficker gesagt hat.«

»Na gut«, sagte ich, und es gelang mir mit Mühe, ein ernstes Gesicht aufzusetzen.

»Ich achte dich zu sehr, als daß ich so was sagen würde, Lucy.«

»Das weiß ich zu würdigen.«

»Du bist eine Dame. Und es gibt bestimmte Regeln, bestimmte Beschränkungen, denen ich mich in Anwesenheit einer Dame unterwerfe.«

»Danke, Gus.«

»Und nun«, sagte er, erhob sich und leerte sein Glas mit einem Zug, »ist unsere Arbeit erledigt.«

»Was würdest du jetzt gern tun?« fragte ich.

»Es ist Sonntagnachmittag, wir haben ein paar getrunken, es ist kalt, wir kennen uns erst seit gestern abend, und daher steht geschrieben, daß wir wieder in deine Wohnung gehen, uns auf dem Sofa aneinanderkuscheln und im Fernsehen 'nen Schwarzweißfilm ansehen.« Er lächelte mir bedeutungsvoll zu und legte mir einen Arm um die rosa Angorataille. Er zog mich leicht an sich, und ich fühlte mich benommen vor… nun, es muß wohl Begierde gewesen sein. Es war herrlich, von ihm gehalten zu werden. Zwar war er nicht besonders groß, aber doch stark und männlich.

»Das klingt wunderbar.« Ein Schauer überlief mich, obwohl ich fürchtete, daß es keinen Schwarzweißfilm gab und Daniel und Karen es möglicherweise auf dem Wohnzimmer-Fußboden miteinander trieben. Wenn es im Fernsehen nicht das Richtige gab, konnten wir immer noch bei Adrian vorbeischauen und uns ein Video ausleihen, aber was ich wegen Daniel und Karen unternehmen sollte, war mir nicht ganz klar.

Und was, wenn sich Adrian aufregte, weil ich mit einem Typen zu ihm kam? Wie würde ich die Situation bewältigen? Es war schlimm, daß die Dinge so standen, aber so ist das Leben. Sonnenschein folgt auf Regen, und der Preis für das Glück ist das Leid eines anderen.

28

Nachdem Gus an jenem Abend nach Hause gegangen war, war mein Glück nahezu unerträglich. Es drängte mich danach, über ihn zu reden, bis in die letzten Einzelheiten zu berichten, was ich bei unserer Begegnung angehabt hatte, was er zu mir gesagt hatte, wie er aussah, und so weiter.

Aber keiner meiner üblichen Vertrauten war da. Karen war mit Daniel ausgegangen, und auch Charlotte war nicht daheim. Über Megan und Meredia hatte ich mich zu sehr geärgert, und so rief ich Dennis an, der erstaunlicherweise sogar zu Hause war.

»Ich dachte, du wärst nicht da«, sagte ich.

»Hast du deshalb angerufen?«

»Sei nicht so empfindlich.«

»Was gibt's?«

»Dennis«, stieß ich theatralisch hervor. »Ich habe einen Mann kennengelernt.«

Es klang, als hielte er vor Überraschung die Luft an. Dann sagte er: »Toll. Erzähl.«

»Komm her. Von Angesicht zu Angesicht ist es spannender.«

»Bin schon unterwegs.«

Ich mußte mich schnellstens zurechtmachen und kämmen, weil Dennis mein Äußeres kritisch zu mustern und mir zu sagen pflegte, ob ich zu- oder abgenommen hatte, was mein Idealgewicht sei, ob ihm meine Frisur gefiel oder nicht, und so weiter. Er war schlimmer als meine Mutter, aber zumindest hatte er eine Entschuldigung – als Schwuler konnte er nicht anders.

Etwa zehn Minuten später war er da. Jedesmal, wenn ich ihn sah, trug er sein Haar kürzer, so daß seinen Kopf inzwischen nur noch blonder Flaum wie ein Käppchen bedeckte. Weil er außerdem einen langen, dünnen Hals hatte, sah er aus wie ein Entenküken.

»Das ging schnell«, sagte ich, als ich ihm die Tür öffnete. »Bist du mit 'nem Taxi gekommen?«

»Ach was, Taxi! Über meine Odyssee reden wir später. Jetzt will ich erst deine neuesten heißen Nachrichten hören.«

Bisweilen überdrehte Dennis die Schraube seiner Manierismen, aber ich war so dankbar, einen Zuhörer zu haben, daß ich ihm nie und nimmer ins Wort gefallen wäre. Ich machte mich darauf gefaßt, daß er etwas Ordinäres sagte – wie immer. Auch diesmal enttäuschte er mich nicht. »Großer Gott«, erklärte er und rieb sich den Hintern. »Mir brennt der Arsch.« Ich achtete nicht darauf, weil ich nicht über ihn, sondern über Gus reden wollte.

Dann begutachtete er meine Erscheinung. Zwar bestand ich vor seinen Augen, bekam aber einige Empfehlungen mit auf den Weg. Er wollte Tee haben und beschwerte sich über das Bild auf der Tasse. »Eine Katze. Eine KATZE! – Wirklich Lucy, ich weiß nicht, wie du so existieren kannst.«

In seiner Wohnung gab es nur etwa vier Gegenstände, aber jeder davon war ausgesprochen schön und teuer.

»Du bist meine Freundinnen-Einsatztruppe«, sagte ich, als wir uns setzten.

»Wieso das?«

»In einem Notfall, wenn ich unbedingt über Frauensachen reden muß und keine Frau in der Nähe ist, kommst du mir zu Hilfe«, erklärte ich. »Ich sehe das vor meinem inneren Auge so, als ob du eine Uniform anzögst und an einer Rutschstange runtersaustest.«

Er wurde so rot, daß sein Gesicht dunkler war als sein gebleichtes Haar.

»Würde es dir was ausmachen, mein Privatleben aus der Sache herauszuhalten?« fragte er von oben herab. »Es geht nur mich was an.«

»Dann wollen wir uns mal in unsere Klatschposition begeben«, sagte ich, und wir setzten uns einander gegenüber auf das Sofa.

Ich erzählte ihm von unserem Besuch bei der Wahrsagerin. »Das hättest du mir vorher sagen können«, knurrte er. »Da wäre ich gern mitgefahren.«

»Tut mir leid.« Rasch wechselte ich das Thema und kam auf das üble Gerücht von meiner angeblichen Heirat zu sprechen.

»Ganz ehrlich, Dennis, mir war *hundeelend*. Einmal ganz von der Demütigung und allem anderen abgesehen, hab ich mich schrecklich einsam gefühlt und bin mir vorgekommen, als würde ich wirklich nie heiraten.«

»Ich heirate bestimmt nie«, sagte er. »Mir ist das schließlich nicht *erlaubt*.« Er spie das Wort ›erlaubt‹ förmlich aus.

»Entschuldige, das war ziemlich gefühllos von mir«, sagte ich. Ich wollte nicht, daß er wieder von der Diskriminierung der Schwulen anfing und damit, daß ihnen die Ehe genauso zu gestatten sei wie denen, die ›Junge werfen‹ – sein üblicher Ausdruck für Heteros.

»Ich bin mir richtig alt vorgekommen, als stünde ich auf dem Abstellgleis, unausgefüllt und jämmerlich. Verstehst du?«

»O ja, Schätzchen«, sagte er mit einem Schmollmund.

»Dennis, sei bitte bei mir nicht tuntig.«

»Wie meinst du das?«

»Und sag nicht ›Schätzchen‹ zu mir«, bat ich ihn. »Es klingt so affektiert. Du bist Ire, vergiß das nicht.«

»Danke gleichfalls. Rutsch mir den Buckel runter.«

»Schon besser. Wo war ich stehengeblieben? Ach ja. Ich kann gar nicht glauben, daß sich in vierundzwanzig Stunden so viel verändert haben soll.«

»Am dunkelsten ist es immer unmittelbar vor der Morgendämmerung«, meinte Dennis weise. »Du hast diesen Mann also Samstagabend kennengelernt?«

»Ja.«

»Dann *muß* er der gewesen sein, der dir prophezeit war«, erklärte Dennis. Es war genau das, was ich hören wollte.

»Das halte ich auch für möglich«, sagte ich leicht betreten. »Mir ist völlig klar, daß ich nicht daran glauben dürfte, und erzähl es bitte keinem weiter – aber wäre es nicht schön, sich vorzustellen, daß es stimmt?«

»Darf ich in dem Fall deine Brautjungfer sein?«

»Natürlich.«

»Ich kann allerdings UNMÖGLICH Rosa tragen, es steht mir ÜBERHAUPT nicht!«

»Von mir aus kannst du anziehen, was du willst.« Mir lag lediglich daran, Gus nicht aus dem Mittelpunkt der Unterhaltung zu verlieren. »Ach, Dennis, er ist ganz wie ich und genau, was ich möchte. Wäre ich zum lieben Gott gegangen und hätte ihm meinen vollkommenen Mann beschrieben, er hätte mir Gus gegeben, wenn er in guter Stimmung gewesen wäre.«

»Ist der Junge so großartig?«

»Ja, Dennis. Ich schäme mich ein bißchen, das zu denken, aber es kann unmöglich bloßer Zufall sein. Die Wahrsagerin muß tatsächlich gewußt haben, was sie sagte. Es kommt mir richtig vor, als hätte es passieren müssen.«

»Das ist ja wunderhübsch«, sagte Dennis ganz aufgeregt.

»Und ich seh mein ganzes Leben, meine ganze Vergangenheit, völlig anders als vorher«, sagte ich und rutschte leicht in eine philosophische Stimmung. »Es hatte schon seinen Grund, daß ich früher mit all diesen schrecklichen Kerlen rumgehangen hab. Sicher weißt du noch, wie ich immer von einer abscheulichen Beziehung in die nächste zu stolpern schien.«

»Nur allzu gut.«

»Tut mir wirklich leid. Es wird nicht wieder vorkommen. Weißt du, in all dieser Zeit bin ich Gus immer einen kleinen Schritt näher gekommen. Während dieser vergeudeten Jahre, in denen ich mir vorkam, als ob ich in der Wildnis umhertappte, war ich in Wirklichkeit auf dem richtigen Weg.«

»Meinst du, es könnte bei mir genauso sein?« fragte er hoffnungsvoll.

»Es ist *bestimmt* so.«

»Man hat mich ungefährdet durch das Minenfeld Der Falschen Männer geleitet«, fuhr ich fort und wurde von meiner eigenen Begeisterung mitgerissen, »und ich hab dabei lediglich ein paar Kratzer abgekriegt. Jetzt habe ich die Lichtung auf der anderen Seite erreicht, wo Gus auf mich gewartet hat. Ach Dennis, hätte ich nur *gewußt*, daß meine Einsamkeit ein Ende haben würde.«

»Hätten wir beide es nur gewußt«, sagte er. Zweifellos dachte er an all die Nächte, die er damit zugebracht hatte, sich mein endloses Jammern und Klagen anzuhören.

»Ich hätte Vertrauen haben sollen.«

»Du hättest auf *mich* hören sollen.«

»Wir wissen einfach nicht, wohin uns das Leben führt und was uns draußen erwartet«, sagte ich, und die Augen wurden mir feucht.

»Früher hab ich immer gedacht, ich wäre Herrin meines eigenen Geschicks, Kapitän auf dem eigenen Schiff. Ich hab angenommen, daß mein Leben deshalb ein solcher Trümmerhaufen war, weil ich selbst meine Hand dabei im Spiel hatte ...«

»Das reicht«, sagte Dennis ungeduldig. »Spar dir die philosophischen Schnörkel. Ich seh schon, worauf du hinaus willst, aber jetzt erzähl mir von *ihm*. Ich will die genauen Maße!«

»Ach, Dennis, er ist toll, wirklich toll. Alles an ihm stimmt. Ich hab es im Gefühl: Er ist wunderbar.«

»Einzelheiten«, sagte er ungeduldig. »Hat er Muskeln?«

»Mehr oder weniger ...«

»Also keine.«

»Nein, Dennis, richtig muskulös ist er nicht.«

»Ist er groß?«

»Nein.«

»Was meinst du mit ›nein‹?«

»Ich meine, daß er nicht groß ist.«

»Also klein.«

»Von mir aus ist er klein. Das bin ich doch auch«, fügte ich schnell hinzu.

»Lucy, du hast bei Männern schon immer einen abscheulichen Geschmack gehabt.«

»Köstlich«, sagte ich. »Und das aus dem Munde des Mannes, der auf Michael Flatley scharf ist.« Beschämt ließ er den Kopf sinken.

»Des Mannes, der sich das Video von *Riverdance* hundertmal reingezogen hat«, spottete ich.

Das hatte er mir eines Abends gestanden, als er betrunken war. Später hatte es ihm entsetzlich leid getan.

»Die Welt ist groß«, sagte er bescheiden. »Sie bietet Platz für die verschiedensten Geschmäcker.«

»*Genau*«, sagte ich. »Gus mag klein sein ...«

»Er *ist* klein.«

»... aber er sieht wirklich gut aus, hat einen wunderbaren Körper ...«

»Geht er ins Fitneßstudio?« fragte Dennis hoffnungsvoll.

»Kann ich mir ehrlich gesagt nicht vorstellen.« Es tat mir leid, ihn zu enttäuschen, aber ich wollte ihn nicht belügen. Ohnehin würde er es merken, wenn er Gus sah.

»Heißt das, daß er viel trinkt?«

»Es heißt, daß er ein geborener Partylöwe ist.«

»Aha. Er trinkt also viel.«

»Ach Dennis, hör doch auf, alles so ins Negative zu zerren.« Verzweifelt verdrehte ich die Augen. »Warte, bis du ihn kennenlernst – du wirst ihn mögen, ehrlich! Er ist großartig, lustig, bezaubernd, intelligent und nett, und ich schwöre dir, daß er *wirklich* erotisch ist. Er ist vielleicht nicht dein Typ, aber ich halte ihn für vollkommen.«

»Wo also liegt der Haken?«

»Was meinst du damit?«

»Es gibt doch immer einen Haken, oder etwa nicht?«

»Hör bloß auf«, sagte ich. »Ich weiß selber, daß ich bisher kein ausgesprochenes Glück bei Männern hatte ...«

»Ich meine nicht nur *deine* Männer«, seufzte er. »Bei *jedem* Mann gibt es einen Haken. Niemand weiß das besser als ich.«

»Bei ihm nicht«, sagte ich.

»Verlaß dich auf mich«, sagte er. »Es gibt einen. Ist er reich?«

»Nein.«

»Also arm?«

»Na ja, er lebt vom Arbeitslosengeld ...«

»Ach, Lucy, nicht schon wieder! Warum fällst du immer wieder auf solche Typen rein, Almosenempfänger, die sich gräßlich anziehen?«

»Weil ich nicht so oberflächlich bin wie du. Du achtest bei Männern viel zu sehr auf Kleidung und Haarschnitt und darauf, was für eine Uhr sie tragen.«

»Möglich«, sagte er verstimmt. »Aber du achtest nicht genug darauf.«

»Aber ich such sie mir nicht aus«, sagte ich. »Es passiert einfach.«

»Von mir aus. Aber in Kalifornien kämst du mit dem Spruch garantiert nicht durch. Wieso lebt er eigentlich vom Arbeitslosengeld?«

»Ich weiß schon, was du jetzt wieder denkst«, sagte ich eifrig. »Aber so ist es nicht. Er ist kein Drückeberger und auch nicht arbeitsscheu, oder was meine Mutter sonst noch über ihn sagen würde. Er ist Musiker und findet eben nur schwer Arbeit.«

»Schon wieder ein Musiker?«

»Ja, aber er ist anders als die vorigen. Ich hab größte Hochachtung vor Leuten, die bereit sind, um der Kunst willen materielle Entbehrungen auf sich zu nehmen.«

»Ich weiß.«

»Und ich würde meine eigene stumpfsinnige Plackerei im Büro nur allzu gern aufgeben. Aber leider bin ich für nichts begabt.«

»Und es macht dir nichts aus, mit jemand zusammen zu sein, der nie Geld hat? Komm mir bloß nicht mit Sprüchen wie ›Liebe besiegt alle Widerstände‹ und ›anderes ist wichtiger‹. Wir wollen die Sache mal praktisch betrachten.«

»Es macht mir nicht im geringsten was aus. Ich bin nur nicht sicher, ob mein Geld reichen wird, uns beiden den Lebensstil zu ermöglichen, den Gus anscheinend so gewöhnt ist.« Dieses Eingeständnis war mir peinlich.

»Was meinst du damit? Nimmt er Kokain?«

»Nein.« Dann, nach kurzem Nachdenken: »Na ja, vielleicht.«

»Falls er an *den* Lebensstil gewöhnt ist, kannst du dir eine Nebentätigkeit am Abend suchen, vielleicht mußt du sogar auf den *Strich* gehen.«

»Hör bloß auf. Ich will mal versuchen, es dir zu erklären. Heute abend haben Gus und ich uns eine Pizza bei *Pizzicato-Pizza* geholt ...«

»Wieso warst du da nicht in der *Currykiste*? Heute ist doch Sonntag.«

»Da haben Daniel und Karen drin gesessen und geturtelt, da wollte ich nicht stören.«

»Daniel und KAREN?!« kreischte Dennis und erbleichte. »Karen und DANIEL?«

218

»Äh, ja.« Ich hatte ganz vergessen, daß er ein Auge auf Daniel geworfen hatte.

»Eure Karen? Karen McSchottenrock oder wie auch immer?« Dennis hatte sie noch nie leiden können. Jetzt galt das wohl mehr denn je.

»Genau die.«

»Mit *meinem* Daniel?«

»Sofern du von Daniel Watson sprichst, ja.«

»Ach, das ist aber wirklich Mist.« Er war erschüttert. »Ich brauch was zu trinken.«

»Da hinten steht 'ne Flasche.«

»Wo?«

»Da drüben, im Bücherregal.«

»Wie gräßlich unkultiviert. Spirituosen im Bücherregal!«

»Was sollen wir machen? Bücher haben wir keine, und irgendwas müssen wir da reinstellen.«

Er ging hinüber. »Ich seh keine Flasche.«

»Ich weiß genau, daß sie da war.«

»Jetzt ist keine mehr da.«

»Vielleicht haben Karen und Daniel sie niedergemacht. Entschuldige bitte!« sagte ich rasch, als er wieder zusammenzuckte.

»Denk an meine Worte – die Sache hat keine Zukunft.« Seine Stimme zitterte leicht. »Du weißt, daß er schwul ist.«

»Das sagst du von jedem Mann im Universum.«

»Daniel ist es aber wirklich. Früher oder später wird er auf den rechten Weg finden. Wenn er so weit ist, werde *ich* da sein.«

»Gut, gut, wie du meinst.« Ich wollte ihn nicht ärgern, nun aber mal ehrlich. Jeder meiner homosexuellen Freunde war fest davon überzeugt, daß jeder seiner heterosexuellen Freunde in Wahrheit ein verkappter Schwuler sei.

29

Dennis setzte sich wieder, legte sich die Hand auf die Brust und atmete ewig lange tief ein und aus, während ich unruhig hin und her rutschte. Schließlich sagte er: »Geht schon wieder. Ich hab's hinter mir.«

»Gut.« Ich erzählte weiter. »Bei *Pizzicato-Pizza* hatte Gus also kein Geld. Eigentlich war das klar, denn er hatte letzte Nacht und heute tagsüber auch keins gehabt. Er hat zwar so seine Talente, aber ich glaube nicht, daß er die Kunst des Goldmachens beherrscht ...«

»Und du mußtest für euch beide zahlen.«

»Ja. Aber das ist in Ordnung, denn es leuchtet ja ohne weiteres ein ...«

»Und der Kellner hat 'nen süßen kleinen Hintern ...« Dennis war vierundzwanzig Stunden am Tag schwul und ließ keine Gelegenheit aus, das raushängen zu lassen.

»Durchaus. Aber Gus hat ungefähr zehn Flaschen Peroni getrunken ...«

»Zehn Flaschen Peroni!«

»Reg dich nicht auf«, sagte ich, »damit hab ich grundsätzlich kein Problem, denn das Zeug ist ja ziemlich schwach. Aber irgend jemand mußte dafür bezahlen.«

»Du hast nicht zufällig das Gefühl, daß er dich ausnimmt?« fragte Dennis und sah mir in die Augen.

Der Gedanke war mir auch schon gekommen, als wir in der Kneipe gesessen hatten. Das hatte mich sehr gestört, denn ich hatte dauernd Angst, für einen Dummkopf gehalten zu werden, dem man das Geld aus der Tasche ziehen konnte. Doch war es mir grundsätzlich zuwider, mich um Geld zu streiten. Das erinnerte mich immer an meine Kindheit und daran, wie meine Mutter mit hochrotem Kopf und verzerrtem Gesicht Dad angebrüllt hatte. So wollte ich mich nie aufführen.

»Nein, Dennis, eigentlich nicht, denn er hat im Restaurant ein paar wirklich schöne Sachen gesagt.«

»Und die waren zehn Peroni wert?«

»Auf jeden Fall.«

»Laß hören.«

»Er hat meine Hand genommen«, sagte ich schön langsam, um die Spannung aufzubauen, »und ganz ernst gesagt, ›Ich weiß das zu schätzen, Lucy‹. Dann hat er noch gesagt, ›Es ist mir selbst zuwider, kein Geld zu haben, Lucy‹, und, hör gut zu, Dennis, ›vor allem, wenn ich jemandem wie dir begegne‹. Was hältst du davon?«

»Was hat er damit gemeint?«

»Er hat gesagt, daß ich wunderbar sei und man mich an schöne Orte mitnehmen und mir schöne Dinge schenken müsse.«

»Nur, daß du sie nicht von ihm kriegst.« Dennis nahm selten ein Blatt vor den Mund.

»Hör doch auf«, sagte ich. »Er hat gesagt, er würde mich liebend gern zu einem schicken Abendessen mit Wein und allem Drum und Dran ausführen und mir Blumen, Pralinen, Pelzmäntel, Einbauküchen und Elektromesser schenken, außerdem einen von diesen kleinen Fusselsaugern für das Sofa und auch sonst alles, was mein Herz begehrt.«

»Und was begehrt dein Herz?« fragte Dennis.

»Gus.«

»Ich habe nicht den Eindruck, daß wir da von deinem Herzen sprechen.«

»Du bist so ordinär. Denkst du eigentlich je an was anderes als Sex?«

»Nein. Was hat er dann gesagt?«

»Daß man mit diesen kleinen Staubsaugern sogar Fusseln aus Manteltaschen holen kann.«

»Für mich klingt er wie eine Zuckerdose, der das zugehörige Meißen-Service fehlt«, schnaubte Dennis. »Elektromesser, Fusselsauger und Pelzmäntel, also wirklich!«

Aber er wußte nicht mal die Hälfte von dem, worum es letztlich ging, und ich zögerte, es ihm zu erzählen. Ich wollte keine herabsetzenden Kommentare hören, sondern Jauchzen und Frohlocken, denn das paßte zu meiner Stimmung.

Danach war die Unterhaltung mit Gus nämlich ein wenig ins Schlingern geraten.

»Magst du Blumen?« hatte er gefragt.

Ich hatte geantwortet: »Ja. Blumen sind herrlich, aber ohne sie ist mein Leben nicht unbedingt unvollständig.«

Dann hatte er gefragt: »Und Schokolade?«

»Die mag ich sehr, aber an der fehlt es mir nicht.«

»Tatsächlich?« Besorgnis legte sich auf seine Züge, und er schien mit einem Mal in tiefe Niedergeschlagenheit zu verfallen.

»Was hab ich auch erwartet?« sagte er mit Leichenbittermiene. »Eine schöne Frau wie du. Wie konnte ich nur so blöd sein zu glauben, ich wäre der einzige Mann in deinem Leben? Ja, ja. Hochmut kommt vor dem Fall!« hatte er mit melodramatischer Stimme gesagt. Unterdessen hatte ich ihn schweigend angesehen und überlegt, was *jetzt* schon wieder los sein mochte.

»Man hatte mich gewarnt. Ich müßte lügen, wenn ich das Gegenteil behauptete. Mehrfach haben mich Leute gewarnt, die es gut mit mir meinen. Zügle deinen Stolz, Gus, haben sie gesagt. Und hab ich auf sie gehört? Nein, nein! Ich mußte einfach drauflos und mir einbilden, daß eine Göttin wie du Zeit für jemanden wie mich hat. Dabei hast du wahrscheinlich an jedem Finger zehn Freier, die dir sklavisch ergeben sind und sich nach einem freundlichen Blick von dir verzehren.«

»Hör bitte auf, Gus. Wovon redest du? Nein, es ist alles in Ordnung«, hatte ich zu dem Kellner gesagt, der auf Gus' Ausbruch hin herbeigeeilt war. »Nein, wirklich, alles ist in bester Ordnung. Vielen Dank.«

»Sie können mir bei der Gelegenheit gleich noch was von dem Zeug bringen«, hatte sich Gus zu Wort gemeldet und dem Kellner mit einer Peroni-Flasche vor der Nase herumgewedelt. (Das dürfte seine neunte gewesen sein.) »Ich spreche natürlich von dir, Fräulein Lucy Göttin Sullivan – ich vermute jedenfalls, daß *Fräulein* richtig ist ...?«

»Ja.«

»... und den Freiern, die dich mit Schokolade versorgen.«

»Gus, ich habe keine Freier, die mich mit Schokolade versorgen.«

»Aber hast du nicht gesagt …?«

»Ich hab gesagt, daß es mir daran nicht fehlt. Das tut es auch nicht. Aber ich kauf sie mir selbst.«

»Ach so«, hatte er gedehnt gesagt. »Du kaufst sie dir selbst. Ich verstehe …«

»Da bin ich aber froh«, sagte ich.

»Eine unabhängige Frau. Du willst ihnen nicht verpflichtet sein, und damit hast du auch recht. ›Dir selbst sei allweil treu‹, wie mir unser Freund Billy Shakespeare immer gesagt hat.«

»Äh, wem will ich nicht verpflichtet sein?«

»Den Freiern.«

»Gus, es gibt keine Freier.«

»Keine Freier?«

»Nein. Jedenfalls nicht im Augenblick.« Ich wollte nicht, daß er mich für eine völlige Versagerin hielt.

»Wieso nicht!!?«

»Ich weiß nicht.«

»Aber du bist schön.«

»Danke.«

»Ich habe noch nie gehört, daß die Engländer kurzsichtig sind, aber das müssen sie wohl sein. Eine andere Erklärung fällt mir nicht ein.«

»Danke.«

»Hör auf, ›danke‹ zu sagen. Es ist mir ernst.«

Während wir einander lächelnd angesehen hatten, war eine angenehme kurze Pause eingetreten. Gus' Augen waren ein wenig glasig, wahrscheinlich von den vielen Peronis.

Es gab keinen Anlaß, Dennis damit zu behelligen. Ich beschloß daher, es zu übergehen und ihm nur das Positive zu berichten.

Gus hatte gesagt: »Äh, Lucy, darf ich dich was fragen?« Und ich hatte geantwortet: »Natürlich.«

»Ich konnte nicht umhin, mitzubekommen, daß du gegenwärtig keinen Freier hast …«

»So ist es.«

»… Liege ich dann richtig mit der Annahme, daß es da 'ne freie Stelle gibt?«

»So könnte man das ausdrücken.«

»Ich weiß, daß das ziemlich dreist klingt, aber gäbe es unter Umständen die Möglichkeit, daß du mich für diese Stelle in Erwägung ziehen könntest?«

Ich sah auf das rotweiß karierte Tischtuch, weil ich zu gehemmt war, ihm in die Augen zu schauen, und murmelte »Ja.«

Dennis war von mir enttäuscht.

»Mensch, Lucy«, seufzte er. »Hast du dir denn nichts von dem gemerkt, was ich dir gesagt hab – du darfst nicht so leicht nachgeben. Laß sie sich abstrampeln.«

»Nein«, erklärte ich fest. »Du mußt verstehen, daß ich mit ihm keine Spielchen spielen wollte – ich hatte Angst, er würde das Ganze sogar dann falsch verstehen, wenn ich mit offenen Karten spielte. Hätte ich mit weiblichen Schlichen und Ränken gearbeitet – ›nein‹ gesagt, wenn ich in Wirklichkeit ›vielleicht‹ meinte, ›vielleicht‹ gesagt, wenn ich ›ja‹ meinte – wäre das womöglich das Ende gewesen.«

»Wie du meinst. Was ist dann passiert?«

»Er hat gesagt: ›Ich bin auch frei. Ißt du die Pizza da auf?‹«

»Ein Teufel mit silberner Zunge«, knurrte Dennis, offenkundig unbeeindruckt.

»Ich war hin und weg«, sagte ich.

»Ich weiß nicht, Lucy. Gehst du mit ›hin und weg‹ nicht ein bißchen zu weit?« fragte Dennis. »Ich meine, schließlich war sie ja bezahlt, und insofern konnte sie ruhig jemand aufessen.« Ich ging nicht weiter darauf ein.

»Und wie ist er so als Liebhaber?« fragte Dennis.

»Das weiß ich nicht.«

»Hast du ihn nicht rangelassen?«

»Er hat's nicht probiert.«

»Aber ihr wart doch fast vierundzwanzig Stunden zusammen. Machst du dir da keine Sorgen?«

»Nein.« Okay, seine Zurückhaltung war beachtlich, aber so was soll's geben.

»Wahrscheinlich ist er schwul«, sagte Dennis.

»Nie und nimmer.«

»Aber es scheint dir nichts auszumachen, daß er dich nicht gebumst hat?« sagte Dennis. Es klang verwirrt.

»Weil es mir wirklich nichts ausmacht«, sagte ich. »Ich mag es, wenn sich ein Mann Zeit läßt und mich erst näher kennenlernen möchte, bevor er mit mir schläft.«

Das sagte ich nicht nur, um vor Dennis mein Gesicht zu wahren. Mir waren Männer verhaßt, die von Anfang an (sozusagen) hoch hinauswollten, kräftige, erwachsene Männer mit einem kräftigen sexuellen Appetit. Sie hatten vor Muskeln strotzende Oberschenkel, Haare auf der Brust, gewaltige unrasierte Kinnbacken, Männer, die nach Schweiß, Salz und Sex rochen, die Schlafzimmeraugen machten und denen er sechsmal pro Stunde stand. Sie kamen in ein Zimmer und ihr Körper sagte: *Hier ist schon mal mein Ständer, der Rest kommt in etwa fünf Minuten nach.* Solche Männer, die nur auf das weibliche Becken fixiert waren, jagten mir eine Heidenangst ein.

Wahrscheinlich dachte ich, daß sie sehr fordernd sein und meine Leistung im Bett äußerst kritisch begutachten würden. Solche Männer konnten jede Frau haben, auf die sie gerade Lust hatten und waren daher Spitzenleistungen gewöhnt. Wenn ich in ihr Bett stiege, ohne bemerkenswerte Brüste, ohne lange Beine und ohne Sonnenbräune, wären sie ziemlich enttäuscht.

»Was soll das denn?« würden sie sagen, wenn ich mich auszog. »Du bist ja das reinste Schneewittchen: kaum Arsch, keine Titten – ganz anders als die, mit der ich heute nachmittag 'ne Nummer geschoben hab.«

Kurz gesagt hoffte ich, daß ein Mann eher bereit wäre, meine offenkundigen körperlichen Mängel wegen meiner angenehmen Persönlichkeit zu übersehen und mich liebevoll zu behandeln und nicht auszulachen, wenn er mich näher kennenlernte, bevor wir miteinander ins Bett gingen.

Das soll nicht heißen, daß ich nicht schon ein- oder zweimal mit Männern geschlafen hatte, die ich noch nicht lange kannte. Bei diesen Gelegenheiten hatte ich das Gefühl gehabt, daß mir keine Wahl blieb. Ich hatte einen Mann gern gehabt und hatte Angst, er werde davonlaufen und nichts mehr mit mir zu tun haben wollen, wenn ich seinem Drängen nicht nachgab. Hätte Gus auf Sex bestanden, hätte ich mich wahrscheinlich nicht gesträubt. Aber es war mir weit lieber, daß er es nicht gewollt hatte.

»Du und dein katholischer Schuldkomplex«, sagte Dennis und schüttelte traurig den Kopf. Ich mußte ihm in die Parade fahren, bevor er die katholische Kirche, die Nonnen und die christlichen Bruderschaften attackierte und sich darüber ausließ, welchen Schaden sie der Seele eines jeden Jungen oder Mädchens zufügten, die mit ihnen in Berührung kamen – weil sie es ihnen bis in alle Zukunft unmöglich machten, Sinnenfreuden zu genießen, ohne dabei ein schlechtes Gewissen zu haben. Darüber hätten wir dann die ganze Nacht geredet.

»Nein, Dennis, nicht mein katholischer Schuldkomplex hindert mich daran, einen Haufen Männer zu haben.«

Hätte ich große schwere Brüste und lange, schlanke, gebräunte cellulitefreie Oberschenkel gehabt, wäre ich vermutlich imstande gewesen, mich über meinen katholischen Schuldkomplex hinwegzusetzen. Wahrscheinlich wäre ich dann viel eher voll Zuversicht mit einem mir völlig Unbekannten ins Bett gegangen. Vielleicht wäre Sex dann etwas gewesen, was ich einfach genießen konnte und keine Übung in Schadensbegrenzung, wobei ich mir Mühe gab, so zu tun, als genösse ich das Ganze, während ich gleichzeitig bestrebt war, meinen Hintern verstecken zu müssen, der zu groß war, meinen Busen, der zu klein war, meine Oberschenkel, die … nun ja, … usw. usw.

»Solange du deiner Sache sicher bist«, sagte Dennis. Es klang immer noch eher zweifelnd.

»Bin ich.«

»Na schön.«

»Was hältst du jetzt von ihm, alles in allem?« fragte ich fröhlich. »Klingt es nicht gut?«

»Ich weiß nicht recht, ob er das ist, worauf *ich* erpicht wäre.«

Meine Lippen formten den Namen Michael Flatley.

»… aber er scheint ganz okay zu sein«, beeilte er sich hinzuzufügen. »Und wenn du dir schon unbedingt mittellose Männer aussuchen mußt, dann hoffe ich, daß du weißt, was du tust. Ich würde das nicht empfehlen, aber da rede ich ja gegen eine Wand.«

»Ist es nicht erstaunlich, was die Wahrsagerin gesagt hat?« versuchte ich ihn auf den Weg des Positiven zurückzudrängen.

»Ich muß zugeben, daß es zeitlich genau hinhaut. Das hat sicher was zu bedeuten. Normalerweise würde ich zur Vorsicht raten, aber das scheint von den Sternen vorherbestimmt zu sein.« Genau das hatte ich hören wollen.

»Und ist er, vom Geld abgesehen, anständig zu dir?« fragte Dennis.

»Unbedingt.«

»In Ordnung. Ich werde ihn mir ansehen müssen, bevor ich ihn rückhaltlos gut finden kann, aber meinen vorläufigen Segen hast du.«

»Danke.«

»Gut. Es ist halb eins, ich muß los.«

»Heißt das, du nimmst jetzt Poppers und tanzt im Holzfällerhemd zur Musik der Pet Shop Boys?«

»Großer Gott, Lucy«, sagte er angewidert. »Das sind ja grauenhafte Klischees.«

»Aber tust du's?«

»Ja.«

»Dann viel Spaß. Ich geh ins Bett.« Glücklich schlief ich ein.

30

Natürlich zeigte sich die Angelegenheit in einem völlig anderen Licht, als ich beim Aufwachen am nächsten Morgen begriff, daß ich aufstehen und zur Arbeit mußte.

Am liebsten hätte ich mich versteckt. Aber es war nun mal Montag, und den lebenslänglich eingeübten Trott ändert man nicht so ohne weiteres. Daß ich einen neuen Typen kennengelernt hatte, auch wenn er so wunderbar war wie Gus, machte aus mir nicht über Nacht eine neue Frau, die, ein munteres Lied auf den Lippen, aus dem Bett sprang, noch bevor der Wecker klingelte.

Ich tappte im Dunkeln herum, bis ich den Knopf fand, der mir weitere fünf Minuten schuldbewußten Dahindämmerns bescherte. Ich hätte alles gegeben, um nicht aufstehen zu müssen. *Alles*.

Das Badezimmer war besetzt. Wie schön. Solange es nicht frei war, hatte es keinen Sinn aufzustehen.

Diese kurze Gnadenfrist gab mir Zeit, während ich im Halbschlaf im Bett lag, träge verschiedene Selbstmordmöglichkeiten zu erwägen. Was verständlicherweise weit verlockender war, als mit der U-Bahn zur Arbeit zu fahren.

Mit dem Gedanken an Selbstmord hatte ich morgens schon öfter gespielt – eigentlich an den meisten Tagen, an denen ich zur Arbeit mußte – und längst erkannt, wie *unvorteilhaft* moderne Wohnungen dafür eingerichtet sind. Nirgendwo gab es giftige Flüssigkeiten in Limonadenflaschen, Seilschlingen oder lebensgefährliches landwirtschaftliches Gerät.

Die Sache hätte anders ausgesehen, wenn ich nicht so negativ drauf gewesen wäre – schließlich: Wo ein Wille ist, ist auch ein Weg. Allerdings hätte ich mich ohne meine negative Einstellung nicht umbringen wollen und hätte mir all diese Überlegungen sparen können.

Ich ging die Liste meiner Möglichkeiten durch. Ich könnte eine Überdosis Gelonida nehmen. Aber ich war ziemlich sicher, daß das nichts nützen würde, jedenfalls nicht bei mir, denn ich hatte bei einem ziemlich schlimmen Kater schon des öfteren ein rundes Dutzend Tabletten genommen, ohne mich auch nur schläfrig zu fühlen – von Sterben ganz zu schweigen.

Die Vorstellung, unter einem Kissen zu ersticken, schien mir nicht allzu furchterregend. Eigentlich ein angenehmer, friedlicher Weg, aus dem Leben zu scheiden, mit dem zusätzlichen Vorteil, daß man nicht einmal das eigene Bett zu verlassen brauchte. Aber es war ein bißchen wie Synchronschwimmen – ziemlich sinnlos, wenn man es allein versuchte.

Dann hörte ich, wie jemand aus dem Badezimmer kam, und erstarrte vor Schreck. Doch gleich wurde die Tür wieder verriegelt. Erleichtert atmete ich auf – noch brauchte ich nicht aufzustehen. Aber mir war klar, daß ich von geborgter Zeit lebte.

Einstweilen aber durfte ich in der Horizontalen bleiben und mir überlegen, wie ich mich um die Ecke bringen konnte, obwohl ich genau wußte, daß ich das gar nicht wollte – sich das Leben zu nehmen, ist wider die Natur. Außerdem bringt es einen ganzen Haufen Ärger mit sich.

Es war tatsächlich paradox – man will sterben, weil einem das Weiterleben nicht der Mühe wert ist – und dann soll man alle Kräfte mobilisieren, Möbel rumschieben, sich auf Stühle stellen, Seile mit komplizierten Knoten bombenfest aufhängen, bestimmte Gegenstände mit anderen verbinden, Stühle unter sich wegtreten, sich mit Rasierklingen, heißen Bädern, Verlängerungskabeln, elektrischen Geräten und Unkrautvernichter herumschlagen. Selbstmord ist eine komplizierte und anstrengende Angelegenheit, für die man vorher auch noch ins Haushaltswarengeschäft muß.

Wenn man sich dann endlich aus dem Bett gequält und ins Gartenzentrum oder in die Apotheke geschleppt hat, ist das Schlimmste vorbei, und man kann genausogut zur Arbeit gehen.

Nein, ich wollte mich nicht umbringen. Aber es war eine Sache, mich nicht umbringen und eine komplett andere, *aufstehen* zu wollen. Die Schlacht mochte ich gewonnen haben, aber den Krieg noch nicht.

Karen platzte in mein Zimmer. Sie sah schick aus, sprühte vor Schaffenskraft, und ihr Make-up war vollkommen. Karen sah *immer* gepflegt aus, und ihre Haare kräuselten sich nie, nicht einmal im Regen. Manche Leute sind so. Ich gehörte nicht zu ihnen. Um diese frühe Stunde war das Ganze ein bißchen beängstigend.

»Aufwachen, Lucy!« befahl sie. »Ich möchte mit dir über Daniel reden. War er schon mal verliebt, ich meine, *richtig* verliebt?«

»Äh …«

»Los, du kennst ihn schon seit Jahren.«

»Nun …«

»Er war noch nicht richtig verliebt, stimmt's?«

»Aber …«

»Würdest du nicht sagen, daß es höchste Zeit ist, daß er sich mal verliebt?« wollte sie wissen.

»Ja«, sagte ich. Es war einfacher, ihr beizupflichten.

»Ich auch.«

Sie ließ sich auf mein Bett fallen. »Rutsch mal 'n bißchen. Ich bin fix und foxy.«

Schweigend lagen wir eine Weile nebeneinander. Wir konnten hören, wie Charlotte im Bad *Somewhere over the Rainbow* sang.

»Dieser Simon muß ein ja Mordsding haben«, sagte Karen. Ich stimmte zu.

»Ach, Lucy«, seufzte sie melodramatisch. »Ich möchte nicht zur Arbeit gehen.«

»Ich auch nicht.«

Dann spielten wir Gasexplosion.

»Wäre es nicht super, wenn es jetzt eine Gasexplosion gäbe?«

»Ja! Keine schlimme, aber …«

»Gerade so, daß wir im Haus bleiben müssen …«

»Aber nicht so schlimm, daß dabei jemand zu Schaden kommt …«

»Genau, aber das Haus würde einstürzen, wir säßen tagelang hier fest und hätten nur den Fernseher und die Illustrierten. Wir müßten uns aus der Gefriertruhe ernähren und …«

Deren Inhalt allerdings bot keinen Anlaß zum Jubel. Sie enthielt nie etwas anderes als einen riesigen Sack mit Erbsen, der schon vor vier Jahren bei Karens Einzug da gewesen war. Manchmal kauften wir eine Zwei-Kilo-Packung Eiscreme, um von Zeit zu Zeit ein bißchen davon zu löffeln, so daß eine Packung Monate vorhalten würde. Meistens aber war schon am selben Abend nichts mehr davon da.

Der Abwechslung halber spielten wir statt ›Gasexplosion‹ manchmal ›Erdbeben‹. Wir stellten uns vor, ein Erdbeben hätte sein Epizentrum in unserer Wohnung, wobei wir immer streng darauf achteten, niemandem als uns selbst Tod oder Zerstörung zu wünschen. Genau gesagt wollten wir eigentlich nur, daß der Weg aus unserer Wohnung verwüstet war. Fernseher, Illustrierte, Betten, Sofas und Lebensmittel würden wunderbarerweise verschont bleiben.

Manchmal wünschten wir, uns ein Bein oder beide zu brechen, weil die Vorstellung verlockend war, mehrere Wochen ohne Unterbrechung liegenbleiben zu dürfen. Aber vorigen Winter hatte sich Charlotte in ihrem Flamenco-Kurs den kleinen Zeh gebrochen (so lautete die offizielle Version, in Wahrheit war sie angesäuselt über einen Couchtisch gesprungen) und fand die Schmerzen unerträglich. Seitdem wünschten wir uns keine gebrochenen Knochen mehr, ab und zu vielleicht einen Blinddarmdurchbruch.

»Schön«, sagte Karen entschlossen. »Ich geh zur Arbeit. Schweinekerle, die«, fügte sie hinzu.

Sie ging, und Charlotte kam.

»Lucy, ich bring dir 'ne Tasse Kaffee.«

»Lieb von dir, äh, danke«, sagte ich brummig und setzte mich mühevoll auf.

In ihrer Büroaufmachung und ohne Make-up wirkte Charlotte, als wäre sie ungefähr zwölf. Nur ihr monumentaler Busen verriet sie.

»Beeil dich«, sagte sie, »dann können wir miteinander zur U-Bahn gehen. Ich muß mit dir reden.«

»Worüber?« fragte ich mißtrauisch und überlegte, ob es um die Vor- und Nachteile der ›Pille danach‹ gehen würde.

»Weißt du«, sagte sie kläglich, »ich hab gestern mit Simon geschlafen. Findest du es sehr schlimm, daß ich es an einem Wochenende mit zwei Männern getrieben hab?«

»Aber wieso denn ...« sagte ich beruhigend.

»Doch, ich weiß, daß es schlimm ist, aber ich *wollte* es auch gar nicht«, sagte sie eifrig. »Das heißt, ich wollte es schon, als ich es tat, aber ich hatte es mir nicht vorgenommen. Woher sollte ich am Freitagabend wissen, daß ich am nächsten Tag Simon kennenlernen würde?«

»Eben«, stimmte ich mit Nachdruck zu.

»Es ist entsetzlich, Lucy. Dauernd verstoß ich gegen meine eigenen Regeln«, sagte die arme Charlotte und war begierig, sich zu kasteien. »Ich hab mir immer wieder gesagt, daß ich nie, wirklich nie, am ersten Abend mit jemand ins Bett gehen würde. Mit Simon hab ich das auch nicht gemacht, denn es war ja erst am nächsten Nachmittag. Eigentlich war es sogar schon Abend. Nach sechs.«

»Dann ist es doch in Ordnung«, sagte ich.

»Und es war phantastisch«, fügte sie hinzu.

»Na bitte«, sagte ich ermutigend.

»Aber der andere Kerl, der von Freitagabend – ist das nicht schrecklich? Ich weiß nicht mal mehr, wie der hieß. Überleg doch nur! Gott, wie peinlich! Da laß ich jemand meinen Hintern sehen und kann mich nicht mal an seinen Namen erinnern. Derek, ich glaub, er hieß Derek«, sagte sie mit vor Konzentration angespanntem Gesicht. »Du hast ihn doch auch gesehen – sah er aus, als ob er Derek heißen könnte?«

»Mach dir doch keine Vorwürfe. Wenn du seinen Namen nicht mehr weißt, kannst du dich auch nicht an ihn erinnern. Spielt das denn überhaupt eine Rolle?«

»Eigentlich nicht«, sagte sie aufgeregt. »Natürlich nicht. Er hätte auch Geoff heißen können. Oder Alex. O Gott! Vorwärts, stehst du jetzt auf?«

»Ja.«

»Soll ich dir was bügeln?«

»Ja, *bitte*.«

»Was?«

»Irgendwas.«

Sie ging, um das Bügeleisen zu holen, und ich wuchtete mich mühsam auf die Bettkante. Charlotte rief mir aus der Küche etwas zu – sie hatte irgendwo von einer in Japan entwickelten Operation gelesen, bei der man einer Frau den Hymen wieder einnähen kann, so daß sie wieder Jungfrau ist, und sie wollte wissen, ob sie sich das meiner Ansicht nach machen lassen sollte.

Arme Charlotte. Wir Armen überhaupt. Die sexuelle Befreiung war äußerst angenehm, und wir waren alle außerordentlich dankbar, weil man sie uns (wenn auch nur zögernd) in einer wunderschönen Geschenkverpackung überreicht hatte. Aber welche alte Großtante, die von nichts eine Ahnung hatte, schenkte uns eigentlich die handgehäkelten, dazu passenden Päckchen von Schuldgefühlen? *Der* würden wir jedenfalls bestimmt keine Karte mit »Vielen Dank« drauf schicken.

Es war, als bekäme man ein schönes, kurzes, enganliegendes, ungeheuer aufregendes, glänzendes rotes Kleid geschenkt, unter der Bedingung, es mit flachen braunen Tretern und ohne Make-up zu tragen. Als gäbe man jemandem was mit der einen Hand und nähme es ihm wieder mit der anderen fort.

Die Arbeit war nicht übermäßig schlimm. Auf jeden Fall fühlte ich mich viel besser als am Freitag bei Feierabend.

Megan und Meredia waren erkennbar zerknirscht und die Liebenswürdigkeit in Person. Sie sprachen wie üblich nicht miteinander, außer daß Megan Meredia von Zeit zu Zeit beiläufig fragte: »Möchtest du einen Keks, Eleanor?« oder »Gib mir doch mal den Hefter, Fiona«, und Meredia zurückzischte: »Ich heiße Meredia.«

Zu mir waren sie sehr nett. Zwar warfen mir manche der übrigen Angestellten ab und an noch belustigte Blicke zu, doch fühlte ich mich nicht mehr so nackt und bloß und verletzlich. Ich war imstande, die Dinge aus einer anderen Perspektive zu sehen. Sicher hatten inzwischen alle mitgekriegt, daß Megan und Meredia die Dummen waren, und nicht ich. Schließlich hatten sie die ganze blöde Geschichte in Umlauf gebracht.

Vor allem aber hatte es seit Freitag eine größere Veränderung in meinem Leben gegeben. Ich hatte Gus kennengelernt. Jedesmal, wenn ich an ihn dachte, kam es mir vor, als umhüllte mich eine schützende Rüstung, als dürfte jetzt niemand mehr in mir eine traurige und mitleiderregende Verliererin sehen, weil ... weil ich keine mehr *war*, oder?

Es war irgendwie paradox, daß am Freitag, als ich nicht einmal einen Freund hatte, viele geglaubt hatten, ich würde heiraten, und jetzt am Montag, als in meiner Gegenwart niemand das Thema Heirat anzusprechen wagte – ich inzwischen einen ganz besonderen Mann kennengelernt hatte.

Ich brannte darauf, Meredia und Megan von Gus zu erzählen, aber noch war es zu früh, ihnen zu verzeihen. Also mußte ich den Mund halten, bis so viel Zeit verstrichen war, wie ich meinem Ärger schuldig war.

Daß ich mich in der Arbeit nicht mehr im Mittelpunkt des Interesses fühlte, hatte noch einen anderen Grund: Ich war die Neuigkeit von gestern. Mittlerweile war die große Affäre zwischen Hetty und Ivor dem Schrecklichen durchgesickert. Offenkundig war er am Freitag abend ausgegangen, hatte sich total betrunken und jedem in der Firma, vom Geschäftsführer bis zum Portier und allen dazwischen, erzählt, wie sehr er in Hetty verliebt war und darum zutiefst betrübt war, daß sie ihren Mann verlassen hatte. Strenggenommen bedrückte ihn das nicht, wohl aber, daß sie ihren Mann nicht um *seinetwillen* verlassen hatte. Von Hetty selbst hatte bisher niemand ein Wort gehört.

»Kommt Hetty heute, oder geht es ihr noch nicht wieder besser?« fragte ich Ivor scheinheilig. Es ging Hetty nicht gut – auf diesen Vorwand hatten wir uns, wie es aussah, geeinigt.

»Ich weiß nicht«, sagte er mit wäßrigen Augen. »Aber da ich sehe, daß sie Ihnen so am Herzen liegt, können Sie ihre Arbeit gleich miterledigen, bis sie zurückkommt«, schnauzte er mich an. So ein Mistkerl!

»Selbstverständlich, Mr. Simmonds.« *Das glaubst du ja wohl selber nicht, Herzchen.*

»Habt ihr was von Hetty gehört?« fragte ich Meredia und Megan, als er in sein Büro gegangen war und die Tür hinter sich abgeschlossen hatte, zweifellos, um den Kopf auf den Schreibtisch zu legen und zu schluchzen wie ein Kind.

»Ja, ich«, sagte Meredia, begierig auf eine Gelegenheit, sich mit mir auszusöhnen. »Ich war gestern bei ihr ...«

»Du *Aasgeier*!« rief ich.

»Willst du jetzt was hören oder nicht?« fragte sie säuerlich. Ich wollte etwas hören.

»... und sie scheint todunglücklich zu sein.«

»Todunglücklich«, wiederholte Meredia düster und mit Nachdruck – sie war erkennbar von der Dramatik der Sache gepackt.

Das Klingeln des Telefons unterbrach sie. Sie nahm ab, tat einige Sekunden lang ungeduldig so, als ob sie zuhörte und knurrte dann: »Ja, ich verstehe, aber leider komme ich im Augenblick nicht in unser Buchhaltungsprogramm und kann Ihr Konto daher nicht überprüfen. Ich notiere mir gern Ihre Nummer und rufe Sie zurück. Hm«, nickte sie, ohne auch nur einen Stift zur Hand zu nehmen. »Ja, das habe ich. Ich rufe Sie zurück, sobald ich kann.« Damit knallte sie den Hörer auf die Gabel. »Gott im Himmel! Diese verdammten Kunden!«

»Kommt man *tatsächlich* nicht in das Programm rein?« fragte ich.

»Woher soll ich das wissen?« fragte Meredia überrascht. »Ich hab den Computer noch nicht eingeschaltet. Wahrscheinlich doch. Wo war ich stehengeblieben? Ach ja, Hetty ...«

So etwas machten wir häufig. Manchmal sagten wir, das System sei abgestürzt, bei anderen Gelegenheiten behaupteten wir, nur die Putzfrau zu sein, dann wieder erklärten wir den Kunden, die Leitung sei furchtbar schlecht und man könne nichts verstehen, oder wir legten einfach auf und taten so, als wäre die Verbindung unterbrochen worden. Es kam auch vor, daß wir so taten, als sprächen wir nur schlecht Englisch. Manche Kunden verlangten dann aufgebracht, mit unserem Vorgesetzten zu sprechen. In einem solchen Fall schalteten wir sie für ein paar Minuten in die Warteschleife, gingen dann wieder in die Leitung und erklärten dem wütenden Kunden mit beruhigender und salbungsvoller Stimme, die Mitarbeiterin, über die er sich beschwert habe, stehe gerade im Begriff, ihren Schreibtisch auszuräumen.

Meredia beschrieb in allen Einzelheiten, wie elend es Hetty ging, wie schmal und hager sie aussah.

»Aber so sieht sie doch immer aus«, wandte ich ein.

»Nein«, sagte sie ärgerlich. »Man kann deutlich sehen, daß sie entsetzlich leidet und ein überaus traumatisches ... traumatisches ... äh, Trauma durchlebt.«

»Ich verstehe nicht, warum sie sich elend fühlen sollte«, merkte Megan an. »Statt einem Mann, der bereit ist, es ihr zu besorgen, hat sie drei. Ich sag immer, zwei Köpfe sind besser als einer. Und hier geht es nicht nur um Köpfe.«

»Also wirklich!« stieß Meredia angewidert hervor. »Wie du immer alles auf ... auf ... die *niedrigste* Stufe animalischer Begierde runterziehen mußt.«

»Das ist das Schlechteste nicht, Gretel«, sagte Megan mit einem geheimnisvollen Lächeln auf den sinnlichen Lippen.

Bevor sie aus dem Zimmer schwebte, murmelte sie noch etwas, das sich wie »flotter Dreier« anhörte.

»Ich heiße Meredia«, schrie ihr Meredia nach. »Blöde Kuh«, knurrte sie dann. »Wo war ich stehengeblieben? Ach ja.« Sie räusperte sich.

»Hetty ist zwischen zwei Liebhabern hin und her gerissen«, verkündete sie voll Leidenschaft. »Auf der einen Seite steht der zuverlässige und seriöse Dick, der Vater ihrer Kinder, und auf der anderen der aufregende, unvorhersagbare und leidenschaftliche Roger ...«

Bis zur Mittagspause malte sie das Bild immer mehr aus. Auch wenn ich an dem Vormittag noch keinen Strich getan hatte, ließ ich selbstverständlich pünktlich den Bleistift fallen, verließ das Büro und streifte eine Stunde lang durch die Geschäfte. Ich wollte Daniel ein Geburtstagsgeschenk und eine Karte besorgen. Das war immer ziemlich schwierig, denn ich wußte nie, was ich ihm kaufen sollte.

Was schenkt man einem Mann, der alles hat? überlegte ich. Ich hätte ihm ein Buch kaufen können, aber er hatte schon eins.

Ich muß unbedingt dran denken, ihm das zu erzählen, das wird ihm gefallen.

Gewöhnlich kaufte ich ihm etwas Scheußliches und Einfallsloses wie Socken, eine Krawatte oder Taschentücher.

Verschlimmert wurde das Ganze dadurch, daß er mir grundsätzlich wunderbare Geschenke machte, über die er offenkundig lange nachgedacht hatte. Zu meinem letzten Geburtstag hatte ich von ihm einen Gutschein für einen Tag in der Schönheitsfarm bekommen, eine wahre Wohltat. Einen ganzen Tag lang konnte ich ohne schlechtes Gewissen an einem Schwimmbecken liegen, mich massieren und verwöhnen lassen.

Schließlich kaufte ich ihm eine Krawatte. Da er schon seit einigen Jahren keine mehr von mir bekommen hatte, hoffte ich, damit durchzukommen. Zum Ausgleich kaufte ich ihm eine hübsche Karte mit einem witzigen, liebevollen Spruch drauf und unterschrieb sie mit »Deine Lucy«. Hoffentlich sah Karen sie nicht, sonst würde sie mir unterstellen, daß ich in ihrem Revier wilderte.

Das Geschenkpapier kostete fast genausoviel wie die Krawatte – als wäre es vergoldet.

Ich machte das Päckchen im Büro fertig, mußte dann aber noch zur Post, um es abzuschicken. Zwar hätte ich es auch durch die Büropost laufen lassen können. Unsere Poststelle war aber so unzuverlässig, daß Daniel sein Geschenk möglicherweise in diesem Jahrhundert nicht mehr bekommen hätte. Auch wenn die beiden Neandertaler, die da arbeiteten, ganz nett waren – eigentlich waren sie sogar sehr nett, und ihre Glückwünsche zu meiner angeblichen Hochzeit waren überschwenglich und aufrichtig gewesen –, waren sie irgendwie nicht besonders aufgeweckt. Am ehesten paßte auf sie wohl die Beschreibung ›willig, wenn auch nicht unbedingt fähig‹.

Endlich war es fünf, und so schnell wie eine Kugel den Lauf verließ ich das Büro.

31

Ich mochte Montagabende. Noch befand ich mich in jenem Stadium meines Lebens, in dem ich überzeugt war, Wochentage seien dazu da, sich vom Wochenende zu erholen und verstand nicht, daß es Menschen gab, die offenbar der Ansicht waren, es verhalte sich umgekehrt.

Der Montagabend war gewöhnlich der einzige, an dem sich Karen, Charlotte und ich, von den Anstrengungen des vorangegangenen Wochenendes erschöpft, in der Wohnung aufhielten.

Am Dienstagabend hatte Charlotte ihren Flamenco-Kurs (sie sagte immer ›Flamingo‹, und niemand hatte den Nerv, sie zu verbessern). Mittwochabends fehlten oft zwei von uns, und donnerstags gingen wir alle drei häufig aus, um uns auf die gesellschaftlichen Anforderungen einzustimmen, die das Wochenende mit sich brachte – da waren wir dann ständig außer Haus. (Natürlich immer vorausgesetzt, daß meine Depression mitspielte).

An Montagabenden kauften wir im Supermarkt ein und besorgten Äpfel, Weintrauben und Magerjoghurt für die ganze Woche. Dann aßen wir gedünstetes Gemüse und sagten, daß wir wirklich aufhören müßten, uns von Pizzen zu ernähren, und nie wieder trinken würden – jedenfalls nicht bis zum nächsten Samstagabend.

(Am Dienstag gab es dann schon wieder Nudeln und Wein, am Mittwoch Eis und Schokoladenkekse, dazu ein paar große Gläser Bier in der Eckkneipe, am Donnerstag gingen wir nach der Arbeit erst einmal einen heben und nahmen vom Chinesen Essen mit nach Hause, und zwischen Freitag und Sonntag legten wir uns keinerlei Beschränkungen auf. Bis wieder Montag war und wir Äpfel, Weintrauben und Magerjoghurt kauften).

Als ich nach Hause kam, war Charlotte bereits da und packte aus, was sie aus dem Supermarkt mitgebracht hatte.

Dazu räumte sie ganze Paletten ungegessenen Magerjoghurts aus dem Kühlschrank, dessen Verfallsdatum längst überschritten war und der nur Platz wegnahm.

Ich stellte meine Supermarkttüte neben die ihre, damit sie sich miteinander unterhalten konnten. »Zeig mal, was du hast. Ist was Ordentliches dabei?« fragte Charlotte.

»Äpfel …«

»Ach je, hab ich auch.«

»… und Weintrauben.«

»Wie ich.«

»… und Magerjoghurt.«

»Wie ich.«

»Also nichts Ordentliches.«

»Ja, schade, aber es ist auch ganz gut so, denn ab sofort ernähre ich mich vernünftig.«

»Ich mich auch.«

»Und je weniger man sich der Versuchung aussetzt, um so besser.«

»Genau.«

»Karen ist gerade zum Laden um die Ecke gegangen. Hoffentlich kauft sie da nichts Ordentliches.«

»Zu Papadopoulos?«

»Ja.«

»Bestimmt nicht.«

»Warum nicht?«

»Weil der gar nichts Ordentliches hat.«

»Wahrscheinlich hast du recht«, sagte Charlotte. »Da sieht alles ein bißchen … na ja, schmuddelig aus, was? Sogar so nette Sachen wie Schokolade machen den Eindruck, als ob sie nicht ganz okay wären und noch aus der Vorkriegszeit stammten.«

»Ja«, sagte ich. »Wir haben eigentlich großes Glück. Kannst du dir vorstellen, wie wir aussähen, wenn es hier in der Nähe einen vernünftigen Laden mit ordentlichen Sachen gäbe?«

»Kolossal«, meinte Charlotte. »Wir wären die reinsten Tonnen.«

»Wenn man es sich recht überlegt«, sagte ich, »ist das eigentlich ein Vorzug unserer Wohnung. Das müßte mit in die Anzeige – ›vollständig möblierte Wohnung mit drei Schlaf-

zimmern, Zone zwei, nahe U-Bahn und Bussen, kilometerweit von Läden entfernt, in denen es einwandfreie Schokolade gibt‹.«

»Absolut!« sagte Charlotte.

»Ach, da ist sie ja.«

Mit finsterem Gesicht kam Karen herein und knallte ihre
Einkaufstüte auf den Küchentisch. Sie war sichtlich erbost.

»Was gibt's?«

»Wer zum Teufel hat Pesetenstücke in unsere Haushalts-
kasse getan? Es ist mir so peinlich. Mr. Papadopoulos ist überzeugt, ich hätte ihn linken wollen, und ihr wißt doch, was alle
Welt über die Schotten und das Geld sagt!«

»Was denn?« fragte Charlotte. »Ach so, daß ihr geizig seid.
Das kann man doch versteh…« Sie unterbrach sich mitten im
Wort, als sie Karens Miene sah.

»*Wer* hat die da reingetan?« wollte sie wissen. Sie konnte
ausgesprochen furchteinflößend gucken.

Ich spielte mit dem Gedanken, zu lügen und es auf den
armen Pickelrücken zu schieben, der am Sonntagabend angerufen hatte, um mit Charlotte zu sprechen, nur um zu erfahren, daß bei uns niemand jenes Namens wohnte.

Ich wollte alles bestreiten.

»Äh…«

Dann überlegte ich es mir anders. Irgendwann würde Karen
es erfahren. Dann würde sie mich vernichten. Das schlechte
Gewissen würde in mir weiternagen, bis ich gestand.

»Tut mir leid, Karen, wahrscheinlich ist es meine Schuld…
Ich hab sie zwar nicht in die Kasse getan, aber ich bin dafür
verantwortlich, daß sie im Hause sind.«

»Aber du warst doch noch nie in Spanien.«

»Nein. Gus hat sie mir gegeben. Ich wollte sie nicht nehmen
und hab sie wahrscheinlich auf dem Tisch liegenlassen und
irgend jemand muß sie reingetan haben, weil er gemeint hat,
es wär richtiges Geld…«

»Na ja, wenn es Gus war, ist das in Ordnung.«

»Ach?« sagten Charlotte und ich überrascht wie aus einem
Mund. Es kam selten vor, daß Karen so verständnisvoll und
gnädig war.

»Er ist ein süßer Kerl. Richtig niedlich. Er hat zwar einen Riesensprung in der Schüssel, ist aber niedlich.«

»… Elizabeth Arden…«, lachte sie in sich hinein. »Wirklich komisch.« Charlotte und ich tauschten beunruhigte Blicke.

»Aber willst du ihm nicht eine Standpauke halten?« fragte ich aufgeregt. »Und ihn zu Mr. Papadopoulos schicken, damit er ihm erklärt, daß du kein betrügerischer schottischer Geizkragen bist und …«

»Ach was, ist schon gut«, sagte sie und machte eine wegwerfende Handbewegung.

Ich war gerührt von der Veränderung, die da mit Karen vor sich gegangen war. Sie wirkte viel weniger aggressiv als sonst, viel *umgänglicher* …

»Das kannst *du* machen«, fuhr sie fort. »Geh zu Mr. Papadopoulos und erklär die Sache.«

»Äh …«

»Du brauchst es nicht sofort zu tun. Es hat Zeit bis nach dem Abendessen. Aber vergiß nicht, daß er um acht zumacht.«

Ich sah sie mit aufgerissenen Augen an und war außerstande zu erkennen, ob es ihr damit ernst war oder nicht. Ich mußte das unbedingt wissen, denn ich wollte mich möglichst nicht unnötig aufregen.

»Du meinst das nicht im Ernst?« fragte ich hoffnungsvoll.

Nach einer kurzen Pause voller Spannung sagte sie: »Von mir aus meine ich es nicht ernst – es ist wohl besser, wenn ich nett zu dir bin, wo du doch Daniels Freundin bist und so weiter.«

Sie schenkte mir ein bezauberndes und entwaffnendes Lächeln, mit dem sie sagte ›Ich bin zwar schamlos, aber du mußt mich trotzdem mögen‹, und ich lächelte zögernd zurück.

Ich war für Offenheit. Eigentlich stimmt das nicht, denn ich hielt Offenheit für eine der überschätztesten Eigenschaften, von denen ich je gehört hatte, während Karen grundsätzlich so tat, als sei das eine große Tugend und man könne niemandem einen größeren Gefallen tun, als ihm mit brutaler Offenheit zu begegnen. Meiner Ansicht nach gab es hingegen manches, über das man nicht zu reden brauchte oder besser nicht redete. Außerdem hatte ich das Gefühl, daß manche andere schlecht behandelten, wobei sie den Satz »Das ist meine ehrliche Meinung« vorschoben. Dann durften sie böse und von ausgesuchter Grausamkeit sein und andere zugrunde richten. Anschließend sprachen sie sich mit Unschuldsmiene und einem jämmerlichen »Aber ich hab doch nur meine ehrliche Meinung gesagt« selbst frei.

Doch ich hatte kein Recht, mich über solche Menschen aufzuregen, denn wo Karen vielleicht zu forsch auf Kollisionskurs ging, hatte ich eine geradezu krankhafte Angst vor jeder Art von offener Auseinandersetzung.

»Sag ihm einfach, was für ein fabelhafter Mensch ich bin«, sagte sie, »und daß Millionen von Typen in mich verknallt sind.«

»Äh, wird gemacht«, sagte ich.

»Ich dünste ein bißchen Brokkoli«, sagte Charlotte und brachte damit die Unterhaltung in ein anderes Fahrwasser. »Möchte jemand was davon?«

»Ich dünste ein paar Karotten«, sagte ich. »Möchte jemand was abhaben?« Wir schlossen ein trilaterales Abkommen über die gerechte Verteilung unseres gedünsteten Gemüses.

»Übrigens hat Daniel angerufen«, wandte sich Karen so auffällig nebenbei an mich, daß ich mich innerlich wappnete.

»Ah, äh, gut … tatsächlich?« War das unverbindlich genug für sie?

»*Mich*«, sagte sie triumphierend. »Mit mir wollte er sprechen.«

»Wunderbar.«

»Er hat mich angerufen, nicht dich.«

»Großartig«, lachte ich. »Dann geht die Sache mit euch beiden ja wohl klar, was?«

»Sieht so aus«, sagte Karen selbstgefällig.

»Gut für dich.«

»Du solltest es besser glauben.«

Wir aßen unser gedünstetes Gemüse, sahen uns im Fernsehen ein paar Seifenopern und einen erschütternden Dokumentarfilm über natürliche Geburt an, bei dem sich jede in ihrem Sessel wand. Schweißbedeckte Frauen mit schmerzverzerrten Gesichtern, die keuchten, stöhnten und schrien – und das waren nur ich, Charlotte und Karen.

»Großer Gott«, sagte Charlotte, den Blick regungslos auf

den Bildschirm geheftet, das Gesicht starr vor Entsetzen, »ich werde nie ein Kind auf die Welt bringen.«

»Ich auch nicht«, stimmte ich ihr eifrig zu und war mit einem Mal im vollen Bewußtsein dessen, welche Vorzüge es mit sich bringt, *keinen* Freund zu haben.

»Aber man kann sich doch eine Epiduralanästhesie machen lassen«, sagte Karen. »Dann spürt man nichts.«

»Das klappt aber nicht immer«, gab ich zu bedenken.

»Ach ja? Woher willst du das wissen?« fragte sie.

»Sie hat recht«, meldete sich Charlotte zu Wort. »Meine Schwägerin hat gesagt, daß es bei ihr nichts genützt und sie *Todesqualen* gelitten hat. Man konnte sie noch drei Straßen weiter schreien hören.«

Eine gut erzählte Geschichte, aber ich war nicht sicher, ob ich sie glauben sollte, denn Charlotte stammte aus Yorkshire, wo sich die Leute an Geschichten grauenvoller Qualen zu weiden scheinen.

Karen sah nicht so aus, als hätten Charlottes Worte sie besonders beeindruckt. Bei ihr würde die bloße Willenskraft dafür sorgen, daß die Anästhesie funktionierte – sie würde gar nicht wagen, das nicht zu tun.

»Und was ist mit Lachgas?« fragte ich. »Hilft das nicht auch bei den Schmerzen?«

»Lachgas!« schnaubte Charlotte verächtlich. »Lachgas. Da kannst du ebenso gut eine amputierte Hand mit Heftpflaster verbinden.«

»Oh, Mann«, sagte ich schwach. »Oh, Mann. Könnten wir uns was anderes ansehen?«

Gegen zwanzig vor zehn verflog das vom gedünsteten Gemüse hervorgerufene kurzfristige Sättigungsgefühl und der wirkliche Hunger meldete sich.

Wer würde zuerst nachgeben? Die Spannung baute sich immer mehr auf, bis schließlich Charlotte beiläufig fragte: »Hat jemand Lust auf einen Spaziergang?«

Insgeheim stießen Karen und ich einen Seufzer der Erleichterung aus.

»Was für einen Spaziergang?« erkundigte ich mich vorsichtig.

Ich war nicht bereit, mich an einer Unternehmung zu beteiligen, bei der es nichts zu essen geben würde, aber Charlotte ließ mich nicht im Stich.

»Zum Fisch-Imbiß«, sagte sie verlegen.

»Schäm dich, Charlotte!« riefen Karen und ich empört im Chor. »Was ist mit unseren guten Vorsätzen?«

»Aber ich hab Hunger«, sagte sie mit kläglicher Stimme.

»Iß eine Karotte«, empfahl Karen.

»Lieber eß ich gar nichts«, gestand Charlotte.

Ich wußte genau, wie es ihr ging. Auch ich hätte eher ein Stück Kamineinfassung gegessen als eine Karotte.

»Wenn du wirklich vor Hunger umkommst, komm ich mit«, sagte ich seufzend, aber im Innersten entzückt. Der bloße Gedanke an Pommes ließ mir das Wasser im Mund zusammenlaufen.

»Mir könnt ihr auch gleich eine Tüte Pommes mitbringen«, seufzte Karen, als brächte sie ein großes Opfer, »damit ihr euch besser fühlt.«

»Du mußt aber nicht, wenn du sie nur willst, damit ich kein schlechtes Gewissen krieg«, sagte Charlotte betont sanftmütig. »Nur weil ich keine Willenskraft hab, mußt du deine Hungerkur nicht unterbrechen.«

»Es macht mir nichts aus«, gab ihr Karen zu verstehen.

»Ganz ehrlich«, ließ Charlotte nicht locker. »Du mußt wirklich nicht. Ich kann mit meinem schlechten Gewissen leben.«

»Halt endlich die Klappe und bring mir Pommes mit!« rief Karen.

»'ne große oder 'ne kleine Portion?«

»'ne große! Mit Currysoße und 'ner Wurst!«

32

Am Sonntag abend hatte Gus versprochen, daß er mich am Dienstag nach Feierabend ausführen wollte. Aber am Sonntag abend waren die Wellen sehr hoch gegangen, vor allem die Alkoholwellen in seinem Blut. Das läßt sich daran erkennen, daß wir für den Weg von der Pizzeria zu meiner Wohnung, der normalerweise zehn Minuten dauert, über eine halbe Stunde brauchten, weil Gus so verspielt und übermütig gewesen war. Daher machte ich mir schon ein wenig Sorgen, ob er sich an die Einzelheiten unserer Verabredung erinnern würde. Vielleicht wußte er nicht mehr, wo wir uns treffen wollten, oder um wieviel Uhr, oder an welchem Tag.

Schon am Sonntag abend war es ein mittlerer Alptraum, die Einzelheiten mit ihm festzulegen. Zum Beispiel hatte er mir auf dem Heimweg höflich die Hand geschüttelt und gesagt: »Also bis morgen, Lucy.«

»Nein, Gus«, hatte ich ihn freundlich verbessert. »Nicht morgen. Morgen ist Montag. Wir sehen uns am Dienstag.«

»Nein, Lucy«, hatte er mich ebenso freundlich verbessert, »wenn ich heute nach Hause komm, treff ich ... äh ... gewisse pharmazeutische Vorkehrungen, und wenn ich dann wach werd, haben wir Dienstag. Also seh ich dich strenggenommen morgen. Jedenfalls ist dann für *mich* morgen.«

»Ach so«, sagte ich zweifelnd. »Und wo treffen wir uns?«

»Ich hol dich von der Arbeit ab. Ich befrei dich aus den Fallstricken der Bürokratie, Lucy, aus den Fängen der Finanzhaie.«

»Gut.«

»Wie war das noch?«, hatte er mit unsicherem Lächeln gefragt, wobei er mich an den Oberarmen hielt und an sich zog, »Cavendish Crescent 54, und sie lassen dich um halb sechs laufen ...«

»Nein, Gus, nicht Cavendish Crescent, sondern Newcastle Square, und die Hausnummer ist 6«, hatte ich ihm geantwortet.

Ich hatte es ihm sogar mehrfach gesagt und es obendrein auf einen kleinen Zettel geschrieben, aber es war ein langer Tag gewesen, und er hatte ziemlich viel getrunken.

»Ach ja?« hatte er gefragt. »Wie komm ich bloß auf Cavendish Crescent? Was spielt sich da deiner Ansicht nach ab?«

»Keine Ahnung,«, hatte ich munter gesagt. Ich war *nicht* bereit, mich Spekulationen darüber hinzugeben, was im Gebäude Cavendish Crescent 54 vor sich ging, immer vorausgesetzt, es gab diese Adresse überhaupt. Ich hatte reichlich damit zu tun, das Gespräch in die richtige Bahn zu lenken und dafür zu sorgen, daß sich Gus merkte, wo, wann und wie wir uns treffen wollten.

»Wo hast du den Zettel mit der Adresse, den ich dir grade gegeben hab?« hatte ich gefragt, und mir war klar, daß ich wie eine Mutter oder eine Lehrerin klang, aber was sein muß, muß sein.

»Ich weiß nicht«, hatte er gesagt, meine Arme losgelassen, in seinen sämtlichen Taschen gekramt und sich auf die Jacke geklopft. »Mensch, Lucy, ich glaub, ich hab ihn verloren.« Also hatte ich ihm die Adresse noch einmal aufgeschrieben.

»Versuch es dir zu merken«, hatte ich mit nervösem Lächeln gesagt, als ich ihm das Stück Papier gab. »Newcastle Square sechs, um fünf Uhr.«

»*Fünf* Uhr? Hast du nicht gerade halb sechs gesagt?«

»Nein, Gus, fünf Uhr.«

»Tut mir leid, Lucy, ich kann mich nie an was erinnern. Ich würde sogar meinen eigenen Namen vergessen – das ist sogar schon ziemlich oft vorgekommen. Ich weiß nicht, wie oft ich schon zu jemand sagen mußte, ›Bedaure, ich hab meinen Namen nicht verstanden‹. Ich hab ein Gedächtnis wie ein … wie ein, du weißt schon, eins von diesen runden Dingern mit den vielen Löchern.«

»Sieb.« Die Besorgtheit hatte mich schroff werden lassen.

»Ach, Lucy, sei doch nicht sauer«, hatte er mit leisem Lachen gesagt. »Es war nur ein kleiner Witz.«

»In Ordnung.«

»Ich glaub, jetzt weiß ich es«, hatte er mit einem Lächeln gesagt, das mir ein Kribbeln im Magen verursachte. »Fünf Uhr in Newcastle Crescent 56 ...«

»... nein, Gus ...«

»... ach nein, natürlich nicht. 'tschuldige, Cavendish Square.«

Er kann nichts dazu, hatte ich gedacht, während ich versuchte, mich zu beruhigen. Er gab sich große Mühe, und jeder andere, der so viel getrunken hatte wie er, wäre ebenso verwirrt und unfähig gewesen, sich zu konzentrieren.

»... ach ja, natürlich. Sei nicht böse, Lucy. Newcastle Square 56 um fünf Uhr.«

»Sechs.«

Auf seinem gequälten Gesicht lag Verwirrung.

»Du hast gerade fünf gesagt!« beschwerte er sich. »Aber von mir aus, Lucy, es ist das Vorrecht der Frauen, es sich anders zu überlegen, also tu das ruhig, wenn dir danach ist.«

»Nein, Gus, ich hab es mir nicht anders überlegt. Ich meinte, fünf Uhr, Haus Nummer sechs.«

»Aha. Mal sehen, jetzt weiß ich's«, hatte er gelächelt. »Fünf Uhr, Haus Nummer sechs. Fünf Uhr, Haus Nummer sechs. Fünf Uhr, Haus Nummer sechs.«

»Bis dann, Gus.«

»Nicht um sechs Uhr vor Haus Nummer fünf?« hatte er gefragt.

»Nein«, hatte ich beunruhigt geantwortet. »Ach, ich verstehe, es ist nur ein Witz ...«

Er hatte eine Hand zum Abschied gehoben und wie ein Papagei vor sich hingebrabbelt: »Fünf Uhr, Haus Nummer sechs, fünf Uhr, Haus Nummer sechs, 'tschuldige Lucy, aber ich kann dir nicht auf Wiedersehn sagen, weil ich es sonst vergeß, fünf Uhr, Haus Nummer sechs, fünf Uhr, Haus Nummer sechs, bis dann, fünf Uhr ...«

Und während er die Straße entlanggezogen war, hatte ich ihn sagen hören »... Haus Nummer sechs, fünf Uhr, Haus Nummer sechs, fünf Uhr ...«

Ich hatte in der Haustür gestanden und ihm durch die dunkle Straße nachgeschaut. Ich war enttäuscht, daß er nicht versucht hatte, mich zu küssen. Ach was, hatte ich mich beschwichtigt. Es ist weit wichtiger, daß er sich erinnert, wo er mich am Dienstag treffen soll. Vorausgesetzt, daß er es am richtigen Tag zur richtigen Zeit an die richtige Adresse schaffte, hätten wir reichlich Zeit zum Küssen.

»... fünf Uhr, Haus Nummer sechs, fünf Uhr, Haus Nummer sechs, ...« war es durch die kalte Nachtluft an mein Ohr gedrungen, während er im Rhythmus seines Mantras davonging.

Da es mich fröstelte, teils wegen der Kälte, teils, weil es mich vor Wonne kalt überlief, war ich ins Haus gegangen.

Am Dienstag morgen empfand ich dann ein Gemisch aus Vorfreude und aus Furcht, er werde nicht kommen.

Ich war sicher, daß er mich mochte und mich nicht absichtlich versetzen würde, aber ich war nicht ganz sicher, ob er am Sonntag abend so betrunken gewesen war, daß er unsere Verabredung vollständig vergessen hatte.

Vorsichtshalber zog ich einen besonders hübschen Slip an. Man konnte nie wissen. Darüber zog ich mein kleines Grünes, das wie eine Jacke mit Wespentaille aussah, in Wirklichkeit aber ein außerordentlich kurzes ausgestelltes Kleid war. Dazu trug ich Stiefel. Ich bewunderte mich im Spiegel. *Gar nicht schlecht*, dachte ich. *Sehr knabenhaft.*

Dann überfiel mich plötzlich Panik. Und wenn er nun nicht kam? *Warum nur hab ich mir seine Telefonnummer nicht geben lassen?*, schoß es mir durch den Kopf. Ich hätte ihn darum bitten sollen, hatte allerdings befürchtet, es könnte übereifrig wirken.

Mir war klar, daß alle im Büro annehmen würden, daß ich an jenem Abend ein Rendezvous hatte, weil ich bei der Arbeit ein Kleid trug, das meinen Hintern zeigte, sobald ich die Arme hob. So waren die Leute da nun mal – man brauchte sich nur zu kämmen, schon lief ein Gerücht um, man hätte ein Auge auf einen Mann geworfen, und wenn man sich den Pony schneiden ließ, zog alle Welt daraus den Schluß, man hätte einen neuen Typen an der Hand.

Dreihundert Angestellte arbeiteten in fünf Stockwerken, und einer wie der andere steckte seine Nase in die Angelegenheiten der anderen. Das sagt eine ganze Menge über den dort herrschenden Arbeitseifer.

Man kam sich im Büro vor wie in einem Aquarium. Alles, was man tat, wurde kommentiert. Sogar Spekulationen darüber, was jemand auf dem Butterbrot hatte, konnten ohne weiteres den größten Teil eines Nachmittags füllen. (»Die hatte früher nie Ei auf dem Brot, immer Schinken. Diese Woche aber hat sie Ei. Ich würde sagen, sie ist schwanger.«)

Hauptquelle des Klatsches war Caroline, die am Empfang saß. Ihren Röntgenaugen entging nichts, und wo es nichts gab, was ihr entgehen konnte, sog sie es sich aus den Fingern. Ständig hielt sie die Vorübereilenden an und machte Bemerkungen wie »Jackie aus der Buchhaltung sieht heute ziemlich blaß aus. Hat wohl Liebeskummer, was?«

In Null Komma nichts war es im ganzen Gebäude herum, daß sich Jackie scheiden lassen wollte – und das nur, weil sie an jenem Morgen zu spät aufgestanden war und deshalb in der Frühe keine Zeit gehabt hatte, Grundierungscreme aufzutragen.

Daher dürfte einleuchten, daß ich die Vorstellung kaum ertragen konnte, wie demütigend es sein würde, den ganzen Tag halbnackt mit der Nichterledigung meiner Büroarbeit zu verbringen, wenn nicht um fünf ein Mann auftauchte, der das Ganze rechtfertigte.

Natürlich hätte ich meine Ausgehsachen in einer Tasche mit ins Büro nehmen und mich nach Feierabend umziehen können. Allerdings wäre das wahrscheinlich noch skandalöser gewesen. »Hast du Lucy Sullivan gesehen? An einem Dienstag mit kleinem Beischlafgepäck! Bestimmt hat der einer 'nen Antrag gemacht.«

Es rief ohnehin schon größtes Aufsehen im Büro hervor, als ich mich aus meinem schrecklichen braunen Wintermantel schälte und im Glanz meines kurzen Kleidchens dastand.

»Hoppla«, stieß Megan heraus. »Du siehst aber heute unternehmungslustig aus!«

»Wie heißt er?« wollte Meredia wissen.

»Äh …« Ich errötete und versuchte so zu tun, als wüßte ich nicht, wovon sie redeten. Aber das war sinnlos, denn ich konnte nicht gut lügen.

»Ich, äh, hab am Wochenende jemand kennengelernt.«

Meredia und Megan warfen einander triumphierende selbstgefällige Blicke zu, denen zu entnehmen war, daß sie das schon immer gewußt hatten.

»Das sehen wir selbst«, sagte Meredia spöttisch. »Und ihr trefft euch also heute abend …«

»Ja.« Jedenfalls *hoffte* ich das.

»Erzähl was von ihm.«

Ich zögerte einen Augenblick. Eigentlich hätte ich den beiden noch grollen müssen, aber der Wunsch, über Gus zu reden, war übermächtig.

»Na schön«, lächelte ich versöhnlich. Ich zog mir einen Stuhl an Megans Schreibtisch, setzte mich bequem zurecht und begann zu erzählen. »Er heißt Gus und ist vierundzwan…«

Megan und Meredia lauschten aufmerksam, machten an den richtigen Stellen Ah und Oh und vergingen fast, als sie hörten, was für herrliche Dinge Gus mir gesagt hatte.

»… und er hat gesagt, er würde dir gern einen von diesen kleinen Fusselsaugern für das Sofa schenken?« fragte Meredia beeindruckt.

»Ja. Ist das nicht lieb?«

»Gott im Himmel«, knurrte Megan, den Blick zum Himmel gerichtet. »Jetzt komm mal zur Sache. Wie sieht sein Pimmel aus? Kurz und dick? Lang und schmächtig? Oder, wie ich es am liebsten hab, lang und dick?«

»Äh, hm … ganz nett«, sagte ich unbestimmt.

Bevor ich zugeben mußte, daß ich darüber noch gar nichts sagen konnte, kam Ivor der Schreckliche herein und ertappte uns dabei, wie wir untätig herumsaßen. Er brüllte ein bißchen, und jede schlich beschämt an ihren Platz.

»Miss Sullivan«, bellte er mich an, »Sie scheinen den Rock Ihres Kostüms zu Hause vergessen zu haben.«

Sein gebrochenes Herz hatte ihn ekelhaft und gehässig gemacht. Allerdings war er das auch schon gewesen, bevor Hetty mit ihrem Schwager auf und davon gegangen war.

»Es ist eigentlich ein Kleid«, sagte ich mit einer Dreistigkeit, die sich auf das glückliche Bewußtsein gründete, Gus zu treffen.

»Nicht die Art Kleid, die ich kenne«, brüllte er. »Nicht die Art Kleid, die ich in diesem Büro sehen möchte. Ziehen Sie morgen was weniger Unanständiges an.« Dann stürmte er in sein Büro und knallte die Tür hinter sich zu.

»Arschloch«, knurrte ich ihm nach.

33

Gegen zwanzig vor fünf ging ich zur Toilette, um mein Make-up aufzulegen, damit ich bereit war, wenn Gus um Punkt fünf auftauchte.

Mir war fast schlecht vor Sorge, er könnte nicht kommen. Kaum hatte ich Meredia und Megan alles über ihn erzählt, als ich schon bedauerte, überhaupt den Mund aufgemacht zu haben. Mußte ich alte Plaudertasche denn immer alles preisgeben? Es tat mir nachträglich richtig leid, aber ich hatte mich nicht bremsen können.

Mit Gus zu prahlen, war mir ein Bedürfnis gewesen, aber jetzt war ich überzeugt, damit das Schicksal herausgefordert und Unglück über mich gebracht zu haben. Bestimmt würde er nicht kommen!

Ich werde ihn nie wiedersehen, dachte ich. Trotzdem wollte ich mich vorsichtshalber zurechtmachen.

Auf dem Weg zur Damentoilette sah ich unsere beiden Wachmänner am Eingang mit jemandem raufen. Es kam immer wieder vor, daß Penner und Wermutbrüder in unserem Bürogebäude Zuflucht von der kalten Straße suchten, und Harry und Winston hatten die unangenehme Aufgabe, sie hinauszuwerfen. Das Bedrückende daran war, daß ich die Penner oft *beneidete.* Hätte ich die Wahl gehabt, ob ich im Büro oder auf einem Stück Pappe in einem zugigen Hauseingang sitzen wollte, ich hätte mich wohl für den zugigen Hauseingang entschieden.

Die Wachmänner mußten dafür sorgen, daß ausschließlich angemeldete Besucher das Gebäude betraten oder solche, die einen Besucherausweis besaßen. Da aber die armen Männer nicht als Werksschützer oder dergleichen ausgebildet waren, konnten sie sich ihrer Haut nicht besonders gut wehren, und so kam es vor, daß sie beim Versuch, jemanden hinauszuwerfen, den kürzeren zogen, vor allem, wenn der Eindringling betrunken war.

Das war immer recht lustig, und wenn Caroline gut gelaunt war, rief sie in den Büros an, und wir stürmten hinaus, um die unterhaltsame Begebenheit aus nächster Nähe mit anzusehen.

Ich reckte den Hals, um die Szene besser beobachten zu können. Jemand wurde zum Ausgang geschleppt, wehrte sich aber nach Leibeskräften. Unwillkürlich mußte ich lächeln, als ich sah, wie er Harry trat. Ich stand grundsätzlich auf der Seite der Schwächeren.

Ich wandte mich ab, aber dann kam mir der Eindringling, den man da gerade an die frische Luft setzte, irgendwie bekannt vor. Mit einem Mal hörte ich, wie mein Name gerufen wurde. »Da ist sie ja. Lucy! Lucy, Lucy!« rief der Mann verzweifelt. »Lucy Sullivan, sag ihnen, wer ich bin.«

Langsam drehte ich mich wieder um. Ich hatte das grauenvolle Gefühl, daß mich ein Verhängnis ereilte.

Der sich windende, um sich schlagende und tretende Mann in Harrys und Winstons Armen war Gus.

Er wandte den Kopf nach mir um und rollte wild mit den Augen. »Lucy«, flehte er. »Rette mich.«

Die beiden Männer, die ihn gerade auf die Straße befördern wollten, hielten inne. »Kennen Sie diesen Mann etwa?« fragte Winston ungläubig.

»Ja«, sagte ich gefaßt. »Vielleicht könnten Sie mir sagen, was hier vor sich geht?«

Ich versuchte, gelassene Autorität in meine Stimme zu legen und zu verbergen, daß ich vor Verlegenheit fast *starb*. Es schien zu nützen.

»Wir haben ihn im vierten Stock entdeckt. Er hatte keinen Besucherausweis und ...«

Im vierten Stock, dachte ich entsetzt.

»Ich hab dich gesucht, Lucy«, erklärte Gus voll Leidenschaft. »Ich hatte das Recht, mich da aufzuhalten.«

»O nein, mein Junge«, sagte Harry drohend. Man konnte sehen, daß es ihn in den Fingern juckte, Gus am Ohr zu ziehen und ihn wie einen Schornsteinfegerjungen aus einem Dickens-Roman zu behandeln. »Im vierten Stock war er, stellen Sie sich das vor. Als ob er der Chef persönlich wäre. Hat sich sogar in Mr. Balfours Sessel gesetzt. Seit achtunddreißig

Jahren arbeite ich hier, hab als Bote angefangen. Aber so was hab ich noch nicht erlebt ...«

Der vierte Stock war für die Verwaltungsspitze der Firma Metall- und Kunststoffgroßhandel reserviert und in den Augen der Angestellten so etwas wie der Himmel. Am ehesten ließ er sich mit dem Büro des amerikanischen Präsidenten im Weißen Haus vergleichen.

Ich war noch nie dort gewesen, weil ich viel zu unbedeutend war, doch Meredia hatte man einmal wegen eines Vergehens hinaufzitiert, und nach ihrem Bericht zu urteilen handelte es sich um ein luxuriöses Feenreich mit dicken Teppichen, eingebildeten Sekretärinnen, mahagonigetäfelten Wänden, an denen echte Gemälde hingen, lederbezogenen Sofas, Globen, die sich als Barschränke entpuppten, und einer stattlichen Zahl wohlbeleibter, kahlköpfiger Männer, die von Zeit zu Zeit die ihnen ärztlich verschriebenen Stärkungsmittel schluckten.

Trotz meines Entsetzens mußte ich Gus' Wagemut bewundern. Es war nicht zu übersehen, daß sein respektloses und lästerliches Verhalten Harry und Winston zutiefst erschüttert hatte, und so war es wohl besser, daß ich die Sache in die Hand nahm.

»Danke, Männer«, sagte ich in einem Ton, von dem ich hoffte, er werde den beiden Wachleuten signalisieren, daß sie die Sache nicht so ernst nehmen sollten. »Es ist schon in Ordnung. Ich kümmere mich um ihn.«

»Aber er hat immer noch keinen Besucherausweis«, sagte Harry rechthaberisch. »Sie kennen die Vorschriften. Wer keinen Ausweis hat, kommt nicht rein.« Er war eigentlich ganz nett, klammerte sich aber gern an die Vorschriften.

»Wie Sie meinen« seufzte ich ergeben. Ich bat Gus, noch eine Weile am Eingang zu warten, bis ich ihn abholen konnte.

»Wo?« fragte er begriffsstutzig.

»Gleich da«, sagte ich und schob ihn mit zusammengebissenen Zähnen zum Eingang, wo eine Sitzgruppe stand.

»Und hier passiert mir nichts?« erkundigte er sich besorgt. »Die kommen nicht wieder und schubsen mich rum?«

»Setz dich einfach da hin, Gus.«

Wutentbrannt stürmte ich zur Toilette. Ich ärgerte mich nicht nur deswegen über Gus, weil er mich in meiner Arbeit dem öffentlichen Gespött ausgesetzt hatte, sondern noch mehr darüber, daß er mich dem öffentlichen Gespött ausgesetzt hatte, bevor ich zurechtgemacht war.

»Scheißkerl«, zischte ich. Vor Wut war ich den Tränen nahe. Mit knallrotem Gesicht versetzte ich dem Abfalleimer einen Tritt. »Verdammter mieser Scheißkerl!«

Am liebsten wäre ich gestorben.

Caroline hatte den Zwischenfall mit angesehen, und so würden binnen fünf Minuten alle im Gebäude darüber Bescheid wissen. Erst vor wenigen Tagen hatten alle über mich gelacht, und ich war nicht sicher, ob die Leute für eine Neuauflage bereit waren. Schlimmer aber war, daß mich Gus ohne Make-up gesehen hatte.

Ich wußte, daß er ein wenig exzentrisch war, und es hatte mir sogar gefallen, doch auf die Szene, die ich da gerade mitbekommen hatte, war ich nicht im geringsten vorbereitet gewesen. Mein Vertrauen zu ihm war erschüttert, und das war für mich unerträglich. War es möglich, daß ich mich in ihm geirrt hatte? Würde auch diese Beziehung in einer Katastrophe enden? Würde mir Gus mehr Schwierigkeiten machen, als er wert war? Wäre es möglicherweise am besten, jetzt gleich Schluß zu machen?

Das aber waren nicht die Gefühle, die ich Gus gegenüber haben wollte.

Bitte, lieber Gott, laß mich nicht von ihm enttäuscht sein. Ich könnte das nicht aushalten. Ich mochte ihn so sehr und hatte so große Hoffnungen auf ihn gesetzt.

Aber eine leise Stimme flüsterte mir zu, daß ich ihn am Haupteingang warten lassen und durch die Hintertür verschwinden könnte. Einen Augenblick erfüllte mich diese Vorstellung mit ungeheurer Erleichterung, bis mir der Gedanke kam, daß er wahrscheinlich den ganzen Abend da warten und dann am nächsten Morgen zurückkommen und bis in alle Ewigkeit warten würde, bis ich endlich auftauchte.

Was soll ich nur tun? überlegte ich.

Ich beschloß, den Stier bei den Hörnern zu packen. Ich würde zum Haupteingang gehen, nett zu ihm sein und so tun, als wäre nichts vorgefallen.

Als ich meine vierte und letzte Schicht Wimperntusche aufgetragen hatte, war ich bedeutend beherrschter. Das Auftragen von Lippenstift, Grundierung und Lidstrich scheint enorm beruhigend zu wirken.

Die Beziehung zwischen Gus und mir machte einfach ihre Kinderkrankheiten durch, das war alles. Wir waren beide ein bißchen nervös. So was ist am Anfang völlig normal.

Ich erinnerte mich an Samstag abend und an mein Glücksgefühl, als ich ihn kennenlernte. Ich erinnerte mich an den herrlichen Sonntag, daran, daß wir so vieles gemeinsam hatten, daß er alles war, was ich mir je gewünscht hatte, daran, wie er mich zum Lachen gebracht hatte und mich zu verstehen schien.

Wie kann ich auch nur im Traum daran denken, ihn sitzenzulassen? fragte ich mich. Noch dazu, wo es ihm wider Erwarten gelungen war, (mehr oder weniger) zur rechten Stunde am rechten Tag und am rechten Ort zu erscheinen. Mitgefühl und Vergebungsbereitschaft traten an die Stelle meiner Wut. *Armer Gus*, dachte ich. Er konnte nichts dafür. Er war wie ein Kind – woher sollte er die im Palast der Firma Metall- und Kunststoffgroßhandel geltenden Spielregeln und Vorschriften kennen?

Wahrscheinlich war das Ganze auch für ihn schrecklich gewesen. Es hatte ihn vermutlich entsetzlich mitgenommen. Harry und Winston waren vierschrötig und kräftig und dürften Gus einen gehörigen Schrecken eingejagt haben.

Als ich ihn schließlich abholte, war nicht nur ich sehr viel ruhiger, auch er schien wie ausgewechselt. Er wirkte viel normaler, viel vernünftiger, viel erwachsener und so, als ob er die Situation im Griff habe.

Er stand auf, als er mich kommen sah. Die unschickliche Kürze meines Kleides war mir ebenso bewußt wie die aufmerksamen Blicke der anderen Angestellten, die sich um den Ausgang drängten, um das Gebäude so rasch wie möglich zu verlassen.

Gus ließ kurz seinen Blick anerkennend auf mir ruhen, dann sagte er mit Trauermiene: »Du bist also zurückgekommen, Lucy? Ich hatte schon Angst, daß du dich durch den Hinterausgang davonschleichst.« Sein Gesicht war weiß und besorgt.

»Der Gedanke ist mir kurz gekommen«, gab ich zu.

»Ich kann dir das nicht übelnehmen«, sagte er kläglich.

Dann räusperte er sich und ließ eine Entschuldigungsszene vom Stapel, die er offensichtlich einstudiert hatte, während ich in der Damentoilette wutschnaubend und rasch Schicht um Schicht Make-up aufgetragen hatte.

»Lucy, ich kann dich nur aus tiefstem Herzen um Entschuldigung bitten«, sagte er. »Ich hatte nicht die Absicht, was falsch zu machen und hoffe, daß du es über dich bringst, mir zu verzeihen und ...« So fuhr er endlos fort und sagte, selbst, wenn ich ihm verzeihen könnte, sei er nicht sicher, ob er sich selbst je verzeihen werde usw. usw.

Ich wartete das Ende seiner Litanei ab. Seine Selbstzerfleischung ereichte ungeahnte Höhen, seine Miene wurde immer leidender. Er wirkte ein wenig zu geknickt und peinlich berührt. Auf einmal fand ich den ganzen Vorfall urkomisch.

Was ist daran eigentlich so wild? fragte ich mich und war außerstande, ein Lächeln zu unterdrücken, als mir klar wurde, wie *lachhaft* das Ganze war.

»He!« sagte Gus mitten in seiner übertriebenen Selbstzerfleischung. »Was ist daran so lustig?«

»Nichts«, lachte ich. »Aber du sahst aus, als würde man dich zu deiner Hinrichtung schleppen, und Harry und Winston haben sich aufgeführt, als wärst du eine Art gefährlicher Gewaltverbrecher ...«

»Ich konnte das nicht lustig finden«, sagte Gus gekränkt. »Mir ist das Ganze vorgekommen wie in *Zwölf Uhr nachts*. Ich hab gedacht, die lochen mich ein und foltern mich, und ich hatte Angst, nicht heil zu bleiben.«

»Aber Harry und Winston würden keiner Fliege was zuleide tun«, beruhigte ich ihn.

»Was die mit Insekten machen, geht mich nichts an«, sagte er entrüstet. »Ihr Privatleben geht nur sie was an, aber ich war sicher, daß sie drauf und dran waren, mich umzubringen, Lucy.«

»Aber getan haben sie es nicht, oder?« fragte ich freundlich.

»Nein, anscheinend nicht.«

Mit einem Mal entspannte er sich.

»Hast recht.« Er grinste. »Großer Gott, ich dachte, du würdest nie mehr ein Wort mit mir sprechen. Es ist mir ja so peinlich…«

»*Dir* ist es peinlich…« schnaubte ich.

Dann lachte ich, und er mit. Vielleicht war das ja eine jener Geschichten, die wir unseren Enkeln erzählen würden (»Opa, Opa, erzähl uns, wie sie dich mal aus Omas Büro geschmissen haben…«). Eigentlich ein historischer Augenblick.

»Hoffentlich hab ich dir nicht ziemliche Schwierigkeiten gemacht«, sagte Gus besorgt. »Könntest du jetzt deinen Job verlieren?«

»Nein«, sagte ich. »Da besteht keine Gefahr.«

»Bist du sicher?«

»Ganz sicher.«

»Wie kannst du so sicher sein?«

»Weil ich nie Glück hab.« Darüber lachten wir beide ein bißchen.

»Dann komm.« Lächelnd legte er mir den Arm um die Taille und schob mich die Treppe hinunter. »Jetzt gehen wir irgendwo hin, wo es nett ist, und ich hau ordentlich Geld für dich auf den Kopf.«

34

Es war ein großartiger Abend. Zuerst ging er mit mir in eine Kneipe und besorgte mir etwas zu trinken. Er bezahlte es sogar.

Als er vom Tresen zurück war und sich neben mich gesetzt hatte, angelte er etwas aus seiner Plastiktüte und schenkte mir einen kleinen Strauß zerquetschter Blumen. Obwohl sie nicht mehr besonders frisch aussahen, war zu erkennen, daß er sie in einem Laden gekauft und nicht aus jemandes Vorgarten gestohlen hatte, was mich natürlich sehr freute.

»Danke, Gus«, sagte ich. »Sie sind wunderschön.« Das waren sie auf ihre zerzauste Art tatsächlich.

»Aber das wäre doch nicht nötig gewesen«, fuhr ich fort.

»Doch, natürlich war das nötig«, widersprach er. »Bei einer wunderschönen Frau wie dir.«

Er lächelte mich an und sah dabei so gut aus, daß mein Herz zu klopfen begann. Eine Welle des Glücks durchströmte mich, und alles schien plötzlich zu stimmen. Ich war richtig froh, daß ich mich nicht durch die Hintertür verdrückt hatte.

»Das ist noch nicht alles«, sagte er, fuhr wieder mit der Hand in die Tasche und zog wie der Weihnachtsmann ein Päckchen heraus. Das Einwickelpapier war mit Säuglingen, Windeln und Störchen bedruckt.

»Das mit dem Papier tut mir leid, Lucy«, sagte er betreten. »Ich hab im Laden gar nicht gemerkt, was da drauf ist.«

»Äh … ist schon okay«, beruhigte ich ihn und riß es auf. Es war eine Schachtel Pralinen.

»Dank dir«, sagte ich entzückt. Ich war begeistert, daß er sich solche Mühe gemacht hatte.

»Da kommt noch mehr«, kündigte er an und begann erneut, in der Tasche zu kramen. Dabei verschwand sein Arm bis zum Ellbogen, so daß ich unwillkürlich an eine Szene aus einem Film denken mußte, in der sich der Tierarzt an einer Kuh zu schaffen macht.

Wenn das der kleine Fusselsauger für das Sofa ist, sterb ich vor Lachen, dachte ich. Daß Gus aufgrund unserer Unterhaltung im Pizza-Lokal am Sonntag abend so aufmerksam Geschenke ausgesucht hatte, rührte mich wirklich.

Bestimmt mag er mich, dachte ich. *Er mag mich* sicher, *wenn er sich so ins Zeug legt*. Ich schwebte vor Glück im siebten Himmel.

Schließlich zog er ein kleines Päckchen heraus, das ebenfalls in Storchenpapier eingewickelt war.

Es war so groß wie eine Streichholzschachtel, der Fusselsauger konnte schon mal nicht darin sein.

Schade. Meredia wäre ziemlich beeindruckt gewesen, aber das ließ sich jetzt auch nicht ändern. Aber was war's?

»Ich konnte mir den Mantel nicht am Stück leisten«, sagte er, als ob das irgendwas erklärt hätte, »deshalb kauf ich ihn dir ratenweise.«

Er lachte, als ich ihn verwirrt ansah, und sagte: »Mach's nur auf.«

Ich öffnete das Päckchen. Es war ein kleiner Schlüsselanhänger mit einem Stück Fell daran.

Wie lieb! Er hatte sich an den Pelzmantel erinnert.

»Hoffentlich bringt er dir Glück«, sagte er. »Ich glaub, es ist Hobel.«

»Vielleicht meinst du Zobel«, sagte ich freundlich.

»Ja, möglich«, sagte er. »Es könnte aber auch Kamin sein. Aber mach dir jedenfalls keine Sorgen, Lucy. Ich weiß, daß sich manche Leute über Pelze aufregen, weil dafür Tiere umgebracht werden – ich denke anders darüber, schließlich komm ich vom Land –, aber für diesen kleinen Schlüsselanhänger hat kein Tier sein Leben lassen müssen.«

»Aha.«

Es war also kein Zobel. Und auch kein Hobel. Nicht mal Kamin. Aber das war egal. Und es hatte den Vorteil, daß ich vor militanten Tierschützern und ihren Eimern voll roter Farbe sicher war.

»Vielen Dank, Gus«, sagte ich überwältigt. »Vielen Dank für all die wunderbaren Geschenke.«

»Nichts zu danken, Lucy«, sagte er.

Dann zwinkerte er mir bedeutungsvoll zu. »Möglicherweise ist das noch nicht alles – vergiß nicht, daß der Abend noch jung ist«, grinste er.

»Äh, ja«, murmelte ich errötend.

Vielleicht passiert es heute abend, dachte ich und spürte ein Kribbeln in der Magengrube.

»Sag mal«, kicherte ich – ich wollte das Thema wechseln –, »was zum Teufel hast du eigentlich mit Mr. Balfours Sessel angestellt?«

»Mich reingesetzt, wie der Kerl gesagt hat«, antwortete Gus. »Die tun ja gerade so, als hätte ich damit einen heiligen Schrein entweiht.«

»Immerhin ist Mr. Balfour unser Generaldirektor«, versuchte ich zu erklären.

»Ja und?« fragte Gus. »Es ist nur ein Sessel, und Mr. Balfour ist auch nur ein Mensch, auch wenn er zehnmal euer Oberbonze ist. Ich versteh nicht, was das ganze Affentheater soll. Ist es nicht schön, daß sie sonst keine Sorgen haben?«

Da hat er recht, dachte ich. *Eine wirklich souveräne Einstellung.*

»Schick die beiden Burschen für ein paar Wochen nach Bosnien, dann werden wir sehen, wie wichtig ihnen der Sessel von Mr. Balfour ist, wenn sie zurückkommen«, fügte er hinzu. »Diesen Mr. Balfour sollte man bei der Gelegenheit am besten gleich mitschicken. Trink aus, Lucy, ich will mit dir Essen gehen.«

»Mensch, Gus, ich will nicht, daß du dein ganzes Geld für mich ausgibst«, wandte ich ein. »Mein schlechtes Gewissen würde mich umbringen.«

»Lucy, sei ruhig, du ißt, was du kriegst. Ich spendier es dir, und damit ist der Fall erledigt.«

»Nein, Gus, das kann ich wirklich nicht annehmen. Du hast mir all diese Sachen geschenkt und für mich den Drink bezahlt. Laß mich bitte wenigstens das Essen übernehmen.«

»Nein, Lucy. Ich will nichts davon hören.«

»Ich bestehe darauf, ich bestehe wirklich darauf.«

»Tu das«, sagte er. »Es wird dir nichts nützen.«

»Schluß jetzt, Gus«, sagte ich. »Ich zahle, und damit basta.«

»Aber Lucy …«

»Nein«, sagte ich. »Kein Wort mehr.«

»Wenn du meinst«, sagte er zögernd.

»Ich meine es«, sagte ich entschlossen. »Wohin wollen wir gehen?«

»Eigentlich ist mir das gleich. Ich hab da keine hohen Ansprüche. Solange es was zu essen ist, soll's mir recht sein ...«

»Gut«, sagte ich und ging im Kopf die Möglichkeiten durch. Da gab es dieses wunderbare malaysische Restaurant in der Nähe von ...

»... aber vor allem mag ich Pizza«, fuhr Gus fort.

»Ach«, sagte ich und pfiff meine Gedanken aus Südostasien zurück. (»Kommt zurück, wir haben es uns anders überlegt.«)

»Okay, Gus, dann also Pizza.«

Es war ein vollkommener Abend. Wir hatten einander so viel zu erzählen, daß wir einander mitten im Satz unterbrachen und unsere Worte mit unserer Begeisterung kaum Schritt halten konnten.

Jeder zweite Satz begann mit »Genau, *genau*, das denk ich auch« und »Ich kann es nicht glauben – siehst du das auch so?« und »Ich bin ganz und gar deiner Meinung.«

Gus erzählte von seiner Musik, von all den Instrumenten, die er spielte, und dann, was für Sachen er gern komponierte.

Es war alles herrlich. Zwar hatten wir schon am Samstag abend viel miteinander geredet und den ganzen Sonntag zusammen verbracht, aber das hier war etwas ganz anderes. Es war unsere erste Verabredung.

Wir blieben Stunden um Stunden im Restaurant, redeten und hielten über dem Korb mit dem Knoblauchbrot Händchen.

Wir redeten darüber, wie wir als Kinder gewesen waren und über unsere Gegenwart, und ich hatte den Eindruck, daß Gus alles verstand, ganz gleich, was ich ihm über mich oder irgend etwas sonst sagte. Er würde mich verstehen, wie noch niemand zuvor.

Ich fing an zu träumen, wie es sein würde, mit ihm verheiratet zu sein. Es wäre zwar nicht gerade eine konventionelle Ehe, aber was für eine Rolle spielte das? Längst waren die Zeiten vorbei, in denen die Frau das Heimchen am Herd spielte und das Haus in Ordnung hielt, um dessen Tür herum die Rosen wuchsen, während der Mann sich dem feindlichen Leben stellte und vom frühen Morgen bis zum späten Abend schuftete.

Gus und ich würden einander die besten Freunde sein. Ich würde ihn in seinem musikalischen Schaffen bestärken und uns beide mit meiner Arbeit ernähren. Wenn er dann entdeckt wurde und berühmt war, würde er Oprah, Richard und Judy erzählen, daß er es ohne mich nicht geschafft hätte und seinen ganzen Erfolg mir verdankte.

Unser Haus wäre erfüllt von Musik, Gelächter und wunderbaren Gesprächen, und alle würden uns beneiden und sagen, was für eine wunderbare Ehe wir führten. Auch wenn wir richtig reich wären, würden wir uns nach wie vor an den einfachen Dingen des Lebens freuen und einander die liebsten Menschen auf der Welt sein. Unmengen interessanter und begabter Leute würden uneingeladen bei uns vorbeischauen, und ich würde aus Resten herrliche Mahlzeiten zaubern, und mich dabei mit unseren Gästen tiefgründig und scharfsinnig über die frühen Filme von Jim Jarmusch unterhalten.

Gus würde mich rückhaltlos unterstützen, so daß ich mich, wenn ich erst mit ihm verheiratet war, nicht so ... *minderwertig* fühlen mußte. Ich könnte ein vollständiger und normaler Mensch sein, ganz so, als ob ich dazugehörte wie alle anderen.

Die bezaubernden Groupies, denen er auf seinen Tourneen vielleicht begegnete, würden ihn nie verlocken können, da ihm keine von ihnen das gleiche Gefühl von bedingungsloser Liebe, Geborgenheit und Zugehörigkeit vermitteln würde, das er bei mir hatte.

Nach dem Abendessen fragte er: »Hast du's eilig, nach Hause zu kommen, oder möchtest du noch woanders hin?«

»Ich hab's nicht eilig«, sagte ich. Das stimmte. Inzwischen war ich *sicher*, daß es im Verlauf des Abends zur Besiegelung unserer Beziehung kommen würde. Zwar empfand ich bei dieser Vorstellung eine unbändige Vorfreude, sie jagte mir aber auch panische Angst ein.

So sehr ich es wollte, so sehr fürchtete ich es, und alles, was den Augenblick der Wahrheit hinauszögerte, war mir zugleich willkommen und zuwider.

»Gut«, sagte Gus. »Ich möchte dich wohin mitnehmen.«

»Wohin?«

»Es ist eine Überraschung.«

»Toll.«

»Wir müssen mit dem Bus fahren. Macht dir das was aus?«

»Überhaupt nicht.«

Wir stiegen in einen Bus der Linie 24 und Gus zahlte für mich. Die Selbstverständlichkeit, mit der er das tat, freute mich sehr. Es war lieb und besitzergreifend, wie bei verliebten Teenagern.

Als sich der Bus den Wonnen von Camden Town näherte, stiegen wir aus.

Gus führte mich an der Hand über einen Teppich aus leeren Bierdosen, vorüber an Menschen, die auf Pappkartons in Hauseingängen schliefen, jungen Männern und Frauen, die auf der verdreckten Straße saßen und um Kleingeld bettelten. Ich war entsetzt. Zwar hatte ich, da ich mitten in London arbeitete, gesehen, daß es dort Obdachlose gab, aber hier waren es so *viele*, daß ich mir vorkam, als wäre ich in eine andere Welt gestolpert, eine, in der die Menschen wie im Mittelalter gezwungen waren, im Dreck zu hausen und zu verhungern. Manche waren betrunken, die meisten aber nicht. Allerdings war das kein Maßstab.

»Augenblick, Gus!« sagte ich und blieb stehen, um die Geldbörse aus der Handtasche zu holen.

Ich sah mich in einer schrecklichen Zwangslage: Sollte ich alles Kleingeld einem einzigen geben, damit dieser etwas Vernünftiges damit anfangen konnte – sich beispielsweise etwas zu essen oder zu trinken kaufen, oder sollte ich versuchen, es an so viele Leute wie möglich zu verteilen, damit eine ganze Menge von ihnen jeweils zwanzig Pence bekam? Aber was gibt es schon für zwanzig Pence? fragte ich mich besorgt. Nicht mal eine Tafel Schokolade.

Während ich auf der Straße stand und um eine Entscheidung rang, rempelten Vorübergehende mich an. »Was soll ich deiner Ansicht nach tun, Gus?« fragte ich ihn flehend.

»Hart sein, Lucy«, sagte er. »Lern die Augen zu verschließen. Selbst wenn du jeden Penny herschenktest, den du hast, würde das keinen Unterschied machen.«

Er hatte recht – ganz davon abgesehen, daß alles, was ich hatte, nicht besonders viel war.

»Ich kann meine Augen nicht davor verschließen«, sagte ich. »Laß mich ihnen zumindest mein Kleingeld geben.«

»Dann gib aber alles einem«, sagte Gus.

»Meinst du, daß das richtig ist?«

»Wenn du damit anfängst, jedem Penner in Camden hinterherzulaufen, um dein Geld aufzuteilen, ist die Kneipe, in die wir wollen, zu, bevor du fertig bist. Deswegen meine ich, du solltest alles einem geben«, sagte er sachlich.

»Gus! Wie kannst du nur so herzlos sein?« rief ich aus.

»Weil ich muß. Das müssen wir alle«, sagte er.

»Schön. Wem soll ich es also geben?«

»Wem du willst.«

»Irgendeinem?«

»Vielleicht nicht irgendeinem, sondern einem, der tatsächlich pleite und obdachlos ist – du solltest nicht unbedingt die Leute in den Bars oder Restaurants anhauen und versuchen, denen dein Geld aufzudrängen.«

»Aber ich möchte es dem geben, der es am meisten verdient«, erklärte ich. »Wie kann ich das herauskriegen?«

»Überhaupt nicht.«

»Ach je.«

»Du willst selbstlos Nächstenliebe üben, Lucy, nicht ein moralisches Urteil fällen.«

»Ich urteile doch gar nicht ...«

»Doch. Du möchtest ein gutes Gefühl haben, wenn du es dem gibst, der es deiner Meinung nach am meisten verdient«, sagte er. »Würdest du dich schlecht fühlen, wenn dein Geld einem Trunkenbold in die Hände fiele, der klaut und seine Alte verprügelt?«

»Nun ja ...«

»In dem Fall siehst du das völlig falsch, Lucy«, sagte Gus. »Entscheidend ist das Geben, nicht das Nehmen beziehungsweise der, der's nimmt.«

»Ach«, sagte ich matt. Vielleicht hatte er recht. Ich kam mir gedemütigt vor.

»Schön«, sagte ich entschlossen. »Dann geb ich es dem, der da hinten sitzt.«

»Nein, dem auf keinen Fall«, sagte Gus und hielt mich zurück. »Das ist ein ausgesprochener Schweinehund.«

Verärgert sah ich Gus einen Augenblick lang an, dann platzten wir beide vor Lachen. »Machst du Witze?« fragte ich schließlich.

»Nein«, sagte er mit entschuldigendem Lachen. »Gib dein Geld, wem du willst, aber nicht ihm. Er und seine Brüder sind ausgemachte Halunken. Er ist nicht mal obdachlos, sondern hat 'ne Sozialwohnung in Kentish Town.«

»Woher weißt du das alles?« fragte ich beunruhigt, nicht sicher, ob er es ernst meinte.

»Ich weiß es nun mal«, sagte er und ließ es dabei bewenden.

»Und was ist mit dem da drüben?« Ich wies auf einen anderen Unglückseligen, der in einem Hauseingang saß.

»Nur zu.«

»Der ist kein Schweinehund?« fragte ich.

»Nicht daß ich wüßte.«

»Und was ist mit seinen Brüdern?«

»Von denen hab ich nur Gutes gehört.«

Nachdem ich meine klägliche Handvoll Münzen abgeladen hatte, drehte ich mich um und stieß dabei einen älteren Mann an, der über die Straße schlurfte.

»Hallo, einen schönen guten Abend«, sagte er so freundlich, als wären wir gute Bekannte. Er sprach mit irischem Akzent.

»Hallo.« Ich lächelte ihm zu.

»Kennst du den?« fragte Gus.

»Nein«, sagte ich. »Zumindest glaub ich das. Aber er hat mich gegrüßt, und deswegen war es eine Frage der Höflichkeit zurückzugrüßen.«

Gus führte mich über die Straße, durch eine kleine Seitenstraße und in ein hell erleuchtetes warmes Pub, in dem es hoch herging.

Es war voll von lachenden, redenden und trinkenden Menschen. Gus schien alle und jeden zu kennen. In einer Ecke spielte eine kleine Band: Ein Mann spielte Bodhrán, eine Frau Querflöte und eine Person unbestimmbaren Geschlechts strich die Geige.

Ich kannte die Melodie – es war eines der Lieblingslieder meines Vaters. Um mich herum hörte ich lauter irische Stimmen. Es kam mir vor, als wäre ich nach Hause gekommen.

»Setz dich da hin«, sagte Gus, indem er mir einen Weg durch die dichte Menge rotgesichtiger glücklicher Menschen bahnte und auf ein Faß zeigte. »Ich hol was zu trinken, so schnell ich kann.«

Er blieb ewig weg, während ich unbequem auf dem Faß hockte, dessen Rand mir eine Furche ins Hinterteil drückte.

Wie spät es wohl sein mag? fragte ich mich. Bestimmt schon nach elf, doch immer noch wurde am Tresen eifrig ausgeschenkt.

Mit einem Mal kam mir ein Gedanke – war das womöglich einer der Läden, die die Sperrstunde widerrechtlich überschritten? Von so etwas schwärmte mein Vater oft.

Vielleicht, dachte ich erregt.

Ich hatte keine Uhr, die Frau neben mir auch nicht, ebensowenig wie ihre Freundinnen. Aber eine von ihnen kannte jemanden in der hinteren Ecke des Pubs, der eine hatte, und sie kämpfte sich durch die Menge, um für mich die Uhrzeit zu erfragen.

Nach einer Weile war sie wieder da. »Zwanzig vor zwölf«, sagte sie und kehrte zu ihrem Bier zurück.

»Danke«, sagte ich. Ein Schauer der Erregung überlief mich. Ich hatte also recht gehabt – der Wirt hatte die Sperrstunde überschritten und das Lokal von innen abgeschlossen, damit die Polizei nicht hineinkonnte.

Wie herrlich! Wagemutig, dekadent und gefährlich. Vielleicht hätte Gus mich nicht herbringen sollen, wo ich Gefahr lief, verhaftet zu werden, aber es machte mir nichts aus.

Ich kam mir vor wie jemand, der eine ungeahnte Freiheit kostet, ich hatte das Gefühl, wirklich zu leben.

Schließlich kam Gus mit den Gläsern.

»Tut mir leid, daß es so lange gedauert hat, Lucy«, entschuldigte er sich. »Ich bin auf einen Haufen Leute aus Cavan gestoßen und ...«

»Schon gut«, unterbrach ich ihn und kletterte von meinem Faß herunter. Ich wollte unbedingt über unseren Rechtsbruch mit ihm sprechen, da störten seine Entschuldigungen nur.

»Gus, machst du dir eigentlich keine Sorgen wegen der Polizei?« stieß ich hervor, die Augen rund vor entzücktem Entsetzen.

»Nein«, sagte er. »Bestimmt können die sich gut um sich selbst kümmern.«

»Das meine ich doch nicht«, kicherte ich. »Ich meine, hast du keine Angst, daß man uns festnehmen könnte?«

Er tastete seine Jackentaschen ab, seufzte dann erleichtert auf und sagte: »Nein, Lucy, im Augenblick nicht.«

Er nahm mich offensichtlich nicht ernst, und das ärgerte mich.

»Nein, Gus«, beharrte ich. »Hast du keine Angst, daß sie eine Razzia machen, uns alle zusammenschlagen und festnehmen könnten?«

»Aber warum sollten sie?« fragte er verwirrt. »Gibt es nicht genug Leute da draußen, die sie festnehmen können, wenn ihnen danach zumute ist? Hat man sich deswegen nicht das Gesetz gegen Stadt- und Landstreicherei einfallen lassen?«

»Aber Gus«, sagte ich verzweifelt, »und was ist, wenn sie die Musik hier drin hören? Wenn sie merken, daß wir nach elf hier noch trinken?«

»Aber wir verstoßen gegen kein Gesetz«, sagte Gus. »Auch wenn sie das früher nicht gehindert hat, trotzdem gegen uns vorzugehen.«

»Aber *ja*«, beharrte ich. »Die Sperrstunde ist vorbei, es ist nach elf. Wir verstoßen gegen das Gesetz.«

»Ach was.« Er lachte.

»Doch.«

»Lucy, jetzt hör mal zu! Der Laden muß erst um zwölf dichtmachen. Kein Mensch tut was, was er nicht sollte – abgesehen von dem blöden Hund hinter dem Tresen, der nicht mal dann ein Glas Bier ordentlich einschenken könnte, wenn es um sein Leben ginge!«

»Schade.« Ich war wirklich enttäuscht.

»Willst du damit sagen, daß all das streng gesetzmäßig und einwandfrei ist?« fragte ich niedergeschlagen.

»Ja, natürlich.« Er lachte. »Du glaubst ja wohl nicht, daß ich mit dir irgendwo hingehen würde, wo du Schwierigkeiten kriegen könntest, oder?«

»Ah ... ich dachte nur ...«

Anschließend kam er mit mir nach Hause. Darüber wurde nicht gesprochen, es gab keine Peinlichkeiten und wirkte wie das Natürlichste von der Welt. Wir redeten nicht, es geschah einfach.

Als wir das Pub und all die Menschen hinter uns ließen, die Gus kannte, war es für uns beide einfach selbstverständlich, ein Taxi nach Ladbroke Grove zu nehmen.

Gus schlug nicht vor, mit zu ihm zu gehen, und auch mir kam der Gedanke nicht. Ich fand daran nichts Sonderbares. Vielleicht hätte ich es sonderbar finden sollen.

35

Am Donnerstag bekam die ansonsten makellose Landschaft meines Glücks zwei Flecken.

Zum einen erfuhren wir, daß Hetty gekündigt hatte. Das tat mir sehr leid. Nicht nur war sie die einzige von uns, die je arbeitete, sie würde mir auch fehlen.

Außerdem haßte ich Veränderungen, und beklommen fragte ich mich, wer wohl für sie eingestellt würde.

Zweitens sollte ich am Donnerstag nach Feierabend meine Mutter besuchen.

Ich befand mich mit Gus in einer Phase, in der ich in jedem wachen Augenblick an ihn dachte. Ich quoll fast beständig über vor Glück (außer zwischen halb acht und zehn, und selbst das war besser geworden, vor allem, wenn Gus bei mir war, aber davon später mehr). Wenn ich schon nicht mit ihm zusammen war, wollte ich wenigstens über ihn reden, ganz gleich, mit wem. Ich wollte allen sagen, wie großartig er aussah, wie glatt seine Haut war, wie erregend er roch, wie grün seine Augen waren, wie seidenweich sein Haar, wie bezaubernd der Akzent, mit dem er sprach, wie faszinierend die Gespräche mit ihm oder wie schön seine Zähne (wenn man bedenkt, daß er auf einem abgelegenen Bauernhof aufgewachsen war). Auch mußte ich allen erzählen, daß sein Hintern so klein wie eine Briefmarke war, und ich brannte darauf, in allen Einzelheiten von den netten Dingen zu berichten, die er sagte und davon, was er mir geschenkt hatte.

Ich war voller Glück und Adrenalin und wäre nie auf den Gedanken gekommen, daß ich die größte Langweilerin auf Erden sein könnte. Ich liebte alle Menschen und hatte das Gefühl, daß sich alle ebenso über mein Glück freuten wie ich.

Natürlich taten sie das nicht und trösteten sich, indem sie einander versicherten: »Das bleibt nicht ewig so« und »Wenn ich mir nochmal anhören muß, wie er ihr mit den Zähnen den BH aufgemacht hat, schrei ich laut.«

Natürlich hatte Gus nichts in der Richtung getan, denn obwohl es tatsächlich am Dienstag abend zur Sache gegangen war, war es nicht unbedingt wie in *9 1/2 Wochen* gewesen. Was mir auch ganz recht war, denn ich stellte mir unter angenehmem Sex etwas anderes vor, als mit verbundenen Augen mit eingelegten Silberzwiebeln gefüttert zu werden. Weil ich so einen gewaltigen Minderwertigkeitskomplex vor allem bezüglich meines Geschlechtslebens hatte, war es mir am liebsten, wenn die Sache im Bett nach Schema F vor sich ging. Männer, die von mir alle möglichen Stellungen erwarteten, jagten mir solche Angst ein, daß sie jede Lust in mir abtöteten.

Sogar ohne die verschiedenen Stellungen war ich ein Nervenbündel, als Gus und ich in meine Wohnung zurückkamen – zum Glück ein stark betrunkenes Nervenbündel. Daher sparten wir uns einen großen Teil der sonst üblichen Peinlichkeit und Unbeholfenheit. Beide brüllten wir vor Lachen und purzelten ohne Umweg von der Wohnungstür ins Schlafzimmer.

Gus zog sich in Null Komma nichts aus und sprang dann mit mir ins Bett.

Eigentlich wollte ich seinen steifen Penis auf keinen Fall ansehen, weil ich das Gefühl hatte, dazu viel zu schüchtern zu sein, aber er zog meine Blicke gegen meinen Willen magisch an. Immer wieder. Ich konnte die Augen nicht abwenden, ich war richtig davon gebannt.

Es sah aber auch sehr verlockend aus, wenn man bedenkt, daß es sich dabei um einen fünfzehn Zentimeter langen lila Vorsprung handelte, in dem das Blut pulsierte. Ich mußte immer wieder staunen, wie etwas so sinnlich sein konnte, das eigentlich so … nun … unheimlich aussah.

Dann war ich mit Ausziehen an der Reihe.

»Was ist denn mit dir los?« Mit gespielter Besorgnis zupfte Gus an meiner Kleidung herum. »Du bist ja noch komplett angezogen. Runter mit den Klamotten, zack, zack.«

Es machte großen Spaß und erinnerte mich an früher, wenn ich als kleines Mädchen von meiner Mutter ausgezogen wurde.

»Beine grade«, befahl er, während er am Fuß des Bettes stand, meine Strumpfhose bei den Zehen packte und zog. Als ich hörte, wie sie zerriß, mußte ich laut loslachen.

»Arme hoch«, knurrte er, als er mir das Kleid herunterzerrte. »Gott im Himmel! Wo ist denn dein Gesicht?«

»Hier drin«, sagte ich mit erstickter Stimme durch den Stoff. »Du hast bis jetzt nur die Ärmel weggezogen. Der Kragen sitzt mir auf dem Kopf.«

»Gott sei Dank – ich hatte schon gefürchtet, ich hätte dich mit meiner Leidenschaft enthauptet.«

Er zog mich in Rekordzeit aus, aber diesmal war ich weder gehemmt, noch schämte ich mich meines Körpers, und das Ganze war mir auch nicht peinlich. Ich hatte gar keine Möglichkeit, schamhaft und sittsam zu sein, weil Gus so entschlossen zur Sache ging.

»Du studierst nicht zufällig Medizin?« fragte ich mißtrauisch.

»Nein.«

Natürlich nicht. Ich hatte ganz vergessen, daß gerade Medizinstudenten unbeherrscht loskichern, wenn sie nur das Wort »Hintern« hören.

Mit dem Vorspiel gab sich Gus nicht lange ab, es sei denn, man betrachtet seine Frage »Du unten, ich oben?« als Vorspiel. Er war nicht zu bremsen und brannte förmlich darauf, sein Pulver zu verschießen. Natürlich entzückte mich sein Ungestüm, zeigte es mir doch, daß er mich wirklich mochte.

»Daß du mir ja nicht nach drei Sekunden schon soweit bist«, mahnte ich ihn. Als er nach drei Sekunden soweit war, wälzten wir uns beide lachend im Bett.

Dann schlief er praktisch auf mir ein, was mich aber weder ärgerte noch enttäuschte. Ich schrie ihn nicht an, um zu verlangen, daß er gleich wieder bereit zu sein habe, um mich so lange zu befriedigen, bis ich zehn Orgasmen hatte – was ich als Frau der Neunziger mit Fug und Recht erwarten durfte. Im Gegenteil war ich erleichtert, daß er auf diesem Gebiet ziemlich unterentwickelt war, denn das bedeutete, daß er keine übermäßig hohen Ansprüche an mich stellen würde. Was mich betraf, hatte Sex mehr mit menschlicher Wärme und Zuneigung zu tun als mit Orgasmen, und in dieser Beziehung war er gut.

Ich hatte mich Hals über Kopf verliebt und war dank Gus um den ganzen Unsinn herumgekommen, daß man sich Schritt für Schritt gegenseitig erkunden muß.

Es war mir also ausgesprochen zuwider, daß ich mit einem Besuch bei meiner Mutter Zeit vergeuden sollte, für die ich bessere Verwendung hatte. Selbst wenn ich nicht mit Gus zusammen wäre, könnte ich zumindest anderen über ihn erzählen.

Das einzige, was den Besuch halbwegs erträglich machte, war, daß Daniel mitkam. Vor meiner Mutter konnte ich nicht gut über Gus reden, wohl aber konnte ich Daniel auf dem Hin- und Rückweg in der U-Bahn die Ohren vollquatschen.

Ich traf mich am Donnerstag nach Feierabend mit ihm, und wir verließen die Innenstadt von London mit der Piccadilly-Linie westwärts.

»Ich kann mir für den Abend was Besseres vorstellen, als Hunderte von Kilometern zu fahren, um meine Mutter zu besuchen«, knurrte ich, während wir in einem überfüllten Waggon davonschaukelten, in dem es nach nassen Mänteln roch und dessen Fußboden mit Bergen von Aktentaschen und Einkaufstüten verstellt war. »Zum Beispiel in einem sibirischen Salzbergwerk arbeiten oder die Fahrstreifen der Autobahn nach Manchester sauberlecken.«

»Vergiß nicht, daß du auch deinen Vater sehen wirst«, erinnerte mich Daniel. »Freut dich das nicht?«

»Doch, schon, aber ich kann nicht vernünftig mit ihm reden, wenn sie dabei ist. Außerdem hasse ich es, mich von ihm zu verabschieden. Ich hab dann immer so ein schlechtes Gewissen.«

»Ach, Lucy, du machst dir das Leben selbst schwer«, seufzte Daniel. »So schlimm muß es nicht sein, weißt du.«

»Weiß ich«, lächelte ich. »Aber vielleicht gefällt es mir so.«

Ich wollte nicht, daß Daniel anfing, mir Ratschläge zu erteilen, von denen ich wußte, daß sie nichts nützen würden. Er war die Art Mensch, die nicht so schnell aufhören, wenn sie erst einmal mit guten Ratschlägen angefangen haben. Schon viele Freundschaften sind an diesen Klippen unerwünschter Hilfe zerschellt.

»Vielleicht gefällt es dir tatsächlich«, räumte er ein. Die Entdeckung schien ihn zu überraschen.

»Gut«, lächelte ich. »Schön, daß wir uns einig sind. Jetzt brauch ich mich nicht damit zu belasten, daß du dir um mich Sorgen machst.«

Als wir aus der U-Bahn stiegen, war es dunkel und kalt. Der Fußweg zum Haus meiner Eltern dauerte eine Viertelstunde.

Daniel bestand darauf, mir die Tasche zu tragen.

»Mein Gott, Lucy, die wiegt ja eine Tonne. Was hast du denn alles da drin?«

»Eine Flasche Whiskey.«

»Für wen?«

»Nicht für dich«, kicherte ich.

»Das hätte ich mir denken können. Von dir krieg ich nie was anderes als Beschimpfungen.«

»Das stimmt nicht! Hab ich dir nicht zum Geburtstag eine wunderschöne Krawatte geschenkt?«

»Doch, hast du. Vielen Dank. Immerhin war das besser als im vorigen Jahr.«

»Was hab ich dir damals noch geschenkt?«

»Socken.«

»Ach richtig, stimmt.«

»Immer schenkst du mir SOS – als ob ich dein Vater wär.«

»Was meinst du damit?«

»Na ja – Schlips, Oberhemd, Socken. Das schenkt man schließlich üblicherweise seinem Vater.«

»Ich nicht.«

»Tatsächlich nicht? Was schenkst du ihm?«

»Meist Geld. Und manchmal eine gute Flasche Schnaps.«

»Aha.«

»Eigentlich hatte ich dir dieses Jahr was anderes schenken wollen, nämlich ein Buch …«

»… aber ich hab schon eins, ich weiß, ich weiß«, fiel er mir ins Wort.

»Ach je«, lachte ich. »Hab ich dir das schon früher gesagt?«

»Ja, Lucy, schon ein- oder zweimal.«

»Ach, wie peinlich. Entschuldige bitte.«

»Was soll ich entschuldigen? Daß du deinen beschissenen Witz zum hundertsten Mal erzählst? Oder daß du mich für einen unkultivierten Philister hältst?«

»Pilaster«, sagte ich zerstreut.

»Polyester«, konterte er.

»Entschuldige, daß ich meinen beschissenen Witz – übrigens ist der nicht beschissen – zum hundertsten Mal wiederholt hab. Ich entschuldige mich aber nicht dafür, daß ich den Eindruck erweckt haben könnte, du wärest nicht besonders intelligent. Sieh dir doch nur die Frauen an, mit denen du rumziehst!«

»Na hör mal!« blaffte er mich an. Ich sah ihn beunruhigt an – es klang, als wäre er wirklich ärgerlich. Dann lachte er und schüttelte ungläubig den Kopf.

»Lucy Sullivan, ich laß dir soviel durchgehen. Ich versteh selbst nicht, warum ich dich nicht längst umgebracht habe.«

»Ich auch nicht«, sagte ich nachdenklich. »Ich behandele dich wirklich nicht besonders freundlich. Dabei meine ich das gar nicht so. Ich halte dich eigentlich nicht für richtig blöd. Allerdings bin ich überzeugt, daß du einen abscheulichen Geschmack bei Frauen hast und sie furchtbar schlecht behandelst. Davon abgesehen bist du wohl ganz in Ordnung.«

»Dein Wort in der Götter Ohr«, grinste Daniel. »Kann ich diese Lobeshymne schriftlich haben?«

»Nein.«

Schweigend zogen wir weiter, vorbei an endlosen Reihen kleiner Vorstadthäuser, die aussahen wie flache Kisten. Es war bitterkalt.

Nach einer Weile fragte Daniel: »Für wen ist er also?«

»Wer?«

»Der Whiskey.«

»Natürlich für Dad. Für wen sonst?«

»Süffelt der immer noch?«

»Daniel! Sag das nicht so.«

»Wie?«

»In deinem Mund klingt das, als wäre er ein Penner, ein Wermutbruder oder irgendwas in der Art.«

»Aber Chris hat doch gesagt, er hätte aufgehört.«

»Was, Dad und mit Trinken aufhören?« sagte ich spöttisch. »Du machst Witze. Warum sollte er?«

»Ich weiß nicht«, sagte Daniel übertrieben sanftmütig. »Chris hat es mir eben erzählt. Da muß ich wohl was falsch verstanden haben.« Schweigend zogen wir weiter.

»Und was bringst du deiner Mutter mit?«

»Der?« fragte ich überrascht. »Nichts.«

»Das ist aber nicht nett von dir.«

»Wieso? Ich schenk ihr nie was.«

»Warum nicht?«

»Weil sie arbeitet. Sie hat Geld. Dad arbeitet nicht und hat kein Geld.«

»Du würdest ihr also nie auch nur eine Kleinigkeit mitbringen?«

Ich blieb stehen. Da ich vor ihm ging, mußte auch er stehenbleiben.

»Jetzt hör mal zu, du Schleimer«, sagte ich empört. »Ich schenk ihr zum Geburtstag, zu Weihnachten und am Muttertag was. Das genügt. Vielleicht schenkst du ja *deiner* Mutter jedesmal was, wenn du sie besuchst, ich nicht. Hör auf, mir einzureden, ich sei eine schlechte Tochter.«

»Ich meinte doch nur … ach, was soll's.« Er sah so jämmerlich drein, daß ich ihm nicht länger böse sein konnte.

»Schon gut«, sagte ich und nahm ihn am Arm. »Falls du dich dann besser fühlst, kauf ich ihr nachher im Laden um die Ecke 'nen Kuchen.«

»Laß nur.«

»Daniel! Warum bist du jetzt eingeschnappt?«

»Bin ich nicht.«

»Bist du doch. Du hast ›Laß nur‹ gesagt.«

»Ja«, lachte er. »Das hab ich gesagt, weil ich schon 'nen Kuchen für sie hab.« Ich versuchte, angewidert dreinzuschauen.

»Daniel Watson, du bist *tatsächlich* ein Schleimer.«

»Überhaupt nicht; ich bin nur gut erzogen. Deine Mutter lädt mich zum Abendessen ein, und da bin ich einfach höflich zu ihr.«

»Nenn es ruhig Höflichkeit – ich nenn es Schleimerei.«

»Von mir aus, Lucy«, lachte er. »Sag dazu, was du willst.«

Wir bogen um die Ecke, und ich sah das Haus meiner Eltern. Mir wurde schwer ums Herz. Ich haßte das Haus. Ich haßte es, hierherzukommen.

Mir fiel etwas ein. »Daniel«, sagte ich eindringlich.

»Was?«

»Wenn du vor meiner Mutter auch nur ein Wort über Gus sagst, bist du ein Kind des Todes.«

»Würde mir doch nicht im Traum einfallen.« Er sah gekränkt aus.

»Gut. Ich freu mich, daß wir uns verstehen.«

»Meinst du etwa, es wäre ihr nicht recht?« scherzte er.

»Halt den Rand.«

36

Ich sah eine Bewegung hinter der Wohnzimmergardine. Mum riß die Haustür auf, bevor ich überhaupt klingeln konnte.

Einen Augenblick lang machte mich das traurig. *Hat sie wirklich nichts Besseres zu tun?* fragte ich mich.

»Willkommen, willkommen!« sagte sie munter und gönnerhaft, ganz Gastgeberin. »Herein in die gute Stube. Wie geht es Ihnen, Daniel? Wirklich lieb von Ihnen, uns hier draußen zu besuchen.« Mit der Frage: »Sind Sie sehr durchgefroren?« griff sie nach seinen Händen. »Ach nein, ist nicht schlimm. Legt ab und kommt rein. Ich hab schon Tee gemacht, er muß nur noch ziehen.«

»Da kann er mir ja auch gleich den Mantel ausziehen«, sagte Daniel und lächelte meine Mutter verschwörerisch an.

»Aber, aber!« Sie lachte wie ein junges Mädchen und verdrehte die Augen. »Sie sind ja ein ganz Schlimmer.«

Ich steckte mir einen Finger in den Hals und tat so, als müßte ich würgen.

»Hör doch auf«, knurrte Daniel.

»Warum bist du nur so gehässig zu mir?« sagte ich. »Bist du doch sonst nicht.«

»Weil du dich manchmal kindisch und widerwärtig aufführst.«

Das ärgerte mich so sehr, daß ich etwa fünfzigmal in beleidigtem Ton »kindisch und widerwärtig« sagte, während wir in der winzigen Diele unsere Mäntel auszogen und sie unten über das Treppengeländer legten.

Daniel legte seine Stirn in Falten, aber ich wußte, daß er sich Mühe geben mußte, nicht zu lachen.

»Wenn du jetzt sagst, ›Du benimmst dich richtig erwachsen‹, schmier ich dir eine«, teilte ich ihm mit.

»Du benimmst dich richtig erwachsen.«

Folglich kam es zu einer kleinen Rauferei. Ich versuchte, ihm einen Schlag zu versetzen, er aber packte mich an den

Handgelenken und hielt sie fest. Dann lachte er mich aus, während ich mich wand und nach ihm trat, um freizukommen. Aber ich konnte mich keinen Zentimeter rühren, und er sah mich völlig unbeteiligt an und grinste.

Dieses Macho-Gehabe ging mir auf die Nerven. Bei einem anderen Mann hätte es vermutlich ziemlich erregend auf mich gewirkt.

»Du Rüpel.« Das würde ihn ärgern, und richtig, er ließ sofort los. Sonderbarerweise enttäuschte mich das.

Wir gingen in die warme Küche, wo Mum mit Keksen, Zucker und einem Milchkrug hantierte.

Dad saß im Lehnsessel und schnarchte leise vor sich hin. Wirr umstanden die weißen Haarbüschel seinen Kopf. Ich strich sie zärtlich glatt. Seine Brille saß schief, und mir wurde schmerzlich bewußt, daß er anfing, wie ein Greis auszusehen. Nicht wie ein Mann in mittleren Jahren oder ein älterer Mann, sondern wirklich wie ein kleiner Greis.

»Wenn ihr erst mal was Warmes im Leibe habt, geht's euch gleich besser«, sagte Mum. »Hast du einen neuen Rock, Lucy?«

»Nein.«

»Wo hast du ihn her?«

»Er ist nicht neu.«

»Das hab ich verstanden, als du es zum ersten Mal gesagt hast. Wo hast du ihn her?«

»Kennst du doch nicht.«

»Probier's einfach.« Zu Daniel gewandt sagte sie mit mädchenhaftem Lachen, während sie ihm einen Teller mit Keksen über den Tisch hinschob: »Ich bin nämlich nicht so verkalkt, wie sie meint.«

»Kookaï«, sagte ich mit zusammengebissenen Zähnen.

»Wie kann ein Laden nur so heißen« fragte sie und tat, als ob sie lachen müßte.

»Ich hab dir gleich gesagt, du kennst ihn nicht.«

»Stimmt. Ich will ihn auch gar nicht kennen. Woraus ist er?« Sie faßte nach dem Stoff.

»Woher soll ich das wissen?« fragte ich ärgerlich und versuchte, den Rock ihren Krallen zu entreißen. »Ich kauf Sachen, die mir gefallen, nicht solche, die aus was Bestimmtem gemacht sind.«

»Ich würde sagen, es ist nur Synthetik«, sagte sie und rieb den Stoff zwischen den Fingern. »Sieh nur, wie er knittert!«

»Hör auf.«

»Und wie er verarbeitet ist – jedes Kind könnte den Saum sauberer nähen. Was hattest du gesagt, wieviel du dafür bezahlt hast?«

»Hab ich nicht gesagt.«

»Schön, also was hast du dafür bezahlt?«

Ich wollte ihr eigentlich erklären, daß ich nicht bereit sei, ihr das zu sagen, doch das würde wohl kindisch klingen.

»Hab ich vergessen.«

»Ich schätze, du weißt es sehr genau. Aber du schämst dich, es mir zu sagen. Wahrscheinlich viel zu viel. Viel mehr, als er jedenfalls wert ist.« Ich sagte nichts.

»Du konntest noch nie mit Geld umgehen, Lucy.« Ich sagte immer noch nichts.

»Manch einer kapiert's eben nie.«

Schweigend saßen wir drei um den Tisch. Ich weigerte mich mißmutig, den Tee zu trinken, weil sie ihn gemacht hatte.

Immer wieder trieb sie mich dazu, mich von meiner schlimmsten Seite zu zeigen.

Daniel rettete die Situation, indem er in die Diele hinausging und den Kuchen holte, den er ihr gekauft hatte.

Natürlich war sie entzückt und überschlug sich fast dabei, ihn in den höchsten Tönen zu loben.

»Wie lieb von Ihnen. Das wär doch nicht nötig gewesen. Auch wenn es traurig ist, daß mein eigen Fleisch und Blut mir nichts mitbringt.«

»Nein, nein, er ist von uns beiden, nicht nur von mir«, sagte Daniel.

»Schleimer«, sagte ich lautlos über den Tisch hinweg.

»Ach so«, sagte Mum. »Danke, mein Kind. Aber du müßtest eigentlich wissen, daß ich in der Fastenzeit keine Schokolade eß.«

»Kuchen ist doch keine Schokolade«, sagte ich matt.

»Schokoladenkuchen schon«, sagte sie.

»Dann frier ihn doch ein und iß ihn nach der Fastenzeit«, schlug ich vor.

»Der hält sich bestimmt nicht.«

»Ich denke doch.«

»Außerdem widerspricht das dem Gedanken des Fastens.«

»Gut, iß ihn *nicht*. Dann essen ihn eben Daniel und ich.«

Der Zankapfel stand mitten auf dem Tisch und wirkte mit einem Mal so furchterregend wie eine Bombe. Hätte ich es nicht besser gewußt, ich hätte geschworen, daß man sehen konnte, wie er tickte. Mir war klar, daß er nie gegessen würde.

»Worauf verzichtest du eigentlich während der Fastenzeit, Lucy?«

»Auf nichts!« Geheimnisvoll fügte ich hinzu: »In meinem Leben gibt es so viel Elend, daß ich nicht auch noch auf was zu verzichten brauche.« Insgeheim hoffte ich, sie würde begreifen, daß ich den Besuch bei ihr meinte.

Zu meiner Überraschung schlug sie nicht zurück, sondern sah mich einen Augenblick lang beinahe … nun … *zärtlich* an.

»Ich hab dein Lieblingsessen gemacht«, sagte sie.

»Tatsächlich?«

Ich wußte nicht einmal, daß ich ein Lieblingsessen hatte. Ich war gespannt, was für einen Mist sie auftischen würde.

Aber einfach, um sie zu ärgern, sagte ich: »Großartig, Mum. Ich wußte gar nicht, daß du die Kroatenküche kennst.«

Mum sah Daniel ein wenig verwirrt an und fragte ihn: »Was meint sie mit Krawattenküche? Weißt du, Lucy, du warst schon immer ein bißchen komisch, aber wenn es dir Freude macht, hol ich dir gern ein paar alte Schlipse von deinem Vater runter.« Bitter fügte sie hinzu: »Er braucht sie sowieso nicht, denn seit seinem Hochzeitstag hat er keinen umgebunden.«

»Red doch kein' Scheiß«, kam eine unartikulierte Stimme aus der Ecke. »Wie war das denn bei Mattie Burkes Beerdigung?«

Mein Vater hatte die Augen geöffnet und sah sich verwirrt im Zimmer um.

»Dad!« sagte ich entzückt. »Du bist ja wach.«

»Ja, die Toten standen auf und erschienen vielen«, rief Mum sarkastisch, während Dad auf die Beine zu kommen versuchte.

»Stimmt nicht«, sagte Dad. »Das war nicht Mattie Burke, sondern Laurence Molloy. Hab ich dir das schon mal erzählt, Lucy? Das war toll, als Laurence Molloy so tat, als ob er tot wäre, damit wir eine richtige Totenwache mit allem Drum und Dran halten konnten. Als er dann merkte, daß er die ganze Zeit auf einem harten Brett liegen mußte und nichts zu trinken kriegte, während ihn unser Whiskey-Atem in der Nase kitzelte, paßte ihm das gar nicht. Also ist er aus dem Sarg gesprungen, hat jemand 'ne Flasche aus der Hand gerissen und gesagt ›Her damit‹ ...«

»Schluß, Jamsie«, brüllte meine Mutter. »Wir haben Besuch, und der will bestimmt keine Geschichten aus deiner sinnlos vertanen Jugend hören.«

»Davon rede ich ja gar nicht«, brummelte Dad. »Die Totenwache von Laurence Molloy ist erst ein paar Jahre her ... Hallo, mein Junge«, sagte er, als sein Blick auf Daniel fiel. »Dich kenn ich noch. Du bist doch immer zum Spielen mit Christopher Patrick gekommen. Warst damals hoch aufgeschossen. Stell dich mal hin, damit ich seh, ob du kleiner geworden bist!« Unbeholfen erhob sich Daniel unter vielem Stühlerücken.

»Eher noch größer!« fand Dad. »Obwohl ich das nicht für möglich gehalten hätte.« Dankbar nahm Daniel wieder Platz.

»Lucy, mein Schätzchen«, sagte Dad und wendete seine Aufmerksamkeit mir zu. »Ich wußte ja gar nicht, daß du kommen wolltest.«

»Warum hast du mir nichts davon gesagt?« fragte er meine Mutter.

»Hab ich doch.«

»Hast du nicht.«

»Doch, hab ich.«

»Bestimmt nicht.«

»Hab ich do... Ach, was soll's. Ebensogut könnte ich an die Wand reden.«

»Lucy«, sagte Dad. »Ich steh auf, mach mich ein bißchen fein und bin in Null Komma nichts wieder da.«

Er schlurfte aus dem Zimmer, und ich lächelte ihm zärtlich nach.

»Er sieht gut aus«, sagte ich.

»Findest du?« fragte Mum kalt. Ein unbehagliches Schweigen folgte.

»Noch Tee?« fragte sie Daniel und hielt sich an die berühmte irische Überlieferung, Gesprächspausen damit zu füllen, daß man Leuten etwas zu essen oder zu trinken aufnötigt.

»Danke.«

»Noch 'nen Keks?«

»Nein, danke.«

»'n kleines Stück Kuchen?«

»Nein, lieber nicht. Sonst bleibt kein Platz für das Abendessen.«

»Nur zu. Sie wachsen doch noch.«

»Wirklich nicht.«

»Bestimmt nicht?«

»Mum, laß ihn doch!« sagte ich lachend, weil mir einfiel, was Gus über irische Mütter gesagt hatte. »Was *hast* du denn zum Abendessen gemacht?«

»Fischstäbchen, Bohnen und Pommes.«

»Äh, schön.«

Es stimmt schon, vor einem halben Leben war das mein Lieblingsessen gewesen, bis ich nach London zog und so exotische Speisen kennenlernte wie Tandoori-Nudeln oder Kartoffelchips mit Pekingente-Geschmack.

»Wunderbar«, grinste Daniel. »Das ess ich für mein Leben gern.« Es klang, als ob er es ernst meinte.

»Das würdest du doch immer sagen, egal was man dir hinstellen würde, Dan«, warf ich ihm vor. »Sogar wenn Mum sagte, ›Daniel, ich hatte vor, heute Ihre Hoden in Weißweinsoße auf den Tisch zu bringen‹, würdest du sagen, ›Hm, wunderbar, Mrs. Sullivan, klingt köstlich‹. Das stimmt doch?« Beim Anblick seines entsetzten Gesichts kicherte ich in mich hinein.

»Lucy«, sagte er gequält. »Du solltest wirklich ein bißchen aufpassen, was du sagst.«

»Entschuldige«, lachte ich. »Ich hab gar nicht dran gedacht, daß ich deinen wertvollsten Besitz im Munde geführt hab.

Was wäre schließlich Daniel Watson ohne seine Genitalien? Dein Leben wäre am Ende, was?«

»Nein, Lucy, darum geht es nicht. Das würde jeden Mann abstoßen, nicht nur mich.«

Meine Mutter hatte schließlich ihre Stimme wiedergefunden.

»Lucy – Carmel – Sullivan«, keuchte sie, allem Anschein nach einem Schlaganfall nahe. »Wovon um Himmels willen redest du da?«

»Nichts Besonderes, Mrs. Sullivan«, sagte Daniel rasch. »Wirklich nichts.«

»So?« sagte ich. »Das würde Karen aber anders sehen.« Während ich ihm zuzwinkerte, verwickelte er Mum ziemlich hastig in ein Gespräch: wie es ihr gehe, ob sie arbeite, wie es ihr in der Reinigung gefalle.

Mum sah einmal mich an und einmal Daniel. Sie schwankte zwischen dem Entzücken, das es ihr bereitete, im Mittelpunkt seiner Aufmerksamkeit zu stehen, und dem Verdacht, daß sie mich mit etwas ganz und gar Verabscheuungswürdigem und Unverzeihlichem davonkommen ließ.

Aber ihre Eitelkeit erwies sich als stärker. Schon bald unterhielt sie Daniel mit Geschichten von den verwöhnten reichen Säcken, die sie in der Reinigung bedienen mußte. Sie wollten alles schon gestern erledigt haben, sagten nie danke, parkten ihre Autos, »große Schlitten, die BMX oder BLT oder wie auch immer heißen«, so, daß sie anderen den Weg versperrten und waren unvorstellbar mäkelig. »Gerade war einer von denen da – ein richtiger junger Schnösel – und hat mir sein Hemd ins Gesicht geschmissen, jawohl, *geschmissen!* und gefragt: ›Was zum Teufel haben Sie damit gemacht?‹. Sehen Sie, Daniel, erstens gab es keinen Grund zu fluchen, das hab ich ihm auch gesagt, und zweitens hab ich mir das Hemd angesehen – da war nicht der kleinste Fleck drauf …«, und so ging es endlos weiter.

Daniel hörte mit der Geduld eines Heiligen zu. Ich war so froh, daß er mitgekommen war. Allein hätte ich das auf keinen Fall ausgehalten.

»… und ich hab gesagt, ›Es ist blütenweiß‹, und er hat gesagt: ›Und als ich es gebracht hab, war es hellblau‹ …«

Meine Mutter redete und redete. Mitfühlend nickte und lächelte Daniel, unermüdlich. Es war herrlich. Meine Anwesenheit war so gut wie nicht erforderlich, Mum erwartete von mir nur gelegentlich, daß ich nickte oder »hm« sagte, ihre ganze Aufmerksamkeit richtete sich auf Daniel.

Schließlich näherte sich das Epos aus der Reinigung seinem Ende.

»… dann sagt der doch zu mir, ›Wir sehen uns vor Gericht wieder‹ und ich sag ihm, ›Von mir aus gern‹, und er sagt, ›Sie hören von meinem Anwalt‹ und ich sag, ›Hoffentlich kann er gut und laut brüllen, denn auf einem Ohr bin ich fast taub‹…«

»Und wie geht es Ihnen, Daniel?« fragte Mum schließlich.

»Gut, Mrs. Sullivan, danke.«

»Besser als gut, gib's nur zu. Erzähl Mum doch von deiner neuen Freundin.«

Ich war begeistert. Ich *wußte*, daß sie das aufregen würde. Sie hoffte nach wie vor, daß ich Daniel irgendwie rumkriegen würde.

»Hör doch auf«, knurrte Daniel und machte ein betretenes Gesicht.

»Nur nicht schüchtern, Daniel.« In vollen Zügen genoß ich es, auf seinen Nerven herumzutrampeln.

»Jemand, den wir kennen?« fragte Mum hoffnungsvoll.

»Ja«, sagte ich freudestrahlend.

»Ach?« Sie versuchte, ihre Aufregung zu verbergen, was ihr nur unvollkommen gelang.

»Meine Mitbewohnerin Karen.«

»Karen?«

»Ja.«

»Die Schottin?«

»Ja. Die beiden sind richtig ineinander verknallt. Ist das nicht wunderbar?« Als Mum darauf nicht reagierte, fragte ich erneut: »Na, ist das nicht wunderbar?«

»Ich hab sie ja schon immer für ein bißchen schamlos gehalten…«, sagte Mum und hielt sich dann in gespieltem Entsetzen die Hand vor den Mund. »Ach, Daniel, was hab ich da gerade nur gesagt? Entschuldigung. Beim heiligen Herzen Jesu, wie konnte ich nur so taktlos sein? Könnten Sie bitte vergessen, daß ich das gesagt hab – es ist lange her, daß ich sie gesehen hab. Bestimmt sieht sie jetzt nicht mehr halb so ordinär aus.«

»Schon vergessen«, sagte Daniel mit dem Anflug eines Lächelns. Er war wirklich unglaublich nett zu ihr. Er hätte der Alten einfach eine runterhauen sollen; kein Schwurgericht im ganzen Land hätte ihn schuldig gesprochen.

»Bei allem Schlechten, was man über Lucy sagen kann«, sagte meine Mutter und tat so, als spräche sie beiläufig mit sich selbst, »ordinär hat sie nie ausgesehen. Nie würde sie ihren Busen auf der Straße raushängen lassen.«

»Weil ich keinen hab, den ich raushängen lassen *könnte*, verdammt noch mal.«

»Fluch nicht, Lucy«, sagte sie und schlug mir leicht auf den Arm.

»Das soll geflucht sein?« stieß ich heraus. »Du hältst *das* für Fluchen? Soll ich dir mal zeigen, wie man flucht?«

Insgeheim ärgerte ich mich, daß Daniel da war. Vor Besuch konnte ich mich nicht richtig mit ihr streiten. Zwar zählte Daniel nicht wirklich als Besuch, aber trotzdem.

»Entschuldigt mich einen Augenblick«, sagte ich und verließ das Zimmer. Ich nahm die Whiskeyflasche aus meiner Tasche in der Diele und ging nach oben. Ich wollte mit meinem Vater ein paar Worte unter vier Augen sprechen.

37

Er saß im Schlafzimmer auf dem Bett und zog sich die Schuhe an.

»Ich wollte gerade wieder runterkommen«, sagte er.

»Laß uns einen Augenblick hierbleiben«, sagte ich und umarmte ihn.

»Ausgezeichnet«, sagte er. »Da können wir uns ungestört unterhalten.«

Ich gab ihm die Flasche Whiskey, und nun nahm er mich in die Arme. »Du bist wirklich sehr gut zu mir, Lucy«, sagte er.

»Wie geht's dir, Dad?« fragte ich mit Tränen in den Augen.

»Ausgezeichnet, Lucy, wirklich. Warum die Tränen?«

»Ich finde die Vorstellung gräßlich, daß du ganz allein mit ... mit *ihr* ... hier rumhängst«, sagte ich und nickte nach unten.

»Aber mir geht's wirklich gut«, protestierte er lachend. »Es gibt Schlimmere als sie. Wir kommen ganz gut miteinander aus.«

»Das sagst du ja nur, damit ich mir keine Sorgen um dich mache«, schniefte ich. »Aber trotzdem vielen Dank.«

»Ach Lucy, mein Kind«, sagte er und drückte mir die Hand. »Du darfst das alles nicht so ernst nehmen. Versuch dich ein bißchen zu amüsieren, denn tot sind wir noch lang genug.«

»Bitte sprich nicht vom Sterben«, klagte ich und fing danach erst *richtig* an zu weinen. »Ich möchte nicht, daß du stirbst. Versprich mir, daß du nicht stirbst!«

»Nun ... Wenn dich das glücklich macht, Lucy, sterb ich nicht.«

»Und falls du doch sterben mußt, versprich du mir, daß wir gleichzeitig sterben.«

»Das versprech ich.«

»Ach, Dad, ist das nicht entsetzlich?«

»Was, mein Schatz?«

»Alles. Leben, andere Menschen lieben, Angst haben, daß sie sterben.«

»Findest du?«

»Natürlich.«

»Woher hast du nur so entsetzliche Vorstellungen, Lucy?«

»Von … von … von *dir*, Dad.«

Verlegen nahm er mich in den Arm und sagte, da müsse ich ihn mißverstanden haben, denn gewiß habe er nie dergleichen gesagt, ich sei jung, das Leben liege vor mir und ich solle es nach Kräften genießen.

»Aber warum, Dad?« fragte ich. »Du hast dich nie bemüht, dein Leben zu genießen, und es hat dir auch nicht geschadet.«

»Bei mir war das was anderes«, seufzte er. »Bei mir *ist* das was anderes. Ich bin ein alter Mann, aber du bist eine junge Frau. Jung, schön, gebildet – vergiß nie die Vorzüge einer Bildung, Lucy«, sagte er mit großem Nachdruck.

»Tu ich bestimmt nicht.«

»Versprich mir das.«

»Das verspreche ich.«

»Du besitzt all diese Vorzüge, und deswegen solltest du glücklich sein.«

»Wie könnte ich?« klagte ich. »Und wie kannst du das von mir erwarten? Wir sind uns doch so ähnlich, Dad, du und ich. Wir sehen doch die Vergeblichkeit, die Öde, die Düsternis, wenn alle anderen im Licht stehen.«

»Was ist mit dir los?« Er sah mich aufmerksam an. »Ein Kerl, was? Irgend so ein hergelaufener Bursche will dich aufs Kreuz legen, stimmt's?«

»Nein, Dad«, sagte ich, unter Tränen lachend.

»Es ist doch nicht etwa der Schlaks da unten in der Küche, oder?«

»We… was, Daniel? Nein.«

»Er hat sich ja wohl … nichts bei dir rausgenommen, Lucy? Falls doch, laß ich ihn von deinen beiden Brüdern windelweich prügeln, solange noch Atem in mir ist. Was der Kerl braucht, ist ein Tritt in den Arsch und den Rat, schleunigst abzuhauen, und das kriegt er auch. Wenn der meint, daß er sich bei der Tochter von Jamsie Sullivan was rausnehmen und noch damit großtun kann, ist er verdammt schief gewickelt …«

»Dad«, flehte ich. »Daniel hat nichts getan.«

»Ich hab doch gesehen, wie er dich anglotzt«, sagte Dad finster.

»Er sieht mich *überhaupt* nicht an. Das bildest du dir ein.«

»Meinst du? Vielleicht. Es wäre nicht das erste Mal.«

»Hier geht es *überhaupt nicht* um einen Mann.«

»Aber warum bist du dann so traurig?«

»Einfach so, Dad. Ich bin da ganz wie du.«

»Aber mir geht's gut, Lucy, Gott ist mein Zeuge. Mir ist es nie besser gegangen.«

»Danke, Dad«, seufzte ich und lehnte mich an ihn. »Mir ist klar, daß du das nur sagst, damit ich mich besser fühle, trotzdem weiß ich es zu würdigen.«

»Aber ...« sagte er und sah ein wenig verwirrt drein. Es sah ganz so aus, als suche er nach Worten, ohne daß sie ihm einfielen.

»Na komm«, sagte er schließlich. »Die Pommes warten auf uns.« Wir gingen nach unten.

Es war ein ziemlich trübseliger Abend: Meine Mutter und ich lagen uns in den Haaren, und Dad beäugte mißtrauisch Daniel, weil er von dessen unehrenhaften Absichten mir gegenüber überzeugt war.

Unsere Stimmung hob sich ein wenig, als das Essen auf den Tisch kam.

»Eine Rhapsodie in Orange«, erklärte Dad mit einem Blick auf seinen Teller. »Genau das ist es. Die Fischstäbchen sind orange, die Bohnen sind orange, die Pommes sind orange, und ich spül das Ganze mit einem Glas besten irischen Malt Whiskey runter, der, wie der Zufall es will, ebenfalls orange ist.«

»Die Pommes sind nicht orange«, sagte Mum. »Hast du Daniel was zu trinken angeboten?«

»Und wie die orange sind«, gab Dad hitzig zurück. »Nein, hab ich nicht.«

»Daniel, möchten Sie was zu trinken?« fragte Mum und erhob sich.

»Na, wenn die nicht orange sind, was sollen die dann sein?« fragte Dad den Tisch ganz allgemein. »Rosa? Grün?«

»Nein danke, Mrs. Sullivan«, sagte Daniel nervös.

»Du kriegst auch nichts«, sagte Dad streitlustig. »Erst, wenn du sagst, daß die Pommes orange sind.«

Mum und Dad sahen erwartungsvoll zu Daniel hin, denn beide wollten ihn auf ihrer Seite haben.

»Sie sind eher golden«, sagte Daniel schließlich diplomatisch.

»Orange!«

»Golden«, sagte Mum. Daniel schwieg betreten.

»Mit dir ist schwer verhandeln«, brüllte Dad und ließ die Hand auf den Tisch niedersausen, daß die Teller sprangen und das Besteck klirrte. »Goldorange, mein letztes Angebot. Mach damit, was du willst. Aber sag nicht, ich wäre nicht verhandlungsbereit. Gib ihm 'nen Schluck zu trinken.«

Dads düstere Stimmung hellte sich schlagartig auf. Das Abendessen wirkte Wunder.

»Nur eins ist besser als ein Fischstäbchen«, sagte er und sah lächelnd um den ganzen Tisch herum, »nämlich sechs Fischstäbchen.«

»Seht euch das nur an«, sagte er bewundernd, hob das auf die Gabel gespießte Fischstäbchen hoch und drehte es so, daß er es aus allen Richtungen begutachten konnte. »Wunderschön. Das ist echte Handwerkskunst. Um eins von denen richtig machen zu können, muß man studiert haben.«

»Jamsie, mach aus deinem Essen kein Museumsstück«, sagte Mum spielverderberisch.

»Ich möchte gern diesen Käpt'n Iglo kennenlernen, ihm die Hand schütteln und ihm zu seiner sauberen Arbeit gratulieren«, erklärte Dad, ohne auf sie zu achten. »Wirklich. Vielleicht bringen die ihn ja mal in *Das ist ihr Leben*. Was meinst du, Lucy?«

»Ich glaube nicht, daß es den wirklich gibt, Dad«, erklärte ich.

»Den gibt es nicht?« fragte Dad. »Aber ich hab ihn doch selbst im Fernsehen gesehen. Er hat lange weiße Koteletten und lebt auf einem Schiff.«

»Aber ...«

Ich war nicht sicher, ob Dad spaßte oder nicht. Wahrscheinlich schon – jedenfalls hoffte ich das.

»Der hat den Nobelpreis verdient«, erklärte Dad.

»Den Nobelpreis für was?« fragte Mum sarkastisch.

»Natürlich den für Fischstäbchen«, sagte Dad. Es klang überrascht. »Was für einen Nobelpreis könnte ich sonst deiner Ansicht nach gemeint haben, Connie? Vielleicht den für Literatur? Das gäb ja wohl keinen Sinn!«

Da lachte auch Mum ein bißchen, und die beiden sahen einander komisch an.

Als nach dem Essen der Tisch abgeräumt wurde, zog sich Dad in seinen Lehnsessel in der Ecke zurück, während Daniel, Mum und ich am Küchentisch sitzen blieben und ganze Ozeane von Tee tranken.

Gegen halb elf sagte ich leichthin: »Ich glaube, wir müssen gehen.« Ich hatte die letzte halbe Stunde mit mir gerungen, den Mut dafür aufzubringen. Mir war klar, daß das meiner Mutter nicht besonders gefallen würde.

»Schon?« kreischte sie. »Aber ihr seid ja erst gekommen.«

»Es ist spät, Mum, und bis ich zu Hause bin, dauert es auch eine Weile. Ich brauche meinen Schlaf.«

»Ich weiß nicht, was mit dir los ist, Lucy. In deinem Alter konnte ich die ganze Nacht bis zum Sonnenaufgang durchtanzen.«

»Dir fehlt Eisen, Lucy«, rief Dad aus der Ecke. »Du brauchst Eisentabletten. Oder wie heißt das andere Zeug, was all die jungen Leute nehmen, damit sie zu Kräften kommen?«

»Ich weiß nicht. Sanatogen?«

»Nein«, murmelte er. »Das hieß anders.«

»Wir müssen jetzt wirklich los, nicht wahr, Daniel?« sagte ich entschlossen.

»Äh, ja.«

»Kokain hieß es!« rief Dad, ganz begeistert, daß es ihm eingefallen war. »Laß dir in der Poliklinik eine Dosis Kokain verpassen, und du hüpfst in Null Komma nichts rum wie ein junges Häschen.«

»Das glaub ich nicht, Dad«, kicherte ich.

»Warum nicht?« wollte er wissen. »Gehört das etwa zu diesem verbotenen Zeug?«

»Ja, Dad.«

»Eine verdammte Schande«, erklärte er. »Der Gesetzgeber verdirbt uns aber auch alles mit den Steuern und den Sprüchen ›dies und jenes ist verboten‹. Was kann es schon schaden, wenn man von Zeit zu Zeit 'nen Tropfen Kokain nimmt? Die im Parlament sind lauter humorlose Gestalten, jawohl.«

»Ja, Dad.«

»Warum bleibst du nicht über Nacht?« schlug Mum vor. »Das Bett in deinem Zimmer ist gemacht.«

Die bloße Vorstellung erfüllte mich mit Schrecken. Unter ihrem Dach übernachten? Mich dort wieder eingesperrt fühlen? Als wäre ich ihr nie entkommen?

»Äh, nein, Mum. Daniel muß nach Hause, und da kann ich ebensogut mit ihm zurückfahren ...«

»Aber Daniel kann auch bleiben«, sagte sie ganz aufgeregt. »Er kann im Zimmer der beiden Jungs schlafen.«

»Vielen Dank, Mrs. Sullivan ...«

»Connie«, sagte sie, beugte sich über den Tisch und legte ihm die Hand auf den Arm. »Nennen Sie mich Connie. Es kommt mir albern vor, daß Sie mich immer noch ›Mrs. Sullivan‹ nennen, wo ihr jetzt alle schon groß seid.«

Großer Gott! Sie tat, als ob sie ... als ob sie mit ihm flirtete. Ich hätte mich fast übergeben.

»Vielen Dank, *Connie*«, wiederholte Daniel. »Aber ich muß wirklich in die Stadt zurück. Ich hab morgen sehr früh eine Besprechung ...«

»Nun, wenn das so ist ... Ich will keineswegs Sand ins Getriebe der Industrie streuen. Aber Sie kommen uns doch bald mal wieder besuchen?«

»Bestimmt, gern.«

»Und vielleicht könnt ihr beim nächsten Mal beide hier übernachten?«

»Ach, bin ich auch eingeladen?« fragte ich.

»Lucy«, sagte Mum tadelnd. »Du brauchst doch keine Einladung. Wie kommen Sie mit ihr zurecht?« fragte sie Daniel. »Sie ist so empfindlich.«

»Ganz gut«, murmelte Daniel. Seine angeborene Höflichkeit verlangte, daß er Mum zustimmte, und zugleich mahnte

ihn sein angeborener Überlebensinstinkt, daß es ziemlich toll-
kühn wäre, mich zu verärgern.

Mit seinem Bedürfnis, es allen jederzeit recht zu machen,
hatte er bestimmt einen schweren Stand. Vierundzwanzig
Stunden am Tag bezaubernd und umgänglich sein, dürfte
ganz schön anstrengend sein.

»Hätte ich nicht für möglich gehalten«, sagte Mum scharf.

»Äh, dürfte ich mal telefonieren – nach einem Taxi?« fragte
Daniel, darauf bedacht, das Thema zu wechseln.

»Wir können doch mit der U-Bahn fahren«, sagte ich.

»Es ist schon spät.«

»Und?«

»Es regnet.«

»Und?«

»Ich zahle.«

»Wenn das so ist, von mir aus.«

»'n Stück weiter unten gibt's 'ne Minicab-Firma«, sagte
Mum. »Wenn ihr so dringend weg wollt, ruf ich da mal
an.«

Mir wurde angst und bang. Die Wagen dieser Firma wurden
von ständig wechselnden afrikanischen Flüchtlingen, indone-
sischen Asylanten und Exil-Algeriern gefahren, von denen
keiner ein Wort Englisch konnte, und die, nach ihrem Orien-
tierungsvermögen zu urteilen, gerade in Europa angekommen
waren. Auch wenn mir ihr Schicksal wirklich zu Herzen ging,
wollte ich doch unbedingt nach Hause, ohne dabei über Oslo
fahren zu müssen.

Mum rief dort an.

»Es dauert 'ne Viertelstunde«, sagte sie.

Wir saßen um den Tisch und warteten. Die Atmosphäre war
angespannt. Wir bemühten uns, so zu tun, als ob alles wie vorher und wir glücklich wären, dort zu sein, als lauschten wir
nicht angestrengt auf das Geräusch eines vor dem Haus brem-
senden Autos. Keiner sagte ein Wort. Mir fiel nichts Munteres
ein, womit ich die Spannung hätte auflösen können.

Mum seufzte und gab Äußerungen wie »Nun ja« von sich.
Sie war der einzige Mensch, den ich kannte, der »Nun ja« und
»Noch 'ne Tasse Tee?« voll Bitterkeit sagen konnte.

Nach einem Zeitraum, der mir wie zehn Stunden vorkam, meinte ich vor dem Haus ein Auto zu hören und lief hinaus, um nachzusehen.

Die Wagen dieser Firma waren noch dazu grundsätzlich alte Schrottkisten, meist Ladas und Skodas.

Tatsächlich stand ein uralter, verdreckter Ford Escort vor dem Haus. Trotz der Dunkelheit konnte ich sehen, daß er voller Rostflecke war.

»Das Auto ist da«, sagte ich. Ich nahm meinen Mantel, umarmte Dad und kletterte ins Auto.

»Hallo, ich heiß Lucy«, sagte ich zu dem Fahrer. Da wir ziemlich viel Zeit miteinander verbringen würden, konnten wir uns meiner Ansicht nach ebensogut mit Vornamen anreden.

»Hassan«, sagte er mit einem Lächeln.

»Können wir als erstes nach Ladbroke Grove fahren?« fragte ich.

»Nicht viel Englisch«, sagte Hassan entschuldigend.

»Ähm.«

»*Parlez-vous français?*« fragte er.

»*Un peu*«, gab ich zur Antwort. »*Und parlez du français?*« fragte ich Daniel, als er einstieg.

»*Un peu*«, gab er zur Antwort.

»Daniel, das ist Hassan. Hassan, Daniel.« Sie schüttelten einander die Hand, und Daniel bemühte sich geduldig, den Weg zu erklären.

»*Savez-vous* den Westway?«

»Äh…«

»Nun, *savez-vous* die Stadtmitte von London?« Ein verständnisloser Blick.

»Haben Sie schon mal von London *gehört*?« fragte Daniel freundlich.

»Ah, ja, London.« Verständnis dämmerte auf Hassans Zügen.

»*Bien*«, sagte Daniel zufrieden.

»Es ist die Hauptstadt des Vereinigten Königreichs.«

»Genau die.«

»Seine Bevölkerung beträgt …« fuhr Hassan fort.

»Können Sie uns bitte dahin bringen?« fragte Daniel. Er klang allmählich besorgt. »Ich sag Ihnen, wo's langgeht und geb Ihnen 'nen Haufen Geld.«

Dann ging es los, wobei Daniel gelegentlich »*à droite*« oder »*à gauche*« schrie.

»Gott sei Dank ist das vorbei«, seufzte ich, als wir abfuhren, während uns Mum auf der dunklen Straße nachwinkte.

»Ich fand den Abend ganz nett«, sagte Daniel.

»Red keinen Stuß«, sagte ich empört.

»Doch, *wirklich*.«

»Wie kannst du? Wo die ... die ... ekelhafte Alte dabei war?«

»Ich vermute, daß du von deiner Mutter sprichst. Ich finde sie nicht ekelhaft.«

»Daniel! Sie läßt sich keine Gelegenheit entgehen, mich niederzumachen.«

»Und du dir keine, sie auf die Palme zu bringen.«

»Was? Du spinnst wohl? Ich bin eine pflichtbewußte, liebende Tochter, die ihr einen Haufen Beleidigungen durchgehen läßt.«

»Lucy«, lachte Daniel. »Das stimmt doch gar nicht. Du nimmst sie hoch und sagst mit voller Absicht Dinge, um sie zu ärgern.«

»Ich weiß wirklich nicht, wovon du redest. Im übrigen geht es dich nichts an.«

»Wie du meinst.«

»Und ist sie nicht außerdem *langweilig*?« redete ich fast sofort weiter. »Immer wieder fängt sie mit ihrer beknackten Reinigung an. Wen interessiert die denn?«

»Aber ...«

»Was?«

»Ich weiß nicht ... Wahrscheinlich ist sie einsam und hat niemand, mit dem sie reden kann.«

»Sollte das stimmen, liegt das ausschließlich an ihr selbst.«

»Sie lebt doch ganz allein mit deinem Vater in dem Haus. Geht sie nie aus? Ich meine, außer zur Arbeit?«

»Keine Ahnung. Ich glaube nicht. Es ist mir aber auch völlig egal.«

»Ist dir eigentlich klar, daß sie ziemlich witzig ist?«

»Vergiß es.«

»Ernsthaft, Lucy. Sie ist auch noch ziemlich jung.«

»Eine alte Hexe ist sie.«

»Du bist unglaublich unvernünftig«, sagte Daniel. »Davon kann überhaupt keine Rede sein. Sie sieht ausgesprochen gut aus. Du bist ihr sehr ähnlich.«

»Das ist das Schlimmste, was du mir je gesagt hast«, fauchte ich ihn an, »das Schlimmste, was mir überhaupt je ein Mensch gesagt hat.«

Er lachte einfach. »Sei nicht blöd.«

»Aber es war sehr schön, Dad zu sehen.«

»Ja, er war recht freundlich zu mir«, sagte Daniel.

»Das ist er immer.«

»Nicht beim vorigen Mal.«

»Tatsächlich nicht?«

»Nein. Da hat er mich einen Scheiß-Engländer genannt und mir vorgeworfen, ich hätte sein Land gestohlen und ihn siebenhundert Jahre lang unterdrückt.«

»Das war nicht persönlich gemeint«, sagte ich beschwichtigend. »Er hat in dir einfach nur ein Symbol gesehen.«

»Es war trotzdem nicht nett«, sagte Daniel pikiert. »Ich hab in meinem Leben noch nichts gestohlen.«

»Nie?«

»Nie.«

»Nicht mal als kleiner Junge?«

»Äh, nein.«

»Bist du sicher?«

»Ja.«

»*Ganz* sicher?«

»Nun, *ziemlich* sicher.«

»Nicht mal Süßigkeiten im Geschäft?«

»Nein.«

»Tut mir leid, ich hab das nicht verstanden.«

»*Nein!*«

»Kein Grund zu brüllen.«

»Na ja. Ich schätze, du denkst an das eine Mal, als Chris und ich bei Woolworth die Messer und Gabeln stibitzt haben.«

»Ach ...«

Davon hatte ich zwar nie zuvor gehört, aber Daniel war nicht mehr zu bremsen.

»Du läßt mir aber auch nie was durchgehen, was?« fragte er wütend. »Alles kitzelst du aus mir raus. Nie darf ich vor dir ein Geheimnis haben ...«

»Warum ausgerechnet Messer und Gabeln?« unterbrach ich ihn verwirrt.

»Warum nicht?«

»Aber ... was wolltet ihr damit? Warum habt ihr sie gestohlen?«

»Weil es ging.«

»Das versteh ich nicht.«

»Weil es ging. Wir haben sie genommen, *weil es ging*. Nicht, weil wir sie haben wollten«, erklärte er. »Die Belohnung bestand nicht in dem, was wir mitgehen ließen, sondern darin, daß wir es gemacht haben. Entscheidend war das Wegnehmen, nicht, was uns dabei in die Hände gefallen ist.«

»Aha.«

»Verstehst du das?«

»Ich glaub schon. Was habt ihr damit gemacht?«

»Ich hab sie meiner Mutter zum Geburtstag geschenkt.«

»Du mieses Schwein!«

»Aber ich hab ihr noch was geschenkt«, fügte er sofort hinzu. »Eine Eieruhr. Nein, nein, *die* hab ich gekauft. Sieh mich nicht so an, Lucy!«

»Es geht nicht darum, ob du die Eieruhr geklaut hast oder nicht, sondern um das Prinzip! Man schenkt doch einer Frau keine Eieruhr!«

»Ich war noch jung, Lucy. Woher sollte ich das wissen.«

»Wie alt warst du denn? Siebenundzwanzig?«

»Nein«, lachte er. »Ungefähr sechs.«

»Du hast dich seitdem nicht sehr geändert, was?«

»Wie meinst du das? Daß ich nach wie vor bei Woolworth Besteck stibitze, um es meiner Mutter zum Geburtstag zu schenken?«

»Nein.«

»Wie dann?«

»Daß du was nimmst, einfach, weil es geht.«

»Ich weiß nicht, wovon du redest«, sagte er verstimmt.

»Doch, das weißt du«, sagte ich zufrieden.

»Weiß ich nicht.«

»Weißt du doch. Ärgere ich dich?«

»Ja.«

»Ich spreche von Frauen, Daniel. Die Geschichte zwischen Frauen und dir, zwischen dir und Frauen.«

»Das dachte ich mir fast«, sagte er und versuchte, ein leises Lächeln zu unterdrücken.

»Die Art, wie du sie nimmst, einfach, weil du sie kriegen kannst.«

»Tu ich doch gar nicht.«

»Tust du schon.«

»Das stimmt nicht.«

»Und was ist mit Karen?«

»Was soll mit ihr sein?«

»Wie gern hast du sie? Oder amüsierst du dich einfach nur mit ihr?«

»Ich mag sie wirklich«, sagte er ernst. »Ehrlich, Lucy. Sie ist äußerst klug, sehr angenehm und sieht blendend aus.«

»Ist das dein Ernst?« fragte ich streng.

»Mein voller Ernst.«

»Und du tändelst nicht nur mit ihr rum?«

»Nein.«

»Gut.«

Wir schwiegen.

»Äh, bist du, du weißt schon … in sie *verliebt*?« bohrte ich vorsichtig weiter.

»Dafür kenne ich sie noch nicht lange genug.«

»Schön.«

»Aber ich geb mir Mühe.«

Eine erneute verlegene Pause trat ein.

Mir fiel wirklich nichts ein, was ich hätte sagen können. Das hatte ich bei Daniel noch nie zuvor erlebt.

»Dad war heute abend ziemlich still«, sagte ich schließlich. »Er hat sich sehr zurückgehalten.«

»Ja, nicht mal gesungen hat er.«

»Gesungen?«

»Gewöhnlich muß ich mir feurige Darbietungen von ›Carrickfergus‹ oder ›Vier grüne Wiesen‹ anhören und mit ihm singen«, erläuterte Daniel.

Ich hatte das unbehagliche Gefühl, daß er sich über Dad lustig machte. Da ich das aber nicht so genau wissen wollte, sagte ich weiter nichts.

Sehr viel später kamen wir bei meiner Wohnung an.

»Danke für die Begleitung«, sagte ich zu Daniel.

»Komm schon. Es hat mir gefallen.«

»Nun, äh, gute Nacht.«

»Gute Nacht, Lucy.«

»Auf bald. Wahrscheinlich kommst du ja zu Karen.«

»Wahrscheinlich.« Er lächelte.

Ganz plötzlich ärgerte ich mich, es meldete sich das kindische Gefühl ›Er ist doch *mein Freund*‹.

»Tschüs!«, sagte ich knapp und wollte aussteigen.

»Lucy«, sagte Daniel. In seiner Stimme lag etwas Ungewohntes, etwas Neues. Vielleicht war es eine gewisse *Eindringlichkeit*, die mich veranlaßte, mich zu ihm umzudrehen und ihn anzusehen.

»Ja?« fragte ich.

»Nichts … nur … gute Nacht.«

Zwar sagte auch ich »gute Nacht«, wobei ich mich bemühte, einen verärgerten Klang in meine Stimme zu legen, doch stieg ich nicht aus. Eine sonderbare Spannung lag in der Luft, die mir sagte, daß ich auf etwas wartete, ohne daß ich gewußt hätte, worauf.

Wahrscheinlich haben wir Streit, überlegte ich, einen Streit der stillen, aber tödlichen Art.

»Lucy«, sagte Daniel wieder mit der sonderbar eindringlichen Stimme.

Ich gab keine Antwort. Weder seufzte ich, noch fragte ich »Was?«, wie ich das sonst getan hätte. Ich sah ihn einfach an und merkte zum ersten Mal in meinem Leben, daß ich ihm gegenüber *schüchtern* war. Ich wollte ihn nicht ansehen, konnte aber nichts dagegen tun.

Er hob die Hand, berührte leicht mein Gesicht, und ich sah ihn an wie das Kaninchen die Schlange. Was zum Teufel sollte das?

Sanft strich er mir das Haar aus der Stirn, während ich unbeweglich dasaß und ihn wie erstarrt ansah. Dann kam wieder Leben in mich.

»Gute Nacht«, rief ich munter, nahm meine Tasche und schob mich zur Tür des Wagens.

»Vielen Dank fürs Mitnehmen. Bis bald.«

»Ach ja und *bon soir*«, rief ich Hassan zu. »*Bonne chance* mit dem Innenministerium.«

»*Salut*«, gab er zur Antwort.

Ich rannte zum Haus und schloß die Tür auf. Meine Hände zitterten, und ich konnte nicht schnell genug hineinkommen. Mir stand der Sinn nach nichts anderem als der Sicherheit meines Zimmers. Ich hatte richtig Angst. Was hatte diese plötzliche Spannung zwischen Daniel und mir zu bedeuten? Ich hatte kaum Freunde und kannte nur wenige Menschen, bei denen ich mich wohl fühlte. Die Vorstellung, daß ich mit meiner Beziehung zu Daniel Schiffbruch erleiden könnte, war mir unerträglich.

Aber etwas stimmte mit Sicherheit nicht, irgend etwas an der Sache kam mir unwirklich vor. Womöglich hatte er sich über mich geärgert, weil ich ihn wegen seiner Frauengeschichten angegriffen hatte, oder er hatte sich in Karen verliebt und entwickelte ihr gegenüber Beschützerinstinkte.

Sollte letzteres stimmen und er in ihr eine Seelenfreundin gefunden haben, brauchte er mich möglicherweise nicht mehr. So etwas kam von Zeit zu Zeit vor. Wie viele Freundschaften gingen in die Brüche, wenn sich einer der Beteiligten verliebte? Wahrscheinlich Hunderte. Es hätte mich überhaupt nicht gewundert, wenn das auch bei Daniel und mir so gewesen wäre.

Auf jeden Fall hatte ich Gus. Ich hatte andere Freunde. Ich würde schon zu Rande kommen.

38

Es war etwa sechs Wochen darauf, spät an einem Sonntag abend.

Wir waren schon eine ganze Weile aus der *Currykiste* zurück, und Gus war vor etwa einer Stunde gegangen. Karen, Charlotte und ich fläzten uns auf der Wohnzimmergarnitur vor dem Fernseher, knabberten Chips und erholten uns vom Wochenende. Plötzlich setzte sich Karen kerzengerade auf. Es sah so aus, als habe sie eine wichtige Entscheidung getroffen.

»Am Freitag abend geb ich ein großes Essen«, erklärte sie, »und ihr beide seid mit Simon und Gus eingeladen.«

»Danke, Karen«, sagte ich ganz aufgeregt.

Mir war von vornherein klar gewesen, daß sie etwas plante, denn sie hatte eine volle halbe Stunde mit abwesendem Blick ins Feuer gestarrt.

»Kommt Daniel auch?« fragte Charlotte wirklich ziemlich naiv. Natürlich würde Daniel kommen. Er war schließlich der Anlaß.

»Natürlich kommt Daniel«, sagte Karen. »Schließlich ist er der Anlaß.«

»Ich verstehe«, nickte Charlotte. Ich verstand auch.

Karen würde ein über alle Maßen kompliziertes Diner mit einer zweistelligen Anzahl von Gängen auf den Tisch bringen und das Ganze hochelegant servieren, ohne rot zu werden oder ihr Kleid zu bekleckern. Sie würde wunderschön aussehen, witzig und der Mittelpunkt der Gesellschaft sein, und all das, um Daniel zu zeigen, daß er ohne sie nicht leben könne.

»Ich koch was ganz Raffiniertes«, sagte sie, »und ihr müßt euch richtig in Schale werfen.«

»Das klingt toll«, sagte Charlotte. »Ich kann mein Cowgirl-Kostüm anziehen.«

»Es ist kein Maskenball«, sagte Karen beunruhigt. »Ich stelle mir vor, daß ihr euch richtig schön macht, mit bodenlangem Rock, Schmuck, hohen Absätzen und so weiter.«

»Ich weiß nicht, ob Gus einen bodenlangen Rock hat«, gab ich zu bedenken.

»Haha, sehr witzig«, sagte Karen, die das nicht lustig zu finden schien. »Sieh zu, daß er was Anständiges anzieht und nicht in seinem üblichen Aufzug von der Altkleidersammlung hier auftaucht.«

»Und jetzt müßt ihr beide«, fuhr Karen fort, »sagen wir … nun … pro Nase dreißig Pfund beisteuern. Über den endgültigen Gesamtbetrag rechnen wir später ab.«

»Waas?« fragte ich entsetzt. Damit hatte ich nicht gerechnet. Und danach zu urteilen, wie Charlotte die Kinnlade heruntergefallen war, ging es ihr genauso.

Vor allem: Das ganze Wochenende war ich mit Gus von Party zu Party gezogen und fühlte mich für eine ›Diskussion‹ mit Karen viel zu geschwächt.

»Ja«, sagte sie ärgerlich. »Ihr erwartet ja wohl nicht, daß ich selber für alles aufkomme, oder? Ich organisiere das Ganze und koche.«

»Nun ja«, sagte Charlotte, »wir können schließlich nicht erwarten, daß sie uns und unsere Liebsten aus lauter Herzensgüte mit durchfüttert.« In ihrer Stimme lag ein munterer Klang, und der Blick, den sie mir zuwarf, ließ sich als »Wir wollen das Positive sehen« deuten. Wie recht sie hatte!

»Dann wäre das also erledigt«, sagte Karen entschlossen. »Wenn es euch nichts ausmacht, hätt' ich es gern gleich.« Eine unangenehme Pause trat ein.

»Jetzt«, wiederholte sie.

Halbherzig kramten wir unsere Geldbörsen heraus, wobei wir klägliche Entschuldigungen von uns gaben.

»Ich glaube, ich hab gerade nicht so viel.«

»Kann ich dir 'nen Scheck geben?«

»Geht es auch morgen abend?«

»Ehrlich, Karen«, sagte ich. »Wie kannst du annehmen, daß wir am Sonntagabend noch Geld haben? Noch dazu nach einem solchen Wochenende?«

Sie sagte etwas über kluge und törichte Jungfrauen, was mich wirklich ärgerte, und ich erwiderte, daß es meines Wissens in unserer Wohnung keinerlei Jungfrauen gebe, weder kluge noch törichte, so daß mir nicht klar sei, wovon sie rede.

Wir alle lachten, und die Spannung löste sich vorübergehend, bis Karen erneut anfing.

»Ich brauch das Geld jetzt gleich«, erklärte sie uns kategorisch.

»Wozu?« fragte ich unüberlegterweise. »Ich wußte gar nicht, daß man Sonntagabends um halb elf im Supermarkt noch was kriegt.«

»Gib dir keine Mühe, geistreich zu sein, Lucy«, sagte sie vernichtend. »Du bist es nicht.«

»Wollte ich eigentlich nicht«, stotterte ich. »Ich hab mich wirklich gefragt, warum du es jetzt gleich brauchst. Noch heute. Sonntagabend spät.«

»Nicht für heute, Dummkopf, sondern für morgen. Ich will auf dem Rückweg von der Arbeit einkaufen und muß das Geld deshalb sofort haben.«

»Ach so.«

»Wir gehen jetzt einfach alle zusammen zum Geldautomaten«, sagte sie mit einer Stimme, die keinen Widerspruch duldete.

Charlotte bemühte sich tapfer zu widersprechen: »Es regnet, es ist Sonntagabend, ich bin schon im Nachthemd ...« Es nützte ihr nichts. Der Versuch war von vornherein zum Scheitern verurteilt.

»Du brauchst dich nicht extra anzuziehen«, sagte Karen verdächtig freundlich.

»Danke«, seufzte Charlotte.

»Zieh einfach 'nen Mantel über«, fuhr Karen fort. »Dazu Leggings und Stiefel, und die Sache ist geritzt. Im Dunkeln sieht das kein Schwein.«

»Na schön«, sagte Charlotte geknickt.

»Und es ist auch gar nicht nötig, daß ihr beide geht«, fuhr Karen fort. »Lucy, gib ihr deine Karte und sag ihr deine Geheimnummer.«

»Heißt das, du gehst nicht mit?« fragte ich matt.

»Du bist manchmal so *dämlich*. Warum sollte ich?«

»Aber ich dachte ...«

»Du hast *nicht* gedacht, das ist dein Problem. Charlotte geht auf jeden Fall, und dann brauchst du nicht mitzugehen.«

Ich sparte mir die Mühe, mich über sie zu ärgern. Zu den Voraussetzungen, mit Menschen auszukommen, mit denen man in einer Wohngemeinschaft lebt, gehört die Fähigkeit, von Zeit zu Zeit darüber hinwegzusehen, daß sie sich ziemlich übel aufführen, damit man es ihnen heimzahlen kann, wenn einem selbst danach ist, mal ordentlich die Sau rauszulassen.

»Ich kann Charlotte nicht allein gehen lassen«, sagte ich.

»Die geht auch nicht allein«, rief Charlotte aus ihrem Zimmer.

Karen zuckte mit den Schultern. »Wenn du unbedingt so tapfer und edelmütig sein willst ...«

Ich zog mir einen Mantel über den Schlafanzug und steckte mir die Schlafanzughose in die Stiefel.

»Mein Schirm ist in der Diele«, säuselte Karen.

»Deinen Schirm kannst du dir sonstwo hinstecken«, sagte ich, allerdings jenseits der geschlossenen Tür, wo ich in Sicherheit war.

Selbstverständlich gehört zu den weiteren Voraussetzungen für eine funktionierende Wohngemeinschaft die Gabe, eine Gelegenheit zum Dampfablassen beim Schopf zu fassen, sobald sie sich bietet.

Charlotte und ich kämpften uns durch den Regen zur Bank.

»So ein Miststück!« sagte Charlotte.

»Ist sie nicht«, sagte ich wütend.

»Findest du?« fragte Charlotte. Es klang überrascht.

»Und ob! Sie ist ein *verdammtes* Miststück«, korrigierte ich.

Während Charlotte durch die Pfützen stapfte, rief sie aus: »Miststück, Miststück, Miststück, Miststück, *Miststück*!«

Ein Mann, der seinen Hund spazierenführte, wechselte die Straßenseite, nachdem er dieses Paar fluchender Wahnsinniger auf sich hatte zukommen sehen. Bei jedem Schritt, den Charlotte tat, schwang der Spitzenbesatz am Saum ihres Nachthemdes unter ihrem Mantel wild hin und her, und die Beine meiner himmelblauen Schlafanzughose aus dünnem Flanell flatterten im Winde.

»Es wär mir ganz recht, wenn Daniel ihr 'nen Tripper anhängen würde«, sagte ich. »Von mir aus kann es auch Herpes sein, Feigwarzen oder sonst was ausgesprochen Widerliches.«

»Filzläuse sind auch nicht schlecht«, spann Charlotte den Faden tückisch fort. »Und hoffentlich schwängert er sie. Das nächste Mal, wenn er da ist, geh ich nackt durchs Haus, damit er sehen kann, daß meine Titten größer sind als ihre. Das gefällt der tyrannischen alten Ziege bestimmt nicht.«

»Tu das!« sagte ich mit Nachdruck. »Außerdem könntest du mit ihm knutschen.«

»Mit größtem Vergnügen«, stimmte sie begeistert zu.

»Noch besser wäre es, mit ihm ins Bett zu gehen. Möglichst in ihres, wenn du es irgendwie hinkriegst«, schlug ich mit boshaftem Vergnügen vor.

»Blendender Einfall«, kreischte Charlotte.

»Und dann sag ihr, daß er gesagt hat, sie wär im Bett beschissen gewesen, und du wärst viel besser.«

»Ich weiß nicht recht«, sagte Charlotte zweifelnd. »So einfach würde ich den wahrscheinlich gar nicht rumkriegen. Er scheint sie wirklich zu mögen. Warum versuchst du es nicht?«

»Ich?«

»Ja, du hättest viel bessere Chancen«, sagte sie. »Ich bin überzeugt, daß Daniel 'ne Schwäche für dich hat.«

»Schon möglich«, sagte ich trübselig. »Aber wir sprechen von Sex, Charlotte. Da käme er mit 'ner Schwäche wohl nicht besonders weit, was?«

Wir beide lachten und fühlten uns besser. Nur mußte ich wieder an Daniel denken – er sprach kaum mit mir. Vielleicht sprach ich auch kaum mit ihm. Jedenfalls war etwas an der Sache merkwürdig.

Wir holten das Geld, gingen durchnäßt und haßerfüllt nach Hause zurück und gaben es mißmutig Karen, die sich auf dem Sofa lümmelte.

»Ich kann mir also meinen Schirm sonstwo hinstecken?« fragte sie schelmisch. Ich wurde vor Verlegenheit rot, sah aber dann, daß sie grinste.

»Ja«, lachte ich. Die Spannung war verflogen.

»Ich geh schlafen. Gute Nacht«, sagte ich.

»Gute Nacht«, rief Karen hinter mir her. »Ach, übrigens, Lucy, du und Charlotte müßtet am Donnerstag abend im Haus sein, wegen der Vorbereitungen und zum Putzen.«

Ich blieb in der Tür stehen und erkannte, daß eine weitere Voraussetzung für das Funktionieren einer Wohngemeinschaft darin besteht, sich einen Knüppel mit einem Nagel drin über den Kopf ziehen zu lassen.

»Wird gemacht«, murmelte ich, ohne mich umzudrehen.

Die ganze Nacht träumte ich davon, daß ich Karens Klamotten in schwarze Abfallsäcke steckte und diese für die Müllabfuhr vor die Tür stellte.

Am Donnerstag abend, dem Abend der großen Vorbereitungen, kam es mir vor, als wäre ich gestorben und in der Hölle.

Karen hatte beschlossen, den größten Teil der Speisen im voraus zuzubereiten, damit sie am Abend der Essenseinladung nur wenig mehr zu tun brauchte, als schön und gelassen zu sein und den Eindruck einer Gastgeberin zu erwecken, die alles im Griff hat.

Allerdings war sie so nervös und so eisern entschlossen, Daniel zu beeindrucken, daß sie, wie soll ich das sagen? ... nun, den Eindruck machte, noch schwieriger zu sein als sonst. Dynamisch und voller Willenskraft war sie schon immer gewesen, aber es ist ein Unterschied, ob jemand dynamisch und voller Willenskraft ist oder seine Mitmenschen hemmungslos herumkommandiert. Sie hatte es erreicht, daß dieser Unterschied nicht mehr auszumachen war.

Offenbar hatte sie beschlossen, die eigentliche Arbeit Charlotte und mich tun zu lassen und selbst eher die künstlerische Gesamtleitung zu übernehmen. Sie beaufsichtigte und beriet uns, leitete uns an und erteilte uns Aufträge.

Mit anderen Worten, sie hatte nicht die Absicht, wenn es Kartoffeln zu schälen gab, das selbst zu tun.

Kaum waren Charlotte und ich nach Feierabend zur Tür hereingekommen, als sie uns schon an die Arbeit stellte.

»Du machst das Spargelsoufflé und die Suppe«, rief sie Charlotte zu, wobei sie mit einem Stift auf sie wies und von einer Liste ablas: »Da kommen Karotten, Paprikaschoten,

Auberginen und Zucchini rein, gewürzt wird mit Koriander und Zitronengras.«

»Und du«, rief sie mir zu, »machst ein Kartoffelgratin, Kiwipüree, Heidelbeergelee und Schlagsahne. Außerdem putzt du Pilze und bist für das Gebäck zuständig.«

Charlotte und ich waren wie vor den Kopf geschlagen. Von den meisten dieser Dinge hatten wir kaum je gehört, ganz zu schweigen davon, daß wir nicht wußten, wie man diese Sachen zubereitete. Charlottes kulinarische Spezialität war Toast, während meine Spitzenleistung Nudeln mit Soße waren. Jeder Versuch mit komplizierteren Speisen hatte bisher in Tränen, Streit, Vorwürfen und Kränkungen geendet. Das Ergebnis war gewöhnlich übergekocht, außen verbrannt, innen roh, oder jemand war darauf ausgerutscht. Man kann kein Omelette machen, ohne dazu Eier zu zerbrechen und sich die Finger zu verbrennen – zumindest *mir* war das noch nie gelungen.

Jener Abend in der Küche ähnelte einer Szene aus Dantes *Inferno*, und zwar ging es um den Kreis der Hölle, in dem die armen Sünder mit Obst und Gemüse gepeinigt werden. Alle vier Herdplatten und der Backofen waren unablässig in Betrieb, es dampfte, Töpfe kochten über, die Deckel hüpften und klapperten. Überall türmten sich Weintrauben, Spargel, Blumenkohl, Kartoffeln, Karotten und Kiwis. Die Hitze hatte Charlotte und mich rot anlaufen lassen wie Tomaten. Karen war nach wie vor von vornehmer Blässe.

Nirgendwo konnte man etwas hinstellen oder -legen, denn Karen hatte uns den Küchentisch ins Wohnzimmer tragen lassen.

»Stell einfach alles da hin. Nein, doch nicht auf die Baiser-Masse!« kreischte sie, als ich den Kühlschrank ausräumen mußte, um Platz für die zwanzig oder dreißig Portionen Nachtisch zu schaffen, deren Herstellung sie von uns zu erwarten schien.

Ob Kühlschrank oder Abtropfbrett: überall lag und stand Eßbares. Über weite Strecken bedeckten Schüsseln mit eingelegtem Schweinefleisch, Gelee, das gelieren mußte und in Alufolie gewickeltes Knoblauchbrot den Fußboden. Ich wagte meinen Fuß keinen Zentimeter von der Stelle zu bewegen, weil ich fürchtete, sonst bis zu den Knöcheln in der Marinade zu stehen, die außer Olivenöl, Rotwein, Wacholderbeeren, Vanille und Kreuzkümmel auch »Karens geheime Zutat« enthielt. Soweit ich sehen konnte, bestand die aus nichts anderem als gewöhnlichem Rohrzucker. Es juckte mich in allen Fingern, ihr eine herunterzuhauen, weil sie so tat, als handele es sich dabei um so etwas wie das »dritte Geheimnis der Fatima«.

Nachdem ich vierzehn Millionen Kartoffeln und siebzehntausend Kiwis geschält hatte, würfelte ich letztere, um sie anschließend durch ein Sieb zu drücken – wozu auch immer. Ich putzte Zuckererbsen, wobei ich mir in den Daumen schnitt. Beim Transport des Küchentischs durch die Diele hatte ich mir schon die Knöchel abgeschürft, und jetzt geriet Chilipfeffer in die offene Wunde an meinem Daumen. Karen sagte, ich solle besser aufpassen, und erklärte, sie wolle kein Blut im Essen haben.

Von Zeit zu Zeit kam sie vorbei und sah uns »nur zum Spaß« auf die Finger. Obwohl ich wußte, daß es Quatsch war, machte mich das nervös. Sie kam mir vor wie ein Feldwebel, der Rekruten vor der Parade inspiziert.

»Nein, nein, nein, so schält man keine Kartoffeln«, sagte sie und schlug mir mit einem Holzlöffel auf die Finger. Es war unglaublich. »Die Schalen sind viel zu dick. Du wirfst die halbe Kartoffel mit weg, das ist Verschwendung.«

»Tu bloß den dämlichen Holzlöffel weg«, sagte ich wütend und wünschte, mein Kartoffelschäler wäre ein Springmesser. Die Diktatorin war zu weit gegangen. Der Schlag hatte weh getan.

»Oh je, sind wir heute abend aber schlecht gelaunt!« lachte sie. »Du mußt unbedingt lernen, konstruktive Kritik anzunehmen, Lucy. Mit deiner Haltung kommst du nicht weit.«

Ich kochte innerlich, aber ich gab mir Mühe, Karen zu verstehen. Sie war nach einem Mann verrückt – auch wenn es sich dabei um Daniel handelte. Ein Urteil stand mir nicht zu.

Inzwischen war sie zu Charlotte gegangen, die gerade Karotten schälte. Mit den Worten »Und was in drei Teufels Namen soll das sein?« nahm sie eine Karotte vom Stapel der fertig geschälten und hob sie hoch.

»Eine Karotte«, sagte Charlotte verdrießlich und trotzig.

»Und vermutlich hältst du die für geschält?« fragte Karen mit unangenehmer Betonung.

»Jawohl.«

»Das ist eine *geschälte* Karotte, behauptet sie«, sagte Karen triumphierend. »Darf ich dich fragen, Lucy Sullivan, ob dir diese Karotte geschält vorkommt?«

»Ja«, sagte ich, unerschrocken und treu zur Leidensgenossin stehend.

»O nein, das ist sie keineswegs! Sollte es sich aber doch um eine geschälte Karotte handeln, wäre sie äußerst schlecht geschält. Noch mal von vorn, Charlotte, und diesmal richtig.«

»Jetzt ist aber Schluß«, stieß ich hervor. Meine Wut hatte jede Ängstlichkeit beiseite gefegt. »Immerhin tun wir dir 'nen Gefallen.«

»Hab ich richtig gehört?« fragte Karen von oben herab. »Sag das doch bitte noch mal – *ihr* tut *mir* einen Gefallen? Da lachen ja die Hühner. Aber bitte, laß alles stehen und liegen. Erwarte dann aber nicht, daß du und Gus morgen mit bei mir am Tisch sitzt.« Das stopfte mir den Mund.

Gus war vor Begeisterung über die Einladung geradezu aus dem Häuschen gewesen. Vor allem die Aussicht, daß wir uns alle fein anziehen würden, hatte ihm gefallen. Er wäre bitter enttäuscht, wenn er wieder ausgeladen würde. Also schluckte ich meinen Zorn herunter. Wieder ein Schritt auf dem Weg zum Magengeschwür.

»Ich trink jetzt 'nen Schluck Wein«, sagte ich wütend und griff nach einer der Flaschen im Kühlschrank. »Was ist mit dir, Charlotte?«

»Laß die Finger davon!« knurrte Karen. »Der ist für morgen abend ... ach was, von mir aus. Gieß mir gleich ein Glas mit ein.«

So arbeiteten wir bis spät in die Nacht, schälten, schabten, schnitten, rieben, schlugen, buken, stellten Füllungen her und verzierten Gebäck mit der Spritztülle.

Wir schafften so viel, daß Karen beinahe so etwas wie Anerkennung gezeigt hätte. Das aber hielt nur etwa zwei Sekunden lang vor. »Vielen Dank, ihr beiden«, sagte sie und beugte sich vor, um etwas aus dem Herd zu nehmen.

»Wie bitte?« fragte ich, so müde, daß ich Dinge zu hören glaubte, die nicht gesagt worden waren.

»Ich hatte ›Danke‹ gesagt«, sagte sie. »Ihr seid beide sehr freundl… Großer Gott! Weg, weg!« brüllte sie, stieß mich mit einem Fußtritt beiseite und ließ ein Blech mit Spritzgebäck fallen, das prompt in den Ratatouille-Topf fiel. »Ich hab mich verbrannt!« keuchte sie. »Durch die verdammten Mist-Ofenhandschuhe durch!«

Gegen zwei Uhr nachts kam ich endlich ins Bett. Meine Hände waren aufgerissen und zerschnitten, und ich stank nach Knoblauch und Drambuie. Mein schönster Fingernagel, den ich über Jahre gehegt und gepflegt hatte, war gesplittert und abgebrochen.

39

Nur gut, daß ich am nächsten Morgen in der U-Bahn einen Sitzplatz bekam, denn ich war so erschöpft, daß ich mich andernfalls glatt auf den Fußboden gelegt hätte. Während der ganzen Fahrt unterhielten Charlotte und ich uns darüber, was für ein mieses Weib Karen unserer Ansicht nach war. »Für wen hält die sich eigentlich?« fragte Charlotte und gähnte.

»Genau«, gähnte ich zurück, auf meinen Sitz gelümmelt. Dabei sah ich, wie schmutzig und abgestoßen meine Schuhe waren, und das deprimierte mich. Ich setzte mich gerade hin, damit ich sie nicht sehen konnte, mußte dafür aber den gräßlichen Mann mir gegenüber ansehen, der die Augen auf Charlottes Busen geheftet hatte. Jedesmal, wenn sie gähnte, wobei sich ihr Brustkorb weitete, blitzte in seinem Blick Begierde auf. Am liebsten hätte ich ihm seine Zeitung um die Ohren gehauen.

Es war wohl besser, sicherheitshalber für den Rest der Fahrt die Augen zu schließen.

»Das mit Karen und Daniel kann nicht lange dauern«, erklärte Charlotte unsicher. »Bestimmt hat er sie bald satt.«

»Hmm«, stimmte ich zu und öffnete die Augen für ein paar Sekunden. Bevor ich sie wieder schließen konnte, war mein Blick auf ein Plakat an der Wand einer U-Bahn-Station gefallen, das unter dem herzzerreißenden Foto eines unglücklich dreinschauenden dürren Hundes zu Spenden für mißhandelte Tiere aufrief.

Die Arbeit im Büro war fast eine Erholung, trotz der spöttischen Anspielungen Meredias und Megans, die sich nicht davon abbringen ließen, ich hätte die Nacht in einem einschlägigen Lokal durchgezecht.

»Ist doch gar nicht wahr«, wendete ich schwach ein.

»Das kannst du deiner Großmutter erzählen«, schnaubte Megan. »Sieh dich doch nur an.«

Kaum hatte ich am Freitagabend den Schlüssel ins Schloß der Wohnungstür gesteckt, als Karen in die Diele kam. Sie hatte sich den Nachmittag frei genommen, um zum Friseur zu gehen und aufzuräumen. Sofort fing sie an, mich herumzukommandieren.

»Du mußt dich *sofort* duschen und umziehen, Lucy. Ich will noch mal alles genau mit dir durchgehen.«

Die Wohnung sah fabelhaft aus, das mußte ihr der Neid lassen. Überall standen frische Blumen. Auf der häßlichen Resopalplatte des Küchentischs lag ein blütenweißes Tischtuch, und in der Mitte prangte ein herrlicher Leuchter mit acht roten Kerzen.

»Ich wußte gar nicht, daß wir so einen Leuchter haben«, sagte ich und überlegte, wie hübsch er sich in meinem Zimmer ausnehmen würde.

»Es ist nicht unserer«, sagte sie knapp. »Ich hab ihn mir geliehen.«

Während ich mich im Badezimmer zurechtmachte, hämmerte sie gegen die Tür und brüllte: »Ich hab saubere Handtücher auf den Halter gehängt. Komm bloß nicht auf die Idee, sie zu benutzen.«

Es war acht Uhr. Wir waren bereit. Der Tisch war gedeckt, das elektrische Licht gedimmt, die Kerzen brannten, der Weißwein war im Kühlschrank, die Rotweinflaschen standen entkorkt in der Küche, wo auch Töpfe, Pfannen und andere Gefäße mit Eßbarem servierfertig warteten.

Karen schaltete die Stereoanlage ein. Sonderbare Geräusche waren zu hören.

»Was ist das?« fragte Charlotte entsetzt. Karens Antwort klang leicht verlegen.

»Etwa Jazz?« schnaubte Charlotte verächtlich. »Aber wir können Jazz nicht ausstehen. Stimmt's, Lucy?«

»Ja«, bestätigte ich bereitwillig.

»Wie nennen wir Leute, die Jazz mögen?« fragte Charlotte.

»Verrückt gewordene Anoraks?« fragte ich zögernd.

»Nein, so nicht.«

»Beatnik-Kunststudenten mit Ziegenbärten?«

»Genau«, sagte sie begeistert. »Leute mit Skihosen und schwarzen französischen Polohemden.«

»Schon möglich, aber jetzt mögen wir Jazz«, sagte Karen entschlossen.

»Du meinst wohl, Daniel mag Jazz«, knurrte Charlotte.

Karen sah großartig aus – oder lächerlich, das war eine Frage des Standpunkts. Sie trug ein blaßgrünes schulterfreies langes Kleid im griechischen Stil. Das Haar hatte sie aufgesteckt, aber zahlreiche Löckchen fielen ihr wie Ranken ins Gesicht. Sie strahlte förmlich und sah weit glanzvoller und gepflegter aus als Charlotte oder ich. Wie an dem Abend, an dem ich Gus kennengelernt hatte, trug ich mein Goldlamékleid, denn es war mein einziges festliches Stück, doch neben dem Glanz, der von Karen ausging, wirkte es wie ein durchs Wasser gezogener Fetzen.

Charlotte sah offen gesagt noch schlimmer aus als ich. Sie hatte ihr einziges gutes Kleid angezogen, das, das sie als Brautjungfer ihrer Schwester getragen hatte, ein trägerloser gebauschter Alptraum aus rotem Taft. Seit jener Hochzeit mußte sie wohl ziemlich zugenommen haben, denn das Oberteil barst fast unter dem Druck ihres Busens.

Als Charlotte in dem Kleid aus ihrem Zimmer gerauscht kam und sich unter Lauten des Entzückens um ihre eigene Achse drehte, machte Karen eine recht zweifelnde Miene. Wahrscheinlich bedauerte sie, daß sie Charlotte nicht erlaubt hatte, ihre Cowgirl-Kluft anzuziehen.

Hektisch erteilte Karen uns Anweisungen. »Wenn die Gäste kommen, unterhalte ich mich mit ihnen im Wohnzimmer. Du, Lucy, schaltest den Herd auf eine ganz kleine Stufe, um die Kartoffeln aufzuwärmen, du, Charlotte, rührst die ...«

Mit einem Mal hielt sie inne, und ein Ausdruck des Entsetzens trat auf ihr Gesicht.

»Das Brot, das Brot!«, kreischte sie. »Ich hab vergessen, Brot zu kaufen. Der ganze Abend ist verdorben! Völlig ruiniert. Alle müssen wieder nach Hause gehen.«

»Beruhige dich«, sagte Charlotte. »Es steht auf dem Tisch.«

»Oh, zum Glück. Gott sei Dank. Tatsächlich?« Es klang, als

wäre Karen den Tränen nahe. Charlotte und ich wechselten einen Blick stummen Leidens.

Einen Augenblick lang schwieg Karen, dann sah sie auf die Uhr.

»Wo zum Teufel bleiben die?« wollte sie wissen und steckte sich mit zitternder Hand eine Zigarette an.

»Nur Geduld«, sagte ich beschwichtigend. »Es ist gerade erst acht vorbei.«

»Ich hatte gesagt, Punkt acht«, sagte Karen aggressiv.

»Das nimmt doch niemand ernst«, murmelte ich. »Zur angegebenen Zeit zu kommen gilt als unhöflich.«

Ich hatte schon den Hinweis auf der Zunge, daß es sich lediglich um eine Abendeinladung handele und der Ehrengast nur Daniel sei, doch hielt ich mich gerade noch rechtzeitig zurück. Wir saßen in angespanntem Schweigen da. Wellen der Aggression schlugen mir von Karen entgegen.

»Du wirst sehen, keiner kommt«, sagte sie unter Tränen und stürzte ein Glas Wein hinunter. »Wir können ebensogut alles wegschmeißen. Kommt, wir gehen in die Küche und stecken alles in die Mülltonne.«

Hart setzte sie das Glas auf den Tisch und stand auf.

»Los, kommt schon«, befal sie.

»Nein!« sagte Charlotte. »Warum sollen wir es wegwerfen? Nach aller Mühe, die wir damit hatten? Wir können es selbst essen und den Rest einfrieren.«

»Ach ja?« sagte Karen tückisch. »Wir können es selbst essen? Wieso bist du so sicher, daß niemand kommt? Was weißt du, was ich nicht weiß?«

»Nichts«, erklärte Charlotte verzweifelt.

»Aber du hast doch gesagt …«

Es klingelte. Daniel war an der Tür. Auf Karens blendend zurechtgemachtes Gesicht trat Erleichterung. Großer Gott, dachte ich, sie ist tatsächlich verrückt nach ihm. Es gab mir einen kleinen Stich.

Daniel war wie aus dem Ei gepellt. Er hatte sich die Haare aus der Stirn gekämmt. Zu einem dunklen Anzug trug er ein weißes Hemd, was seine leichte Urlaubsbräune unterstrich; er war im Februar auf Jamaika gewesen. Er hatte zwei Flaschen gekühlten Champagner mitgebracht – der ideale Gast. Ich mußte unwillkürlich lächeln. Untadelige Erscheinung, untadeliges Auftreten, und nur ein ganz klein bißchen klischeehaft.

Er sagte alles, was nette und höfliche Gäste sagen, wenn sie zum Abendessen eingeladen sind, wie beispielsweise »Hmm, hier riecht es aber gut« und »Du siehst großartig aus, Karen, und du auch, Charlotte.«

Nur, als er zu mir trat, schien er sein untadeliges Benehmen ein wenig vergessen zu haben. »Was gibt's zu lachen, Sullivan?« wollte er wissen. »Ist es mein Anzug, meine Frisur – oder was?«

»Nichts«, gab ich zurück. »Wirklich nichts. Warum sollte ich über dich lachen?«

»So ohne weiteres ändert niemand lebenslange Gewohnheiten«, murmelte er. Dann trat er ein wenig beiseite und gab noch einige der Dinge von sich, die höfliche Gäste so sagen. »Kann ich mich nützlich machen?«, was ihm die voraussehbare Antwort »Nein« und ein leicht hysterisches »Wir haben alles bestens im Griff« eintrug.

»Setz dich und trink was«, sagte Karen anmutig, während sie Daniel ins Wohnzimmer schob. Charlotte und ich wollten folgen, aber Karen steckte den Kopf zur Tür heraus und zischte uns zu: »Vorwärts, macht schon«. Sofort schloß sie die Tür, so daß ich auf Charlottes Rücken prallte.

Es klingelte wieder. Diesmal war Simon an der Tür, wie stets untadelig gekleidet. Er trug einen Smoking mit einem Kummerbund aus rotem Atlas, der wirklich bescheuert aussah. Auch er hatte eine Flasche Champagner dabei.

Ach je, dachte ich. Gus würde der Außenseiter sein – und zwar noch mehr als sonst. Nicht nur würde er keinen Champagner mitbringen, sondern höchstwahrscheinlich mit leeren Händen kommen.

Mir wäre das zwar nicht peinlich gewesen, aber ich machte mir Sorgen, daß es ihm peinlich sein könnte.

Ich überlegte, ob ich schnell zum Laden um die Ecke laufen und Champagner besorgen sollte, den ich Gus bei seinem Eintreffen unauffällig in die Hand drücken konnte, aber ich hatte

Kartoffel-Aufwärmdienst und durfte das Kasernengelände nicht verlassen.

Auch Simon sagte, wie Daniel einige Augenblicke vor ihm, »Hmm, hier riecht es aber gut.«

Gus würde höchstens sagen: »Wo bleiben die Kartoffeln? Ich hab 'nen Mordskohldampf.«

»Wie läuft's?« fragte Karen von der Küchentür aus. Offensichtlich hatte sie Daniel und Simon eine Weile im Wohnzimmer sich selbst überlassen, damit sie sich miteinander verbrüdern konnten.

»Gut«, sagte ich.

»Paß auf die Soße auf«, sagte sie besorgt. »Wenn da Klümpchen drin sind, bring ich dich um.«

Ich schwieg. Ich hatte das dringende Bedürfnis, ihr die Soßenschüssel quer durch die Küche an den Kopf zu werfen.

»Und wo ist dein verrückter Ire?«

»Unterwegs.«

»Er sollte sich besser beeilen.«

»Keine Sorge.«

»Was hast du ihm gesagt, wann wir anfangen?«

»Acht Uhr.«

»Es ist jetzt Viertel nach.«

»Karen – er kommt.«

»Das will ich hoffen.«

Sie eilte mit einer Flasche unter dem Arm zurück ins Wohnzimmer.

Während ich weiter in der Soße rührte, meldete sich eine leichte Besorgtheit in der Magengegend. Ach was, er würde *bestimmt* kommen.

Allerdings hatte ich seit Dienstag nicht mit ihm gesprochen und ihn seit Sonntag nicht gesehen. Mit einem Mal kam mir das schrecklich lang vor. Ob er mich inzwischen vergessen hatte?

Kurz darauf war Karen wieder da.

»Lucy!« schrie sie. »Es ist halb neun!«

»Ja und?«

»Wo zum Teufel bleibt Gus?«

»Keine Ahnung.«

»Willst du nicht versuchen rauszukriegen, wo er steckt?«, blaffte sie mich an.

»Du könntest ihn doch anrufen«, schlug Charlotte vor. »Einfach sicherheitshalber, falls er es vergessen oder sich den falschen Tag gemerkt hat.«

»Oder das falsche *Jahr*«, sagte Karen boshaft.

»Er ist bestimmt schon unterwegs«, sagte ich, »aber ich ruf trotzdem vorsichtshalber mal an.«

Meine Worte klangen weit zuversichtlicher, als ich mich fühlte. Ich war alles andere als sicher, daß er unterwegs war. Bei Gus mußte man mit allem rechnen: er konnte die Einladung vergessen oder sich verspätet haben, es war aber ebensogut möglich, daß er unter einen Bus gekommen war. Doch wollte ich mir auf keinen Fall anmerken lassen, wie große Sorgen ich mir machte.

Die Situation war mir sehr unangenehm. Ich schämte mich. Die Freunde meiner beiden Mitbewohnerinnen waren pünktlich gekommen. *Mit* Champagner. Mein Freund hatte sich bereits eine halbe Stunde verspätet und würde, wenn er endlich käme, nicht einmal eine Flasche Pikkolo mitbringen, ja, nicht einmal eine Flasche *Leitungswasser*.

Immer vorausgesetzt, er kommt, sagte eine leise Stimme in meinem Kopf. Panik stieg in mir auf. Und wenn er nun nicht käme? Wenn er weder käme noch anriefe und ich nie wieder von ihm hörte? Was würde ich dann tun?

Ich versuchte mich zu beruhigen. Natürlich würde er kommen. Wahrscheinlich stand er eben jetzt draußen vor der Tür. Er mochte mich wirklich, und ihm lag erkennbar an mir. Also würde er mich auch nicht im Stich lassen.

Ich wollte ihn nicht anrufen. Das hatte ich noch nie getan. Zwar hatte er mir auf meine Bitte hin seine Nummer gegeben, aber ich hatte den Eindruck gehabt, als sei er nicht besonders darauf erpicht, daß man ihn anrief. Er sagte, er hasse Telefone und halte sie für ein notwendiges Übel. Bisher war es nicht nötig gewesen, ihn anzurufen, weil er immer angerufen hatte, und wie ich jetzt so darüber nachdachte, fiel mir auf, daß es immer kurze Anrufe von einer Telefonzelle oder von einem anderen lauten Ort gewesen waren – wenn er nicht gleich in die Wohnung gekommen war oder mich vom Büro abgeholt hatte.

Auf keinen Fall brachten wir wie Charlotte und Simon Stunden Süßholz raspelnd und albern kichernd am Telefon zu.

Ich suchte seine Nummer heraus und wählte sie. Am anderen Ende klingelte es ewig lange, ohne daß jemand abgenommen hätte.

»Niemand da«, sagte ich erleichtert. »Er muß also unterwegs sein.«

Im selben Augenblick meldete sich eine Männerstimme.

»Äh, hallo«, sagte ich. »Kann ich Gus sprechen?«

»Wen?«

»Gus, Gus Lavan.«

»Ach so. Der ist nicht da.«

Ich legte die Hand auf die Sprechmuschel und sagte mit einem Lächeln zu Karen: »Er ist unterwegs.«

»Wann ist er gegangen?« wollte sie wissen.

»Wann ist er gegangen?« plapperte ich ihr nach

»Mal seh'n, na ja, so etwa vor zwei Wochen.«

»Waaas?«

Offenbar konnte man mir das Entsetzen vom Gesicht ablesen, denn Karen schnaubte: »Ich kann es nicht glauben! Ich möchte wetten, daß der kleine Scheißer erst vor fünf Minuten losgegangen ist. Pech für ihn, dann fangen wir eben ohne ihn an ...«

Ihre Stimme wurde immer leiser, während sie durch die Diele zur Küche marschierte, wo sie zweifellos Charlotte dazu verdonnern wollte, die Vorspeisen aufzutragen.

»Vor zwei Wochen?« fragte ich leise. Bei allem Entsetzen war mir klar, daß ich das am besten für mich behielt. Es wäre viel zu demütigend gewesen, das meinen Mitbewohnerinnen und ihren Freunden mitzuteilen.

»Ja«, bestätigte die Stimme. Wahrscheinlich hatte der Mann noch einmal nachgedacht. »Zehn Tage, so in dem Dreh.«

»Vielen Dank.«

»Wer ist denn am Apparat? Mandy?«

»Nein«, sagte ich und hatte das Gefühl, im nächsten Augenblick in Tränen auszubrechen.

Wer zum Teufel war Mandy?

»Kann ich ihm was ausrichten, falls ich ihn noch mal seh?«

»Nein, vielen Dank. Auf Wiedersehen.«

Ich legte auf. Etwas stimmte nicht, das war mir klar. Das war alles nicht normal. Warum hatte mir Gus nicht gesagt, daß er ausgezogen war? Warum hatte er mir nicht seine neue Telefonnummer gegeben? Und wo um Himmels willen mochte er jetzt stecken?

Daniel war in die Diele gekommen.

»Großer Gott, was ist denn mit dir los?«

»Nichts«, sagte ich und bemühte mich zu lächeln.

Karen kam aus der Küche zurück.

»Tut mir leid, Lucy. Wir warten einfach noch ein bißchen auf ihn.«

Bitte nicht. Nein, auf keinen Fall. Ich wollte nicht, daß wir weiter warteten. Ich hatte die entsetzliche Ahnung, daß er nicht kommen würde. Ich wollte nicht, daß wir alle dasaßen und die Tür anstarrten, denn dann fiele es erst recht auf, wenn er nicht käme. Es war besser, nicht auf ihn zu warten. Falls er dann doch käme, wäre das um so schöner.

»Äh, nein, Karen, wir können ohne weiteres anfangen.«

»Ach was, noch eine halbe Stunde spielt doch keine Rolle.«

Es war typisch: Ausnahmsweise war Karen freundlich, und gerade dann war es mir nicht recht.

»Komm rein, setz dich und trink 'n Glas Wein mit uns«, schlug Daniel vor. »Du siehst ganz erledigt aus und bist weiß wie die Wand.«

Wir gingen ins Wohnzimmer, wo mir jemand ein Glas Wein in die Hand drückte, während ich versuchte, ganz normal zu wirken.

Während die anderen entspannt und munter plaudernd dasaßen und Wein tranken, war ich starr vor Spannung, brachte kein Wort heraus und merkte, wie ich erwartungsvoll auf die Türglocke lauschte. Lautlos betete ich, das Telefon möge läuten.

Bitte, Gus, tu mir das nicht an, flehte ich stumm. *Bitte, lieber Gott, mach, daß er kommt.*

Dann war es neun Uhr, und es kam mir vor, als wäre erst eine halbe Minute vergangen. Die Zeit war ein richtig widerliches Miststück. Wenn ich wollte, daß sie rasch verging, zum Beispiel bei der Arbeit, verlangsamte sie sich bis zum Stillstand. Es konnte einen ganzen Tag und eine ganze Nacht dauern, bis auch nur eine einzige Stunde herum war. Jetzt wollte ich, daß die Zeit stehenblieb, und sie raste dahin. Ich hatte gehofft, daß sie wenigstens ein paar Stunden auf etwa halb neun bleiben würde, damit Gus nicht so entsetzlich zu spät käme. Solange er sich nur eine halbe Stunde verspätet hatte, bestand noch eine gewisse Aussicht, daß er kam, gab es noch Hoffnung. Ich wollte, daß die Zeit ganz langsam verging, damit alles in einem Zeitrahmen blieb, innerhalb dessen er noch kommen konnte. Jede Sekunde, die verging, jede Sekunde, die es später wurde, war meine Feindin. Jedes Ticken der Uhr entfernte Gus weiter von mir.

Immer wenn das Gespräch einschlief – und das kam von Zeit zu Zeit vor, denn wir hatten noch nicht genug Wein getrunken und fühlten uns bei so viel festlicher Gewandung in der eigenen Wohnung ein wenig unbehaglich – sagte jemand »Wo Gus nur bleibt?« oder »Wo wohnt Gus noch mal? In Camden? Vielleicht ist was mit der U-Bahn« oder »Sicher war ihm nicht klar, daß das mit acht Uhr wörtlich gemeint war«.

Keiner der anderen schien sich besonders große Sorgen zu machen. Ich machte mir dafür um so größere. Nicht nur, weil er sich verspätet hatte – obwohl das nach all dem Ärger, den Karen wegen des Essens schon gemacht hatte, äußerst peinlich war –, sondern vor allem, weil er aus seiner Wohnung ausgezogen war, ohne mir etwas davon zu sagen. *Das* hatte nichts Gutes zu bedeuten. Ganz gleich, wie ich die Sache betrachtete, sie gefiel mir nicht.

Immer wieder überfiel mich die Verzweiflung. Was, wenn er nicht käme? Was, wenn ich ihn nie wiedersähe? Und wer war Mandy?

Ich versuchte mich am munteren Geplauder im Wohnzimmer zu beteiligen und dem zuzuhören, was die anderen sagten und meinem starren weißen Gesicht ein Lächeln abzuringen. Aber ich war so aufgeregt, daß ich kaum eine Sekunde lang stillsitzen konnte.

Dann schwang das Pendel in die andere Richtung und ich beruhigte mich. Schließlich hatte er sich erst um eine Stunde verspätet, na ja, um eineinviertel Stunden. Verdammt nochmal, war es schon so lang, volle eineinviertel Stunden? Wahrscheinlich käme er im nächsten Augenblick, ein wenig angeheitert, mit irgendeiner verrückten und unglaubwürdigen Entschuldigung. *Du steigerst dich da zu sehr hinein*, mahnte ich mich. Ich war sicher, er würde kommen, und es belustigte mich ein wenig zu sehen, wie mühelos ich mir die schwärzesten Möglichkeiten ausgemalt hatte.

Gus war mein Freund, wir waren uns in den letzten Monaten so nahe gekommen, ich wußte, daß ihm an mir lag und er mich nicht im Stich lassen würde.

40

Um zehn Uhr waren alle Schalen mit Knabberzeug leer, und jeder schien einen Kleinen sitzen zu haben.

»Ich hör mir diesen Jazzscheiß nicht länger an«, verkündete Charlotte und schaltete die Stereoanlage aus.

»Gott, bist du ordinär«, sagte Karen.

»Von mir aus«, gab Charlotte mit hochrot glänzendem Gesicht zurück. »Jedenfalls ist es Mist. Keine Melodie, und immer, wenn ich mitsingen will, wird es ganz komisch. Ich will jetzt was Anständiges hören.«

Karen unternahm nichts, als Charlotte eine andere Kassette einlegte. Das konnte nur heißen, daß auch sie von John Coltranes späten musikalischen Exkursen die Nase voll hatte.

»So«, meldete sich Karen zu Wort und wechselte das Thema. »Ob Gus noch kommt oder nicht, es ist Zeit zum Essen. Ich will, daß ihr das köstliche Mahl genießt, bevor ihr so hinüber seid, daß ihr es nicht mehr würdigen könnt.«

Mit der Aufforderung »Charlotte, Lucy, auftragen«, deutete sie auf die Tür. Auf dieses Stichwort hin mußten wir uns in Serviermädchen verwandeln.

Ich brachte nichts hinunter. Nach wie vor hoffte ich verzweifelt, Gus werde kommen. Käme er doch nur, und sei es mit einer noch so phantastischen und aberwitzigen Ausrede. *Ich werde dir auch nicht böse sein*, versprach ich ihm feierlich. *Ich versprech es dir – komm, und ich mach dir nicht den kleinsten Vorwurf.*

Nach einer Weile sagte niemand mehr Dinge wie »Ich frag mich nur, wo Gus bleibt« und »Was kann mit Gus passiert sein?« Auch sah niemand mehr aus dem Fenster, ob ein Taxi mit Gus darin vorfuhr.

Ganz im Gegenteil gaben sich alle große Mühe, ihn möglichst nicht zu erwähnen. Es war klargeworden, daß er nicht einfach verspätet war, sondern nicht kommen würde.

Allen war klar, daß er mich versetzt hatte, und sie bemühten sich in auffällig unauffällig, so zu tun, als wäre nichts geschehen, falls aber doch, als hätten sie nichts davon gemerkt.

Ich begriff, daß sie mich einfach schonen wollten, empfand das aber als erniedrigend.

Der Abend zog sich unendlich in die Länge. Es gab so viele Gänge und von allem so viel, daß ich dachte, er werde nie enden. Ich hätte sonstwas darum gegeben, schlafen gehen zu können, aber das ließ mein Stolz nicht zu.

Das Thema Gus kam erst viel später wieder aufs Tapet, als alle *wirklich* (und nicht mehr nur ziemlich) betrunken waren.

»Laß den Sack doch sausen«, lallte Karen, deren Frisur sich bedrohlich zur Seite neigte. »Wie kann er es wagen, dich so zu behandeln? Ich würde ihn umbringen.«

»Wir wollen ihm eine Chance geben«, lächelte ich angespannt. »Immerhin kann ihm was zugestoßen sein.«

»Na hör mal, Lucy«, spottete Karen. »Wie kannst du so dumm sein? Es ist doch sonnenklar, daß er dich versetzt hat.«

Natürlich war es sonnenklar, aber ich hoffte, mir einen Rest meiner Selbstachtung zu bewahren, indem ich das alles leugnete.

Daniel und Simon sahen unbehaglich drein. Simon fragte Daniel munter: »Na, was macht die Arbeit?«

»Er hätte anrufen können«, sagte Charlotte.

»Vielleicht hat er es vergessen«, sagte ich kläglich.

»Er hätte es auf jeden Fall tun sollen«, lallte Karen.

»Hast du eigentlich mal nachgesehen, ob unser Telefon funktioniert?« rief Charlotte plötzlich. »Ich wette, es ist kaputt oder die Leitung ist tot oder irgendwas anderes ist passiert, so daß er sich gar nicht melden konnte.«

»Das bezweifle ich«, sagte Karen.

»Vielleicht hast du nicht richtig aufgelegt«, meinte Daniel. »Wenn der Hörer daneben liegt, kommt keiner durch.«

Diese Möglichkeit wurde in Erwägung gezogen, weil sie von Daniel stammte. Alle stürmten in die Diele, ich an der Spitze, gegen alle Vernunft hoffend, daß er recht hatte. Natürlich war mit dem Telefon alles in Ordnung, und der Hörer lag auf der Gabel. Wie peinlich.

»Ihm könnte was passiert sein. Vielleicht hatte er einen Unfall. Ein Auto kann ihn überfahren haben, und er ist dabei verunglückt«, sagte ich, mit einem Schimmer neuer Hoffnung. Es war für Gus weit besser, er läge blutbeschmiert und mit zerschmetterten Gliedmaßen unter den Rädern eines Schwerlasters, als daß er beschlossen hätte, von mir nichts mehr wissen zu wollen.

Es klopfte gerade, als Karen mit Simon einen leidenschaftlichen, wenn auch schwer durchschaubaren Wortwechsel über den schottischen Nationalismus führte.

»Ruhe mal«, rief Daniel, »ich hab was gehört. Da ist jemand an der Tür.« Wir verstummten – sprachlos eher wegen der Überraschung, als weil wir etwas hören wollten.

Mit angehaltenem Atem lauschten wir. Daniel hatte recht. Tatsächlich klopfte jemand an die Tür.

»*Gott sei Dank*«, sagte ich begeistert, vor Erleichterung benommen.

Danke, lieber Gott, danke, lieber Gott, danke, lieber Gott. Ich werde Gutes tun, zu Armen freigebig sein, Geld für die Arbeit der Kirche spenden, oder was auch immer du willst. Auf jeden Fall danke ich dir, daß du mir Gus zurückgegeben hast.

»Ich geh hin.« Mit diesen Worten stand Charlotte schwankend auf. »Er soll bloß nicht denken, daß du dir Sorgen gemacht hast. Mach ein ganz natürliches Gesicht.«

»Danke«, sagte ich und stürmte in Panik zum Spiegel. »Ist alles in Ordnung? Sehen meine Haare gut aus? Gott, wie rot mein Gesicht ist! Gib mir jemand rasch mal 'nen Lippenstift.«

Ich fuhr mir mit den Fingern durch die Haare und warf mich aufs Sofa. Während ich wartete, daß Gus hereinkam, bemühte ich mich, unbefangen auszusehen. Ich war so *glücklich*, daß ich nicht stillsitzen konnte. Ich freute mich darauf zu hören, was für eine komplizierte und abwegige Ausflucht er sich zurechtgelegt hatte. Bestimmt war sie zum Brüllen komisch.

Zwar hörte man Stimmen in der Diele, trotzdem verging eine ganze Weile, ohne daß Gus erschienen wäre.

»Was hält ihn auf?« zischte ich und rutschte unruhig auf der Sofakante hin und her.

Mit den Worten »Ganz ruhig« tätschelte mir Daniel das Knie. Er hörte schlagartig auf, als Karen betont erst auf seine Hand, dann auf ihn, und dann wieder auf seine Hand sah. Der ganz eigenartige Ausdruck, den ihr Gesicht dabei annahm, schien ihrer Kontrolle zu entgleiten. Vermutlich hatte sie versucht, fragend die Stirn zu runzeln, was ihr aber wegen ihrer Trunkenheit nicht richtig gelungen war.

Aber auch jetzt tauchte Gus nicht auf. Irgend etwas stimmte nicht. Vielleicht konnte er nicht in die Wohnung, weil er verletzt war? Nach einigen Minuten hielt ich es nicht mehr aus, gab meine ohnehin nur vorgespiegelte Teilnahmslosigkeit auf und ging hinaus, um nachzusehen, wo Gus blieb.

Weit und breit kein Gus. Neil aus der Wohnung unter uns stand an der Tür. Er trug einen außerordentlich kurzen Morgenmantel, war äußerst schlecht gelaunt und beschwerte sich über die Musik.

Ich war sicher gewesen, daß sich Gus irgendwo im Hause aufhielt, und es kostete mich große Mühe, mich damit abzufinden, daß das nicht der Fall war. Mit vom Alkohol getrübten Blick spähte ich an Neil vorbei und überlegte, woran es lag, daß ich Gus nicht hinter ihm sehen konnte.

Als ich schließlich begriff, daß er nicht gekommen war, konnte ich es kaum fassen.

So groß war meine Enttäuschung, daß der Boden buchstäblich unter meinen Füßen schwankte. Allerdings konnte das auch an dem vielen Wein liegen, den ich getrunken hatte.

»... von mir aus braucht ihr die Musik gar nicht leiser zu stellen«, sagte Neil. »Aber nehmt doch um Gottes willen was anderes. Wenn ihr auch nur eine Spur von Mitgefühl habt, legt ihr eine andere Kassette ein.«

»Aber mir *gefällt* Simply Red«, sagte Charlotte.

»Das ist mir klar«, sagte Neil. »Warum würdest du sie sonst acht Wochen lang ununterbrochen spielen? *Bitte*, Charlotte.«

»Von mir aus«, stimmte sie widerwillig zu.

»Würde es euch was ausmachen, das hier zu spielen?« fragte er und gab ihr eine Kassette.

»So weit kommt's noch!« schnaubte Charlotte. »Das ist ja wohl das letzte. In *unserer* Wohnung spielen wir *unsere* Musik.«

»Aber ich muß sie mir auch anhören…« jammerte Neil.

Ich schlich ins Wohnzimmer zurück.

»Wo ist Gus?« wollte Daniel wissen.

»Keine Ahnung«, murmelte ich.

Ich betrank mich ziemlich hemmungslos, und irgendwann spät in der Nacht, wohl gegen halb zwei, beschloß ich, Gus zu suchen. Vielleicht konnte mir der Mann in seiner früheren Wohnung seine neue Nummer geben.

Ich schlich mich in die Diele und ans Telefon. Falls Karen und Charlotte hinter meine Absicht gekommen wären, hätten sie mich davon abzuhalten versucht. Zum Glück waren sie vollständig betrunken. Sie hatten aufgehört, Trivial Pursuit mit Auszieh-Pfändern zu spielen, weil Charlotte darauf bestanden hatte, spanische Musik aufzulegen. Dann führte sie die Schritte vor, die sie in ihrem ›Flamingo‹-Tanzkurs gelernt hatte und verlangte, daß alle mitmachten.

Ich wußte, daß ich das alles nur aus Verzweiflung tat, aber der Alkohol hatte mich enthemmt; ich hatte keinen eigenen Willen mehr. Ich wußte nicht, was ich sagen würde, falls ich Gus an den Apparat bekäme. Wie konnte ich ihm erklären, woher ich seine neue Nummer hatte, ohne wie eine Besessene zu erscheinen? Es war mir gleich.

Ich hatte unbestritten einen Anspruch darauf, zu wissen, wo er war und mit ihm zu sprechen, machte ich mir klar. Ich *verdiente* eine Erklärung.

Aber ich würde ihm keine Szene machen, beschloß ich, sondern ihn nur ganz freundlich fragen, warum er nicht gekommen war.

Irgendwo in mir gab es noch eine kleine nüchterne Stelle, die sich meldete und mir empfahl, ihn nicht anzurufen. Sie erklärte, ich führte mich auf wie eine Verrückte und verstärkte meine Demütigung noch dadurch, daß ich ihn aufzuspüren versuchte. Aber ich hörte nicht auf sie. Ich handelte unter Zwang und konnte mich nicht bremsen.

Aber niemand nahm ab. Ich saß auf dem Fußboden und ließ es klingeln, bis mir eine Bandaufnahme der Telefongesellschaft mitteilte, daß sich unter der von mir gewählten Nummer niemand melde. *Vielen Dank, das hätte ich nie im Leben gemerkt!* Verzweifelt knallte ich den Hörer auf die Gabel. Ich merkte kaum etwas von dem unruhigen Treiben im Wohnzimmer.

»Geht keiner ran?« fragte jemand. Ich fuhr zusammen. Verdammt! Es war Daniel, der wohl in der Küche noch Wein holen wollte.

»Nein«, sagte ich wütend, weil ich ertappt worden war.

»Wen wolltest du anrufen?« fragte Daniel.

»Was meinst du wohl?«

»Arme Lucy.«

Ich fühlte mich entsetzlich. Es war nicht mehr so wie früher, wenn Daniel über mich gelacht und sich über mein Mißgeschick lustig gemacht hatte. Die Dinge hatten sich geändert, und ich hatte nicht mehr den Eindruck, daß er noch mein Freund war. Ich mußte meine Gefühle vor ihm verbergen.

»Arme Lucy«, wiederholte er.

»Hör doch auf«, sagte ich wütend und sah zu ihm hoch.

Irgendwie hatten wir eine Grenze überschritten. Wo wir früher munter miteinander geplänkelt hatten, erhob sich jetzt die häßliche Wirklichkeit.

»Was stimmt nicht?« Er setzte sich zu mir auf den Boden.

»Hör bloß auf«, fauchte ich ihn an. »Das weißt du ganz genau.«

»Nein«, sagte er. »Ich meine, was ist mit uns los?«

»Es gibt kein ›uns‹«, sagte ich, teils, um ihn zu verletzen, teils, um der Auseinandersetzung und den offenen Worten auszuweichen, auf die das Ganze hinauslief.

»Doch.« Er legte mir sanft die Hand auf den Nacken und begann, mich mit kleinen kreisenden Daumenbewegungen unter dem Ohr zu liebkosen.

»Doch«, wiederholte er. Die Berührung seines Daumens ließ mir sonderbare Schauer über den Nacken bis hinunter in die Brust laufen. Mit einem Mal fiel mir das Atmen schwer. Dann merkte ich, wie meine Brustwarzen hart wurden. Es war unglaublich.

»Was zum Teufel treibst du da eigentlich?« flüsterte ich und sah in sein wohlvertrautes, gutaussehendes Gesicht. Aber ich entzog mich ihm nicht. Ich war betrunken, man hatte mich zurückgestoßen und jemand war freundlich zu mir.

»Keine Ahnung«, sagte er. Es klang erschreckt. Ich spürte seinen Atem auf meinem Gesicht. *Gott im Himmel,* dachte ich entsetzt, als sich Daniels Gesicht dem meinen näherte. *Er will mich küssen. Daniel will mich küssen, dabei sitzt seine Freundin nur zwei Meter weiter, und ich bin so blau oder mitgenommen oder was auch immer, daß ich mich nicht wehre.*

»Wo Dan bloß bleibt?« hörte ich Karens Stimme, während sie in die Diele kam.

In letzter Sekunde vor dem KO gerettet!

»Was treibt ihr beiden denn da unten?« kreischte sie.

»Nichts«, sagte Daniel und stand auf.

»Nichts«, keuchte ich und stand ebenfalls auf.

»Du solltest doch die Schüssel mit Wasser für Charlottes Knöchel holen«, sagte Karen wütend.

»Wieso, was ist passiert?« fragte ich, froh über die Ablenkung, *jede* Ablenkung, während sich Daniel auf den Weg zur Küche machte.

»Sie ist bei ihrem Flamingo-Tanz gestolpert«, sagte Karen kalt, »und hat sich den Knöchel verstaucht. Aber es sieht ganz so aus, als würde Daniel lieber auf dem Fußboden mit dir plaudern, als der armen Charlotte zu helfen.«

Ich ging wieder ins Wohnzimmer. Charlotte lag auf dem Sofa ausgestreckt, sagte kichernd »Aua«, während ihr Simon den Fuß massierte und ihr unter das Kleid sah.

Die Flaschen waren bis auf die Neige geleert, aber ich trank die Reste aus einer nach der anderen, bis kein Tropfen mehr darin war. Ausgerechnet jetzt, wo ich dringend etwas zu trinken brauchte, war nichts mehr da!

Es kam zu einem Streit, weil sich Charlotte nicht davon abbringen ließ, daß ihr Knöchel gebrochen war und sie ins Krankenhaus müsse, während Simon darauf beharrte, daß er lediglich verstaucht sei. Dann sagte Karen, Charlotte solle aufhören zu jammern, Simon legte sich ins Zeug und forderte Karen auf, die Klappe zu halten und seine Freundin nicht anzufauchen, und falls Charlotte ins Krankenhaus wolle, werde Karen sie nicht daran hindern. Karen fragte Simon, ob er wisse, wer das Abendessen zubereitet hatte, und Simon erwiderte, er habe alles über Karen gehört und über die Zwangsarbeit, die sie

Charlotte verordnet hatte, und wenn jemand für das Essen an jenem Abend Dank gebührte, dann Charlotte ... und so weiter und so weiter.

Ich ließ eine halbe Flasche Rotwein in mich hineinlaufen, die ich hinter dem Sofa entdeckt hatte und setzte mich mit baumelnden Beinen gemütlich hin, um den Streit so richtig zu genießen.

Dann brüllte Karen Charlotte an, weil sie Simon gesagt hatte, sie habe alles selbst gekocht, denn in Wirklichkeit habe Charlotte überhaupt nichts getan. Nichts! Nur eine Handvoll Karotten geschabt ...

Ich lächelte Daniel zu. Einen Augenblick lang hatte ich vergessen, was in der Diele vorgefallen war oder beinahe vorgefallen wäre. Er grinste zurück, dann fiel mir ein, was in der Diele vorgefallen oder beinahe vorgefallen wäre, wurde rot und sah weg.

Ich fand ein wenig Gin und trank ihn aus. Ich schien noch immer nicht genug getrunken zu haben. Ich war sicher, daß ich im Wohnzimmerschrank eine Flasche Rum stehen hatte, konnte ihn aber trotz allem Suchen nicht finden.

»Wahrscheinlich hat ihn Gus geklaut«, sagte Karen.

»Wird schon so sein«, sagte ich grimmig.

Schließlich gestand ich meine Niederlage ein und legte mich schlafen, allein und so gut wie bewußtlos.

41

Gegen sieben war ich mit einem Schlag wach. Es *war* doch Samstag? Sofort wußte ich, daß etwas nicht stimmte. Was war das noch? Dann fiel es mir wieder ein. Ach ja!

O nein! Mir wäre lieber gewesen, ich hätte mich nicht erinnert. Ich hatte einen fürchterlichen Kater und konnte zum Glück wieder einschlafen.

Ich wurde um zehn Uhr wieder wach, und der Gedanke, daß ich Gus verloren hatte, traf mich wie ein Schlag mit einer Bratpfanne. Ich verließ das Bett und schleppte mich durch den Flur. In der Küche waren Charlotte und Karen dabei, aufzuräumen. Es war so viel zu essen übriggeblieben, daß ich hätte heulen können. Ich ließ es aber bleiben, weil die beiden sonst womöglich gedacht hätten, ich heulte wegen Gus.

»Morgen«, sagte ich.

»Morgen«, gaben sie zur Antwort.

Mit angehaltenem Atem wartete ich, ob eine von ihnen sagte: »Übrigens, Gus hat angerufen.« Aber niemand sagte was.

Mir war klar, daß es sinnlos war, zu fragen, ob er angerufen hatte. Beide wußten, wie wichtig mir die Angelegenheit war, und sie hätten mir einen Anruf von ihm sofort ganz aufgeregt mitgeteilt. Bestimmt wären sie mit der Nachricht sogar zu mir ins Zimmer gekommen und hätten mich geweckt.

Trotz allem fragte ich zögernd: »Hat inzwischen jemand für mich angerufen?«

Ich konnte mich einfach nicht beherrschen. Wenn schon, denn schon. Ich war so tief verletzt – da spielte das nun auch keine Rolle mehr.

»Äh, nein«, murmelte Karen und wich meinem Blick aus.

»Nein«, bekräftigte Charlotte. »Niemand.«

Mir war von vornherein klar gewesen, daß es so war – warum war ich trotzdem so enttäuscht?

»Wie geht's deinem Knöchel?« fragte ich Charlotte.

»Gut«, sagte sie und sah verlegen drein.

»Ich hol schnell 'ne Zeitung«, sagte ich. »Dann helf ich euch aufräumen. Braucht jemand was?«

»Nein, danke.«

Eigentlich wollte ich gar keine Zeitung haben. Aber bekanntlich kocht der Inhalt eines Topfes erst, wenn man einen Augenblick lang nicht hinsieht, und solange ich in der Nähe des Telefons herumhinge, würde Gus nicht anrufen. Aus langer Erfahrung wußte ich, daß die Aussichten auf einen Anruf weit besser standen, wenn ich nicht zu Hause war.

Als ich zurückkam, erwartete ich, daß Karen oder Charlotte durch den Flur gerannt kam und hervorstieß: »Denk nur – Gus hat angerufen« oder »Denk nur – Gus ist *hier*. Sie haben ihn letzte Nacht entführt und erst vor ein paar Augenblicken freigelassen.«

Aber niemand kam mit irgendwelchen Neuigkeiten durch den Flur gelaufen. Wie eine Bittstellerin mußte ich in die Küche gehen, wo man mir ein Geschirrtuch in die Hand drückte.

»Hat jemand für mich angerufen?« hörte ich mich schließlich mit hohler Stimme fragen.

Wieder schüttelten Karen und Charlotte den Kopf. Ich preßte die Lippen aufeinander. Ich würde nicht wieder fragen, nahm ich mir vor. Damit zerfetzte ich mich nur selbst vor Enttäuschung und machte den beiden anderen das Leben schwer.

Ich befolgte den Rat Tausender von Frauenzeitschriften und tat etwas. Angeblich hilft das glänzend dabei, nicht an weggelaufene Männer zu denken, und glücklicherweise war nach den Ausschweifungen der vergangenen Nacht ein beunruhigend hoher Berg an Abwasch zu bewältigen – allerdings hatte ich nicht angenommen, daß *ich* ihn würde abtragen müssen. Ich hatte geglaubt, man werde mir das aus Mitgefühl ersparen, alle wären nett zu mir, weil Gus mich versetzt hatte, und Karen würde mich von allen Aufgaben entbinden.

Aber nein. Auf solche Gefühlsduseleien verschwendete Karen keine Zeit.

»Tu was, dann brauchst du nicht an ihn zu denken«, sagte sie munter, während sie mir einen Stapel schmutziger Teller auflud.

Das machte mich noch trauriger. Ich wollte Mitgefühl, wollte Aufmerksamkeit, wollte behandelt werden wie eine Kranke auf dem Weg zur Besserung. Was ich aber nicht wollte, war Geschirr spülen.

Wer auch immer behauptet, daß Arbeit vom Liebeskummer ablenkt, irrt, denn ich arbeitete an dem Tag eine ganze Menge und dachte trotzdem ständig an Gus – sowieso ist mir völlig unerfindlich, wieso ich mich in bezug auf ihn besser fühlen sollte, nur weil ich im Badezimmer Erbrochenes aufwischte. Das einzige, was dabei herauskam, war, daß ich mich für eine Weile aus einem anderen Grund elend fühlte als zuvor.

Ich saugte in der ganzen Wohnung Staub, wusch an Geschirr und Gläsern ab, was nicht zerbrochen war, steckte die Scherben der übrigen Teller und Gläser in eine Mülltüte und hängte einen kleinen Zettel für die Müllmänner daran, damit sie sich nicht in die Finger schnitten. Ich leerte Berge von Aschenbechern, verschloß unberührte Schüsseln mit Frischhaltefolie und stellte sie in den Kühlschrank, wo sie drei Wochen lang wertvollen Magerjoghurt-Stauraum einnehmen und lange Schimmelbärte ansetzen würden, bis wir sie schließlich fortwarfen. Vergeblich versuchte ich das Kerzenwachs aus dem Teppichboden zu kratzen und rückte schließlich das Sofa auf den Fleck. Bei all dem dachte ich ununterbrochen an Gus.

Ich war mit den Nerven völlig am Ende. Den ganzen Tag klingelte das Telefon. Jedesmal durchzuckte es mich, ich fuhr auf und betete inständig und stumm, *bitte, lieber Gott, mach, daß es Gus ist*. Ich wagte den Hörer nicht abzunehmen für den Fall, daß er es war. Ans Telefon zu gehen war gleichbedeutend mit dem Eingeständnis, daß mir sein Anruf wichtig war, und das wäre unverzeihlich gewesen. Karen oder Charlotte mußten das Topfschrubben (Charlotte) oder das Herumtänzeln mit dem Frischluftspray (Karen) unterbrechen und für mich an den Apparat gehen.

Wie es sich für eine von ihrem Liebhaber verschmähte Frau gehört, bestand ich darauf, daß sie es vorher fünfmal klingeln ließen.

»Noch nicht, noch nicht!« flehte ich jedes Mal aufs neue.

»Laß es noch ein bißchen klingeln. Er darf auf keinen Fall annehmen, daß wir auf seinen Anruf warten.«

»Aber das tun wir doch.« Charlotte sah verwirrt drein. »Jedenfalls du.«

Es nützte alles nichts. Nur einer der Anrufe war für mich, und er kam – ausgerechnet – von meiner Mutter.

»Warum habt ihr es so lange klingeln lassen?« wollte sie wissen, als mir Charlotte betrübt den Hörer gab.

Und auf einmal war Samstagabend. Samstagabende hatten in meinem Leben immer eine besondere Rolle gespielt. Ich konnte mich darauf freuen, sie waren ein Lichtblick in einer dunklen Welt gewesen. Diesmal aber war es ein *leerer* Samstagabend, einer ohne Gus, und entsetzt stellte ich fest, daß ich beinahe *Angst* davor hatte.

In den vergangenen – waren es erst sechs? – Wochen war jeder Samstagabend erfüllt gewesen, weil ich ihn gemeinsam mit Gus verbracht hatte. Manchmal waren wir ausgegangen, dann wieder zu Hause geblieben, was auch immer es war, hatten wir gemeinsam unternommen. Jetzt kam es mir vor, als hätte ich nie im Leben einen freien Samstagabend gehabt – so fremd erschien mir das Ganze.

Ich hatte das Gefühl, als hafte dem Samstagabend jetzt eine gewisse Boshaftigkeit an, es war so, als hätte mir jemand eine Schlange zugeworfen und mich gezwungen, sie einige Stunden zu unterhalten.

Was sollte ich mit so einem Samstagabend anfangen? Mit wem ihn verbringen? All meine Freundinnen und Freunde waren verbandelt: Charlotte mit Simon, Karen mit Daniel und dieser mit Karen. Ganz davon abgesehen war er nicht mehr mein Freund.

Ich hätte Dennis anrufen können, aber das wäre lächerlich gewesen. Es war Samstagabend, und er war schwul, bestimmt würde er sich jetzt den Schädel rasieren, um sich in eine Nacht des ungezügelten Hedonismus zu stürzen.

Charlotte und Simon luden mich ein, mit ihnen ins Kino zu gehen – nach der Trunkenheitsorgie des Vortags fühlte sich Charlotte, wie sie sagte, zu nichts anderem imstande – aber ich wollte nicht.

Nicht etwa deswegen, weil ich befürchtet hätte, das fünfte Rad am Wagen zu sein. Damit hatte ich keine Schwierigkeiten, denn schließlich kannte ich diese Rolle von vielen früheren Gelegenheiten, und die ersten zehntausend Mal sind die schlimmsten. Ich schäme mich zu sagen, daß ich Angst hatte, die Wohnung zu verlassen, schließlich bestand die Möglichkeit, daß Gus kam.

Wie eine Närrin hoffte ich immer noch, von ihm zu hören. Eigentlich rechnete ich mehr oder weniger damit, daß er gegen acht in einem ihm zu großen geliehenen Jackett mit einem schlecht geknoteten Schlips käme, weil er annahm, die Einladung sei für Samstag und nicht für Freitag gewesen. Möglich war es, auch wenn ich selbst nicht so recht daran glaubte.

So etwas passierte ab und an. Vielleicht würde es auch mir passieren, und ich wäre gerettet. Ich könnte mich lachend vom Rande des Abgrunds zurückziehen, weil es ja gar keinen Grund gab, mich dort herumzutreiben.

Von Karen und Daniel kam keine Aufforderung, mich ihnen anzuschließen. Das hatte ich weder erwartet, noch hätte ich es gewollt. Ich fühlte mich in Daniels Gegenwart so unbehaglich, daß wir kaum miteinander sprachen. Außerdem stieg mir nach wie vor die Röte ins Gesicht, wenn ich nur daran dachte, wie ich am Vorabend angenommen hatte, er wolle mich küssen, während er in Wirklichkeit lediglich nett zu mir gewesen war, weil Gus mich versetzt hatte. *Wie konnte ich so etwas nur glauben?* fragte ich mich beschämt. Schlimmer, wie hatte mir das gefallen können? Schließlich war es Daniel. Das war ungefähr so, als hielte ich es für richtig, mit meinem Vater zu knutschen.

Alle gingen, und ich war an einem schönen Samstagabend im April allein in der Wohnung.

Irgendwann, als Gus in mein Leben getreten und wieder daraus verschwunden war, hatte der Winter dem Frühling Platz gemacht. Ich aber hatte zu viel damit zu tun gehabt, mich zu verlieben und das Zusammensein mit Gus zu genießen, als daß ich es wahrgenommen hätte.

Mir fiel auf, um wieviel schwerer sich eine Zurückweisung an schönen hellen Abenden ertragen läßt. Als es abends noch

dunkel gewesen war, hatte ich zumindest die Vorhänge vorziehen, ein Feuer machen, mich zusammenrollen und verstecken und in meinem Alleinsein durchaus behaglich fühlen
können. Die Helligkeit des Frühlingsabends aber war nachge-
rade peinlich und machte mein Versagen vor aller Augen
deutlich sichtbar. Es kam mir vor, als wäre ich der einzige
Mensch auf der ganzen Welt, der an einem Samstagabend
allein daheim saß.

Im Winter verlassen zu werden, war da entschieden besser –
der Winter war bedeutend *diskreter*.

Nachdem Gus auch um acht nicht gekommen war, tat ich
auf der Treppe des Elends einen Schritt weiter abwärts. Warum konnte ich mich nicht gleich bis ganz unten fallenlassen
und es hinter mich bringen? Zwar war mir klar, wie klug es
ist, ein Pflaster mit einem einzigen kräftigen Ruck von einer
Wunde herunterzureißen, auch wenn es einem das Wasser in
die Augen treibt, doch in Herzensangelegenheiten löste ich
alles nur in qualvoller Langsamkeit von mir ab.

Ich beschloß, aus dem Haus zu gehen, um mir ein Video zu
besorgen. Außerdem eine Flasche Wein, denn ich sah keine
Möglichkeit, den Abend hinter mich zu bringen, ohne etwas
zu trinken.

»Gus ruft bestimmt nicht mehr an, der geht bestimmt mit
Mandy aus«, sagte ich und spielte mit den Göttern das Spiel
»Es ist sowieso egal«. Wer es beherrscht und die Götter über-
zeugen kann, daß man wirklich nicht will, wonach einem der
Sinn steht, bekommt es wahrscheinlich.

In der Videothek begrüßte mich Adrian wie eine lange verlorene Schwester. »Lucy! Wo hast du gesteckt?« brüllte er durch
den ganzen Laden. »Ich hab dich ja *ewig* nicht gesehen. *Ewig*.«

»Hallo, Adrian«, antwortete ich sehr leise, in der Hoffnung,
seine Lautstärke durch mein gutes Beispiel drosseln zu können.

»Und wem verdanken wir dieses Vergnügen?« röhrte er.
»Allein am Samstagabend? Er hat dich wohl sitzenlassen?«

Mit verkniffenem Lächeln suchte ich mir ein Video aus.

Als sich Adrian umdrehte, um die zur Hülle passende Kassette zu suchen, musterte ich ihn verstohlen. *Das bin ich mir*

schuldig, sagte ich mir. Jetzt, da ich wieder allein war, mußte ich angestrengt Ausschau danach halten, wer der Ehemann sein mochte, den mir Mrs. Nolan geweissagt hatte. *Er ist gar nicht schlecht,* dachte ich matt. *Knackarsch, ganz in Ordnung.* Es hatte nur einen Fehler: es war nicht das Hinterteil von Gus. Ein hübsches Lächeln, aber es war nicht das von Gus.

Andere Männer anzusehen war die reine Zeitverschwendung, so voll war mein Kopf mit Gus.

Ohnehin war ich nicht wirklich überzeugt, daß es mit Gus vorbei war – dazu war es zu früh. Man mußte mir erst Beweise um die Ohren schlagen, mich damit in den Boden rammen, bis ich es wirklich glaubte. Etwas aufzugeben fiel mir nicht leicht, loslassen war keine meiner Stärken.

Obwohl ich genau wußte, daß ich Gus nie wiedersehen würde, klammerte ich mich verzweifelt an den Strohhalm, es gebe eine andere Erklärung, ganz gleich, wie unwahrscheinlich sie war, und wir könnten einen neuen Anfang machen.

Ich ging nach nebenan in den Getränkeladen. Er war voller glücklicher junger Leute, die Wein, Dosenbier und stangenweise Zigaretten kauften. Mit einem Mal beschlich mich wieder das altvertraute Gefühl, daß das Leben eine Party war, zu der man mich nicht eingeladen hatte. Solange ich mit Gus zusammen gewesen war, hatte das Gefühl, dazuzugehören, in meinem Leben eine Gastrolle gespielt, jetzt aber kam ich mir wieder vor wie ein Gespenst, das beim Fest des Lebens von draußen zusieht.

Während ich langsam nach Hause ging und mich bemühte, das Ganze möglichst lange hinauszuzögern, überfiel mich auf einmal Panik. Ich war überzeugt, daß mich Gus genau in dem Augenblick anrief. Ich rannte die Straße entlang, stürmte in die Wohnung und lief atemlos zum Telefon. Das rote Lämpchen am Anrufbeantworter blinkte nicht und sah mich starr an, ohne auch nur ein einziges Mal zu zwinkern.

Es dauerte unendlich lange, bis sich der Tag quälend Millimeter für Millimeter der Dunkelheit entgegengearbeitet hatte, andere Leute von ihren abendlichen Unternehmungen zurückgekehrt und ins Bett gegangen waren, die Kluft zwischen mir und allen anderen sich immer mehr verengt hatte und ich schließlich nicht mehr annahm, ich sei *die einzige* ...

Ich betrank mich und wählte wieder die Nummer, die mir Gus gegeben hatte. Niemand nahm ab – zum Glück. Allerdings empfand ich das in der Situation überhaupt nicht so, sondern tobte und war vor Verzweiflung und Einsamkeit außer mir. Ich wollte unbedingt mit ihm reden, denn mir war klar, wenn ich mit ihm reden könnte, würde alles wieder gut werden.

Betrunken wie ich war, überlegte ich sogar, ob ich ein Taxi nach Camden nehmen, durch die Straßen laufen und versuchen sollte, ihn in einer der Kneipen aufzuspüren, in die er mich mitgenommen hatte. Zum Glück aber hielt mich etwas davon ab – vielleicht der mir widerwärtige Gedanke, ihn in Begleitung der geheimnisvollen Mandy anzutreffen. Eine Spur Vernunft drang durch meinen Panzer der Besessenheit.

Ich erwachte in der Stille des Sonntagmorgens. Noch vor dem Aufstehen wußte ich, daß ich allein in der Wohnung war und Karen und Charlotte nicht nach Hause gekommen waren. Es war erst sieben Uhr, ich war hellwach und völlig allein.

Womit sollte ich mich ablenken, um die Einsamkeit von mir fernzuhalten? Wie sollte ich verhindern, daß mich der Gedanke an Gus verrückt machte?

Ich hätte lesen können, aber ich wollte nicht. Es gab keine Lektüre, nach der mir der Sinn stand. Ich hätte fernsehen können, aber mir war klar, daß ich nicht imstande wäre, mich zu konzentrieren. Ein Dauerlauf hätte meine schrecklichen Sorgen womöglich ein wenig vertrieben, aber ich schaffte es kaum, aufzustehen. Mein Körper floß geradezu über vor Adrenalin, aber ich brachte nicht genug Energie auf, das Bett zu verlassen. Ich hätte die Telefonseelsorge anrufen können, aber wie würde das klingen, wenn ich jammerte: »Mein Freund hat mich sitzenlassen, und dabei wollten wir *heiraten*«, wo sie es mit wirklichen Menschen und deren wirklichen Nöten zu tun hatten?

Mit Gus' Verschwinden war auch mein Traum zerstoben, ihn zu heiraten. Meine Phantasien aufzugeben, fiel mir fast ebenso schwer, wie den Mann aufzugeben.

Natürlich war es meine eigene Schuld. Ich hätte Mrs. Nolans Wahrsagerei nie ernst nehmen dürfen. Erst hatte ich über Meredia und Megan gespottet, weil sie ihr Glauben geschenkt hatten – und schon kurz darauf war auch ich darauf hereingefallen.

Statt Gus als Zufallsbekanntschaft zu behandeln, war ich fest überzeugt gewesen, er sei der Richtige und wir würden für immer zusammenbleiben.

Ich versuchte mir einzureden, daß es eigentlich nicht meine Schuld war. Mrs. Nolan hatte meine Unsicherheit und Einsamkeit gespürt und mir gesagt, was ich hören wollte. Die Aussicht auf eine Heirat war mir nicht besonders wichtig – Sie wissen schon, das weiße Brautkleid, Streit mit meiner Mutter, Nudelsalat und so weiter –, aber die Aussicht, einen Menschen zu haben, der mich verstand, gefiel mir sehr.

Es war wirklich meine Schuld, daß ich diesen ganzen Mumpitz ernst genommen hatte.

Während ich im Bett lag, schwirrte mir der Kopf. Ich machte mir Vorwürfe, sprach mich frei, machte mir wieder Vorwürfe, lauschte, ob das Telefon klingelte, wurde von mörderischer Eifersucht auf die unbekannte Mandy gequält, hoffte, daß sie nur eine gute Bekannte war, sagte mir, Gus könne immer noch anrufen, mahnte mich, nicht töricht zu sein, überlegte, daß er doch anrufen *könnte*, nannte mich eine Masochistin, erhob Einspruch und erklärte, ich sei lediglich romantisch veranlagt und so weiter …

Ich war sicher, daß ich die Leere des Sonntagmorgens noch nie zuvor so schlimm empfunden hatte. Büschel von Steppengras wehten durch die staubigen Straßen meiner Seele, die einer Geisterstadt glich.

Wie war ich nur zurechtgekommen, bevor ich Gus kennengelernt hatte? Wie hatte ich all die Leere angefüllt? Ich konnte mich nicht erinnern, daß mir je alles so öde erschienen war, aber so mußte es wohl gewesen sein, denn ich hatte Sonntag um Sonntag ohne ihn gelebt.

Dann begriff ich, was geschehen war. Er war in mein Leben getreten, hatte die Lücke ausgefüllt und bei seinem Weggang mehr mitgenommen, als er mitgebracht hatte. Er hatte sich mit seiner Liebenswürdigkeit einen Platz in meinem Herzen erobert, mich dazu gebracht, ihm zu trauen, und dann, als ich nicht hinsah, meine gesamte seelische Inneneinrichtung mitgehen lassen – mein inneres Wohnzimmer war völlig ausgeräumt. Wahrscheinlich war er damit in eine Kneipe in Camden gezogen und hatte dort das Ganze weit unter Marktwert verhökert. Man hatte mich hereingelegt – nicht zum ersten Mal.

Es dauerte eine Ewigkeit, bis der Sonntag vorbeiging. Charlotte und Karen kamen nicht nach Hause. Das Telefon klingelte kein einziges Mal. Gegen neun Uhr abends brachte ich das Video zurück, holte ein neues und dazu eine Flasche Wein. Ich trank, bis ich betrunken war, und schlief dann ein.

Dann war es Montagmorgen. Das Wochenende war vorüber, und Gus hatte nicht angerufen.

42

An jenem Vormittag fing in unserem Büro die für Hetty neu eingestellte Kraft an.

Hetty war jetzt seit sechs Wochen fort – eine lange Zeit, wenn man bedenkt, daß wir uns bemühten, zu dritt die Arbeit zu tun, die zuvor eine erledigt hatte. Ivor der Schreckliche hatte die Personalabteilung gebeten, einige Wochen zu warten, bis ein neuer Mitarbeiter eingestellt wurde. Vermutlich hatte der arme Dummkopf gehofft, Hetty würde in seine pummeligen, kurzen, mit Sommersprossen übersäten rosa Arme zurückkehren.

Aber sie lebte jetzt mit ihrem Schwager in Edinburgh – soweit man hörte, sehr glücklich –, und so mußte sich Ivor schließlich mit den Tatsachen abfinden.

Der neue Kollege war ein junger Mann. Das war keineswegs auf den blinden Zufall zurückzuführen, wie man auf den ersten Blick annehmen konnte. O nein! Meredia hatte das eingefädelt. Das allerdings wußte ich auch nur, weil ich sie bei ihren Machenschaften ertappt hatte.

Einige Wochen zuvor war ich, bedingt durch eine Verkettung ungünstiger Umstände – mein Zug lief im selben Augenblick ein, als ich auf den Bahnsteig trat, der Anschlußzug stand abfahrbereit usw. usw. – an einem Montagmorgen vor Arbeitsbeginn im Büro eingetroffen und hatte gesehen, daß Meredia bereits *vor* mir da war. Als wäre das nicht schon überraschend genug gewesen, saß sie offenbar fieberhaft an der Arbeit und sichtete einen Stapel Papiere. Einige legte sie beiseite, andere steckte sie in den Reißwolf.

»Morgen«, sagte ich.

»Halt die Klappe, ich hab zu tun«, knurrte sie.

»Meredia, was machst du da?«

»Nichts«, sagte sie und schob weiter Blätter in den Reißwolf.

Ich wurde neugierig, denn nie und nimmer hätte sie sich an einem Montagmorgen zu dieser frühen Stunde ernsthaft ihrer Büroarbeit gewidmet.

Ich sah mir den Stapel Papiere auf ihrem Tisch genauer an. Es waren Bewerbungen.

»Meredia, was ist das, und woher hast du das?«

»Es sind die Bewerbungen auf Hettys Stelle. Die Personalabteilung hat sie runtergeschickt, damit der Stinker Simmonds sie sich anschauen kann.«

»Aber warum steckst du sie dann in den Reißwolf? Möchtest du nicht, daß die Stelle besetzt wird?«

»Ich steck ja nicht alle in den Reißwolf.«

»Ich verstehe.« Ich verstand nichts.

»Nur die verheirateten Frauen«, fuhr sie fort.

»Darf ich fragen, warum?«

»Wozu brauchen sie 'nen Mann *und* 'ne Stelle?« fragte Meredia bitter.

»Machst du Witze?« fragte ich matt. »Willst du mir erklären, du ziehst alle Bewerbungen von Ehefrauen aus dem Verkehr, weil sie verheiratet sind?«

»Ja«, sagte sie entschlossen. »Ich stelle ein bißchen ausgleichende Gerechtigkeit her. Man kann sich nicht darauf verlassen, daß das Karma tut, was es soll, da muß man schon selbst anpacken, wenn man möchte, daß was erledigt wird.«

»Aber Meredia«, wandte ich ein. »Daß eine Frau verheiratet ist, bedeutet doch nicht automatisch, daß sie auch glücklich ist. Vielleicht verprügelt ihr Alter sie, hat Verhältnisse oder ist ein richtig öder Langweiler. Außerdem könnte sie Witwe oder geschieden sein oder von ihrem Mann getrennt leben.«

»Mir egal«, schnaubte Meredia. »Jedenfalls hatten die alle ihren großen Tag und konnten im Brautkleid zum Altar marschieren.«

»Aber falls du denen ihr Glück nicht gönnst, kannst du sie doch am besten damit unglücklich machen, daß du einer von ihnen die Stelle zuschanzt. Sieh doch nur, wie elend es uns allen hier geht.«

»Versuch nicht, mich rumzukriegen, Lucy«, sagte sie und musterte aufmerksam eine weitere Bewerbung. »Was meinst du: Ist diese Ms. L. Rogers verheiratet oder unverheiratet?«

»Keine Ahnung. Weil man *nicht* wissen soll, ob sie Miss oder Mrs. ist, hat sie ja ›Ms.‹ geschrieben.«

»Todsicher unverheiratet«, fuhr Meredia fort, ohne auf mich zu achten. »Sie hat das nur geschrieben, damit niemand merkt, daß sie keinen abgekriegt hat. Die darf sich von mir aus vorstellen kommen.«

»Sieh es doch mal so«, regte ich an. »Was ist, wenn wir noch 'ne ledige Kollegin kriegen? Heizt das nicht die Konkurrenz um die paar Männer an, die draußen frei rumlaufen?«

Das sollte zwar nur ein Scherz sein, doch trat ein Anflug von Entsetzen auf Meredias Gesicht.

»Großer Gott, du hast recht«, sagte sie. »Daran hatte ich überhaupt noch nicht gedacht.«

»Es wäre also viel besser«, fuhr ich boshaft fort, »du würdest alle Bewerbungen von Frauen aussortieren und nur die von Männern behalten.«

Das schien ihr einzuleuchten.

»Großartig!« rief sie und umarmte mich. »Wirklich großartig!« Ich war richtig froh – alles, womit man den eigentlichen Aufgaben in der Arbeit aus dem Weg gehen konnte, machte die Langeweile erträglicher.

Meredia sichtete also eifrig den ganzen Stapel und sortierte sämtliche Bewerbungen von Frauen aus, bevor Ivor ins Büro kam.

Das aber war noch nicht das Ende der Säuberungsaktion. Offenkundig war ihr die Macht über Leben und Tod von Menschen zu Kopf gestiegen.

»Warum sollten wir uns mit irgendeinem alten Knacker rumschlagen?« fragte sie und ließ ihren Worten Taten folgen: alle Männer über fünfunddreißig kamen rigoros in den Reißwolf.

Inzwischen war der anfänglich recht hohe Stapel deutlich geschrumpft, und sie dezimierte ihn noch mehr dadurch, daß sie eine Auswahl nach Freizeitinteressen und Hobbys traf.

»Hm, der hier arbeitet gern im Garten.« Mit den Worten »Und tschüs!« warf sie die Bewerbung beiseite. »Und der hier ist beim Heimatschutz« – zack, flog der nächste Kandidat aus dem Rennen. Zum Schluß waren nur noch vier Männer zwischen einundzwanzig und siebenundzwanzig übrig, die als Freizeitinteressen »Parties«, »Fitneß«, »Mit Freunden ausgehen«, »Urlaub auf den griechischen Inseln« und »Trinken« angegeben hatten. Ich mußte zugeben, daß das vielversprechend aussah.

Wäre ich zu jenem Zeitpunkt nicht im siebten Himmel und überzeugt gewesen, daß mit Gus alles einfach herrlich sei, hätte mich diese Aussicht begeistert.

Alle vier stellten sich im Laufe der Woche vor. Um die Zeit, die für die Vorstellungsgespräche angesetzt war, hingen Meredia, Megan und ich am Empfang herum, um sie zu mustern, bevor sie ins Personalbüro geholt wurden, damit Blandina sie fragen konnte, wo sie sich ihrer Einschätzung nach in fünf Jahren befinden würden. (Die richtige Antwort lautete »Am unteren Ende eines Stricks, wenn ich dann hier noch arbeite«, aber das konnten sie nicht wissen. Es war auch unwichtig – wer die Stelle bekam, würde das früh genug merken.)

Auf einer Skala von null bis zehn gaben wir ihnen Punkte für gutes Aussehen, Knackigkeit des Hinterns, sonstigen Hoseninhalt usw.

Auch wenn Meredia, Megan und ich selbstverständlich keinerlei Einfluß darauf hatten, ob der Betreffende eingestellt würde oder nicht, hinderte uns das nicht an leidenschaftlichen Meinungsäußerungen. »Mir würde Nummer zwei gefallen«, sagte Megan. »Was meinst du, Louise?«

»Ich heiße Meredia«, kam die hitzige Antwort. »Ich finde Nummer drei mit Abstand am niedlichsten.«

»Mir hat zwei besser gefallen«, sagte ich. »Er sieht wirklich *nett* aus.«

Megans Favorit war ursprünglich Nummer vier gewesen, der als eins seiner Hobbys »Fitneß« angegeben hatte, doch als er hereinkam, sahen wir auf den ersten Blick und zu unserer großen Betrübnis, daß er unheilbar homosexuell war. Natürlich bekam er die Stelle nicht, denn Ivor war ein ausgesprochener Schwulenfresser. Als er nach dem Vorstellungsgespräch wieder in unser Büro kam, spulte er eine ganze Reihe von Witzen herunter in der Richtung: »Wenn mir ein Geldstück runtergefallen wär – ich hätte mich nicht danach gebückt« oder »Immer schön mit dem Rücken zur Wand, was? Ha, ha«.

»Aber ernsthaft, Mädels«, fuhr er fort, »'nen Schwulibert können wir hier nicht brauchen.«

»Warum nicht?« wollte ich wissen.

Verschämt sagte er: »Und wenn er ... und wenn er ... *scharf* auf mich wäre?«

»Auf Sie?« platzte ich heraus.

»Ja, auf mich«, sagte er und strich sich die wenigen verbliebenen Haare zurück.

»Aber der hat gar nicht ausgesehen, als ob er geistig unterbelichtet wär«, sagte ich, was Megan und Meredia mit Kichern quittierten.

Ivors Augen wurden zu schmalen Schlitzen, aber das war mir egal. Ich war wütend.

»Was wollen Sie damit sagen, Miss Sullivan?« fragte er kalt.

»Daß er nicht zwangsläufig scharf auf Sie sein muß, bloß weil er schwul ist und Sie ein Mann sind.«

Es war eine maßlose Frechheit von ihm, anzunehmen, *irgendein* Lebewesen, ob Mann, Frau, Kind oder Tier auf dem Bauernhof, könnte sich zu ihm hingezogen fühlen.

»Aber er wäre scharf auf mich«, murrte Ivor. »Sie wissen doch, wie die sind. Treiben es mit jedem.«

Wie aus einem Munde ertönte Meredias, Megans und mein Protestgeschrei: »Wie können Sie so was sagen!«, »Faschist!« und »Woher zum Teufel wollen Sie das wissen?«

»Und wenn er schon einen Freund hat?« fragte Megan. »Wenn er in jemand verliebt ist?«

»Seien Sie nicht albern«, stotterte Ivor. »Und Sie können alle aufhören, durcheinander zu reden, weil er die Stelle ohnehin nicht bekommt. Er soll sich was in 'nem Frisiersalon oder in einem von diesen neumodischen Designer-Restaurants suchen. Da paßt er viel besser hin.«

Er ging in sein Büro, knallte die Tür hinter sich zu und ließ uns drei wutschnaubend zurück.

Nummer zwei, der freundlich lächelnde Siebenundzwanzigjährige, hatte Pech. Man bot ihm die Stelle an, und er verschlimmerte sein Los dadurch, daß er sie annahm.

Er hieß Jed, und obwohl er nicht am besten von allen aussah, hatte ich, was ihn anging, ein gutes Gefühl. Er strahlte unaufhörlich. Seine Mundwinkel verschwanden in seinem Haaransatz, und seine Augen waren praktisch unsichtbar. Es wäre interessant zu sehen, wie schnell die Arbeit in unserem Büro das herrliche breite Lächeln von seinem Gesicht wischen würde.

Mr. Simmonds war ganz aufgeregt. »Wunderbar, daß wir noch einen Mann hier haben«, sagte er immer wieder und rieb sich voll Vorfreude die Hände. Wahrscheinlich dachte er an Männergespräche über Autos, stellte sich vor, wie sie mittags gemeinsam ein Bier trinken gingen und er eine mitfühlende Reaktion auslösen konnte, indem er den Blick zum Himmel richtete und »Weiber!« schnaubte.

Jed fing am Montag nach dem Wochenende an, an dem Gus aus meinem Leben verschwunden war.

An jenem Morgen erstaunte mich meine Unverwüstlichkeit. Ich stand auf, duschte, zog mich an, ging zur Arbeit, überlegte, was ich bei Gus falsch gemacht hatte. Im großen und ganzen aber ging es mir nicht besonders schlecht, wenn ich mich auch innerlich wie abgestorben fühlte.

Megan, die gerade von einem Wochenende in Schottland zurückgekehrt war, saß schon auf ihrem Platz. Sie hatte die Reise ganz in australischer Manier bewältigt: warum fliegen, wenn man zwölf Stunden in einem klapprigen alten Bus fahren und dabei fünf Pfund sparen kann? Sie hatte in den achtundvierzig Stunden ihres Aufenthalts etwa zehn Städte besucht, einige Berge bestiegen, ein paar Neuseeländer kennengelernt, sich gemeinsam mit ihnen in einer Kneipe in Glasgow vollaufen lassen, in deren Unterkunft auf dem Fußboden übernachtet und noch Zeit gefunden, jedem, dem sie je im Leben begegnet war, eine Postkarte zu schreiben. Obwohl sie so gut wie nicht geschlafen hatte, sah sie fabelhaft aus und war voller Tatendrang. Sie hatte sogar ein Mitbringsel für uns, eine Riesentafel schottischen Karamels von der guten alten

Sorte, die härter ist als Diamant und einem die Zähne so verklebt, daß man kein Wort herausbringt.

Als nächste kam Meredia. Sie trug zu Ehren des neuen Mitarbeiters ihren besten Vorhang und stürzte sich förmlich auf den Karamel, dessen schottengemusterte Zellophanumhüllung sie ungeduldig aufriß. Wir alle schlugen ordentlich zu.

Dann kam Jed. Er wirkte schüchtern und nervös, grinste aber immer noch wie ein Honigkuchenpferd. Er trug Anzug und Krawatte, aber das würden wir ihm bestimmt bald austreiben.

Ivor der Schreckliche traf unmittelbar nach ihm ein und kehrte wie gewohnt den wichtigen Geschäftsmann heraus. Er sprach laut, klopfte Jed ein paarmal männlich-gönnerhaft auf die Schulter, warf den Kopf in den Nacken und bellte vor Lachen. Dann ahmte er die Vorgesetzten aus dem oberen Stockwerk nach, was er sehr gern tat, nur hatte er nicht oft Gelegenheit dazu.

»Jed!« röhrte er, hielt ihm die Hand hin und schüttelte seine. »Schön, Sie zu sehen! Schön, daß Sie es geschafft haben! Tut mir leid, daß ich nicht hier war, um Sie zu begrüßen – bin aufgehalten worden. Sie wissen ja, wie das ist. Ich hoffe, daß die ruchlosen Geschöpfe hier, ha, ha, sich um Sie gekümmert haben, ha, ha.« Väterlich legte er ihm den Arm um die Schultern und schob ihn zu meinem Schreibtisch. »Meine Damen, ha, ha, ich möchte Sie mit der neuesten Ergänzung unserer Belegschaft, ha, ha, bekannt machen, Mr. Davies.«

»Sagen Sie bitte Jed«, murmelte dieser.

Wir schwiegen. Keine von uns brachte ein Wort heraus, weil der Karamel unsere Kiefer verklebt hatte. Aber wir lächelten und nickten begeistert. Ich nehme an, daß ihm das als Willkommen genügt hat.

Ivor schien Jed auf jeden Fall zum Kumpan seiner Intrigen machen zu wollen, und seine erkennbare Begeisterung, jemanden zu haben, den er beeindrucken konnte, veranlaßte ihn zu schamloser Prahlerei. Er wußte nur zu gut, daß wir Frauen vor ihm nicht die Spur Respekt hatten.

Er erging sich endlos über die Wichtigkeit seiner Abteilung in der Unternehmenshierarchie und über die Karriereaussichten, die Jed offenstanden. »Wenn Sie sich tüchtig ins Zeug legen«, sagte er, wobei er uns mit einem bitteren Blick bedachte – »können Sie eines Tages sogar eine Position wie meine erreichen.« Er schloß mit den Worten: »Ich habe viel zu tun und kann nicht den ganzen Tag hier herumstehen und plaudern.« Er warf Jed einen Blick von Mann zu Mann zu, in dem Bedauern über seine Arbeitslast lag, und verschwand wichtigtuerisch in seinem Büro.

Danach herrschte einen Augenblick Schweigen. Wir alle lächelten einander unbehaglich zu. Dann machte Jed den Mund auf.

»Wichser«, sagte er in Richtung auf die Tür, die sich hinter Ivor geschlossen hatte.

Wir waren erleichtert – einer von uns! Stolz und begeistert grinsten Megan, Meredia und ich einander an. Wie vielversprechend! Dabei war er erst seit zehn Minuten im Büro. Wir würden ihn sorgsam formen und anleiten, bis sein Sarkasmus und Zynismus vielleicht sogar dem *Meredias* gleichkam.

43

Ich bemühte mich nach Kräften, nicht an Gus zu denken, und es ging auch ganz gut. Abgesehen von einem
beständigen leichten Unwohlsein merkte ich kaum, wie
elend es mir ging. Manchmal fühlte ich mich auch, als hätte
ich einen Bleiklumpen geschluckt und meine Energie reiche nicht aus, das zusätzliche Gewicht mit mir herumzu-
schleppen.

Das war alles. Ich weinte nicht oder was. Nicht einmal meinen Arbeitskolleginnen sagte ich etwas; dazu war ich viel zu
enttäuscht. Es war einfach nicht der Mühe wert.

Nur wenn das Telefon läutete, verlor ich ein wenig die Be-
herrschung. Dann gelang es der trügerischen Hoffnung, sich
aus der Kiste zu befreien, in die ich sie eingesperrt hatte, und
auf meinen Nerven herumzutrampeln. Aber das dauerte nie
lange. Meist hatte ich sie schon beim dritten Klingeln eingefangen, wieder in ihre Kiste gesteckt und mich auf den Deckel
gesetzt.

Der einzige Anruf für mich in dieser Woche war belang-
los. Er kam von meinem Bruder Peter. Mir war unerfindlich, was er wollte. Zwar mochte ich ihn recht gern, aber
es war nicht so, als wenn wir einander wer weiß wie *geliebt*
hätten.

»Warst du kürzlich bei Mum und Dad?« wollte mein Bruder wissen.

»Vor ein paar Wochen«, sagte ich und hoffte, daß nicht als
nächstes die Frage folgte: »Findest du nicht, daß es mal wieder Zeit wäre, hinzufahren?«

»Ich mach mir Sorgen um Mammy«, sagte er.

»Warum?« fragte ich. »Und mußt du sie unbedingt ›Mammy‹
nennen? Das klingt, als wärest du Al Jolson.«

»Wer soll ich sein?«

»Na, du weißt schon, der Sänger, der sich immer als Schwarzer schminkt.«

Peter antwortete mit Schweigen. Dann sagte er: »Um dich mach ich mir auch Sorgen, Lucy, ehrlich. Aber zurück zu Mammy. Sie ist in letzter Zeit ein bißchen eigenartig geworden.«

»Wieso?« seufzte ich, darum bemüht, Interesse aufzubringen.

»Sie vergißt Sachen.«

»Vielleicht hat sie Alzheimer.«

»Du mußt natürlich über alles Witze reißen.«

»So hab ich es nicht gemeint. Vielleicht hat sie tatsächlich Alzheimer. Was vergißt sie denn so?«

»Du weißt doch, daß ich keine Pilze mag.«

»Ach ja?«

»Ja! Tu nicht so, als ob du das nicht wüßtest. *Jeder* weiß das!«

»Beruhige dich, ist ja schon gut.«

»Wie ich kürzlich abends bei Mammy und Dad war, hat sie mir Toast mit Pilzen auf den Tisch gestellt.«

»Ja und …?«

»Was meinst du mit ›ja und‹? Genügt das nicht? Wie ich das Mammy dann gesagt hab, ist ihr nichts anderes eingefallen als, ›Ach, da muß ich dich mit Christopher verwechselt haben‹.«

»Das ist ja schlimm«, sagte ich trocken. »Wir können von Glück sagen, wenn sie diesen Monat überlebt.«

»Spotte du nur«, sagte er verletzt. »Aber es kommt noch besser.«

»Immer raus mit der Sprache.«

»Sie hat was Komisches mit ihren Haaren gemacht.«

»Bei ihr kann jedwede Änderung nur eine Verbesserung bedeuten.«

»Nein, es ist wirklich komisch. Sie hat den Kopf voll blonder Locken und sieht überhaupt nicht mehr aus wie Mammy.«

»Ah! Das paßt zusammen«, sagte ich bedeutungsvoll. »Du brauchst dir keine Sorgen zu machen, Peter. Ich weiß genau, was los ist.«

»Ja und was?«

»Sie hat 'nen Freund, Dummkopf.«

Der arme Peter regte sich entsetzlich auf. Er hatte unsere Mutter wohl für so eine Art Jungfrau Maria gehalten, nur keuscher und heiliger. Aber zumindest bin ich ihn losgeworden. Hoffentlich würde er mich mit weiteren lächerlichen Anrufen verschonen. Ich hatte weiß Gott genug ernsthafte Sorgen.

44

An jenem Samstag wurde bei Megan eine Party gefeiert. Sie teilte sich das Haus, in dem es drei Schlafzimmer gab, mit achtundzwanzig weiteren Australiern. Da es lauter Schichtarbeiter waren, standen für Schlafbedürftige immer genug Betten zur Verfügung. Sie wurden einfach vierundzwanzig Stunden am Tag abwechselnd genutzt.

Soweit ich wußte, teilte sich Megan die Schlafstatt mit einem Dachdecker namens Donnie und einem Nachtportier, einem gewissen Shane, denen sie nie begegnete. Jedenfalls tat sie so, als hätte sie keinen von beiden je gesehen.

Sie sagte, zu der Party würden Tausende von alleinstehenden Männern kommen (am Donnerstag hatte ich meinen Arbeitskolleginnen beschämt Gus' Verschwinden gebeichtet).

Am Samstag fühlte ich mich elend. Ohne Gus – und mit Mrs. Nolans Voraussage meiner unmittelbar bevorstehenden Heirat – war mein Leben so *nichtig*. Da gab es nichts, was mich über mich selbst hinausgehoben hätte, keine Extras, keine besonderen menschlichen Leistungen, keine rosige Zukunft, keinen prickelnden Zauber. Allein auf mich gestellt, war ich farblos, langweilig, erdverhaftet und schmucklos wie die Kleidung der Amish. Sogar ich selbst hatte jedes Interesse an mir verloren.

Ich wollte nicht auf die Party gehen, weil ich es viel zu sehr genoß, mir selbst leid zu tun, aber ich mußte hin, weil ich mich dort mit Jed verabredet hatte. Ich konnte ihn nicht gut versetzen, denn er würde niemanden sonst dort kennen.

Meredia ging nicht hin (sie hatte sich anderweitig verabredet), aber das war auch ganz gut so, denn das Haus war nicht besonders geräumig.

Natürlich würde Megan da sein, würde aber als Gastgeberin alle Hände voll damit zu tun haben, Streitigkeiten zu schlichten und Trinkwettbewerbe zu organisieren, so daß sie sich nicht auch noch um Jed kümmern konnte.

Wir trafen uns am U-Bahnhof Earls Court, der weit treffender Little Sydney hieße.

Es ist nichts dagegen einzuwenden, daß man nach Feierabend mit Arbeitskollegen einen Schluck trinken geht, aber gewöhnlich sorge ich dafür, daß sich das nicht bis in mein Wochenende hineinzieht. Mit Jed aber war das etwas anderes – er war einfach großartig, *außergewöhnlich*. Bis zum Ende seiner ersten Arbeitswoche war er für Mr. Simmonds auf den Spitznamen »Homer Simpson« verfallen, einmal zu spät gekommen, hatte zweimal vom Büro aus privat in Madrid angerufen und vorgeführt, wie er sich einen riesigen runden Schokoladenkeks in den Mund zwängte. Er war viel lustiger, als es Hetty je gewesen war. Ich schätze, Ivor kam sich von Jed ebenso verraten und verkauft vor wie damals von ihr.

Wie Megan gesagt hatte, gab es bei der Party lauter Männer – gigantische, betrunkene, lärmende Antipoden. Unter ihnen kam ich mir vor wie in einem Wald. Jed und ich wurden bei unserer Ankunft voneinander getrennt, und ich habe ihn den ganzen Abend nicht mehr gesehen. Er war einfach zu klein.

Die Riesen trugen Namen wie Kevin O'Leary und Kevin McAllister und erzählten einander lautstark und mit betrunkener Stimme, wie sie betrunken Wildwasser-Fahrten auf dem Sambia unternommen, bei Johannesburg betrunken Sky-Diving oder von irgendwelchen Azteken-Ruinen in Mexiko-Stadt herunter betrunken Bungee-Sprünge gemacht hatten.

All diese Männer waren mir äußerst fremd, sie waren völlig anders als alle, die ich kannte. Sie waren für meinen Geschmack zu schwerfällig, zu sonnengegerbt, zu berauscht.

Aber schlimmer als alles andere waren ihre sonderbaren Hosen – zwar bestanden die aus blauem Jeansstoff, doch endete da bereits jede Ähnlichkeit (es sind Jeans, Jim, aber sie sind nicht so wie die, die wir kennen). Markennamen waren nicht erkennbar, und ich vermute, daß Jed als einziger Mann im Hause seine Hose mit Knöpfen schloß, bei allen anderen waren es Reißverschlüsse. Einer trug einen Papagei auf die Gesäßtasche aufgestickt, ein anderer hatte Nähte vorn auf den Hosenbeinen, die wie eine Art eingebaute Bügelfalte von oben nach unten liefen. Bei wieder einem anderen prangten seitlich

Taschen über die ganze Beinlänge, während die Hose eines vierten aus lauter winzigen Jeansstoff-Quadraten zusammengesetzt war. Es war schauerlich. Einige trugen sogar stonewashed Jeans. Ihnen schien alles völlig einerlei zu sein.

Bis dahin hatte ich angenommen, es sei unwichtig, wie sich ein Mann kleidete, und es spiele keine Rolle, wenn er einfach irgend etwas anzog, aber an jenem Abend merkte ich, daß mir das alles andere als egal war. Zwar gefiel es mir, wenn ein Mann lässig und unbekümmert wirkte, aber es mußte schon eine ganz besondere Art von Lässigkeit und Unbekümmertheit sein.

Jeder einzelne von ihnen versuchte, mich herumzukriegen. Manche probierten es sogar zwei- oder dreimal. Dabei gingen sie alle nach demselben Schema vor.

»Hast du Lust auf 'ne Nummer?«

»Nein danke.«

»Würde es dir was ausmachen, dich hinzulegen, während ich 'ne Nummer schieb?«

Oder »Schläfst du auf deinem Bauch?«

»Nein.«

»Macht es dir was aus, wenn ich es tu?«

Nachdem man mich auf diese Weise etwa fünfmal angemacht hatte, sagte ich: »Kevin, frag mich doch mal, wie ich morgens meine Eier am liebsten hab.«

»Lucy, Schätzchen, wie hast du morgens deine Eier am liebsten?«

»Unbefruchtet!« brüllte ich. »Und jetzt verpiß dich.« Es war unmöglich, sie zu beleidigen. »Reg dich nicht auf«, sagten sie schulterzuckend. »Man kann's ja mal probieren.« Dann steuerten sie auf die nächste Frau zu, die ihnen vor die Augen kam und machten ihr auf die gleiche bezaubernde Weise den Hof. Gegen halb zwei hatte ich vier Millionen Dosen Castlemain-Bier getrunken und war nach wie vor stocknüchtern. Ich hatte nicht einen anziehenden Mann gesehen und wußte, daß sich die Dinge nicht bessern würden. Wenn ich noch länger bliebe, würde ich meine Zeit zum Fenster hinauswerfen. Ich beschloß zu gehen, solange es noch nicht zu spät war. Niemand merkte es.

Ich stand allein auf der Straße, versuchte ein Taxi anzuhalten und fragte mich verzweifelt, ob das alles gewesen war. Konnte ich mehr vom Leben nicht erwarten? War das das Beste, was eine alleinstehende Frau in London kriegen konnte? Wieder war ein Samstagabend ergebnislos verstrichen.

Als ich heimkam, war es still in unserer Wohnung. Ich war so deprimiert, daß ich flüchtig an Selbstmord dachte, doch brachte ich den dafür nötigen Enthusiasmus nicht auf. Unter Umständen morgen früh, sagte ich mir, vielleicht fühl ich mir eher dazu imstande, wenn ich nicht so deprimiert bin.

Gus, verdammter Scheißkerl, war mein letzter Gedanke, bevor ich einschlief, *an dem ganzen Schlamassel bist einzig und allein du schuld.*

45

Einige Wochen gingen ins Land, ohne daß sich Gus meldete.

Jeden Morgen meinte ich die Sache überwunden zu haben, und jeden Abend beim Schlafengehen merkte ich, daß ich den ganzen Tag lang kaum zu atmen gewagt hatte, weil ich hoffte, ja, nahezu *damit rechnete*, von ihm zu hören.

Ich merkte, daß man mich als Störenfried ansah. Da ich zugelassen hatte, daß mich Gus fallenließ, hatte ich das empfindliche Gleichgewicht zwischen meinen beiden Mitbewohnerinnen und mir gestört. Solange jede von uns dreien einen Freund hatte, war alles in Ordnung gewesen. Wenn ein Paar – aus welchem Grund auch immer – das Wohnzimmer für sich allein haben wollte, brauchten die beiden anderen lediglich in ihr jeweiliges Zimmer zu gehen, wo sie für ihre eigene Unterhaltung sorgen konnten.

Jetzt aber, da ich allein war, verursachte ich dem Paar, das ins Wohnzimmer wollte, ein schlechtes Gewissen, weil es mich damit zur Isolation in meinem eigenen Zimmer verurteilte. Als Ergebnis waren Charlotte und Karen wütend auf mich, weil Wut ein weit angenehmeres Gefühl ist als ein schlechtes Gewissen. Sie gaben mir zu verstehen, daß ich selbst die Schuld an meinem Schicksal trage, und sahen darin das Resultat von Nachlässigkeit und Schludrigkeit.

Charlotte fand, daß es an der Zeit sei, mir einen neuen Freund zu beschaffen. Das ging einerseits auf ihr kindisches Bedürfnis zurück, mir zu helfen, aber auch auf das nicht ganz so kindische, mich von Zeit zu Zeit aus dem Haus zu haben, damit sie freie Bahn für ihre Doktorspiele mit Simon hatte, oder was auch immer sie trieben.

»Du solltest Gus wirklich vergessen und versuchen, einen anderen kennenzulernen«, ermutigte sie mich eines Abends, als ich mit ihr allein zu Hause war.

»Das braucht Zeit«, antwortete ich.

Verwirrt dachte ich *Eigentlich hätte* sie *das zu mir sagen müssen.*

»Wenn du nicht ausgehst, lernst du nie jemand kennen«, sagte sie.

Außerdem hätte sie dann nie Gelegenheit, Simon auf dem Fußboden im Flur zu bumsen, doch verbot ihr der Anstand, das auszusprechen.

»Aber ich geh doch aus«, sagte ich. »Ich war Samstag abend bei 'ner Party.«

»Wir könnten 'ne Anzeige für dich aufgeben«, meinte Charlotte.

»Was für eine Anzeige?«

»Eine Bekanntschaftsanzeige.«

»Nein!« Der Vorschlag jagte mir Schauder über den Rücken. »Schon möglich, daß es mir nicht besonders gut geht, na ja, es geht mir tatsächlich nicht besonders gut, aber so tief werde ich hoffentlich nie sinken.«

»Das siehst du völlig falsch«, protestierte Charlotte. »Viele Leute tun das. Viele normale Menschen lernen auf diese Weise andere kennen.«

»Du bist total bekloppt«, sagte ich mit Nachdruck. »Ich bin nicht bereit, einen Fuß in die Welt von Singles-Bars oder Waschsalons zu setzen, ich will nichts mit Männern zu tun haben, die mir am Telefon sagen, sie sähen aus wie Keanu Reeves, und wenn man sie dann trifft, sehen sie eher aus wie Van Morrison, nur nicht so geschmackvoll gekleidet. Ich steh nicht auf Männer, die dir sagen, daß ihnen an einer gleichberechtigten und liebevollen Beziehung liegt, dich aber in Wirklichkeit zu Tode knüppeln und dir anschließend mit 'nem Brotmesser Sterne in den Bauch schnitzen wollen. Also schlag dir das aus dem Kopf.«

Charlotte fand meine Schilderung anscheinend zum Schreien komisch.

»Du siehst das völlig falsch«, sagte sie, wischte sich die Lachtränen aus den Augen und schnappte nach Luft. »Das war vielleicht früher mal so halbseiden, aber inzwischen ist das ganz anders …«

»Würdest du es denn machen?« setzte ich ihr die Pistole auf die Brust.

»Schwer zu sagen«, stotterte sie. »Ich meine, ich hab doch 'nen Freund…«

»Was mich an der Sache stört, ist sowieso nicht das Halbseidene«, sagte ich wütend, »sondern, daß man als einsamer Trauerkloß abgestempelt wird. Verstehst du nicht – wenn ich den Pfad der Einsamen Herzen beschreite, kann ich genausogut tot sein. Alle Hoffnung stirbt mit den letzten Resten der Selbstachtung dahin.«

»Sei nicht albern«, sagte sie, setzte sich aufrecht auf dem Sofa hin, griff nach Kugelschreiber und einem Blatt Papier. Es war die Rückseite der Speisekarte des China-Restaurants mit Heim-Service.

»Komm schon«, sagte sie munter. »Wir machen jetzt eine wunderbare Beschreibung von dir. Scharenweise werden sich tolle Männer bei dir melden, und du amüsierst dich königlich!«

»Nein!«

»Doch«, sagte sie freundlich, aber bestimmt. »Mal sehen, wie wollen wir dich beschreiben? … Hm, wie wär's mit ›klein‹? … Nein, lieber nicht.«

»Bestimmt nicht«, stimmte ich zu, obwohl ich mich eigentlich nicht hatte beteiligen wollen. »Das klingt, als ob ich zwergwüchsig wäre.«

»›Zwergwüchsig‹ darf man nicht mehr sagen.«

»Dann eben ›in der Vertikalen benachteiligt‹.«

»Was soll denn das heißen?«

»Zwergwüchsig.«

»Kannst du das nicht gleich sagen?«

»Abe…«

»Wie wär's mit ›zierlich‹?«

»Nein, ich hab was gegen ›zierlich‹. Das klingt so… so kleinmädchenhaft und mitleiderregend. Als könnte ich nicht mal 'nen Stecker reparieren.«

»Kannst du doch auch nicht.«

»Glaubst du? Und wenn schon, dann muß ich das noch lange nicht Hinz und Kunz auf die Nase binden.«

»Hast recht. Vielleicht sag ich Simon, er soll für dich 'ne Anzeige schreiben – schließlich ist er in der Werbebranche.«

»Charlotte, er ist Grafiker.«

Sie sah mich verständnislos an.

»Was willst du damit sagen?«

»Daß er … nun, äh, für die Zeichnungen in den Anzeigen zuständig ist. Nicht für den Text.«

»Ach *das* macht ein Grafiker«, sagte sie, als hätte sie soeben begriffen, daß die Erde rund ist.

Manchmal machte sie mir richtig angst. In Charlottes Kopf hätte ich nicht leben mögen, denn dort mußte es finster, einsam und furchterregend sein. Bestimmt konnte man darin kilometerweit laufen, ohne auf einen einzigen intelligenten Gedanken zu stoßen.

»Ich glaub, ich hab's! Wie wär's mit ›kleine Venus‹?« Von ihrem Einfall begeistert wandte sich Charlotte mit leuchtenden Augen mir zu.

»Nein!«

»Warum nicht? Das ist doch gut!«

»Weil ich keine kleine Venus bin, verdammt noch mal.«

»Ja und? Das weiß doch kein Mensch. Wenn sie dich dann kennengelernt haben, merken sie, wie nett du bist.«

»Nein, Charlotte, das geht nicht. Außerdem könnte es unangenehm werden – sie könnten ihr Geld zurückverlangen.«

»Da hast du recht«, stimmte Charlotte bestürzt zu.

»Laß es bitte gut sein«, bat ich.

»Wir könnten doch einfach mal die Anzeigen hier in *Time Out* durchgehen und sehen, ob was Nettes für dich dabei ist.«

»Nein!« sagte ich verzweifelt.

»Oh, hör mal, das ist gut«, kreischte Charlotte. »Groß, muskulös, behaart, ach je …«

»Bäh«, sagte ich. »Das ist überhaupt nicht mein Typ.«

»Ist auch ganz gut so«, sagte Charlotte, die nicht mehr ganz so begeistert schien. »Eine Lesbe. Schade. Ich hatte mich selbst schon ein bißchen dafür interessiert. Na ja, so geht's.« Sie las weiter. Ab und zu stellte sie mir eine Frage.

»Was bedeutet es, wenn da bei jemandem ›humv.‹ steht?«

»Daß der Betreffende humorvoll ist.«

»Und ›shumv.‹?«

»Vermutlich ›sehr humorvoll‹.«

»Das ist doch gut.«

»Glaub das bloß nicht«, sagte ich aufgebracht. »Es bedeutet einfach, daß es sich um Leute handelt, die über ihre eigenen Witze lachen.«

»Und was heißt ›u. L.‹?«

»Unermüdlicher Liebhaber.«

»Nein!«

»Doch.«

»Gott im Himmel, die reinste Protzerei. Das kann einem glatt die Stimmung verderben, findest du nicht?«

»Kommt drauf an. Mir schon, aber vielleicht sehen andere das anders.«

»Könntest du dich dafür erwärmen, an Wochentagen mit einem Ehepaar in Hampstead herumzutollen?«

»Charlotte!« sagte ich empört. »Wie kannst du so was auch nur denken!« Dann fügte ich mißmutig hinzu: »Du weißt genau, daß ich für so was im Büro nicht frei kriege.« Wir gackerten ein bißchen über den schwachen Scherz.

»Was hältst du von ›fürsorglicher, zärtlicher Mann mit einem Herzen voller Liebe, die er der Richtigen schenken möchte‹?«

»Kommt überhaupt nicht in Frage. Das klingt, als ob er ein Versager auf der ganzen Linie wäre. Die männliche Ausgabe von mir.«

»Stimmt, er wirkt wie ein ziemlicher Schlappsack«, sagte Charlotte. »Dann wäre hier noch ›ganzer Kerl, viril und anspruchsvoll, sucht rassige, athletische und gelenkige Frau für Abenteuer‹.«

»Gelenkig?« kreischte ich. »Athletisch? Abenteuer? Das ist ja widerlich! Gott im Himmel! Könnte er nicht noch unverhüllter sagen, was er von einer Beziehung gerne hätte?«

Allmählich wurde ich ärgerlich. Es war entsetzlich bedrückend. Schmuddelig und abstoßend. Nie im Leben würde ich mit einem Mann ausgehen, den ich über eine Kontaktanzeige kennengelernt hatte.

»Du siehst hinreißend aus«, sagte Charlotte und zupfte mir den Kragen zurecht.

»Sagst du das, damit ich mich besser fühle?« fragte ich erbittert.

»Bestimmt wirst du dich großartig amüsieren«, ermunterte sie mich vorsichtig.

»Ich weiß jetzt schon, daß es grauenhaft werden wird.«

»Du mußt positiv denken.«

»Von wegen positiv denken – warum zum Teufel gehst du nicht selber?«

»Brauch ich nicht – ich hab schon ’nen Freund.«

»Reib’s mir nur immer rein!«

»Vielleicht ist er ja nett«, sagte Charlotte.

»Garantiert nicht.«

»Könnte doch sein.«

»Ich kann nicht glauben, daß du mir das antust, Charlotte«, sagte ich, nach wie vor fassungslos.

Ich konnte es wirklich nicht glauben – Charlotte hatte mich verraten. Ohne mir auch nur ein Sterbenswörtchen davon zu sagen, hatte die dumme Kuh für mich eine Verabredung mit einem Kerl getroffen, den sie in irgendeinem Blatt für einsame Herzen aufgetan hatte, einem Amerikaner. Natürlich war ich fuchsteufelswild gewesen, als ich es erfahren hatte. Trotzdem hatte ich nicht so übertrieben reagiert wie Karen. Als sie von meiner »Verabredung« erfahren hatte, wie Charlotte nicht müde wurde es zu nennen, hatte sie Tränen gelacht und gerade so lange damit aufhören können, bis sie Daniel angerufen hatte, um ihm die Sache haarklein zu erzählen. Dann war sie wieder zwanzig Minuten lang nicht aus dem Lachen herausgekommen.

»Mein Gott, du scheinst ja wirklich auf dem letzten Loch zu pfeifen«, hatte sie gesagt, als sie auflegte und sich die Tränen abwischte.

»Das hat mit mir überhaupt nichts zu tun«, hatte ich entrüstet aufbegehrt, »und ich geh auch nicht hin.«

»Mußt du aber«, hatte Charlotte gesagt. »Es wäre nicht anständig ihm gegenüber.«

»Du bist ja nicht bei Trost«, hatte ich gesagt.

Daraufhin hatte sie mich stumm angesehen, während ihr Tränen in die großen blauen Augen traten.

»Entschuldige, Charlotte, das stimmt nicht«, hatte ich unbeholfen gesagt. Simon hatte ihr vor ein paar Tagen erklärt, daß er an ihrem Verstand zweifle, und ihr Chef tat das ziemlich oft, so daß Vorwürfe in dieser Richtung bei ihr empfindliche Reaktionen auslösten.

»Aber ich geh wirklich nicht mit ihm aus, Charlotte«, hatte ich geschnaubt, im Versuch, nicht nachzugeben, »egal, wie nett oder normal er klingt.«

»Ich wollte dir ja nur helfen«, schniefte sie, und Tränen traten ihr in die Augen. »Ich hatte geglaubt, es würde dich freuen, einen liebenswürdigen Mann kennenzulernen.«

»Weiß ich doch«, lenkte ich ein und legte schuldbewußt einen Arm um sie. »Weiß ich doch, Charlotte.«

»Sei bitte nicht wütend auf mich, Lucy«, schluchzte sie.

»Bin ich nicht«, sagte ich, und nahm sie in die Arme. »Nicht weinen, Charlotte, bitte.«

Obwohl es mir unerträglich war, jemanden weinen zu sehen – vielleicht von meiner Mutter abgesehen –, war ich wild entschlossen, nicht klein beizugeben, ganz gleich, was passierte. Und wenn Charlotte noch so sehr schluchzte – ich würde auf keinen Fall zu diesem Treffen mit Chuck gehen.

Ich gab doch klein bei und erklärte mich einverstanden, Chuck zu treffen. Ich bin nicht sicher, warum ich das tat, oder wie es dazu kam, aber ich tat es. Allerdings bewahrte ich mir einen kleinen Rest Selbstachtung, indem ich voll Bitterkeit über ihn herzog.

»Ich möchte wetten, daß er von vorn bis hinten unausstehlich ist«, versicherte ich Charlotte, während ich mich zum Ausgehen fertigmachte. »Wie seh ich aus?«

»Sag ich doch schon die ganze Zeit: hinreißend. Stimmt es nicht, Simon?«

»Was denn? Doch, doch, hinreißend«, pflichtete er ihr mit Nachdruck bei. Was ihn betraf, konnte ich gar nicht früh genug verschwinden, damit er mit Charlotte ins Bett kam.

»Vielleicht ist er ja nett, Lucy«, sagte sie.

»Er ist bestimmt abscheulich«, prophezeite ich düster.

»Das weiß man nie«, sagte Charlotte geheimnisvoll und drohte mir scherzhaft mit dem Finger. »Womöglich ist er der Mann deiner Träume.«

Zu meinem Entsetzen merkte ich, daß ich ihr insgeheim beipflichtete. Auf jeden Fall hoffte ich, daß sie recht hätte. Gewiß: *denkbar* war es, daß er nett war, die Ausnahme, die die Regel bestätigt. Unter Umständen war er kein anal fixierter und über alle Maßen häßlicher Gefühlskrüppel, der hinging und Leute mit der Axt erschlug.

Hoffnung, das unbeständige Geschöpf, der verlorene Sohn der Gefühlswelt, gab in meinem Leben ein Gastspiel. Trotz der vielen Gelegenheiten, bei denen sie mich bisher enttäuscht hatte, beschloß ich, ihr dies eine Mal noch eine Chance zu geben.

Würde ich es je lernen? Ob ich wohl nach Enttäuschungen süchtig bin? überlegte ich im stillen.

Dann aber stieg Erregung in mir hoch: Und wenn er nun hinreißend war? Wenn er wie Gus war, nur eher normal, kein Nassauer wie Gus und ohne seine minimalistische Haltung dem Telefonieren gegenüber? Wäre das nicht wunderbar? Und, immer angenommen, er gefiele mir tatsächlich und es klappte mit uns, käme es sogar noch mit Mrs. Nolans Zeitangaben hin. Auch wenn ich nach Amerika flog, um seine Verwandten kennenzulernen, würde noch genug Zeit bleiben, um die Hochzeit innerhalb von sechs Monaten auf die Beine zu stellen.

46

Ich hatte mich mit Chuck für acht Uhr vor einem jener phantasielosen Steakhäuser verabredet, die man in London an jeder Straßenecke findet und die die Bedürfnisse der Unmassen von Amerikanern befriedigen, die Jahr für Jahr in die Stadt einfallen. Einen Augenblick lang schwirrte mir der Kopf, weil ich kaum glauben konnte, daß ich mit einem Mann namens Chuck zum Abendessen gehen sollte.

Er hatte gesagt, ich würde ihn an seinem marineblauen Regenmantel und einem Exemplar von *Time Out* erkennen. An seinem marineblauen Regenmantel und einem Exemplar von *Time Out* sollst du ihn erkennen!

Da ich nicht die Absicht hatte, vor dem Restaurant herumzulungern und auf ihn zu warten – womit ich ihm auf Gedeih und Verderb ausgeliefert gewesen wäre, wenn er sich auf den ersten Blick als Widerling erwies –, tat ich auf der anderen Straßenseite mit hochgeschlagenem Mantelkragen so, als wartete ich auf einen Bus. Dabei ließ ich den Eingang nicht aus dem Auge.

Ich hatte richtig Lampenfieber, denn trotz meiner festen Überzeugung, daß er ein ausgemachtes Ekel war, konnte er sich doch als nett herausstellen, auch wenn die Hoffnung darauf nur gering war.

Um fünf vor acht tauchte er auf, mit marineblauem Regenmantel und einem Exemplar von *Time Out*. Alles wie besprochen.

Von meinem Beobachtungsposten aus kam mir alles einwandfrei vor. Jedenfalls sah der Mann ziemlich normal aus: Entstellungen waren nicht erkennbar, er hatte nur einen Kopf und auch sonst keine zusätzliche Körperteile, auch schienen, soweit sich das auf den ersten Blick sagen ließ, keine zu fehlen. Über seine Zehen oder seinen Penis ließ sich nach so kurzer Bekanntschaft naturgemäß nichts sagen.

Ich überquerte die Straße, um ihn mir näher anzusehen.

Wirklich nicht schlecht. Man konnte ihn sogar als gutausse-hend bezeichnen. Mittelgroß, gebräunt, dunkles Haar, dunkle Augen, gut geformtes *kräftiges* Gesicht. Etwas an ihm erin-nerte mich an jemanden … an wen nur? Es würde mir schon wieder einfallen.

Ich schöpfte neue Hoffnung. Zwar sah er keinem der Män-ner ähnlich, mit denen ich sonst ausgegangen war, aber da es mit keinem von denen wirklich geklappt hatte, war das uner-heblich. Nichts sprach dagegen, mal einen neuen Typ auszu-probieren.

Wer weiß, Charlotte, vielleicht muß ich dir noch dankbar sein, dachte ich.

Inzwischen hatte er mich gesehen und erkannt, daß ich das gleiche Exemplar von *Time Out* dabeihatte wie er. Er sagte etwas. Keine Speicheltröpfchen landeten auf meinem Gesicht. Ein gutes Zeichen.

»Sie müssen Lucy sein«, sagte er. Null Punkte für Origina-lität minus mehrere Millionen für die lappige karierte Golf-hose – typisch Amerikaner –, dafür zehn von zehn, weil er keine Hasenscharte hatte und auch nicht stotterte oder sab-berte. Jedenfalls noch nicht.

»Und Sie sind wohl Chuck?« fragte ich, womit ich selbst auch nicht unbedingt für neuen Gesprächsstoff sorgte.

»Chuck Thaddeus Mullerbraun der Zweite aus Redridge in Tucson, Arizona«, sagte er mit breitem Grinsen. Er streckte mir seine Hand entgegen und schüttelte die meine so kräftig, daß es weh tat.

Oh, oh, dachte ich.

Aber ich riß mich zusammen. Es war nicht seine Schuld – so sind Amerikaner nun mal. Ganz gleich, was man sie fragt, ob »Gibt es einen Gott?« oder »Können Sie mir bitte das Salz rei-chen?« – als erstes teilen sie einem ihren vollständigen Namen und ihre Adresse mit. Als hätten sie Angst, daß sie einfach ver-schwinden würden, wenn sie sich nicht ständig daran erin-nerten, wer sie sind und woher sie kommen.

Ich fand das wirklich ein bißchen komisch. Wenn mich nun jemand auf der Straße anhielte und mich nach der Uhrzeit fragte, und ich zur Antwort gäbe: »Lucy Carmel Sullivan die

Erste, aus dem obersten Stock des Hauses 43 D Basset Crescent, Ladbroke Grove, London, W10, England, tut mir leid, ich hab keine Uhr dabei, aber es dürfte ungefähr Viertel nach eins sein.«

Die Amerikaner haben einfach andere Gebräuche, mahnte ich mich, so wie die Spanier um zwei Uhr nachts zu Abend essen. Also sollte ich diesem Abgesandten einer anderen Kultur vorurteilsfrei begegnen. *Vive la différence!*

Lucy Mullerbraun? Lucy Lavan hätte mir eigentlich besser gefallen, aber es war sinnlos, ausgerechnet jetzt diesen Gedanken weiter zu verfolgen. Oder überhaupt irgendwann.

»Wollen wir?« schlug er höflich vor und wies auf die Tür zum Restaurant.

»Warum nicht?«

Wir gingen in den riesigen Saal, wo uns ein kleiner Puertoricaner an einen Tisch am Fenster führte. Ich setzte mich. Chuck nahm mir gegenüber Platz. Zögernd und nervös lächelten wir einander an.

Ich begann zu sprechen, und er setzte im selben Augenblick an. Dann hörten wir beide auf, dann sagten wir beide gleichzeitig »Sprechen Sie ruhig«, dann lachten wir, dann sagten wir beide gleichzeitig »Bitte nach Ihnen«. Es war irgendwie nett und brach das Eis.

»Bitte«, sagte ich und übernahm die Initiative, weil ich fürchtete, daß das sonst den ganzen Abend so weitergehen würde. »Fangen Sie ruhig an. Ich bestehe darauf.«

»Von mir aus«, sagte er lächelnd. »Ich wollte Ihnen gerade sagen, daß Sie schöne Augen haben.«

»Danke.« Freudig erregt lächelte ich zurück.

»Ich mag braune Augen«, sagte er.

»Ich auch«, stimmte ich ihm zu. So weit, so gut. Es war nicht zu übersehen, daß wir dieses und jenes gemeinsam hatten.

»Meine Frau hat braune Augen«, sagte er.

»Ihre Frau?« fragte ich matt.

»Besser gesagt, meine Ex-Frau«, korrigierte er sich. »Wir sind geschieden, aber ich vergeß das immer wieder.«

Was sollte ich *dazu* sagen? Ich hatte gar nicht gewußt, daß er verheiratet gewesen war. *Ach was*, mahnte ich mich und riß mich zusammen. Jeder hat eine Vergangenheit, und er hatte nie gesagt, daß er *nicht* verheiratet gewesen war.

»Ich bin jetzt drüber weg«, sagte er.

»Äh ... Gut, gut«, sagte ich und bemühte mich, das ermutigend klingen zu lassen.

»Ich wünsch ihr alles Gute.«

»Wunderbar«, sagte ich munter.

Dann trat eine kleine Pause ein.

»Ich grolle ihr nicht«, sagte er mit Groll in der Stimme und sah grollend auf das Tischtuch.

Wieder eine kleine Pause.

»Meg ...« sagte er.

»Wie bi... bi... bitte?« sagte ich.

»Meg«, sagte er wieder. »So heißt sie. Eigentlich Margaret, aber ich hab sie immer Meg genannt. Ein Kosename.«

»Wie hübsch«, sagte ich leise.

»Ja«, sagte er mit seltsamem in die Ferne gerichteten Lächeln. »Ja. Das war's.« Ein unbehagliches Schweigen folgte.

Ich hörte, wie etwas abrutschte. Es dauerte eine Weile, bis ich begriff, daß es mein Herz war, das mit einem Expreßaufzug ohne Halt und ohne Wiederkehr in die Stiefel sackte.

Vielleicht war ich aber auch nur zu negativ eingestellt. Möglicherweise konnten wir uns gegenseitig helfen, einer des anderen gebrochenes Herz heilen. Eventuell fehlte ihm lediglich die Liebe einer verständnisvollen Frau. Eventuell fehlte mir lediglich die Liebe von Chuck Thaddeus Mullerbraun aus – woher war er noch? – irgendwo aus Arizona.

Die Kellnerin kam, um unsere Getränkebestellung aufzunehmen.

»Für mich ein Glas Ihres besten englischen Leitungswassers«, sagte Chuck, lehnte sich auf seinem Stuhl zurück und klatschte sich die Hand auf den Bauch. Ich hatte den entsetzlichen Verdacht, daß sein Hemd aus Nylon war.

Und was war das mit dem Leitungswasser? *Trank* er das etwa? Litt er an Todessehnsucht?

Die Kellnerin sah ihn angewidert an. Offenkundig wußte sie genau, wann sie es mit einem Geizkragen zu tun hatte.

Er würde ja wohl nicht erwarten, daß auch ich Leitungswasser bestellte? Das sollte mir leid tun, aber dann konnte er zum Teufel gehen, denn ich wollte etwas Ordentliches trinken.

Man soll so anfangen, wie man weitermachen möchte.

»Bacardi und Cola light«, sagte ich und bemühte mich, die Bestellung so klingen zu lassen, als sei sie vernünftig.

Die Frau ging, und Chuck beugte sich über den Tisch. »Ich wußte gar nicht, daß Sie *Alkohol* trinken«, sagte er.

Vielleicht würden wir einander doch nicht das gebrochene Herz heilen.

Er hatte das mit solchem Abscheu und Widerwillen gesagt, als werfe er mir vor, kleine Jungs zu verführen.

»Ab und zu trink ich ganz gern 'nen Schluck«, sagte ich mit einem Anflug von Trotz in der Stimme. »Warum auch nicht?«

»Mir soll's recht sein«, sagte er gedehnt.

»Trinken Sie etwa nichts?« fragte ich.

»Doch«, sagte er.

Na also. Gott sei Dank.

»Wasser«, fuhr er fort. »Ich trinke Mineralwasser, das genügt mir. Das beste Getränk auf der ganzen Welt ist ein Glas eiskaltes Wasser. Da brauch ich keinen Alkohol.«

Ich machte mich auf die Fortsetzung gefaßt. *Wenn er mir jetzt sagt, daß ihm das Leben als solches jeden Kick gibt, den er braucht, geh ich,* nahm ich mir vor. Aber leider kam es anders, und das Gespräch, wenn man es so nennen kann, ging weiter.

»Ihre ... äh ... Meg trinkt nicht?« fragte ich. »Alkohol«, fügte ich eilig hinzu, bevor er wieder mit semantischen Spitzfindigkeiten kam.

»Sie hat nie welchen angefaßt. Das hatte sie nicht nötig«, stieß er hervor.

»Nötig hab ich den auch nicht«, sagte ich und überlegte, warum ich mir überhaupt die Mühe machte, mich zu rechtfertigen.

»Man muß sich aber doch fragen«, sagte er und sah mich starr an, »wen Sie damit überzeugen wollen. Mich? Oder sich selbst?«

Offen gestanden wirkte er, als ich ihn richtig ansah, nicht mehr sonnengebräunt, sondern eher *orange.*

Unsere Getränke kamen: sein Glas Wasser und mein Teufelszeug mit der Cola light.

»Wollen Sie schon bestellen?« fragte die Kellnerin.

»Wir sind doch grade erst gekommen«, sagte Chuck unwirsch. Sie schlich davon. Ich wollte ihr nachlaufen und mich entschuldigen, aber Chuck verwickelte mich in etwas, das man unter Umständen eine Unterhaltung nennen könnte.

»Waren Sie schon mal verheiratet, Lindy?« fragte er.

»Lucy«, verbesserte ich ihn.

»Was?« fragte er.

»Lucy«, sagte ich. »Ich heiße Lucy.«

Ein verständnisloser Blick traf mich.

»Nicht Lindy«, sagte ich, um es zu erklären.

»Ach *so*«, sagte er und brach in lautes, selbstgefälliges Lachen aus. »Entschuldigung, Entschuldigung. Jetzt hab ich's verstanden. Ach so, *Lucy*.« Er lachte wieder. Ein dröhnendes, schenkelklopfendes Brüllen.

Immer wieder schüttelte er ungläubig den Kopf und sagte, »Wie komm ich nur auf Lindy?« und »Lindy, ha, ha, ha, sollte man es für möglich halten?«

Dann sagte er mit einem dick aufgetragenen Südstaatenakzent etwas, das so ähnlich klang wie »Da brat mir doch einer 'nen Storch und die Beine recht knusprig!«. Sein Gesicht, das mir auf den ersten Blick so *kräftig* erschienen war, war in Wirklichkeit *starr* und maskenhaft, wie leblos.

Ich saß mit gefrorenem Lächeln da und wartete, daß er sich beruhigte. Dann sagte ich als Antwort auf seine Frage: »Nein, Brad, ich war noch nie verheiratet.«

»He, he, he«, sagte er, wobei sein Gesicht vor Ärger dunkel anlief, »ich heiß Chuck. Wer ist dieser Brad?«

»Es war ein Scherz«, erklärte ich. »Sie wissen schon … Sie haben mich Lindy genannt, und ich sag Brad zu Ihnen.«

»Ach so.« Er sah mich an, als wäre ich völlig verrückt. Sein Gesicht war wie eine Dia-Schau – ein Bild nach dem anderen, mit kleinen Zwischenräumen, während er eine Empfindung wegschob und darauf wartete, daß die nächste kam.

»Sagen Sie mal«, fragte er, »sind Sie zufällig ein bißchen plemplem? Ich hab nämlich augenblicklich in meinem Leben keinen Platz für Bekloppte.«

Ich machte den Mund zu, um zu verhindern, daß ich ihn fragte, *wann* er in seinem Leben Platz für Bekloppte habe, aber es fiel mir ausgesprochen schwer.

»Es war ein Scherz«, sagte ich freundlich. Ich überlegte, daß es besser sei, ihn zu beschwichtigen, denn sein plötzlicher Stimmungsumschwung hatte mich ein wenig beunruhigt.

Wahrscheinlich war er Mitglied in einem Schieß-Club. In seinen Augen lag ein befremdlicher Ausdruck von Besessenheit, den ich zu Anfang nicht wahrgenommen hatte. Außerdem war etwas an seinen Haaren seltsam ... was nur?

Er sah mich an und nickte bedächtig (dabei fiel mir unwillkürlich auf, daß sein Haar der Bewegung des Kopfes nicht zu folgen schien) und sagte: »Schön, ich hab's verstanden. Das ist vermutlich britischer Humor?«

Er ließ seine Zähne aufblitzen, um mir zu zeigen, daß er diesen Humor zu schätzen wußte.

Seine Haare waren nicht nur offensichtlich gefönt ...

»Das war also ein Beispiel für britischen Humor, was? Ja, ziemlich gut.«

... sie waren auch mit Haarspray angeklatscht ...

»Gefällt mir, ja, muß ich sagen. Sie sind ziemlich witzig, was?«

... ob das ein Toupet war? ...

»Mmm«, murmelte ich. Ich fürchtete, den Mund aufzumachen und etwas zu sagen, weil ich mich dann womöglich über ihn erbrochen hätte.

... aber es sah eher wie ein Helm aus, alles steif und klebrig ...

Er nahm ein Brötchen aus dem Korb auf dem Tisch, schob es sich in einem Stück in den Mund und kaute, kaute, kaute wie eine Kuh, die wiederkäut. Es war widerlich.

Was er als nächstes tat, war kaum zu fassen. Er ließ einen fahren, aber nicht einfach so, sondern eher, als hätte er ihn mit einem Hammer in eine Million Stücke geschlagen.

Ja, er ließ einen fahren, schallend, langgezogen, und ohne sich im geringsten dafür zu entschuldigen.

Während ich mich noch von dem Schrecken erholte, kam die arme Bedienung zurück, um unsere Bestellung aufzunehmen. Ich war sicher, daß ich mich übergeben müßte, wenn man von mir erwartete, daß ich etwas aß, aber Chuck schien einen gesunden Appetit zu haben, denn er bestellte das größte Steak auf der Karte und sagte obendrein, daß er es blutig haben wolle.

»Warum lassen Sie sich nicht einfach eine Kuh an den Tisch bringen und sagen ihr, sie soll auf Ihren Teller steigen?« schlug ich vor.

Von mir aus konnten Leute ruhig rohes Fleisch essen, aber es war so verlockend, boshaft zu ihm zu sein – die Gelegenheit wollte ich mir nicht entgehen lassen. Leider lachte er einfach. Schade, die ganze Gemeinheit für nichts und wieder nichts verschwendet.

Dann fand er, es sei an der Zeit, einander besser kennenzulernen und Erlebnisse aus dem Leben des anderen zu erfahren.

»Waren Sie schon mal in der Karibik?« knurrte er mich an. Ohne auf meine Antwort zu warten, begann er, die weißen Strände zu beschreiben, die freundlichen Eingeborenen, die herrlichen Möglichkeiten, zollfrei einzukaufen, die leckere Küche, die Pauschalangebote, auf die er Rabatt bekam, weil sein Schwager in einem Reisebüro arbeitete …

»Na ja, eigentlich ist er nicht mehr Ihr Schwager, nachdem Sie und Meg geschieden sind, nicht wahr …?« unterbrach ich ihn, aber er beschloß, es zu überhören. Er konzentrierte seine ganze Aufmerksamkeit auf sich selbst.

Endlos ging der hymnische Bericht weiter. Die schöne *cabana*, in der er gewohnt hatte, das phosphoreszierende Leuchten der tropischen Fische. Ich hörte ihm so lange geduldig zu, bis ich es nicht mehr aushielt. Äußerst unhöflich unterbrach ich seine Beschreibung des sauberen, klaren, blauen Wassers, auf dem er einen Ausflug in einem Glasbodenboot unternommen hatte.

»Lassen Sie mich raten«, sagte ich voll sarkastisch. »Sie waren mit Meg da.«

Er hob rasch sein starres Gesicht und sah mich mißtrauisch an.

Ich schenkte ihm ein strahlendes Lächeln, um ihn zu verwirren.

»He, wie sind Sie darauf gekommen?« sagte er mit breitem Grinsen.

Ich setzte mich auf meine Hand, um mich daran zu hindern, ihn zu ohrfeigen.

»Vermutlich weibliche Intuition«, kicherte ich anmutig und spürte, wie sich hinter meinen Zähnen Erbrochenes staute.

… wo wir gerade bei den Zähnen sind: Was stimmte mit seinen nicht? Trug er einen Zahnschutz? …

»Sie möchten also eine Beziehung mit mir eingehen, Lisa?«

»Äh …« Wie konnte ich ihm sagen, daß ich lieber eine Beziehung mit einem Lepra-Kranken hätte, ohne ihn zu kränken? Ich meine, den Lepra-Kranken.

»Ich möchte Sie nämlich warnen«, sagte er, wieder mit breitem Grinsen. »Ich bin ziemlich wählerisch.«

Es war mir nicht mehr wichtig, ob mein Essen kam oder nicht.

»Aber Sie sind irgendwie niedlich.«

»Vielen Dank«, murmelte ich. *Zuviel der Ehre.*

»Ja, auf einer Skala von eins bis zehn würde ich Ihnen … mal sehen, ja, ich würde Ihnen sieben Punkte geben. Nein, sagen wir, sechseinhalb. Ein halbes Prozent muß ich abziehen, weil Sie bei unserer ersten Begegnung Alkohol getrunken haben.«

»Vermutlich meinen Sie einen halben Punkt, kein halbes Prozent, denn Sie sprechen von einer Zehner- und nicht einer Hunderter-Skala. Was ist im übrigen dagegen einzuwenden, daß jemand bei der ersten Verabredung Alkohol trinkt, was unterscheidet solche Menschen von anderen?« fragte ich kalt.

Er sah mich mit gerunzelter Stirn an. »Sie haben ein ziemlich vorlautes Mundwerk. Sie stellen 'nen ganzen Haufen Fragen, wissen Sie das?«

»Nein ehrlich, Chuck, ich möchte gern wissen, was mich bei Ihnen einen halben Punkt gekostet hat.«

»Nun, ich sag's Ihnen, Lisa. Wissen Sie, was es bedeutet, wenn eine Frau bei der ersten Verabredung Alkohol trinkt? Ist Ihnen klar, was Sie damit über sich selbst sagen?«

Ich sah ihn verständnislos an.

»Nein«, sagte ich freundlich, »aber Sie können mich gern aufklären.«

»Hä?«

»Ich meine, *sagen* Sie es mir bitte.«

»P-R O-S-T-U-I-R-T-E«, buchstabierte er langsam.

»Wie bitte?« fragte ich verwirrt.

»Man stuft Sie als Straßenmädchen ein«, sagte er ungeduldig, »als Hure.«

»Ach, Sie meinen *Prostituierte*«, sagte ich. »Wenn Sie das richtig buchstabiert hätten, wär mir wohl eher klargeworden, worauf Sie hinauswollten.«

Seine Augen verengten sich zu schmalen Schlitzen. »Was wollen Sie damit sagen? Daß Sie klüger sind als ich, oder was?«

»Aber nein«, sagte ich höflich. »Ich wollte Ihnen nur mitteilen, daß man das Wort Prostituierte genau so schreibt, wie man es spricht.«

Großer Gott! Was für ein Widerling!

»Kein Mann hat Achtung vor einer Frau, die trinkt«, sagte er, wobei er mit streng zusammengekniffenen Augen zuerst meinen Bacardi und dann mich musterte.

Das konnte unmöglich ernst gemeint sein. Die einzige denkbare Erklärung war, daß es sich um ein abgekartetes Spiel handelte. Ich sah mich um und erwartete mehr oder weniger, Daniel an einem der anderen Tische zu sehen, spähte aufmerksam umher, ob sich irgendwo eine versteckte Kamera entdecken ließ. Aber ich konnte kein bekanntes Gesicht sehen.

Ach, wär das doch nur vorbei, seufzte ich im stillen. Was für ein vergeudeter Abend. Noch dazu ein Freitag, wo es im Fernsehen so gute Sendungen gab.

›Eigentlich brauchst du dir das nicht gefallen zu lassen‹, sagte eine aufrührerische leise Stimme in meinem Kopf.

›Doch‹, flüsterte ein pflichtbewußtes Stimmchen zurück.

›Nein wirklich nicht‹, erwiderte die erste Stimme.

›Aber ... Ich muß schon bleiben, bis es vorbei ist. Ich hab mich damit einverstanden erklärt, ihn zu treffen und kann jetzt nicht einfach gehen. Das wäre nicht *höflich*‹, wendete mein pflichtbewußtes Ich ein.

›*Höflich*‹, höhnte die aufrührerische Stimme. ›Ist er etwa höflich? Da waren die Amis, die ihre Atombombe über Hiroshima abgeworfen haben, vermutlich höflicher.‹

›Schon, aber ich komm so selten mit Männern zusammen und darf 'nem geschenkten Gaul nicht ins Maul schauen und ...‹ erklärte mein pflichtbewußtes Ich.

›Ich kann es nicht fassen, was du da sagst‹, sagte mein aufrührerisches Ich. Es klang aufrichtig entsetzt. ›Hast du wirklich eine so geringe Meinung von dir selbst, daß du lieber mit so 'nem Mann zusammen bist, als allein zu sein?‹

›Aber ich fühl mich so einsam‹, sagte mein pflichtbewußtes Ich.

›Du meinst, du brauchst dringend 'nen Kerl‹, schnaubte das aufrührerische Ich.

›Wenn du das so sagst ...‹ sagte das pflichtbewußte Ich zögernd, das nicht einmal einen ausgesprochenen Widerling vor den Kopf stoßen wollte.

›So sag ich es‹, gab das aufrührerische Ich unbeirrt zurück.

›Nun, ich könnte mich krank stellen‹, sagte das pflichtbewußte Ich, ›und sagen, daß ich einen Beinbruch hab, mein Blinddarm schwer entzündet ist oder so was.‹

›Kommt überhaupt nicht in Frage‹, sagte das aufrührerische Ich. ›Warum ihn schonen? Wenn du gehst, tu es richtig. Laß ihn wissen, wie abstoßend er ist, wie unausstehlich du ihn findest. Mach deinen Standpunkt klar und sag es ihm.‹

›Das könnte ich nie ...‹ protestierte das pflichtbewußte Ich.

Das aufrührerische Ich schwieg.

›... oder doch?‹

›Natürlich‹, sagte mein aufrührerisches Ich mit Nachdruck.

›Aber ... aber ... was soll ich tun?‹ fragte das pflichtbewußte Ich, dem die Erregung in den Eingeweiden zu brennen begann.

›Dir fällt bestimmt was ein. Darf ich dich daran erinnern, daß du es noch rechtzeitig zur Sendung mit Rab C. Nesbitt schaffst, wenn du jetzt gehst?‹ teilte mir mein aufrührerisches Ich mit.

Chuck leierte weiter seinen Monolog herunter.

»Heute in der U-Bahn war ich der einzige Weiße ...«

Schluß! Genug! Das reichte.

›Aber ich hab Angst vor ihm‹, erklärte mein pflichtbewußtes Ich. ›Wenn er mich aufspürt, mich foltert und umbringt – er sieht ganz danach aus, als ob er dazu imstande wäre.‹

›Du brauchst keine Angst zu haben‹, sagte das aufrührerische Ich. ›Er weiß nicht, wo du wohnst, er kennt nicht mal deine Telefonnummer. Alles, was er hat, ist eine Chiffre. Nur zu! Du brauchst dir wirklich keine Sorgen zu machen.‹

Beschwingt stand ich im Bewußtsein ungewohnter Macht auf und nahm Mantel und Tasche zur Hand.

»Entschuldigung«, unterbrach ich mit süßem Lächeln Chucks Redeschwall über die Notwendigkeit verschärfter Einwanderungsbestimmungen und die Beschränkung des Stimmrechts auf Weiße. »Ich muß mal für kleine Mädchen.«

»Und dafür brauchen Sie Ihren Mantel?« wollte er wissen.

»Ja, Chuck«, sagte ich lieblich. So ein dämlicher Heini!

Auf zitternden Beinen stakste ich von ihm fort. Ich hatte Angst, war aber zugleich auch glücklich.

Ich kam an unserer Kellnerin vorbei, die einen Tisch abräumte. Mein Adrenalinspiegel war so hoch, daß ich kaum richtig sprechen konnte.

»Entschuldigung«, sagte ich, wobei sich meine Worte überschlugen, weil meine Zunge für meinen Mund viel zu groß war. »Ich sitz am Tisch da hinten am Fenster, und der Herr möchte gern eine Flasche Ihres teuersten Champagners.«

»Kommt sofort«, sagte sie.

»Vielen Dank«, lächelte ich und ging weiter.

Sobald ich zu Hause war, würde ich im Restaurant anrufen und dafür sorgen, daß keiner der Angestellten dafür aufkommen mußte, beschloß ich.

An der Tür zur Damentoilette zögerte ich nur einen kurzen Augenblick und ging dann weiter. Ich kam mir vor wie im Traum. Erst, als ich über die Schwelle des Restaurants auf den regennassen Gehsteig hinaustrat, glaubte ich wirklich, daß ich gegangen war.

Anfänglich hatte ich einfach verschwinden und nach Hause gehen wollen. Chuck würde im Laufe der Zeit schon merken, daß ich nicht zurückzukehren gedachte. Das aber wäre gemein. Sein Essen würde kalt werden, während er endlos auf meine Rückkehr wartete...

Immer vorausgesetzt, der Widerling hätte genug Anstand, auf mich zu warten, bevor er über sein noch nicht lange totes Tier herfiel.

Dann beschloß ich, für den Fall, daß er nicht so widerlich war, wie ich dachte, nicht allzu grausam zu sein.

Ich zog meinen Mantel an, und obwohl es ein regnerischer Freitagabend war, bekam ich sofort ein Taxi.

Die Götter waren mir hold. Genau diese Art von Zeichen hatte ich als Bestätigung dafür gebraucht, daß ich richtig gehandelt hatte.

»Ladbroke Grove«, sagte ich aufgeregt zum Fahrer, während ich einstieg. »Könnten Sie mir vorher noch einen Gefallen tun?«

»Kommt drauf an«, sagte er mißtrauisch. So sind Londoner Taxifahrer nun mal.

»Ich hab mich grad von meinem Freund verabschiedet, der für immer weg muß. Er sitzt an einem Fenster hier im Restaurant. Könnten Sie vielleicht ganz langsam vorbeifahren, so daß er mich sieht? Ich möchte ihm noch ein letztes Mal zuwinken.« Meine Bitte schien den Taxifahrer zu rühren.

»Ganz wie Frank Sinatra und Ava Gardner. Und ich dachte schon, es gibt keine Liebe mehr«, sagte er mit belegter Stimme. »Kein Problem, Schätzchen. Zeigen Sie ihn mir einfach.«

»Da, der gutaussehende Mann mit der Sonnenbräune«, sagte ich und zeigte dorthin, wo Chuck saß. Er bewunderte gerade sein Spiegelbild im Messer, während er darauf wartete, daß ich von der Toilette zurückkam.

Der Taxifahrer fuhr genau neben Chucks Tisch, und ich kurbelte das Fenster herunter.

»Ich mach Ihnen Licht, Schätzchen, damit er Sie besser sehen kann«, sagte der Fahrer.

»Vielen Dank.«

Chuck drehte das Messer hin und her, um sein Spiegelbild in unterschiedlicher Beleuchtung zu sehen.

»Kann sich gut leiden«, knurrte der Fahrer.

»Das kann man sagen.«

»Sind Sie sicher, daß er es ist, Schätzchen?« fragte er zwei-felnd.

»Ja.«

Allmählich trat Ärger auf Chucks Gesicht. Ich war wohl schon länger fort, als er es von Meg gewohnt war, und das mißbilligte er.

»Soll ich mal hupen?« fragte mein getreuer Fahrer.

»Warum nicht?«

Er drückte auf die Hupe, und Chuck blickte auf die Straße hinaus, um zu sehen, was es gebe. Ich beugte mich aus dem Fenster des Taxis und winkte ihm munter zu.

Bei meinem Anblick lächelte er fröhlich und winkte zurück. Er schien mich nicht erkannt zu haben.

Dann aber trat mit quälender Langsamkeit Verwirrung auf seine törichten Züge. Offenbar hatte er begriffen, daß es sich bei dem vertraut aussehenden Menschen, dem er da zuwinkte, um seine Damenbegleitung für den Abend handelte, um die Frau, mit der er eigentlich essen wollte, die Frau, für die die Kellnerin gerade in jenem Augenblick die bestellten Scampi vor dem leeren Stuhl auf den Tisch stellte. Genau jene Frau saß in einem Taxi, das gleich davonfahren würde. Schlagartig hörte er auf zu winken.

Er runzelte die orangefarbene Stirn. Er begriff nicht. *Da stimmt doch was nicht.* Dann aber dämmerte es ihm.

Der Ausdruck, den sein Gesicht jetzt annahm, war die ganze Sache wert. Zu sehen, wie ihm aufging, daß ich nicht auf der Damentoilette, sondern dabei war, mit einem Taxi auf und da-von zu fahren, war unvergleichlich. Die Ungläubigkeit, die Wut und Empörung auf seinem selbstzufriedenen und abartig wir-kenden sonnengebräunten Gesicht zu sehen hatte den ganzen ekelhaften Abend gelohnt. Er sprang vom Stuhl auf und ließ das Messer fallen, in dem er sein Spiegelbild so bewundert hatte.

Ich konnte überhaupt nicht aufhören zu lachen.

Mit wutverzerrtem Gesicht sagte er hinter dem Fenster etwas, und ich las »Was zum ...?« von seinen Lippen ab. Er sah fast aus wie eine Figur in einem Zeichentrickfilm.

Stumm bildete ich die Worte »Leck mich!« mit den Lippen und hielt beide Hände mit gerecktem Zeige- und Mittelfinger in die nasse Nacht, für den Fall, daß er im Lippenlesen nicht besonders geübt war. Mit kurzen, heftigen Bewegungen stieß ich sie etwa zehn Sekunden lang aufwärts, während er mich in ohnmächtiger Wut aus dem Fenster anstarrte.

»Sie können losfahren«, sagte ich. Der Fahrer gab genau in dem Augenblick Gas, als zwei Kellner hinter Chuck auftauchten, von denen einer einen Eiskübel mit einer weißen Serviette und der andere eine Flasche Champagner brachte.

Dann fiel mir ein, an wen mich Chuck erinnert hatte: an *Donny Osmond!*

Den schmalzigen Donny Osmond, wie er »Puppy Love« singt. Der orangefarbene, geradlinige Donny Osmond mit den seelenvollen Welpenaugen, die zu seiner Welpenliebe paßten. Aber es war ein Donny Osmond, dessen Glanz verblichen war, dem das Schicksal übel mitgespielt hatte, ein Donny Osmond, dessen Leben nicht so verlaufen war, wie er es sich vorgestellt hatte, ein bitterer, humorloser Donny Osmond mit rechtsradikalen Neigungen.

Lange bevor ich zu Hause ankam, hatte ich ein schlechtes Gewissen wegen der Flasche Champagner. Es gehörte sich nicht, Chuck dafür bezahlen zu lassen. Nur, weil er widerlich und abscheulich war, brauchte ich mich nicht ebenfalls so aufzuführen. Also rief ich im Restaurant an, kaum daß ich in der Wohnung war.

»Äh, hallo«, sagte ich nervös. »Ich war heute abend in Ihrem Restaurant und mußte unerwartet gehen. Vorher habe ich für meinen Begleiter eine Flasche Champagner bestellt. Es war eine ... äh ... Überraschung, und ich nehme nicht an, daß er dafür bezahlen wollte. Ich möchte sicher sein, daß die Kellnerin es nicht von ihrem Lohn abgezogen bekommt oder so ...«

»Ist der Herr Amerikaner?« wollte eine Männerstimme wissen.

»Ja«, bestätigte ich zögernd. *Von wegen Herr!*

»Dann sind Sie wohl die geisteskranke Frau?« fragte die Stimme.

Eine Unverfrorenheit! Wie kam er dazu, mich als verrückt hinzustellen?

»Der Herr hat uns erklärt, daß Sie sich oft so verhalten und nichts dafür können.«

Ich schluckte meine Wut herunter.

»Ich komme für den Champagner auf«, murmelte ich.

»Nicht nötig«, sagte die Stimme. »Wir haben uns mit dem Herrn geeinigt, daß wir über die Schäden hinwegsehen wollen, die er an der Einrichtung verursacht hat, wenn er den Champagner bezahlt.«

»Das scheint mir kaum gerechtfertigt, wenn er ihn nicht getrunken hat.«

»Aber er hat ihn getrunken«, sagte die Stimme.

»Er trinkt nichts«, wandte ich ein.

»Oh doch«, sagte die Stimme. »Kommen Sie und sehen Sie selbst, wenn Sie es mir nicht glauben.«

»Wollen Sie damit sagen, daß er noch immer da ist?«

»Das kann man laut sagen! Und was er trinkt, ist kein alkoholfreier Tequila.«

Großer Gott! Jetzt hatte ich auch noch die Schuld auf mich geladen, aus Chuck einen Trinker gemacht zu haben. Ach zum Teufel – vielleicht war es das beste, was ihm je widerfahren war. – Jetzt aber schnell zum Fernseher.

Zu meinem großen Kummer saßen Karen und Daniel bei einer Flasche Wein im Wohnzimmer, hielten Händchen, daß es einem davon schlecht wurde und sahen sich auf *meinem* Fernseher *meine* Sendung an.

»Du kommst aber früh«, sagte Karen erbost.

»Hmm«, sagte ich unverbindlich.

Auch meine Laune war nicht besonders gut, denn es bedeutete, daß ich ohne Rab C. Nesbitt auskommen mußte. Ich konnte unmöglich mit Karen und Daniel im selben Zimmer bleiben, während sie sich abknutschten.

Ich würde in mein Zimmer gehen müssen, damit sie es sich auf dem Sofa gemütlich machen konnten, Karen ihren Kopf auf Daniels Schoß legte, er ihr über das Haar strich, sie ihm über … nun, was auch immer sie vorhatten und was ich mir gar nicht so genau ausmalen wollte. Ihr Geturtel war einfach geschmacklos.

Bei Charlotte und Simon fühlte ich mich nie so unbehaglich,

und ich hatte keine Ahnung, warum es bei Daniel und Karen so war.

»Wie geht's dir?« fragte Daniel. Er sah richtig selbstgefällig und hochnäsig drein.

»Gut«, sagte ich munter.

»Und was ist mit deinem blinden Amerikaner?« fragte er.

»Der ist total verrückt.«

»Ehrlich?«

»Ehrlich.«

»Bitte, Lucy, nicht schon wieder«, seufzte Karen. »Das wird bei dir ja richtig zur Gewohnheit.«

»Ich geh schlafen«, sagte ich.

»Gut«, sagte Karen und zwinkerte Daniel lüstern zu.

»Ha, ha«, sagte ich, um den Eindruck bemüht, daß ich alles mitmachte. »Gute Nacht.«

»Lucy, du brauchst aber nicht zu gehen, nur, weil wir da sind«, sagte Daniel, höflich wie immer.

»Geh nur«, verbesserte ihn Karen.

»Bleib«, drängte Daniel.

»Tu's nicht«, sagte Karen.

»Karen, sei nicht so unhöflich«, sagte Daniel. Er sah aus, als ob es ihm peinlich wäre.

»Ich bin nicht unhöflich«, lächelte Karen, »sondern einfach ehrlich. Ich sag Lucy, was Sache ist.«

Ich ging, und unerklärlicherweise war mir zum Weinen.

»Ach übrigens, Lucy«, rief mir Karen nach.

»Ja?« fragte ich, schon in der Tür.

»Da war ein Anruf für dich.«

»Von wem?«

»Von Gus.«

47

Eine riesiger Stein fiel mir vom Herzen, und ich atmete genüßlich aus – darauf hatte ich drei Wochen lang gewartet.

»Und was hat er gesagt?« fragte ich aufgeregt.

»Daß er in einer Stunde noch mal anruft und falls du nicht da wärest, jede Stunde, bis er dich erreicht.«

Ein Glücksgefühl durchflutete mich. Er hatte mich nicht verlassen, ich hatte nichts falsch gemacht, Mandy hatte es nicht geschafft, mich aus seinem Herzen zu verdrängen.

Mir kam ein Gedanke. »Hast du gesagt, wo ich war?« fragte ich atemlos.

»Ja, daß du aus warst.«

»Mit einem Mann?«

»Ja.«

»Hervorragend, dann macht er sich vielleicht Sorgen. Wann will er wieder anrufen?«

Karen setzte sich kerzengerade auf und starrte mich an. »Wieso?« fragte sie. »Du willst ja wohl nicht mit ihm *sprechen*?«

»Äh, doch«, sagte ich verlegen und trat von einem Fuß auf den anderen. Verzweifelt lächelnd schüttelte Daniel den Kopf, als wolle er sagen »Ob sie das je lernt?« Eine Unverschämtheit! Was verstand er von den Qualen nicht oder halb erwiderter Liebe?

»Hast du denn gar keine Selbstachtung?« fragte Karen ungläubig.

»Nein«, sagte ich zerstreut, während ich überlegte, in welchem Ton ich mit Gus sprechen sollte – belustigt? Verärgert? Streng?

Daß ich ihm verzeihen würde, war mir klar, es fragte sich nur, wie schwer ich es ihm machen würde.

»Nun, du mußt selbst wissen, was du tust«, sagte Karen und wandte sich ab. »Er müßte in etwa zwanzig Minuten anrufen.«

Ich ging in mein Zimmer und lief vor Freude auf der Stelle. Zwanzig Minuten – es fiel mir schwer, mich zu beruhigen.

Aber ich mußte mich beherrschen, durfte ihn nicht wissen lassen, wie begeistert ich war. Ich zwang mich, tief durchzuatmen.

Doch ich mußte immer wieder lächeln – um fünf vor zehn würde ich mit Gus sprechen, mit Gus, von dem ich angenommen hatte, er sei auf immer verloren. Ich konnte es kaum erwarten.

Als ich auf meinem digitalen Wecker die Zahlen neun – fünf – fünf sah, stellte ich meine Füße in die Startblöcke und wartete auf das Signal. Ich wartete und wartete... Er rief nicht an.

Natürlich rief er nicht an. Wie hatte ich auch glauben können, daß er es tun würde?

Um nicht weinen zu müssen, sprach ich mir den üblichen Trost zu. Gus kannte den Unterschied zwischen fünf Minuten und einer ganzen Stunde nicht. Wahrscheinlich war er in einer Kneipe, und sofern es da überhaupt ein Telefon gab, funktionierte es vermutlich nicht. Falls aber doch, hatte es wahrscheinlich eine junge Frau aus Galway für ein tränenreiches Dauergespräch nach Hause mit Beschlag belegt.

Doch um elf Uhr erklärte ich mich geschlagen und legte mich schlafen.

Der Mistkerl, dachte ich wütend. *Er hatte seine Chance und sie nicht genutzt. Wenn er jetzt doch anruft, spreche ich nicht mit ihm. Oder höchstens, um ihm zu sagen, daß ich nicht mit ihm spreche.*

Eine Weile später hörte ich die Haustürklingel und setzte mich vor Schreck im Bett auf. Ach du meine Güte! Er war da, im Haus, und ich war schon abgeschminkt! Großer Gott, was für eine Katastrophe! Ich sprang aus dem Bett und hörte, wie jemand auf den Türöffner drückte.

»Halt ihn hin«, zischte ich Karen zu, den Kopf aus meiner Zimmertür gesteckt. »Ich bin in fünf Minuten fertig.«

»Wen soll ich hinhalten?« fragte sie.

»Gus natürlich.«

»Wieso, wo ist er denn?«

»Auf dem Weg nach oben – du hast doch gerade auf den Türöffner gedrückt.«

»Hab ich nicht«, sagte sie.

»Natürlich hast du«, beharrte ich. »Gerade eben.«

Sie benahm sich sehr merkwürdig, wirkte aber nicht betrunken.

»Hab ich nicht«, gab sie zurück. Sie sah mich prüfend an. »Bist du sicher, daß dir nichts fehlt, Lucy?«

»Ja«, sagte ich. »Aber ich mach mir Sorgen um dich. Wem hast du die Tür aufgemacht, wenn es nicht Gus ist?«

»Dem Pizza-Boten.«

»Was für ein Pizza-Bote?«

»Der Pizza-Bote, der die Pizza für mich und Daniel bringt.«

»Aber wo ist er?«

»Hier«, sagte sie und riß die Etagentür auf. Davor stand in einer roten Plastikkombi und mit einem Sturzhelm auf dem Kopf ein Mann, der einen Karton in beiden Händen hielt.

»Daniel«, rief sie. »Her mit dem Geld.«

»Ach so«, flüsterte ich und schlich zurück ins Bett.

Warum hat Gus überhaupt angerufen? fragte ich mich unter Tränen. Was hatte es mir genützt? Überhaupt nichts. Es hatte mich lediglich aufgeregt und verwirrt.

Stunden später, als alle schliefen, und die Wohnung im Dunkeln lag, klingelte das Telefon. Ich wurde sofort wach – noch im Schlaf waren meine Nerven aufs äußerste gespannt, weil ich auf Gus' Anruf hoffte. Ich taumelte auf den Flur, um abzunehmen. Es mußte Gus sein, denn niemand außer ihm würde um diese Stunde anrufen. Aber ich war viel zu schlaftrunken, als daß ich darüber glücklich gewesen wäre.

Gus' Stimme klang betrunken. »Kann ich zu dir kommen, Lucy?« war das erste, was er sagte.

»Nein«, sagte ich und fragte mich, warum er mich nicht zumindest begrüßt hatte.

»Aber ich muß mit dir sprechen«, rief er voll Ungestüm.

»Und ich muß schlafen.«

»Lucy, Lucy, wo ist dein Feuer, deine Leidenschaft? Schlafen kannst du immer, aber eine Gelegenheit, uns zu treffen, haben wir nicht immer.« Das wußte ich aus Erfahrung.

»Bitte, Lucy. Du bist böse auf mich, was?«

»So ist es«, sagte ich mit gleichmütiger Stimme, weil ich ihn nicht verschrecken wollte.

»Aber ich kann es erklären«, sagte er.

»Laß hören.«

»Der Hund hat meine Hausaufgaben gefressen, mein Wecker hat nicht geklingelt und mein Fahrrad hatte einen Platten.«

Ich fand das nicht lustig.

»O nein!« klagte er. »Sie sagt nichts. Das bedeutet bestimmt, daß sie wieder böse ist. Im Ernst, Lucy, ich hab eine Erklärung.«

»Sag sie mir bitte.«

»Nicht am Telefon. Ich möchte lieber kommen und persönlich mit dir sprechen.«

»Erst, wenn ich deine Erklärung gehört hab«, sagte ich.

»Du kannst ganz schön hart sein, Lucy Sullivan«, rief er betrübt. »Hart und grausam.«

»Die Erklärung«, ließ ich nicht locker.

»Es ist wirklich besser, wenn ich es in meinen drei Dimensionen ausführlich erläutere. Körperlose Stimmen sind nicht halb so gut«, sagte er flehend. »Bitte, Lucy, ich hasse das Telefon.«

Das wußte ich nur zu gut.

»Komm morgen. Jetzt ist es viel zu spät.«

»Spät! Lucy Sullivan, wann hat Zeit für einen von uns beiden je was bedeutet? Du bist wie ich – frei von den Fesseln der Zeit, die uns die geheimnisvollen Mächte von Greenwich anlegen. Was ist los mit dir? Haben dir die Kobolde, die den Blick nicht vom Zifferblatt lösen können, die Seele gestohlen?«

Nach einer Pause von etwa einer Sekunde, sagte er mit gedämpften Entsetzen: »Großer Gott, Lucy – du wirst dir doch nicht eine *Uhr* gekauft haben?«

Ich lachte – der kleine Schweinehund. Wie konnte ich ihn verscheuchen, wenn er mich zum Lachen brachte?

»Komm morgen abend, Gus.« Ich versuchte, meine Stimme so klingen zu lassen, als duldete ich keinen Widerspruch. »Wir reden dann miteinander.«

»Was du heute kannst besorgen, das verschiebe nicht auf morgen«, sagte er munter.

»Nein, Gus, nicht heute, morgen.«

»Wer weiß, was morgen sein wird, Lucy? Morgen ist ein neuer Tag, und niemand weiß, wohin uns das Schicksal treibt.«

Ob er das als Drohung gemeint hatte oder nicht, ich faßte es so auf – möglicherweise würde er mich am nächsten Tag nicht anrufen, und dann würde ich nie wieder von ihm hören. Jetzt aber, in diesem Augenblick, wollte er mich sehen. Er gehörte *mir*, und es empfahl sich, fünf gerade sein zu lassen, das Eisen zu schmieden, solange es heiß war und den Unterschied zwischen dem Spatzen in der Hand und der Taube auf dem Dach zu erkennen.

›Willst du ihn wirklich unter diesen Bedingungen?‹ meldete sich eine leise Stimme in meinem Kopf.

›Ja‹, antwortete ich matt.

›Hast du denn überhaupt keine Selbstach…?‹

›Nein. Wie oft muß ich dir das noch sagen?‹

»Gut, Gus«, seufzte ich und tat so, als gäbe ich in diesem Augenblick nach, obwohl natürlich von Anfang an das Ergebnis keine Sekunde lang zweifelhaft gewesen war. »Komm her.«

»Bin schon unterwegs«, sagte er.

Das konnte bedeuten, daß er in der nächsten Viertelstunde oder auch erst in vier Monaten auftauchen würde, und ich mußte mich entscheiden, ob ich mich zurechtmachen oder bleiben sollte, wie ich war.

Mir war klar, welche Gefahren damit verbunden waren, das Schicksal herauszufordern. Wenn ich mich zurechtmachte, würde er nicht kommen. Wenn ich mich *nicht* zurechtmachte, würde er kommen, aber von meinem Anblick so entsetzt sein, daß er sofort wieder verschwand.

»Was ist los?« flüsterte eine Stimme. Es war Karen. »War das Gus?«

Ich nickte. »Tut mir leid, daß ich dich geweckt hab.«

»Hast du ihn zum Teufel geschickt?«

»Äh, nein, weißt du, ich hab noch nicht seine ganze Geschichte gehört. Er, äh, kommt und erzählt sie mir.«

»Jetzt!? Um halb drei in der Nacht?«

»Was du heute kannst besorgen, das verschiebe nicht auf morgen«, sagte ich matt.

»Ich fasse zusammen: er war auf einer Party, konnte bei keiner landen und will dringend bumsen. Ich muß schon sagen, Lucy, du verkaufst dich wirklich teuer.«

»So ist es nicht…« sagte ich, wobei sich mein Magen hob.

»Gute Nacht«, seufzte sie, ohne auf mich zu achten. »Ich geh wieder ins Bett. Zu Daniel«, fügte sie von oben herab hinzu.

Mir war klar, daß sie ihm die ganze Geschichte brühwarm berichten würde, denn sie erzählte Daniel *alles* über mich, jedenfalls alles Peinliche und Beschämende. Ich hatte keine Privatsphäre, und ich war wütend, weil er soviel über mich wußte und mich so überheblich und besserwisserisch behandelte.

Er war ständig in unserer Wohnung. Fast hatte ich den Eindruck, er lebte dort. Warum konnten die beiden nicht zu *ihm* gehen und mich in Frieden lassen?

Am liebsten wäre mir, wenn sie auseinandergingen, dachte ich gereizt.

Ich beschloß, das Schicksal hinters Licht zu führen. Ich war es satt, daß es Macht über mich hatte, und so machte ich mich zwar zurecht, zog mich aber nicht an.

In Null Komma nichts schrillte die Türglocke so laut, daß sie Tote geweckt hätte. Nach einigen Sekunden hochwillkommener Ruhe legte sie wieder los und schien stundenlang nicht aufzuhören – Gus war da.

Ich öffnete die Wohnungstür und wartete auf ihn, aber er kam nicht. Dann hörte ich einige Stockwerke unter uns erhobene Stimmen. Schließlich kam er die Treppe heraufgetorkelt. Er wirkte einnehmend, verlockend, zerzaust und betrunken.

Ich wußte nicht, wie mir geschah. Erst bei seinem Anblick ging mir richtig auf, wie sehr er mir gefehlt hatte.

»Großer Gott, Lucy«, knurrte er, als er sich an mir vorbei in die Wohnung schob, »haben die Leute da unten wirklich eine Saulaune. Jeder kann doch mal 'nen Fehler machen.«

»Was hast du angestellt?« fragte ich.

»An der falschen Tür geklingelt«, sagte er beleidigt und ging schnurstracks in mein Zimmer.

Augenblick, mein Junge, dachte ich. *So schnell schießen die Preußen nicht.* Er konnte nicht einfach nach dreiwöchiger Sendepause aufkreuzen und erwarten, daß ich unverzüglich mit ihm ins Bett hüpfte.

Allem Anschein nach konnte er. Er saß bereits auf meinem Bett und zog sich die Schuhe aus.

»Gus …« sagte ich zögernd. Ich wollte mit meiner Strafpredigt beginnen. Es war die übliche Leier: ›Wie kannst du es wagen, mich so zu behandeln; was glaubst du, wer du bist; für wen hältst du mich; dafür hab ich zu viel Selbstachtung (glatt gelogen); das laß ich mir nicht bieten‹ (ebenfalls gelogen), usw. usw.

Er aber ließ sich nicht aus dem Konzept bringen und fuhr fort: »Dann hab ich zu dem Kerl da unten gesagt, ›Ich hab Sie doch bloß geweckt. Es ist ja nicht so, als ob ich in Polen einmarschiert wär‹, ha, ha. Ich wußte, daß ihm das zu denken geben würde. Er ist doch Deutscher, oder?«

»Leider nein, Gus, Österreicher.«

»Ist doch alles ein und dasselbe: Sie sind groß, blond und stopfen sich pausenlos mit Würsten voll.«

Dann richtete er seine unruhigen blutunterlaufenen Augen auf mich und sah mich zum ersten Mal an, seit er in die Wohnung gekommen war.

»Lucy! Meine liebste Lucy! Du siehst wunderbar aus.«

Er sprang auf und rannte auf mich zu. Sein Geruch rief eine Sehnsucht und Begierde in mir hervor, deren Heftigkeit mich überraschte.

»Hmm, Lucy, du hast mir gefehlt.« Er küßte mich auf den Nacken und fuhr mir mit der Hand unter die Schlafanzugjacke. Die Berührung ließ mich erschauern und weckte eine

Begierde, die drei Wochen lang ungestört geschlafen hatte. Dennoch schob ich ihn mit äußerster Selbstbeherrschung von mir.

Pfoten weg, dachte ich – *du wirst dir erst anhören, was ich dir zu sagen habe.*

»Ach Lucy, Lucy, Lucy«, murmelte er, während er seinen Angriff erneuerte. »Wir dürfen uns nie wieder trennen.«

Er legte mir einen Arm fest um die Taille und öffnete mit der anderen Hand den obersten Knopf meiner Schlafanzugjacke. Pro forma sträubte ich mich und versuchte, den Knopf wieder zu schließen, war aber hilflos. Der schöne, gefährliche Hallodri erregte mich zu sehr. Außerdem *roch* er so gut, richtig nach Gus.

Ich rang mit ihm, während er mir die Jacke auszuziehen versuchte. »Drei Wochen lang hast du mich nicht angeru…«

»Ich weiß, Lucy, es tut mir leid«, sagte er und zerrte mit Macht. »Aber ich wollte das nicht. Gott im Himmel, bist du schön.«

»Du schuldest mir eine Erklärung«, sagte ich und leistete ihm heftigen Widerstand, während er mich zum Bett schob.

»Da hast du recht«, stimmte er mir zu, während er mir die Hände fest auf die Schultern legte und nach unten drückte, damit ich in den Knien einknickte. »Aber das hat doch sicher Zeit bis morgen früh.«

»Gus, versprichst du mir auf Ehre und Gewissen, daß du eine gute Entschuldigung hast und sie mir morgen früh sagen wirst?«

»Das tue ich«, sagte er und blickte mir treuherzig in die Augen. Gleichzeitig zog er kräftig meine Schlafanzughose nach unten.

»Und du kannst mich ordentlich ausschimpfen, das hab ich nicht anders verdient«, sagte er.

Also gingen wir ins Bett.

Ich mußte an Karens Worte denken, war aber nicht ihrer Ansicht. Ich fühlte mich nicht mißbraucht. Ich *wollte* mit Gus ins Bett gehen. Immerhin zeigte sein Bemühen, daß er mich noch haben wollte, daß ihm nach wie vor an mir lag, daß nicht ich schuld daran war, wenn er drei Wochen lang nichts von mir hatte wissen wollen.

Ich überlegte, daß meine Strafpredigt bis zum Morgen warten konnte und gab Gus und meiner Begierde nach. Aber ich hatte vergessen, daß er einer vom Schlage der ›Rein, raus, rein, raus – fertig ist der kleine Klaus‹-Männer war, und so hatte das Vergnügen ein Ende, kaum daß es angefangen hatte. Wie schon früher war Gus nach wenigen Minuten fertig. Damit blieb reichlich Zeit, mir seine Erklärung anzuhören. Aber er fiel sofort in Tiefschlaf, und irgendwann schlief ich ebenfalls ein.

48

Auch am nächsten Morgen war Gus für meinen Vortrag nicht ohne weiteres zu fassen.

Wenn man das Ausmaß seiner nächtlichen Trunkenheit bedenkt, war er von erstaunlicher Vitalität. Eigentlich hätte er wie jeder normale Mensch flach auf dem Rücken liegen, um einen Eimer bitten und schwören müssen, daß ihm nie wieder ein Tropfen Alkohol über die Lippen kommen würde. Statt dessen war er schon bei Tagesanbruch wach und stopfte sich mit Keksen voll. Als die Post kam, stürmte er in den Flur hinaus, um sie zu holen, riß unter lautem Rascheln die für mich bestimmten Umschläge auf und las mir vor, was sie enthielten.

»Brave Lucy.« Es klang stolz. »Ich freu mich zu sehen, daß du den Visa-Leuten 'nen Haufen Geld schuldest. Jetzt mußt du nur noch umziehen und es ihnen nicht sagen.«

Ich lag im Bett und wünschte trübselig, er möge aufhören oder mich zumindest nicht an die Höhe meiner Schulden erinnern.

»Was ist mit Russell & Bromley?« fragte er, »immer noch die alte Geschichte?«

»Ja.« Genau gesagt ging es um ein Paar kniehohe schwarze Wildlederstiefel und ein Paar aufregende Schlangenledersandalen, die ich noch nicht bezahlt hatte.

»Schluß jetzt, Gus!« Entschlossen versuchte ich, seine Aufmerksamkeit zu bekommen. »Wir müssen jetzt wirklich...«

»Und was ist mit dem hier?« Er wedelte mit einem Umschlag. »Sieht aus wie Karens Kontoauszug. Wollen wir...«

Es war wirklich verlockend. Charlotte und ich vermuteten schon lange, daß Karen Tausende auf der hohen Kante hatte, und ich hätte es *zu gern* gewußt. Aber erst die Arbeit, dann das Vergnügen.

»Laß jetzt Karens Kontoauszug zufrieden«, versuchte ich es erneut. »Heute nacht hast du gesagt, du hättest eine Erklärung und...«

»Kann ich duschen?« unterbrach er mich. »Ich stink wohl ein bißchen.«

Er hob einen Arm und schnüffelte in seiner Achselhöhle. »Puh«, sagte er mit angewidertem Gesicht. »Ich stinke, daher bin ich.«

Ich fand, daß er gut roch.

»Du kannst gleich duschen. Gib mir den Umschlag.«

»Aber wir könnten ihn über Wasserdampf aufmachen. Sie würde es nie merken.«

Es war deutlich zu sehen, daß er trotz seiner leidenschaftlichen Beteuerungen nicht daran dachte, mir irgend etwas zu erklären.

Ich war so froh darüber, daß er wieder da war und wollte ihn nicht dadurch verscheuchen, daß ich ihn bedrängte. Andererseits mußte er begreifen, daß er mich nicht ungestraft schlecht behandeln konnte.

In Wahrheit konnte er das durchaus, schließlich hatte er es gerade erst getan. Aber zumindest mußte ich dagegen aufbegehren und so tun, als besäße ich Selbstachtung, immer in der Hoffnung, damit wenigstens ihn täuschen zu können, wenn schon nicht mich selbst.

Ich mußte ihn unbedingt mit irgendeinem Trick in ein ernsthaftes Gespräch verwickeln, ihm die Erklärung so entlocken, daß er es nicht merkte, denn auf irgend etwas Direktes würde er nicht reagieren.

Ich mußte ihn mit äußerster Liebenswürdigkeit, zugleich aber mit unerschütterlicher Festigkeit behandeln.

Lang ausgestreckt lag er auf meinem Bett und las ein Rentenfonds-Angebot meiner Bank. »Ich möchte mit dir reden«, sagte ich zu ihm und bemühte mich, meine Stimme angenehm und zugleich entschlossen klingen zu lassen.

Ich hatte die Entschlossenheit wohl übertrieben, denn er sagte »Ach je« und machte dazu sein »Ach-je-Gesicht«. Dann sprang er vom Bett und kauerte sich gespielt furchtsam in den Spalt zwischen Kleiderschrank und Wand. »Ich hab Angst.«

»Komm schon, Gus. Du brauchst dich nicht zu fürchten.«

»Tu ich auch nicht. Ich hab Angst.«

»Von mir aus hast du Angst. Aber auch dazu gibt es keinen Grund.«

Er nahm mich überhaupt nicht ernst. Er schob den Kopf mit den schwarzen Locken vor, und kaum hatte ich seine leuchtendgrünen Augen gesehen, zog er ihn wieder zurück. Dabei hörte ich ihn murmeln »Ach je, ich bin verratzt, mit mir ist es aus, mein letztes Stündlein hat geschlagen, sie macht Hackfleisch aus mir.«

Dann fing er an, ein Lied zu singen, in dem es darum ging, daß er jedesmal, wenn er Angst hatte, den Kopf aufrecht erhoben trug und ein fröhliches Lied sang, damit niemand merkte ... »Ich hab ANGST.«

»Gus, komm bitte heraus. Du brauchst wirklich keine Angst zu haben.«

Ich versuchte zu lachen, um ihm meine gute Laune zu beweisen, aber es fiel mir schwer, geduldig zu bleiben. Es wäre herrlich gewesen, ihn anbrüllen zu können.

»Komm schon, Gus. Vor mir muß niemand Angst haben, das weißt du genau.«

»Willst du damit sagen, daß ich Angst vor der Angst hab?« fragte seine körperlose Stimme.

»Genau«, nickte ich zum Schrank hin.

»Die Sache ist nur die«, fuhr er fort, »daß ich Angst vor 'ner ganzen Menge Sachen hab.«

»Damit mußt du aufhören. Bei mir mußt du vor nichts Angst haben.«

Er kam heraus und machte ein Kleinjungengesicht. »Und du schreist mich nicht an?«

»Nein.« Ich mußte es ihm versprechen. »Ich schrei dich nicht an. Ich möchte aber wissen, wo du die letzten drei Wochen gesteckt hast.«

»War das tatsächlich so lange?« fragte er unschuldig.

»Komm schon, Gus. Das letzte Mal, daß ich von dir gehört hab, war am Dienstag abend vor Karens Party. Was hast du seitdem getrieben?«

»Dies und das«, sagte er ausweichend.

»Du kannst nicht einfach drei Wochen untertauchen, ist dir das klar?« Ich sagte es allerdings betont freundlich, damit er sich nicht aufregte, mich zum Teufel schickte und mir sagte, er könne untertauchen, so lange er Lust habe.

»Wie du meinst«, sagte er. Begierig beugte ich mich zu ihm vor, in der Hoffnung, Schilderungen von Naturkatastrophen und Berichte über das Eingreifen höherer Mächte zu hören. Ich wollte, daß weder ich noch Gus für die dreiwöchige Trennung verantwortlich war.

»Mein Bruder ist von der Grünen Insel rübergekommen, und wir haben uns 'n bißchen zusammengesetzt.«

»Und das hat drei Wochen gedauert?« fragte ich ungläubig. Es gefiel mir nicht, daß ich immer wieder von drei Wochen sprach. Ich hätte es umschreiben sollen. Ich wollte nicht, daß er den Eindruck hatte, ich hätte die Tage seit seinem Weggang gezählt, obwohl ja genau das der Fall gewesen war.

»Ja, hat es«, sagte er, und es klang überrascht. »Wundert dich das?«

»Ob mich das wundert?« gab ich spöttisch zurück.

»Ich war oft schon viel länger als drei Wochen verschütt«, sagte er. Es klang verwirrt.

»Willst du mir sagen, daß du drei Wochen lang versumpft bist?«

Mit einem Mal erschrak ich über mich selbst. Mir fiel auf, daß ich wie meine Mutter sprach – der Tonfall, der Vorwurf, sogar die Wortwahl, alles war in jeder Beziehung wie bei ihr.

»Och, das tut mir leid, kleine Lucy«, sagte Gus. »Es ist nicht so schlimm, wie es sich anhört. Ich hab Karens Party vergessen, und als ich wieder dran gedacht hab, hatte ich nicht den Mut, dich anzurufen, weil mir klar war, daß du wütend sein würdest.«

»Aber warum hast du nicht am nächsten Tag angerufen?« fragte ich und durchlitt erneut das qualvolle Warten auf ein Lebenszeichen.

»Weil ich so verzweifelt war, daß ich die Party verpaßt und dich damit geärgert hatte. Stevie hat dann gesagt, ›Da hilft nur eins, Junge, und das ist …‹

»… weitertrinken, nehm ich an«, beendete ich den Satz für ihn.

»Genau! Und am nächsten Tag …«

»… hattest du ein schlechtes Gewissen, weil du mich nicht angerufen hattest und mußtest dich betrinken, um darüber wegzukommen.«

»Nein«, sagte er. Es klang überrascht. »Am nächsten Tag war 'ne große Party in Kentish Town, die um elf Uhr morgens anfing. Da sind wir hingegangen und waren in Null Komma nichts so was von zu, das glaubst du nicht. Breit wie ein dreitüriger Kleiderschrank, Lucy! Du hast noch nie jemand gesehen, der so voll war. Ich wußte kaum noch, wie ich heiße.«

»Das ist keine Entschuldigung!« rief ich, machte aber sofort den Mund wieder zu. Wieder hatte ich die Stimme meiner Mutter gehört.

»Du weißt, daß es mir nichts ausmacht, wenn du trinkst«, versuchte ich mit ruhiger Stimme zu sagen. »Aber du kannst nicht einfach verschwinden und dann wiederkommen und so tun, als wär nichts passiert.«

»Tut mir leid«, rief er. »Tut mir wirklich furchtbar leid.«

Dann ermannte ich mich und stellte die schwierigste Frage von allen: »Gus, wer ist Mandy?«

Ich beobachtete ihn genau, um zu sehen, wie er reagierte.

Bildete ich mir das ein, oder war er beunruhigt? Weder fiel ihm die Kinnlade herunter, noch vergrub er das Gesicht in den Händen und schluchzte: »Ich habe ja gewußt, daß es eines Tages rauskommt.«

Statt dessen sagte er lediglich mürrisch: »Niemand.«

»Sie kann nicht niemand sein. Sie muß jemand sein«, sagte ich mit angespanntem Lächeln, damit er merkte, daß ich ihm nicht etwa einen Vorwurf machte, sondern das Ganze freundschaftlich meinte.

»Ach, nur eine gute Freundin.«

»Gus«, sagte ich, und mein Puls raste. »Es gibt keinen Grund, mich zu belügen.«

»Tu ich auch nicht«, sagte er kummervoll und gequält.

»Ich werf dir das auch nicht vor, aber wenn du mit einer anderen gehst, wüßte ich das gerne.«

Ich hatte nicht gesagt, »wenn du mit einer anderen gehst, kannst du mir den Buckel runterrutschen«, obwohl ich das hätte sagen *sollen*. Aber ich wollte nicht die Todsünde begehen und den Eindruck erwecken, als machte es mir etwas aus. Allgemein heißt es ja, daß Frauen darauf aus sind, Männer einzufangen, die Männer davor Angst haben, eingefangen zu werden und daher die beste Möglichkeit, sie einzufangen, darin besteht, so zu tun, als wollte man sie nicht einfangen. Das aber war öfter danebengegangen, als ich zugeben wollte, und ich hatte schon so manches Mal gesagt, »Du bist nicht mein Eigentum, aber wenn du mit einer anderen gehst, möchte ich das gerne wissen«. Dann begegnete ich meinem sogenannten Freund bei einer Party eng umschlungen mit einer anderen und hatte das Bedürfnis, beiden ein Glas über den Kopf zu schütten. Anschließend hieß es dann ganz unschuldig: »Aber du hast doch *gesagt*, daß es dir nichts ausmacht«.

»Lucy, ich hab nichts mit anderen Frauen«, sagte er. Er sah nicht mehr trotzig drein, und in seinen grünen Augen schimmerte Aufrichtigkeit.

Es sah ganz so aus, als liege ihm an mir, und obwohl ich fürchtete, undankbar zu sein, fuhr ich fort: »Gus, hattest du etwas mit einer anderen, du weißt schon, früher, als wir, äh, du weißt schon, zusammen waren?«

Einen Augenblick lang sah er verwirrt drein, während er sich meine Frage in seine Ausdrucksweise übersetzte. Dann hatte er sie verstanden.

»Du meinst, ob ich dich betrogen hab?« Es klang entsetzt. »NEIN.«

Es war durchaus möglich, daß er die Wahrheit sagte. Es war sogar wahrscheinlich, denn er verfügte nicht über das Organisationstalent, ein Doppelleben zu führen. Es war sozusagen schon ein großer Erfolg, daß er daran dachte, weiter zu atmen, wenn er morgens aufwachte.

»Wie kannst du es wagen, mir eine solche Frage zu stellen?« wollte er wissen. »Wofür hältst du mich eigentlich?«

Sein leidenschaftliches Abstreiten und mein verzweifelter Wunsch, ihm zu glauben, führten dazu, daß ich es ihm abnahm. Die Erleichterung erfüllte mich mit Freude und machte mich zugleich ein wenig wirr im Kopf.

Dann küßte er mich, und ich fühlte mich noch wirrer.

»Lucy«, sagte er, »ich würde nie was tun, was dich verletzen könnte.«

Ich glaubte ihm. Es wäre ungezogen von mir gewesen, ihm zu erklären, daß er mich bereits verletzt *hatte*. Schließlich hatte er es nicht mit Absicht getan.

»Kann ich mich jetzt abspritzen gehen?« fragte er kläglich.

Während er duschte, dachte ich an meine Mutter. Es hatte mir einen gewaltigen Schreck eingejagt zu merken, daß ich genauso war wie sie. Ich würde mir noch mehr Mühe geben, noch großzügiger und verständnisvoller sein, nahm ich mir vor.

Ich hörte, wie Daniel und Karen Gus begrüßten, als er aus dem Badezimmer kam.

»Morgen, Gus«, sagte Daniel. Es kam mir vor, als klinge seine Stimme ein wenig belustigt.

»Morgen, Danny, mein Junge. Morgen, Morag Biskuittörtchen«, sagte Gus fröhlich, als wäre er nie fortgewesen.

»'n Morgen, Paddy O'Paddy«, sagte Karen zu Gus.

»'n Morgen, Heide McHaferkeks«, sagte Gus zu Karen.

»'n Morgen, Fischkopf O'Torfstecher«, sagte Karen zu Gus.

»'n Morgen, Geizkragen McSeanConnery«, sagte Gus zu Karen.

»'n Morgen, Rosenkranzperlen O'Semtex«, sagte Karen zu Gus.

»'n Morgen, Ronald McDonald«, sagte Gus zu Karen.

Ich hörte brüllendes Gelächter. Es war nicht zu überhören, daß die Musik vor der Badezimmertür spielte. Meine Mitbewohnerin mitsamt ihrem Freund hatte den Bund mit Gus erneuert, und niemandem außer mir schien die Sache peinlich zu sein.

49

So kamen Gus und ich wieder zusammen.

Ich versuchte, die Dinge gelassen anzugehen und ließ ihm mehr Freiheit.

Gus braucht seine Ungebundenheit, mahnte ich mich beständig. Die üblichen Regeln galten nicht für ihn. Ich durfte nicht glauben, daß ihm nichts an mir lag, nur weil er sich verspätete oder bei einer Party, zu der er mich mitgenommen hatte und bei der ich niemanden kannte, stundenlang mit anderen redete.

Ich sagte mir, daß ich nicht etwa meine Erwartungen zurückschraubte, sondern lediglich meinen Blickwinkel veränderte.

Ich wußte, daß ihm an mir lag – schließlich war er nach dieser dreiwöchigen Unterbrechung zurückgekommen. Das hätte er nicht zu tun brauchen. Niemand hatte ihn dazu gezwungen.

Meine neue Haltung sorgte dafür, daß wir glänzend miteinander auskamen. Gus benahm sich einwandfrei – jedenfalls so einwandfrei, wie ihm das möglich war, ohne sich selbst zu verleugnen.

Es war Sommer, und ausnahmsweise war das Londoner Wetter auch danach. Es war so ungewöhnlich warm und sonnig, daß viele darin ein Zeichen für das bevorstehende Ende der Welt sahen.

Ein heißer Tag mit strahlend blauem Himmel folgte auf den anderen, doch das Wetter hatte die Londoner schon so oft getäuscht, daß sie damit rechneten, die Hitzewelle könne jeden Augenblick aufhören.

Jedermann schüttelte den Kopf und sagte düster: »Es hält bestimmt nicht an.« Aber es hielt an, und es sah so aus, als wolle die Sonne immer weiter scheinen.

Diese Zeit ist mir als Idylle in Erinnerung. Woche für Woche war das Leben himmlisch, und ich kam mir vor, als lebte ich in einem kleinen goldenen Kokon.

Allmorgendlich durchflutete gelbes Licht mein Zimmer, so daß es fast ein Vergnügen war, aufzustehen und mein Leben zu leben.

Meine Depression schwand alljährlich im Sommer dahin, und auch die Arbeit schien keine solche Qual zu sein wie sonst. Vor allem, nachdem wir im Büro eine Revolte vom Zaun gebrochen hatten, woraufhin die Beschaffungsabteilung uns einen Ventilator kaufen mußte.

In der Mittagspause ging ich meist mit Jed zum Soho Square, wo wir uns inmitten Tausender anderer Büroangestellter darum bemühten, einige Quadratzentimeter Gras zu erhaschen, auf denen wir uns ausbreiten und in einem Buch lesen konnten.

Niemand eignete sich dafür besser als Jed, denn ihm konnte ich einfach sagen, er solle den Schnabel halten, wenn er anfing zu reden, und er gehorchte, so daß wir in geselligem Schweigen daliegen konnten. Zumindest fand ich es gesellig.

Meredia wollte nie mitkommen; sie hatte etwas gegen die Sonne. Sie versteckte sich während der Mittagspause bei herabgelassenen Jalousien im Büro und versuchte das Wetter zu behexen, damit es endlich regnete. Jeden Tag las sie besorgt die Wettervorhersage, hoffte auf einen Temperatursturz und tobte, wenn sie dicke schwarze Wolken von Irland herüberkommen sah, die England buchstäblich links liegen ließen und stracks nach Frankreich zogen.

Den ganzen Tag mußten wir mit ansehen, wie sie sich den Rock hochzog, um ganze Dosen voll Talkumpuder zwischen ihren gewaltigen Oberschenkeln zu verteilen. »Hitze ist nichts für die etwas stärkere Frau«, pflegte sie bitter zu sagen und fragte dann, ob wir sehen wollten, wo ihre Schenkel aufgescheuert waren.

Nur eins konnte sie aufmuntern: zu lesen, wo auf der Welt es wärmer war als in London. »Wenigstens bin ich nicht in Mekka«, seufzte sie oft. Oder sie sagte: »Überlegt nur, wie es in Kairo sein muß.«

Megan kam auch nicht mit in den Park. Wie alle echten Australier genoß sie die Hitze und nahm ihr Sonnenbad ernst, weit ernster als Jed und ich.

Sie spottete über mich und all die anderen, die sich ins Gras setzten, den Rock über die Knie hochrafften und das für mutig und ungehemmt hielten. Sie war da ganz anders – sie ging ins Freibad und legte sich oben ohne in die Sonne.

Ihre Verachtung für Meredia zeigte sie noch offener als sonst. »Hör mal, Pauline«, zischte sie. »Wenn du nicht aufhörst, wegen deiner Schenkel zu jammern, zeig ich euch meine braungebrannten Brustwarzen.«

»Rede ruhig weiter«, stachelte Jed Meredia an. Mit gekränktem Blick murmelte sie zu Megan hinüber: »Ich heiße Meredia.«

Megan blühte in der Hitze auf. Sie war in ihr völlig zu Hause. Sie trug zur Arbeit abgeschnittene Jeans – es war nicht ihre Schuld, daß sie damit aussah, als käme sie direkt von den Dreharbeiten zu *Baywatch*. Sie wollte nicht provozieren, sie konnte nicht anders, sie war einfach schön.

Aber ich war ausgesprochen froh, keine Australierin zu sein. Ich wäre viel zu befangen gewesen, um halbnackt herumzurennen und dankte meinem Schöpfer, in einem kühlen Land zur Welt gekommen zu sein.

An den meisten Nachmittagen holten wir uns Eis. Selbst Ivor der Schreckliche beteiligte sich daran. Wie Soldaten, die zu Weihnachten im Niemandsland zwischen den Fronten Fußball spielen, stellten wir angesichts der Hitze unsere arbeitstäglichen Feindseligkeiten ein.

Allerdings war es alles andere als angenehm zuzusehen, wie Ivor die ganze Schokolade von seinem Eis am Stiel herunterkaute und dann mit seiner dicken roten Zunge um das Eis herumschleckte.

Schließlich wurde Megan in die Personalabteilung zitiert, weil es wegen ihrer Shorts Klagen gegeben hatte. Das konnte nur eine Frau gewesen sein, denn von den Männern, die den geringsten Vorwand nutzten, hordenweise in unser Büro einzufallen, um sich an ihren langen gebräunten Schenkeln zu weiden, kam mit Sicherheit keiner für die Denunziation in Frage.

Meredia war begeistert. Sie hoffte, daß Megan entlassen würde, doch als diese zurückkam, umspielte ein geheimnisvolles und zufriedenes Lächeln ihre Lippen.

»Sollen wir dir helfen, deinen Schreibtisch auszuräumen?«
fragte Meredia voller Hoffnung.

»Möglich, Rosemary, möglich«, grinste Megan hämisch.

»Was freut dich so?« Meredia war verwirrt und mißtrauisch.
»Außerdem heiße ich Meredia«, fügte sie zerstreut hinzu.

»Vielleicht geht es mit mir *aufwärts.*« Diese Aussage unterstrich Megan mit einem zur Decke erhobenen Finger. »Aufwärts in der Welt.«

Mit schmerzerfülltem Blick keuchte Meredia: »Wie meinst du das?« Dann fügte sie hoffnungsvoll hinzu: »Hinauf ins Heer der Arbeitslosen?«

»O nein«, sagte Megan, erneut mit dem sphinxhaften zufriedenen Lächeln. »Nur ein paar Stockwerke höher.«

Meredia sah aus, als werde sie ihm nächsten Augenblick in Ohnmacht fallen.

»Wie viele?« brachte sie mit krächzender Stimme heraus.
»Eins?«

Lächelnd schüttelte Megan den Kopf.

»Zwei?«

Ein weiteres Lächeln, und ein weiteres Kopfschütteln.

Meredia brachte das Wort kaum heraus: »Drei?«

Die überaus grausame Megan wartete einige atemlose, unerträgliche Sekunden, bevor sie erneut den Kopf schüttelte.

»Doch nicht etwa ... doch nicht etwa in den vierten Stock?«
fragte die arme Meredia.

»Doch, Specki, in den vierten Stock.«

Es zeigte sich, daß Megan mit ihren Shorts Gefallen bei Frank Erskine gefunden hatte, einem der wabbeligen, kahlköpfigen, alten Knacker aus der Geschäftsleitung, und dieser hatte ihr in der gottähnlichen Weise, die jenen Männern allem Anschein nach zu eigen ist, zugesichert, eine Stellung für sie zu schaffen.

»Was für eine Stellung das nur sein mag?« fragte Meredia mit bitterer Zweideutigkeit. »Vielleicht die flach auf dem Rücken?«

Die Neuigkeit verbreitete sich wie Kopfläuse in der Grundschule, weil Megans Geschichte von den Shorts, die zur Beförderung geführt hatten, die Phantasie der gesamten Beleg-

schaft beschäftigte. Alle träumten davon, aus der Knecht-
schaft der Buchhaltung im Erdgeschoß herausgerissen und
wie mit einem Zauberschlag in die luftige Welt des vierten
Stocks emporgetragen zu werden. Natürlich mit der zu-
gehörigen Gehaltserhöhung.

Manche sagten seufzend: »Und ich hab nie an Märchen geglaubt.«

Meredia nahm es ausgesprochen schlecht auf und war
fortan eine gebrochene Frau. Schon seit acht Jahren arbeite sie
dort, jammerte sie, und die australische Schlampe sei kaum
aus dem Flugzeug gestiegen. Wahrscheinlich stamme sie direkt von einem Schafräuber ab, wenn nicht von einem Schaf-
ficker, die Hure …

Wenn jemand zu Meredia sagte: »Ich höre, daß es mit
Megan aufwärts geht«, sagte sie: »Es geht mit ihr aufwärts,
weil es mit ihr abwärts geht, wenn Sie verstehen, was ich
meine.« Anschließend schürzte sie die Lippen und nickte pha-
risäerhaft.

Es dauerte nicht lange, bis die Kunde von Meredias sonderbaren Anwürfen Megan zu Ohren kam.

Megan, deren Augen vor Wut Funken sprühten, nahm
Meredia beiseite. Ich weiß nicht, was sie zu ihr gesagt hat, aber
es bewirkte, daß Meredia mehrere Tage lang bleich und verschreckt aussah. Anschließend hob sie – sofern sie in der Öffentlichkeit sprach – stets mit Nachdruck hervor, daß Megan
ihre Beförderung ausschließlich ihrer beruflichen Tüchtigkeit
verdanke.

50

Wenn ich an jenen Sommer zurückdenke, erinnere ich mich, daß mich Gus regelmäßig nach der Arbeit abgeholt hat, wenn die glühende Hitze des Tages allmählich nachließ. Wir saßen an den milden Abenden auf Bänken, die die Wirte vor ihre Kneipen auf den Gehsteig gestellt hatten, tranken kühles Bier, redeten und lachten.

Manchmal waren wir eine ganze Gruppe, dann wieder waren Gus und ich allein. Aber immer umgab uns die stille, laue Luft, das Klirren von Gläsern, das Summen einer Unterhaltung.

Die Sonne ging erst spät unter, und es wurde nie richtig dunkel. Die Bläue des Himmels nahm lediglich an Intensität zu, bis sich, nur wenige Stunden später, die Sonne erneut über einem blendend hellen Tag erhob.

Die Wärme veränderte die Menschen, brachte das Angenehme in ihnen zum Vorschein.

London war voller zum Plaudern aufgelegter, freundlicher Menschen. Es waren dieselben, die den Rest des Jahres hindurch elend umherschlichen, nur daß sie jetzt von mittelmeerischer Offenheit waren, weil sie um elf Uhr abends mit kurzen Ärmeln draußen auf der Straße sitzen konnten, ohne vor Kälte zu bibbern.

Wer in einem Biergarten voller Menschen um sich blickte, sah deutlich, wer Arbeit hatte und wer nicht. Das war nicht nur daran zu erkennen, daß die Arbeitslosen nie eine Runde ausgaben, sie waren auch unwahrscheinlich braun.

Es war immer viel zu warm, so daß man vor zehn oder elf Uhr abends unter keinen Umständen ans Abendessen auch nur denken konnte. Wenn es soweit war, zogen wir träge zu einem Restaurant, dessen Türen und Fenster zur Straße hin sperrangelweit offenstanden, tranken billigen Wein und taten so, als wären wir im Ausland.

Jede Nacht schliefen wir bei offenen Fenstern, und obwohl wir uns lediglich mit einem Laken zudeckten, war es immer noch zu warm zum Schlafen. Man konnte sich unmöglich vorstellen, daß man je wieder frieren würde. Eines Nachts war es so warm, daß ich mich im Bett voller Verzweiflung mit einem Glas Wasser übergoß. Das war äußerst angenehm. Noch angenehmer war die Leidenschaft, zu der es Gus anstachelte.

Ständig war viel zu viel los. Das Leben war eine einzige Kette von Abenden mit Grillfesten und Parties. Wenigstens kommt mir das in der Erinnerung so vor. Bestimmt war ich zwischendurch abends auch einmal in meiner Wohnung, habe ferngesehen und bin früh ins Bett. Daran erinnern kann ich mich allerdings nicht.

Nicht nur war unvorstellbar viel los, wir kannten auch unvorstellbar viele Menschen. Stets war jemand da, mit dem man ausgehen konnte. Von Gus ganz abgesehen, dem der Sinn Abend für Abend nach Ausgehen stand.

Wer was trinken gehen wollte, lief nie Gefahr, daß er plötzlich allein dastand.

Meine Kollegen begleiteten Gus und mich häufig. Sogar die arme Meredia schleppte sich mit, setzte sich keuchend, fächelte sich Luft zu und klagte darüber, wie ermattet sie sich fühlte.

Jed und Gus kamen gut miteinander aus – jedenfalls nach einer Weile. Bei ihrer ersten Begegnung waren sie wie zwei schüchterne kleine Jungen, die miteinander spielen wollen, aber nicht so recht wissen, wie sie das anstellen sollen. Schließlich aber lösten sie sich von meinem Rockzipfel und begannen sich abzutasten. Möglicherweise hatte Gus Jed versprochen, ihm sein neues Haschisch-Piece zu zeigen oder etwas in der Art. Danach gab es eine Weile kein Halten mehr, und ich kam an Abenden, an denen Jed mitging, kaum dazu, mit Gus zu sprechen. Die beiden steckten die Köpfe zusammen und unterhielten sich unendlich lange mit leiser Stimme, wobei es vermutlich um Musik ging. Junge Männer sprechen oft über solche Dinge. Dabei bemühten sie sich, einander mit Namen obskurer Gruppen zu übertrumpfen. In irgendeiner hatte dann jemand Gitarre gespielt, bevor er die Gruppe verlassen hatte, um in einer anderen Gitarre zu spielen. Damit konnten sie ganze Tage zubringen.

Aber immer, wenn man Jed und Gus fragte, worum es ging, sagten sie lediglich geheimnisvoll: »Das ist ein Männergespräch, davon verstehst du nichts.« Das trug ihnen ein nachsichtiges Lächeln ein, bis zu dem Abend, an dem sie es zu Charlottes Freund Simon sagten.

Unaufhörlich krittelten sie an ihm und seinen modischen, täglich wechselnden Klamotten herum, wie auch an seinem elektronischen Terminplaner und daran, daß er jedesmal ein Exemplar von *Arena* oder *GQ* dabei hatte.

Nie ließen sie sich eine Gelegenheit entgehen, den armen Simon auf die Palme zu bringen.

»Ist das Hemd neu?« fragte ihn Gus eines Abends mit einer Miene, als könne er kein Wässerlein trüben. Wenn er ein solches Gesicht machte, hatte er gewöhnlich etwas ausgeheckt.

»Ja, es ist von Paul Smith«, sagte Simon stolz und breitete die Arme aus, damit jeder es ausgiebig bewundern konnte.

»Dann sind wir Zwillinge!« sagte Gus voll falscher Herzlichkeit. »Es ist genau wie die Hemden, die ich das Stück für ein Pfund auf dem Straßenmarkt in der Chapel Street gekauft hab. Aber ich glaub nicht, daß der Kerl, von dem ich die hab, einer von den Smiths war. Sind die nicht alle letzten Monat wegen Hehlerei eingebuchtet worden? Bist du sicher, daß du es von einem Smith hast?«

»Ja«, sagte Simon verkniffen. »Ganz sicher.«

»Na ja, vielleicht sind sie wieder draußen«, räumte Gus ein. Dann wechselte er das Thema, sichtlich glücklich, Simon die Freude an seinem neuen Hemd vermiest zu haben, das er bei einem exquisiten Herrenausstatter gekauft hatte.

Dann kam der lange erwartete Abend, an dem Dennis endlich Gus kennenlernte. Er schüttelte ihm die Hand und lächelte höflich. Dann drehte er sich mit gequältem Gesichtsausdruck zu mir um und biß sich auf die Fingerknöchel. »Ein Wort unter vier Augen«, sagte er und zog mich durch die Kneipe.

»Ach Lucy«, stöhnte er.

»Was?«

403

Voll Verzweiflung bedeckte er sein Gesicht mit den Händen und flüsterte theatralisch: »Er ist ein Engel, ein absoluter *Engel*.«

»Gefällt er dir?« fragte ich mit kaum gebändigtem Stolz.

»Lucy, er ist GÖTTLICH.« Ich mußte ihm zustimmen.

»Man trifft so selten einen gutaussehenden Iren, aber wenn einer gut aussieht, dann ist er *vollkommen*.«

Dabei konnte Dennis das gar nicht wissen, jedenfalls nicht, wenn er sein Wissen aus dem Spiegel bezog.

Er belegte Gus an jenem Abend mit Beschlag, was mich über alle Maßen beunruhigte. Immer wieder betonte er, daß im Krieg und in der Liebe alle Mittel erlaubt sind. Jedenfalls war das sein Motto, wenn ihm jemandes Freund gefiel. Als ich später am Abend mit Gus im Bus nach Hause fuhr, sagte er: »Dennis ist ein netter Kerl. Hat er eigentlich 'ne Freundin?«

»Nein.« Konnte Gus wirklich so naiv sein?

»Eine Schande, wenn man bedenkt, was für ein wirklich reizender Junge er ist.«

Ich machte mich schon darauf gefaßt, daß mir Gus erklärte, er habe vor, sich im Laufe der Woche mit Dennis zu einem Glas Bier unter Männern zu treffen, aber glücklicherweise kam nichts in der Art.

»Wir müssen ihm jemand besorgen«, sagte Gus. »Hast du irgendwelche Freundinnen, die gerade frei sind?«

»Nur Meredia und Megan.«

»Die arme Meredia kommt nicht in Frage«, sagte er zartfühlend.

»Warum nicht?« wollte ich wissen, bereit, mich für sie in die Bresche zu schlagen.

»Liegt das nicht auf der Hand?« fragte Gus.

»Was liegt auf der Hand?« grinste ich und machte mich bereit, ihn von seinem Sitz zu schubsen.

»Na hör mal, Lucy, sag bloß nicht, daß es du es nicht gemerkt hast«, sagte er mit vernünftig klingender Stimme.

»Daß sie dick ist?« fragte ich hitzig. »Das ist ja eine tolle Einstell…«

»Nein, Dummkopf«, sagte er. »Das meine ich nicht. Großer Gott, Lucy, so was Schlimmes hätte ich von dir nicht erwartet.«

»Wovon redest du?«

»Meredia und Jed natürlich.«

»Gus«, sagte ich ganz ernsthaft, »du bist total bescheuert.«

»Schon möglich«, stimmte er zu.

»Was meinst du mit ›Meredia und Jed‹?«

»Daß sie ihn sehr mag.«

»Das geht uns allen so«, versicherte ich ihm.

»Nein, Lucy«, sagte er. »Ich meine, sie findet Jed auf andere Weise gut, sie möchte ihn gern im Bett haben.«

»Ach nein«, spottete ich.

»Doch.«

»Wie kommst du darauf?«

»Sieht man das nicht?«

»Ich nicht.«

»Ich schon«, sagte Gus. »Und dabei bist du die Frau, und ihr habt angeblich das ganze Einfühlungsvermögen.«

»Aber, aber … Sie ist zu alt für ihn.«

»Du bist auch älter als ich.«

»Ein paar Jahre.«

»Liebe kennt kein Alter«, sagte er weise. »Stand zu Weihnachten auf 'nem Zettel in meinem Knallbonbon.«

Sieh mal einer an. Wie spannend. Wie leidenschaftlich! Wie beunruhigend! Liebe inmitten der Drohbriefe.

»Und mag er *sie*?« fragte ich begierig, mit einem Mal ganz Ohr.

»Woher soll ich das wissen?«

»Dann find es heraus. Ihr redet doch so viel miteinander.«

»Ja, aber wir sind Männer. Über so was reden wir nicht.«

»Versprich mir, daß du es versuchst, Gus«, bat ich ihn.

»Versprochen«, sagte er. »Damit ist das Problem aber nicht gelöst, daß Dennis keine Freundin hat.«

»Was ist mit Megan?«

Gus verzog das Gesicht und schüttelte den Kopf. »Die hat Rosinen im Kopf. Sie hält sich für was Besseres und meint, daß sie für Dennis zu gut aussieht. Dabei ist das ein sehr netter Kerl.«

»Gus! Megan ist überhaupt nicht so.«

»Und wie!« knurrte er.

»Ist sie nicht«, beharrte ich.

»Ist sie doch«, beharrte wiederum er.

»Wie du willst«, sagte ich.

»Das wär mal was Neues«, sagte er trübselig.

Als ich anschließend mit Dennis sprach, sagte er mir als erstes, daß er Gus hinreißend finde und daß er seiner Ansicht nach mit Sicherheit schwul sei, was mich nicht weiter überraschte. Dann aber stieg er vom Olymp der Lobeshymnen herab und fragte mich nach Gus' finanzieller Situation.

»Ach, das ist kein Problem«, sagte ich wegwerfend.

»Hat er denn Geld?«

»Nicht viel.«

»Aber ihr beide geht doch ständig aus?«

»Ja und?«

»Warst du bei einem seiner Konzerte?«

»Nein.«

»Warum nicht?«

»Weil er meistens im Winter arbeitet.«

»Paß auf, Lucy«, riet mir Dennis. »Das ist ein Herzensbrecher.«

»Vielen Dank für den Rat, Dennis, aber ich kann durchaus selbst auf mich aufpassen.«

»Schön wär's.«

Während des Sommers sah ich Charlotte und Simon ziemlich häufig. Wenn nach Feierabend die üblichen Verdächtigen für eine gemütliche Kneipenrunde zusammengetrieben wurden, fand man die beiden fast immer mitten im Gedränge.

Dann flogen sie für eine Woche nach Portugal. Sie forderten Gus und mich auf, mit ihnen zu reisen. Besser gesagt, Charlotte erklärte, ich könne mitkommen und Gus mitbringen, wenn ich Lust hätte. Ich müßte mir auch keine Sorgen darüber machen, daß er sich mit Simon nicht vertragen würde.

Aber Gus und ich hatten nicht genug Geld – was mich allerdings nicht weiter störte, denn mein Leben kam mir zu jener Zeit wie ununterbrochener Urlaub vor.

Gus, Jed, Megan, Meredia, Dennis und ich begleiteten die beiden zum Flughafen, weil wir alle so aneinander hingen, daß wir die Trennung kaum ertrugen.

Im Verlauf der Woche, in der Charlotte und Simon fort waren, kreisten unsere Gespräche häufig um Fragen wie »Was glaubst du, was die beiden gerade tun?« und »Meinst du, die denken an uns?«.

Selbst bei Gus hatte Simon eine Lücke hinterlassen. »Ich hab niemand, über den ich mich lustig machen kann«, klagte er.

Am Abend ihrer Rückkehr waren alle so begeistert, daß es eine wilde Feier gab, bei der wir den zollfreien Vinho verde tranken, den sie mitgebracht hatten. Der Abend galt von dem Augenblick an als großer Erfolg, als sich Charlotte übergeben mußte und ins Bett gebracht wurde.

Die einzigen, die in jenem Sommer nicht mit uns feierten, waren Karen und Daniel. Ich sah sie kaum.

Karen verbrachte die meiste Zeit in Daniels Wohnung. Nur gelegentlich kam sie bei uns vorbei, um sich Kleidung zum Wechseln zu holen. Sie lief dann rasch ins Haus, während Daniel im Auto wartete.

Er und ich trafen uns *nie* wieder allein. Wir riefen einander nicht einmal an. Das bedauerte ich zutiefst, denn ich bin nun mal ein sentimentaler Trottel. Aber ich wußte nicht, was ich hätte tun können. Es schien keinen Weg zurück zu geben. Also konzentrierte ich mich auf das, was in meinem Leben gut war, nämlich Gus.

Wie ernst es zwischen Daniel und Karen war, merkte ich, als ich erfuhr, daß sie im September gemeinsam nach Schottland reisen wollten. Dem Glitzern in Karens Augen nach zu urteilen, war sie überzeugt, Daniel sicher an der Angel zu haben. Ihrer Ansicht nach war es wohl nur noch eine Frage der Zeit, bis sie sich mit ihrer Mutter darüber in den Haaren liegen würde, ob auch die um fünf Ecken verwandten Cousins und Cousinen zur Hochzeit eingeladen werden sollten und bis sie sich überlegte, ob man eine Zitronencremetorte einer Eisbombe vorziehen sollte oder umgekehrt.

Ich fragte mich, ob sie mich wohl bitten würde, ihre Brautjungfer zu sein – wohl eher nicht.

Eines Samstagabends gingen wir alle – Charlotte, Simon, Gus und ich, Dennis, Jed, Megan und sogar Karen und Daniel – zu einem Open-air-Konzert in einem Schloßpark im Norden Londons.

Obwohl es sich um klassische Musik handelte, genossen wir das Ganze. Wir lagen ausgestreckt im warmen Gras, hörten die Blätter in der stillen Abendluft rauschen und tranken Champagner. Dazu aßen wir Wurst-Sandwiches von Marks and Spencer und Mini-Eclairs.

Nach dem Konzert fanden wir, daß wir uns lange genug wie Erwachsene aufgeführt hatten und der Abend uns noch ein paar kleine Zügellosigkeiten schuldete. Es war erst Mitternacht, und vor Sonnenaufgang ins Bett zu gehen, galt als Zeitverschwendung.

Also kauften wir in einem Laden, der vierundzwanzig Stunden am Tag offen hatte und dessen Inhaber es mit dem Gesetz zum Alkoholausschank nicht so genau nahm, Unmengen Wein und fuhren mit mehreren Taxis zu unserer Wohnung zurück.

Da es dort keine sauberen Gläser gab, ernannte mich Karen zur freiwilligen Spülerin.

Während ich in der Küche Gläser unter das fließende Wasser hielt und bedauerte, vom allgemeinen Jubel und Trubel im Wohnzimmer ausgeschlossen zu sein, kam Daniel auf der Suche nach einem Korkenzieher herein.

»Wie geht's dir?« fragte ich. Bevor ich es selbst merkte, hatte ich ihn angelächelt, denn der Mensch ist bekanntlich ein Gewohnheitstier.

»Gut«, sagte er mit trüber Miene. »Und dir?«

»Auch gut.«

Eine unbehagliche Pause trat ein.

»Ich hab dich ewig nicht gesehen«, sagte ich.

»Stimmt«, pflichtete er mir bei.

Erneut trat eine Pause ein. Mit ihm zu sprechen war wie der Versuch, aus einer Zuckerrübe Blut zu pressen.

»Und ihr fahrt also nach Schottland?« fragte ich.

»Ja.«

»Freust du dich?«

»Ja, ich war noch nie da«, sagte er knapp.

»Und nicht nur deswegen, was?« neckte ich ihn freundlich.

»Was meinst du damit?« Er sah mich kalt an.

»Du weißt schon – du wirst Karens Verwandtschaft kennenlernen und das alles.« Ich nickte begeistert. »Und wie geht's dann weiter?«

»Wovon redest du überhaupt?« fragte er mit zusammengekniffenen Lippen.

»Das weißt du doch selbst am besten«, sagte ich mit unsicherem Lächeln.

»Keine Ahnung«, blaffte er. »Es ist einfach ein verdammter Urlaub. In Ordnung?«

»Großer Gott«, murmelte ich. »Ich kann mich an eine Zeit erinnern, als du noch Humor hattest.«

»Tut mir leid, Lucy.« Er griff nach meinem Arm, aber ich schüttelte seine Hand ab und ging aus der Küche.

Tränen traten mir in die Augen. Das machte mir wirklich angst, weil ich *nie* weinte – außer wenn ich meine Tage kriegte, und das zählt nicht. Oder, wenn im Fernsehen eine Sendung über siamesische Zwillinge lief, deren einer beim Versuch, sie zu trennen, gestorben war. Oder wenn ich alte Leute allein die Straße entlangschlurfen sah. Oder als ich ins Wohnzimmer kam und alle über mich herfielen, weil ich die sauberen Gläser nicht mitgebracht hatte. So eine Schweinebande!

Obwohl Meredia, Jed, Megan, Dennis, Charlotte und Simon in meinem Leben eine so bedeutende Rolle spielten, war es unbestreitbar Gus' Sommer.

Von dem Augenblick an, da er nach den drei Wochen zurückgekehrt war, trennten wir uns kaum noch.

Gelegentlich unternahm ich halbherzige Versuche, einen Abend allein zu verbringen – nicht, weil mir danach war, sondern weil ich das Gefühl hatte, das werde von mir erwartet.

Ich mußte so tun, als wäre ich unabhängig, als hätte ich ein eigenes Leben; dabei genoß ich alles, was ich ohne Gus erlebte, mit ihm zusammen noch mehr. Und ihm ging es genauso.

»Heute abend können wir uns nicht sehen«, sagte ich manchmal. »Ich muß Wäsche waschen und dieses und jenes erledigen.«

»Aber Lucy«, jammerte er dann. »Du wirst mir fehlen.«

»Wir sehen uns doch morgen«, sagte ich mit gespieltem Ärger, während ich in Wirklichkeit entzückt war. »Du kannst doch bestimmt eine Nacht ohne mich überleben.«

Aber jedes Mal tauchte er spätestens um neun vor meiner Wohnung auf, wobei er sich vergebens bemühte, einen beschämten Eindruck zu erwecken.

»Tut mir leid, Lucy«, sagte er mit kläglichem Lächeln. »Ich weiß, daß du allein sein willst. Aber ich mußte dich einfach sehen, und wenn es nur fünf Minuten sind. Ich geh dann auch gleich wieder.«

»Nein, bleib«, sagte ich jedes Mal, was ihm sicher von vornherein klar gewesen war.

Es beunruhigte mich, daß ich es als verschwendete Zeit ansah, nicht mit Gus zusammen zu sein.

Zwar gab ich mir Mühe, das nicht zu zeigen, aber ich war verrückt nach ihm. Nach der vielen Zeit zu urteilen, die er mit mir verbrachte, schien auch er nach mir verrückt zu sein.

Der einzige Haken, sofern man das als Haken bezeichnen kann, war, daß er mir seine Liebe noch nicht gestanden hatte. Die Worte »Ich liebe dich« hatte ich von ihm bisher nicht gehört. Ich grämte mich deswegen nicht weiter – jedenfalls nicht besonders –, wußte ich doch, daß die üblichen Regeln bei Gus keine Gültigkeit hatten. Vermutlich liebte er mich und hatte einfach nicht daran gedacht, mir das zu sagen. Er war nun einmal, wie er war. Trotzdem hielt ich es für klüger, ihm nicht zu sagen, daß ich *ihn* liebte – obwohl das der Fall war –, bis er es mir sagte. Es wäre unvernünftig gewesen, voreilig zu sein. Immerhin war es möglich, wenn auch unwahrscheinlich, daß er mich *nicht* liebte, und etwas Peinlicheres gibt es ja wohl nicht.

Gern hätte ich mit ihm über unsere Beziehung gesprochen, beispielsweise über unsere gemeinsame Zukunft, aber er schnitt das Thema nie an, und mir war es unangenehm, davon anzufangen.

Ich mußte Geduld haben, aber das Warten fiel mir schwer. Wenn mir manchmal Zweifel oder Befürchtungen kamen, erinnerte ich mich an Mrs. Nolans Voraussage und dachte daran, daß ich in die Zukunft gesehen hatte und diese Zukunft Gus hieß. (Der Klugscheißer Daniel pflegte zu sagen, daß ich die Zukunft gesehen hatte, und daß die Zukunft soff.)

Ich tröstete mich damit, daß Geduld eine Tugend ist, man mit Geduld und Spucke eine Mucke fängt, oder mit den Worten des Dichters: ›Warten, warten, wenn das Herz auch bricht‹. Dafür übersah ich großzügig die Spruchweisheit, die mich dazu drängte, das Eisen zu schmieden, solange es heiß war, und dachte nicht daran, daß Hoffen und Harren manchen zum Narren macht und daß Stillstand Rückschritt bedeutet.

Ich kann mich nicht erinnern, mir während jenes wunderbaren goldenen Sommers große Sorgen über meine Zukunft mit Gus gemacht zu haben. Damals war ich *überzeugt*, glücklich zu sein, und das genügte mir.

51

Der Vormittag des zwölften Augusts schien sich nicht von all den strahlenden Vormittagen zu unterscheiden, die ihm vorausgegangen waren. Mit einer wichtigen Ausnahme – Gus stand vor mir auf.

Wie ungewöhnlich das war, kann man unmöglich übertreiben darstellen. Wenn ich morgens zur Arbeit ging, schlief Gus sonst tief und fest. Irgendwann im Laufe des Tages, viel, *viel* später, verließ er das Haus und zog die Tür hinter sich ins Schloß, nicht ohne zuvor einige Telefongespräche nach Donegal geführt und buchstäblich alles vertilgt zu haben, was sich im Kühlschrank befand. Weil die Wohnung nicht abgeschlossen war und beutelüsternen Einbrechern ein leichtes Ziel bot, kam es an solchen Tagen immer zu heftigen Auseinandersetzungen mit Karen, sobald sie nach Hause kam. Allerdings kam sie nur noch selten.

Auf keinen Fall konnte ich Gus die Wohnungsschlüssel geben. Das hätte er unter Umständen als unmißverständliche Anspielung auf ein ständiges Zusammenleben aufgefaßt, und ich wollte ihn keinesfalls verschrecken.

Karen tröstete ich mit dem Hinweis auf das in unserer Wohnung herrschende Chaos. Bei diesem Anblick würden Einbrecher, *falls* welche kämen, sicherlich sofort annehmen, es seien gerade erst Kollegen dagewesen. Vermutlich würden wir sogar bei unserer Rückkehr im Wohnzimmer einen neuen Fernseher und eine neue Stereoanlage vorfinden, erklärte ich Karen, die angesichts meiner lebhaften Schilderung zweifelnd die Brauen hob.

Als nun Gus an jenem Morgen früher aufstand als ich, begannen in meinem Kopf sofort die Alarmglocken zu läuten.

Er saß auf der Bettkante und sagte beiläufig, während er sich die Schuhe anzog: »Weißt du, das wird ein bißchen belastend.«

»Hm, möglich«, sagte ich, noch zu schläfrig, um meine innere Unruhe zu erkennen.

Im nächsten Augenblick aber begriff ich, daß er nicht einfach vor sich hin plauderte, denn er sagte: »Wir sollten meiner Ansicht nach mal 'nen Gang zurückschalten.«

Nach seinem Satz »Das wird ein bißchen belastend« hatten Schäferhunde angefangen, am Schutzzaun zu bellen. Vor allem das Wort »belastend« versetzte sie in Alarm. Als er dann noch »Wir sollten meiner Ansicht nach mal 'nen Gang zurückschalten« sagte, heulten die Sirenen, und die Lichtkegel der Suchscheinwerfer bestrichen das ganze Gelände.

Noch als ich mich im Bett umdrehte und mich aufzusetzen versuchte, hörte ich eine Stimme in meinem Kopf sagen: ›Wir haben einen Notfall. Freund unternimmt Fluchtversuch. Ich wiederhole, Freund unternimmt Fluchtversuch.‹

Ich kam mir vor wie in einem Fahrstuhl, der mit gefährlicher Geschwindigkeit in die Tiefe raste. Schließlich weiß jede Frau, daß im Munde eines Mannes Sprüche wie »'nen Gang zurückschalten« oder einander »nicht mehr so oft sehen« gleichbedeutend sind mit »Sieh mich noch mal gut an; es ist nämlich deine letzte Gelegenheit.«

Ich hoffte seiner Miene entnehmen zu können, was gespielt wurde. Aber er sah mich nicht an und hielt den schwarzen Lockenkopf über die Füße gebeugt, während er sich mit noch nie dagewesenem Eifer die Schuhe zuband.

»Steckt da was dahinter, was du nicht sagen willst?«

»Wir sollten uns vielleicht 'ne kleine Pause gönnen«, murmelte er. Es klang, als hätte jemand es mit ihm einstudiert, als läse er es unbeholfen von einem Teleprompter ab. Es sah aus, als läse er es von seinen Schuhen ab. Damals allerdings war ich so erschüttert von der Bedeutung seiner Worte, daß mir nicht weiter auffiel, wie wenig solche Äußerungen in sein Repertoire paßten. Allein schon, daß er sich die Mühe machte, mir das Ende unserer Beziehung anzukündigen, hätte mich stutzig machen müssen, denn das entsprach ganz und gar nicht seiner sonstigen Art.

»Aber warum nur?« fragte ich entsetzt. »Was ist passiert? Was hat sich geändert?«

»Nichts.«

Schließlich hob er nervös den Kopf. Seine Schuhe hatte er bestimmt vierzigmal zu- und wieder aufgeschnürt. Als sein verstohlener Blick mein Gesicht traf, wirkte er den Bruchteil einer Sekunde schuldbewußt, dann platzte er heraus: »Es ist deine Schuld, Lucy. Du hättest dich da nicht so reinsteigern sollen und nicht zulassen dürfen, daß die Sache so ernst wird.«

Ich hatte nicht geahnt, daß Gus, wenn es um die Beendigung einer Beziehung ging, zur Schule derer gehörte, die den Angriff für die beste Verteidigung halten. Eher hätte ich angenommen, daß er einer von denen war, die sang- und klanglos von der Bildfläche verschwinden.

Vor Benommenheit kam mir nicht einmal der Gedanke, ihn daran zu erinnern, daß schließlich er es gewesen war, der mich keine einzige Nacht allein gelassen hatte. Nicht einmal die Beine hatte ich mir enthaaren können, ohne daß er die Badezimmertür belagerte und mir durch sie hindurch zubrüllte, ich fehle ihm. Er hatte gewollt, daß ich ihm etwas vorsang und ständig gefragt, wie lange ich noch brauchen würde.

Aber den Luxus, wütend auf ihn zu sein, konnte ich mir nicht leisten. Das mußte warten.

Während ich herumstotterte und aufzustehen versuchte, schob er sich zur Tür und hob zum Abschied die Hand.

»Ich geh jetzt, Lucy. Mach's gut! Wünsch mir Glück auf dem Weg.« Seine Stimme klang munter und zuversichtlich, und er schien mit jedem Zentimeter, den er zwischen sich und mich legte, munterer und zuversichtlicher zu werden.

»Nein, Gus. Bitte warte. Wir wollen darüber sprechen. Bitte, Gus.«

»Ich muß jetzt gehen.«

»Warum hast du es denn so eilig?«

»So ist das nun mal.«

»Könnten wir uns nicht irgendwann noch mal zusammensetzen? Ich versteh das Ganze nicht. Bitte sprich mit mir darüber.« Er sah gekränkt und verdrießlich drein.

»Wir könnten uns doch nach Feierabend treffen«, schlug ich vor, während ich mich um Gelassenheit bemühte und darauf bedacht war, in meiner Stimme jeden hysterischen Anflug zu vermeiden. Nach wie vor sagte er nichts.

»Bitte, Gus«, wiederholte ich.

»Na schön«, murmelte er und schob sich aus dem Zimmer. Dann fiel die Wohnungstür ins Schloß. Er war fort, und ich fragte mich, nach wie vor im Halbschlaf, ob das ein Alptraum war. Es war noch nicht einmal acht Uhr.

So benommen war ich gewesen, daß mir nicht eingefallen war, mich vor die Tür zu werfen, um ihn am Gehen zu hindern. Als mir der Gedanke nachträglich kam, war ich nicht dankbar, sondern wütend.

Irgendwie schaffte ich es bis ins Büro, leistete dort allerdings nicht viel. Ich kam mir wie jemand vor, der unter Wasser watet – alles war gedämpft, undeutlich, geschah wie in Zeitlupe. Stimmen drangen von weit her zu mir und klangen verzerrt. Ich konnte sie nicht wirklich hören und mich nicht auf das konzentrieren, was sie von mir wollten.

Mit quälender Langsamkeit schlich der Tag dem Feierabend entgegen.

Hin und wieder konnte ich einen klaren Gedanken fassen. Das war dann einerseits so, als bräche die Sonne durch die Wolken, zugleich aber schlugen die Wogen der Panik in solchen Augenblicken über mir zusammen. *Was tue ich nur, wenn er nicht kommt?* fragte ich mich voll Entsetzen.

Er muß kommen, sagte ich mir verzweifelt vor. Ich *mußte* mit ihm sprechen, in Erfahrung bringen, was nicht in Ordnung war.

Am schlimmsten war, daß ich niemandem im Büro sagen konnte, was mir fehlte. Gus verließ ja nicht nur mich, sondern auch Jed, Meredia und Megan, und ich fürchtete, sie würden verletzt sein. Außerdem hatte ich Angst, daß sie die Schuld bei mir suchen würden.

Benommen verbrachte ich den Tag wie unter einer Käseglocke. Man erwartete von mir, daß ich Kunden anrief und ihnen drohte, daß wir sie verklagen würden, wenn sie nicht bald zahlten, dabei befand ich mich in einer anderen Welt, in der nichts zählte außer Gus.

Warum meint er, daß die Sache zu ernst geworden ist? fragte ich mich – davon abgesehen, daß es sich tatsächlich so verhielt. Doch was war daran seiner Ansicht nach nicht in Ordnung?

Ich bemühte mich, meine Arbeit zu tun, aber sie war mir eigentlich egal. Wen kümmerte es, daß die Firma Heißer Reifen das ihr eingeräumte Zahlungsziel von zwanzig Tagen um etwa zwei Jahre überschritten hatte? Mir war das alles herzlich gleichgültig. Ich mußte mich um wichtigere und bedeutendere Dinge kümmern. Was für eine Rolle spielte es, daß die Firma Felge und Speiche bankrott gemacht hatte und uns noch Tausende von Pfund schuldete? Was war das, verglichen mit meiner Herzensqual?

Die Sinnlosigkeit meiner Arbeit wurde mir immer besonders bewußt, wenn ich Liebeskummer hatte. In einer solchen Situation neigte ich zum Nihilismus.

Ich quälte mich durch die Anrufe. Während ich halbherzig Kunden androhte, sie zu verklagen und vor Gericht jeden Pfennig aus ihnen herauszuholen, den sie besaßen, dachte ich: »In hundert Jahren ist das *alles* einerlei.«

Mehrere Jahrtausende später schleppte sich der Tag endlich seinem Ende entgegen.

Um fünf Uhr war Gus nicht gekommen. Verzweifelt wartete ich bis halb sieben, weil ich nicht wußte, was ich mit mir selbst, meiner Zeit und meinem Leben anstellen sollte.

Ich hatte gar keine andere Möglichkeit, als auf ihn zu warten. Aber er kam nicht. Natürlich nicht.

Noch während ich überlegte, was ich als nächstes tun würde, verdichtete sich eine verschwommene Vorstellung, die verhängnisvoll im Hintergrund meines Bewußtseins gelauert hatte, zu angstvoller Gewißheit: ich wußte nicht, wo Gus wohnte.

Wenn er nicht kam, konnte ich auch nicht zu ihm gehen. Ich besaß weder seine Telefonnummer noch seine Adresse.

Er hatte mich nie mit zu sich genommen. Was auch immer wir gemacht hatten – ob schlafen, fernsehen oder bumsen –, war in meiner Wohnung geschehen. Ich hatte gewußt, daß es nicht richtig war, aber jeden Vorschlag, zu ihm zu gehen, hatte er mit den aberwitzigsten Ausflüchten abgewimmelt. Sie waren so lachhaft gewesen, daß mir nachträglich graute, wenn ich daran dachte, wie bedenkenlos ich sie hingenommen hatte.

Ich hätte nicht so nachgiebig sein dürfen, dachte ich verzweifelt. Ich hätte darauf *bestehen* müssen. Wäre ich ein wenig anspruchsvoller gewesen, säße ich jetzt nicht so im Schlamassel. Zumindest wüßte ich, wo ich ihn finden könnte.

Mein Leichtsinn erschien mir unvorstellbar – kannte ich denn überhaupt kein *Mißtrauen*?

Während ich darüber nachdachte, fiel mir ein, daß ich durchaus oft mißtrauisch war. Weil es aber die friedliche Oberfläche meines Glücks zu trüben drohte, hatte ich es weggeschoben.

Ich hatte Gus eine Menge durchgehen lassen, immer mit der alles verzeihenden Erklärung, er sei etwas Besonderes und ein Exzentriker. Jetzt, da er verschwunden war, konnte ich meine eigene Einfalt kaum fassen.

Hätte ich in der Zeitung gelesen, daß eine junge Frau (fast) fünf Monate lang mit einem Kerl zusammen war (wenn man die drei Wochen im Mai mitzählt, in denen er verschwunden war), ohne auch nur zu wissen, wo er wohnte, ich hätte sie als Schwachsinnige bezeichnet, die ihr Schicksal verdient hatte. Oder vielleicht auch nicht.

Aber die Wirklichkeit war so ganz anders gewesen. Ich hatte mich ganz bewußt zurückgenommen, um Gus nicht zu vertreiben. Ohnehin hatte ich geglaubt, es gebe keinen Anlaß, die Sache zu forcieren, denn schließlich hatte er ganz den Anschein erweckt, als *läge* ihm an mir.

Das Bewußtsein, ihn nicht erreichen zu können, war mir unerträglich, vor allem, weil ich selbst daran schuld war.

Während der nächsten endlosen höllischen Tage tauchte er nicht wieder auf. Ich ließ jede Hoffnung fahren, ihn wiederzusehen, denn mir war etwas Entsetzliches aufgegangen: Im Grunde hatte ich damit *gerechnet*, daß er mich verlassen würde. Solange wir zusammen waren, hatte ich letztlich darauf gewartet.

Mein idyllischer Sommer gründete auf Lug und Trug. Im Rückblick konnte ich die unter der ruhigen und besonnten Oberfläche verborgenen Spannungen erkennen.

Nach Gus' dreiwöchigem Verschwinden hatte ich mich nie wirklich sicher gefühlt. Ich hatte so *getan*, als fühlte ich mich sicher, weil das angenehmer war. Aber es war nie wieder so gewesen wie vorher. Durch die geänderte Situation hatte er alle Trümpfe in der Hand gehabt – er hatte mich respektlos behandelt, und ich hatte ihm das durchgehen lassen. Ich hatte ihm freie Hand gegeben, schlecht mit mir umzugehen.

Dabei hatte er sich noch vergleichsweise anständig verhalten und mir nie offen gezeigt, daß ich letzten Endes nichts anderes war als seine Geisel. Doch die Drohung hatte fortwährend im Hintergrund gelauert – er hatte mich schon einmal verlassen und konnte es jederzeit wieder tun, wenn ihm danach war. Diese Möglichkeit hatte er wie eine Waffe gehandhabt.

Zwischen Gus und mir hatte ein verdeckter Machtkampf stattgefunden. Er hatte mit dem Feuer gespielt, und ich hatte so getan, als ob mir das nichts ausmachte. Wie lange konnte er mich bei einer Party allein lassen, bis ich wütend wurde? Um welche Beträge konnte er mich »anpumpen«, bevor ich mich weigerte, ihm weiterhin Geld zu »leihen«? Wie heftig durfte er mit Megan flirten, wie oft mußte er ihr übers Haar streichen, bis mein gefrorenes Lächeln verschwand?

Die aufgestaute Furcht hatte einen Großteil meiner Energie verbraucht – ständig war ich seinetwegen in Sorge, war unruhig. Jedes Mal, wenn er gesagt hatte, er wolle mich abholen oder irgendwo treffen, waren meine Nerven zum Zerreißen gespannt gewesen, bis er endlich aufgetaucht war.

Dennoch hatte ich alle meine Fragen unter der Oberfläche gehalten und nicht zugelassen, daß sie ans Tageslicht kamen und alles verdarben.

Ich hatte Risse zugekleistert, Befürchtungen unterdrückt und Beleidigungen hinuntergeschluckt, weil ich es der Mühe wert gehalten hatte. Und so hatte es auch ausgesehen, denn Gus und ich waren – zumindest nach außen hin – glücklich gewesen.

Aber jetzt, da er fort war, merkte ich, daß jedes Zusammensein mit ihm von der Furcht überschattet gewesen war, es könnte das letzte Mal sein. Mich hatte eine Art Verzweiflung erfüllt, ein Bedürfnis, möglichst viel herauszuschlagen, in mein Leben so viel Gus wie irgend möglich zu stopfen und davon zu zehren, wenn er wieder auf und davon ging.

52

Irgendwann mußte ich den anderen im Büro erklären, daß die Sache mit Gus und mir aus war. Es war grauenvoll. Jed und Meredia nahmen es ausgesprochen schlecht auf – wie Kinder, die gerade herausgefunden haben, daß es keinen Nikolaus gibt.

»Mag uns Gus nicht mehr?« fragte Meredia mit gesenktem Kopf und leiser Stimme. Dabei zupfte sie an ihrem Rock herum, der die Größe eines Bierzeltes hatte.

»Doch, natürlich«, versicherte ich ihr mit Nachdruck.

»Liegt es an uns?« fragte Jed und sah so bekümmert drein wie ein Vierjähriger. »Haben wir was falsch gemacht?«

»Natürlich nicht«, sagte ich munter. »Gus und ich können nicht mehr zusammen sein, aber ...«

Ich hörte gerade noch rechtzeitig auf, bevor ich mich hinsetzte und die beiden in die Arme nahm, um ihnen liebevoll zu erklären: »Manchmal hören Erwachsene auf, einander gern zu haben, und das ist sehr traurig, heißt aber nicht, daß Gus euch beide nicht immer noch sehr, sehr gern hat.«

Statt dessen rief ich mit tränenerstickter Stimme aus: »Ihr seid nicht die Kinder eines Ehepaars, das sich scheiden läßt, also hört um Gottes willen auf, so zu tun!« Ein wenig gefaßter erinnerte ich sie: »Es ist *meine* Tragödie.«

»Vielleicht können wir ihn ja noch ab und zu sehen«, wandte sich Jed an Meredia. »Lucy braucht ja nicht dabei zu sein.«

»Vielen Dank«, sagte ich. »Als nächstes wollt ihr wahrscheinlich euer Besuchsrecht bei ihm mit mir aushandeln.« Miese Verräterschweine!

Megan, der Gefühle fremd waren, sagte knapp und mit einer wegwerfenden Handbewegung: »Ohne diesen Verlierertyp bist du eh besser dran.«

Natürlich hatte sie recht. Aber es fiel mir schwer, dafür dankbar zu sein. Von dem plötzlichen Verlust benommen torkelte ich wie ein angeschlagener Boxer durch das Leben.

Gus' unerwarteter Weggang hatte mir einen Schock versetzt, denn nicht der kleinste Hinweis hatte angedeutet, daß sein Interesse an mir erlahmt wäre. Bis zu den letzten Minuten hatte er den Eindruck erweckt, glücklich zu sein.

Dazu hat er auch allen Grund, dachte ich mit einem Anflug von Selbstgerechtigkeit. Ich hatte mir wahrhaftig genug Mühe gegeben, ihm ein herrliches Leben zu bereiten.

Natürlich suchte ich den Fehler bei mir selbst, weil ich unter dem doppelten Nachteil litt, eine Frau zu sein und ein unterentwickeltes Selbstbewußtsein zu besitzen. Warum war er gegangen? Was hatte ich getan? Was hatte ich nicht getan?

Hätte ich es doch nur gewußt, dachte ich hilflos, *dann hätte ich mir mehr Mühe geben können*. Offen gestanden war das kaum möglich.

Am schlimmsten aber war, was mir bei Trennungen *immer* am schwersten erträglich schien – daß ich von einem Augenblick auf den anderen so viel Zeit hatte. Wie beim vorigen Mal, als er verschwunden war, tat sich ein Abgrund von Zeit vor mir auf. Man hatte mir eine ganze vierte Dimension gegeben, die ich nicht schnell genug loswerden konnte, ein Faß ohne Boden voll sich endlos dehnender Abende.

Ich konnte mich nicht erinnern, daß es je so schlimm gewesen war, aber wahrscheinlich dachte ich das jedesmal, wenn mein Herz gebrochen war.

Um einen Teil meiner überschüssigen Stunden und Minuten abzuladen, ging ich fortwährend aus, versuchte mein Elend auf Parties zu verfeiern und loszuwerden. Ich *mußte* einfach – ich war viel zu durcheinander, als daß ich zum Nichtstun imstande gewesen wäre. Es war mir einfach unmöglich, stillzuhalten. Aber es nützte nichts, das scheußliche Empfinden verließ mich nie. Selbst wenn ich mit vielen glücklich lachenden Menschen in Kneipen herumsaß, spürte ich die panische Angst, die durch meine Adern jagte.

Es gab fast kein Entrinnen. Nachts fand ich nur wenige Stunden Schlaf. Das Einschlafen war nicht weiter schwierig, aber ich wurde ziemlich früh wach, um vier oder fünf Uhr, und konnte dann nicht mehr einschlafen. Ich ertrug es nicht, allein zu sein, aber es gab niemanden, dessen Gegenwart ich ausgehalten hätte. Wo auch immer ich mich befand, stets wollte ich irgendwo anders sein.

Ganz gleich, mit wem ich zusammen war, ganz gleich, was ich tat, ganz gleich, wo ich war – alles war falsch, ich wollte es nicht.

Jeden Abend saß ich mit vielen Menschen beisammen und fühlte mich entsetzlich einsam.

Einige Wochen verstrichen. Vielleicht ging es mir auch ein wenig besser, aber die Veränderung war zu unbedeutend, als daß ich sie wahrgenommen hätte.

»Du wirst schon sehen, du kommst über seinen Verlust weg«, sagte jeder voll Mitgefühl. Aber das wollte ich gar nicht. Nach wie vor hielt ich Gus für den lustigsten, klügsten und verlockendsten Mann, den ich je kennengelernt hatte oder je kennenlernen würde.

Er war mein Traummann. Wenn ich über ihn hinwegkam, ihn nicht mehr wollte, würde ich einen Teil meiner selbst verlieren. Ich wollte nicht, daß die Wunde vernarbte.

Mochten die anderen sagen, was sie wollten, mir war klar, daß ich nie über Gus hinwegkommen würde. Das Gefühl des Verlusts schmerzte so sehr, daß ich mir nicht vorstellen konnte, es nicht mehr zu spüren.

Außerdem dachte ich immer noch an Mrs. Nolan und ihre verdammte Voraussage. Es fiel mir schwer, all die Zeichen zu akzeptieren, die mich förmlich mit der Nase darauf stießen, daß Gus nicht der Richtige für mich sei, denn es war angenehmer zu glauben, es stehe in den Sternen, daß wir zusammengehörten.

»Was für ein Scheißkerl, dieser Gus, hä?« sagte Megan eines Tages während der Arbeit voll Munterkeit.

»Möglich«, stimmte ich höflich zu.

»Du willst mir doch nicht sagen, daß du ihn nicht haßt?« fragte sie empört.

»Ich hasse ihn nicht«, sagte ich. »Vielleicht sollte ich, aber ich hasse ihn nicht.«

»Warum nicht?« wollte sie wissen.

»Weil er nun mal so ist«, versuchte ich zu erklären. »Wenn du jemand liebst, mußt du dich damit abfinden, auch das Unzuverlässige an ihm zu lieben.«

Ich rechnete damit, daß mich Megan als kleines Mädchen und Waschlappen verspottete und verhöhnte. Und das tat sie auch.

»Sei doch nicht so blöd«, sagte sie lachend. »Du hast es dir selbst zuzuschreiben. Du hättest dir eben nichts von ihm gefallen lassen dürfen. Tieren wie Gus muß man zeigen, wer Herr im Haus ist. Man muß ihren Willen brechen.« Sie fügte hinzu: »Ich mach das immer so.«

Für jemanden wie Megan mochte das in Ordnung sein. Sie war auf einer Farm, noch dazu einer *australischen* Farm aufgewachsen und wußte daher alles, was man über das Knechten, Fesseln und Brechen eines Lebewesens wissen muß.

»Ich wollte ihn nicht *brechen*«, sagte ich. »Wenn er sich angepaßt verhalten hätte, wäre er nicht Gus gewesen.«

»Man kann nicht beides haben«, sagte Megan.

»Ich habe überhaupt nichts«, erinnerte ich sie.

»Ach komm, nimm's nicht so schwer. Du weinst ihm doch nicht etwa nach, oder?« fragte sie munter.

»Doch«, sagte ich geknickt, denn niemand hat Anlaß, auf einen solchen Mangel an Selbstachtung auch noch stolz zu sein.

»Ach was, das glaub ich nicht«, spottete sie.

»Doch.«

»Ehrlich?« Sie sah mich besorgt an.

»Ja.«

»Aber warum denn?« fragte sie.

»Weil ... weil ...« Ich rang um Worte. »Weil er so was Besonderes ist. Ich hab noch nie 'nen Mann wie ihn kennengelernt und werd auch nie wieder einen wie ihn ... *schnief* ... kennenlernen.«

Meine Stimme zitterte gefährlich, als ich »nie wieder« sagte, aber ich brachte es fertig, mich nicht über meinen Schreibtisch zu werfen und loszuschluchzen.

»Wenn er an deiner Tür auftauchte und dich bitten würde, ihn wieder aufzunehmen, würdest du ihm also verzeihen?« drang Megan weiter in mich.

Mir gefiel nicht, was sie da sagte. Vor meinem inneren Auge stand das verschwommene Bild einer schrecklich unglücklichen Frau, deren Kerl sie schlägt, ihr das Geld stiehlt und mit ihren Freundinnen ins Bett geht.

»Ich bin keine von den Frauen, die den Kerl immer wieder aufnehmen, der sie schlecht behandelt«, sagte ich leise.

»Das ist wirklich komisch«, sagte Megan, »denn du führst dich haargenau auf, als wärst du so eine.«

»Nur wenn es um Gus geht«, erklärte ich. »Ich täte das bei keinem anderen, dem ich je begegnet bin. Gus ist ein Sonderfall. Es ist der Mühe wert, für ihn eine Ausnahme zu machen.«

»Sieht ganz so aus«, sagte sie.

Ich empfand das sonderbare Bedürfnis, sie nach Strich und Faden zu verprügeln.

»Ach was«, sagte sie mit lauter Stimme, offenkundig glänzend gelaunt, »du kommst über ihn weg. In zwei Wochen weißt du nicht mal mehr, wie er hieß und was das alles sollte!«

53

Ich konnte das Kreischen drei Stockwerke tiefer hören, die schrecklichen Laute, wie sie ein gequältes Tier von sich gibt, eine Frau, die in den Wehen liegt oder ein Kind, das sich verbrüht hat.

Etwas Furchtbares mußte passiert sein. Während ich nach oben lief, merkte ich, daß das Klagegeschrei aus unserer Wohnung kamen.

»Ach, Lucy«, keuchte Charlotte, als ich zur Wohnungstür hineinstürmte. »Wie bin ich froh, daß du da bist.«

Sie hatte Glück. Ich war nur nach Hause gekommen, weil außer Barney und Slayer, den beiden Neandertalern aus der Poststelle, niemand bereit gewesen war, nach Feierabend ein Glas mit mir zu trinken.

»Was ist los?« fragte ich entsetzt.

»Es ist Karen«, sagte sie.

»Wo ist sie? Ist sie verletzt? Was ist los?«

Karen kam mit gerötetem und vom Weinen verquollenen Gesicht aus ihrem Zimmer gestürmt und schleuderte ein Glas an die Wand, daß die Scherben überall auf dem Flur umherflogen.

»Der verdammte Schweinehund!« kreischte sie immer wieder.

Es war nicht zu übersehen, daß mit ihr etwas ganz und gar nicht stimmte, aber zumindest schien ihr rein äußerlich nichts zu fehlen, abgesehen davon, daß ihre Haare einen Kamm hätten brauchen können und ihre Kleider durcheinander waren. Sie roch stark nach Alkohol.

Dann sah sie mich.

»Und du bist schuld, Sullivan, verdammtes Luder«, schrie sie.

»Woran soll ich schuld sein? Ich hab nichts getan«, begehrte ich auf und empfand zugleich Schuld und Angst.

»Doch. Du hast ihn ins Haus gebracht. Ohne dich hätte ich mich nie in ihn verliebt. Aber ich liebe ihn gar nicht, ich hasse ihn!« brüllte sie, lief in ihr Zimmer zurück und warf sich mit dem Gesicht nach unten auf ihr Bett.

Charlotte und ich folgten ihr.

»Hat es was mit Daniel zu tun?« fragte ich Charlotte flüsternd.

»Nimm den Namen nie wieder in den Mund!« kreischte Karen. »Ich will diesen Namen in unserer Wohnung nicht mehr hören.«

»Du weißt doch, daß du hier die alte Jungfer bist?« murmelte mir Charlotte zu. Ich nickte.

»Jetzt bist du nicht mehr allein.«

Es war also zum Bruch zwischen Daniel und Karen gekommen.

»Was ist passiert?« fragte ich Karen freundlich.

»Ich hab mit ihm Schluß gemacht«, schluchzte sie. Dabei griff sie nach einer schon gut halbleeren Flasche Kognak neben ihrem Bett und nahm einen kräftigen Schluck.

»Und warum?« fragte ich bestürzt. Ich hatte angenommen, sie hätte ihn wirklich geliebt.

»Vergiß das nie, Sullivan: *Ich* hab mit *ihm* Schluß gemacht, nicht er mit mir.«

»Wie du meinst«, sagte ich nervös. »Aber warum?«

»Weil ... weil ...« Wieder begannen ihr Tränen über das Gesicht zu laufen.

»Weil ... ich hab ihn gefragt, ob er mich liebt, und er hat gesagt ... er ... er ... er ...«

Geduldig warteten Charlotte und ich, bis sie fertig war.

»... hat NEIN gesagt«, brachte sie schließlich heraus und begann erneut mit dem entsetzlichen Gejammere.

»Er liebt mich nicht«, sagte sie und warf mir einen verschwommenen Blick aus weidwunden Augen zu. »Soll man das für möglich halten? Er sagt, er liebt mich nicht.«

»Wenn es dir hilft, Karen, ich kann dir nachfühlen, wie das ist. Gus hat erst vor zwei Wochen mit mir Schluß gemacht, weißt du das nicht mehr?«

»Sei doch nicht so blöd«, sagte sie mit belegter Stimme durch ihre Tränen. »Das mit Gus und dir war ja nicht ernst, aber das mit Daniel und mir schon.«

»Ich hab Gus sehr ernst genommen«, sagte ich steif.

»Schön dumm von dir«, sagte Karen. »Jeder konnte sehen, daß er unzuverlässig, flatterhaft und nicht normal war. Aber Daniel hat eine … eine … eine Bombenstellung.«

Erneut schluchzte sie so sehr, daß man ihre Worte nicht verstand. Es lief darauf hinaus, daß Daniel eine eigene Wohnung und einen teuren … etwa *Laden*?, ach so, einen teuren *Wagen* hatte.

»Mir passiert so was nicht«, schluchzte sie. »So war das nicht gedacht.«

»Es passiert uns allen«, sagte ich freundlich.

»Oh nein – mir nicht.«

»Karen, wirklich, es geht uns allen so«, beharrte ich. »Sieh doch, Gus und ich …«

»Hör bloß auf, mich mit *dir* zu vergleichen!« kreischte sie. »Ich bin ganz anders. Mit dir machen die Männer Schluß« sagte sie, und fügte hinzu, wobei sie zu Charlotte hinüber nickte, »und mit dir auch – aber nicht mit mir. Ich erlaube das nicht.«

Damit war Charlotte und mir der Mund gestopft.

»O Gott«, schluchzte Karen erneut los. »Wie kann ich mich jetzt noch bei meinen Leuten zeigen? Ich hab allen daheim in Schottland von Daniel erzählt und wieviel Geld er hat. Wir wollten hinfahren, und jetzt muß ich die Fahrt selbst bezahlen. Dabei hatte ich die himmlische Jacke bei Morgans kaufen wollen und kann das jetzt nicht mehr. Verdammter Schweinehund!« Wieder griff sie nach der Kognakflasche.

Es war ein sehr alter, teurer Kognak, wie ihn wohlhabende Geschäftsleute einander zu Weihnachten schenken, die Art Kognak, die man eigentlich gar nicht trinken soll, sondern als Prunk- und Schaustück ins Wohnzimmer stellt, eher ein Statussymbol als etwas, das man mit Ginger Ale mischt.

»Woher hast du den Kognak?« fragte ich Karen.

»Aus der Wohnung von dem Schweinehund mitgenommen«, sagte sie boshaft. »Ich hätte viel mehr mitnehmen sollen.« Dann liefen wieder die Tränen.

»Und es ist so eine schöne Wohnung«, klagte sie. »Ich wollte sie herrichten, wollte, daß er das schmiedeeiserne Bettgestell kauft, das ich in *Elle Décoration* gesehen hab. Er ist ein solcher verdammter Schweinehund.«

»Ja, ja, schon gut.«

»Wir müssen zusehen, daß sie nüchtern wird«, sagte ich.

»Wir könnten ihr was zu essen geben«, regte Charlotte an. »Ich könnte übrigens auch was brauchen.«

Aber wie üblich fand sich außer verdorbenem Magerjoghurt in der ganzen Wohnung nichts Eßbares.

Also gingen wir in die *Currykiste* und riefen unter den Angestellten Bestürzung und Verwirrung hervor, weil wir gewöhnlich nur am Sonntag kamen.

»Ich hätte schwören können, daß heute Montag ist«, sagte Pavel auf bangladeschi zu Karim, als wir drei hereinkamen und uns an unseren üblichen Tisch setzten.

»Ich auch«, stimmte Karim zu, »aber es ist wohl doch erst Sonntag. Fein, dann machen wir heute abend eine Stunde eher zu. Hol du den Wein, ich sag in der Küche Bescheid, daß sie da sind und der Koch die Tikka-Masala-Hühnchen fertigmachen kann. Heute haben sie uns wirklich bei einer Unaufmerksamkeit ertappt.«

»Können wir bitte eine Flasche von Ihrem Weißen haben?« fragte ich Machmud, aber Pavel war bereits hinter der Bar und entkorkte die Flasche. Wir aßen und tranken stets das gleiche – man brachte uns nicht mal mehr die Speisekarte, weil bekannt war, daß wir grundsätzlich eine Portion Gemüse-Biryani und zwei Portionen Tikka-Masala-Hühnchen mit Reis bestellten. Dazu tranken wir Weißwein. Nur die Zahl der Flaschen schwankte, aber es waren immer mindestens zwei.

Während wir auf das Essen warteten, erfuhren Charlotte und ich von Karen Einzelheiten über das, was zwischen ihr und Daniel vorgefallen war.

Sie war sich sicher gewesen, daß er sich in sie verliebt hatte und daß sie von ihm eine diesbezügliche Erklärung erwarten konnte. Dann hätten sie noch genug Zeit gehabt, vor der gemeinsamen Fahrt nach Schottland einen Verlobungsring zu kaufen, und hätten dann Karens Eltern die gute Neuigkeit eröffnet. Aber Daniel hatte sich, wie es schien, mit seiner Erklärung Zeit gelassen, und so hatte sie beschlossen, die Dinge ein wenig voranzutreiben, denn der Zeitpunkt ihrer Abreise rückte immer näher. In der festen Gewißheit, Daniel werde ja sagen, hatte sie ihn gefragt, ob er sie liebe. Unzufrieden mit seiner Antwort, er möge sie wirklich gern, hatte sie die Frage erneut gestellt.

Daraufhin hatte Daniel erklärt, er sei sehr gern mit ihr zusammen und sie sei sehr schön.

»Das weiß ich selber«, hatte sie ihm entrüstet geantwortet, »aber liebst du mich?«

»Wer weiß schon, was Liebe ist?« hatte Daniel gefragt. Bestimmt war ihm der Boden unter den Füßen immer heißer geworden.

»LIEBST DU MICH – ja oder nein?« hatte Karen wissen wollen.

Auf diese Frage hatte Daniel geantwortet: »Wenn du so fragst – nein.«

Schnitt: zerbrochene Träume, wilder Streit, Entwendung einer Flasche teuren Kognaks, ein Taxi wird gerufen, Karen äußert die Hoffnung, daß Daniel in der Hölle schmoren muß, verläßt seine Wohnung und trifft in unserer ein.

»Er ist ein verdammter Saukerl«, schluchzte sie.

Teilnahmsvoll nickten Machmud, Karim, Pavel und der andere, der Michael zu heißen behauptete. Sie hatten förmlich an Karens Lippen gehangen und jedes ihrer Worte mitbekommen. Pavel schien den Tränen nahe.

Karen stürzte ein Glas Wein hinunter, wobei ihr einige Tropfen über das Kinn liefen. Dann füllte sie das Glas erneut.

»Noch eine«, rief sie und fuchtelte mit der leeren Flasche zu der Gruppe von Kellnern hinüber.

Charlotte und ich wechselten einen Blick, der soviel hieß wie »Sie hat schon genug getrunken«, aber ihr das zu sagen hatten wir nicht den Mut.

Karim brachte Wein und murmelte, als er die Flasche auf den Tisch stellte: »Die geht auf Rechnung des Hauses, mit dem Ausdruck unseres tiefsten Bedauerns.«

Schließlich betranken Charlotte und ich uns ebenfalls. Indem wir so viel Wein tranken, wie wir nur konnten, versuchten wir zu erreichen, daß Karen nicht noch betrunkener wurde. Nur nützte das nichts, denn sie schrie nach der nächsten Flasche, kaum daß die zweite leer war, und so ging der Kreislauf fort und fort. Allerdings machte mir die Sache inzwischen Spaß.

Karen wurde immer betrunkener. Zweimal steckte sie ihre Zigarette am falschen Ende an, merkte nicht, daß ihr die Ärmel ins Essen hingen, schüttete ein Glas Wasser in mein Gemüse-Biryani und lallte: »Sah sowieso widerlich aus.«

Dann verdrehte sie zu meinem Entsetzen plötzlich die Augen und kippte langsam vornüber, bis sie mit dem Gesicht in ihrem Teller Tikka-Masala-Hühnchen mit Reis lag.

»Schnell, schnell, Charlotte«, sagte ich voll Panik. »Nimm ihr Gesicht aus dem Essen, sie erstickt sonst!«

Charlotte packte sie bei den Haaren und zog sie hoch, woraufhin sich Karen betrunken und verwirrt an sie wandte.

»Was zum Henker soll das?« wollte sie wissen. Sie hatte rote Masala-Soße auf der Stirn und Reiskörner im Haar.

»Karen, du bist ohnmächtig geworden«, keuchte ich. »Du bist in dein Essen gefallen. Wir bringen dich besser nach Hause.«

»Kommt überhaupt nicht in Frage«, lallte sie. »Davon ist kein Ton wahr. Mir ist die Zigarette runtergefallen, und ich mußte sie aufheben.«

»Ach so«, sagte ich erleichtert und zugleich beklommen.

»Totaler Quatsch«, knurrte Karen aggressiv. »Willze etwa sagen, daß ich nix vertrag?«

»Du da«, winkte sie Machmud. »Finnze mich 'traktiv? Na?«

»Sehr attraktiv«, stimmte er ihr begeistert zu. Er war wohl der Ansicht, das Glück sei ihm hold.

»Klar bin ich das«, sagte Karen. »Klar bin ich das.«

»Du aber nicht«, sagte sie zu Machmud. Dieser sah so gekränkt drein, daß ich ihm bei unserem Aufbruch mehr Trinkgeld gab als sonst. Ich mußte bezahlen, weil Charlotte in der Aufregung ihr Geld vergessen hatte. Karen hatte zwar einen Scheck schreiben wollen, konnte aber vor Trunkenheit den Stift nicht halten.

Wir schleppten sie nach Hause, zogen sie aus und legten sie ins Bett.

»Trink 'nen Schluck Wasser, Karen, sei brav, dann geht's dir morgen nicht so schlecht, wenn du wach wirst«, sagte Charlotte und schob ihr ein Halbliterglas mit Wasser unter die Nase. Charlotte selbst war gleichfalls alles andere als nüchtern.

»Ich will nie, nie, nie wieder wach werden«, sagte Karen.

Sie gab einige merkwürdige Jammerlaute von sich, und nach einer Weile begriff ich, daß sie sang. Zumindest hielt sie das, was sie tat, für Singen.

»Du bist so eingebild't... bestimmt meinze, daß das Lied über dich is. Glaub das bloß nich, glaub das bloß nich...« jaulte sie.

»*Bitte*, Karen«, flehte Charlotte und hielt ihr erneut das Glas Wasser hin.

»Stör mich nicht beim Singen. Ich sing von Daniel. Mach mit! Du bist so eingebild't, bestimmt meinze... daß das Lied über dich is. Mach schon«, sagte sie aggressiv. »Sing mit.«

»Bitte, Karen«, murmelte ich beschwichtigend.

»Komm mir bloß nicht so von oben herab«, sagte sie. »Sing schon mit, du bist so einge... Los, alle.«

»Äh, du bist so eingebildet«, sangen Charlotte und ich und kamen uns ziemlich bescheuert dabei vor. »Äh, bestimmt, meinst, du, daß das Lied über äh, dich...«

Sie sackte weg, bevor wir die erste Strophe beendet hatten.

»Ach, Lucy«, jammerte Charlotte. »Ich mach mir solche Sorgen.«

»Nicht nötig«, sagte ich beruhigend und mit einer Sicherheit, die ich nicht empfand. »Der geht's morgen bestimmt gut. Die ist sofort wieder voll da.«

»Nicht um sie mach ich mir Sorgen!« sagte Charlotte. »Um mich.«

»Wieso?«

»Erst geht Gus, dann Daniel. Was ist, wenn Simon der nächste ist?«

»Aber warum sollte er? Das ist doch keine ansteckende Krankheit?«

»Aber der Blitz schlägt immer dreimal ein«, sagte Charlotte und hatte ihr weiches rosa Gesicht vor Besorgnis in Falten gelegt.

»Vielleicht bei euch in Yorkshire«, sagte ich freundlich. »Hier in London brauchst du dir darüber keine grauen Haare wachsen zu lassen.«

»Hast recht«, sagte sie ein wenig munterer. »Außerdem hat Gus dich zweimal sitzen lassen, dann ist es jetzt mit Daniel und Karen schon das dritte Mal.«

»Wie schade, daß Gus nicht noch einmal mehr mit mir Schluß gemacht hat. Dann hätte ich Karen all den Ärger sparen können«, sagte ich ziemlich schroff.

»Nimm es dir nicht zu Herzen, Lucy«, sagte Charlotte. »Das konntest du ja nicht wissen.«

54

Und dann kam das dritte Mal.
So unbedarft Charlotte für gewöhnlich war, diesmal hatte ihr Instinkt sie nicht getrogen. Simon rief sie am Dienstag nicht im Büro an, was er sonst täglich tat, manchmal sogar zweimal.

Als sie ihn am Dienstag abend in seiner Wohnung anrief, war er nicht da, und sein im allgemeinen umgänglicher Mitbewohner gab sich maulfaul, als sie ihn fragte, wo Simon sein könnte. Er schien sich in seiner Haut nicht recht wohl zu fühlen.

»Ich hab ein sehr schlechtes Gefühl«, sagte Charlotte zu mir.

Sie rief Simon am Mittwoch im Büro an, aber er ging nicht an den Apparat. Statt dessen meldete sich eine Frau und erkundigte sich, mit wem sie spreche. Als Charlotte ihren Namen nannte, sagte die Frau: »Simon ist in einer Sitzung.«

Bei einem erneuten Anruf etwa eine Stunde später bekam sie dieselbe Antwort.

Daraufhin bat sie ihre Freundin Jennifer anzurufen, und mit einem Mal war Simon erreichbar. In dem Augenblick, in dem Simon »Hallo« sagte, gab Jennifer den Hörer an Charlotte weiter, und diese fragte: »Simon, was ist los? Gehst du mir aus dem Weg?«

Daraufhin lachte Simon nervös und sagte voll falscher Herzlichkeit: »Keineswegs, keineswegs!«

Charlotte sagte, in dem Augenblick sei ihr klar gewesen, daß etwas nicht stimmte, denn normalerweise hätte Simon das Wort ›keineswegs‹ nie und nimmer in den Mund genommen.

»Wir könnten uns doch zum Mittagessen treffen«, schlug Charlotte vor.

»Liebend gern«, sagte Simon. »Es ist aber leider völlig ausgeschlossen.«

»Warum redest du so?« fragte Charlotte.

»Wie?« fragte Simon.

»Wie einer von den blöden Säcken, die mit 'nem Handy durch die Gegend laufen«, sagte Charlotte.

(Das fand ich ziemlich lustig, weil ich mir Simon schon *immer* als einen von den blöden Säcken vorgestellt hatte, die mit einem Handy durch die Gegend laufen. Ich sagte es aber nicht, weil ich Charlotte nicht noch mehr aufregen wollte.)

»Keine Ahnung, wovon du redest«, sagte Simon.

Charlotte seufzte. »Na schön, dann heute abend.«

»Ich fürchte, das geht nicht«, sagte Simon.

»Warum nicht?«

»Geschäfte, Charlotte, Geschäfte«, sagte er.

»Aber du hattest noch nie Geschäfte«, sagte sie.

»Es gibt für alles ein erstes Mal«, sagte Simon aalglatt.

»Und wann *kann* ich dich sehen?« fragte Charlotte.

»Das sieht schlecht aus, Charlie«, sagte Simon. »Überhaupt nicht.«

»Bis wann?« fragte sie.

»Du machst es uns nicht leicht, was?« fragte er leichthin.

»Wovon redest du?«

»Gott im Himmel, ich sage, daß ich dich nicht treffen kann.«

»Warum nicht?«

»Weil's V-O-R-B-E-I ist, aus und vorbei.«

»Vorbei? Mit uns? Willst du sagen, mit *uns* ist es vorbei?« fragte sie.

»Bravo!« lachte er. »Endlich hast du es kapiert!«

»Und wann hättest du mir das gesagt?« fragte sie.

»Ich hab's doch grade eben getan, oder etwa nicht?« sagte er. Es klang ganz sachlich.

»Aber nur, weil ich dich angerufen hab. Hättest du es mir von dir aus gesagt oder gewartet, bis ich es selbst rausgekriegt hätte?«

»Du hättest es schon früh genug gemerkt«, sagte er.

»Aber warum nur?« fragte Charlotte mit zitternder Stimme. »*Magst* du mich nicht mehr?«

»Ach, Charlotte, mach dich nicht zum Narren«, sagte er. »Es war schön, es hat uns beiden Spaß gemacht, und jetzt hab ich 'ne andere gefunden, mit der ich Spaß habe.«

»Und was ist mit mir?« fragte Charlotte. »Mit wem soll ich Spaß haben?«

»Das ich nicht mein Problem«, sagte Simon. »Du wirst schon jemand kennenlernen. Mit *den* Titten dauert das bestimmt nicht lange.«

»Ich will aber nicht mit irgendeinem Spaß haben«, flehte Charlotte, »sondern nur mit dir.«

»Pech!« sagte er munter. »Deine Zeit ist abgelaufen. Sei nicht egoistisch, Charlie. Gönn den anderen Mädchen auch was.«

»Aber ich dachte, du magst mich«, sagte sie.

»Du hättest es eben nicht so ernst nehmen dürfen«, antwortete er.

»Es ist also Schluß?« fragte sie unter Tränen.

»So ist es«, bestätigte er.

»Er war wie ein Fremder«, sagte Charlotte später zu mir. »Ich dachte, ich hätte ihn gekannt. Ich dachte, ich hätte ihm was bedeutet. Ich fasse es einfach nicht – wie konnte er mich so mir nichts dir nichts fallen lassen? Vor allem versteh ich nicht, *warum*!« sagte sie immer wieder. »Was hab ich falsch gemacht? Warum mag er mich nicht mehr? Bin ich etwa dicker geworden? Was sagst du, Lucy? Oder hab ich zu sehr übers Büro gejammert? Wüßte ich das doch nur!«

Verwirrt schüttelte sie den Kopf. »Nichts ist so sonderbar wie Kerle«, seufzte sie.

Zumindest blieben ihr die Zwangsvorstellungen erspart, die uns kleinbusige verschmähte Frauen heimsuchen. In ihrem Mittelpunkt steht das mythische Wesen, das Frauen den Freund ausspannt, Das Weib Mit Den Größeren Brüsten, denn Charlotte war selbst *Das Weib Mit Den Größeren Brüsten*. Aber in jeder anderen Hinsicht zweifelte sie an sich.

Sie zwang Simon zu einem Treffen. Sie beschlich ihn mit einer Beharrlichkeit und Entschlossenheit, deren sie niemand für fähig gehalten hätte, der ihr rundes unschuldiges Gesicht sah. Sie wartete einige Tage lang bei Feierabend vor seinem Büro, bis er sich schließlich bereit erklärte, mit ihr ein Glas trinken zu gehen, in der Hoffnung, daß sie ihn dann in Ruhe ließe.

Aus einem Glas wurden mehrere, bis beide schließlich sehr betrunken waren. Darauf gingen sie in Simons Wohnung und dort miteinander ins Bett.

Am Morgen sagte Simon dann: »Das war sehr nett, Charlotte. Jetzt hör aber auf, vor meinem Büro rumzuhängen. Du machst es dir damit nur unnötig schwer.«

All das nahm sie ziemlich mit. So unerfahren war sie in Liebesdingen, daß sie annahm, sie würden ihre Beziehung fortsetzen, nur weil er mit ihr ins Bett gegangen war.

»Aber ... aber«, sagte sie. »Was ist mit gestern abend? Bedeutet dir das ni...?«

»NEIN, Charlotte«, fiel ihr Simon ungeduldig ins Wort. »Es hat mir nichts bedeutet. 'ne Nummer ist 'ne Nummer. Jetzt zieh dich an, laß dir auf dem Personalbüro deine Papiere geben und verschwinde.«

»Und das Schlimmste ist, Lucy«, klagte sie anschließend, »ich weiß *immer* noch nicht, warum er mit mir Schluß gemacht hat.«

»Warum denn nicht?« fragte ich.

»Ich hab vergessen, ihn zu fragen.«

»Was hast du denn die ganze Zeit gemacht?« fragte ich überrascht. »Ach, sag's mir lieber nicht, ich kann es mir denken.«

»Ich bin zu jung, um eine alte Jungfer zu sein«, klagte Charlotte.

»Dazu ist man nie zu jung«, belehrte ich sie voll Lebensweisheit.

55

Megan sollte in jener Woche ihre neue Arbeitsstelle antreten, aber es kam zu Komplikationen. Eigentlich war es nur eine Komplikation, nämlich Frank Erskines Geisteszustand.

Der Generaldirektor billigte das Verhalten eines seiner Direktoren nicht.

Er hielt Franks Ansinnen, eine neue Stelle für eine Shorts tragende anziehende gebräunte junge Frau zu schaffen, für einen peinlichen Ausrutscher eines Mannes in mittleren Jahren, der es hätte besser wissen müssen. Gerüchtweise hörte man in der Firma, er leide an einer Mischung aus Midlife-crisis und Nervenzusammenbruch und sei zu rationalen Entscheidungen nicht imstande.

Man brachte ihn – meinen Quellen in der Personalabteilung zufolge durchaus mit Nachdruck – dazu, sich aus Gesundheitsgründen längere Zeit zurückzuziehen. Zum Glück entschloß sich seine Frau, zu ihm zu stehen, und es gelang, die Presse aus der Sache herauszuhalten.

Die Unternehmensleitung erklärte, sie sei gern bereit, nach seiner Rückkehr – an der allgemein gezweifelt wurde – mit Megan über ihre Beförderung zu sprechen.

Bis dahin aber blieb sie dazu verdammt, in der Abteilung Kreditüberwachung zu schmoren. Meredia hätte sich vor Schadenfreude fast übergeben.

56

Uns allen dreien war das Herz schwer. Die Wohnung hätte mit schwarzen Tüchern ausgeschlagen gehört, und man hätte ein schwarzes Kreuz an die Eingangstür nageln müssen, als hätte die Pest uns alle miteinander niedergestreckt. Um uns herum war Trübsal, Krankheit und Tod.

Jedesmal wenn ich heimkam, erwartete ich vom Dachboden herab Orgelklänge zu hören, einen Totenchoral.

»Seit wir in diesem Haus wohnen, ist uns das Leben vergällt«, sagte ich, und die beiden anderen stimmten mir gramvoll zu. Dann fragte mich Charlotte, was »vergällt« bedeutet.

Obwohl noch Hochsommer war, herrschte bei uns trostloser liebeleerer Winter, sobald man den Fuß über die Schwelle setzte.

Eines Sonntagmittags gingen Karen und Charlotte in ein Pub, um sich zu betrinken und verspritzten Gift darüber, daß Simons und Daniels Penisse in Wahrheit ausgesprochen klein gewesen, es mit ihnen im Bett beschissen gewesen sei, keine von beiden je einen Orgasmus gehabt habe und sie ihn immer nur vorgetäuscht hätten.

Ich wäre liebend gern mit ihnen gegangen, doch hatte ich mir selbst Hausarrest gegeben.

Allmählich machte ich mir Sorgen über die Ausmaße, die mein Trinken während und nach der Gus-Zeit angenommen hatte, und ich versuchte dem zu entkommen.

Damals las ich gerade ein erstklassiges Buch über Frauen, die zu sehr lieben. Ich hatte es in einem Gebrauchtwarenladen gefunden und war erstaunt, daß es mir nicht schon früher in die Finger gefallen war, denn es trieb sich immerhin seit einem guten Jahrzehnt auf dem Markt herum. Es stammte also aus der Zeit, als ich gerade erst in die Welt der Erwachsenen eingetaucht und noch Anfängerin auf dem Gebiet der Neurosen gewesen war.

Das Telefon klingelte.

»Daniel«, sagte ich – denn er war es – »und was ist dein Begehr, alter Schürzenjäger?«

»Ist sie da, Lucy?« fragte er mit Verschwörerstimme.

»Wer?« fragte ich kalt.

»Karen.«

»Nein. Ich sag ihr aber gern, daß du angerufen hast. Mach dir aber keine zu großen Hoffnungen, daß sie dich zurückruft.«

»Sag ihr nichts von meinem Anruf«, bat er mich. Es klang besorgt. »Ich möchte mit dir sprechen.«

»Ich aber nicht mit dir«, gab ich zurück.

»Bitte, Lucy!«

»Vergiß es!« stieß ich hervor. »Ich weiß, wem ich Treue schulde. Du kannst nicht einfach mit meiner Freundin rummachen, ihr das Herz brechen und dann noch glauben, daß du dich an meinem Busen ausweinen kannst.«

Ich rechnete damit, daß er das zum Anlaß nehmen würde, sich über meinen Busen zu äußern. Doch nichts kam in der Richtung.

»Aber Lucy, du warst doch zuerst *meine* Freundin«, sagte er.

»Da hast du Pech gehabt«, antwortete ich. »Du kennst die Regeln – Junge lernt Mädchen kennen, Junge macht Schluß, Junge hat's bei ihren Mitbewohnerinnen bis in die Steinzeit und zurück verschissen.«

»Lucy«, sagte Daniel und klang sehr ernst. »Ich muß dir was sagen.«

»Tu's, aber schnell.«

»Ich hätte nie gedacht, daß ich das sagen würde, aber... aber... du *fehlst* mir.«

Ein Gefühl der Trauer durchfuhr mich wie ein Dolch. Allerdings war das bei mir nichts Ungewöhnliches.

»Du hast mich den ganzen Sommer nicht angerufen«, erinnerte ich ihn.

»Du mich auch nicht.«

»Wie denn? Du bist mit 'ner anderen gegangen, und die hätte mich umgebracht.«

»Du bist auch mit 'nem anderen gegangen«, sagte Daniel.

»Ha! Für dich war Gus ja wohl kaum eine Bedrohung, oder?«

»Das hast du gesagt.«

»Ich weiß, was du meinst«, sagte ich, und bei der Erinnerung an Gus gingen mir die Augen über. »Er ist zwar nicht besonders groß, kann aber sicher in einem Zweikampf seinen Mann stehen.«

»Das meinte ich nicht«, sagte Daniel. »Er braucht niemand zu schlagen, denn fünf Minuten seines öden Gesabbels genügen, um jeden Gegner zu lähmen.«

Ich war wütend. Was für eine bodenlose Frechheit, Gus als öde zu bezeichnen! Der Vorwurf war derart lachhaft, daß ich nicht einmal darüber streiten mochte.

»Tut mir leid«, sagte Daniel. »Das hätte ich nicht sagen dürfen. Gus ist wirklich lustig.«

»Meinst du das im Ernst?«

»Nein. Aber ich fürchte, daß du sonst auflegst und mich nicht sehen willst.«

»Damit hast du verdammt recht«, sagte ich. »Ich hab nicht die geringste Absicht, mich mit dir zu treffen.«

»Bitte, Lucy«, sagte er.

»Warum? Du bist so was von erbärmlich. Wahrscheinlich fehlt dir gerade eine Frau und dein Ego kommt nicht darüber weg. Also rufst du die gute alte Lucy an und …«

»Großer Gott«, klagte er. »Wenn ich es nötig hätte, was für mein Selbstbewußtsein zu tun, wärst du der letzte Mensch, zu dem ich ginge.«

»Und warum willst du dich dann mit mir treffen?«

»Weil du mir fehlst.«

Einen Augenblick lang fielen mir keine weiteren Kränkungen ein, die ich ihm um die Ohren schlagen konnte, und Daniel erkannte seine Chance.

»Ich langweile mich nicht«, sagte er ernst. »Ich bin nicht einsam, und mir ist nicht einfach nach weiblicher Gesellschaft. Ich brauch auch keine Stärkung meines Selbstbewußtseins. Ich möchte dich einfach sehen. Niemand als dich.«

Eine Pause trat ein. Seine Aufrichtigkeit ließ sich förmlich mit Händen greifen, und einen Augenblick lang hätte ich ihm fast Glauben geschenkt.

»Hör dich nur an«, sagte ich und lachte. »Du meinst, du kannst jede Frau, die dir über den Weg läuft, mit deinem Charme betören, was?«

Aber trotz all meiner großen Worte war da noch etwas anderes. Vielleicht Erleichterung? Ich würde zwar nicht sofort nachgeben, ihn aber auch nicht zurückweisen.

»Du weißt, daß deine üblichen Sprüche bei mir nicht verfangen«, erinnerte ich ihn.

»Ist mir wohlbekannt«, erklärte er. »Ich weiß auch, daß du gräßlich zu mir sein wirst, wenn du dich mit mir triffst.«

»Ach ja?«

»Du wirst mich als alten Charmeur titulieren und als … als …«

»Schleimer?« half ich ihm aus.

»Ja, als Schleimer. Und als Weiberhelden?«

»Natürlich – du hat ja keine Ahnung, was ich noch alles auf Lager hab.«

»Das ist in Ordnung.«

»Du bist krankhaft veranlagt, Daniel Watson.«

»Aber du triffst dich mit mir?«

»Weißt du … mir gefällt es hier.«

»Was tust du gerade?«

»Ich liege flach …«

»Das kannst du hier auch tun.«

»Und esse Schokolade …«

»Ich kauf dir so viel Schokolade, wie du willst.«

»Aber ich lese gerade ein wunderbares Buch. Du willst bestimmt, daß ich mit dir rede …«

»Will ich nicht. Versprochen.«

»Außerdem bin ich nicht zurechtgemacht und sehe verboten aus.«

»Na und?«

Mit meiner Frage: »Und wie soll ich zu dir kommen?« war klar, daß ich kapituliert hatte.

»Ich hol dich ab«, bot Daniel an. Bei diesen Worten warf ich den Kopf in den Nacken und stieß ein gezwungenes Lachen aus.

»Was ist daran so komisch?« fragte er.

»Sei doch realistisch«, sagte ich. »Was meinst du, wie sich Karen fühlt, wenn sie dein Auto vor unserem Haus sieht?«

»Ach so, natürlich«, murmelte er. Es klang beschämt. »Wie konnte ich nur so taktlos sein?«

»Sei kein Trottel«, spottete ich. »Daß du taktlos bist, weiß jeder – schließlich bist du ein Mann. Ich meine was ganz anderes. Wenn sie merkt, daß du hier warst, um dich mit mir und nicht mit ihr zu treffen, bringt sie dich um – und mich gleich mit«, fügte ich hinzu, plötzlich von der kalten Hand der Angst berührt.

»Tja, dann müssen wir uns was anderes ausdenken«, sagte Daniel. Ich erwartete, daß er erklärte, unter diesen Umständen könnten wir uns nicht treffen.

»Ich weiß«, sagte er eifrig. »Ich hol dich unten an der Ampel ab. Da sieht sie mich nie.«

»Daniel!« rief ich empört aus. »Wie kannst du... Na, von mir aus.«

Während ich mich fertigmachte, empfand ich ein Gefühl der Heimlichtuerei, das mich zugleich ängstigte und erregte.

Karen hatte mir nicht verboten, Daniel zu treffen. Jedenfalls nicht *ausdrücklich*. Doch natürlich erwartete sie von mir, daß ich ihn haßte, weil er sie so abscheulich behandelt hatte. Unsere Solidarität verlangte, daß eine für alle und alle für eine eintraten, wenn einer unserer Kerle eine von uns fallenließ. Wer es sich mit einer verdarb, mußte sich darüber klar sein, daß er es sich zugleich mit ihren Mitbewohnerinnen verdorben hatte.

Aber nach meinem Gespräch mit Daniel merkte ich, wie sehr er mir gefehlt hatte. Jetzt, da wir unsere Freundschaft erneuert zu haben schienen, durfte ich mir das eingestehen. Ich hatte das bittersüße Gefühl, das man empfindet, wenn man sich mit einem Menschen wieder verträgt.

Mit Daniel zusammensein bedeutete Lebensfreude, und die war zu jener Zeit bei uns ausgesprochen rar.

Ich hatte genug davon, daß Karen, Charlotte und ich ständig mit verkniffenem Gesicht herumzogen und kaum je etwas aßen – wir nahmen höchstens einmal einen Keks in die Hand, knabberten eine winzige Ecke davon herunter, legten ihn angewidert hin und vergaßen ihn vollständig.

Überdies setzten mir die gewalttätigen Filme zu, die sich Karen immer holte, Titel wie *Carrie* und *Verbotene Wonnen am Wochenende* und was ihr sonst über Frauen in die Hände fiel, die sich auf blutige und brutale Weise an Männern rächten.

Außerdem hatte Charlotte einen schlimmen Rückfall erlitten – wir hatten angenommen, nie wieder etwas von Christopher Plummer und seinen Schenkeln sehen oder hören zu müssen. Aber nein, sie hatte sich mit Schwung wieder auf *Meine Lieder – meine Träume* gestürzt und sah sich den Film immer dann an, wenn Karen den Bildschirm nicht gerade mit Blut- und Folterszenen belegte. Wenn irgend möglich, ging es dabei um Blut und Folter von *Männern*.

Ich hatte es satt, in einem Trauerhaus zu leben. Ich wollte ein rotes Kleid anziehen und auf Parties gehen.

Aber ich tat meinen Mitbewohnerinnen unrecht. Es war einfach das Glück der Dummen gewesen, daß ich von meinem Freund den Laufpaß eher bekommen hatte als Karen oder Charlotte von dem ihren, so daß ich auf dem Weg der Erholung einige Wochen Vorsprung hatte.

Wie rasch der Mensch doch vergißt! Zehn Tage war es erst her, daß ich heulend auf dem Sofa gesessen, die Fernbedienung in der Hand gehalten und mir die Liebesszene in *Terminator* angesehen hatte, in der er sagt: »Ich bin für dich durch die Zeit gereist«. Daraufhin hatte ich die Kassette zurückgespult und mir die Szene noch einmal angesehen. Zurückgespult und noch einmal angesehen. Zurückgespult und …

Man bekommt Angst, wenn man sieht, wozu ein Mensch mit gebrochenem Herzen fähig ist. Aber immerhin: Adrians Geschäft blühte.

Daniel sah sich unruhig und nervös um, während er an der Ampel in seinem Auto auf mich wartete.

»Mach dir keine Hoffnung, daß ich mit dir spreche«, sagte ich, als ich einstieg.

Ich mußte zugeben, daß er recht gut aussah, vorausgesetzt, man konnte dieser Art Mann etwas abgewinnen. Ich dankte meinem Schöpfer, daß ich es nicht konnte.

Statt wie sonst einen Anzug fürs Büro trug er ausgewaschene Jeans und einen wirklich schicken grauen Pulli.

Der ist wirklich hübsch, dachte ich, *vielleicht kann ich mir den mal ausleihen.*

Früher war mir nie aufgefallen, wie lang und dicht seine Wimpern waren – sie hätten, wie der graue Pulli, an mir viel besser ausgesehen.

Ich kam mir ein wenig schüchtern und linkisch vor. Unser letztes Zusammensein unter vier Augen war so lange her, daß ich vergessen hatte, wie ich mich verhalten mußte.

Nach dem warmen Gefühl der Zuneigung zu urteilen, das ich empfand, war ich wohl ziemlich froh, ihn zu sehen.

»Möchtest du fahren?« fragte er. Das Gefühl der Zuneigung wurde stärker.

»Darf ich?« stieß ich aufgeregt hervor. Ich hatte etwa ein Jahr zuvor den Führerschein gemacht, obwohl ich kein Auto hatte, keins brauchte und mir auch keins leisten konnte.

Ich hatte es getan, weil ich das Gefühl der Macht auskosten wollte – das gehörte auch zu den Versuchen, um mit meinem Leben ins reine zu kommen. Natürlich hatte es nicht geklappt. Aber ganz nebenbei hatte sich gezeigt, daß ich gern Auto fuhr. Und Daniel hatte einen tollen Sportwagen, der geradezu sexuelle Gelüste erweckte. Ich kannte die *Marke* nicht, denn schließlich bin ich eine Frau. Aber ich wußte, worauf es ankommt: daß er super aussah und irrsinnig schnell war. Frauen fuhren reihenweise darauf ab.

Um Daniel zu ärgern, nannte ich es das »Bumsmobil« oder den »Fickkarren« und sagte ihm, daß Mädchen nur wegen seines tollen fahrbaren Untersatzes mit ihm ausgingen.

Wir stiegen aus, um die Plätze zu tauschen, und er warf mir über das Dach hinweg die Schlüssel zu. Ich fuhr durch den Londoner Verkehr zu seiner Wohnung, und zum ersten Mal seit der letzten Nacht, die ich mit Gus im Bett verbracht hatte, ging es mir wieder gut.

Ganz unbeabsichtigt fuhr ich wie eine Verrückte. Ich hatte lange nicht mehr hinter einem Steuer gesessen. Wahrscheinlich zu lange.

Ich tat all die Dinge, die großartig aussehen, wenn man

einen schnellen Wagen fährt. So fuhr ich an Ampeln mit durchdrehenden Rädern an, so daß mir die anderen Fahrer voll Bitterkeit nachstarrten – das nannte man »jemandem den Auspuff zeigen«, wie Daniel sagte. Ich scherte knapp vor anderen Wagen ein – Daniel sagte, man nenne das »Schneiden«, und wenn wir im Stau standen, zwinkerte ich lächelnd gutaussehenden Männern in anderen Autos zu – Daniel sagte, man bezeichne solche Frauen als »schamlose Schlampen«.

Es entsetzte mich ziemlich, als mich Autofahrer beschimpften und wütend zu mir herübergestikulierten, nur weil ich ihnen den Auspuff zeigte und sie schnitt – jedenfalls zu Anfang. Aber schon bald gewöhnte ich mich an den Verhaltenscode auf der Straße. Als mich jemand schnitt, brüllte ich wütend »Wichser!«. Ich wollte das Fenster herunterdrehen, um ihm obszöne Zeichen zu machen, fand aber die Kurbel nicht.

Er fuhr mit ängstlicher Miene davon. Als hätte sich ein Nebel gelichtet, sah ich mich mit einem Mal so, wie ich auf andere wirken mußte – den Wichser nicht ausgenommen. Ich war entsetzt. Ich hatte nicht geahnt, daß ich so aggressiv sein konnte. Schlimmer, ich hatte nicht geahnt, daß mir das so großen Spaß machen würde.

Ich fürchtete, Daniel werde sich über mich ärgern – schließlich hätte der Kerl aussteigen und uns in blinder Wut angreifen können. Diese blinde Wut im Straßenverkehr war so in Mode gekommen, daß Männer fast zu glauben schienen, sie bekämen nicht genug Gegenwert für ihren Führerschein, wenn sie nicht mindestens einmal pro Woche nackt bis zu den Hüften im Stau anderen Verkehrsteilnehmern saftige Prügel anboten.

»Tut mir leid, Daniel«, murmelte ich und sah rasch zu ihm hinüber. Dabei merkte ich, daß er lachte. »Was für ein Gesicht der gemacht hat«, keuchte er. »Er konnte es nicht *fassen*.«

Er lachte, bis ihm die Tränen kamen und brachte schließlich heraus: »Der Knopf für die elektrischen Fensterheber ist übrigens da vorne.«

Als wir in die Straße einbogen, in der Daniel wohnte, und ich das Auto mehr als einen Meter vom Bordstein entfernt geparkt hatte, sagte ich: »Danke, Daniel. Ich hab seit vielen Wochen keinen so großen Spaß gehabt.« Ich fuhr nicht schlecht, aber parken konnte ich nicht besonders gut.

»Gern geschehen«, sagte er. »Du siehst gut darin aus. Du und der Wagen, ihr paßt zueinander.« Errötend lächelte ich, fühlte mich glücklich und zugleich ein wenig peinlich berührt.

»Aber es hat nicht lange genug gedauert«, klagte ich.

»Wenn du möchtest«, sagte er, »fahr ich am nächsten Wochenende mit dir aufs Land. Dann kannst du auf der Autobahn allen den Auspuff zeigen.«

»Mmm«, sagte ich unverbindlich. Etwas an der Art, wie er gesagt hatte »Ich fahr mit dir«, statt »Können wir fahren«, hatte mir ein eigenartiges Gefühl verursacht. Es war nicht gerade Nervosität... nun, vielleicht nicht *nur* Nervosität.

»Äh, Lucy...«

»Was?«

»Wärest du sehr gekränkt, wenn ich den Wagen ein bißchen, hm, näher an den Bordstein stellte?«

»Nein.« Mit einem Mal hatte ich das Bedürfnis, ihm zuzulächeln. »Nein, nicht im geringsten.«

57

Ich war schon ewig nicht mehr in Daniels Wohnung gewesen. Bei meinem letzten Besuch hatte es dort ausgesehen wie auf einer Baustelle, weil er versucht hatte, Regale aufzuhängen und der größte Teil der Wand eingebrochen war. Man hatte vor herabgefallenem Putz den Teppich kaum sehen können.

Diesmal hätte man kaum gewußt, daß man sich in der Wohnung eines Junggesellen befand – es sah dort weder aus wie auf einem Schrottplatz noch wie im Inneren einer Sporttasche. Weder standen kaputte Motorrad-Motoren auf dem Küchentisch, noch Spanplatten in der Diele, auf dem Sofa lagen keine Badmintonschläger, und auf dem Fernseher waren keine Federbälle aufgereiht.

Trotzdem möchte ich nicht den Eindruck erwecken, als wäre Daniels Wohnung *schön* gewesen. Seine Möbel waren ein bißchen sonderbar. Manche stammten von seinem älteren Bruder Paul, dessen Ehe in die Brüche gegangen war und der eine Stelle in Saudi-Arabien angenommen hatte; andere hatte er von seiner Oma geerbt, als sie sanft entschlummert war. Ich nehme an, das beste, was man über Daniels Einrichtung sagen konnte, war, daß sie nicht genug Charakter hatte, um abstoßend zu sein.

Hier und da gab es – wie Oasen in der Wüste – manches, das tatsächlich *nett* war: ein roter CD-Ständer, der wie eine Giraffe aussah, ein einzelner Kerzenhalter, Dinge von der Art, wie sie Simons Wohnung im Übermaß enthielt. Aber wenn man zu Simon sagte »hübsches Regal«, quittierte er das nicht mit einem einfachen »Danke«, sondern spulte ab »Hab ich aus dem Conran-Laden, ist von Ron Arad, limitierte Auflage, ist bald ein Vermögen wert«. Das stimmte wahrscheinlich alles, aber irgendwie fand ich es, na ja, *unmännlich*. Alles, was Simon umgab, hatte einen Stammbaum und eine reinrassige Abstammung, die er am liebsten bis zurück zu Le Corbusier oder dem Bauhaus verfolgte.

Simon sagte nie »Setz den Wasserkessel auf«, sondern »Schalte vorsichtig den türkisfarbenen emaillierten Knopf an meinem Edelstahl-Alessi-Pyramidenkessel ein. Er ist die Kopie eines Originals aus den fünfziger Jahren. Solltest du seiner schlanken Silberspitze auch nur ein Haar krümmen, bring ich dich mit dem größten aus meiner vollständigen Sammlung von echten Sabatier-Messern um.«

Wenn ich es nicht besser gewußt hätte, ich hätte geschworen, daß Simon schwul war. Er war von einer geradezu leidenschaftlichen Häuslichkeit, die ich – ob zu Recht oder zu Unrecht – für ein typisches Merkmal Homosexueller hielt.

Daniels Nette Dinge waren ein sonderbares Sammelsurium – manche sahen aus wie antike Stücke, während andere ultramodern waren und vor Neuheit nur so glänzten.

»Die Uhr gefällt mir«, sagte ich und nahm sie von einer affenscheußlichen Anrichte, die aus seiner Erbmasse stammte. »So eine hätte ich auch gern. Woher hast du sie?«

»Äh, von Ruth.«

»Oh.« Dann sah ich etwas anderes, das mir gefiel. »Und woher hast du diesen wunderschönen Spiegel?« stieß ich hervor und ging hinüber, um den grünen Holzrahmen voll Begierde zu berühren.

»Hm, von Karen«, sagte er verlegen. Das erklärte den Stilmischmasch in Daniels Wohnung – all seine Frauenbekanntschaften waren darauf aus gewesen, der Einrichtung ihren Stempel aufzudrücken, nur hatte ersichtlich jede einen anderen Geschmack gehabt.

»Wundert mich, daß sie den nicht zurückverlangt hat«, sagte ich.

»Hat sie«, gestand Daniel.

»Und wieso ist er noch da?«

»Sie hat aufgelegt, nachdem sie gesagt hatte, daß sie ihn zurückhaben wollte. Danach hat sie nicht mehr mit mir gesprochen, und ich hab keine Ahnung, wann ich ihn ihr vorbeibringen soll.«

»*Ich* könnte ihn heute abend mit nach Hause nehmen«, schlug ich begeistert vor und sah ihn schon vor meinem inneren Auge in meinem Zimmer hängen. »Ach nein, das geht nicht… dann würde sie wissen, daß ich hier war, und das wäre ihr wohl nicht recht.«

»Du darfst doch hier sein…« sagte Daniel. Aber ich achtete nicht auf ihn. *Ich* wußte das vielleicht, aber Karen würde das mit Sicherheit anders sehen.

»Und jetzt wollen wir uns mal den wichtigsten Raum im Hause ansehen«, sagte ich und machte mich zum Schlafzimmer auf. »Was hast du da Neues gekauft?«

Ich warf mich auf Daniels Bett und hopste ein wenig auf und ab. »Und hier geht es also ab?« fragte ich.

»Ich weiß nicht, wovon du redest«, murmelte er. »Es sei denn, du sprichst vom Schlafen.«

»Was ist denn das?« fragte ich und zupfte an seiner Daunendecke. »Die sieht verdächtig nach Habitat aus – ich dachte immer, Bumsmaschinen wie du hätten Felldecken auf dem Bett.«

»Doch, natürlich, aber nur als Tagesdecke, und ich hab sie abgenommen, als du gesagt hast, daß du kommen würdest. Außerdem hab ich den Spiegel von der Decke abmontiert. Leider hat die Zeit nicht gereicht, die Videokamera abzuschalten.«

»Du bist widerlich«, sagte ich lässig. Er lächelte ein wenig.

»Das muß man sich mal vorstellen«, sagte ich und sah von seinem Bett zu ihm auf. »Ich bin in Daniel Watsons Bett, na ja, *auf* seinem Bett, und das muß auch genügen. Hunderte von Frauen beneiden mich darum. Auf jeden Fall *zwei*«, fügte ich hinzu und dachte an Karen und Charlotte.

Dann tat ich, was ich immer tat, wenn ich in Daniels Schlafzimmer war.

»Rate, wer ich bin«, sagte ich, wälzte mich auf seinem Bett herum und gab Laute gespielter Verzückung von mir. Ich wartete darauf, daß er lachte, wie er das sonst tat, aber es kam nichts.

»Hast du es erraten?« fragte ich.

»Nein.«

»Dennis«, sagte ich triumphierend.

Er lächelte matt. Vielleicht hatte ich es einmal zu viel vorgeführt.

»Und wer ist gegenwärtig dein Betthäschen?« fragte ich, das Thema wechselnd.

»Das brauchst du nicht zu wissen.«

»*Gibt* es eins?«

»Nicht unbedingt.«

»Was? Willst du etwa sagen, daß du seit über vier Stunden auf eine Frau scharf bist und es noch nicht geschafft hast, sie mit deinem keuschen und knabenhaften Charme zu verführen? Du läßt nach«, rief ich aus.

»Muß wohl so sein.« Er lächelte nicht wie sonst, sondern ging einfach aus dem Zimmer. Das beunruhigte mich, und so sprang ich auf und lief ihm nach.

»Wie kommt es eigentlich, daß deine Wohnung so sauber und aufgeräumt ist?« fragte ich voll Mißtrauen, als wir wieder im Wohnzimmer waren.

Ich schämte mich, denn unsere Wohnung sah, trotz zahlreicher Aufräum- und Putzpläne, die Charlotte, Karen und ich aufstellten, wie eine Müllkippe aus.

Stets begannen wir voll guter Vorsätze, aber nach einem oder zwei Tagen erlahmte unser Eifer, und wir sagten beispielsweise: »Charlotte, wenn du für mich das Badezimmer putzt, leih ich dir am Freitag abend mein Wildlederkleid für die Party, zu der du eingeladen bist.« Oder »Verzieh dich, Karen, ich *hab* geputzt ... Ja, wie soll ich ein Scheuerkissen nehmen, wenn Charlotte sie alle verbraucht hat, um sich abzuschrubben, nachdem sie mit dem dämlichen Dänen geschlafen hatte ... Was kann ich dazu, daß nicht alles runtergegangen ist, ich hab mir jedenfalls Mühe gegeben.« Oder »Ich weiß, daß wir Sonntagabend haben und wir alle auf dem Sofa liegen und fernsehen wollen und so entspannt sind, daß wir fast im Koma sind, aber ich muß jetzt leider Staub saugen und deswegen müßt ihr beide aufstehen. Außerdem müssen wir den Fernseher abschalten, weil ich die Steckdose brauch ... He, schrei mich nicht an! Schrei mich bloß nicht an! Wenn es euch zu sehr stört, kann ich es ja lassen. Ich würde zwar gern Staub saugen, aber wenn ihr unbedingt meint, ich soll nicht ...«

Was wir wirklich gebraucht hätten, wäre jemand gewesen, der für ein paar Stunden pro Woche gegen Bezahlung zum

Putzen gekommen wäre, aber Karen stimmte den Vorschlag jedesmal nieder. »Warum sollen wir fremde Leute für was bezahlen, was wir ebensogut selbst machen können?« wollte sie wissen. »Wir sind jung und gesund und können das ohne weiteres.« Nur taten wir es nicht.

»Hältst du dir eine arme philippinische Sklavin, die von ihren Eltern schon in der Wiege verheiratet worden ist und der du einen Hungerlohn zahlst, damit sie dir die Hausarbeit macht?« fragte ich Daniel.

»Nein«, sagte er und war schwer beleidigt.

»Nicht mal eine von den Frauen, wie man sie in den Fernsehserien sieht, mit Kopftuch und Schürze, kaputtem Kreuz und roten Knien, die zum Staubsaugen, Teetrinken und Jammern kommt?«

»Nein«, sagte Daniel. »Ich mach alles selbst, wenn du es genau wissen willst.«

»Klar«, sagte ich ungläubig. »Ich möchte wetten, daß dir deine gegenwärtige Freundin, das arme Geschöpf, die Hemden bügeln und das Badezimmer putzen muß.«

»Nein.«

»Warum nicht?« wollte ich wissen. »Das täten die sicher gern. Wenn mir jemand anbieten würde, im Tausch gegen sexuelle Gefälligkeiten für mich zu bügeln, könnte ich das unmöglich ablehnen.«

»Lucy, ich bin gern bereit, im Tausch gegen sexuelle Gefälligkeiten für dich zu bügeln«, sagte Daniel mit todernstem Gesicht.

»Ich hab vielleicht vergessen zu sagen, jeder außer dir«, korrigierte ich mich.

»Aber Lucy, ich mach gern Hausarbeit«, sagte er.

Ich warf ihm einen empörten Blick zu. »Und du sagst, *ich* wäre komisch.«

»Ist doch gar nicht wahr«, sagte er und sah gekränkt drein.

»Nein?« fragte ich überrascht.

»Das müßtest du aber ... Also ich zum Beispiel kann Hausarbeit nicht *ausstehen*. Ich stell mir die Hölle so vor, daß man die ganze Bügelwäsche für den Teufel erledigen muß. Und staubsaugen – das ist in meinen Augen die schlimmste aller

Arbeiten im Haushalt. Ich bin davon überzeugt, wenn ich in die Hölle komm – und ich seh weit und breit nichts, was dagegen spricht –, muß ich sie jeden Tag von vorne bis hinten staubsaugen.« Ich fügte hinzu: »Mein Standpunkt ist: Staub bist du, und Staub sollst du bleiben.«

Daniel lachte. Gott sei Dank, dachte ich. Er war völlig gegen seine Gewohnheit die ganze Zeit hindurch ernst gewesen.

»Komm mal her«, sagte er und legte den Arm um mich. Eine leichte Furcht beschlich mich, dann aber merkte ich, daß er mich lediglich durch das Zimmer zum Sofa schob.

»Wolltest du nicht flach liegen?«

»Ja.«

»Das ist der ideale Ort dafür.«

»Und was ist mit der versprochenen Schokolade?« fragte ich, denn ich wollte mich nicht mit leeren Zusagen abspeisen lassen. Flach liegen ohne Schokolade ist nichts wert. Schokolade ist am besten, wenn man sie liegend genießt.

»Kommt sofort.« Er ging hinaus, um sie zu holen.

An jenem Tag Ende August schlug das Wetter um. Zwar war es nicht mehr drückend heiß, doch immer noch so warm, daß alle Fenster in Daniels Wohnzimmer offenstanden.

Als hätte jemand einen Schalter umgelegt, wurde mit einem Mal aus der leichten Brise ein heftiger Wind, das Rascheln in den Blättern der Bäume lauter, der Himmel verfinsterte sich, und wir hörten das erste unheildrohende Grummeln eines näherziehenden Gewitters.

»War das Donner?« fragte ich hoffnungsvoll.

»Hat sich ganz so angehört.«

Ich rannte zum Fenster und lehnte mich hinaus. Der Wind trieb eine Chipstüte über den Bürgersteig, die wahrscheinlich den ganzen Sommer hindurch dagelegen hatte. Binnen Sekunden fing es an zu regnen, und die Welt hatte ein anderes Gesicht.

Straßen und Gärten waren nicht mehr gelblich, staubstumpf und trocken, sondern mit einem Mal von glänzendem Dunkelgrau, und das leuchtende Grün der Bäume hatte sich schlagartig in Schwärze verwandelt. Es war herrlich.

Die Luft war kühl und roch aromatisch nach Grün. Der Duft des nassen Grases stieg zu mir auf, während ich mich gefährlich weit hinauslehnte.

Von Zeit zu Zeit fielen mir so große Regentropfen auf das Gesicht, daß ich fast eine Gehirnerschütterung davon bekommen hätte.

Ich liebte Gewitter – nur bei Gewitter empfand ich inneren Frieden. Der ganze tobende Aufruhr schien mich zu beruhigen.

Offenbar lag das nicht nur daran, daß ich ein wenig sonderbar war – es gab dafür auch eine wissenschaftliche Erklärung. Bei einem Gewitter ist die Luft voller negativ geladener Ionen, und wenn ich auch nicht sicher bin, was das ist, so weiß ich, daß man sich in ihrer Anwesenheit gut fühlt. Nachdem ich dahintergekommen war, hatte ich mir sogar ein Ionisierungsgerät *gekauft*, um jederzeit selbst die Auswirkungen eines Gewitters erzeugen zu können. Aber die Ergebnisse waren nichts im Vergleich mit der Wirklichkeit.

Wieder grollte der Donner, es blitzte und bläulich-silbriges Licht erfüllte das Zimmer. In diesem kurzen Aufzucken wirkten Daniels Tisch, Stühle und andere Gegenstände wie aufgeschreckt, wie Menschen, die davon aufwachen, daß jemand unverhofft das Licht im Schlafzimmer einschaltet.

Der Regen stürzte herab, und ich konnte das Donnergrollen tief in meinem Inneren spüren.

»Ist das nicht sagenhaft?« sagte ich und wandte mich lächelnd zu Daniel um. Er stand etwa einen Meter von mir entfernt und sah mich reglos und mit sonderbarer Neugier an.

Sofort fühlte ich mich unbeholfen. Offensichtlich hielt er mich für verrückt, weil ich den Wolkenbruch genoß.

Dann hörte er auf, mich merkwürdig anzustarren und lächelte.

»Ich hatte ganz vergessen, daß du Regen schon immer gern hattest«, sagte er. »Du hast mir mal gesagt, wenn es regnet, hast du das Gefühl, daß dein Inneres zu deinem Äußeren paßt.«

»Tatsächlich?« Es war mir peinlich. »Kein Wunder, daß du meinst, ich bin reif für die Klapsmühle.«

»Stimmt doch gar nicht«, sagte er. Ich lächelte ihn an. Er lächelte ein wenig angestrengt zurück.

»Du bist erstaunlich«, sagte er. Das brachte mich völlig aus der Fassung.

Eine lange Pause trat ein. Ich suchte nach einem unbeschwerten und – für ihn oder mich – kränkenden Spruch, mit dem ich die Spannung verscheuchen konnte. Aber mir fiel nichts ein. Ich war verstummt. Ich war mir ziemlich sicher, daß er das ›erstaunlich‹ als Kompliment gemeint hatte, wußte aber nicht, wie ich darauf reagieren sollte.

»Komm vom Fenster weg«, sagte er schließlich. »Sonst erschlägt dich noch der Blitz.«

»Wenn das jedem passieren kann, kann es auch mir passieren«, sagte ich, und beide lachten wir betont herzlich. Allerdings hielten wir uns auch betont voneinander fern. Er schloß die Fenster, und das Toben des Gewitters wurde leiser.

Nach wie vor toste und grollte über uns der Donner. Es goß in Strömen, und schon um fünf Uhr nachmittags war der Himmel fast nachtschwarz. Nur, wenn ein Blitz aufleuchtete, wurde es im Zimmer einen Augenblick lang blendend hell. Wasser lief in Bächen an den Scheiben herunter.

»Das dürfte das Ende des Sommers sein«, sagte Daniel. Einen Augenblick lang war ich traurig. Ich hatte immer gewußt, daß er nicht endlos dauern und daß die Zeit weitergehen würde.

Außerdem mochte ich den Herbst. Es war die Jahreszeit für neue Stiefel.

Schließlich hatte das Gewitter ausgetobt, und der Regen fiel gleichmäßig, beruhigend, hypnotisierend, geradezu heimelig. Ich lag unter einer Daunendecke auf dem Sofa und genoß das Gefühl der Behaglichkeit, Sicherheit und Geborgenheit.

Ich las mein Buch und aß Schokolade.

Daniel saß im Sessel, knabberte Salzstangen, arbeitete die Sonntagszeitungen durch und verfolgte das Fernsehprogramm bei heruntergedrehtem Ton. Ich glaube, wir haben zwei Stunden lang kein Wort miteinander gewechselt.

Gelegentlich drehte ich mich seufzend um und sagte: »Ach, ist das herrlich« oder »Schäl mir noch 'ne Traube, Kopernikus«. Dabei lächelte Daniel zu mir her, aber das zählt wohl nicht als Konversation. Erst der Hunger zwang uns schließlich, miteinander zu sprechen.

»Daniel, ich muß dringend was essen.«

»Na weißt du ...«

»Und sag mir nicht, daß ich den ganzen Nachmittag Schokolade gegessen hab und deswegen keinen Hunger haben kann.«

»Das hatte ich nicht vor.« Er wirkte überrascht. »Ich weiß, daß du für Kekse und Süßigkeiten einen getrennten Magen hast. Soll ich dich zum Essen ausführen?«

»Muß ich dazu vom Sofa aufstehen?«

»Aha, ich verstehe«, sagte er. »Möchtest du eine Pizza?«

»Mit Knoblauchbrot?« fragte ich hoffnungsvoll.

»Und Käse?« fragte er geschickt zurück.

Was für ein Mann!

Er zog in seiner Regalwand eine Schublade auf und nahm einen ganzen Stapel Reklame-Blättchen von Pizza-Lieferanten heraus.

»Sieh die durch und sag, was du haben möchtest.«

»Muß ich?«

»Nur, wenn du willst.«

»Und woher weiß ich dann, was es gibt?« Also las er mir alles vor.

»Dünner Boden oder dicker Boden?«

»Dünner Boden.«

»Normaler Teig oder Vollkornteig?«

»*Normal!*« Was für eine abscheuliche Vorstellung – Vollkorn!

»Klein, mittel oder groß?«

»Klein.« Er schwieg.

»Also von mir aus mittel.«

Sobald die Frage des Essens geklärt war, erstarb unser Gespräch wieder.

Wir sahen fern, aßen, sprachen kaum. Ich konnte mich nicht erinnern, wann ich mich zuletzt so glücklich gefühlt hatte.

Das allerdings hatte nicht viel zu bedeuten, denn schließlich hatte ich schon seit Wochen Selbstmordgedanken.

Im Verlauf des Abends klingelte das Telefon zweimal, doch als Daniel abnahm, wurde am anderen Ende aufgelegt. Vermutlich war es eine von den Hunderten seiner früheren Freundinnen. Das verursachte mir ein unbehagliches Gefühl, denn ich mußte daran denken, wie *ich* das mit Männern zu tun pflegte, die *mir* das Herz gebrochen hatten. Hätte ich Gus' Nummer gewußt, ich hätte wahrscheinlich zehnmal am Tag bei ihm angerufen.

Später brachte mich Daniel nach Hause. Ich wollte, daß er mich an der Ampel aussteigen ließ. »Nein«, sagte er. »Du wirst ja klatschnaß.«

»Bitte, Daniel«, bat ich ihn. »Ich hab Angst, daß Karen dein Auto sieht.«

»Und was ist dagegen einzuwenden?«

»Sie wird mir das Leben zur Hölle machen.«

»Wir haben doch das Recht, uns zu treffen.«

»Möglich«, stimmte ich zu. »Aber ich muß mit ihr leben. Du wärest nicht so mutig, wenn sie mit in *deiner* Wohnung lebte.«

»Ich komm mit rein und nehm sie mir vor«, drohte er.

»Bloß nicht!« rief ich aus. »Das wäre entsetzlich.« Ein wenig ruhiger fügte ich hinzu: »Ich sprech mit ihr, das ist schon in Ordnung.«

58

Während ich die von Pfützen übersäte Straße entlanglief und der Regen mich durchnäßte, überlegte ich fieberhaft, was ich Karen sagen sollte, wenn sie mich fragte, wo ich gewesen war. Am einfachsten wäre es natürlich zu lügen, nur würde sie das sofort merken.

Außerdem: Warum sollte ich lügen? Ich hatte nichts Unrechtes getan. Es war mein gutes Recht, mich mit Daniel zu treffen, wir waren schon seit Jahren Freunde, waren es schon gewesen, lange, bevor er Karen kennengelernt hatte, sogar lange, bevor ich Karen kennengelernt hatte.

Das klang alles schrecklich vernünftig, wenn ich es so sagte. Aber ich hatte die Tür noch nicht aufgeschlossen, als mich der Mut schon verließ.

Karen wartete auf mich, ihr Gesicht ein einziges Donnergrollen. Im Aschenbecher auf dem Tisch vor ihr türmten sich die Kippen einen Meter hoch. »Wo zum Teufel hast du gesteckt?«

»Äh …«

Ich hätte gern die Unwahrheit gesagt, aber es war zu sehen, daß sie bereits Bescheid wußte. Woher? Wer hatte das nicht für sich behalten können?

Von Charlotte erfuhr ich später, daß mich Adrian verraten hatte. Als das Pub um zwei Uhr nachmittags schloß, hatten sich Karen und Charlotte ein Video geholt, um ein paar Sonntagnachmittag-Stunden totzuschlagen, und Adrian hatte sie gefragt, wer der »Fuzzi in dem flotten Schlitten« sei, mit dem ich davongefahren war.

»Er sah aus, als würde er jeden Augenblick losheulen«, sagte Charlotte. »Ich glaub, der steht auf dich.«

Es war natürlich meine eigene Schuld. Hätte ich Daniel bei uns in der Wohnung getroffen, statt mich mit Heimlichtuereien abzugeben, hätte niemand etwas gemerkt. Ehrlich währt am längsten. Oder ich hätte meine Spuren gekonnt verwischen müssen.

»Was ist los?« fragte sie mit schriller Stimme. Abgesehen von zwei roten Flecken auf ihren Wangen war ihr Gesicht ganz bleich. Sie sah aus, als hätte sie vor Wut oder Nervosität oder was auch immer den Verstand verloren.

»Nichts ist los«, sagte ich, bestrebt, sie zu beruhigen. Das tat ich nicht nur aus Sorge um meine persönliche Sicherheit, sondern weil ich die Hölle kannte, die eine Frau durchlebt, wenn sie vermutet, daß der Mann, den sie liebt, eine andere gefunden hat.

»Das kannst du mir nicht erzählen.«

»Ehrlich, Karen. Ich hab ihn nur besucht, in aller Unschuld.«

»Unschuld! Der Mann weiß nicht, was Unschuld ist. Und weißt du, wer mir das gesagt hat – *du*, Lucy Sullivan.«

»Bei mir ist das was anderes …«

Sie lachte bitter. »Ist es nicht. Bild dir bloß nichts ein.«

»Ich bin nicht …«

»Natürlich bist du. So läuft das bei dem – schließlich hat er auch bei *mir* so getan, als wär ich die einzige auf der Welt.«

»Das meine ich nicht, Karen. Ich will damit sagen, daß es mit mir anders ist, weil er auf mich nicht scharf ist, und ich nicht auf ihn. Wir sind einfach gute Freunde.«

»Tu doch nicht so naiv. Ich hab dich schon immer in Verdacht gehabt. Immer hast du viel zu sehr betont, daß du ihn für nichts Besonderes hältst …«

»Es war nur die Stimme der Vernunft …«

»… und es wäre ihm nicht die Mühe wert, sich mit dir abzugeben, wenn er nicht auch deinen Skalp am Gürtel tragen wollte. Er kann einer Verlockung einfach nicht widerstehen. Bestimmt versucht er, dich rumzukriegen, gerade weil du so tust, als wolltest du nichts von ihm wissen.« Ich machte den Mund auf, aber kein Wort kam heraus.

»Und stimmt es, daß er dich seinen Wagen hat fahren lassen?«

»Ja.«

»Das Schwein – mich hat er in sechs Monaten kein einziges Mal ans Steuer gelassen.«

»Aber du kannst doch gar nicht fahren.«

»Er hätte es mir beibringen können, oder? Wenn er auch nur die Spur Anstand besäße, hätte er es mir beigebracht.«

»Äh …«

»Und hat er 'ne andere?« fragte sie und verzog das Gesicht bei dem Versuch zu lächeln.

»Glaub ich nicht«, sagte ich beschwichtigend. »Mach dir da keine Sorgen.«

»So weit kommt's noch«, sagte sie höhnisch. »Warum sollte ich? Schließlich hab ich mit ihm Schluß gemacht.«

»Natürlich.« Es war nicht einfach, darauf eine Antwort zu finden.

»Wie kannst du nur so erbärmlich sein?« wollte sie wissen. »Such dir 'nen eigenen Kerl und stocher nicht in meinen Abfällen rum.« Bevor ich mich gegen diesen Vorwurf zur Wehr setzen konnte, schleuderte sie mir den nächsten entgegen.

»Wie kannst du mir überhaupt so in den Rücken fallen. Was würdest du sagen, wenn ich mit Gus ausginge?«

»Tut mir leid«, sagte ich geknickt. Sie hatte recht, und ich schämte mich, an ihr zur Verräterin geworden zu sein.

»Ich erlaube nicht, daß du ihn noch mal triffst. Und bring meinen Verflossenen auf gar keinen Fall mit in *meine* Wohnung.«

»Das hatte ich überhaupt nicht vor.« Ich war überzeugt gewesen, ihre Gefühle zu achten, und sie stellte mich als selbstsüchtig und dickfellig hin.

»Wahrscheinlich hat er über nichts anderes geredet als mich …« Ich wußte nicht, was ich darauf sagen sollte, weil ich fürchtete, sie zu kränken, wenn ich ihr reinen Wein einschenkte.

»… ich will, daß er nichts über mich erfährt. Wie kann ich meine Privatsphäre bewahren, wenn eine Mitbewohnerin mit meinem Ex-Freund geht?«

»So ist es doch gar nicht.«

Ich war von Reue und schlechtem Gewissen zerrissen. Ich verabscheute mich, weil ich Karen weh tat, und ich konnte nicht verstehen, wie ich je annehmen konnte, das rechtfertigen zu können.

Dann kam der Knaller. »Ich verbiete dir, dich mit ihm zu treffen.« Sie sah mir direkt in die Augen.

Das war mein Stichwort, die Schultern zu straffen, tief durchzuatmen und ihr zu sagen, daß sie mir nicht verbieten könne, mich mit jemandem zu treffen. Aber ich ließ es bleiben.

Mein Schuldgefühl war zu groß, als daß ich mich ihr hätte widersetzen können. Dazu hatte ich kein Recht. Ich war eine schlechte Freundin, eine schlechte Mitbewohnerin, ein schlechter Mensch. Ich wollte ihr jeden Gefallen tun, ohne darüber nachzudenken, wie es sein würde, wenn ich mich nicht mit Daniel träfe, weil ich sie beschwichtigen wollte.

»Schön.« Mit gesenktem Kopf trottete ich hinaus.

59

Am nächsten Abend ging ich mit Daniel aus – ich verstand selbst nicht, was mir geschah. Ich wußte, daß ich ihn nicht sehen durfte, und ich hatte entsetzliche Angst vor Karen.

Doch als er anrief und mich fragte, ob wir nach Feierabend in ein Restaurant zum Essen gehen könnten, beschloß ich aus irgendeinem Grund zuzusagen. Wahrscheinlich tat ich es einfach deshalb, weil mich schon ewig lange niemand zum Abendessen in ein Restaurant eingeladen hatte.

Möglicherweise war es aber auch ein verstohlenes Aufbegehren gewesen. Vielleicht wollte ich Karen damit den Stinkefinger zeigen, auch wenn ich, bildlich gesprochen, Topfhandschuhe trug.

Kurz bevor Daniel mich abholen kam, beschloß ich mein Make-up zu erneuern – auch wenn es nur Daniel war: ein Ausgeh-Abend war ein Ausgeh-Abend, und man weiß ja nie, wen man trifft. Doch während ich mit zittriger Hand meinen Lidstrich nachzog, merkte ich beunruhigt, daß ich ziemlich aufgeregt war. Entsetzt ging es mir durch den Kopf, *ich bin doch gar nicht scharf auf Daniel.* Dann wurde mir klar, daß es schlicht und einfach die gute alte Angst war: Angst vor Karen und dem, was sie mir antun würde, wenn sie es je erführe. Welche Erleichterung! Ich fühlte mich gleich viel besser, als mir aufging, daß ich krank vor Angst und nicht etwa krank vor Erwartung war.

Als Daniel um fünf in mein Büro kam (den Besucherausweis in der Hand, denn er würde sich nie so aufführen wie Gus seinerzeit), freute ich mich trotz seines Anzugs so sehr, ihn zu sehen, daß selbstgerechter Zorn auf Karen in mir aufstieg. Ich spielte sogar mit dem Gedanken, mich ihr zu stellen. Allerdings war es mir damit nicht ernst.

»Bevor wir essen, genehmigen wir uns einen Drink«, sagte ich zu Meredia, Megan und Jed. »Ihr könnt gern mitkommen.«

Aber sie wollten nicht. Meredia und Jed schmollten erkennbar, weil er nicht Gus war und sahen mißbilligend zu, wie ich mir den Mantel anzog. Mama hatte einen neuen Freund, sie aber wollten, daß Mama wieder mit Papa zusammen war. Blödes Volk.

Auch Mama wäre gern wieder mit Papa zusammen gewesen – aber was konnte sie tun? Würde Gus etwa zurückgeeilt kommen, wenn ich Daniels Einladung zum Essen ausschlug?

Megan faßte ihre Absage in die an Daniel gerichteten Worte: »Vielen Dank, und ich hoffe, meine Ablehnung kränkt dich nicht. Ich habe keine Lust, mit 'nem Lackaffen wie dir wegzugehen; ich bin mit 'nem richtigen Mann verabredet.«

Wie auch ich empfand sie das Bedürfnis, Daniel dafür zu bestrafen, daß er so gut aussah und ansonsten intelligente Frauen Wachs in seinen Händen wurden. Trotzdem war das ein bißchen hart. Außerdem – wer war dieser *richtige* Mann, mit dem sie da angab? Wahrscheinlich einer von den bulligen Schafscherern, der sich seit Tagen weder rasiert noch die Unterhose gewechselt hatte.

Also gingen Daniel und ich allein in die Kneipe.

»Karen hat mich angerufen«, sagte er, als wir uns setzten.

»Was wollte sie?« Ich spürte ein flaues Gefühl in der Magengegend. Ob die beiden wieder miteinander gehen wollten?

»Ich soll mich von dir fernhalten«, sagte er.

»So eine Unverschämtheit«, brach es erleichtert aus mir heraus. »Und was hast du gesagt?«

»Daß du und ich erwachsene Menschen sind und tun und lassen können, was wir für richtig halten.«

»Warum mußtest du ihr das sagen?« klagte ich.

»Warum nicht?«

»Für *dich* ist es in Ordnung, erwachsen zu sein und zu tun und zu lassen, was du für richtig hältst – du brauchst nicht mit ihr zu leben. Wenn ich versuche, erwachsen zu sein und zu tun und zu lassen, was ich für richtig halte, bringt sie mich um.«

»Aber ...«

»Und was hat sie darauf gesagt?« wollte ich wissen.

»Es kam mir so vor, als wäre sie wütend auf mich.«

»Wie meinst du das?« Mein Herz rutschte mir in die Knie-kehlen.

»Sie hat gesagt – mal sehen, ob ich es noch genau zusam-menkrieg, – daß ich im Bett nichts getaugt hätte. Außerdem hat sie natürlich gesagt, daß sie noch nie so 'nen kleinen Pim-mel gesehen hätte wie meinen.«

»Klar«, stimmte ich zu.

»Nur bei ihrem zwei Monate alten Neffen wäre er noch klei-ner gewesen. Man brauchte sich nicht zu wundern, daß ich so viele Freundinnen hätte, denn ich müßte mir unbedingt be-weisen, daß ich ein Mann bin.«

All diese Anwürfe, gängige Münze aus dem Mund einer verschmähten Frau, eigneten sich durchaus dazu, Daniel auf-zuregen, doch seinem Grinsen nach zu urteilen schienen sie ihr Ziel verfehlt zu haben.

»Was war das noch, was sie geschrien hat?« Er sah nach-denklich vor sich hin. »Schade, daß ich es vergessen hab, es war nämlich wirklich gut. Aber ich kann meine Kollegen im Büro fragen, die haben es auch gehört.«

»Ich dachte, sie hätte dich angerufen?« sagte ich verwirrt.

»Ja – trotzdem hat es jeder im Büro gehört. Ach ja, ich weiß wieder. Sie hat geschworen, sie hätte bei mir zwei graue Schamhaare gesehen, und sie wäre nur mit mir gegangen, weil ich sie meistens morgens zur Arbeit gefahren hab, so daß sie sich die Fahrkarte für die U-Bahn sparen konnte. Außer-dem hat sie noch gesagt, daß mir am Hinterkopf allmählich die Haare ausgehen und ich mit fünfunddreißig 'ne Glatze haben würde und dann keine Frau mehr mit mir was zu tun haben wollte.«

»Das Miststück!« sagte ich. Der Spruch mit der Glatze war schon ziemlich gemein, das mußte der Neid ihr lassen.

»Und was für Unverschämtheiten hat sie über mich ge-sagt?« Ich machte mich auf das Schlimmste gefaßt.

»Nichts.«

»Ehrlich nicht?«

»Ehrlich nicht.« Bestimmt log er. Wenn Karen rot sah, schlug sie wild um sich.

»Ich glaub dir kein Wort. Was hat sie gesagt?«

»Nichts, Lucy.«

»Ich weiß, daß du lügst. Bestimmt hat sie gesagt, daß ich meinen BH manchmal mit Watte ausstopfe.«

»Stimmt. Aber das wußte ich sowieso schon.«

»Wieso? Sag es nicht. Ich will es nicht wissen. Außerdem hat sie dir bestimmt gesagt, daß ich ihrer Ansicht nach im Bett das Letzte bin, weil ich zu gehemmt bin. Sie weiß, daß mich das ärgert.« Daniel sah betreten drein.

»Stimmt's?« fragte ich.

»So was in der Art«, murmelte er.

»Was hat sie genau gesagt?«

»Daß wir gut zueinander passen, weil wir wahrscheinlich gleich schlecht im Bett sind«, gab er zu.

»So eine verdammte Pottsau«, sagte ich voll Bewunderung. »Sie weiß genau, womit sie jemand treffen kann.«

»Aber was sie über dich gesagt hat, meint sie nicht ernst«, fuhr ich fort, darauf bedacht, ihn zu beschwichtigen. »Mir hat sie immer gesagt, daß du im Bett toll wärst und dein Pimmel prachtvoll und schön groß ist.«

Die beiden Bauarbeiter am Nachbartisch sahen mit unverhohlenem Interesse zu uns herüber.

»Danke, Lucy«, sagte Daniel mit Wärme in der Stimme. »Und ich weiß aus sicherer Quelle, daß du im Bett auch gut bist.«

»Von Gerry Baker?« fragte ich. Er war ein Arbeitskollege Daniels, mit dem ich kurze Zeit zu tun gehabt hatte.

»Von Gerry Baker«, bestätigte er. Das war dumm von ihm.

»Ich hatte dir doch *gesagt*, du sollst nicht mit ihm darüber reden«, knurrte ich wütend.

»Hab ich auch nicht«, verteidigte sich Daniel nervös. »Er hat nur gesagt, daß du gut im Bett wärst, und …«

Einer der Bauarbeiter zwinkerte mir zu und sagte: »Glaub ich sofort, Puppe.«

Dem anderen war das offensichtlich peinlich und er sagte rasch zu Daniel: »Tut mir leid, Kumpel. Er hat 'n bißchen was getrunken. Er meint es nicht so.«

»Schon in Ordnung«, sagte ich hastig, bevor sich Daniel gezwungen sah, meine Ehre zu verteidigen. »Ich bin nicht seine

Freundin.« Was gleichbedeutend war mit der Erlaubnis, mich zu beleidigen.

Erleichtert lächelten die beiden Männer, doch es dauerte eine Weile, bis ich Daniel überzeugt hatte, daß ich mich von ihnen nicht beleidigt fühlte.

»Über *dich* hab ich mich geärgert«, erklärte ich.

»Ich hab Gerry aber nicht danach gefragt«, murrte er. Er machte ein beschämtes Gesicht, wie sich das gehörte. »Es ist nur zufällig rausgekommen, und er hat es gesagt, ohne auch nur im geringsten ...«

»Halt die Klappe«, sagte ich. »Du hast Glück, daß ich viel zu wütend über das bin, was Karen gesagt hat. Es ist mir piepegal, was Gerry oder dir zu meiner Unterwäsche eingefallen ist.«

»Darüber hat er kein Wort gesagt«, versicherte mir Daniel.

»Gut.«

»Soweit ich gehört habe, hattest du sie gar nicht lange genug an, als daß er sie überhaupt sehen konnte.« Als ich ihm mein zornrotes Gesicht zuwandte, fügte er eilig hinzu. »War nur ein Witz.«

Zurück zu Karen. »Sie glaubt nicht wirklich, daß zwischen uns was ist«, sagte ich. »Sie weiß, daß wir nur gute Freunde sind.«

»Genau«, bekräftigte Daniel. »Das hab ich ihr auch gesagt, daß du und ich einfach gute Freunde sind.« Dann brachen wir beide in erleichtertes Lachen aus.

60

An der Großen Klatsch- und Tratschaktion, die darauf folgte, beteiligte ich mich lediglich, weil ich von Karen so richtig bedient war. Über meine Freundin und Mitbewohnerin zu lästern war weder anständig, noch gehörte es sich, schon gar nicht gegenüber einem Mann, aber es war nur allzu menschlich.

Von wegen ich und im Bett nichts taugen! Eine bodenlose Unverschämtheit von ihr.

Natürlich führt Klatsch nie zu etwas Gutem. Ich würde mich später selbst dafür hassen, denn was rausgeht, kommt auch wieder rein, und mein schlechtes Karma würde mir dreifach vergolten und so weiter und so weiter. Andere heruntermachen war für mich eine Art seelischer McDonald's – kurzzeitig eine unwiderstehliche Verlockung, auf deren Befriedigung jedesmal eine Art Ekel folgte, und zehn Minuten darauf hatte ich schon wieder Hunger.

»Erzähl mir von dir und Karen. Was hast du ihr getan, daß sie dich so haßt?« wollte ich von ihm wissen.

»Keine Ahnung«, sagte er.

»Wahrscheinlich haßt sie dich, weil du ein egozentrischer und selbstsüchtiger Scheißkerl bist, der ihr das Herz gebrochen hat.«

»Siehst du mich so?« Er schien bestürzt.

»Na ja … ich glaub schon.«

»Aber Lucy«, ließ er nicht locker. »So bin ich nicht. Das hab ich nicht getan. So war es nicht.«

»Wie war es dann? Warum hast du ihr nicht gesagt, du liebst sie, als sie dich danach gefragt hat?« sagte ich und krempelte mir die Tratschärmel auf.

Der würde ich zeigen, was dabei herauskam, wenn man sagte, ich taugte nichts im Bett!

»Ich hab es ihr deshalb nicht gesagt, weil ich sie nicht geliebt hab.« Er seufzte.

»Und *warum* hast du sie nicht geliebt?« fragte ich. »Was stimmt nicht mit ihr?«

Dann hielt ich den Atem an. Trotz allem, was Karen über Daniel – und mich – gesagt hatte, war es sehr wichtig, daß er nichts Gemeines über sie sagte, respektvoll von ihr sprach und sich wie ein Gentleman verhielt.

Ich hatte nicht vergessen, daß er ein Mann und damit grundsätzlich der Feind war.

Wenn *ich* mit der Preisgabe einiger gut ausgewählter Geheimnisse Karens Ruf zugrunde richtete, war das in Ordnung, aber von Daniel konnte man erwarten, daß er sie mit ausgesuchter Hochachtung behandelte, jedenfalls so lange ich ihm nicht das Gegenteil erlaubte.

»Ich möchte über Karen nichts sagen, was man als gehässig auslegen könnte«, sagte er, seine Worte sorgfältig wählend. Dabei sah er mir ins Gesicht, um zu sehen, wie ich reagierte.

Die richtige Antwort. Beide lächelten wir erleichtert.

»Das sehe ich ein, Daniel«, nickte ich ernsthaft.

Damit war die Einleitung abgehakt. Er hatte sich an die Formalitäten gehalten. Jetzt wollte ich *alles* über Karen hören – je abscheulicher, desto besser.

»In Ordnung, ich werde keine falschen Schlüsse ziehen«, antwortete ich schnell. »Du kannst mir alles erzählen.«

»Ich bin nicht sicher …« setzte er gequält an, »es scheint mir nicht richtig …«

»Es ist in Ordnung, Daniel. Du hast mich überzeugt, daß du ein netter Kerl bist«, versicherte ich ihm.

»Meinst du?« fragte er.

»Ja«, gab ich unaufrichtig zur Antwort. »Jetzt erzähl schon.«

Wie bei allen Männern mußte man auch bei Daniel nachhelfen. Sie tun gern so, als wären Klatsch und Tratsch ihnen völlig wesensfremd, aber natürlich ist ihnen ein Rufmord jederzeit willkommen, je blutiger, desto besser.

Ich muß immer lachen, wie Männer die Augen zum Himmel verdrehen und scheinheilig »Oh jeeeeeee!« sagen, wenn sich eine Frau gemein über ihre Geschlechtsgenossinnen ausläßt. Männer sind *schlimmere* Klatschmäuler als Frauen.

»*Falls* ich dir was sag, Lucy – und das soll nicht heißen, daß ich das tu –, muß es unter uns bleiben«, sagte er streng.

»Na klar«, nickte ich ernsthaft. Ich fragte mich, ob Charlotte wohl noch auf wäre, wenn ich nach Hause käme.

»Auch kein Wort zu Charlotte«, fügte er hinzu. Der Mistkerl!

»Laß es mich wenigstens ihr erzählen«, bat ich ihn.

»Nein.«

»Bitte.«

»*Nein*, Lucy. Wenn du das nicht versprichst, erzähl ich dir gar nichts.«

»Ich verspreche es«, sagte ich mit trotziger Kinderstimme. Kein Problem. Versprechen konnte man viel, und ich stand nicht unter Eid.

Ich sah rasch zu ihm hin und merkte, daß es ihm schwerfiel, ein ernstes Gesicht zu machen. Er bemühte sich, nicht zu lächeln, brachte es aber nicht fertig. Es freute mich zu sehen, daß ich ihn nach wie vor zum Lachen bringen konnte.

»Okay.« Er holte tief Luft und fing schließlich an. »Du weißt, daß ich über Karen nichts Schlechtes sagen mag.«

»Gut«, sagte ich mit fester Stimme. »Das wäre mir auch nicht recht.«

Unsere Blicke trafen sich, und wieder zuckte es ihm um die Mundwinkel. Er sah über die Schulter beiseite und tat so, als blicke er sich in der Kneipe um, aber mir war klar, daß er bemüht war, sein Grinsen zu verbergen.

Es war ein Fehler von Karen gewesen, Daniel *und* mich zu beleidigen, denn damit hatte sie sich uns beide zu Feinden gemacht. Solange ihre Unterstellungen weh taten, waren wir enge Verbündete. Nichts schweißt zwei Menschen besser zusammen als die gemeinsame Wut auf einen Dritten.

Schließlich räusperte sich Daniel und fing an zu reden. »Ich weiß, daß es so klingt, als wollte ich ihr die ganze Schuld in die Schuhe schieben«, sagte er, »aber sie hat sich überhaupt nichts aus mir gemacht. Sie mochte mich nicht mal besonders.«

»Das klingt ganz so, als wolltest du ihr alle Schuld in die Schuhe schieben.« Ich sah ihm fest in die Augen.

»Aber es stimmt, Lucy, wirklich! Sie hat sich nichts aus mir gemacht.«

»Lügenbold!« höhnte ich. »Sie war total verrückt nach dir.«

»Nicht die Spur«, sagte er mit einer Bitterkeit, die mich überraschte. »Verrückt war sie höchstens nach meinem Bankkonto – beziehungsweise nach dem, was sie dafür gehalten hat. Wahrscheinlich hat sie meine Miesen mit einem Guthaben verwechselt.«

»Ach, Daniel, keine Frau geht wegen des Geldes mit einem Mann. Das ist eine alte Verleumdung von Ehemännern«, sagte ich.

»Sie war auf die Dicken scharf – vor allem auf die dicken Brieftaschen.« Darüber hätte ich gern gelacht, aber Daniel machte wirklich ein klägliches Gesicht.

»Und dauernd wollte sie mich ummodeln«, sagte er jämmerlich. »Sie wollte mich anders haben, als ich bin und war enttäuscht, weil sie meinte, sie hätte die Katze im Sack gekauft.«

»Dabei war in dem Sack was ganz anderes.« Ich brachte es nicht fertig, mir das billige Witzchen zu verkneifen.

»Wie du meinst«, sagte er gekränkt.

»Und wie wollte sie dich ummodeln?« fragte ich mit freundlicher Stimme. Ich wollte ihn nicht so sehr reizen, daß er mir nichts mehr erzählte.

»Sie hat gesagt, ich nähme meine Arbeit nicht ernst genug und müßte ehrgeiziger sein. Immer hat sie auf mir rumgehackt, daß ich Golf spielen sollte, weil auf dem Golfplatz mehr Geschäfte abgewickelt werden als im Konferenzzimmer. Jedenfalls hat sie das gesagt.«

»Aber du machst doch gar keine Geschäfte, oder?« Ich war verwirrt. »Arbeitest du nicht in der Versuchsabteilung?«

»Du sagst es!« bestätigte er. »Und weißt du noch, wie ich sie Ende Juli zu unserer Firmenfeier mitgenommen hab?«

»Nein«, sagte ich. Ich schaffte es mit Mühe, mir auf die Zunge zu beißen und ihn nicht anzubrüllen: »Wie zum Teufel soll ich wissen, *wohin* du sie mitgenommen hast? Schließlich hast du mich ja nicht angerufen, um mir zu erzählen, was du so treibst.«

»Du hättest sehen sollen, wie sie sich da aufgeführt hat.«

Ein leichter Schauer überlief mich, und ich schob mich näher an ihn heran, um besser zu hören, was er Schreckliches zu erzählen hatte.

»Wie sie sich an Joe rangeschmissen hat...«

»Du meinst, deinen Chef? Ist das *der* Joe?« fragte ich.

»... ja. Es war entsetzlich, Lucy. Sie hat sich praktisch bereit erklärt, mit ihm ins Bett zu gehen, wenn er was für meine Beförderung täte.«

»Das ist ja grauenhaft«, sagte ich und wurde für sie rot. »Ausgerechnet Joe! Hast du sie nicht daran zu hindern versucht?«

»*Natürlich*, aber du weißt doch, was für ein Dickkopf sie ist.«

»Wie gräßlich.«.

»Es war mir richtig peinlich für sie«, sagte Daniel. Die Erinnerung hatte ihm den Schweiß auf die Stirn getrieben, und sein Gesicht war bleich. »Ich wäre am liebsten im Erdboden versunken.«

»Kann ich mir denken.« Joe war schwul.

Schweigend saßen wir eine Weile da und stellten uns vor, wie die arme Karen mit ihren nackten Brüsten Joe vergeblich zu locken suchte.

»Aber jetzt mal vom Beruf und vom Geld abgesehen – sonst hat es doch mit euch geklappt?« fragte ich. »Hast du sie gemocht?«

»Ja, schon«, sagte er mit Nachdruck. Ich schwieg.

»Ich meine, sie war ganz gut.« Er seufzte. »Viel Humor hat sie allerdings nicht. Eigentlich gar keinen.«

»Das stimmt nicht.« Ich hatte den Eindruck, das sagen zu *müssen*.

»Du hast recht, Lucy. Sie hat Humor, nur von der Art, bei der man über Leute lacht, die auf einer Bananenschale ausrutschen.«

Mein Schuldgefühl lag im Widerstreit mit meinem Wunsch, ordentlich auf ihr herumzuhacken. Das Schuldgefühl gewann.

»Aber sie ist doch schön, nicht wahr?« fuhr ich fort.

»Ja«, pflichtete er mir bei.

»Und sie ist großartig gebaut«, hakte ich nach. Er sah mich sonderbar an und sagte: »Ja. Muß man wohl so sagen.«

»Und warum hast du das alles aufgegeben?«

»Weil ich sie einfach nicht mehr mochte.«

Ich lachte trocken. »Ha! Das kannst du mir nicht erzählen. Eine Blondine mit tollen Titten.«

»Aber sie war kalt«, erklärte er. »Es macht keinen Spaß, wenn du merkst, daß dich die Frau, mit der du ins Bett gehst, nicht *ausstehen* kann. Trotz all der üblen Sachen, die du mir – und soweit ich sehe, Männern ganz allgemein – unterstellst, sind enorme Brüste und jede Menge Sex für mich nicht das A und O. Es gibt auch noch was anderes.«

»Zum Beispiel?« fragte ich mißtrauisch.

»Humor. Außerdem wäre es ganz nett gewesen, wenn ich nicht für alles hätte zahlen müssen.«

»Wieso auf einmal so knauserig?« Es überraschte mich. »Du bist doch sonst nicht so?«

»Mir geht es nicht ums Prinzip, sondern um das Geld.« Er grinste. »Nein, das Geld als solches war es nicht. Aber sie hat kein einziges Mal auch nur angeboten, selbst zu zahlen. Es wäre doch nett gewesen, wenn sie zur Abwechslung mal mich eingeladen hätte.«

»Aber vielleicht hat sie nicht viel Geld«, gab ich zu bedenken, obwohl ich selbst daran zweifelte.

»Es hätte ja kein teures Lokal sein müssen. Die bloße Geste hätte genügt.«

»Aber sie hat dich zu einem großen Abendessen eingeladen.«

»Hat sie nicht. Die meiste Arbeit haben du und Charlotte gemacht.« Mit einem Mal kam mir die Erinnerung an den Abend der langen Vorbereitungen lebhaft ins Gedächtnis. »Und *beide* mußten wir uns mit einem Drittel an den Kosten beteiligen«, sagte ich. Meine Loyalität Karen gegenüber war nur noch ein Schatten ihrer selbst.

»Ich mich auch«, sagte er.

»Was?« kreischte ich. »Das kann ja wohl nicht wahr sein!« Karens Frechheit war wahrhaft bewundernswert.

»Wahrscheinlich hat sie auch von Simon und Gus jeweils ein Drittel verlangt«, rief ich. »Sie muß dabei ein Bombengeschäft gemacht haben.«

»Auf einen Beitrag von Gus hätte sie lange warten können«, sagte Daniel.

Ich forderte ihn nicht auf, den Rand zu halten und Gus zufriedenzulassen. Wir hatten gerade die letzte Stunde damit zugebracht, seine frühere Freundin durchzuziehen – da war es nur recht und billig, daß sich Daniel auch über meinen früheren Freund ausließ.

»Und sie hat nie was anderes gelesen als die dämliche Zeitschrift mit Fotos von Lady X und Gräfin Y und Ivana Trump«, fügte er hinzu.

»Das ist schon schlimm«, stimmte ich zu.

»Dann schon lieber die mit den Artikeln über Männer, die Kinder kriegen, oder über: ›Ich heiratete einen Pädophilen.‹ Wie heißt die noch, Lucy?«

»*The National Enquirer?*«

»Nein, eine Frauenzeitschrift.«

»*Marie Claire?*«

»Genau!« Er war begeistert. »Die find ich gut. Hast du den Artikel über die Frauen gelesen, die wegen Abtreibung in den Knast mußten? Ich glaub, das war im Februar. Großer Gott, Lucy, es war ...«

Ich unterbrach ihn. »Aber Karen liest *Marie Claire*«, warf ich mich für sie in die Bresche.

»Ach ja?« Er wußte nicht, was er sagen sollte und dachte eine ganze Weile nach. »Nein«, sagte er schließlich.

»Was nein?«

»Ich bin trotzdem der Ansicht, daß ich sie nicht liebe.« Ich lachte. Ich konnte nicht anders. Gott würde mich dafür strafen.

»Ich nehme an«, sagte er betrübt, »sie hat mich im Grunde gelangweilt.«

»Schon wieder?« rief ich aus.

»Was meinst du mit ›schon wieder‹?«

»Das hast du auch über Ruth gesagt – daß sie dich langweilt. Vielleicht bist du leicht zu langweilen?«

»Überhaupt nicht. Du langweilst mich nicht.«

»Autorennen langweilen dich auch nicht. Aber die sind auch nicht deine Freundinnen«, sagte ich verschmitzt.

»Aber ...«

»Und diese geheimnisvolle neue Frau, die du noch nicht ins Bett hast zerren können – langweilt die dich nicht?« fragte ich freundlich.

»Nein.«

»Wart's ab, Daniel. Ich möchte wetten, daß du mir in drei Monaten vorjammerst, wie fade du sie findest.«

»Wahrscheinlich hast du recht«, sagte er. »Das ist meistens so.«

»Gut. Und jetzt geh mit mir irgendwohin, wo wir was essen können. Irgendwas, nur keine Pizza.«

Es war in meinen Augen einer von Gus' größten Fehlern gewesen, daß er sich vor »überkandideltem ausländischem Schweinkram« fürchtete. Lediglich vor Pizzen hatte er keine Angst.

Wir gingen ins indische Restaurant gleich neben dem Pub. Gern hätte ich Daniel mein Herz über Gus ausgeschüttet, aber es war unmöglich, ein ernsthaftes Gespräch mit ihm zu führen. Immer, wenn ich ihm eine Frage stellte, sang er in den höchsten Tönen das Lob des Essens. Das war alles gut und schön, aber ich wollte mit ihm über Herzensangelegenheiten reden. *Meine* Herzensangelegenheiten. Außerdem konnte er nicht singen, jedenfalls nicht wie Gus. Dafür bestand die Aussicht, daß er mich nicht um jeden Penny bringen würde. Er hatte also auch Vorzüge.

»Meinst du, daß Gus und ich zu oft zusammen waren?« fragte ich, während der Kellner den Reis vor uns hinstellte.

»Sag beim Abschied Reis und Servus«, sang Daniel schrecklich falsch. »Ach, und hier kommt das Palak Paneer. Nimm dein warmes, zartes Palak Paneer und bleib bei mir.«

»Ich weiß nicht, Lucy, ich weiß es wirklich nicht.«

Diese Munterkeit paßte nicht so recht zu ihm. Vielleicht auch doch. Spaß hatte es mit Daniel gemacht, solange sich meine Mitbewohnerinnen nicht in ihn verknallt hatten. Eigentlich machte es immer noch Spaß, aber ich hatte keine Zeit, mich mit ihm zum Spaß zu vergnügen, denn ich mußte ihm

Zucht und Anstand beibringen. Mal ehrlich: das hätte ja sonst niemand getan.

»Ich bin eigentlich nicht der Meinung, daß wir uns zu oft getroffen haben. Es war eher so, daß ich ihn weniger oft sehen wollte als er mich ...«

»Du bist dran«, unterbrach er mich. »Jetzt mußt du was singen.«

»Daniel, halt die Klappe, das Popadam ist aus Pappe«, gab ich in einem schwerfälligen Singsang von mir. Dabei wies ich auf meine Teig-Oblate, damit er wußte, worum es ging. »Meinst du, ich komm je über ihn weg?«

»Hier kommt das Bhuna Ghost«, sagte er, als er des Kellners ansichtig wurde.

»Bhuna, Bhuna, Bhuna Ghost, Chamäleon, du kommst und gohst, du kommst und gohst«, gab Daniel in einer Art Sprechgesang von sich, schob den Teller zu mir her, zog ihn fort, schob ihn her, zog ihn fort. »Natürlich kommst du darüber weg. Du bist wieder dran.«

Ich wies auf den Teller auf dem Nebentisch und sang geistesabwesend: »Aloo, hältst du bald nach mir Ausschau? Aber wann?«

»Mal sehen«, sagte er bedachtsam. »Das muß ich mir gründlich überlegen. Ach ja, ich weiß!«

Mein Herz machte einen Sprung. *Wußte* Daniel etwa, wann ich über Gus hinwegkommen würde?

»Tikka chance, tikka chance, tikka, tikka, tikka chance, tikka chance«, sang er.

»War das nicht gut?« fragte er strahlend.

»Tikka-Hühnchen«, erklärte er geduldig angesichts meiner Begriffsstutzigkeit. »Du verstehst schon. ›Tikka chance on me‹ – das haben Abba mal gesungen.«

»Aber was ist mit mir und Gus?« fragte ich matt. »Ach, der Teufel soll es holen! Ich seh schon, mit dir kann man kein ernsthaftes Gespräch führen. Und das da, was ist das?«

»Gemüse-Curry.«

»Von mir aus. Liebe läßt sich nicht erschmeicheln, auf sie muß man geduldig warten – wie beim Gemüse aus dem Garten. Du bist dran.«

Es dauerte einen Augenblick, bis ihm etwas einfiel.

»Ich eß Biryani hier im Haus und weine mir die Augen aus und weine mir die Augen aus«, sang er, völlig unmusikalisch.

Ich hielt einen vorüberkommenden Kellner an und bat ihn, mir eine Schüssel Dhal Tarka zu bringen. Dann wandte ich mich an Daniel.

»Auf höchstem Berg, im tiefsten Tal, mein Leben lang ist mir nach Dhal«, sang ich.

»Halt dich ans Rindfleisch Vindaloo, dann kneifst du nicht den Hintern zu«, gab er zur Antwort.

Wir amüsierten uns den Rest des Abends hindurch königlich. Das merkte man unter anderem daran, daß sich die Leute am Nebentisch über uns beschwerten. Ich konnte mich nicht erinnern, wann ich zum letzten Mal so hemmungslos gelacht hatte. Wahrscheinlich an einem der Abende mit Gus.

Als ich nach Hause kam, wartete Karen nicht auf mich.

Das gehörte zu den beachtlichen Vorzügen der Mißachtung, die sie für mich empfand. Ich konnte ihren Befehlen zuwiderhandeln, ihr den Gehorsam verweigern, ohne daß sie es *merkte*.

61

Als ich am nächsten Morgen ins Büro kam, sagte Megan:
»Der Schleimer Daniel hat vorhin angerufen. Er will sich
später noch mal melden.«

»Was hat er dir denn getan?« fragte ich überrascht.

»Nichts.« Jetzt war sie überrascht.

»Und warum beschimpfst du ihn dann?« Meine Stimme
klang herausfordernd.

»So nennst *du* ihn doch immer«, begehrte sie auf. Ich war erschüttert. Möglich. Ja. In gewisser Hinsicht hatte sie recht.
Natürlich setzte ich ihn herab, aber das meinte ich nicht *ernst*.

»So nennen wir ihn beide, Lucy«, erinnerte sie mich. Es
klang, als mache sie sich Sorgen. Dazu hatte sie auch allen
Grund. Als sie Daniel kennengelernt und bei dieser Gelegenheit gesagt hatte, er beeindrucke sie nicht besonders und sie
könne nicht verstehen, was das ganze Theater solle, hatte
mich das begeistert, und ich hatte sie jedem, der es hören
wollte, als Musterbeispiel einer klugen Frau hingestellt. »Sie
sagt, daß Daniel in Australien nicht die geringste Chance
hätte«, hatte ich schadenfroh aller Welt mitgeteilt, auch ihm
selbst. »Dafür wäre er zu glatt und zu schleimig. Da müssen
die Männer aus härterem Holz geschnitzt sein.«

Jetzt fürchtete Megan, ich könnte die Spielregeln geändert
haben und die Jagd auf Daniel sei nicht mehr frei.

Ich hab *aber keine Spielregeln geändert*, dachte ich unbehaglich. Dennoch hatte es sich komisch angehört, als ihn Megan
Schleimer genannt hatte. Eigentlich schrecklich. Es kam mir
vor, als hätte ich ihn verraten, vor allem, nachdem er so nett zu
mir gewesen war und mein Abendessen bezahlt hatte.

Dann aber schleppte sich Meredia herein, gefolgt von Jed.
Sofort vergaß ich Daniel, weil Jed seine morgendliche Show
abzog. Er hängte seinen Mantel auf, sah abwechselnd Megan,
Meredia und mich an, rieb sich die Augen und sagte: »O nein,
ich hab also doch nicht geträumt. Es war kein Alptraum. Es ist

entsetzlich. ENTSETZLICH!« Das tat er fast jeden Morgen. Wir waren stolz auf ihn.

Der Tag nahm seinen Lauf. Kaum hatte ich meinen Computer eingeschaltet (also gegen zehn vor elf), als meine Mutter anrief und sagte, sie sei auf dem Weg in die Stadt, und es wäre nett, wenn ich mich mit ihr treffen könnte. Meine Abneigung gegen diesen Vorschlag hätte größer nicht sein können, aber sie ließ nicht locker.

»Ich muß dir was sagen«, tat sie geheimnisvoll.

»Ich kann es nicht erwarten«, sagte ich geduldig. Wenn sie mir etwas zu sagen hatte, waren das gewöhnlich so weltbewegende Neuigkeiten wie die, daß unsere Nachbarn den Deckel unserer Mülltonne gestohlen hatten, Vögel immer wieder die Aluminiumdeckel unserer Milchflaschen aufpickten, obwohl sie dem Milchmann wiederholt gesagt hatte, er solle die Gartentür hinter sich zumachen, oder irgend etwas anderes in der Art.

Es kam mir komisch vor, daß sie nach London kam. Obwohl sie nur dreißig Kilometer von der Stadtmitte entfernt lebte, war ihr das noch nie in den Sinn gekommen. Es waren nicht nur dreißig Kilometer, sondern auch fünfzig Jahre.

Zwar fühlte ich mich einer Begegnung mit ihr nicht wirklich gewachsen, doch hatte ich das Gefühl, daß ich nicht kneifen durfte, denn ich hatte sie seit Anfang des Sommers nicht mehr gesehen. Das war zwar nicht meine Schuld, denn ich war *unheimlich* oft im Haus meiner Eltern gewesen, na ja, ein oder zwei Mal, aber da war nur Dad dagewesen.

Ich ließ mich breitschlagen, mich mit ihr zum Lunch zu treffen, drückte das aber anders aus, weil ich nicht annahm, daß sie mit der Vorstellung von ›Lunch‹ etwas anfangen konnte. Sie war eher die Frau, die mittags eine Tasse Tee trinkt und ein Schinkenbrot ißt.

»Wir könnten uns um eins im Lokal gegenüber von meinem Büro treffen«, sagte ich. Sie aber sah in der Vorstellung, dort allein auf mich zu warten, eine Zumutung.

»Was sollen die Leute denken?« fragte sie besorgt.

»In Ordnung«, seufzte ich. »Ich geh zuerst hin, dann mußt du nicht allein da warten.«

»Aber nein«, sagte sie, anscheinend von Panik ergriffen, »das ist doch genauso schlimm – eine alleinstehende Frau in einer Kneipe ...«

»Was ist daran schlimm?« spottete ich und sagte ihr, daß ich ständig in Kneipen ging, hörte aber rechtzeitig auf, bevor sie zu lamentieren begann: »Was für ein Straßenmädchen hab ich da nur aufgezogen?«

»Wir könnten uns doch irgendwo treffen, wo man eine Tasse Tee trinken kann«, regte sie an.

»Na schön. Es gibt ein Café in der Nähe.«

»Nichts Hochgestochenes«, unterbrach sie mich besorgt. Wahrscheinlich fürchtete sie, an einem Tisch zu sitzen, auf dem fünf verschiedene Gabeln lagen und sie nicht wüßte, welche von ihnen man wofür nahm. Aber sie hätte sich keine Sorge zu machen brauchen, denn auch ich fühlte mich in dieser Art Lokalität nicht besonders wohl.

»Es ist nicht hochgestochen«, sagte ich, »sondern hübsch und gemütlich.«

»Und was gibt es da?«

»Ganz normale Sachen«, versicherte ich ihr. »Belegte Brote, Käsekuchen und so was.«

»Auch Schwarzwälder Kirschtorte?« fragte sie hoffnungsvoll. Davon hatte sie schon gehört.

»Wahrscheinlich«, sagte ich. »Auf jeden Fall was sehr Ähnliches.«

»Und holt man sich seinen Tee an der Theke oder ...«

»Du setzt dich an einen Tisch und gibst der Bedienung deine Bestellung auf.«

»Und kann ich da einfach reingehen und mich hinsetzen, wo ich will, oder muß ich ...«

»Warte, bis man dir einen Tisch anweist«, riet ich ihr.

Als ich kam, war sie schon da und saß so unbehaglich am Tisch wie eine Hinterwäldlerin, die für einen Tag in die Stadt gekommen ist. Es sah ganz so aus, als hätte sie das Gefühl, sich von Rechts wegen dort nicht aufhalten zu dürfen. Sie trug ein nervöses Lächeln zu Schau, mit dem sie aller Welt verkündete, daß es ihr gutgehe, und umklammerte ihre Handtasche, um sie gegen die Taschenräuber zu verteidigen, von denen es in London nur so wimmelte, soweit sie gehört hatte. »Ich laß mir nichts gefallen«, schienen ihre entschlossenen kleinen Hände zu sagen.

Sie hatte sich ein wenig verändert, wirkte schlanker und jünger als sonst. Diesmal hatte Peter recht gehabt – sie hatte *tatsächlich* etwas Merkwürdiges mit ihren Haaren angestellt. Aber es stand ihr, wie ich widerwillig zugeben mußte.

Auch an der Art, wie sie sich kleidete, fiel mir etwas auf. Es war… es war… ja, was war es? Es war *ganz anständig*.

Als Krönung des Ganzen hatte sie Lippenstift aufgelegt. Das tat sie sonst höchstens bei Hochzeiten, und gelegentlich bei Beerdigungen, wenn sie den Toten zu Lebzeiten nicht hatte ausstehen können.

Ich setzte mich ihr gegenüber, lächelte unbeholfen und fragte mich, was sie mir wohl erzählen wollte.

62

Sie stand im Begriff, meinen Vater zu verlassen. Das hatte sie mir sagen wollen (wahrscheinlich stelle ich die Situation falsch dar, wenn ich sage, daß sie es mir sagen *wollte*, genauer wäre, daß sie es mir sagen *mußte*).

Der Schock verursachte mir buchstäblich Übelkeit. Es überraschte mich, daß sie mit der Neuigkeit wartete, bis ich mir ein belegtes Brot bestellt hatte, denn jede Art von Verschwendung war ihr ein Greuel.

»Das glaub ich nicht«, krächzte ich und suchte in ihrem Gesicht nach einem Hinweis, daß nicht stimmte, was sie gesagt hatte. Aber ich sah lediglich, daß sie sich Lidstriche gemalt hatte, und daß die krumm waren.

»Es tut mir leid«, sagte sie schlicht.

Es kam mir vor, als breche meine Welt zusammen, und das verwirrte mich. In meinen Augen war ich eine unabhängige sechsundzwanzigjährige Frau, die das Elternhaus verlassen, sich auf die eigenen Füße gestellt hatte und sich nicht im geringsten für die sexuellen Faxen ihrer Eltern interessierte. Aber in jenem Augenblick spürte ich Angst und Zorn wie eine verlassene Vierjährige.

»Aber warum nur?« fragte ich. »Warum verläßt du ihn? Wie kannst du das tun?«

»Unsere Ehe hat seit vielen Jahren nur noch dem Namen nach bestanden, mein Kind. Das mußt du doch gewußt haben«, sagte sie, erkennbar darauf bedacht, daß ich ihr zustimmte.

»Wußte ich nicht«, sagte ich. »Das ist mir völlig neu.«

»Das mußt du gewußt haben, mein Kind«, beharrte sie.

Ihr ›mein Kind‹-Getue ging mir ebenso auf die Nerven, wie daß sie mir immer wieder um Verständnis flehend eine Hand auf den Arm legte.

»Hab ich aber nicht«, beharrte ich. Auf keinen Fall würde ich ihr zustimmen, ganz gleich, worum es ging.

Was wird da gespielt? fragte ich mich entsetzt. Die Eltern anderer Leute mochten sich trennen, aber doch nicht meine. Allein schon deshalb nicht, weil sie *katholisch* waren.

Ausschließlich das Aufrechterhalten eines Familienlebens hatte mich bisher dazu veranlaßt, mich so lange mit dem Katholizismus meiner Eltern und dem ganzen dazugehörigen Brimborium abzufinden. Zwischen uns bestand eine wortlose Absprache. Zu meiner Rolle gehörte unter anderem, daß ich jeden Sonntag zur Messe ging, zu Verabredungen keine Lacklederschuhe trug und alljährlich während der vorösterlichen Fastenzeit vierzig Tage lang auf Konfekt verzichtete. Als Gegenleistung sollten meine Eltern zusammenbleiben, auch wenn sie einander nicht ausstehen konnten.

»Arme Lucy«, seufzte sie. »Du hast dich unangenehmen Dingen nie stellen können, was? Wenn es hoch herging, bist du immer davongelaufen oder hast die Nase in ein Buch gesteckt.«

»Was soll der Scheiß«, sagte ich wütend. »Hack nicht ständig auf mir rum. Schließlich bist du diejenige, die unrecht hat.«

»Entschuldige bitte«, sagte sie sanft, »ich hätte das nicht sagen sollen.«

Das erschreckte mich nun wirklich. Es war eine Sache, daß sie mir sagte, sie werde meinen Vater verlassen, aber daß sie sich bei mir *entschuldigte*, war noch nie vorgekommen. Eher hatte ich damit gerechnet, daß sie mich – wie üblich – rügte, weil ich ungehörige Wörter benutzt hatte.

Krank vor Entsetzen sah ich sie mit aufgerissenen Augen an. Die Sache mußte außergewöhnlich ernst sein.

»Dein Vater und ich lieben einander schon seit Jahren nicht mehr, mein Kind«, sagte sie noch freundlicher. »Es tut mir leid, daß dich das so mitnimmt.«

Ich brachte kein Wort heraus. Ich mußte mit ansehen, wie mein Elternhaus zerstört wurde, und ich mit ihm. Meinem Selbstgefühl nach existierte ich ohnehin kaum. Ich fürchtete, daß ich mich vollständig in Luft auflösen würde, wenn eine der Hauptstützen zerbröckelte, auf die sich meine Persönlichkeit gründete.

»Aber warum jetzt?« fragte ich, nachdem wir eine Weile geschwiegen hatten. »Wenn ihr euch schon seit Jahren nicht mehr liebt, was ich einfach nicht glaube, warum hast du dich dann gerade jetzt entschlossen, ihn zu verlassen?«

Mit einem Mal verstand ich: die Frisur, das Make-up, die neue Kleidung, alles ergab einen Sinn.

»Großer Gott«, sagte ich. »Ich fasse es nicht – du hast 'nen anderen, stimmt's? Du hast einen … einen … Freund!«

Das Miststück sah mir nicht in die Augen, und ich wußte, daß ich recht hatte.

»Lucy«, flehte sie, »ich war so einsam.«

»Einsam?« fragte ich ungläubig. »Wie konntest du einsam sein, wo du doch Dad hast?«

»Bitte versteh mich, Lucy«, bat sie. »Das Leben mit deinem Vater war, als wenn man mit einem Kleinkind zusammen wäre.«

»Hör auf!« sagte ich. »Versuch jetzt nicht, die Sache so hinzustellen, als wäre es seine Schuld. Du hast ihn verlassen, es ist *deine* Schuld.«

Sie sah unglücklich auf ihre Hände und sagte nichts zu ihrer Verteidigung.

»Wer ist es?« stieß ich hervor. Ich hatte den Geschmack von Galle im Mund. »Wer ist dein … dein … *Freund*?«

»Bitte, Lucy«, murmelte sie. Ihre umgängliche Art verstörte mich. Mir war viel wohler, wenn sie mir bissig und schonungslos kam.

»Sag schon«, verlangte ich.

Sie saß stumm da. Tränen traten ihr in die Augen. Warum wollte sie es mir nicht sagen?

»Es ist jemand, den ich kenne, stimmt's?« sagte ich beunruhigt.

»Ja, Lucy. Es tut mir leid. Ich wollte das nie …«

»Sag einfach, wer es ist«, sagte ich. Ich atmete rasch und heftig.

»Es ist …«

»Ja?«

»Es ist …«

»WEEEER?« schrie ich fast.

»Ken Kearns«, stieß sie hervor.

Wer? dachte ich benommen. »Wer ist das?«

»Ken Kearns. Du kennst ihn, Mr. Kearns aus der Reinigung.«

»Ach, *Mr.* Kearns«, sagte ich und erinnerte mich undeutlich an einen kahlköpfigen alten Kauz mit brauner Strickjacke, Kunststoffschuhen und falschen Zähnen, die ein Eigenleben zu führen schienen.

Welche Erleichterung! So lachhaft es schien, ich hatte Angst gehabt, es könnte *Daniel* sein. So wie er kürzlich von der geheimnisvollen neuen Frau erzählt hatte, und so wie Mum bei seinem Besuch mit ihm geflirtet und Daniel gesagt hatte, Mum sehe gut aus...

Schön, ich war zwar froh, daß es nicht Daniel war, aber *Mr. Kearns aus der Reinigung* – ehrlich, sie hätte nicht einmal dann auf einen Schlimmeren verfallen können, wenn sie es darauf angelegt hätte.

»Sag mir, ob ich das richtig verstanden hab«, sagte ich benommen. »Dein neuer Freund ist Mr. Kearns mit den falschen Zähnen, die zu groß für ihn sind?«

»Er besorgt sich neue«, sagte sie unter Tränen.

»Du bist ja ekelhaft«, sagte ich und schüttelte den Kopf. »Du bist wirklich ekelhaft.«

Weder brüllte sie mich an, noch machte sie mich nieder, wie sie das sonst zu tun pflegte, wenn ich ihr nicht mit dem gebotenen Respekt gegenübertrat.

»Bitte, sieh mich an, mein Kind«, sagte sie, während ihr die Tränen in die Augen stiegen. »Bei Ken fühle ich mich wie ein junges Mädchen. Kannst du das nicht verstehen – ich bin eine Frau, eine Frau mit Bedürfnissen...«

»Ich möchte nichts von deinen ekelhaften Bedürfnissen hören, vielen Dank«, sagte ich und verbannte die widerliche Vorstellung aus meinem Kopf, wie sich meine Mutter inmitten der Kleiderbügel mit Mr. Kearns auf dem Boden wälzte.

Nach wie vor unternahm sie keinen Versuch, sich zu rechtfertigen, aber ich kannte sie. Früher oder später würde sie nicht mehr genug Wangen haben, die sie hinhalten konnte.

»Sieh mal, Lucy, ich bin jetzt dreiundfünfzig. Das ist vielleicht meine letzte Chance auf ein wenig Glück. Das wirst du mir doch wohl nicht mißgönnen?«

»Du und dein Glück! Und was ist mit Dad? Was ist mit *seinem* Glück?«

»Ich hab mich bemüht, ihn glücklich zu machen«, sagte sie traurig. »Aber es hat nicht geklappt.«

»Unsinn«, entfuhr es mir. »Du hast dich immer bemüht, ihm das Leben zur Hölle zu machen! Warum hast du ihn nicht schon vor Jahren verlassen?«

»Aber ...« sagte sie matt.

»Wo willst du leben?« unterbrach ich sie. Mir war schlecht.

»Bei Ken«, flüsterte sie.

»Und wo ist das?«

»Das gelbe Haus gegenüber der Schule.« Vergeblich versuchte sie einen Anflug von Stolz zu unterdrücken, der in ihrer Stimme mitschwang. Ken, Herrscher über die Welt der Chemischen Reinigung, schien nicht ganz unvermögend zu sein.

»Und was ist mit deinem Treuegelöbnis?« fragte ich. Mir war klar, daß sie das wirklich treffen würde. »Was ist mit dem Versprechen, das du ihm gemacht hast, und zwar in einer Kirche, daß du in guten und in schlechten Tagen bei ihm bleiben willst?«

»Bitte, Lucy«, sagte sie leise. »Ich kann dir gar nicht sagen, wie sehr ich mit meinem Gewissen gerungen habe. Ich habe immer wieder um Rat gebetet ...«

»Du bist ja eine solche Heuchlerin«, schleuderte ich ihr entgegen. Ich hatte dafür keine moralischen Gründe, aber ich wußte, daß es sie reizen würde, und daran lag mir in erster Linie. »Du hast mir mein Leben lang die Lehre der katholischen Kirche eingetrichtert und dir ein Urteil über unverheiratete Mütter und über Frauen angemaßt, die abtreiben ließen, und jetzt bist du selbst keine Spur besser! Du bist eine Ehebrecherin, du hast das siebte Gebot gebrochen, das du so hochgehalten hast.«

»Das sechste«, sagte sie. Ihr Widerspruchsgeist war nicht ganz gebrochen.

Ha! Ich wußte, daß ich sie kriegen würde.

»Was?« fragte ich angewidert.

»Ich habe das *sechste* Gebot gebrochen. Im siebten geht es ums Stehlen. Hast du eigentlich im Kommunionsunterricht überhaupt nichts gelernt?«

»Siehst du, siehst du!« schrie ich in bitterem Triumph. »Du fängst schon wieder an, urteilst über andere und kehrst den Moralapostel raus. Wer unter euch ohne Sünde ist, werfe den Balken aus seinem eigenen Auge!«

Mit hängendem Kopf rang sie die Hände. Wieder die Märtyrerpose.

»Und was hat Father Colm zu all dem zu sagen?« wollte ich wissen. »Ich wette, daß ihr jetzt nicht mehr ein Herz und eine Seele seid, nachdem du… nachdem du… nachdem du… deine Familie zerstört hast.«

»Na?« fragte ich, als sie darauf nicht antwortete.

»Man hat mir zu verstehen gegeben, daß ich für den Altarschmuck nicht mehr erwünscht bin«, gab sie schließlich zu. Eine einzelne Träne lief ihr über die Wange und hinterließ eine schmale helle Linie dort, wo sie die ungeschickt aufgelegte Grundierungscreme auflöste.

»Geschieht dir recht«, schnaubte ich.

»Und sie wollten auch den Apfelkuchen nicht, den ich für den Kirchenbasar gebacken hatte«, sagte sie. Dabei liefen ihr weitere Tränen über das Gesicht, so daß es aussah wie das Längsstreifenmuster auf dem Bezug eines Liegestuhls.

»Auch das geschieht dir recht«, sagte ich hitzig.

»Vermutlich fürchten sie, es könnte ansteckend sein«, sagte sie mit dem Anflug eines Lächelns. Ich sah sie kalt an, und nach einigen Sekunden verschwand ihr Lächeln.

»Du hast dir wirklich einen ausgezeichneten Zeitpunkt ausgesucht, mir das mitzuteilen«, sagte ich boshaft. »Wie soll ich jetzt ins Büro gehen und den ganzen Nachmittag arbeiten, nachdem ich das gehört hab?«

Das war niederträchtig von mir, denn Ivor war nicht da, und ich hätte ohnehin nichts getan. Aber darum ging es nicht.

»Tut mir leid, mein Kind«, sagte sie leise. »Aber ich wollte es dir gleich sagen. Auf keinen Fall solltest du es von einem anderen erfahren.«

»Nun, jetzt hast du es mir gesagt«, erklärte ich kurz angebunden und griff nach meiner Handtasche. »Vielen Dank und auf Wiedersehen.«

Ich legte kein Geld auf den Tisch. Mochte sie ruhig für mein belegtes Brot zahlen, schließlich hatte ich es ihretwegen nicht hinuntergebracht.

»Bitte warte, Lucy«, bat sie mich. »Geh noch nicht. Gib mir Gelegenheit, alles zu sagen. Weiter verlange ich nichts von dir.«

»Von mir aus. Red weiter«, sagte ich. »Das wird sicher sehr lustig.«

Sie holte tief Luft und begann: »Ich weiß, daß du deinen Vater immer mehr geliebt hast als mich ...«

Sie ließ eine Pause eintreten, für den Fall, daß ich ihr widersprechen wollte. Ich schwieg.

»Für mich war das alles sehr schwer«, fuhr sie fort. »Immer mußte ich die Starke und Disziplinierte sein, denn er war dazu nicht bereit. Auch ist mir durchaus bewußt, daß du ihn immer als ausgesprochen lustig, mich hingegen als gemein und minderwertig angesehen hast. Aber einer von uns beiden mußte dir elterliche Geborgenheit bieten.«

»Wie kannst du es wagen«, brach es aus mir heraus. »Davon hat mir Dad doppelt soviel, ach, was sag ich, ZEHNMAL soviel gegeben wie du.«

»Aber er war so verantwortungslos ...« wandte sie ein.

»Sprich mir nicht von Verantwortung«, unterbrach ich sie. »Und was ist mit deinem Verantwortungsgefühl? Wer wird sich um Dad kümmern?«

Die Antwort darauf kannte ich bereits.

»Warum sollte sich jemand um ihn kümmern müssen?« fragte sie. »Er ist erst vierundfünfzig, und ihm fehlt nichts.«

»Du weißt, daß man sich um ihn kümmern muß«, sagte ich. »Du weißt, daß er sich nicht um sich selbst kümmern kann.«

»Und warum nicht, Lucy?« fragte sie. »Viele Männer leben allein, Männer, die weit älter sind als er und sich trotzdem ohne weiteres um sich selbst kümmern können.«

»Aber Dad ist nicht wie andere Männer, das weißt du auch«, sagte ich. »Glaub bloß nicht, daß du dich auf diese Weise aus der Verantwortung stehlen kannst.«

»Und warum ist er nicht wie andere Männer?« wollte sie wissen.

»Das weißt du genau«, sagte ich wütend.

»Nein, das weiß ich nicht«, sagte sie. »Sag es mir.«

»Ich streite mich nicht länger mit dir herum«, sagte ich. »Du weißt, daß man sich um Dad kümmern muß, und damit hat sich's.«

»Du kannst dich der Wirklichkeit nicht stellen, nicht wahr, Lucy?« fragte sie mich und sah mich mit ihren heiligmäßigen Rehaugen an, mit dem falschen Mitgefühl und der Sozial-arbeiterinnen-Fürsorglichkeit, die mich immer auf die Palme brachten.

»Wem kann ich mich nicht stellen?« fragte ich. »Ich kann mich allem stellen. Du redest noch größeren Unsinn als sonst.«

»Er ist ein Trinker«, sagte sie leise. »*Dem* kannst du dich nicht stellen.«

»Wer soll ein Trinker sein?« fragte ich, angewidert von ihrer Art, die Wirklichkeit zu verdrehen. »Dad ist *kein* Trinker. Ich sehe, worauf du hinauswillst. Du meinst, du kannst ihn be-schimpfen und schreckliche Sachen über ihn behaupten, da-mit die Leute Mitleid mit dir haben und sagen, daß es in Ord-nung ist, wenn du ihn verläßt. Mich führst du nicht hinters Licht.«

»Lucy, er trinkt schon seit Ewigkeiten. Wahrscheinlich hat er es schon vor unserer Hochzeit getan, aber damals konnte ich die Zeichen nicht deuten«, sagte sie.

»Unsinn«, schnaubte ich. »Er ist kein Trinker. Du hältst mich wohl für eine Vollidiotin? Trinker sind Männer, die in verdreckten Mänteln und mit wirren Bärten in der Gosse lie-gen und mit sich selbst reden.«

»Trinker gibt es in allen Größen und Spielarten, und die

Männer auf der Straße sind genau wie dein Dad, nur hatten sie ein bißchen mehr Pech.«

»Sie hätten kein größeres Pech haben können, als mit dir verheiratet zu sein«, schleuderte ich ihr entgegen.

»Bestreitest du etwa, daß dein Vater viel trinkt?«

»Er trinkt ein bißchen«, räumte ich ein. »Und warum auch nicht? Du hast ihm in all den Jahren das Leben schwergemacht. Meine früheste Erinnerung ist, wie du ihn angebrüllt hast. Das weiß ich noch ganz genau.«

»Es tut mir leid, mein Kind«, sagte sie, und Tränen liefen ihr über das Gesicht. »Es war alles so schwer. Wir hatten nie Geld, und er bekam keine Arbeit und vertrank das Geld, das ich beiseite gelegt hatte, um für dich und deine Brüder Lebensmittel zu kaufen. Ich mußte dann in den Laden gehen und mir eine Geschichte aus den Fingern saugen, daß ich es nicht rechtzeitig zur Bank geschafft hätte, und sie bitten, es anzuschreiben. Die wußten natürlich Bescheid, aber ich hatte einen Rest von Stolz, mein Kind. Es ist mir nicht leichtgefallen. Meine Eltern hatten mich so aufgezogen, daß ich mehr als das vom Leben erwartete.«

Jetzt weinte sie wie ein Schloßhund, was mich aber nicht im geringsten beeindruckte.

»Und ich hab ihn so sehr geliebt«, schluchzte sie. »Ich war zweiundzwanzig und fand ihn wunderbar. Er hat mir immer wieder versprochen, er würde aufhören, und ich hab gehofft, daß es besser würde. Jedesmal hab ich ihm geglaubt, und jedesmal hat er mich enttäuscht.«

So fuhr sie endlos fort mit ihrer Litanei von Beschuldigungen. Wie er sich am Hochzeitsmorgen betrunken hatte, wie sie allein ins Krankenhaus gehen mußte, als bei Chris' Geburt die Wehen einsetzten, weil Dad nicht zu finden war und wahrscheinlich irgendwo betrunken herumhing, wie er bei Peters Kommunion hinten in der Kirche gestanden und ein weltliches Lied gegrölt hatte …

Ich hörte nicht einmal zu. Ich beschloß, daß es Zeit für mich war, an meinen Arbeitsplatz zurückzukehren.

Als ich aufstand, sagte ich: »Mach dir keine Sorgen. Ich kümmere mich um ihn, und wahrscheinlich viel besser, als du es je gekonnt hast.«

»Meinst du, Lucy?« Es klang nicht so, als ob sie beeindruckt gewesen wäre.

»Ja.«

»Ich wünsche dir Glück«, sagte sie. »Du wirst es brauchen.«

»Was meinst du damit?«

»Hast du Übung im Waschen von Laken?« fragte sie geheimnisvoll.

»Wovon redest du?«

»Wart's ab«, sagte sie müde. »Du wirst es schon sehen.«

63

Wie vor den Kopf geschlagen kehrte ich ins Büro zurück. Als erstes rief ich Dad an, um zu sehen, wie es ihm ging. Er sprach unzusammenhängend und wirkte benommen, was mir große Sorgen machte.

»Ich komm heute abend gleich nach Feierabend bei dir vorbei«, versprach ich. »Mach dir bitte keine Sorgen. Alles wird wieder gut.«

»Und wer kümmert sich um mich, Lucy?« fragte er. Seine Stimme klang entsetzlich alt. Ich hätte meine Mutter umbringen können.

»Ich«, versprach ich mit Nachdruck. »Ich werde mich immer um dich kümmern, mach dir keine Sorgen.«

»Und du verläßt mich auch nicht?« fragte er kläglich.

»Nie«, sagte ich, und es war mir so ernst wie noch nie etwas im Leben.

»Bleibst du über Nacht?« fragte er.

»Natürlich. Ich bleib für immer bei dir.«

Dann rief ich Peter an. Er war nicht in der Arbeit. Vermutlich hatte ihm Mum die Neuigkeit bereits mitgeteilt, und der ödipuskomplexbeladene Trottel war nach Hause gegangen, hatte sich in ein abgedunkeltes Zimmer gelegt und wartete dort auf seinen Tod. So ähnlich mußte es gewesen sein, denn als ich ihn zu Hause anrief, meldete er sich mit belegter und von Kummer triefender Stimme. Auch er sagte, er hasse unsere Mutter. Aber mir war klar, daß das einen ganz anderen Grund hatte und ihn nichts mit mir verband. Peter war nicht am Boden zerstört, weil meine Mutter Dad verlassen hatte, sondern weil sie ihn nicht um seinetwillen verlassen hatte.

Dann rief ich Chris an und erfuhr, daß Mum ihn schon am Vormittag über alles informiert hatte. Ich war wütend auf Chris, denn er hätte mich schließlich anrufen und mir einen Tip geben können. So zankten wir ein wenig, was ganz nett war, weil ich dabei einen Augenblick lang nicht an Dad denken mußte. Chris war ziemlich erleichtert, als ich sagte, daß ich den Abend mit Dad verbringen würde (»Danke, Lucy, dafür muß ich mich gelegentlich erkenntlich zeigen.«). Chris und Verantwortung vertrugen sich nicht besonders gut, besser gesagt sie waren einander noch nie von Angesicht zu Angesicht begegnet.

Dann rief ich Daniel an und erzählte ihm, was vorgefallen war. Ihm konnte man so etwas gut sagen, weil er stets voll Mitgefühl war. Außerdem hatte er meine Mutter immer gemocht, und ich war froh, daß er eine Gelegenheit hatte zu sehen, was für ein Miststück sie in Wirklichkeit war.

Ohne sich über ihren Weggang zu äußern, schlug er vor, mich mit dem Auto zu Dad zu fahren.

»Nein«, sagte ich.

»Doch«, sagte er.

»Kommt nicht in Frage«, sagte ich. »Ich bin schrecklich durcheinander und keine angenehme Gesellschaft. Es ist eine lange und langweilige Fahrt, und wenn wir da sind, möchte ich mit meinem Vater allein sein.«

»Von mir aus«, sagte er. »Ich möchte trotzdem bei dir sein.«

»Daniel«, seufzte ich. »Es ist sonnenklar, daß du einen Psychiater brauchst, aber ich hab im Augenblick wirklich keine Zeit, mich mit deinen seelischen Problemen zu beschäftigen.«

»Lucy, sei vernünftig«, sagte er mit fester Stimme. Darüber mußten wir beide ein bißchen lachen.

»Du verlangst das Unmögliche«, sagte ich. »Hör auf, mir Forderungen mit eingebautem Mißerfolg zu stellen.«

»Jetzt hör mir mal zu«, brüllte er. »Ich hab ein Auto, du hast einen langen Weg vor dir, du mußt noch in deine Wohnung, um Klamotten und was weiß ich zu holen. Ich hab heute abend nichts weiter vor, also fahr ich dich nach Uxbridge und will nichts mehr darüber hören!«

»Uijui«, sagte ich belustigt und trotz der schrecklichen Umstände ein wenig beeindruckt. »Da spricht der Held aus einem Groschenroman. Wirf mal 'nen Blick auf deine Oberschenkel. Würde mich gar nicht wundern, wennn man da richtig die Muskeln vorstehen sähe.«

Er verstand nicht, wovon ich sprach. Komischerweise hatte ich mir noch nie Gedanken über Daniels Oberschenkel gemacht. Ich hatte den leisen Verdacht, daß sie tatsächlich muskulös waren. Ich kam mir ein wenig merkwürdig vor, war ein bißchen nervös und hörte daher auf.

»Danke, Daniel«, gab ich nach. »Falls es dir wirklich nichts ausmacht, wäre es mir eine Hilfe, wenn du mich fahren würdest.«

Das schreckliche Ereignis von Mums Auszug hatte meine Angst vor Karen und vor dem überlagert, was sie mir antun würde, wenn sie dahinterkam, daß ich mich von Daniel nach Uxbridge fahren ließ. Aber als er und ich die Wohnung verließen, war sie zum Glück noch nicht von der Arbeit zurück.

Unterwegs machten wir an einem Supermarkt halt, um für Dad Vorräte einzukaufen. Ich gab ein Vermögen aus und kaufte alles, was er, soweit ich mich erinnerte, gern hatte – Buchstabensuppe, kleine Portionen Fertignachtisch, alles mögliche zum Kabbern und Naschen, süße Krümelkekse, Marmeladentörtchen mit Mandelsplittern, bunte Pfefferminzbonbons und eine Flasche Whiskey. Mochte ihn meine Mutter ruhig als Trinker hinstellen, ich glaubte es nicht, und wenn, es hätte mich kaltgelassen. Ich hätte ihm *alles* gegeben, um ihn ein wenig glücklicher zu machen und ihm das Gefühl zu vermitteln, daß es jemanden gab, der ihn liebte.

Mit geradezu missionarischem Eifer nahm ich mir vor, ihm ein gemütliches Heim zu bereiten und freute mich richtig darauf. Ich würde meiner Mutter schon zeigen, wie man so etwas macht.

Im Haus meines Vaters angekommen, fanden Daniel und ich ihn betrunken und in Tränen aufgelöst in seinem Lehnsessel. Ich war erschüttert, wie mitgenommen er war, hatte ich doch angenommen, daß ihn der Weggang meiner Mutter in gewisser Weise freuen würde, da er jetzt seine Ruhe hatte. Fast hatte ich erwartet, daß er erleichtert war, wenn er sah, daß nur noch er und ich da waren.

»Armer, armer Dad.« Ich stellte die Einkaufstüten auf den Tisch und eilte an seine Seite.

»Ach, Lucy«, sagte er, langsam den Kopf schüttelnd. »Ach, Lucy, was soll nun aus mir werden?«

»Ich kümmere mich um dich. Da, trink was«, forderte ich ihn auf und gab Daniel mit einer Geste zu verstehen, daß er den Whiskey bringen solle.

»Hast recht, Lucy«, stimmte mein Vater trübselig zu. »Hast recht.«

»Bist du sicher, Lucy?« fragte Daniel ganz ruhig.

»Fang du nicht auch noch an«, zischte ich ihm leise zu. »Seine Frau hat ihn gerade verlassen, da gönn ihm ruhig 'nen Schluck.«

»Beruhige dich, Lucy«, sagte er, hob eine leere Whiskeyflasche vom Boden neben dem Sessel meines Vaters auf und warf sie mir zu. »Ich will ja nur nicht, daß du den Mann umbringst.«

»Noch eine kann ihm nicht schaden«, sagte ich entschlossen.

Mit einem Mal taten mein Vater und ich mir schrecklich leid. Bevor ich wußte, was passierte, bekam ich einen kleinen Koller. »Verdammt noch mal, Daniel«, kreischte ich. Dann stapfte ich aus der Küche und schlug die Tür hinter mir zu.

Ich ging ins Wohnzimmer und warf mich in meinem Wutanfall auf das Sofa mit dem Cordsamtbezug. Diese »gute Stube« wurde nur benutzt, wenn Besuch kam. Da wir aber nie viel Besuch hatten, waren die Möbel noch fast so ungebraucht wie 1973, als meine Eltern sie angeschafft hatten. Man kam sich darin vor wie auf einer Zeitreise.

Während ich auf dem guten Stück saß und weinte, fand ich es zugleich gewagt, das Möbel zu entweihen, auf dem sonst nur Priester und Besucher aus Irland sitzen durften. Nach wenigen Augenblicken kam Daniel herein, was ich mir schon gedacht hatte.

»Hast du ihm was zu trinken gegeben?« fragte ich ihn anklagend.

»Ja«, sagte er und kam um den Couchtisch mit der Rauchglasplatte herum. Er setzte sich zu mir und legte den Arm um mich, ganz, wie ich es mir gedacht hatte. So etwas konnte

Daniel gut, er war umgänglich und berechenbar, und ich konnte mich stets darauf verlassen, daß er das Richtige tat.

Dann zog er mich auf seinen Schoß, die eine Hand um meine Schultern gelegt und die andere unter meinen Knien. Damit hatte ich nicht gerechnet, ließ es mir aber gern gefallen. Streicheleinheiten waren genau das, was ich jetzt brauchte.

Ich drängte mich an ihn und weinte ein bißchen mehr. Bei Daniel konnte man sich gut ausweinen, denn in seiner Anwesenheit fühlte man sich beschützt und geborgen. Den Kopf an seiner Schulter, ließ ich meinen Tränen freien Lauf, während er mir sacht über das Haar strich und tröstend sagte: »Ganz ruhig, Lucy, weine nicht.« Es war sehr schön.

Er roch gut – meine Nase lag dicht an seinem Hals und sein männlicher und angenehmer Geruch überwältigte mich.

Eigentlich ganz stimulierend, merkte ich überrascht – jedenfalls wäre es das gewesen, wenn es nicht Daniel gewesen hätte.

Wie er wohl schmeckt? mußte ich unwillkürlich denken. Wahrscheinlich großartig. Ich war ihm so nahe, daß ich nur die Zunge hätte herauszustrecken brauchen, um damit die glatte Haut seines Halses zu berühren.

Ich riß mich zusammen. Ich konnte ja nicht einfach hergehen und Männer abschlecken, nicht einmal Daniel.

Er strich mir weiter mit der einen Hand über das Haar, während er mir mit der anderen über den Nacken fuhr, wo er mit Daumen und Zeigefinger merkwürdige Dinge trieb. Seufzend drängte ich mich völlig entspannt dichter an ihn. Es war wunderbar und tat mir richtig gut.

Hmm, dachte ich und erschauerte wohlig. Wohlig und irgendwie …

Mit einem Mal merkte ich, daß ich nicht mehr weinte. Voll Schreck wurde mir klar, daß ich mich sofort aus Daniels Armen lösen mußte, denn ich durfte mich nur dann an einen Mann drängen, wenn ich mit ihm eine Beziehung hatte oder wenn einer den anderen trösten mußte. Da bei Daniel keins von beiden der Fall war, lag ich unter falschen Voraussetzungen in seinen Armen. Mein Vertrag war mit dem Ende meines Weinens abgelaufen.

In der Hoffnung, er werde mich nicht für undankbar halten, versuchte ich, mich von ihm loszureißen.

Sein Gesicht dicht an meinem, lächelte er mir zu, als wüßte er etwas, das ich nicht wußte. Oder vielleicht etwas, das ich hätte wissen müssen.

Manchmal geht mir sein geradezu sprichwörtliches gutes Aussehen wirklich auf die Nerven, dachte ich verärgert. Seine Zähne sahen auf jeden Fall weißer aus als gewöhnlich. Er war wohl gerade beim Zahnarzt gewesen. Auch das ärgerte mich.

Mir war heiß und unbehaglich, ohne daß ich so recht gewußt hätte, warum. Vielleicht, weil wir am peinlichen Schluß eines Gefühlsausbruchs angelangt waren. Der alles mitreißende Strom von Glück oder Elend war versiegt, und damit war Händchenhalten, Umarmung oder Tränenvergießen, oder was auch immer, mit einem Mal entsetzlich peinlich. Wahrscheinlich hatte ich *deshalb* das Gefühl, mich von ihm zurückziehen zu müssen, überlegte ich, auf der Suche nach einem Grund.

Die Zurschaustellung von Zuneigung machte mich immer verlegen, jedenfalls wenn ich nüchtern war.

Aber Daniel schien nicht zu merken, daß ich unsere Verklammerung auflösen wollte. Erfolglos versuchte ich mich aus seinen Armen zu befreien, und erneut überfiel mich panische Angst.

»Danke«, schniefte ich zu ihm empor und hoffte, daß es normal klänge. Noch einmal unternahm ich einen Anlauf, mich zu befreien. »Tut mir leid.«

Ich muß von ihm loskommen, dachte ich beunruhigt. Ich fühlte mich in seinen Armen befangen und unbehaglich. Aber es war nicht die übliche Art von Unbehagen und Befangenheit. Er machte mich unsicher.

Ich merkte allerlei an ihm, das mir nicht aufgefallen war, als ich alle Hände voll mit Weinen zu tun hatte.

Beispielsweise war er so *riesig* – ich war an kleine Männer gewöhnt. Es war ein sonderbares Gefühl, von einem Riesen wie Daniel gehalten zu werden. Es machte mir angst.

»Es braucht dir nicht leid zu tun«, sagte er.

Ich wartete auf sein übliches leicht spöttisches Lächeln, aber es kam nicht. Ohne sich zu rühren, sah er mich mit dunklen und ernsten Augen an.

Ich erwiderte seinen Blick. Stille legte sich um uns. Erwartungsvolle Stille. Noch vor wenigen Augenblicken hatte ich mich sicher gefühlt, jetzt fühlte ich mich alles andere als sicher. Ich schien auch nicht richtig atmen zu können. Es kam mir so vor, als käme die Luft nicht ganz unten an.

Daniel machte eine leichte Bewegung, und ich zuckte zusammen. Aber er strich mir nur das Haar aus der Stirn. Als mich seine Hand berührte, durchlief mich ein Schauer.

»Aber natürlich tut es mir leid«, brachte ich nervös heraus. Ich konnte ihm nicht mehr in die Augen sehen. »Du kennst mich doch – ich fühle mich gern schuldig.«

Er lachte nicht. Ein schlechtes Zeichen. Außerdem ließ er mich nicht los. Ein noch schlechteres Zeichen.

Zu meinem Entsetzen kam bei mir eine so große Begierde nach ihm hoch, daß sie mich fast von seinem Schoß katapultiert hätte. Erneut bemühte ich mich, von seinen Knien herunterzurutschen. Wahrscheinlich fiel der Versuch nicht besonders nachdrücklich aus.

»Ich laß dich nicht los, Lucy«, sagte er, legte mir die Hand unter das Kinn und drehte mein Gesicht sacht zu sich hin. »Du brauchst es also gar nicht erst zu probieren.«

Ach Gott, dachte ich. Jetzt wurde es ernst. Mir gefiel die Art nicht, wie er das gesagt hatte. Eigentlich gefiel sie mir sogar sehr gut. Hätte ich nicht so viel Angst vor dem gehabt, was dahinter stand, ich hätte sie wunderbar gefunden.

Irgend etwas Merkwürdiges ging da vor sich. Wieso meldete sich die Fleischeslust, um zu sehen, ob Daniel und ich bereit waren mitzuspielen? Und warum jetzt?

Ich versuchte Zeit zu gewinnen und stammelte: »Warum willst du mich nicht loslassen?«

Seine Wimpern lenkten mich ein wenig ab – sie waren geradezu unanständig lang und dicht. Und war sein Mund schon immer so verlockend gewesen? Die leichte Bräune seiner Haut kontrastierte in äußerst angenehmer Weise mit dem Weiß seines Hemdes.

»Weil ich dich will«, sagte er.

Da hatten wir es! Mein Inneres zog sich vor Angst zusammen. Wir näherten uns einer Grenze, die in unbekanntes Gelände führte. Wenn ich nur die Spur von Verstand hatte, würde ich mich dem entgegenstemmen.

Aber ich hatte keinen Verstand. Ich konnte mich nicht einmal mir selbst entgegenstemmen. Und selbst wenn ich es gewollt hätte, *ihm* hätte ich mich bestimmt nicht entgegenstemmen können.

Schon Ewigkeiten, bevor es dazu kam, war mir klar, daß er mich küssen würde. Wir schwebten im freien Raum, unsere Münder, die einander fast berührten, kamen sich mit unendlicher Langsamkeit näher.

Seit Jahren war mir Daniels Gesicht vertraut gewesen, jetzt aber wirkte er auf mich wie ein Fremder, ein außerordentlich gutaussehender Fremder.

Es war entsetzlich, aber auf äußerst angenehme Weise.

Als meine Nerven schließlich bis zum äußersten gespannt waren und ich sicher war, keine weitere Sekunde warten zu können, beugte er sich über mich, legte seine Lippen auf meine und küßte mich. Es durchströmte mich wie perlender Wein. Ich küßte ihn, denn – ich schäme mich, es einzugestehen – ich *wollte* es. Ich haßte es, weil es großartig war.

Es war der schönste Kuß, den ich in meinem Leben je bekommen hatte, und er war von Daniel. Wie grauenvoll – wenn er es je merkte, würde sich sein Selbstbewußtsein unerträglich aufblähen. *Ich muß dafür sorgen, daß er es nie erfährt*, schoß es mir durch den Kopf.

Mir fiel so einiges auf, was mir früher nie aufgefallen war, beispielsweise, wie breit und fest sich sein Rücken anfühlte, als ich mit den Händen über den Stoff seines Anzugs fuhr, der ihn so erwachsen aussehen ließ.

Kein Wunder, daß er so mitreißend küßt, dachte ich und gab mir Mühe, mich gegen ihn zu wappen, *er hat ja auch reichlich Übung*.

Dann aber küßte er mich noch einmal, und ich dachte *wenn schon, denn schon*. Schließlich war der Schaden schon angerichtet, da konnte ich mich ruhig noch einmal bedienen.

Er war atemberaubend. Er hatte einen vollkommenen Mund und eine sagenhaft glatte Haut. Er schmeckte nach Moschus und Sinnlichkeit. Er war ein *Mann*, ein richtiger Mann.

Gott, dachte ich, *das werd ich mir nie im Leben verzeihen. Er wird es mich nie vergessen lassen. Welche Schande, nach all den Kränkungen, mit denen ich ihn eingedeckt hab, und nach all seiner Schürzenjägerei.*

Wenn ich nicht so auf ihn abgefahren wäre, hätte ich fast über mich lachen können.

Karen bringt mich um, fuhr es mir durch den Kopf. Ich war schon so gut wie tot.

Wie hatte ich das nur tun können. Ich war außer mir. Aber was hätte ich dagegen unternehmen sollen?

All diese Gedanken rasten mir durch den Kopf, während mich die Begierde nach ihm überwältigte. Von Zeit zu Zeit meldete sich eine leise Stimme und fragte: »Ist dir klar, wer das ist? Das ist Daniel, für den Fall, daß du das noch nicht gemerkt haben solltest. Und ist dir aufgefallen, wo du bist? Genau, in der guten Stube deiner Mutter, auf Father Colms Sofa.«

Ich zitterte, weil ich Daniel so begehrte. Am liebsten hätte ich es mit ihm an Ort und Stelle getrieben, auf Father Colms Sofa, mit meinem Vater nebenan. Es war mir gleich.

Aber er *küßte* mich nur. Küßte und liebkoste mich an völlig keuschen Stellen. Ich wußte nicht, ob ich davon beeindruckt sein oder mich darüber ärgern sollte, daß er nicht zu fummeln versuchte, mich noch nicht auf das Sofa gelegt hatte und mit der Hand unter meinem Rock aufwärts tastete.

Schließlich löste er sich von mir und sagte: »Lucy, du weißt nicht, wie lange ich darauf gewartet habe.«

Man mußte es ihm lassen – er war gut. Was er sagte, klang leidenschaftlich und aufrichtig. Er sah großartig aus. Seine Pupillen waren geweitet. Seine Augen waren fast schwarz, sein Haar völlig wirr und begehrenswert, ganz anders als sein sonstiges gepflegtes Aussehen. Das allerbeste war seine Miene – er sah aus wie ein Verliebter, zumindest aber wie ein Mann, der auf eine Frau scharf ist. Kein Wunder, daß die Frauen ihm reihenweise erlagen.

»Das sagst du bestimmt allen«, gab ich mit zittriger Stimme zurück und versuchte zu lächeln.

»Es ist mein Ernst«, sagte er leise mit aufrichtig klingender Stimme und sah mich richtig feierlich an.

»Meiner auch«, sagte ich geringschätzig.

Was ich an Verstand noch besaß, hatte sich zögernd wieder auf den Weg zurück in meinen verwirrten Kopf gemacht, obwohl mein ganzer Körper noch vor ungestillter Begierde bebte.

Ich sah ihn an, wollte ihm glauben, wußte aber zugleich, daß ich es nicht konnte.

Wir saßen dicht nebeneinander, aber getrennt, beide mit betrübten Gesichtern. Noch immer lag ich in seinen Armen, denn obwohl ich schon zu lange dort geblieben war, zögerte ich die Trennung hinaus.

»Bitte, Lucy«, sagte er, legte mir beide Hände auf das Gesicht und hielt es so vorsichtig und behutsam, als wäre mein Kopf ein bis zum Rand mit Schwefelsäure gefüllter Eimer.

Dann öffnete sich die Tür und Dad schlurfte herein. Obwohl Daniel und ich uns mit der Sprungkraft von Osterlämmern voneinander lösten, merkte er doch, was da vor sich ging, und sah entsetzt und ärgerlich drein.

»Großer Gott«, sagte er mit lauter Stimme. »Hier drin geht es ja zu wie in Sodom und Begorrah.«

64

Im Verlauf der nächsten Tage änderte sich mein Leben mit verblüffender Geschwindigkeit. Mit einem Mal hatte ich ein neues Zuhause. Man konnte es auch ein altes nennen, je nachdem, wie man es betrachtete. Ich konnte meine Wohnung in Ladbroke Grove gar nicht schnell genug kündigen, so erpicht war ich darauf, mein neues Leben in Angriff zu nehmen, so sehr lag mir daran zu zeigen, wie ernst es mir mit meinem Entschluß war.

Jemand mußte zu meinem Vater ziehen, sich um ihn kümmern. Dafür kam in allererster Linie ich in Frage.

Selbst für den Fall, daß sich Chris oder Peter angeboten hätten, würde ich darauf bestanden haben, es alleine zu machen. Doch die faulen Kerle dachten nicht im Traum daran, etwas in der Richtung zu tun. Die bloße Vorstellung jagte beiden einen gehörigen Schrecken ein. Sie hätten auch gar nicht besonders viel tun können – meine Mutter hatte beide vom Tag ihrer Geburt an umsorgt, so daß sie kaum imstande waren, einen Besen in die Hand zu nehmen, geschweige denn einen ganzen Haushalt. Ein Wunder, daß sie wenigstens gelernt hatten, sich die Schuhe zuzubinden. Zwar war ich in Haushaltsdingen kaum bewanderter als sie, wußte aber, daß ich es irgendwie schaffen würde. Ich würde *lernen*, wie man Fischstäbchen zubereitet, nahm ich mir voll Leidenschaft vor, ich würde es mit Liebe tun.

Alle versuchten mir eine Rückkehr nach Uxbridge auszureden. Karen und Charlotte wollten nicht, daß ich auszog – und das keineswegs nur wegen der damit verbundenen Mühe, eine passende neue Mitbewohnerin zu finden.

»Deinem Vater fehlt doch überhaupt nichts«, sagte Karen verständnislos. »Viele Männer sind allein. Wieso mußt du mit ihm zusammenleben? Du könntest ihn doch alle paar Tage besuchen und zum Beispiel dafür sorgen, daß eine Nachbarin bei ihm vorbeischaut. Deine Brüder könnten im Wechsel mit dir nach ihm sehen, oder so was.«

Ich konnte ihr nicht erklären, warum ich der Ansicht war, daß es in diesem Fall um alles oder nichts ging. Ich mußte es richtig machen. Ich würde zu ihm ziehen und mich um ihn kümmern, wie sich noch niemand um ihn gekümmert hatte, so, wie es immer hätte sein müssen. Ich war richtig froh, ihn für mich allein zu haben, und freute mich darauf. Ich grollte meiner Mutter wegen ihrer Wankelmütigkeit, hatte aber eigentlich nichts anderes von ihr erwartet. Im Grunde war ich erleichtert, daß sie endlich von der Bildfläche verschwunden war.

»Wie schrecklich, zurück zu deinen Eltern zu ziehen«, sagte Charlotte mit allen Anzeichen des Entsetzens. »Ich meine, zu deinem Vater«, fügte sie rasch hinzu. »Überleg doch mal, Lucy – wann kannst du schon mit 'nem Mann ins Bett gehen? Hast du keine Angst, daß dein Vater da reinplatzt und sagt, daß du so was unter seinem Dach nicht machen darfst?« Ohne zu merken, wie ich mich wand, plapperte sie weiter: »Womöglich mußt du sogar nach Hause kommen, wann er es für richtig hält, dir vorschreiben lassen, was du anziehen darfst und was nicht. Du mußt dir Sprüche anhören wie ›so geschminkt siehst du aus wie 'ne Hure‹ und so weiter.« Sie faßte ihre Ansicht in die Worte zusammen: »Du bist total bescheuert!«

Ihre Haltung hing wohl damit zusammen, daß ihr Auszug aus ihrem Elternhaus noch nicht allzu lange her und die Erinnerung an die harte Hand ihres Vaters noch zu frisch war. Sie genoß ihre neu erworbene Freiheit noch in vollen Zügen, jedenfalls an den Tagen, an denen sie sich nicht vor Schuldgefühl ihren Selbstmordgedanken hingab.

»Und was ist, wenn sich dein Alter 'ne neue Freundin zulegt?« wollte sie wissen. »Ist das nicht widerlich, wenn du da die beiden überraschst und mitkriegst, wie *er* es treibt?«

»Aber ...« versuchte ich einzuwerfen. Die Vorstellung, daß mein armer Dad eine Freundin haben könnte, war grotesk. Fast so komisch wie der Gedanke, ich könnte einen Freund haben. Ein Freund stand nicht zur Debatte. Daniels Kuß war ein Ausrutscher gewesen, eine nie wiederkehrende Gelegenheit, wie sie das Leben ein einziges Mal bietet. Greifen Sie zu, solange der Vorrat reicht.

Nachdem uns Dad bei unserem Kuß überrascht hatte, sah er uns einen Moment mißbilligend an. Wie es sich gehört, senkten wir schuldbewußt die Köpfe. Dann ging er wieder, und Daniel und ich bemühten uns, zur Normalität zurückzukehren. Ich wartete, daß sich mein Puls und mein Atem beruhigten, und Daniel wartete, daß seine Erektion nachließ und er wieder normal gehen konnte (das merkte ich erst später). Ein Bild stummer Befangenheit, saßen wir nebeneinander auf dem Sofa. Ich wäre am liebsten gestorben. Es war ganz und gar entsetzlich.

Ich hatte mit Daniel geknutscht. *Geknutscht*. Mit *Daniel*. Und war dabei von meinem Vater erwischt worden – wie beschämend! Irgendwo in meinem Inneren würde ich wohl mein Leben lang eine Vierzehnjährige bleiben.

Auf jeden Fall stand ich mehr oder weniger unter Schock, denn immerhin hatte meine Mutter Dad verlassen. In gewisser Hinsicht konnte es mich also eigentlich nicht wirklich schockieren, daß mich Daniel abgeknutscht hatte. Das Ganze war einfach aberwitzig.

Ich wußte nicht, warum er so auf mich gewirkt hatte – wahrscheinlich hatte mich der Zerfall unserer Familie verletzlich gemacht.

Daniels Motive waren ohnehin fragwürdig. Er war ein Mann, ich eine Frau (jedenfalls mehr oder weniger, eigentlich mehr ein junges Mädchen, fand ich). Kurz gesagt, ich war *zur Stelle* gewesen.

Alles war auf den Kopf gestellt. Ich hatte für einen Tag genug Unruhe erlebt und wollte, daß sich die Situation zwischen Daniel und mir wieder normalisierte. Am ehesten ließ sich das erreichen, indem man sich normal *verhielt*. Also kränkte ich ihn.

»Du hast meine Lage ausgenutzt«, knurrte ich. Vorsichtshalber fügte ich hinzu: »Du blöder Sack.«

»Findest du?« fragte er überrascht.

»Ja«, sagte ich. »Du hast gewußt, daß ich wegen meinem armen Dad völlig aus der Fassung bin. Dann gehst du her und beleidigst mich, indem du deine übliche Weiberhelden-Schau abziehst und mit mir knutschst.«

»Tut mir leid«, sagte er mit einer Stimme, die entsetzt klang. »Das wollte ich nicht...«

»Laß gut sein«, seufzte ich selbstgerecht. »Wir wollen es einfach vergessen. Aber sieh zu, daß es nicht wieder passiert.«

Ich weiß, das war gemein von mir. Immerhin gehören zwei dazu usw. usw., aber ich hatte genug um die Ohren, da konnte ich mir nicht auch noch den Kopf darüber zerbrechen, ob ich Daniel mochte oder nicht.

Ich besitze eine gewisse Begabung, über Dinge, die mir unangenehm sind, nicht weiter nachzudenken. Damals wußte ich noch gar nicht, *wie* begabt ich auf diesem Gebiet bin.

Nach etwa zehn Minuten schlich Daniel beschämt davon. Dad stand an der Haustür und vergewisserte sich, daß er wirklich ging. Fast hätte er ihm mit der Faust gedroht. Wir hatten ihm nicht einmal eine Tasse Tee mit auf den Weg gegeben. Meine Mutter würde sich im Grabe herumdrehen. Das hätte ich mir jedenfalls gewünscht.

65

Einige Abende nach der großen Knutsch-Szene kam Daniel nach Uxbridge, um mich zu besuchen. Am liebsten hätte ich ihn nie wieder gesehen, so verwirrt und verlegen war ich, aber er hatte nicht lockergelassen.

Gleich am nächsten Tag hatte er mich im Büro angerufen und zum Mittagessen in ein Restaurant eingeladen. Ich hatte ihm erklärt, daß ich keine Lust hätte.

»Bitte, Lucy«, hatte er gesagt.

»Warum?« fragte ich und fügte hinzu: »Bitte nicht.«

»Bitte nicht was?«

»Wenn du jetzt sagst, daß wir miteinander reden müssen, bring ich dich um.«

So interessiert hoben Megan, Meredia und Jed den Kopf, daß sie sich fast einen Halswirbel ausgerenkt hätten.

»Wir müssen aber wirklich miteinander reden«, sagte Daniel. »Über deine Wohnung.« *Über meine Wohnung?*

»Was soll mit der sein?«

»Ich sag dir das dann schon.« Es ließ sich mit Händen greifen, daß das ein Vorwand war, aber ich beschloß, darauf einzugehen.

»Dann komm morgen abend zu mir«, gestattete ich ihm schließlich.

Zu meiner Beunruhigung stellte ich fest, daß mich der Gedanke, ihn zu sehen, erfreute und mit warmen Empfindungen erfüllte. Dem mußte Einhalt geboten werden.

»Ich hol dich nach der Arbeit ab«, bot er an.

»O nein!« sagte ich rasch. Unmöglich hätte ich die ganze U-Bahnfahrt mit ihm ertragen. Ich wäre vor unausgesprochener Verlegenheit spontan verbrannt.

Als ich auflegte, stürzten sich Megan, Meredia und Jed wie die Geier auf mich.

»War das Gus?«

»Was ist los?«

»Seid ihr wieder zusammen?« riefen sie aus.

Schrecklich nervös wartete ich darauf, daß Daniel auftauchte. In meinem Kopf stritten sich Für und Wider – genauer gesagt Wider und Wider. Mit Daniel zu knutschen war ein schwerer Fehler gewesen. Jede Wiederholung wäre äußerst fahrlässig.

Schön, ich hatte das Gefühl, auf ihn scharf zu sein, wußte aber, daß das nicht stimmte.

Der durch den Weggang meiner Mutter ausgelöste Schock hatte meine Gefühle durcheinandergebracht und deswegen *glaubte* ich, auf Daniel scharf zu sein.

Daß er mich geküßt hatte, war eine Verkettung unglücklicher Umstände.

Betrachten wir die Sache doch mal leidenschaftslos, dachte ich, während ich mir mit Nachdruck die Haare bürstete. Dad sah mir wohlwollend zu. Wenn er geahnt hätte, für wen ich mir die Haare bürstete, wäre er weniger wohlwollend gewesen.

Auf der einen Seite sah ich mich: verwirrt, verletzlich, voll menschlicher Bedürfnisse, eine junge Frau, deren Eltern sich kurz zuvor getrennt hatten, bereit, mich dem ersten Mann in die Arme zu werfen, der mir Zuneigung entgegenbrachte.

Auf der anderen Seite war Daniel: ein Mann, der es gewohnt war, mit Frauen ins Bett zu gehen und ein paar Tage lang keine gehabt hatte. Folglich war er nicht besonders wählerisch, wenn es um die Frage ging, wen er als nächste vernaschte. Ich war in der Nähe gewesen, und er hatte mich vernaschen wollen. Eben, weil er nicht wählerisch war.

Außerdem liebte er Herausforderungen. Karens Worte vom Sonntag abend hatten mir bestätigt, was ich immer gewußt hatte. Wahrscheinlich würde er mit seiner eigenen Mutter anzubändeln versuchen, wenn er bei ihr auf genug Gegenwehr stoßen würde.

Ich war fest entschlossen, ihm auf keinen Fall zu erliegen. Dieses eine Mal wollte ich meinem Selbstzerstörungstrieb Widerstand leisten. Ich wollte nicht scharf auf Daniel sein, wollte mich anders verhalten als beim vorigen Mal.

Kaum hatte ich ihm die Haustür geöffnet, als meine Entschlossenheit schon ins Wanken geriet, und gleich darauf war sie vollständig dahin. Er sah gut und geradezu verlockend aus – eine unangenehme Überraschung. Wieso wirkte er auf einmal so betörend? Das hatte er zuvor nie getan – jedenfalls nicht in meinen Augen. Zu meiner großen Enttäuschung verhielt ich mich ganz wie ein schüchternes, albernes kleines Mädchen.

»Hallo«, sagte ich zu seinem Krawattenknoten.

Als er sich vorbeugte, um mir einen Begrüßungskuß zu geben, dröhnte Dads Stimme aus der Küche: »He, mein Junge! Pfoten weg von meiner Tochter.«

Bei diesen Worten fuhr Daniel zurück. Ich kam mir vor wie eine Verhungernde, der man mit einer Tüte Chips unter der Nase herumgewedelt hatte, nur, um sie wieder fortzuziehen.

»Komm rein«, sagte ich zu seinem Hemdkragen. Ich war fürchterlich befangen. Während ich ihn durch die Diele führte, stieß ich mir die Hüfte am Telefontischchen und mußte so tun, als ob ich nichts spürte, damit er mir nicht anbot, den Schmerz wegzuküssen. Ich hätte es ihm nämlich möglicherweise erlaubt.

»Zieh den Mantel ruhig aus.« Ich sah seiner Brusttasche direkt ins Auge.

Mich ekelte die Wirkung, die er auf mich hatte. Es war offensichtlich, daß ich nicht wußte, wie mir geschah – natürlich nur zeitweilig. Es lag ausschließlich daran, daß sich meine Eltern getrennt hatten. Trotzdem mußte ich mich wappnen.

Ich beschloß, dafür zu sorgen, daß es zu keiner Situation kam, in der ich mit ihm allein wäre und ihn *nie* wiederzusehen, nachdem er heimgefahren war. Vielleicht nicht unbedingt nie, aber zumindest eine Weile. Bis ich wieder normal war, wie auch immer das aussehen mochte.

Es war Bestandteil meines raffinierten Plans, Daniel in die Küche zu bugsieren. Dort saß Dad und quittierte dieses Manöver mit wütenden Blicken.

»Guten Tag, Mr. Sullivan«, sagte Daniel nervös.

»Du bist ja ein ganz Unverschämter«, knurrte Dad. »Daß du es noch wagst, dich noch mal hier blicken zu lassen, nachdem du mein Haus wie ein ... wie einen ... wie einen *Puff* behandelt hast.«

»Pst, Dad.« Ich schämte mich. »Es kommt nicht wieder vor.«

»Unerhört«, knurrte Dad, hörte dann aber Gott sei Dank auf.

»Möchtest du eine Tasse Tee?« fragte ich Daniels Schultern.

»Wann gibt's die knusprigen Pfannkuchen?« fuhr Dad ungehobelt dazwischen.

»Was für knusprige Pfannkuchen?«

»Wir haben mittwochs immer knusprige Pfannkuchen.«

»Aber heute ist Donnerstag.«

»Tatsächlich? Also, wann gibt's den Eintopf?«

»Gibt es bei euch etwa jeden Donnerstag Eintopf?« fragte Daniel und sah mich traurig an.

»Entschuldige, Dad. Nächste Woche hab ich bestimmt alles im Griff. Kannst du dich für heute mit einer Pizza begnügen?«

»Eine Pizza vom Pizza-Service?« Er spitzte die Ohren.

»Ja.« *Was für Pizzen gibt es denn sonst noch?* überlegte ich.

»Nicht aus der Tiefkühltruhe?« Der hoffnungsvolle Blick auf seinem Gesicht war herzzerreißend.

»Um Gottes willen, nein!«

»Prima«, sagte er begeistert. »Und können wir dazu ein Bier trinken?«

»Natürlich.«

Ich vermutete, daß es sich um einen lebenslang gehegten Wunsch handelte. Meine Mutter hätte angesichts eines solchen Lebens in Saus und Braus die Stirn gerunzelt.

Als ich den Pizza-Service anrief, bestand Dad darauf, persönlich mit dem Pizzabäcker zu sprechen, um ihm zu sagen, was er auf seinem Boden haben wollte.

»Was sind Anchovis? Na klar, davon nehm ich 'n paar. Und was sind Kapern? Davon können Sie mir auch 'n paar drauftun. Meinen Sie, daß die Anchovis (unwillkürlich stellte ich mir vor, daß man sie Ann-Chauvi schrieb) zu Ananas passen ...?«

Ich mußte Daniels Geduld bewundern, auch wenn ich ihm nach wie vor nicht in die Augen sehen konnte.

Als die Pizzen und das Bier kamen, setzten wir uns zu dritt an den Küchentisch. Kaum hatte Dad aufgegessen, als er wieder anfing, drohende Blicke auf Daniel zu werfen. Die Spannung war entsetzlich.

Er sah ihn nicht direkt an, sondern warf ihm boshafte Blicke zu, wenn Daniel den Kopf wegdrehte, wandte aber die Augen rasch ab, sobald Daniel zu ihm hersah. Weil Daniel vermutete, daß ihm Dad böse Blicke zuwarf, begann er, ständig hinzusehen, um ihn dabei zu ertappen. Da hatte man den Eindruck, er trinke in Ruhe sein Bier, aber in Wirklichkeit riß er in einer Tausendstelsekunde den Kopf herum, um zu sehen, was Dad trieb. Im selben Augenblick drehte Dad *seinen* Kopf zur Seite und schlürfte mit unschuldigem Kindergesicht *sein* Bier.

So ging das Stunden. Zumindest kam es mir so vor. Die Atmosphäre war so gespannt, daß wir uns sofort lustvoll dem Whiskey zuwandten, als wir das Bier ausgetrunken hatten.

Die wenigen Male, die Dad den Blick abwandte, um einem Politiker im Fernsehen Beleidigungen zuzubrüllen (»Streck die Zunge raus, damit man den schwarzen Strich in der Mitte von all den Lügen sieht, die du verbreitet hast!«), verzog Daniel das Gesicht in alle Richtungen, zwinkerte und wies mit dem Kopf auf die Tür. Damit wollte er offenbar andeuten, daß wir in ein anderes Zimmer gehen sollten. Wahrscheinlich das Wohnzimmer, um die Szene vom vorigen Mal zu wiederholen. Ich achtete nicht auf ihn.

Schließlich aber beschloß Dad, ins Bett zu gehen. Inzwischen waren wir alle ziemlich betrunken.

»Willst du etwa hier übernachten?« fragte er Daniel.

»Nein«, sagte Daniel.

»Na, dann mal los«, sagte Dad und stand auf.

»Würde es Sie stören, wenn ich mit Lucy ein paar Worte unter vier Augen wechsle, Mr. Sullivan?« fragte Daniel.

»Ob es mich stört?« stieß Dad hervor. »Nach der Art, wie ihr beiden euch neulich aufgeführt habt, stört mich das sogar gewaltig.«

»Das tut mir leid«, sagte Daniel zerknirscht. »Ich kann Ihnen versichern, daß es nicht wieder vorkommt.«

»Versprichst du das?« fragte Dad streng.

»Das verspreche ich«, sagte Daniel feierlich.

»Na, von mir aus«, sagte Dad.

»Danke«, sagte Daniel.

»Ich verlaß mich auf euch zwei«, sagte Dad und drohte uns mit dem Finger. »Keine Fisimatenten, verstanden?«

»Keine«, versprach Daniel. »Keine Fisimatenten, keine Sperenzchen und keine Menkenke.«

Dad warf ihm einen mißtrauischen Blick zu, weil er wohl annahm, Daniel mache sich über ihn lustig. Dieser setzte ein äußerst ernstes Gesicht auf, von dem man gewissermaßen ablesen konnte: »Sie dürfen mir Ihre Tochter anvertrauen, Mr. Sullivan.«

Nicht ganz überzeugt, ging Dad zu Bett. Natürlich rechnete ich damit, daß sich Daniel auf mich stürzen würde, kaum, daß sich die Tür hinter Dad geschlossen hatte und war ziemlich sauer, als er es nicht tat. Ich hatte mich darauf gefreut, ihn abblitzen zu lassen und den ganzen Abend über beschimpfen zu dürfen.

Aber er verwirrte mich, indem er zärtlich meine Hand nahm und freundlich mit mir sprach. »Ich möchte über was Wichtiges mit dir reden«, begann er.

»Ach ja?« sagte ich sarkastisch. »Wahrscheinlich über meine ...« – leises Kichern – »Wohnung.« Ich durchschaute einen Vorwand ebenso gut wie jede andere Frau.

»Ja«, sagte er. »Ich hoffe, du nimmst nicht an, daß ich mich in deine Angelegenheiten einmischen will. Na ja, ich bin davon überzeugt, daß du es für Einmischung hältst, aber hör mich bitte erst mal an.«

Das verschlug mir die Sprache – ich hatte nicht erwartet, daß er wirklich mit mir über das Thema sprechen wollte.

»Warum sollte ich?« fragte ich ihn.

»Ich sag nur, überstürze nichts, tu nichts, was du nicht rückgängig machen kannst«, sagte er.

»Das hab ich nicht vor«, sagte ich.

»Doch«, sagte er. Eine Unverschämtheit.

»Du bist im Augenblick zu erregt, als daß du vernünftige Entscheidungen treffen könntest.«

»Bin ich nicht«, sagte ich, während mir Tränen in die Augen stiegen.

»Aber ja«, sagte er. »Sieh dich nur an.«

Vielleicht hatte er damit nicht ganz unrecht, aber ich konnte nicht kampflos aufgeben. Ich nahm einen ordentlichen Schluck Whiskey.

»Welchen Sinn soll es haben«, fragte ich ihn, »daß ich Miete für eine Wohnung zahle, wenn ich bei meinem Vater lebe?«

»Immerhin ist es möglich, daß du nach einer Weile nicht mehr bei ihm leben *willst*«, gab er zu bedenken.

»Red keinen Quatsch«, sagte ich.

»Zum Beispiel könnte deine Mutter zurückkommen und sich mit ihm vertragen«, sagte er. Der Gedanke beunruhigte mich.

»Sehr unwahrscheinlich«, stieß ich hervor.

»Na gut, und was ist, wenn du in der Stadt bist, die letzte U-Bahn verpaßt und nicht ein Vermögen für ein Taxi zurück nach Uxbridge ausgeben willst? Wäre da eine kleine Dependance in Ladbroke Grove nicht vernünftig?« fragte er.

»Aber Daniel«, sagte ich verzweifelt, »ich gehe abends nicht mehr aus. Dieser Lebensabschnitt ist für mich abgeschlossen. Noch 'nen Schluck?«

»Ja, bitte. Ich mach mir große Sorgen um dich«, fuhr er fort und setzte sein besorgtes Gesicht auf.

»Laß es gut sein«, sagte ich ärgerlich und verstört. »Und verschon mich mit deiner verständnisvollen Miene. Ich bin keine von deinen ... keins von deinen ... *Weibern*. Dir scheint nicht klar zu ein, wie ernst dieser Einschnitt im Leben unserer Familie ist. Meine Mutter hat meinen Vater verlassen, und ich habe eine Verantwortung zu übernehmen.«

»Jeden Tag verlassen Mütter von Leuten die Väter von Leuten«, sagte Daniel. »Und die Väter kommen gut zurecht. Sie sind nicht darauf angewiesen, daß ihre Töchter alles aufgeben und so tun, als wären sie ins Kloster gegangen.«

»Ich *will* das aber tun, und es ist kein Opfer für mich. Ich muß es tun, mir bleibt keine Wahl. Es ist mir egal, ob ich nicht mehr ausgehen und mich amüsieren kann. Außerdem hab ich mich sowieso nie amüsiert.«

Fast hätte mir die Vorstellung so großer Selbstlosigkeit und töchterlicher Hingabe die Tränen in die Augen getrieben.

»Bitte, Lucy, warte wenigstens einen Monat oder so.« Er sah nicht so bewegt aus, wie ich mich fühlte.

»Von mir aus«, stimmte ich zu.

»Ist das ein Versprechen?«

»Ich glaub schon.«

Dann sah ich Daniel richtig an. Großer Gott, sah er gut aus! Fast hätte ich mein Whiskeyglas umgestoßen.

Ich konnte es gar nicht abwarten, daß er mit seinen Belästigungen anfing. Ich war so sicher, daß er mit seinem Besuch kein anderes Ziel verfolgt hatte, als mich abzuknutschen, und der Teufel sollte mich holen, wenn er nach Hause gehen würde, ohne es zu versuchen.

66

Was ich als nächstes tat, entsprach eigentlich überhaupt nicht meinem Wesen. Ich denke, daß der viele Alkohol daran schuld war. Zusammen mit dem Trauma. Hinzu kam, daß ich schon ewig nicht mehr mit einem Mann im Bett gewesen war.

Im wirklichen Leben gibt es die Art von Willenskraft nicht, die man braucht, um sich von einem Menschen fernzuhalten, auf den man richtig scharf ist, weil man weiß, daß er nicht gut für einen ist. Jedenfalls in meinem Leben nicht. Mein Herz regierte meinen Verstand. Meine Begierde regierte meinen Verstand.

»Vielleicht ist es an der Zeit, daß ich anfange«, sagte ich mit Betonung.

»Womit willst du anfangen?«

»Damit, Spaß zu haben.«

Zielstrebig – wenn auch ein bißchen wacklig – stand ich auf, hielt Daniels Blick stand und ging um den Küchentisch herum zu ihm. Während er dasaß und mich unsicher ansah, ließ ich verführerisch eine Haarsträhne über ein Auge baumeln, schob mich mit lüsternen Bewegungen auf seinen Schoß und legte ihm die Arme um den Hals.

Ich näherte mein Gesicht dem seinen.

Großer Gott, er war wirklich hinreißend – man sehe sich nur den schönen Mund an! Jede Sekunde würde er mich jetzt küssen. Was ich brauchte, war ein hemmungsloses Austoben und viel Zuneigung. Jemand mußte sich richtig um mich kümmern. Wer hätte das besser gekonnt als Daniel?

Natürlich war ich nicht in ihn verliebt. Verliebt war ich in Gus. Aber ich war eine Frau, und ich hatte meine Bedürfnisse. Warum dürfen nur Männer ihren niederen Trieben nachgeben? Auch mir war danach.

»Lucy, was tust du da?« fragte er.

»Wonach sieht's denn aus?« fragte ich. Ich versuchte, meine Stimme rauchig und verführerisch klingen zu lassen.

Er legte seine Arme nicht um mich. Ich schob mich ein bißchen näher an ihn.

»Aber du hast es deinem Vater versprochen.« Er sah besorgt drein.

»Nein, das warst du.«

»Ich? Von mir aus hab *ich* es deinem Vater versprochen.«

»Und du hast gelogen«, sagte ich. Mit schwüler Stimme. Diese Verführerinnen-Masche machte Spaß, fand ich, und sie war bemerkenswert einfach.

Ich freute mich richtig darauf. Ich würde mich amüsieren, wie schon seit Ewigkeiten nicht mehr.

»Nein, Lucy«, sagte er.

Nein? *Nein?* Hörte ich Stimmen?

Er stand auf, wobei ich mehr oder weniger von seinem Schoß herunterrutschte und auf dem Fußboden landete. Ich schwankte leicht. Das brennende Gefühl der Erniedrigung hatte noch nicht eingesetzt. Meine Betrunkenheit war ihr noch im Wege, aber sie war mit Sicherheit unterwegs.

Wie gräßlich. Es war allgemein bekannt, daß Daniel *jede* bumste. Was stimmte mit mir nicht? So abstoßend konnte ich doch nun wirklich nicht sein.

»Lucy, du schmeichelst mir …« Das ärgerte mich jetzt wirklich.

»*Schmeicheln!*« brüllte ich. »Verpiß dich, du überhebliches Arschloch. Du solltest schon wissen, was du willst. Erst flirtest du wie wild mit mir, und jetzt, wo ich es wissen will, hast du nichts zu bieten.«

»Lucy, so ist es nun *wirklich* nicht. Aber du bist viel zu aufgeregt und verwirrt, und ich möchte deine Situation nicht ausnutzen …«

»*Darüber* laß mich entscheiden«, sagte ich.

»Ich fühle mich sehr zu dir hingezogen …«

»Willst aber nicht mit mir bumsen«, beendete ich seinen Satz.

»So ist es. Ich möchte nicht mit dir bumsen.«

»Gott, wie peinlich«, flüsterte ich. Dann begann ich ihn zu hänseln. »Und was war das neulich abend? Was ich da gesehen hab, war doch nie und nimmer eine Pistole in deiner Hose«, forderte ich ihn heraus. »Warst du da etwa nicht geil wie ein Pavian?«

Er verzog das Gesicht. Zuerst dachte ich, es sei Ekel, dann merkte ich, daß er sich bemühte, nicht zu lachen.

»Woher hast du bloß diesen Ausdruck?«

»Von dir, soweit ich weiß.«

»Wahrscheinlich stimmt das.«

Eine Pause trat ein, und ich sah zu Boden. Es kam mir vor, als hätte ich vier Füße. Nein, zwei. Nein, doch vier.

»Lucy, sieh mich an«, sagte Daniel mit einschmeichelnder Stimme. »Ich möchte dir was sagen.« Ich wandte ihm mein vor Scham brennendes Gesicht zu.

»Versteh bitte, daß ich nicht mit dir *bumsen* will«, sagte er. »Aber wenn die Dinge anders aussehen, du nicht mehr so mitgenommen bist und in deinem Leben ein bißchen Ruhe eingekehrt ist, würde ich gern mit dir ins Bett gehen, und zwar aus *Liebe*.«

Das war nun wirklich komisch. Ich konnte überhaupt nicht wieder aufhören zu lachen.

»Was habe ich denn gesagt?« Er sah verwirrt drein.

»Ach *bitte*, Daniel, wie kannst du nur so was Scheiß-Schleimiges sagen – ›Ich würde gern mit dir ins Bett gehen, und zwar aus Liebe‹, aber nicht jetzt. Du kannst mir ruhig ein bißchen Grips zutrauen. Ich weiß, wann man mir einen Korb gibt.«

»Niemand gibt dir einen Korb.«

»Mal sehen, ob ich das richtig verstanden hab. ›Ich würde gern mit dir ins Bett gehen, und zwar aus Liebe‹«, äffte ich seine Worte grausam nach.

»So ist es«, sagte er gelassen.

»Aber nicht jetzt. Wenn das keine Zurückweisung ist, weiß ich es nicht.« Ich lachte aufs neue.

Er hatte mich verletzt und gedemütigt, und ich wollte es ihm heimzahlen.

»Bitte hör mir zu, Lucy…«

»Nein!«

Dann wurde ich entweder nüchtern oder beruhigte mich.

»Es tut mir wirklich leid, Daniel. Ich bin nicht ganz Herrin meiner Sinne. Alles war ein schrecklicher Irrtum.«

»Nein, war es nicht ...«

»Und jetzt ist es wohl besser, du gehst. Du hast einen langen Heimweg.« Er sah mich traurig an.

»Fühlst du dich wohl?« fragte er.

»Bild dir keine Schwachheiten ein und verpiß dich«, sagte ich mürrisch. »Mir haben schon viel attraktivere Männer als du 'nen Korb gegeben. Wenn ich diese üble Demütigung erst überwunden hab, geht's mir wieder gut.«

Er machte den Mund auf und setzte zu einem erneuten Schwall von Platitüden an.

»Tschüs, Daniel«, sagte ich mit Nachdruck. Er gab mir einen Kuß auf die Wange. Ich stand da wie ein steinernes Standbild.

»Ich ruf dich morgen an«, sagte er an der Haustür. Ich zuckte die Achseln. Ich fühlte mich entsetzlich deprimiert. Nichts würde je wieder so sein wie früher.

67

Am nächsten Tag zog ich aus der Wohnung in Ladbroke Grove aus. Charlotte und Karen winkten mir nach. Zuvor hatte mich Karen ein halbes Dutzend vordatierter Schecks für die Miete unterschreiben lassen.

»Mach's gut. Vielleicht seh ich dich nie wieder«, sagte ich und hoffte, ihr damit ein schlechtes Gewissen zu verursachen.

»Bitte nein, Lucy.« Charlotte war den Tränen nahe. Sie war so sentimental.

»Wir sagen dir Bescheid, wenn die Telefonrechnung kommt«, versprach Karen.

»Mein Leben ist vorbei«, sagte ich kalt. »Aber falls Gus anrufen sollte«, fügte ich hinzu, »gebt ihm auf jeden Fall meine Nummer.«

68

Das Leben mit Dad war nicht so, wie ich es mir vorgestellt hatte.

Ich war davon ausgegangen, daß wir dasselbe wollten: ich würde mein Leben seinem Glück und der Sorge für ihn widmen, er seinerseits würde es mir dadurch danken, daß er sich umsorgen ließ und glücklich war.

Aber irgend etwas war schief gelaufen, denn ich machte ihn nicht glücklich. Er schien auch gar nicht glücklich sein zu *wollen*.

Unaufhörlich weinte er, ohne daß ich verstand, warum. Ich dachte, er müßte sich freuen, meine Mutter los zu sein. Schließlich ging es ihm mit mir viel besser als mit ihr.

Mir fehlte sie nicht, und so begriff ich nicht, warum sie *ihm* fehlte. Ich quoll über vor Liebe und Fürsorge für ihn und war durchaus bereit, alles für ihn zu tun: ihm meine Zeit zu widmen, ihn zu verwöhnen, für ihn zu kochen, heranzuschaffen, was er wollte oder brauchte. Nur wollte ich mir nicht anhören müssen, wie sehr er sie geliebt hatte. Ich wollte mich nur dann um ihn kümmern, wenn er bereit war, darüber glücklich zu sein.

»Kann sein, sie kommt wieder«, wurde er nicht müde zu sagen.

»Kann sein«, murmelte ich und dachte dabei, *was hat er nur?*

Zum Glück unternahm er nichts, um sie zurückzuholen. Weder lieferte er ein Schauspiel der Leidenschaft, indem er sich beispielsweise vor Kens gelbes Haus stellte und ihm mitten in der Nacht so laut Schmähungen zurief, daß die Nachbarn davon wach wurden, noch sprühte er mit grüner Leuchtfarbe »Ehebrecher« an Kens Haustür oder leerte die Mülltonnen der Nachbarschaft auf dessen Auffahrt aus, so daß Ken morgens, wenn er sich zu einem schweren Tag in der Reinigung aufmachte, bis zu den Knöcheln in Kartoffelschalen und verrosteten Konservendosen watete. Er ging auch nicht mit einem Schild vor der Reinigung auf und ab, auf dem stand: »Bringen Sie Ihre Hemden hier nicht hin. Der Mann da drin hat mir die Frau ausgespannt.«

Auch wenn ich seine Seelenqual nicht verstand, bemühte ich mich doch, sie zu lindern. Doch konnte ich ihm lediglich Essen und Trinken aufnötigen und ihn wie einen genesenden Invaliden behandeln, ihn an die (wenigen) Annehmlichkeiten und Ablenkungen erinnern, die unser Haus zu bieten hatte. Beispielsweise fragte ich ihn freundlich, ob er fernsehen wolle. Fußball? Eine Seifenoper? Oder ich schlug ihm vor, er könne sich ausruhen. Bett und Fernseher waren ungefähr alles, was unser Haus an Erholungsmöglichkeiten bot.

Er aß kaum etwas, ganz gleich, wie sehr ich ihn dazu drängte. Ich übrigens auch nicht. Nur wußte ich, daß mir das nicht schaden würde, bei ihm aber fürchtete ich, es sei der Anfang vom Ende.

Schon bevor die erste Woche um war, war ich erschöpft. Ich hatte geglaubt, meine Liebe zu ihm werde mir grenzenlose Energien verleihen, ich würde mich um so besser fühlen, je mehr er von mir verlangte, ich würde um so mehr für ihn tun *wollen*, je mehr ich für ihn tat.

Ich gab mir zuviel Mühe, ihm alles recht zu machen, und das kostete schrecklich viel Kraft.

Besorgt beobachtete ich ihn, las ihm jedes Bedürfnis von den Augen ab und tat sogar Dinge für ihn, von denen er sagte, sie seien nicht nötig.

Irgendwann stellte ich also überrascht fest, daß ich erschöpft war. Schon die praktischen Aufgaben des Alltags forderten ihren Tribut. Beispielsweise kostete mich allein die Fahrt zur Arbeit jeden Morgen mindestens eineinhalb Stunden. Der halbstündige Weg von Ladbroke Grove aus, wo ich jederzeit eine U-Bahn, einen Bus oder ein Taxi bekommen konnte, hatte mich verweichlicht.

Ich hatte vergessen, wie es ist, wenn man aus den Vororten in die Stadt pendelt, wo die Züge nicht sehr oft fuhren und man zwanzig Minuten auf den nächsten Zug warten mußte, wenn man einen verpaßte.

Früher einmal war ich Meisterin in der alten Kunst des Pendelns gewesen, hatte aber zu lange in der Stadtmitte gelebt und dabei viele meiner Fertigkeiten verlernt. Ich hatte vergessen, wie man die Nase in die Luft hält und mit einem Blick zum Himmel (und der elektronischen Anzeigetafel) erkennt, daß der Zug in etwa einer Minute abfährt und keine Zeit mehr bleibt, eine Zeitung zu kaufen. Ich spürte nicht mehr die Schwingungen, die von der Menschenmenge auf einem überfüllten Bahnsteig ausgehen, merkte nicht mehr, daß drei Züge hintereinander ausgefallen waren und ich mich sofort in die erste Reihe drängen mußte, sollte ich mit dem nächsten Zug mitkommen wollen.

Solche Sachen hatte ich früher instinktiv gewußt. Ich hatte mit den Zügen kommuniziert, war fast mit dem U-Bahn-System verschmolzen gewesen, so daß Mensch und Maschine in vollkommenem Einklang miteinander und synchron funktionierten.

Die Zeiten waren jetzt vorbei. Zwar war ich auch früher immer zu spät zur Arbeit gekommen, aber ich hätte pünktlich sein *können*, wenn mir der Sinn danach gestanden hätte. Jetzt aber blieb mir keine Wahl. Hilflos war ich der Londoner U-Bahn und ihren verschiedenen Verzögerungsmechanismen ausgeliefert: Laub auf den Gleisen, Leichen auf den Gleisen, Signalausfall, ein Fahrgast hatte seine Käsebrote im Zug liegenlassen und damit einen Bombenalarm ausgelöst.

Ich mußte schrecklich früh aufstehen, und bevor ich die erste Woche hinter mir hatte, merkte ich, daß mein Vater ein kleines Problem hatte, so daß ich künftig noch früher würde aufstehen müssen.

Im Büro machte ich mir den ganzen Tag Sorgen um ihn, weil mir bald klar wurde, daß man ihn nicht lange allein lassen konnte. Sich um ihn kümmern war genauso wie sich um ein Kleinkind kümmern. Wie ein Kind kannte er keine Furcht, hatte kein Gespür für die Folgen seines Tuns. Er fand nichts dabei, auf die Straße zu gehen und die Haustür offenzulassen. Nicht einfach unverschlossen, sondern sperrangelweit offen. Zwar gab es in unserem Haus nicht viel zu stehlen, aber trotzdem.

Gleich nach Feierabend hetzte ich nach Hause. Alles mögliche hätte passieren können. Fast jeden Tag gab es irgendeine

Art von Krise. Ich wußte schon nicht mehr, wie oft er eingeschlafen war, während das Badewasser einlief, der Gashahn
aufgedreht war, ein brodelnder Topf vergessen auf dem Herd
stand oder eine Zigarette sich allmählich ihren Weg durch das
Kissen brannte, auf dem er saß.

Oft kam ich völlig erledigt von der Arbeit nach Hause und
sah, wie heißes Wasser durch die Decke in der Küche tropfte,
oder es roch verbrannt, und auf dem Herd stand ein durchge-
brannter Kochtopf mit verkohltem Inhalt, während Dad selig
in seinem Sessel schlummerte.

Abends auszugehen kam für mich nicht mehr in Frage. Ich
hatte gedacht, es werde mir nichts ausmachen, doch ich
merkte beschämt, daß es nicht so war.

Dadurch, daß ich abends früh zu Hause war, bekam ich
aber keineswegs automatisch viel Schlaf, denn gewöhnlich
weckte mich Dad mitten in der Nacht, und ich mußte aufstehen, um ihm zu helfen.

In meiner ersten Nacht im Haus meiner Eltern näßte Dad ins
Bett. Der Kummer, den mir das bereitete, trieb mich fast in den
Wahnsinn.

Ich ertrage das nicht, ich ertrage das nicht, dachte ich verzweifelt. *Bitte, lieber Gott, hilf mir, diese Qual zu überstehen.*

Mit anzusehen, wie mein Vater seiner Würde beraubt war,
ging fast über meine Kräfte.

Er weckte mich gegen drei Uhr morgens, um mich über die
Situation in Kenntnis zu setzen. »Tut mir leid, Lucy«, sagte er
und sah beschämt drein. »Tut mir wirklich leid.«

»Ist schon in Ordnung«, beruhigte ich ihn. »Es braucht dir
nicht leid zu tun.«

Ein kurzer Blick auf sein Bett zeigte mir, daß er dort keinesfalls weiterschlafen konnte.

»Geh doch ins Zimmer von den Jungs. Ich bring dein Bett,
äh, das da, in Ordnung«, schlug ich vor.

»Ist gut«, sagte er. »Und du bist auch nicht wütend auf
mich?« fragte er geknickt.

»Warum sollte ich auf dich wütend sein?« rief ich.

»Und kommst du mir gute Nacht sagen?«

»Natürlich.«

Also legte er sich in Chris' Bett, zog sich die Decke bis ans Kinn, sein mit weißen Stoppeln bedecktes, faltiges Altmännerkinn. Während ich ihm die Büschel seines grauen Haares glattstrich und ihn auf die Stirn küßte, erfüllte mich ein unbändiger Stolz, wie gut ich mich um ihn kümmerte. Niemand würde sich je so gut um jemanden kümmern wie ich mich um meinen Vater.

Als er wieder einschlief, zog ich sein Bett ab und legte die Laken beiseite, um sie am nächsten Morgen in den Waschsalon zu bringen. Dann ging ich mit einer Schüssel heißem Seifenwasser, in das ich Desinfektionsmittel geschüttet hatte, daran, die Matratze abzuschrubben.

Das einzige, was mir an der ganzen Geschichte Sorgen machte, war, daß Dad am nächsten Morgen verwirrt und verängstigt aufwachte. Er wußte nicht, wie er in Chris' Bett gekommen war, weil er sich nicht an den nächtlichen Vorfall erinnern konnte.

Anfangs hatte ich angenommen, das Bettnässen in der ersten Nacht, in der ich wieder zu Hause war, habe mit seiner Aufregung zu tun und sei ein Einzelfall. Aber so war es nicht. Es passierte Nacht für Nacht. Manchmal auch mehrfach.

Wenn er, was ebenfalls vorkam, auch Chris' Bett in Mitleidenschaft zog, sagte ich ihm, er solle sich in Peters Bett legen. Zum Glück verschonte er das, denn als einzige weitere Schlafmöglichkeit im Hause wäre dann nur noch mein Bett in Frage gekommen.

Jedesmal weckte er mich, um es mir zu sagen, und anfangs stand ich auf, tröstete ihn und half ihm, sein neues Lager aufzusuchen.

Nach den ersten Nächten war ich so gerädert, daß ich beschloß, die fällige Putzerei bis zum nächsten Morgen aufzuschieben. Bis zum Abend konnte ich es allerdings nicht so lassen, und Dad um Mithilfe zu bitten kam überhaupt nicht in Frage.

Also stellte ich meinen Wecker eine halbe Stunde früher als die ohnehin schon entsetzlich frühe Zeit zum Aufstehen, damit ich vor dem Aufbruch zur Arbeit in Ordnung bringen konnte, was allmorgendlich in Ordnung zu bringen war.

Wenn er mich jetzt nachts weckte, um mir zu sagen, daß er ins Bett genäßt hatte, forderte ich ihn einfach auf, sich ein anderes zu suchen und bemühte mich, wieder einzuschlafen.

Das aber war gar nicht einfach, denn er hatte jedes Mal ein wahnsinnig schlechtes Gewissen und wollte darüber reden, wie leid es ihm tue und sich vergewissern, daß ich nicht wütend auf ihn war. Bisweilen brabbelte er stundenlang vor sich hin, und sagte unter Tränen immer wieder, er sei ein Versager und werde sich bemühen, daß es nie wieder vorkomme. Weil ich so entsetzlich müde war, fiel es mir schwer, friedfertig zu bleiben. Wenn mir dann der Geduldsfaden riß, war er ganz niedergeschmettert, was dazu führte, daß ich ein gräßlich schlechtes Gewissen bekam. Also schlief ich noch weniger und war beim nächsten Mal noch aggressiver ...

Jedesmal meldete sich in einem verborgenen Winkel meines Gehirns leise der Vorwurf meiner Mutter, er sei Alkoholiker. Ich beobachtete ihn genau, und er schien tatsächlich immens viel zu trinken. Soweit ich das beurteilen konnte, trank er mehr als früher in meiner Jugend. Allerdings wollte ich nicht ausschließen, daß dieser Eindruck Ergebnis einer Überreaktion auf die Worte meiner Mutter war, und so bemühte ich mich, sie zu vergessen.

Schon möglich, daß er viel trank, aber warum sollte er nicht? Seine Frau hatte ihn vor kurzem verlassen – war das etwa kein Grund?

69

Schnell war mein neues Leben zur Routine geworden. Nach Feierabend mußte ich in den Waschsalon gehen, um die Laken zu trocknen, die ich auf dem Weg zur Arbeit vorbeigebracht hatte. Dann machte ich Dads Abendessen, danach waren gewöhnlich die Folgen irgendeines kleinen Unglücks zu beseitigen, weil er immer wieder etwas verbrannte, zerbrach oder verlor.

Ich weiß nicht, wann sich meine Müdigkeit in Ärger verwandelte. Lange hielt ich ihn verborgen, weil ich mich dafür schämte. Aus Schuldgefühl und falschem Stolz gelang es mir sogar, mich eine Zeitlang selbst darüber hinwegzutäuschen.

Mein früheres Leben begann mir zu fehlen. Ich wollte ausgehen, mir einen Rausch antrinken, lange aufbleiben, mit Karen und Charlotte Klamotten tauschen und mit ihnen über Männer und die Größe ihres Pimmels reden.

Ich hatte es satt, ständig aufpassen und ständig für Dad da sein zu müssen.

Zum großen Teil bestand die Schwierigkeit darin, daß ich für meinen Vater alles hatte vollkommen machen wollen. Ich hatte die Frau sein wollen, die sich besser um ihn kümmerte als jede andere.

Das konnte ich aber nicht, und nach einer Weile wollte ich es auch nicht mehr. Ich sah darin keine Aufgabe mehr, sondern eine Last.

Mir wurde bewußt, daß ich jung war und es nicht zu meinen Pflichten gehörte, mich um meinen Vater zu kümmern. Aber ich wäre eher gestorben, als mir das einzugestehen.

Es kam mir weit schwerer vor, mich um uns beide zu kümmern, als um mich allein. Eigentlich war der Aufwand deutlich mehr als doppelt so groß. Übrigens auch deutlich mehr als doppelt so teuer.

Schon bald machte mir die Frage des Geldes ernsthafte Sorgen. Früher hatte ich nur *geglaubt*, das mache mir Sorgen, denn ich hatte nie das Gefühl, als reiche mein Geld zum Kauf unerläßlicher Dinge wie neuer Schuhe und Kleider. Jetzt aber merkte ich voll Entsetzen, daß ich fürchtete, es sei nicht genug für die wichtigen Dinge wie *Lebensmittel* für uns beide.

Ich konnte mir nicht vorstellen, wo das Geld blieb. Zum ersten Mal im Leben hatte ich Angst, meine Arbeit zu verlieren. Ich meine, *wirklich* Angst.

Alles war anders geworden, seit jemand von mir abhängig war. Mit einem Mal verstand ich, warum es in der Trauformel heißt: »Bis daß die Not uns scheidet.« Nur daß ich nicht mit Dad verheiratet war.

Geld mit leichter Hand auszugeben, wenn ich genug davon hatte, war ein Kinderspiel. Ich hätte mir nie träumen lassen, daß ich meinem Vater etwas mißgönnen würde. Immer war ich überzeugt gewesen, ich würde ihm sogar noch mein eigenes nabelfreies Lycrahemd schenken.

Aber es stimmte nicht. In dem Maße, wie das Geld knapp wurde, ärgerte es mich, wenn ich ihm noch etwas davon geben sollte. Es ärgerte mich, daß er mich jeden Morgen fragte, bevor ich mich zur Arbeit schleppte: »Lucy, mein Kind, könntest du mir 'n paar Pfund auf dem Tisch liegenlassen? Vielleicht 'nen Zehner, wenn du ihn übrig hast.«

Mich ärgerten die Sorgen. Es verstimmte mich, die Bank um einen Überziehungskredit bitten zu müssen. Es verstimmte mich, daß ich kein Geld für mich selbst hatte.

Und ich haßte die Auswirkungen, die das Ganze auf mich hatte: die Kleinlichkeit, mit der ich ihm jeden Bissen in den Mund zählte, aber auch jeden Bissen, den er *nicht* aß. *Wenn ich mir schon die Mühe mach, für ihn was zu essen zu kaufen und zu kochen, könnte er es zumindest essen*, dachte ich gereizt.

Dad bekam alle zwei Wochen Arbeitslosengeld, aber wo das blieb, erfuhr ich nicht. Den Haushalt bestritt ich ausschließlich von meinem Gehalt.

Könnte er nicht wenigstens mal 'ne Flasche Milch kaufen? dachte ich bisweilen in ohnmächtiger Wut.

Ich wurde immer isolierter. Von den Arbeitskollegen abgesehen war ich immer nur mit meinem Vater zusammen.

Nie ging ich mit Leuten aus, die ich von früher kannte. Dafür hatte ich keine Zeit, denn ich mußte unbedingt sofort nach Feierabend heimfahren. Immer wieder versprachen Karen und Charlotte, sie würden mich besuchen kommen, und es klang, als sprächen sie von einer Reise ins Ausland. Andererseits war es mir ganz recht, daß sie nicht kamen – ich hielt mich nicht für fähig, zwei Stunden am Stück so zu tun, als wäre ich glücklich.

Gus fehlte mir entsetzlich. Ich malte mir aus, wie er käme, um mich zu retten. Aber solange ich in Uxbridge lebte, bestand nicht die geringste Aussicht, zufällig über ihn zu stolpern.

Als einzigen Menschen aus meinem früheren Leben sah ich ab und zu Daniel, der von Zeit zu Zeit »vorbeischaute«. Das aber war mir ausgesprochen zuwider. Jedesmal, wenn ich ihm die Tür aufmachte, fiel mir als erstes auf, wie breitschultrig, betörend und verlockend er aussah. Dann mußte ich an den Abend denken, an dem ich mich ihm praktisch an den Hals geworfen und er sich praktisch geweigert hatte, mit mir ins Bett zu gehen. Noch immer brannte die Scham in mir, wenn ich nur daran dachte.

Als genügte das nicht, stellte er jedesmal peinliche Fragen. »Warum bist du nur immer so müde?« und »Gehst du schon *wieder* zum Waschsalon?« und »Warum sind eure Kochtöpfe alle so verbrannt?«

»Kann ich dir mit irgendwas helfen?« fragte er immer wieder. Aber mein Stolz hinderte mich, zu bekennen, wie schlimm es um Dad stand, und so sagte ich einfach: »Hau ab, Daniel. Du kannst hier nichts tun.«

Meine finanzielle Lage wurde immer schwieriger. Es wäre ein Gebot der Vernunft gewesen, meine Wohnung in Ladbroke Grove zu kündigen. Was hatte ich schon davon, daß ich Miete für eine Wohnung zahlte, in die ich nie einen Fuß setzte? Aber auf einmal merkte ich, daß mir allein die Vorstellung, sie aufzugeben, eine Heidenangst einjagte. Sie war das letzte Bindeglied zu meinem alten Leben. Wenn ich sie aufgäbe, wäre das ein Zeichen, daß ich nie zurückkehren würde und für alle Zeiten in Uxbridge festsaß.

70

Schließlich suchte ich aus lauter Verzweiflung Dr. Thornton auf, unseren Hausarzt, der mir vor vielen Jahren Mittel gegen meine Depression verschrieben hatte.

Als Grund schob ich vor, daß ich mir bei ihm Rat wegen Dads Bettnässen holen wollte, in Wirklichkeit aber war es nichts anderes als ein schlichter altmodischer Hilferuf. Von ihm hoffte ich zu hören, daß die Dinge nicht so waren, wie ich sie sah.

Ich ging nicht gern zu Dr. Thornton, teils, weil er ein verschrobener Alter war, den man schon vor Jahren hätte in Pension schicken sollen, teils, weil er, soweit ich wußte, unsere gesamte Familie für total verrückt hielt. Er hatte nicht nur mit mir und meiner Depression zu tun gehabt, sondern auch mit meinem Bruder Peter. Dem war mit fünfzehn ein medizinisches Lehrbuch in die Hände gefallen, woraufhin er fest überzeugt gewesen war, an jeder Krankheit zu leiden, von der er las. Fast täglich war Mum mit ihm in die Sprechstunde gegangen, während sich der junge Hypochonder durch das Alphabet der Krankheiten voranarbeitete und nacheinander Symptome von Agoraphobie, Akne, Alzheimer, Angina, Angstzuständen und Anthrax entwickelte, bis ihn jemand auffliegen ließ. Nicht einmal die Akne war echt gewesen, wohl aber waren es die Angstzustände, die er hatte, nachdem ihn sich Mum ordentlich vorgenommen hatte.

Im Wartezimmer ging es zu wie am Tag des Jüngsten Gerichts. Bis zu den Deckenbalken (bildlich gesprochen, denn Dr. Thornton praktizierte in einem Container) war es mit sich prügelnden Kindern, kreischenden Müttern und schwindsüchtigen Greisen angefüllt.

Als ich schließlich zur Audienz bei Seiner Heilungkeit vorgelassen wurde, hing er erschöpft und schlecht gelaunt über seinem Schreibtisch. Der Kuli verharrte über dem Rezeptblock in der Luft.

»Was kann ich für Sie tun?« fragte er kraftlos. Mir war klar, daß er eigentlich meinte: »Ich kenne Sie – Sie sind Lucy, eine von den verrückten Sullivans. Also los. Wohl mal wieder durchgeknallt?«

»Es geht nicht um mich«, begann ich zögernd. Sogleich erwachte sein Interesse.

»Eine Bekannte?« fragte er hoffnungsvoll.

»Gewissermaßen«, stimmte ich zu.

»Sie vermutet, daß sie schwanger ist?« fragte er.

»Nein …«

»Sie hat sonderbaren Ausfluß?« unterbrach er mich begierig.

»Eigentlich ist es nichts dergleichen …«

»Eine besonders schlimme Periode?«

»Nein …«

»Einen Knoten in der Brust?«

»Nein«, sagte ich und hätte fast herausgelacht. »Es geht wirklich nicht um *mich*, sondern um meinen Vater.«

»Ach der«, sagte er ärgerlich. »Und warum kommt er dann nicht selbst? Man kann nicht einfach jemand anders schicken. Ich stell keine virtuellen Diagnosen.«

»Was wollen Sie damit sagen?«

»Ich hab es bis hier«, platzte es aus ihm heraus. »Alle haben es heute mit Handys, Internets, Computerspielen und Flugsimulatoren. Keiner von euch will was Wirkliches machen.«

»Äh …« sagte ich unsicher, denn ich wußte nicht, wie ich auf diesen Ausbruch von Maschinenstürmerei reagieren sollte. Er war seit unserer letzten Begegnung eher noch exzentrischer geworden.

»Alle sind der Ansicht, sie brauchen nichts zu tun«, fuhr er mit lauter Stimme und gerötetem Gesicht fort. »Jeder kann mit seinem Modem und seinem PC einfach zu Hause hocken und glauben, er lebt. Keiner ist der Ansicht, daß er seinen faulen Hintern heben muß, um mit anderen Menschen Kontakt aufzunehmen. Ihr schickt mir einfach eure Symptome mit E-Mail zu, was?« Arzt, heile dich selbst! Dr. Thornton schien kurz vor dem Zusammenbruch zu stehen.

Der kämpferische Anfall hörte ebenso plötzlich wieder auf, wie er begonnen hatte.

»Nun, was ist mit Ihrem Vater?« fragte er seufzend und lag wieder teilnahmslos über dem Tisch.

»Es ist ein bißchen peinlich«, sagte ich unbehaglich.

»Warum?«

»Nun, er glaubt, daß ihm nichts fehlt…« Ich begann mich voll Feingefühl durch die komplizierte Geschichte voranzuarbeiten.

»Wenn das so ist, fehlt eben Ihnen was«, sagte Dr. Thornton unverblümt.

»Nein, Augenblick, Sie verstehen nicht…«

»Ich verstehe durchaus«, fiel er mir ins Wort. »Jamsie Sullivan fehlt nichts. Wenn er aufhören würde zu saufen, würde es ihm blendend gehen. Na ja, vielleicht auch nicht«, fügte er hinzu, als spräche er mit sich selbst. »Gott allein weiß, wie seine Leber mittlerweile aussieht. Wahrscheinlich ist sie sechseckig.«

»Aber…«

»Lucy, Sie stehlen mir die Zeit. Mein Wartezimmer ist voll von Leuten, die *wirklich* krank sind und um die ich mich kümmern muß. Statt dessen belästigen mich die weiblichen Angehörigen des Hauses Sullivan und verlangen von mir, daß ich einen Mann heile, der beschlossen hat, sich unter die Erde zu saufen.«

»Was meinen Sie mit den weiblichen Angehörigen des Hauses Sullivan?« fragte ich.

»Sie und Ihre Mutter. Ihre Mutter ist sozusagen ein Einrichtungsgegenstand meiner Praxis.«

»Tatsächlich?« entfuhr es mir überrascht.

»Jetzt, wo ich mit Ihnen darüber spreche, fällt mir auf, daß sie eine ganze Weile nicht hier war. Wahrscheinlich hat sie Sie geschickt?«

»Äh, nein…«

»Warum nicht?« fragte er. »Was ist los?«

»Sie hat Dad verlassen«, sagte ich. Ich erwartete ein wenig Zuwendung, statt dessen aber gab er eine Art Gelächter von sich. Er verhielt sich wirklich sonderbar.

»Ist sie also endlich abgehauen«, lachte er in sich hinein, während ich ihn mit schief gehaltenem Kopf ansah und mich fragte, was ihm fehlen könnte.

Und was meinte er damit, daß sich Dad unter die Erde soff? Wieso redeten eigentlich, wenn es um meinen Vater ging, alle immer nur vom Trinken?

Irgendwo in meinem Kopf schob sich etwas langsam an seinen Platz, und ich empfand Angst.

»Dann haben Sie jetzt wohl die Stelle Ihrer Mutter eingenommen?« fragte Dr. Thornton.

»Ja, sofern Sie damit meinen, daß ich mich um meinen Vater kümmere«, sagte ich.

»Gehen Sie nach Hause, Lucy«, sagte er. »Sie können nichts für ihn tun. Wir haben alles probiert. Solange nicht er selbst mit dem Trinken aufhören will, kann niemand was für ihn tun.« Wieder begriff ich ein wenig mehr.

»Nein, Sie sehen das falsch«, sagte ich und kämpfte gegen diese Erkenntnis an. »Ich bin nicht wegen seines Trinkens hier, sondern weil ihm wirklich was fehlt, und das hat mit dem Trinken nichts zu tun.«

»Und was wäre das?« fragte er ungeduldig.

»Er ist Bettnässer.« Er schwieg. *Jetzt weiß er nicht mehr, was er sagen soll*, dachte ich nervös und hoffte, daß ich recht hatte.

»Bettnässen ist psychisch bedingt«, fuhr ich hoffnungsvoll fort. »Es hat mit Trinken nichts zu tun.«

»Lucy«, sagte er finster. »Es hat von vorn bis hinten mit Trinken zu tun.«

»Ich weiß nicht, was Sie meinen«, sagte ich, krank vor Angst. »Ich weiß nicht, warum Sie ständig von seinem Trinken reden.«

»Tatsächlich nicht?« sagte er mit gerunzelter Stirn. »Aber Sie müssen es wissen. Natürlich wissen Sie es. Wie können Sie mit ihm leben und es nicht wissen?«

»Ich lebe nicht mit ihm«, sagte ich. »Jedenfalls habe ich es jahrelang nicht getan. Ich bin gerade erst wieder bei ihm eingezogen.«

»Aber hat Ihnen Ihre Mutter nicht alles erzählt …?« fragte er und sah mir ins besorgte Gesicht. »Ach nein, ich seh schon.«

Meine Beine begannen zu zittern; ich ahnte, was er mir sagen würde. Dieser Katastrophe war ich mein Leben lang ausgewichen, und jetzt stand ich ihr von Angesicht zu Angesicht gegenüber. Das war der große Knall. Fast empfand ich Erleichterung darüber, daß ich jetzt aufhören konnte, den Dingen aus dem Weg zu gehen.

»Ihr Vater ist ein chronischer Trinker«, seufzte Dr. Thornton. Mein Magen hob sich. Es war mir klar gewesen, aber auch wieder nicht.

»Sind Sie sicher?« fragte ich.

»Sie haben das wirklich nicht gewußt, was?« fragte er, nicht ganz so übellaunig wie vorher.

»Nein«, sagte ich. »Aber jetzt, wo Sie es mir sagen, ist mir schleierhaft, wieso nicht.«

»Das kommt oft vor«, sagte er müde. »Ich sehe es immer wieder, wenn in einer Familie etwas ganz und gar aus dem Ruder läuft, und alle so tun, als wäre nichts.«

»Ach je«, sagte ich.

»Es ist, als hätten die Leute einen Elefanten im Wohnzimmer und alle gingen auf Zehenspitzen umher und täten so, als sähen sie ihn nicht.«

»Ach je«, sagte ich wieder, »und was kann ich da tun?«

»Offen gesagt kenne ich mich auf dem Gebiet nicht besonders gut aus«, sagte er. »Ich bin für körperliche Leiden zuständig. Wenn Ihr Vater einen eingewachsenen Zehennagel oder von mir aus einen Reizmagen hätte, könnte ich diese oder jene Behandlung vorschlagen. Aber von Psychodrama, Familientherapie und Beziehungskisten verstehe ich nichts. Das war nach meiner Zeit.«

»Ach je.«

»Und wie fühlen Sie sich gegenwärtig?« fragte er hoffnungsvoll. »War das ein Schock für Sie? Schock kann ich nämlich, das hab ich gelernt.«

»Es geht schon«, sagte ich und stand auf. Ich konnte gar nicht schnell genug fortkommen. Ich mußte verarbeiten, was er mir gesagt hatte.

»Warten Sie«, sagte er, »ich kann Ihnen ein Rezept geben.«

»Wofür?« fragte ich. »Für einen neuen Vater? Einen, der kein Alkoholiker ist?«

»Lassen Sie das«, sagte er. »Brauchen Sie Schlaftabletten? Beruhigungsmittel? Antidepressiva?«

»Nein, vielen Dank.«

»Einen Vorschlag kann ich Ihnen machen. Vielleicht hilft Ihnen das weiter«, sagte er nachdenklich. Hoffnung erfüllte meine Brust.

»Ja?« fragte ich atemlos.

»Plastikfolien.«

»Plastikfolien?« fragte ich matt.

»Ja, Sie verstehen, als Matratzenschoner…« Ich ging. Jetzt stand ich doch unter Schock. Als ich zu Hause ankam, war Dad in seinem Sessel eingeschlafen, und eine Zigarette hatte ein Loch in die Armlehne gebrannt. Er fuhr hoch, als ich die Tür aufmachte.

»Willst du mir was zu trinken holen, Lucy?« fragte er.

»Von mir aus«, sagte ich. Ich war so mitgenommen, daß ich nicht die Kraft hatte, aufzubegehren. »Was willst du?«

»Was du dir leisten kannst…« sagte er bescheiden.

»Ach so«, sagte ich kalt. »Ich soll zahlen?«

»Na jaaaaa«, sagte er.

»Aber du hast doch dein Geld erst vor zwei Tagen gekriegt«, sagte ich. »Was hast du damit gemacht?«

»Ach, Lucy«, lachte er. Es klang ein wenig häßlich. »Du bist wirklich die Tochter deiner Mutter.«

Bedrückt verließ ich das Haus. Mir war schlecht. *Bin ich wirklich wie meine Mutter?* fragte ich mich. Im Schnapsladen kaufte ich ihm eine Flasche echten Whiskey statt des billigen Fusels aus Osteuropa, den er sich gewöhnlich holte. Da ich immer noch unbedingt Geld für ihn ausgeben wollte, kaufte ich außerdem vierzig Zigaretten, vier Schokoladenriegel und zwei Tüten Tortilla-Chips.

Als sich meine Ausgaben für ihn auf insgesamt zwanzig Pfund beliefen, konnte ich wieder ruhig atmen. Angesichts dieser Verschwendung durfte ich sicher sein, daß keinerlei Ähnlichkeit zwischen meiner Mutter und mir bestand.

Unaufhörlich mußte ich an Dr. Thorntons Worte denken. Ich wollte ihm nicht glauben, doch mir blieb keine Wahl. Zuerst versuchte ich mir Dad so vorzustellen wie immer und dann als Alkoholiker. Das zweite Bild paßte besser. Es paßte in jeder Hinsicht.

Dr. Thornton hatte den ersten Dominostein umgeworfen, und die übrigen polterten rasch hintereinander her.

Wie verschütteter Rotwein auf einem weißen Tischtuch zog das Wissen eine Spur in meinem Leben bis zurück zu meiner frühesten Erinnerung und befleckte alles. Das *mußte* so sein, denn es *war* befleckt.

Stets hatte ich mein Leben, meinen Vater und meine Familie verkehrt herum betrachtet, und mit einem Mal war das Bild richtig herumgedreht. Ich konnte mich der Wirklichkeit nicht stellen.

Am schlimmsten war, daß sich in meinen Augen jetzt auch das *Aussehen* meines Vaters verändert hatte. Er sah aus wie jemand, den ich noch nie zuvor gesehen hatte. Ich versuchte das zu verhindern, wollte nicht, daß das Bild des Mannes, den ich liebte, vor meinen Augen verblaßte und verschwand. Ich mußte ihn lieben, er war alles, was ich hatte.

Verstohlen sah ich ihn immer wieder an, ging in Gedanken alles durch, was geschehen war, achtete auf alle Zeichen. Ich versuchte diesen Vorgang zu steuern, immer nur ein kleines Stückchen meines Lebens auf einmal zu betrachten, das Unangenehme in handliche Portionen und mundgerechte Happen zu zerlegen. Ich versuchte mich zu schützen, damit mich nicht der Verlust des Ganzen in den Untergang riß.

Aber ich sah ihn nicht mehr so wie vorher. Ich konnte nicht anders. Er wirkte nicht mehr liebenswert, umgänglich, anschmiegsam und wie jemand, mit dem man viel Spaß haben kann. Statt dessen wirkte er betrunken, anstößig, unfähig, nachlässig und *selbstsüchtig*.

So wollte ich nicht von meinem Vater denken. Es war unerträglich. Er war der Mensch, den ich mehr als alle anderen liebte, vielleicht der einzige, den ich je wirklich geliebt hatte. Und jetzt ging mir auf, daß der Mensch, den ich so vergöttert hatte, überhaupt nicht existierte.

Kein Wunder, daß er in meiner Jugend immer so lustig gewesen war. Es ist nicht schwer, verspielt und schelmisch zu sein, wenn man betrunken ist. Kein Wunder, daß er so viel gesungen hatte, kein Wunder, daß er so viel geweint hatte.

Das einzige, was mich davor bewahrte, den Verstand zu verlieren, war die Hoffnung, ihn ändern zu können.

Nur wenn ich mir sagen konnte, daß seine Trunksucht heilbar war, war ich imstande, sie mir zögernd einzugestehen.

Ich hatte davon gehört, daß manche Alkoholiker von ihrem Leiden loskommen. Ich mußte lediglich herausfinden, was ich dazu tun mußte. Ich würde ihn davon losbekommen. Dann wäre mein Vater wieder da, und alle wären glücklich.

71

Noch einmal ließ ich mir einen Termin bei Dr. Thornton geben. Ich war voller Hoffnung und überzeugt, daß es eine Möglichkeit gab, Dad zu retten.

»Können Sie ihm irgendwas verschreiben, damit er nicht mehr den Wunsch hat zu trinken?« fragte ich, weil ich voll Vertrauen war, daß es so etwas gab.

»Ich kann *Ihnen* nichts verschreiben, was Sie ihm geben können«, sagte er.

»Na gut«, sagte ich eifrig, »dann bring ich ihn mit, und Sie können ihm ein Rezept geben.«

»Sie verstehen mich nicht«, sagte er ärgerlich. »Es gibt kein Mittel gegen Trunksucht.«

»Nennen Sie es nicht so.«

»Warum nicht? Das ist es doch.«

»Und wie geht das dann weiter?«

»Er stirbt, wenn er nicht aufhört zu trinken«, sagte er. Die Angst ließ mich schwindlig werden.

»Aber wir müssen dafür sorgen, daß er aufhört«, sagte ich verzweifelt. »Ich habe schon von schweren Trinkern gehört, die aufgehört haben. Wie haben die das gemacht?«

»Das einzige, wovon ich je gehört hab, daß es etwas nützt, sind die AA«, sagte er.

»Was ist d…?« Im selben Augenblick dämmerte es mir. »Ach so, Sie meinen die Anonymen Alkoholiker«, sagte ich. »Ich finde nicht, daß er zu denen gehen sollte. Da wimmelt es ja von… von… *Alkoholikern.*«

»Eben.«

»Aber jetzt mal im Ernst«, fast hätte ich laut gelacht. »Stinkende alte Männer mit einem Strick um die Jacke und Plastiktüten an den Füßen? Hören Sie, so ist mein Vater nicht.«

Doch wenn ich es recht bedachte, roch er ziemlich streng und schien nicht annähernd so oft zu baden, wie er die Wanne einlaufen ließ. Aber das würde ich Dr. Thornton nicht auf die Nase binden.

»Alkoholiker gibt es in vielerlei Gestalt«, sagte er, »Männer und Frauen, Junge und Alte, Stinkende und Wohlriechende.«

»Wirklich?« fragte ich ungläubig.

»Ja.«

»Auch Frauen?«

»Ja. Frauen mit Familie, mit einem Mann, Mütter, die tagsüber arbeiten, Frauen mit eleganter Kleidung, hohen Absätzen, Parfüm und herrlichem Haar …« Er ließ den Satz unvollendet. Er kam mir traurig vor und schien an jemand ganz bestimmten zu denken.

»Und die gehen dann zu den AA? Was passiert da?«

»Sie trinken nicht mehr.«

»Nie wieder?«

»Nie wieder.«

»Nicht mal zu Weihnachten, zu Hochzeiten, an Feiertagen und so weiter?«

»Nein.«

»Ich bin nicht sicher, ob er das mitmachen würde«, gab ich zu bedenken.

»Es geht dabei um alles oder nichts«, sagte der Arzt. »Im Fall Ihres Vaters läuft es wohl auf nichts hinaus.«

»Na gut«, seufzte ich. »Wenn das die einzige Möglichkeit ist, will ich ihm das mit den Anonymen Alkoholikern sagen.«

»Das *weiß* er schon«, sagte Dr. Thornton. Ärger lag in seiner Stimme. »Er weiß es seit Jahren.«

Ich brachte das Thema an jenem Abend zur Sprache. Nach einer Weile. Ich hatte es immer wieder vor mir hergeschoben, so daß Dad schließlich betrunken war, bevor ich dazu kam.

»Dad«, sagte ich nervös und mit zittriger Stimme. »Hast du dir je überlegt, daß du zuviel trinkst?«

Er sah mich mit zusammengekniffenen Augen an, so, wie noch nie zuvor. Er wirkte verändert. Wie ein boshafter, unangenehmer, betrunkener alter Mann, einer von denen, die man auf der Straße sieht, wie sie mit schwerer Zunge Beleidigungen ausstoßen und um sich schlagen, aber zu betrunken sind, als daß sie Schaden anrichten könnten. Er sah mich aufmerksam an, als wäre ich seine Feindin.

»Meine Frau ist vor kurzem davongelaufen«, sagte er angriffslustig. »Willst du mir da einen Schluck verbieten?«

»Nein«, sagte ich. »Natürlich nicht.« So etwas war mir nicht gegeben.

»Weißt du, Dad«, fuhr ich fort. Jedes Wort, das ich jetzt sagen mußte, war mir verhaßt. Ich war nicht seine Mutter, sondern seine *Tochter*, er hatte das Recht, mir Vorschriften zu machen, und nicht umgekehrt.

»Es ist eine Frage des Geldes«, brachte ich schließlich feige heraus.

»Ich weiß schon«, sagte er laut. »Geld, Geld, Geld. Es ist immer dasselbe. Du bist genau wie deine Mutter. Warum gehst du nicht auch weg? Mach schon, verschwinde. Da ist die Tür.« Damit war das Gespräch beendet.

»Natürlich verlaß ich dich nicht«, flüsterte ich. »Ich werde nie von dir fortgehen.«

Der Teufel sollte mich holen, wenn ich mir eingestand, daß meine Mutter recht gehabt hatte.

Doch schon bald schien sich der Zustand meines Vaters auffällig zu verschlimmern. Vielleicht lag es auch nur daran, daß ich mir jetzt darüber klar war. Es wurde deutlich, daß er schon morgens trank und in der Kneipe um die Ecke Schlägereien anzettelte. Einige Male brachte ihn die Polizei mitten in der Nacht nach Hause.

Aber noch hielt ich mich. Ich konnte nicht zu Boden gehen, weil ich niemanden hatte, der mich wieder aufgesammelt hätte.

Wieder ging ich zu Dr. Thornton. Als er mich sah, schüttelte er lediglich den Kopf und sagte: »Bedaure, es hat nach wie vor niemand eine Wunderkur erfunden, jedenfalls nicht bis heute morgen zehn Uhr.«

»Augenblick«, sagte ich eifrig. »Ich hab über Hypnose gelesen – könnte man Dad unter Hypnose dazu bringen, daß er aufhört? Sie wissen schon, wie man Leute hypnotisiert, damit sie nicht mehr rauchen oder Schokolade essen?«

»Nein, Lucy«, sagte er, und wieder wirkte er verärgert. »Es gibt keinen Beweis dafür, daß Hypnose wirkt, und selbst, wenn es so wäre, müßte es der *Wunsch* des Hypnotisierten sein, mit dem Rauchen oder was auch immer, aufzuhören. Ihr Vater gibt nicht einmal zu, daß er zuviel trinkt, und deshalb besteht keine Aussicht, daß er sich zum Aufhören entschließt. Sobald er sagt, daß er aufhören will, ist er reif für die AA«, fügte er süffisant hinzu. Ich verdrehte die Augen. Er mit seinen verdammten AA.

Das mit der Hypnose war also Fehlanzeige. Dennoch ließ ich mich nicht entmutigen und fragte: »Und was ist mit Akupunktur?«

»Was soll damit sein?« fragte er matt.

»Könnte man da was machen? Könnte man ihm eine Nadel ins Ohr oder sonstwohin pieksen?«

»Sonstwohin ist ein guter Gedanke«, murmelte er. Es klang ziemlich boshaft. »Nein.«

Da ich nicht mehr aus noch ein wußte, suchte ich die Nummer der Anonymen Alkoholiker aus dem Telefonbuch und rief dort an, um zu fragen, was ich mit Dad tun sollte. Die Leute waren äußerst freundlich und mitfühlend, teilten mir aber mit, daß ich nichts für ihn tun könne, solange er sich selbst nicht darüber im klaren sei, daß er Hilfe brauchte. Das klang vertraut, das hatte ich irgendwo schon einmal gehört. Ach ja: und wenn der Betreffende einsehe, daß er Hilfe brauche, sei die Schlacht schon zur Hälfte gewonnen. Aber das glaubte ich nicht.

»Na, hören Sie«, sagte ich ärgerlich. »Sie wollen doch Leute vom Trinken abbringen. Warum tun Sie das dann nicht auch bei meinem Vater?«

»Tut mir leid«, sagte die Frau, mit der ich sprach. »Das kann niemand außer ihm selbst.«

»Aber er ist Alkoholiker«, platzte es aus mir heraus. »Von Alkoholikern erwartet man nicht, daß sie von selbst aufhören.«

»Nein«, sagte sie. »Aber sie müssen es wollen.«

»Ich verstehe Sie nicht. Er hat es im Leben sehr schwer gehabt, und seine Frau hat ihn vor kurzem verlassen, da *muß* er doch einfach trinken.«

»Muß er nicht«, sagte sie. Sehr freundlich.

»Das ist doch lachhaft«, sagte ich. »Können Sie mir mal Ihren Chef geben? Ich muß mit einem Fachmann darüber sprechen. Es ist ein ganz besonderer Fall.«

Sie lachte, und das steigerte meinen Zorn noch.

»Wir haben alle mal gedacht, daß wir ganz besondere Fälle wären«, sagte sie. »Wenn ich für jeden Alkoholiker, der mir das gesagt hat, ein Pfund bekäme, wäre ich reich.«

»Wovon reden Sie?« fragte ich die Frau kalt.

»Ich bin Alkoholikerin«, sagte sie.

»Tatsächlich?« fragte ich überrascht. »Sie klingen aber nicht so.«

»Wie müßte ich denn Ihrer Ansicht nach klingen?« fragte sie.

»Na ja … ich nehme an, betrunken.«

»Ich habe seit fast zwei Jahren nicht getrunken«, sagte sie.

»*Nichts?*«

»Nichts.«

»Ich meine, *überhaupt* nichts?«

»Nein, überhaupt nichts.«

Wenn sie es sich zwei Jahre lang verkneifen konnte, kann sie nicht viel getrunken haben, dachte ich. *Wahrscheinlich eine von den Tussis, die freitagabends vier Gin mit Soda süffeln.*

»Vielen Dank«, sagte ich, bereit, aufzulegen. »Ich glaube nicht, daß man meinen Vater mit Ihnen vergleichen kann. Er trinkt Whiskey, und er trinkt schon vormittags.« Ich sagte es fast prahlerisch. »Es würde ihm sehr schwer fallen aufzuhören. Er könnte nie im Leben zwei Jahre lang nichts trinken.«

»Ich hab früher auch vormittags getrunken«, sagte die Frau. Ich schluckte. Ich glaubte ihr nicht.

»Am liebsten Kognak pur«, fuhr sie fort.

»Eine ganze Flasche am Tag«, fügte sie hinzu, als ich nach wie vor nichts sagte. »Ich war keine Spur anders als Ihr Vater.«

»Aber er ist alt …« sagte ich verzweifelt. »Ihre Stimme klingt nicht alt.«

»Bei den Anonymen Alkoholikern gibt es Menschen jeden Alters, auch viele alte Leute.«

»Ich kann jemand vorbeischicken, der mit ihm redet«, schlug sie vor.

Doch da mir klar war, daß er sich darüber nur empören und sich gedemütigt fühlen würde, ging ich nicht darauf ein.

Dann gab sie mir die Telefonnummer einer anderen Gruppe namens Al-Anon und erklärte, dabei handele es sich um Freunde und Angehörige von Alkoholikern, die mir vielleicht helfen könnten. Also rief ich in meiner Verzweiflung dort an und ging sogar zu einem der Treffen, weil ich hoffte, diesen oder jenen Hinweis zu bekommen, wie ich meinem Vater das Trinken abgewöhnen könnte. Vielleicht mußte man den Schnaps vor ihm verstecken, mit Wasser verdünnen, ihn überreden, erst abends um acht mit dem Trinken anzufangen und so weiter.

Zu meiner Empörung merkte ich, daß die Sache überhaupt nicht in diese Richtung ging. Alle Anwesenden sprachen darüber, daß sie versuchten, ihre der Trunksucht verfallenen Ehemänner oder Freunde, Ehefrauen, Töchter oder Freundinnen oder wer auch immer es war, sich selbst zu überlassen und ihr eigenes Leben zu führen. Ein Mann sagte, seine Mutter sei Alkoholikerin und er verliebe sich immer nur in hilflose, trunksüchtige Frauen.

Sie unterhielten sich über »Co-Abhängigkeit«. Darunter konnte ich mir zwar etwas vorstellen, denn ich hatte schon viele Selbsthilfebücher gelesen, nur verstand ich nicht, was das mit meinem Vater und mir zu tun haben sollte.

»Sie können Ihren Vater nicht ändern«, sagte mir eine Frau. »Damit, daß Sie es versuchen, weichen Sie lediglich Ihren eigenen Problemen aus.«

»Mein Vater ist mein Problem«, sagte ich gereizt.

»Das ist er nicht«, sagte sie.

»Wie können Sie so herzlos sein?« fragte ich. »Ich liebe meinen Vater.«

»Meinen Sie nicht, daß Sie einen Anspruch auf ein erfülltes Leben haben?« fragte sie.

»Ich kann ihn unmöglich sich selbst überlassen«, sagte ich steif.

»Das könnte das beste sein, was Sie je getan haben«, antwortete sie.

»Mein schlechtes Gewissen würde mich umbringen«, sagte ich selbstgerecht.

»Ein schlechtes Gewissen dient der intellektuellen Selbstbefriedigung«, sagte sie.

»Wie können Sie es wagen?«, sagte ich. »Sie haben ja keine Ahnung, wovon Sie reden.«

»Ich weiß genau, was Sie durchmachen«, sagte sie. »Ich war mit einem Alkoholiker verheiratet.«

»Ich bin ein völlig normaler Mensch, der zufällig einen trunksüchtigen Vater hat. Ich bin nicht wie die… wie die… Verlierertypen hier, die zu diesen blöden Treffen kommen und sich darüber aussülzen, wie sie es schaffen, sich von dem Alkoholiker in ihrem Leben zu *trennen*.«

»Das hab ich am Anfang auch gesagt«, sagte sie.

»Großer Gott!« sagte ich wütend. »Ich will ihm einfach dabei helfen, daß er aufhört. Was ist denn daran falsch?«

»Das *können* Sie nicht«, sagte sie. »Sie haben keine Macht über ihn und seine Sucht – wohl aber über Ihr eigenes Leben.«

»Ich habe eine Verantwortung, der ich mich nicht entziehen kann.«

»Ja, die Verantwortung für sich selbst. Es ist nicht damit getan, daß der eine aufhört zu trinken, damit es dem anderen von einem Tag auf den anderen gutgeht.«

»Was wollen Sie damit sagen?«

»Wie sehen Ihre Beziehungen mit anderen Männern aus?« Ich gab darauf keine Antwort.

»Frauen wie wir haben oft große Schwierigkeiten, eine gute Beziehung aufzubauen«, sagte sie.

»Ich bin keine Frau wie Sie«, sagte ich verächtlich.

»Sie würden sich wundern, wenn Sie wüßten, wie viele von uns die falsche Art von Beziehung zur falschen Art von Mann haben«, sagte sie freundlich, »weil sich unsere Erwartungen an dem orientieren, was wir vom Umgang mit dem Alkoholiker in unserem Leben kennen. Hier ist meine Telefonnummer«, fügte sie hinzu. »Rufen Sie mich an, wenn Sie das Bedürfnis haben, mit mir zu reden. Jederzeit.«

Ich ging, bevor sie mir den Zettel in die Hand drücken konnte. Ich hatte einen weiteren Weg erkundet und war wieder in einer Sackgasse gelandet. Was sollte ich jetzt noch tun?

Ich versuchte, ihm weniger Geld zu geben. Aber er flehte und bettelte mit Tränen in den Augen, und ich hatte ein so entsetzlich schlechtes Gewissen, daß ich es ihm gab, obwohl ich es mir eigentlich nicht leisten konnte.

Ich schwankte zwischen Zorn und so tiefer Trauer, daß ich dachte, es würde mir das Herz brechen. Manchmal haßte ich ihn, und manchmal liebte ich ihn, merkte aber, wie meine Verzweiflung immer stärker wurde und ich immer mehr das Gefühl hatte, in der Falle zu sitzen.

Weihnachten war verheerend. An keiner der Hunderte von Feiern, an keinem der Besäufnisse konnte ich teilnehmen. Während sich alle anderen in kurze schwarze Glitzerkleider warfen, fuhr ich mit der U-Bahn heim nach Uxbridge. Während sich alle anderen übergaben oder mit ihrem Chef herumknutschten, bat ich meinen Vater, wieder einzuschlafen und sagte ihm, es sei wirklich nicht schlimm, daß er wieder ins Bett gemacht hatte.

Vermutlich hatte meine gute Fee ihre Anweisungen falsch verstanden, denn statt zu sagen »Geh dich ruhig besaufen«, schien sie gesagt zu haben »Geh den Besoffenen saubermachen«.

Selbst wenn jemand dagewesen wäre, sich um Dad zu kümmern, hätte ich nicht gehen können, weil mein Geld nicht einmal dazu gereicht hätte, eine Runde auszugeben.

In der Vorweihnachtszeit wurde Dads Trinken noch schlimmer. Ich wußte nicht, woran das lag – er brauchte ja jetzt keinen Vorwand.

Mein Selbstmitleid steigerte sich noch dadurch, daß ich lediglich zwei Weihnachtskarten bekam: Die eine war von Daniel, die andere von Adrian aus der Videothek.

Weihnachten selbst war der Gipfel des Schreckens. Meine Brüder kamen nicht. Chris verschanzte sich hinter der Aussage: »Ich möchte nicht den Eindruck erwecken, als ergriffe ich Partei«, und Peter erklärte: »Ich will Mum nicht weh tun.«

Es war ein grauenhafter Tag. Das Beste daran war noch, daß Dad schon um elf Uhr morgens mehr oder weniger im Koma lag.

Ich hätte so gern mit jemandem geredet, denn dann bedrückte mich Dads Gegenwart weniger, und so freute ich mich fast schon darauf, wieder zur Arbeit gehen zu dürfen.

Weil Weihnachten so schrecklich gewesen war, sah ich dem neuen Jahr törichterweise voll Hoffnung entgegen. Doch am vierten Januar unternahm Dad eine gewaltige Sauftour. Offenbar hatte er sie von langer Hand geplant, denn als ich auf dem Weg zur Arbeit am U-Bahnhof eine Tüte Gummibärchen kaufen wollte, war mein ganzes Geld verschwunden. Ich hätte nach Hause laufen und ihm in den Arm fallen können, aber irgendwie war es mir gleichgültig geworden.

Als ich in der Stadt Geld aus einem Automaten holen wollte, behielt er meine Karte ein. Der Bildschirm teilte mir mit, mein Konto sei heillos überzogen und ich solle mich mit meiner Bank in Verbindung setzen. *Ich denk nicht dran*, dachte ich. *Wenn die was von mir wollen, sollen sie kommen und mich holen. (Lebend kriegen die mich nie, usw. usw.)*

Ich mußte mir zehn Pfund von Megan leihen.

Als ich am Abend nach Hause kam, lag hinter der Tür ein angsteinflößend aussehender amtlicher Brief. Er enthielt die Aufforderung meiner Bank, die Schecks zurückgeben, die sich noch in meinem Besitz befanden.

Die Dinge begannen sich meiner Kontrolle zu entziehen. Ich versuchte die eiskalte Furcht zu unterdrücken. Wo würde all das enden?

Auf dem Weg zur Küche knirschte etwas unter meinem Fuß. Ich sah hin und merkte, daß der Dielenläufer mit Glassplittern übersät war. Auf dem Küchenfußboden sah es genauso aus. Der Küchentisch war voller zerbrochener Teller, Untertassen und Schüsseln. In der »guten Stube« lag die Rauchglasplatte des Couchtischs in Scherben, und auf dem Fußboden waren Bücher und Kassetten verstreut. Das ganze Erdgeschoß sah aus, als hätten die Vandalen dort gehaust. Dads Werk.

Auch früher schon hatte er im Suff Zerstörungsanfälle bekommen, aber nie zuvor mit so spektakulärem Ergebnis wie diesmal. Natürlich war er nirgendwo zu sehen.

Ich ging aus der Küche ins Wohnzimmer und zurück in die Küche. Das Ausmaß des Zerstörung entsetzte mich. Was zu zerbrechen war, hatte er zerbrochen. Selbst was sich nicht zerbrechen ließ, hatte er zu demolieren *versucht*. Nach den Spuren der Hammerschläge am gelben Kunststoff-Waschbecken in der Küche zu urteilen, hatte er sich auch daran ausgetobt. Im Wohnzimmer war seinem Zerstörungstrieb eine ganze Vitrine voller geschmackloser Porzellanfiguren zum Opfer gefallen, an denen das Herz meiner Mutter gehangen hatte – Püppchen, Hündchen und Glöckchen. Beim Gedanken an meine Mutter und daran, was ihr das bedeutet hatte, krampfte sich mein Herz zusammen.

Ohne eine Träne zu vergießen, begann ich aufzuräumen. Während ich auf dem Boden kniete und mich bemühte, die Splitter eines Porzellanpüppchens aus dem Teppich zu ziehen, klingelte das Telefon. Die Polizei teilte mir mit, Dad sei bei ihnen auf der Wache und ich möge kommen und ihn gegen Kaution abholen.

Dazu reichten weder mein Geld noch meine Kraft. Ich konnte nur noch weinen. Dann beschloß ich, Daniel anzurufen. Wie durch ein Wunder war er zu Hause – ich weiß nicht, was ich andernfalls getan hätte.

Ich schluchzte so sehr, daß er nicht verstand, was ich sagte.

»Dad hat sich vollaufen lassen und ist jetzt auf der Polizei«, jammerte ich.

»Was will er denn da?«

»Versteh doch – man hat ihn festgenommen.«

»Etwa weil er einen Zug durch die Gemeinde gemacht hat?«

»Hör auf mit dem dummen Gequatsche und komm einfach her, ja?«

»Sobald ich kann«, versprach er.

»Und bring viel Geld mit«, fügte ich hinzu. Zwei Porzellanhündchen, ein Porzellanglöckchen und einen halben Couchtisch später traf er ein.

»Tut mir leid, Lucy«, sagte er, als ich ihm öffnete. »Ist es sehr schlimm?«

Er wollte mich in den Arm nehmen, aber ich wich ihm geschickt aus. Sexuelle Verlockung war das letzte, was

544

ich in meinem brodelnden Kessel von Gefühlen brauchen konnte.

»Ziemlich«, sagte ich, während mir die Tränen über das Gesicht liefen.

»Großer Gott! Hattet ihr hier ein Erdbeben?«

»Nein ...«

»Ich verstehe, Einbrecher! Rühr nichts an.«

»Das waren keine Einbrecher«, schluchzte ich. »Mein Vater hat im Suff alles kurz und klein geschlagen.«

»Das kann ich nicht glauben.« Er sah wirklich entsetzt drein, was meine Verzweiflung noch steigerte.

»Aber warum nur?« fragte er und fuhr sich mit den Händen durch das Haar.

»Was weiß ich? Aber das ist noch nicht alles. Die Polizei hat ihn in Gewahrsam genommen.«

»Seit wann wird man dafür festgenommen, daß man in seinen eigenen vier Wänden alles kurz und klein schlägt? Unser Land hat von Tag zu Tag mehr Ähnlichkeit mit einem Polizeistaat. Als nächstes verbietet man uns noch, den Toast zu verbrennen, Eiscreme gleich aus der Großpackung zu löffeln und ...«

»Hör bloß auf, du scheißliberaler Halbintellektueller.« Wider Willen mußte ich lachen. »Ich hab keine Ahnung, warum man ihn da festhält, und ich wage es mir nicht auszumalen. Aber mit Sicherheit nicht deswegen.«

»Heißt das, man muß ihn loseisen und dafür Geld auf den Tisch des Hauses blättern?«

»So ist es.«

»Dann komm, Lucy, werfen wir uns in meine Lustschleuder und retten deinen Vater!«

Dad wurden rund eine Million Vergehen zur Last gelegt: Erregung öffentlichen Ärgernisses, Sachbeschädigung, versuchte Körperverletzung, Hausfriedensbruch und noch vieles andere. Es war fürchterlich. Ich hätte nie gedacht, daß ich meinen Vater von der Polizeiwache würde abholen müssen.

Als man ihn aus der Ausnüchterungszelle holte, sah er so aus, als könnte er keiner Fliege etwas zuleide tun. Daniel und ich fuhren ihn nach Hause und brachten ihn ins Bett. Dann machte ich Daniel eine Tasse Tee.

»So, Lucy, und wie lösen wir das Problem?« fragte er.

»Wer ist ›wir‹?« fragte ich kampflustig.

»Du und ich.«

»Was hat das mit dir zu tun?«

»Könntest du versuchen, nur dieses eine Mal nicht mit mir zu streiten? Ich möchte dir gern helfen.«

»Ich will deine Hilfe nicht.«

»Doch«, sagte er, »sonst hättest du mich nicht angerufen. Es ist keine *Schande*«, fügte er hinzu. »Du brauchst gar nicht so empfindlich zu sein.«

»Das wärest du auch, wenn dein Vater ein Trunkenbold wäre«, sagte ich, während mir Tränen über das Gesicht liefen – schon *wieder*. »Nun, vielleicht ist er kein Trunkenbold ...«

»Doch, das ist er«, sagte Daniel fest.

»Nenn ihn, wie du willst«, schluchzte ich. »Es ist mir scheißegal. Auf jeden Fall trinkt er und richtet mein Leben zugrunde.« Ich weinte mir noch eine ganze Weile die Anspannung von vielen Monaten des Kummers von der Seele.

»Hattest du das gewußt?« fragte ich. »Ich meine, das mit meinem Vater?«

»Äh, ja.«

»Und woher?«

»Von Chris.«

»Und warum hat mir keiner was gesagt?«

»Man hat es dir gesagt.«

»Und warum hat mir dann niemand geholfen?«

»Man hat es versucht. Du wolltest dir nicht helfen lassen.«

»Und was soll ich jetzt tun?«

»Wie wäre es, wenn du ausziehst? Soll sich doch jemand anders um ihn kümmern!«

»Nein«, sagte ich angstvoll.

»Schön, du mußt nicht, wenn du nicht willst. Aber es gibt viele Leute, die dir helfen können. Abgesehen von deinen Brüdern gibt es Haushaltshilfen, Sozialarbeiter und einen Haufen andere Möglichkeiten. Du kannst dich nach wie vor um ihn kümmern, brauchst es aber nicht allein zu tun.«

»Ich will darüber nachdenken.«

Um Mitternacht, Daniel und ich saßen immer noch bedrückt am Küchentisch, klingelte das Telefon. Ich nahm angstvoll ab.

»Hallo?«

»Kann ich mit Lucy Sullivan sprechen?« dröhnte eine vertraute Stimme.

»Gus?« fragte ich, während mich Freude durchflutete.

»Genau der«, brüllte er.

»Hallo.« Am liebsten hätte ich getanzt. »Woher hast du meine Nummer?«

»Ich hab die unheimliche Blondine bei McMullens getroffen, und die hat mir gesagt, daß du da draußen am Arsch der Welt wohnst. Ich hatte schon die ganze Zeit an dich gedacht. Du hast mir richtig gefehlt.«

»Tatsächlich?« Fast wären mir vor Freude die Tränen gekommen.

»Natürlich, Lucy. Also hab ich zu ihr gesagt, ›Dann rück mal die Nummer raus, damit ich Lucy anrufen und mit ihr ausgehen kann‹. Hier bin ich, ich ruf dich an und lad dich ein, mit mir auszugehen.«

»Wunderbar!« sagte ich begeistert. »Ich würde dich gern treffen.«

»Gut, dann gib mir die Adresse, und ich komm gleich raus.«

»Du meinst, *jetzt*?«

»Wann sonst?«

»Jetzt ist keine günstige Zeit.« Ich kam mir ausgesprochen undankbar vor.

»Und wann ist eine günstige Zeit?

»Übermorgen.«

»In Ordnung. Donnerstag hol ich dich nach Feierabend im Büro ab.«

»Wunderbar.«

Mit glänzenden Augen wandte ich mich an Daniel. »Das war Gus«, sagte ich atemlos.

»Darauf war ich auch schon gekommen.«

»Er hat an mich gedacht.«

»Tatsächlich?«

»Er möchte mich treffen.«

»Hat der ein Glück, daß du so entgegenkommend bist.«

»Worüber bist du sauer?«

»Hättest du ihn nicht ein bißchen mehr baggern lassen können? Mir wär's lieber gewesen, wenn du nicht sofort zugesagt hättest.«

»Daß mich Gus angerufen hat, ist das schönste, was mir seit Monaten passiert ist. Ich hab nicht die Kraft, mit ihm herumzuspielen.« Er lächelte ein wenig verkniffen.

»Es wäre aber ganz gut, wenn du am Donnerstag 'nen Haufen Energie zum Herumspielen hättest«, sagte er knapp.

»Und wenn schon«, sagte ich wütend. »Ich darf ja wohl ins Bett gehen, mit wem ich will. Wieso bist du eigentlich auf einmal so puritanisch?«

»Weil du was Besseres verdient hast als ihn.« Er erhob sich und fragte: »Bist du ganz sicher, daß du heute nacht allein zurechtkommst?«

»Ganz sicher. Vielen Dank.«

»Und denk an das, was ich dir gesagt hab – besorg dir Hilfe für deinen Vater.«

»Ich denk drüber nach.«

»Ich ruf dich morgen an. Tschüs!« Als er sich über mich beugte, um mich – auf die Wange – zu küssen, fragte ich ihn: »Ach, äh, Daniel, könntest du mir ein bißchen Geld leihen?«

»Wieviel?«

»Äh, zwanzig, wenn es dir nichts ausmacht.« Er gab mir sechzig.

»Viel Spaß mit Gus«, sagte er.

»Das Geld ist nicht für Gus«, sagte ich patzig.

»Hab ich auch nicht gesagt.«

Ich war *außer mir* vor Freude, Gus wiederzusehen. Da ich seit etwa drei Monaten nicht ausgegangen war, ließ sich ein Teil meiner Erregung auf einen ganz normalen Budenkoller zurückführen. Aber es war nicht nur das – ich war immer noch verrückt nach Gus. Nie hatte ich die Hoffnung aufgegeben, daß es mit uns beiden noch klappte. Ich war so aufgeregt, daß ich für eine Weile die Sorgen vergessen konnte, die ich mir um Dad machte.

Als ich den Leuten im Büro sagte, daß ich Gus treffen würde, gerieten sie ganz aus dem Häuschen. Meredia und Jed hielten vor Entzücken den Atem an, hakten sich dann unter und tanzten im Büro herum, wobei sie einen Stuhl umwarfen. Dann änderten sie die Richtung, Meredia riß mit ihrer ausladenden Hüfte eine Schale mit Büro-Utensilien vom Schreibtisch, woraufhin sich Büroklammern, Tippex-Blättchen, Kulis und Leuchtstifte über den Fußboden ergossen.

Die beiden waren fast genauso aufgeregt wie ich – vermutlich verlief ihr Liebes- und Gesellschaftsleben ebenso ereignislos wie meins, und so freuten sie sich über jede Abwechslung, auch wenn es nur stellvertretend für andere war.

Nur Megan verzog angewidert das Gesicht.

»Du gehst mit *Gus* aus?« fragte sie. »Wie ist denn das passiert? Wo bist du ihm über den Weg gelaufen?«

»Nirgends. Er hat mich angerufen.«

»So ein Scheißer!« rief sie aus. Im Chor erhoben wir Einspruch.

»Ist er nicht«, kreischte Meredia.

»Laß ihn zufrieden, er ist toll«, rief Jed.

»Jetzt erzähl mal«, forderte mich Megan auf, ohne auf sie zu achten. »Er hat dich angerufen, und dann?«

»Hat er mich gebeten, mich mit ihm zu treffen«, sagte ich.

»Und hat er gesagt, was er von dir will?« bohrte sie weiter.

»Nein.«

»*Wirst* du dich mit ihm treffen?«

»Ja.«

»Wann?«

»Morgen.«

»Können wir mitkommen?« bat Meredia, die auf dem Boden kniete und Heftklammern aufsammelte.

»Nein, Meredia, diesmal nicht«, sagte ich.

»Nie erleben wir was Schönes«, sagte sie verdrossen.

»So ist es nun auch wieder nicht«, versuchte Jed sie munter zu trösten. »Und was ist mit dem Probealarm?«

Wir hatten etwa eine Woche zuvor einen Feueralarm gehabt, und ich muß ehrlich sagen, daß es wirklich Spaß gemacht hatte, vor allem, weil wir es im voraus gewußt hatten. Gary vom Werkschutz hatte Megan Einzelheiten mitgeteilt, weil er – vergeblich – gehofft hatte, im Gegenzug von ihr sexuelle Gunsterweise zu erlangen. So hatten wir schon zwei Stunden, bevor die Sirene ertönte, im Mantel zum Aufbruch bereit dagesessen, die Handtaschen griffbereit auf dem Tisch vor uns.

Einem Memo zufolge, das vor längerer Zeit im Büro umgelaufen war, war ich als Brandschutzbeauftragte eingeteilt, aber da ich nicht wußte, was das war und es mir auch niemand erklärt hatte, nutzte ich das allgemeine Chaos, ging zur Oxford Street und sah mich in einigen Schuhgeschäften um.

»Geh nicht hin, Lucy«, sagte Megan. Es klang beunruhigt. »Bestimmt bedeutet es nichts Gutes, daß er wieder aufgetaucht ist.«

»Ich kann mich um mich selbst kümmern«, versicherte ich ihr, auch wenn mich ihre Fürsorge rührte.

Sie schüttelte den Kopf und blieb ungewöhnlich still.

Als Jed am nächsten Tag ins Büro kam, sagte er, er habe vor Aufregung nicht schlafen können. Den ganzen Tag hindurch klagte er über Lampenfieber.

Er ließ es sich nicht nehmen, mein Aussehen persönlich zu begutachten, bevor ich mich mit Gus traf. »Viel Glück, Agentin Sullivan«, sagte er. »Wir alle verlassen uns auf Sie.«

Es war schon lange her, daß ich mich so jung und glücklich gefühlt hatte. So, als böte das Leben noch Möglichkeiten.

Gus wartete vor dem Eingang auf dem Gehsteig und tauschte mit Winston und Harry Beleidigungen aus (woran das lag, merkte ich bald darauf). Als ich ihn sah, wurde mir flau im Magen – er sah blendend aus. Sein glänzendes schwarzes Haar fiel ihm über die grünen Augen. Die vier Monate hatten seine Anziehungskraft nicht vermindert.

»Lucy!« rief er bei meinem Anblick aus und kam auf seine betörende Weise mit weit ausgebreiteten Armen auf mich zugerannt.

»Gus.« Ich lächelte atemlos und hoffte, daß er nicht sah, wie meine Knie vor Freude und Aufgeregtheit zitterten.

Er umarmte mich und drückte mich fest an sich. Als ich seine Schnapsfahne roch, war es mit meinem Glücksgefühl schlagartig vorbei.

Es war nichts Ungewöhnliches, daß er nach Alkohol roch – eher war es ungewöhnlich, daß er *nicht* nach Alkohol roch. Das gehörte zu den Dingen, die ich an ihm so mochte. Besser gesagt gehörte es zu den Dingen, die ich an ihm gemocht *hatte*. Jetzt aber nicht mehr, wie es schien.

Einen Augenblick lang stieg Zorn in mir auf, weil ich glaubte, man habe mir einen Streich gespielt. Sofern es mein Wunsch gewesen wäre, den Abend mit einem stinkenden Trunkenbold zu verbringen, hätte ich zu Hause bleiben können. Mein Abend mit Gus hatte die Große Flucht sein sollen, nicht aber eine Neuauflage von nur allzu Bekanntem.

Er tat einen kleinen Schritt zurück, um mich zu mustern, hielt mich aber weiterhin fest in den Armen und lächelte unaufhörlich. Meine Laune besserte sich.

Das Bewußtsein, mich in Kußentfernung seines betörenden und gutaussehenden Gesichts zu befinden, raubte mir die Sinne.

Ich bin mit Gus zusammen, dachte ich ungläubig. *Ich halte meinen Traum in den Armen.*

»Laß uns was trinken gehen«, schlug er vor. Erneut stieg Ärger in mir auf.

Sieh mal einer an, dachte ich erzürnt. Hätte er sich für unsere Versöhnung nicht etwas Originelleres ausdenken können? Wie dumm von mir, so etwas zu hoffen.

»Komm schon«, sagte er und begann loszulaufen. Man könnte fast sagen, daß er rannte. *Hat der's aber eilig*, dachte ich, während ich mühsam Schritt hielt. Er führte mich zu einer Kneipe in der Nähe, in der wir früher oft gewesen waren. Sie gehörte zu Gus' Lieblingslokalen, und er kannte nicht nur den Mann hinter dem Tresen, sondern auch die meisten Gäste.

Während ich Gus, dem es allem Anschein nach gar nicht schnell genug gehen konnte, ins Innere folgte, dachte ich mit einem Mal, *ich hasse diese Kneipe*. Es war mir nie zuvor aufgefallen, aber ich hatte mich dort immer unbehaglich gefühlt.

Im Lokal war es schmuddelig, und nie schien jemand die Tische abzuwischen. Es war voller Männer, die mich anstarrten, als ich hereinkam, und die Kellner behandelten junge Frauen ausgesprochen grob. Vielleicht auch nur mich. Aber ich versuchte, die Dinge positiv zu sehen.

Ich war mit Gus zusammen, und er sah blendend aus. Er war richtig süß, lustig und betörend. Auch wenn er nach wie vor die schreckliche Lammfelljacke trug, von der ich hätte schwören können, daß sie voller Flöhe war.

Als es darum ging, wer die erste Runde schmiß, kam es kurzzeitig zu einem Bruch mit der Tradition – Gus zahlte. Er holte die Getränke und zahlte dafür. Und er machte daraus ein Schauspiel mit Gesang und Tanz.

Natürlich griff ich, kaum, daß wir saßen, nach meiner Geldbörse, wie ich es bei Gus immer hatte tun müssen. *Bei jedem*, dachte ich düster. Doch statt mir wie sonst zu sagen, was er haben wollte, sprang er auf und schrie förmlich: »NEIN, NEIN, kommt überhaupt nicht in Frage.«

»Was?« fragte ich leicht erstaunt.

»Steck dein Geld ein, steck dein Geld ein!« drängte er mich und machte dabei eine weit ausholende Bewegung mit seinem Arm, so ungefähr wie der betrunkene Onkel bei einer Hochzeitsfeier. »Diese Runde geht an mich.«

Es war, als käme die Sonne hinter den Wolken hervor – Gus hatte Geld. Alles würde gut sein, Gus würde sich um mich kümmern.

»Wie du willst«, sagte ich mit einem Lächeln.

»Ich bestehe darauf«, sagte er laut und machte eine Handbewegung in Richtung auf meine Handtasche.

»Schön«, sagte ich.

»Ich sehe es als Beleidigung an, wenn du mich nicht zahlen läßt. Als persönliche Kränkung, wenn du mir nicht erlaubst, diese Runde zu zahlen«, wiederholte er großzügig.

»Ich sag ja gar nichts«, antwortete ich.

»Ach so, na gut.« Es klang ein wenig gekränkt. »Was möchtest du?«

»Einen Gin Tonic«, murmelte ich bedrückt.

Er brachte meinen Gin und für sich selbst ein großes Bier und ein Glas Whiskey. Sein Gesicht war rot vor Ärger.

»Großer Gott«, klagte er. »Weißt du, was die Halsabschneider für den Gin Tonic verlangen?«

Nicht so viel, wie ich bei der nächsten Runde für dich ausgeben muß, dachte ich. Warum mußt du immer zwei verschiedene Sachen haben, wo sich alle Welt mit einem Getränk begnügt?

Aber ich sagte lediglich leise, »tut mir leid«, weil ich uns den Abend nicht verderben wollte, auf den ich mich so gefreut hatte.

Seine schlechte Laune hielt nie lange an. Auch diesmal nicht.

»Prost, Lucy.« Lächelnd stieß er mit mir an, sein Bierglas und mein halsabschneiderischer Gin.

»Prost«, sagte ich und war bemüht, meine Stimme so klingen zu lassen, als meinte ich es ernst.

»Ich trinke, also bin ich«, verkündete er mit breitem Grinsen und leerte sein Halbliterglas in einem Zug zur Hälfte.

Ich lächelte, aber es kostete mich Mühe. Gewöhnlich entzückten mich seine munteren Bemerkungen. Nicht an jenem Abend.

Es wurde nicht so, wie ich es gern gehabt hätte.

Ich wußte nicht, worüber ich mit Gus reden sollte, und ihm schien am Reden überhaupt nichts zu liegen. Voll Sehnsucht mußte ich daran denken, daß wir früher immer so viel miteinander zu reden gehabt hatten. Mit einem Mal herrschte Unbeholfenheit und angespanntes Schweigen – jedenfalls, was mich betraf.

Verzweifelt wollte ich alles richtig machen, und die Spannung auflösen, die wie eine Schranke zwischen uns stand, aber ich brachte es nicht über mich, eine Unterhaltung in Gang zu bringen.

Auch Gus unternahm keinen Versuch in dieser Richtung. Ihm schien das Schweigen nicht im geringsten aufzufallen. Meine Anwesenheit übrigens auch nicht, merkte ich nach einer Weile.

Er saß mit seinen Gläsern und seiner Zigarette da, ein Mann, der im Frieden mit sich selbst und der Welt lebt, behaglich, selbstzufrieden, sah sich im Lokal um, nickte und zwinkerte Bekannten zu, beobachtete, was um ihn herum vorging. Er war denkbar entspannt.

Grinsend leerte er seine beiden Gläser im Rekordtempo, ging an den Tresen zurück und holte sich Nachschub.

Mir bot er nichts an. In dem Augenblick, in dem ich darüber nachdachte, fiel mir auf, daß er das kaum je getan hatte. Aber während mir das früher nichts ausgemacht hatte, empfand ich es jetzt als kränkend.

Wir saßen schweigend da, ich stumm von unerfüllter Erwartung, während er erneut seine beiden Gläser leerte und dazu eine Zigarette rauchte. Dann schüttete er den verbleibenden Viertelliter Bier mit einem Schluck in sich hinein und stieß hervor, bevor er ihn ganz hinuntergeschluckt hatte: »Du bist dran.«

Wie ein Roboter stand ich auf und fragte ihn, was er wolle.

»'ne Halbe und 'nen Whiskey«, sagte er mit der größten Selbstverständlichkeit.

»Sonst noch was?« fragte ich sarkastisch.

»Vielen Dank, Lucy«, sagte er. Es klang begeistert. »Braves Mädchen. Ich könnte 'n paar Fluppen brauchen.«

»Fluppen?«

»Zigaretten.«

»Welche Marke?«

»Benson & Hedges.«

»Wie viele? Fünf Stangen?«

Er schien das äußerst lustig zu finden. »'ne Schachtel reicht, außer du willst mir *unbedingt* mehr spendieren.«

»Nein, will ich nicht«, sagte ich kalt.

Während ich am Tresen wartete, überlegte ich, warum ich so wütend war. Es war wohl meine eigene Schuld. Ich hatte mir die Enttäuschung selbst eingebrockt. Ich war mit zu hohen Erwartungen und viel zu großen Bedürfnissen gekommen.

Ich sehnte mich nach ein wenig Freundlichkeit und Aufmerksamkeit, hätte gern von Gus gehört, daß ich schön sei, ihm gefehlt hätte und daß er verrückt nach mir sei.

Aber nein – nichts von alldem. Er hatte mich nicht einmal gefragt, wie es mir geht, hatte sich mit keinem Wort dazu geäußert, wo er gesteckt und warum er sich fast vier Monate lang nicht gemeldet hatte.

Aber ich verlangte zuviel von ihm – ich war so unglücklich über mein Leben, daß ich hoffte, er werde mich retten und sich um mich kümmern. Ich wollte ihm mein Leben anvertrauen und zu ihm sagen können: »Bring das in Ordnung.« Ich wollte alles.

Nicht so hastig mit den jungen Pferden, riet ich mir, während ich die Aufmerksamkeit des Kellners hinter dem Tresen auf mich zu lenken versuchte. *Genieße es. Immerhin bist du mit ihm zusammen. Ist er nicht gekommen? Ist er nicht nach wie vor der witzige, unterhaltsame Mensch, der er immer war? Was willst du denn noch?*

Ich kehrte voll neuer Hoffnung mit den Gläsern an den Tisch zurück.

»Recht so, Lucy«, sagte Gus und stürzte sich auf die Getränke wie eine Frau mit Prämenstruellem Syndrom auf eine Schachtel Pralinen.

Kurz darauf verkündete er: »Wir nehmen noch einen.« Als sei ihm das erst gerade eingefallen, fügte er hinzu: »Du zahlst.«

Irgend etwas glitt in meinem Inneren von einem Regal und zerklirrte auf dem Boden. Ich sah mich nicht als Wohlfahrtseinrichtung, jedenfalls war ich es die längste Zeit gewesen.

»Ach ja?« sagte ich, unfähig, meinen Zorn zu verbergen. »Seit wann ist frische Luft ein gesetzliches Zahlungsmittel?«

»Wovon redest du?« fragte er und sah mich argwöhnisch an. Mein Verhalten schien ihm nicht ganz geheuer.

»Ich bin blank«, sagte ich mit grimmiger Befriedigung.

Das stimmte nicht ganz. Ich hatte noch genug Geld, um nach Hause zu fahren und mir unterwegs eine Portion Pommes zu gönnen, aber das sagte ich ihm nicht, denn sonst würde er noch die letzten paar Pfund aus mir herausquetschen.

»Du bist eine schreckliche Frau«, sagte er. »Wie kannst du mir solche Angst einjagen?«

»Es ist mein Ernst.«

»Hör doch mit den Späßen auf«, fuhr er fort. »Du hast doch so 'ne kleine Zauberkarte, mit der man Geld aus dem Automaten ziehen kann, klingelingeling.«

»Ja, aber ...«

»Nun, worauf wartest du – vorwärts, Lucy, wir haben keine Zeit zu verlieren. Lauf schon und hol die Kröten, und ich halt uns hier die Stühle frei.«

»Und du, Gus?«

»Nun, ich glaub schon, daß ich noch 'ne Halbe runterkrieg, solange du weg bist. Vielen Dank.«

»Nein, ich meine, hast du keine Automatenkarte?«

»Ich?« sagte er unter gellendem Gelächter. »Ist das dein Ernst?« Er hörte überhaupt nicht auf zu lachen und zog dann ein Gesicht, als nehme er an, ich hätte den Verstand verloren.

Schweigend saß ich da und wartete, daß er aufhörte.

»Nein, Lucy, hab ich nicht.« Er räusperte sich und beruhigte sich schließlich, doch zuckte es immer noch um seinen Mund.

»Ich auch nicht, Gus.«

»Das weiß ich aber *genau*«, bedrängte er mich. »Ich hab gesehen, wie du damit Geld geholt hast.«

»Ich hab sie nicht mehr.«

»Laß doch den Scheiß.«

»Ehrlich, Gus.«

»Und warum nicht?«

»Der Automat hat sie geschluckt. Weil nichts mehr auf dem Konto war.«

»Tatsächlich nicht?« Es klang ungläubig.

Das hat gesessen, dachte ich befriedigt. Dann überfiel mich die Scham. Es war nicht recht von mir, den Zorn, den ich auf meinen Vater hatte, an Gus auszulassen.

Mit einem Mal merkte ich, daß ich ihm alles berichten wollte, ihm erklären, warum ich so schwierig und so schlecht gelaunt war. Ich wollte Verständnis und Verzeihen, Herzenswärme und Zuneigung. Also begann ich ohne Einleitung die Geschichte über mein Zusammenleben mit Dad, daß ich ihm Geld geben mußte, für mich keins übrig hatte ...

»Lucy«, unterbrach er mich auf einmal.

»Ja?« sagte ich hoffnungsvoll und freute mich auf ein wenig Anteilnahme.

»Ich weiß, was wir tun«, sagte er mit strahlendem Lächeln.

»Ja?« *Großartig!* dachte ich.

»Du hast doch bestimmt ein Scheckheft«, sagte er.

Scheckheft? dachte ich. *Was hat ein Scheckheft damit zu tun, wie unglücklich ich bin?*

»Ich kenn' den Kellner«, fuhr er mit leuchtenden Augen fort. »Er löst dir 'nen Scheck ein, wenn ich dafür gradesteh.« Ich schluckte. Das war nicht, was ich hatte hören wollen.

»Schreib ihn schon aus, Lucy, und dann geht's los.«

Er strahlte.

»Aber ich hab kein Geld auf dem Konto. Ich hab meinen Dispokredit überzogen.« Ich kam mir vor wie eine Spielverderberin, obwohl es dazu keinen Grund gab.

»Ach, spielt doch keine Rolle«, sagte Gus. »Es ist doch nur 'ne Bank. Was können die dir schon tun? Eigentum ist Diebstahl. Komm, Lucy, wir wollen das System mit seinen eigenen Waffen schlagen!«

»Nein«, sagte ich bedauernd. »Das kann ich nicht.«

»Dann können wir auch ebensogut nach Hause gehen. Ich frag mich, warum du überhaupt gekommen bist«, sagte er grollend. »Mach's gut, war schön, dich zu sehen.«

»Nun ja«, seufzte ich, griff nach der Handtasche und holte das Scheckheft heraus. Ich bemühte mich, nicht an den gräßlichen Anruf von meiner Bank zu denken, der mit Sicherheit kommen würde.

Gus hat recht, dachte ich, *es ist nur Geld*. Aber ich konnte mich nicht des Eindrucks erwehren, daß ich immer nur gab, wo ich doch gern auch einmal etwas bekommen hätte.

Ich stellte einen Scheck aus, und Gus ging damit zum Kellner hinüber. Nach dem Ausdruck auf dessen Gesicht und der Länge der Zeit zu urteilen, die Gus fortblieb, schien es nicht besonders einfach zu sein, ihn einzulösen.

Schließlich kam Gus mit einem ganzen Sortiment an Getränken zurück.

»Unternehmung erfolgreich ausgeführt.« Mit breitem Grinsen steckte er ein Bündel Geldscheine in die Tasche. Dabei sah ich, daß eine Sicherheitsnadel seinen Hosenschlitz zusammenhielt.

»Mein Wechselgeld, Gus«, sagte ich und bemühte mich, den Ärger in meiner Stimme zu unterdrücken.

»Was ist nur mit dir los?« knurrte er. »Du bist ja richtig knauserig geworden.«

»Findest du?« Mir war schlecht vor Wut, die sich in mir angestaut hatte. »Was ist an mir knauserig? Hab ich nicht heute abend fast alles bezahlt, was du getrunken hast?«

»Na gut«, sagte er gereizt. »Wenn du so bist, sag mir einfach, was ich dir schulde, und ich geb es dir zurück, sobald ich es hab.«

»In Ordnung«, sagte ich.

Mit den Worten »Hier ist dein Wechselgeld« knallte er eine Handvoll Scheine auf den Tisch. Münzen klirrten dazwischen.

Inzwischen war klar, daß der Abend ein hoffnungsloser Fehlschlag war. Es war zwar nicht so, als ob er vorher ein rauschender Erfolg gewesen wäre, aber ich hatte doch gehofft, daß es besser würde.

Obwohl mir klar war, wie kränkend das sein mußte, nahm ich das Bündel Geldscheine und begann sie nachzuzählen.

Ich hatte einen Scheck über fünfzig Pfund ausgestellt, und Gus hatte mir etwa dreißig gegeben. Getränke für uns beide – selbst bei der Menge, die er trank – kosteten nie im Leben zwanzig Pfund.

»Wo ist der Rest?« fragte ich.

»Was für ein Rest?« Er versuchte, seinen Ärger nicht zu zeigen. »Ich dachte, es würde dir nichts ausmachen. Ich hab Vinnie – das ist der Kellner – was zu trinken spendiert, weil er uns aus der Patsche geholfen hat. Ich fand, er hatte es verdient.«

»Und das Übrige?«

»Keith Kennedy ist vorbeigekommen, und ich dachte, ich sollte auch ihn zufriedenstellen.«

»Zufriedenstellen?«

»Ihm was zu trinken kaufen. Er ist schrecklich anständig zu mir.«

»Das erklärt immer noch nicht die ganze Differenz«, sagte ich und bewunderte mein Beharrungsvermögen.

Gus lachte, aber es klang ein wenig schrill und gezwungen. »… außerdem war ich ihm, äh, noch 'nen Zehner schuldig«, gab er schließlich zu.

»Du hast ihm zehn Pfund geschuldet und es mit meinem Geld zurückgezahlt?« fragte ich gelassen.

»Äh, ja. Ich hatte nicht gedacht, daß es dir was ausmachen würde. Du bist wie ich, ein freier Geist. Du machst dir keine Sorgen um Geld.«

So ging es eine Zeitlang weiter, und dann begann er John Lennons *Imagine* zu singen, wovon er ausschließlich die Strophe zu kennen schien, in der es darum geht, sich vorzustellen, daß man nichts besitzt. Er machte ein ziemliches Theater daraus – streckte die Arme flehend aus und schnitt allerlei Gesichter. »Ach, Lucy, stell dir vor, du hast nichts, stell dir vor, du hast nichts. Komm, sing mit! Imagine no poss-eh-SHENS! Da, da, da, da, daa-aaaaah-aaaaaaaaaah!«

Er machte ein Pause und wartete, daß ich lachte. Da ich ihm den Gefallen nicht tat, sang er weiter. »You may sa-aay I'm a cleaner, that I've got a hairy bum …«

Früher hätte mich sein Gesang gerührt und bezaubert. Ich hätte über den haarigen Hintern gelacht, ihm gesagt, er sei ein Scheusal und ihm verziehen. Damit war jetzt Schluß.

Ich sagte nichts. Ich brachte kein Wort heraus. Wirklich nicht. Ich war darüber hinaus, mich zu ärgern. Ich kam mir vor wie eine Idiotin. Ich schämte mich zu sehr über mich selbst, als daß ich wütend gewesen wäre. Ich war es nicht *wert*, mich zu ärgern.

Der ganze Abend war eine Übung in Schadensbegrenzung gewesen, bei der ich versucht hatte, das Ausmaß meines Ärgers vor mir selbst zu verbergen. Jetzt sah ich nur allzu deutlich, wie entsetzlich das alles war.

Warum kommt es mir so vor, als gehe es mir immer wieder so? fragte ich mich. Und als ich mein Leben vor meinem inneren Auge Revue passieren ließ, erkannte ich, daß es mir deswegen so vorkam, weil ich tatsächlich immer wieder in die gleiche Falle tappte.

Es ging mir täglich mit meinem Vater so. Ich nahm finanzielle Schwierigkeiten in Kauf, um ihm Geld geben zu können. Kein Wunder, daß mir das Muster so vertraut vorkam.

Hatte sich nicht auch Gus immer darauf verlassen, daß ich ihn finanzierte? Nie hatte er Geld. Anfangs hatte ich ihm gern unter die Arme gegriffen. Ich hatte das Gefühl, ihm damit einen Gefallen zu tun, hatte gemeint, er brauche mich.

Als mir das bewußt wurde, wurde mir übel. Ich war ein Dummkopf, eine verdammte Närrin. Jeder wußte das, nur ich nicht. Mich konnte man leicht anpumpen. Die gute alte Lucy, sie braucht so dringend Liebe und Zuneigung, daß sie bereit ist, sie zu kaufen. Sie schenkt noch das letzte Hemd her, weil sie überzeugt ist, daß der andere es mehr verdient als sie. Bei Lucy brauchst du nie zu hungern, nicht mal dann, wenn sie selbst nichts zu beißen hat. Na und? Kommt es auf sie denn an?

Gus war nicht der einzige meiner Freunde gewesen, den ich finanziell unterstützt hatte. Die meisten waren arbeitslos gewesen, und wenn einer Arbeit hatte, war er trotzdem grundsätzlich mit leeren Taschen aufgetaucht.

Den Rest des Abends hindurch kam ich mir vor, als befände ich mich außerhalb meines Körpers und betrachtete mich und Gus. Er ließ sich nach allen Regeln der Kunst vollaufen.

Ich hätte aufstehen und gehen sollen, aber ich brachte es nicht fertig. Was ich sah, faszinierte mich, stieß mich ab, entsetzte mich, aber ich konnte nicht wegsehen.

Er verbrannte mir die Haut am Oberschenkel mit seiner Zigarette und merkte es nicht einmal. Auch daß er einen halben Liter Bier über mich goß, fiel ihm nicht auf. Er sprach verwaschen, erzählte Unsinn, begann Geschichten, verhedderte sich in ihnen und vergaß sie. Er sprach mit dem Paar am Nebentisch und redete auch dann weiter, als deutlich wurde, daß er die beiden belästigte.

Er nahm eine Fünf-Pfund-Note aus der Tasche, obwohl er gesagt hatte, er habe kein Geld mehr, und unterbrach den Mann und die Frau am Nebentisch noch einmal, indem er ihnen mit dem Geldschein zuwedelte und brüllte: »Kommt her, ich zeig euch ein Foto von meiner Freundin. Es ist an ihrem einundzwanzigsten Geburtstag aufgenommen. Ist sie nicht süß?«

Über derlei Firlefanz hatte ich früher hemmungslos lachen können. Jetzt berührte es mich peinlich und langweilte mich zum Schluß nur noch.

Je mehr er sich betrank, desto nüchterner wurde ich. Ich sagte so gut wie nichts, und auch die wenigen Worte nahm er entweder nicht wahr, oder sie waren ihm gleichgültig.

War er immer so gewesen? überlegte ich. Die Antwort lautete selbstverständlich ja. Er hatte sich nicht verändert. Wohl aber ich. Ich sah die Dinge anders als früher.

Für ihn war meine Anwesenheit nicht weiter von Bedeutung. In seinen Augen war ich nichts als der Dukatenesel.

Daniel hatte recht gehabt. Als ginge es mir nicht schon schlecht genug, mußte ich mir eingestehen, daß das selbstgefällige Schwein recht gehabt hatte. Er würde es mir immer wieder unter die Nase reiben. Vielleicht aber doch nicht – so selbstgefällig wie früher einmal war er nicht mehr. Er war eigentlich gar nicht richtig selbstgefällig. Er war nett. Zumindest spendierte er mir gelegentlich etwas zu trinken. Und lud mich manchmal zum Essen ein ...

Über eine Stunde lang saß ich vor einem leeren Glas. Gus merkte es nicht.

Er ging auf die Toilette, blieb zwanzig Minuten weg und gab weder eine Erklärung ab, noch entschuldigte er sich, als er schließlich zurückkam. An seinem Verhalten war nichts ungewöhnlich. So war er immer gewesen.

Irgendwie zog ich Männer an, die viel tranken und mich ausnutzten. Ich konnte nicht verstehen, wie es dazu gekommen war, aber ich wußte, daß ich genug hatte.

Als das Lokal geschlossen wurde, stritt sich Gus mit einem der Kellner – das kam ziemlich regelmäßig vor. Der Kellner rief »Habt ihr kein Zuhause?«, und Gus fand, so etwas Entsetzliches könne er nicht sagen. Wenige Tage zuvor hatte es in China ein Erdbeben gegeben – »und wenn das jetzt ein Chinese gehört hätte?« brüllte er. Es ist nicht der Mühe wert, auf den Rest des unzusammenhängenden Gefasels einzugehen. Jedenfalls schob der Kellner ihn zur Tür, wobei Gus um sich schlug und brüllte: »Ich hoffe, du rufst vergeblich nach 'nem Priester, wenn du stirbst.«

Solches Verhalten hatte ich einmal *bewundert*, ich hatte Gus für einen Rebellen gehalten!

Wir standen auf der Straße, während die Tür hinter uns mit Nachdruck geschlossen wurde.

»So, Lucy, jetzt gehen wir nach Hause«, sagte Gus, wobei er leicht hin und her schwankte und vor sich auf den Boden starrte.

»Nach Hause?« fragte ich höflich.

»Ja«, sagte er.

»Einverstanden«, sagte ich sanftmütig. Auf sein Gesicht trat ein Siegerlächeln.

»Und wo wohnst du jetzt?« fragte ich.

»Immer noch in Camden«, sagte er. »Aber wieso …?«

»Alsdann, auf nach Camden.«

»Nein«, sagte er beunruhigt.

»Warum nicht?« fragte ich.

»Das geht nicht«, sagte er.

»Wieso nicht?«

»Weil es einfach … nicht geht.«

»Ins Haus meines Vaters kommst du nicht mit.«

»Aber warum nicht? Bestimmt kommen dein Alter und ich glänzend miteinander aus.«

»Das glaube ich auch«, stimmte ich zu, »und genau das gefällt mir nicht.«

Irgend etwas stimmte nicht mit ihm. Vermutet hatte ich das schon immer. Wahrscheinlich lebte er in Camden mit einer Frau zusammen – etwas in der Art.

Aber inzwischen war es mir gleichgültig. Ich hätte ihn nicht einmal mit der Kneifzange angefaßt. Ich verstand überhaupt nicht, wie ich je auf ihn hatte abfahren können. Mit seiner blöden Lammfelljacke und seinem schmuddeligen braunen Pullover sah er aus wie ein Gnom, ein kleiner betrunkener Kobold.

Der Bann war gebrochen. Alles an Gus stieß mich ab. Er roch sogar befremdend. Widerlich, wie ein Teppich am Morgen nach einer wirklich wüsten Party.

»Spar dir deine Entschuldigungen«, sagte ich. »Sag mir nicht, warum du mich nicht mit in deine Wohnung nehmen willst. Warum du es nie getan hast. Spar dir deine blöden Geschichten.«

»Was für blöde Geschichten?« fragte er. Das Wort »Geschichten« bereitete ihm Schwierigkeiten, es klang wie »Gechichten.«

»Mal sehen«, sagte ich. »Vielleicht würdest du mir erzählen, daß du dich für deinen Bruder um eine Kuh kümmerst, die du nirgendwo unterbringen konntest und deshalb in deinem Zimmer hältst. Außerdem ist sie ein bißchen scheu und fürchtet sich vor Fremden.«

»Meinst du?« fragte er nachdenklich. »Da könntest du sogar recht haben, das klingt ganz nach mir. Du bist eine außergewöhnliche Frau, Lucy Sullivan.«

»Absolut nicht«, lächelte ich. »Damit ist Schluß.« Das verwirrte ihm den schon vom Alkohol benebelten Kopf.

»Siehst du«, sagte er. »Wir müssen doch zu dir nach Hause gehen.«

»Das tue ich«, sagte ich. »Du nicht.«

»Aber …« sagte er.

»Mach's gut«, rief ich ihm zu.

»Warte, Lucy«, sagte er beunruhigt. Ich drehte mich um und lächelte ihn nachsichtig an. »Ja?«

»Wie soll ich denn nach Hause kommen?« fragte er.

»Seh ich aus wie eine Hellseherin?« fragte ich unschuldig.

»Aber Lucy, ich hab kein Geld.« Ich hob mein Gesicht zu ihm und lächelte. Er lächelte zurück.

»Offen gestanden ist mir das scheißegal, mein Bester«, sagte ich strahlend. Das hatte ich ihm schon immer sagen wollen.

»Wie darf ich das verstehen?«

»Ich sag es in einer Sprache, die du verstehst.« Um die Wirkung meiner Worte zu steigern, machte ich eine Pause und sagte dicht an seinem Ohr: »VERPISS DICH!« Erneut machte ich eine Pause, um noch einmal tief Luft zu holen: »Quetsch aus anderen Geld raus, du besoffener Arsch. Bei mir kannst du nicht mehr landen.«

Dann ging ich mit zufriedenem Lächeln die Straße hinunter, während mir Gus mit offenem Mund nachstarrte.

Nach wenigen Schritten fiel mir auf, daß es die falsche Richtung war, vom U-Bahnhof weg. So schlich ich mich den Weg zurück, den ich gekommen war, in der Hoffnung, daß der kleine Dreckskerl nicht mehr da war und mich sehen konnte.

75

Ich war vor Wut richtig beschwingt.

Ich fuhr nach Uxbridge, aber nur, um meine Sachen zu holen. Die Mitfahrenden in der U-Bahn sahen mich komisch an und hielten sich von mir fern. Immer mußte ich daran denken, wie schäbig ich Gus behandelt hatte, und eine triumphierende Stimme in meinem Kopf erinnerte mich an die alte Weisheit: »Wer grausam handeln will, muß grausam sein.« Mit bitterer Freude überlegte ich, was mein Vater in meiner Abwesenheit wohl kurz und klein geschlagen haben könnte. Wahrscheinlich hatte der betrunkene alte Narr das Haus niedergebrannt. In dem Fall hoffte ich nur, daß er es geschafft hatte, sich mit zu verbrennen.

Ich stellte mir vor, was für eine Feuersbrunst das wäre und mußte trotz allem laut lachen. Das trug mir weitere befremdete Blicke von den anderen Fahrgästen ein. Es würde etwa eine Woche dauern, den Brand zu löschen. Er würde so leuchtend hell brennen, daß man ihn wahrscheinlich aus dem Weltraum sehen konnte, so, wie die Chinesische Mauer. Vielleicht konnte man einen Generator daran anschließen, der ein paar Tage lang ganz London mit Strom versorgen würde.

Ich haßte meinen Vater. Ich hatte gesehen, wie schlecht mich Gus behandelt hatte, ohne daß ich mich dagegen gewehrt hätte, und haargenau so behandelte mich mein Vater. Ich konnte nur betrunkene, verantwortungslose, mittellose Männer lieben, denn das hatte er mich gelehrt.

Aber es kam mir nicht so vor, als liebte ich ihn noch immer. Ich hatte genug. Er konnte sich ab sofort um sich selbst kümmern. Ich würde ihm auch kein Geld mehr geben – ebensowenig wie Gus. Er und Dad waren im Schmelztiegel meines Zorns in eins zusammengeflossen. Obwohl Dad nie Megan über das Haar gestrichen hatte, war ich wütend darauf, daß er es getan hatte. Gus hatte mir nicht, als ich ein kleines Mädchen war, mit Tränen in den Augen gesagt, daß die Welt eine Jauchegrube sei, aber das war noch lange kein Grund, ihm zu verzeihen.

Tatsächlich war ich dem einen wie dem anderen dankbar dafür, daß sie mich so übel behandelt und mich in eine Situation getrieben hatten, in der sie mir herzlich einerlei waren. Was, wenn ich das nie erkannt hätte? Wenn sie ein wenig netter gewesen wären, hätte das auf alle Zeiten so weitergehen können und ich hätte ihnen immer wieder verziehen.

Erinnerungen an andere Beziehungen bestürmten mich, Beziehungen, von denen ich angenommen hatte, ich hätte sie vergessen. Andere Männer, andere Demütigungen, andere Situationen, in denen ich es mir zur Lebensaufgabe gemacht hatte, mich um einen schwierigen und selbstsüchtigen Menschen zu kümmern.

Mit dem mir wesensfremden Zorn war eine weitere mir bis dahin fremde Empfindung an die Oberfläche gekommen. Sie hieß Selbsterhaltungstrieb.

76

»Hast du ein Glück«, seufzte Charlotte neidisch.
»Wieso?« fragte ich überrascht. Ich konnte mir niemanden vorstellen, der weniger Glück hatte als ich.

»Weil bei dir jetzt alles klar ist«, sagte sie.

»Findest du?«

»Ja. Ich wollte, *mein* Vater wäre Alkoholiker und ich haßte *meine* Mutter.«

Diese aberwitzige Unterhaltung fand in der Wohnung in Ladbroke Grove statt, einen Tag, nachdem ich aus dem Haus meines Vaters ausgezogen war. Fast hätte sie mich dazu gebracht, mir zu überlegen, ob ich nicht wieder bei Dad einziehen sollte.

»Könnte ich doch nur so sein wie du«, fuhr Charlotte fort. »Aber mein Vater behält bei sich, was er trinkt, und ich liebe meine Mutter. Das ist einfach ungerecht«, fügte sie bitter hinzu.

»Charlotte, wovon redest du?«

»Natürlich von Männern.« Meine Frage schien sie zu überraschen. »Jungs, Typen, Burschen, die Kerle mit den Bumsknüppeln.«

»Und was ist mit denen?«

»Du lernst eines Tages den Richtigen kennen und lebst mit ihm glücklich und zufrieden.«

»Meinst du?« Das hörte sich schön an, aber ich fragte mich doch, woher sie ihre Information bezog.

»Ja.« Sie fuchtelte mit dem Buch herum, in dem sie gerade las. »Hier steht es. »Es ist eins von deinen verrückten Büchern. Da steht drin, daß Frauen wie du immer auf Typen reinfallen, die wie ihre Väter sind – du weißt schon, Säufer, die keine Verantwortung übernehmen wollen und so weiter.« Mich durchfuhr ein stechender Schmerz, aber ich ließ sie weiterreden.

»Ihr könnt nichts dazu. Das ist einfach so«, sagte sie und las vor »»Ein Kind – also du, Lucy – spürt es, wenn ein Elternteil

– also dein Vater – unglücklich ist und hält das – wahrscheinlich, weil es noch dumm ist, ich wüßte sonst auch keinen Grund – für seine Schuld. Daher sieht es seine Aufgabe darin, dafür zu sorgen, daß es diesem Elternteil besser geht.‹ Verstehst du?«

»Schon.« Das war nicht ganz falsch. Ich konnte mich an viele Anlässe erinnern, bei denen Dad geweint hatte, ohne daß ich gewußt hätte, warum. Und ich erinnerte mich, daß ich immer sehr verunsichert gewesen war, ob ich daran jetzt schuld sei, und wie ich Angst gehabt hatte, er würde nie wieder glücklich sein. Ich hätte alles getan, ihm zu helfen, dafür zu sorgen, daß es ihm besser ging.

Munter fuhr Charlotte fort, mein Leben in die dazu passende Schublade ihrer Theorie zu quetschen.

»›Während das Kind – also du wieder, Lucy – im Laufe der Zeit erwachsen wird, fühlt es sich von Situationen angezogen, die gleichsam als ..., was zum Teufel kann das sein? Re... redu... redupl...«

»Reduplikation«, half ich ihr aus.

»Mensch Lucy, woher hast du das gewußt?« Sie war beeindruckt und fuhr fort, »als Re-du-pli-ka-tio-nen seiner Kindheit anzusehen sind.« Und ob ich das wußte. Schließlich hatte ich das Buch schon x-mal gelesen, na ja, zumindest einmal, und kannte alle Theorien in- und auswendig, die es enthielt. Nur war ich nie davon ausgegangen, daß sie für mich gelten könnten.

»Das Wort bedeutet soviel wie ›Wiederholung‹, nicht wahr, Lucy?«

»Ja, Charlotte.«

»Du hast also gespürt, daß dein Vater ein Säufer war und versucht, dafür zu sorgen, daß es ihm besser ging. Aber das konntest du nicht. Was nicht deine Schuld war«, fügte sie rasch hinzu. »Schließlich warst du ja nur ein kleines Mädchen. Was hättest du da schon tun können? Die Flaschen vor ihm verstecken?«

Die Flaschen vor ihm verstecken. Das kam mir bekannt vor. Es lag alles in ferner Erinnerung, und war mehr als zwanzig Jahre her. Und plötzlich fiel mir eine Situation ein, ich mochte vier oder fünf Jahre alt gewesen sein, wo Chris gesagt hatte: »Komm, Lucy, wir verstecken seine Flaschen. Dann brauchen sich die beiden nicht zu streiten.«

Mir tat das Herz weh beim Gedanken an das kleine Mädchen, das eine Flasche Whiskey, fast ebenso groß wie sie selbst, im Hundekörbchen versteckt hatte. Aber Charlotte plapperte weiter, so daß ich meine Erinnerung für später aufheben mußte.

»Inzwischen ist aus dem Kind – immer noch du, Lucy – eine junge Frau geworden, die allerlei Männer kennenlernt. Aber angezogen fühlt sie sich von solchen, die die gleichen Probleme haben wie ihr Vater. Verstehst du?«

»Durchaus.«

»Sie empfindet die Gegenwart eines Trinkers, eines gewalttätigen Mannes oder eines Mannes, der nicht mit Geld umgehen kann, als vertraut ...« las sie laut weiter.

»Mein Vater war nie gewalttätig«, sagte ich, fast unter Tränen.

»Ruhig, Lucy.« Charlotte drohte mir mit dem Finger. »Das sind nur Beispiele. Es bedeutet, daß sich das Kind, wenn der Vater beim Abendessen immer ein Gorilla-Kostüm anhatte, später bei Männern wohlfühlt, die mit einem Pelzmantel rumlaufen oder einen behaarten Rücken haben, verstehst du?« Sie seufzte übertrieben geduldig.

»Es bedeutet, daß du mit Kerlen rumgezogen bist, die arbeitslos und ständig besoffen waren und dich an deinen Vater erinnerten. Manchmal waren sie auch Iren. Und weil du deinen Vater nicht glücklich machen konntest, ist es dir vorgekommen, als hättest du da eine zweite Chance und hast gedacht, ›Ach schön, *den* krieg ich hin, selbst wenn ich meinen Dad nicht hingekriegt hab‹. Verstehst du?«

»Kann sein.« Es schmerzte so sehr, daß ich sie fast gebeten hätte aufzuhören.

»Genau so ist es«, sagte Charlotte mit Nachdruck. »Du hast es ja nicht mit Absicht getan, und ich sag auch nicht, daß du schuld daran warst. Dein Bewußtsein hat das getan.«

»Solltest du mein *Unterbewußtsein* meinen?« Sie sah ins Buch.

»Ach ja, dein Unter-Bewußtsein. Was ist denn da der Unter-schied?« Ich hatte nicht die Kraft, es ihr zu erklären.

»Und deswegen hast du dich immer in verrückte Saufköpfe wie Gus und Malachy verknallt, und in … wie hieß der Kerl noch, der aus dem Fenster gefallen ist?«

»Nick.«

»Richtig, Nick. Wie geht es dem übrigens?«

»Soweit ich weiß, sitzt er immer noch im Rollstuhl.«

»Ach, wie schrecklich«, sagte sie, mit einem Mal gedämpft. »Ist er ein *Krüppel*?«

»Nein, Charlotte«, gab ich knapp zurück. »Es geht ihm wie-der gut, aber er sagt, der Rollstuhl ist für ihn viel praktischer, weil er ja doch dauernd zu ist.«

»Dann ist ja alles in Ordnung«, seufzte sie erleichtert. »Ich dachte schon, sein Schwanz wär im Eimer.«

Es hätte keinen Unterschied gemacht, wenn Nick nicht mehr imstande gewesen wäre, sich seiner Zeugungsorgane zu bedienen. Solange wir zusammen waren, war er meist viel zu betrunken gewesen, um einen hochzukriegen. Hätte man ihm nicht eines Tages früh am Samstagabend die Geldbörse ge-stohlen, unsere Beziehung wäre wohl nie bis zur letzten Inti-mität gediehen.

Charlotte fuhr fort: »Und jetzt, wo du weißt, warum du immer auf die falschen Kerle reinfällst, wirst du es nicht mehr tun.« Sie strahlte mich an. »Du wirst betrunkenen Nas-sauern wie Gus sagen, daß sie sich verziehen sollen, den Richtigen kennenlernen und glücklich und zufrieden mit ihm leben!« Ich konnte ihr strahlendes Lächeln nicht erwi-dern.

»Auch wenn ich weiß, warum ich auf die Falschen reinfalle, bedeutet das nicht zwangsläufig, daß ich es nicht mehr tun werde«, lachte ich verzweifelt.

»Unsinn«, erklärte sie.

»Ich könnte bösartig und verbittert werden und Männer hassen, die trinken.«

»Nein, Lucy, du wirst zulassen, daß dich ein Mann liebt, der deiner würdig ist«, zitierte sie. »Kapitel zehn.«

»Aber zuerst muß ich mir abgewöhnen, was ich ein ganzes

Leben lang getan hab...« Immerhin hatte ich das Buch auch gelesen. »Kapitel zwölf.« Mein Undank ärgerte sie.

»Warum bist du nur so schwerfällig?« fragte sie. »Du weißt gar nicht, wie großes Glück du hast. Ich würde *alles* darum geben, eine kaputte Familie zu haben.«

»Glaub mir, Charlotte, das tätest du nicht.«

»Doch.« Sie war nicht davon abzubringen.

»Warum denn nur, um Gottes willen?« Ich regte mich immer mehr auf.

»Überleg doch: Wie kann ich erklären, warum meine Beziehungen in die Binsen gehen, wenn mit mir und meiner Familie alles in Ordnung ist? Ich kann die Schuld auf nichts und niemand schieben und muß sie bei mir selbst suchen.« Sie sah mich neidisch an. »Du hältst meinen Vater wohl nicht für einen Tyrannen?« fragte sie hoffnungsvoll.

»Nein«, sagte ich. »Ich kenne ihn nicht besonders gut, aber er scheint mir doch sehr nett zu sein.«

»Und du meinst wohl auch nicht, daß er untüchtig und führungsschwach ist und deswegen dazu herausfordert, ihn nicht zu achten?« Sie las die Punkte aus dem Buch ab.

»Im Gegenteil«, sagte ich. »Es kommt mir ganz so vor, als respektierte man ihn sehr.«

»Würdest du ihn für jemand halten, der unbedingt alle Fäden in der Hand halten muß?« Es klang fast flehend. »Für melagoman?«

»Es heißt megaloman. Nein, an Größenwahn leidet er wohl auch nicht. Tut mir leid«, fügte ich hinzu. Sie war erkennbar verärgert.

»Lucy, ich weiß, daß du eigentlich nichts dazu kannst, aber du hast dir das alles ausgedacht...«

»Was hab ich mir ausgedacht?« fragte ich, bereit, in die Luft zu gehen.

»Nun, nicht gerade ausgedacht«, machte sie einen Rückzieher, »aber ohne dich wüßte ich von all dem nichts. Du hast mir das in den Kopf gesetzt«, sagte sie beleidigt.

»In dem Fall hätte ich einen Orden verdient«, murmelte ich.

»Das ist gemein«, sagte sie, und Tränen traten ihr in die Augenwinkel, die nur auf das Kommando ›Losheulen!‹ zu warten schienen.

»Entschuldige«, sagte ich. Die arme Charlotte. Wie schrecklich, wenn die eigene Intelligenz gerade ausreicht, zu begreifen, wie entsetzlich dumm man ist.

Wie gewöhnlich dauerte ihre Niedergeschlagenheit auch diesmal nicht lange. »Erzähl mir noch mal, wie du Gus gesagt hast, er soll sich verpissen«, verlangte sie aufgeregt. Das tat ich, nicht zum ersten und nicht zum letzten Mal. »Und wie hast du dich da gefühlt?« fragte sie. »Mächtig? Wie eine Siegerin? Könnte ich das doch mit dem Schwein Simon tun.«

»Hast du in letzter Zeit mit ihm gesprochen?«

»Ich war am Dienstag abend mit ihm im Bett.«

»Ja, aber hast du kürzlich mit ihm gesprochen?«

»Eigentlich nicht.« Darüber mußte sie lachen. »Ach, ich bin richtig froh, daß du wieder da bist«, seufzte sie. »Du hast mir so gefehlt.«

»Du mir auch.«

»Und jetzt, wo du wieder da bist, können wir uns über Siegfried Freund unterhalten.«

»Meinst du Sigmund Freud?«

»Na ja, jedenfalls hab ich gelesen, daß dieser Freud sagt…«

»Charlotte, was treibst du da eigentlich?«

»Ich üb für die Party am Samstag.« Mit einem Mal klang sie bitter. »Ich hab es bis obenhin satt, daß mich alle Männer für blöd halten, nur weil ich große Titten hab. Denen werd ich's zeigen. Ich werd ihnen diesen Siegfried Freund um die Ohren hauen, ich meine Sigmund Freud. Wahrscheinlich werden sie das nicht mal merken. Männer hören mir nie zu, die unterhalten sich ausschließlich mit meiner Oberweite.«

Sie wirkte bedrückt, aber nur einen Augenblick lang.

»Was ziehst du zu der Party an, Lucy? Es muß ewig lange her sein, daß du richtig ausgegangen bist.«

»Ich geh nicht.«

»*Was?*«

»Das ist noch zu früh für mich.« Charlotte konnte überhaupt nicht aufhören zu lachen. Daß jemand seinen Vater verließ, der Alkoholiker war, schien in dieselbe Kategorie zu gehören, wie daß jemand im Garten auf eine Harke tritt, vollständig bekleidet ins Schwimmbecken fällt, sich mitten in der Nacht in einem Kaninchenkostüm aussperrt und die Nachbarn – die einen ohnehin schon für verrückt halten – bitten muß, mal telefonieren zu dürfen.

»Du Dummkopf«, brüllte sie vor Lachen. »Das klingt ja, als wärst du in Trauer.«

»Bin ich auch«, gab ich spitz zurück.

77

Die Wut, die ich an dem Abend empfand, an dem ich mit Gus ausgegangen war, hatte mich aus dem Haus meines Vaters getrieben, ohne daß ich besonders darunter gelitten oder eine übermäßig intensive Gewissenserforschung betrieben hätte. Ich zog wieder bei Karen und Charlotte ein und wartete darauf, erneut mein gewohntes Leben aufzunehmen.

Ich weiß nicht, was mich hatte annehmen lassen, ich würde so leicht davonkommen. Es dauerte nicht einmal einen Tag, bis mich der gedungene Mörder Schuldgefühl mitsamt seinen Spießgesellen aufgespürt hatte. Sie bearbeiteten mich gründlich und nahmen mich jeden Tag erneut in die Mangel, bis man mich fast nicht wiedererkennen konnte, so hatten mich Kummer, Wut und Scham zugerichtet.

Es kam mir vor, als wäre mein Vater gestorben. In gewisser Hinsicht stimmte das – der Mann, den ich für meinen Vater gehalten hatte, existierte nicht mehr. Außer in meiner Vorstellung hatte es ihn nie gegeben. Aber ich konnte nicht um ihn trauern, weil er noch lebte. Schlimmer noch, er lebte, und ich hatte mich entschlossen, ihn zu verlassen. Damit hatte ich auf mein Recht verzichtet, ihn zu betrauern.

Daniel verhielt sich einzigartig. Er hatte gesagt, ich solle mir um nichts Sorgen machen, und erklärt, er werde die Dinge regeln. Das aber konnte ich nicht zulassen. Es ging um meine Angehörigen und meine Schwierigkeiten, und ich mußte selbst damit fertig werden. Als allererstes brachte ich Chris und Peter dazu, nicht länger den Kopf in den Sand zu stecken. Zur Ehre der beiden faulen Kerle muß ich sagen, daß sie versprachen, sich gemeinsam mit mir um Dad zu kümmern.

Daniel hatte vorgeschlagen, wir sollten Verbindung mit den verschiedenen sozialen Diensten aufnehmen. Früher wäre ich überzeugt gewesen, meinem Vater keine größere Schande bereiten zu können, aber darüber war ich inzwischen hinweg.

Also rief ich eine ganze Reihe sozialer Hilfsdienste an. Beim ersten teilte man mir mit, ich müßte einen anderen anrufen, und dort erfuhr ich, zuständig sei der, den ich zuerst angerufen hatte. Als ich dort erneut anrief, hieß es, die Vorschriften hätten sich geändert und deshalb seien die Leute beim zweiten Dienst zuständig.

Ich brachte etwa eine Million Stunden der Zeit meines Arbeitgebers am Telefon zu und hörte immer wieder den Satz »Dafür sind wir nicht zuständig«.

Schließlich erklärte man sich bereit, den Fall als vorrangig einzustufen, weil mein Vater eine Gefahr für sich selbst und andere bedeutete und wies ihm eine Sozialarbeiterin und eine Haushaltshilfe zu. Ich fühlte mich elend.

»Ihm geht es gut«, tröstete mich Daniel. »Man kümmert sich um ihn.«

»Aber nicht ich.« Das Gefühl, versagt zu haben, zerfleischte mich.

»Das ist auch nicht deine Aufgabe«, bemerkte er freundlich.

»Schon. Aber ...« sagte ich kläglich.

Es war Januar. Alle waren pleite, und alle waren deprimiert. Die Leute gingen nicht viel aus, und ich überhaupt nicht. Außer mit Daniel.

Ständig mußte ich an meinen Vater denken und versuchte vor mir selbst zu rechtfertigen, was ich getan hatte.

Es war zum Schluß auf die Entscheidung hinausgelaufen ›er oder ich‹, fand ich. Einer von uns beiden konnte mich haben, aber es gab nicht genug von mir, als daß ich mich zwischen zweien hätte aufteilen können. So entschied ich mich für mich selbst.

Es war mir unangenehm, auf Kosten eines anderen zu überleben. Dabei war kein Platz für edle Empfindungen wie Liebe, Ehrgefühl oder Anteilnahme am Los des Mitmenschen – in diesem Fall Dad – gewesen. Es ging um mich, um mich allein.

Ich hatte mich immer für umgänglich gehalten, für freundlich, großzügig und selbstlos. Entsetzt erkannte ich, daß Güte und Großzügigkeit nur ein hauchdünner Firnis sind, wenn es hart auf hart kommt. Mir wurde klar, daß auch ich nicht anders war als andere Menschen: ein zähnefletschendes Raubtier.

Ich konnte mich nicht besonders ausstehen – allerdings war das nicht gerade neu.

Meredia, Jed und Megan machten sich Sorgen um meinen Geisteszustand, oder besser gesagt, meine Geisteszustände. Meine Stimmung wechselte täglich. Sie wollten unbedingt alles darüber wissen und boten mir ihren Rat und ihre Ansichten dazu an.

Wie gesagt, es war Januar, und niemand ging besonders viel aus.

»Was ist es heute?« riefen sie im Chor, als ich ins Büro kam.

»Ich bin wütend, weil ich als kleines Mädchen keinen richtigen Vater hatte.«

Oder: »Ich bin traurig. Es kommt mir vor, als wäre der Mann gestorben, den ich geliebt und für meinen Vater gehalten habe.«

Oder: »Ich hab das Gefühl, versagt zu haben. Ich hätte genug Kraft aufbringen müssen, mich um ihn zu kümmern.«

Oder: »Ich hab ein schlechtes Gewissen, weil ich ihn verlassen habe.«

Oder: »Ich bin neidisch auf Leute, die eine normale Kindheit hatten.«

Oder: »Ich bin traurig ...«

»Was, schon wieder?« fragte Meredia. »Das warst du doch erst vor ein paar Tagen.«

»Weiß ich«, sagte ich. »Aber diesmal ist es was anderes. Ich trauere um mich selbst.«

Wir führten allerlei hochgestochene metaphysische Gespräche. Ich lieferte den Anlaß für viele Unterhaltungen, in denen es um das Überleben in Extremsituationen ging.

»Wißt ihr noch die Jungen bei dem Flugzeugabsturz in den Anden?« fragte ich.

»Du meinst die, die überlebt haben, weil sie sich von ihren Mitpassagieren ernährt haben?« fragte Meredia.

»Und die dann zu Hause von den anderen in ihrer Stadt geschnitten wurden, weil sie ihre Nachbarn aufgefressen hatten?« fragte Jed. In unserem Büro wurde mit der Lektüre von Revolverblättern nicht geknausert.

»Genau die«, sagte ich. »Was meint ihr: Ist es besser, mit einem Rest Ehrgefühl zu sterben oder sich beim Kampf ums Überleben die Hände so richtig schmutzig zu machen?«

Stundenlang wogte die Diskussion hin und her, wobei wir bedeutsame Grundfragen der menschlichen Moral abhandelten.

»Wie Menschenfleisch wohl schmecken mag?« fragte Jed. »Ich hab mal gehört, jemand soll gesagt haben, es wär so'n bißchen wie Huhn.«

»Brust oder Keule?« fragte Meredia. »Wenn es wie Hühnerbrust schmeckt, würde mich das nicht weiter stören, aber wenn es wie Hühnerkeule schmeckt, würde ich keinen Bissen runterkriegen.«

»Ich auch nicht«, stimmte ich zu. »Außer mit Grillsoße.«

»Ob die was zum Drauftun hatten? Mayonnaise, Ketchup oder so?« überlegte Jed laut.

»Hat der Pilot wohl anders geschmeckt als die Passagiere?« fragte ich.

»Höchstwahrscheinlich«, nickte Meredia wissend.

»Meinst du, die haben das Fleisch gekocht oder roh gegessen?« fragte Megan.

»Vermutlich roh«, sagte ich.

»Gott, mir kommt es gleich hoch«, sagte Megan.

»Tatsächlich?« Wir sahen sie überrascht an. Sie war normalerweise nicht besonders zimperlich.

»Aber du warst doch gestern gar nicht saufen«, sagte ich verwirrt. Sie sah tatsächlich käsig aus. Das konnte aber auch daran liegen, daß ihre Sonnenbräune allmählich verblaßte.

Sie legte sich eine Hand auf die Brust, und man sah, daß ihr Oberkörper zuckte.

»Mußt du dich wirklich übergeben?« fragte ich beunruhigt und stellte ihr vorsichtshalber einen Papierkorb auf den Schoß.

Wir drei sahen sie an, begeistert von dem Drama, das sich abspielte, und hofften, sie werde sich tatsächlich übergeben und damit ein wenig Abwechslung in unseren Tag bringen.

Aber nichts geschah. Nach wenigen Minuten schleuderte sie den Papierkorb zu Boden und sagte: »So, alles in Ordnung. Wir wollen abstimmen. Wer ist für Auffressen?« Drei Hände wurden gehoben.

»Na komm schon, Lucy«, sagte Jed. »Sag auch ja.«

»Ich weiß nicht recht.«

»Lucy, wen hast du leben lassen? Dich oder deinen Vater?«

»Hä?«

Beschämt hob ich die Hand. Jed nutzte es aus, daß Meredia den Arm gehoben hatte, und kitzelte sie. Sie kreischte auf und sagte kichernd: »Ooooooh, du kleiner …«

Die beiden schienen vergessen zu haben, daß sie nicht allein waren – sie bedachten sich gegenseitig mit Beschimpfungen und veranstalteten eine Art Ringkampf. Bedeutungsvoll sah ich Megan an und hob die Brauen, und sie sah mich an und hob die ihren.

Während sich der graue Januar dahinschleppte, blieb mein gesellschaftliches Leben dürftig. Ich erneuerte meine enge Beziehung zu Adrian in der Videothek. Ich versuchte, mir *When a Man Loves a Woman* auszuleihen und kam statt dessen mit Krzysztof Kieslowskis *Die zwei Leben der Veronika* nach Hause. Ich wollte *Grüße aus Hollywood* haben und bekam irgendwie *Der Postmann* (in der italienischen Originalfassung ohne Untertitel). Ich bat Adrian um *Leaving Las Vegas*, doch gab er mir statt dessen eine Kassette mit dem Titel *Eine sonderbare Liebe*, die ich mir nicht einmal ansah.

Ich brauchte tatsächlich nicht auszugehen, denn in meinem Büro spielte sich unmittelbar vor meiner Nase eine Seifenoper ab. Meredia und Jed waren einander sehr nahe gekommen. Wirklich *außerordentlich* nahe. Sie verließen das Büro immer zur selben Zeit – das allerdings war keine besondere Überraschung, denn alle Angestellten im Gebäude sprangen um Schlag fünf von ihrem Schreibtisch auf. Auffälliger war da schon, daß sie immer gleichzeitig *eintrafen*. Außerdem turtelten sie ständig und verhielten sich auch sonst ganz wie ein Pärchen. Das war ein Kichern und Schäkern, ein ständiges Erröten und albernes Getue – Jed schien es schwer erwischt zu haben. Obendrein hatten sie ein kleines Spielchen, an dem sich außer ihnen niemand beteiligen durfte und bei dem Meredia in hohem Bogen quer durch den Raum Weintrauben, Drops oder Karamelkugeln mit Schokoladenüberzug zu Jed hinüberwarf, der sie mit dem Mund aufzufangen versuchte. Anschließend schlug er die Arme zusammen und gab Geräusche wie ein Seehund von sich. Ich beneidete die beiden um ihr junges Glück.

Das Schauspiel, das sie mir boten, entzückte mich, denn von Megan waren keine Liebesszenen mehr zu erwarten. Sie hatte sich verändert und sah überhaupt nicht mehr wie Megan aus. Das ließ sich allein schon daran erkennen, daß die Zahl der jungen Männer, die in unserem Büro vorbeischauten, deutlich abgenommen hatte. Es war jetzt sogar möglich, den Raum zu verlassen, ohne daß wir drängen und stoßen und bitten mußten: »Dürfte ich mal durch?« Erst konnte ich mir überhaupt nicht vorstellen, was sich bei ihr geändert hatte, dann aber kam mir die Erleuchtung. Natürlich! Ihre Bräune war dahin. Der Winter hatte Megan zu guter Letzt besiegt und sie ihrer von innen heraus strahlenden goldenen Leuchtkraft beraubt und aus einer herrlichen Göttin eine gewöhnliche stämmige junge Frau gemacht, deren Haar bisweilen fettig glänzte.

Aber das Nachlassen ihrer Anziehungskraft lag nicht nur daran, daß sie nicht mehr so strahlend aussah. Sie war auch nicht mehr so munter und resolut wie einst. Sie hatte offenbar den Versuch aufgegeben, hinter Meredias richtigen Namen zu kommen, war oft mürrisch und kurz angebunden. Sie machte mir Sorgen.

Das war eine ziemliche Leistung, wenn man bedenkt, wieviel ich damit zu tun hatte, mir selbst leid zu tun, aber ich sorgte mich wirklich um sie.

Ich versuchte festzustellen, was ihr fehlte, und das keineswegs aus krankhafter Neugier, aber ohne Ergebnis. Als ich sie eines Tages zögernd fragte, ob ihr Australien fehle, drehte sie sich zu mir um und blaffte mich an: »Schön, Lucy, ich hab Heimweh! Und jetzt hör auf, mich auszufragen, was mir fehlt.«

Ich konnte mir vorstellen, wie sie sich fühlte – ich war mein ganzes Leben lang heimwehkrank gewesen. Der einzige Unterschied zwischen uns beiden bestand darin, daß ich nicht wußte, was ein Zuhause war, oder wo es sich befand.

Sobald ich begriff, daß Megans Glück gewissermaßen mit Solarantrieb funktionierte, sorgte ich dafür, daß sie Sonne tanken konnte. Zwar konnte ich ihr keinen Flug nach Australien schenken, wohl aber einen Gutschein für das Sonnenstudio um die Ecke. Als ich ihr den gab, starrte sie ihn entsetzt an, als wäre es ihr Todesurteil und stieß schließlich hervor: »Nein, Lucy, das geht nicht.«

Danach machte ich mir *wirklich* Sorgen um sie – Megan war nicht knauserig, aber Geld und Geldeswert behandelte sie mit großer Hochachtung, vor allem, wenn es sie selbst nichts kostete. Ganz gleich, wie sehr ich mich bemühte, sie bestand darauf, daß das Geschenk viel zu großzügig sei und sie den Gutschein keinesfalls annehmen könne.

Schließlich ging ich selbst hin, und alles, was für mich dabei herauskam, war, daß ich acht Millionen mehr Sommersprossen bekam als vorher.

78

Der einzige Mensch, mit dem ich gesellschaftlich verkehrte, wenn man so will, war Daniel. Er stand immer als Begleiter für mich zur Verfügung, weil er nach wie vor keine Freundin hatte. Es dürfte die längste frauenlose Zeit seit seiner Geburt gewesen sein. Ich hatte kein schlechtes Gewissen, weil er so viel Zeit mit mir verbrachte, denn ich war überzeugt, daß ich ihn auf diese Weise vor Dummheiten bewahrte und es einer bedauernswerten Geschlechtsgenossin ersparte, sich in ihn zu verlieben.

Ich freute mich jedesmal, ihn zu sehen, aber nur, weil er das durch die Abwesenheit des Vaters in meinem Leben entstandene Vakuum ausfüllte. Daniel das zu sagen schien mir ausgesprochen wichtig. Auf keinen Fall sollte er sich einbilden, ich könnte womöglich hinter ihm her sein. Daher sagte ich jedesmal, wenn ich mit ihm zusammen war, als erstes: »Ich freue mich sehr, dich zu sehen, aber nur, weil du eine Lücke füllst, die das Fehlen einer Vaterfigur in meinem Leben hervorgerufen hat.« Er bewies ungewöhnliche Zurückhaltung, indem er mir geschmacklose Anspielungen vom Schlage »Da gäbe es noch anderes, was ich bei dir füllen könnte« ersparte. So weit ging das, daß ich anfing, der Zeit nachzutrauern, da er mich mit Anspielungen dieser Art eingedeckt hatte.

Ich sagte diesen Spruch mit der Lücke immer wieder, bis er damit schließlich schneller war als ich. Kaum hatte ich ihm mitgeteilt, »Daniel, es ist wunderbar, dich zu sehen ...«, als er mich unterbrach, »Ja, Lucy, ich weiß, aber es ist nur, weil ich in deinem Leben die Lücke fülle, die das Fehlen einer Vaterfigur hervorgerufen hat.«

Wir gingen zwei- oder dreimal pro Woche aus, und irgendwie kam ich nie dazu, Karen davon zu berichten. Natürlich *wollte* ich, aber es kostete mich so viel Kraft, die Zahl meiner Verabredungen mit Daniel zu rationieren, daß ich nicht auch noch die Energie aufbrachte, mich Karen zu stellen.

Jedenfalls redete ich mir das ein. Es war aber auch wirklich schwer, dafür zu sorgen, daß Daniel und ich uns nicht jeden Abend sahen.

»Hör endlich auf, dauernd mit mir auszugehen«, schimpfte ich eines Abends, während er in seiner Wohnung für uns kochte.

»Entschuldige, Lucy«, sagte er geknickt und fuhr fort, Karotten zu schneiden.

»Ich darf keinesfalls zulassen, daß ich von dir abhängig werde«, klagte ich. »Die Gefahr besteht durchaus, denn in meinem Leben klafft eine große Lücke ...«

»... nämlich die durch die Abwesenheit einer Vaterfigur hervorgerufene, und die fülle ich«, beendet er den Satz für mich. »Du bist im Augenblick sehr verletzlich und kannst es dir nicht leisten, dich zu eng an jemanden zu binden.« Ich sah ihn bewundernd an.

»Sehr gut, Daniel. Jetzt sag aber auch den ganzen Satz. Vor allem nicht an wen? An wen darf ich mich auf keinen Fall zu eng binden?«

»Vor allem an keinen Mann«, sagte er stolz.

»Richtig«, strahlte ich. »Volle Punktzahl.«

Ich war begeistert, daß er das Psychogewäsch so perfekt beherrschte. Vor allem, wenn man bedachte, daß er gut aussah und beachtliche Erfolge bei Frauen hatte. Da hatte er es wahrhaftig nicht nötig, sich mit Populärpsychologie abzugeben.

»Dabei fällt mir ein«, sagte ich, »kommst du heute abend mit ins Kino?«

»Natürlich gern. Aber hast du nicht gerade gesagt, daß du keinem Mann zu nahe kommen darfst ...«

»Damit meine ich nicht *dich*«, sagte ich von oben herab. »*Du* zählst nicht als Mann.« Er warf mir einen gekränkten Blick zu.

»Du weißt schon, was ich meine«, erklärte ich verärgert. »Für *andere* Frauen bist du natürlich einer, aber für *mich* bist du ein guter Freund.«

»Trotzdem bin ich ein Mann«, sagte er. »Auch wenn ich dein guter Freund bin.«

»Daniel, schmoll jetzt nicht. Überleg doch mal – ist es nicht viel besser, wenn ich mit dir zusammen bin als mit einem anderen Kerl, auf den ich dann womöglich reinfallen würde?«

»Schon, aber…« Er schien verwirrt zu sein und nicht recht zu wissen, was er sagen sollte.

Er war nicht der einzige. Ich wußte nicht, ob es gut für mich war, mit ihm zusammen zu sein, weil ich dann keine Dummheiten machte, oder ob ich mich damit in die tödliche Gefahr begab, mich zu eng an ihn zu binden. Letzten Endes war es wohl besser für mich, mit ihm zusammen zu sein als nicht. Die zwischen uns bestehenden Schranken erhielt ich einfach dadurch aufrecht, daß ich ihn beständig an ihre Existenz erinnerte. Das Zusammensein mit ihm war nicht weiter schlimm, solange ich uns beide daran erinnerte, daß es ziemlich schlimm war. Oder so ähnlich. Alles in allem war es einfacher, nicht darüber nachzudenken.

Gelegentlich fiel mir ein, wie er mich geküßt hatte, und ich gab mich dieser Erinnerung überglücklich hin, ehrlich gesagt, sogar voll Entzücken. Jedesmal, wenn ich daran dachte – das aber kam nur äußerst selten vor –, fiel mir sofort der Abend ein, an dem er mich *nicht* hatte küssen wollen, und das Gefühl der abgrundtiefen Scham, das darauf folgte, bereitete meiner Erinnerung rasch und endgültig ein Ende.

Jedenfalls setzten Daniel und ich unsere Beziehung auf der früheren Ebene fort und gingen miteinander so entspannt um, daß wir gemeinsam über unsere kurze Liebesepisode lachen konnten. Jedenfalls fast.

Manchmal, wenn er mich fragte: »Möchtest du noch was trinken?« zwang ich mich zu einem Lachen und sagte leichthin: »Nein, danke, es genügt. Schließlich wollen wir nicht nochmal so was erleben wie damals in Dads Haus, als ich dich zu verführen versucht hab.«

Ich lachte jedesmal herzlich darüber, in der Hoffnung, jede verbleibende Schande und peinliche Betretenheit wegzulachen. Er lachte nie richtig mit. Allerdings hatte er auch keinen Grund dazu.

79

Auf den Januar folgte der Februar. Schneeglöckchen und Krokusse zeigten sich allmählich, die Menschen tauchten aus ihren Kokons auf, vor allem nach dem Ersten, als sie zum ersten Mal seit dem finanziellen Kraftakt von Weihnachten und Neujahr, Geld in die Finger bekamen. Jetzt, da sie über die Mittel verfügten, sich zu betrinken und ein eigenes Leben zu führen, verloren Meredia, Jed und Megan jedes Interesse an meinen Lebensumständen. Das war wirklich schade, weil ich noch so viel zu bieten hatte – kein Tag verging, an dem mich nicht Abscheu und Scham vor mir selbst quälten.

Einmal wöchentlich besuchte ich meinen Vater, und zwar grundsätzlich sonntags, denn an Sonntagen befand ich mich *ohnehin* in Selbstmordstimmung, und es wäre doch schade gewesen, die zu vergeuden. So stark ich den Abscheu vor mir selbst auch empfand, er war nichts im Vergleich mit dem Haß, den mir mein Vater entgegenbrachte. Natürlich waren mir sein Abscheu und seine Gehässigkeit hoch willkommen, weil ich überzeugt war, sie zu verdienen.

Allmählich ging der Februar in den März über, und ich war der einzige Mensch, der sich nach wie vor im Winterschlaf befand. Obwohl mein Vater gut versorgt wurde, was seine körperlichen Bedürfnisse anging, zerfraß mich mein schlechtes Gewissen. Daniel war der einzige Mensch, dem ich mein Herz ausschütten konnte. Ganz gleich, was die Leute sagen, es gibt eine zeitliche Grenze, bis zu der es einem Menschen gestattet ist, zu trauern, sei es um einen Vater, einen Freund oder ein Paar Schuhe, die es nicht in der richtigen Größe gab. Diese Toleranzgrenze lag bei Daniel weit höher als bei allen anderen.

Im Büro hörte mir kein Mensch mehr zu. Wenn montags jemand fragte: »Na, war es am Wochenende schön?« gab ich gewöhnlich zur Antwort: »Schrecklich, ich wollte, ich wär tot«, und niemand zuckte mit der Wimper.

Vermutlich hätte ich ohne Daniel den Verstand verloren. Er war wie ein Therapeut, nur daß er keinen halben Wochenlohn für die Stunde verlangte und auch keine beigefarbene Cordhose oder Socken zu Sandalen trug.

Ich war nicht immer in gedrückter Stimmung, wenn wir uns trafen. Wenn ich aber Trübsal blies, war er phantastisch. Auch wenn ich immer dieselben Klagen widerkäute, dieselben Sorgen vor ihm ausbreitete, er hörte mir mit großer Geduld zu.

Es kam vor, daß ich mich nach der Arbeit auf einen Schluck mit ihm traf, mich neben ihn setzte und sagte: »Bitte unterbrich mich, wenn du das schon gehört hast, aber ...« und erneut ein Jammerlied vom Stapel ließ, beispielsweise darüber, daß ich die ganze Nacht nicht geschlafen hatte, den ganzen Sonntag weinen mußte, mir einen Abend lang entsetzliche Sorgen um Dad gemacht hatte, seinetwegen ein schlechtes Gewissen hatte oder mich für ihn schämte. Kein einziges Mal beklagte sich Daniel, daß mir nichts Neues einfiel.

Nie hob er die Hand wie ein Polizist, der den Verkehr regelt und sagte: »Augenblick mal, Lucy, ich glaub, das kenn ich schon!«

Dabei hätte er allen Grund dazu gehabt, denn bestimmt hatte er meine Leidensgeschichte eine Million Mal gehört. Mitunter wich der Wortlaut ein wenig ab, aber die Pointe war immer dieselbe. Armer Daniel.

»Entschuldige«, sagte ich. »Ich wünschte, daß mein Elend ein bißchen abwechslungsreicher wäre. Es muß schrecklich langweilig für dich sein.«

»Ist schon in Ordnung, Lucy.« Er grinste. »Ich bin wie ein Goldfisch und hab ein ausgesprochen kurzes Gedächtnis. Jedesmal, wenn ich es höre, ist es, als wär es das erste Mal.«

»Bist du sicher?«, fragte ich unbeholfen.

»Ganz sicher«, sagte er munter. »Erzähl mir noch mal die Sache mit dem imaginären Abkommen, das du mit deinem Vater getroffen hast.« Rasch sah ich zu ihm hin, um zu erkennen, ob er sich über mich lustig machte, aber offensichtlich nicht.

»Nun denn«, sagte ich schwerfällig und versuchte (wieder einmal), meine Empfindungen in die richtigen Worte zu fassen. »Es kommt mir vor, als hätte ich mit meinem Vater ein Abkommen getroffen.«

»Was für ein Abkommen?« fragte Daniel im selben Tonfall, wie der ernsthafte Clown im Zirkus den lustigen Clown fragt: »Aber wo ist er denn?« Wir waren erstklassig aufeinander eingespielt.

»Ich hab alles im Kopf«, sagte ich. »Aber es ist, wie ich es gesagt habe, ›Weißt du, Dad, mir ist bewußt, daß ich dich verlassen hab, aber mein Leben ist nicht lebenswert, denn ich hasse mich so sehr, weil ich mich statt deiner gerettet hab. Wir sind also quitt.‹ Ergibt das einen Sinn, Dan?«

»Absolut«, stimmte er zum x-ten Mal zu.

Überrascht erkannte ich, wie sehr ich Daniel schätzte. Er war während der ganzen Krise mit meinem Vater wahrhaft gut zu mir gewesen.

»Du bist ein toller Kerl«, sagte ich eines Abends, als ich Atem geholt hatte.

»Bin ich nicht. Ich täte es für keinen Menschen außer dir.« Er lächelte.

»Trotzdem darf ich nicht zu abhängig von dir werden«, fügte ich noch schnell hinzu. Das hatte ich schon mindestens fünf Minuten nicht gesagt, und sein Lächeln war mir auf die Nerven gegangen. Ich mußte es neutralisieren. »Ich befinde mich in einer psychisch schwierigen Situation.«

»Weiß ich, Lucy.«

»Ich versuche über den Verlust meines Vaters hinwegzukommen.«

»Ja, Lucy.«

Am liebsten hätte ich gehabt, daß dieses Leben im Niemandsland für alle Zeiten so weitergegangen wäre, in diesem Zwischenreich, in dem ich außer zu meinem Therapeuten – also Daniel – zu niemandem eine wirkliche Beziehung hatte. Als er aber eines Tages fand, daß er genug gehabt hatte, drohte das die schöne sichere Welt zu zerstören, die ich mir da geschaffen hatte. Es kam ohne Vorwarnung.

Als wir uns eines Abends trafen und ich meinen üblichen Spruch losließ: »Hallo, Daniel, es ist wunderbar, dich zu sehen, weil du in meinem Leben eine Lücke füllst«, nahm er mich bei der Hand und sagte sehr freundlich, »Lucy, findest du nicht, daß das allmählich aufhören müßte?«

»Was müßte aufhören?« fragte ich. Es kam mir vor, als hätte man mir den Boden unter den Füßen weggezogen. »Wovon redest du?«

»Ich will dich wirklich nicht aufregen, aber ich hab nachgedacht, und ich denke, es ist an der Zeit, daß du dich bemühen solltest, darüber wegzukommen«, sagte er *noch* freundlicher. Der Ausdruck meines Gesichts näherte sich unterdessen *dem* Ende der Heimsuchungsskala, an dem die Leichenstarre liegt.

»Möglicherweise hätte ich mit dir nicht so nachsichtig sein dürfen«, sagte er. Er sah elend aus. »Vielleicht war ich sogar schlecht für dich.«

»Nein, nein«, beeilte ich mich zu beteuern. »Du hast mir *gut*getan, sogar *sehr gut*.«

»Lucy, du solltest meiner Ansicht nach allmählich wieder unter Leute gehen.« Obwohl er das in herzlichem Ton sagte, erschreckte es mich.

»Aber ich bin doch unter Leuten.« Ängstlich setzte ich mich zur Wehr. Ich spürte, daß sich meine Zeit im sicheren Hafen ihrem Ende zuneigte.

»Ich meine, richtig unter Leute, andere Leute«, sagte Daniel. »Wann willst du wieder anfangen, richtig zu leben? Auszugehen, auf Parties zum Beispiel?«

»Wenn ich wegen Dad kein schlechtes Gewissen mehr hab.« Ich musterte ihn voll Argwohn. »Daniel, von dir erwarte ich, daß du mich *verstehst*.«

»Du kannst also nicht leben, weil du deinem Vater gegenüber ein schlechtes Gewissen hast?«

»Genau!« Ich hoffte, daß das Thema damit erledigt war. Aber das war es allem Anschein nach nicht. Daniel sagte: »Ein schlechtes Gewissen verschwindet nicht von selbst. Man muß was dazu tun.«

O nein! Das wollte ich nicht hören. Ich beschloß, ihn mit meinem weiblichen Charme umzustimmen und warf ihm einen koketten Blick aus gesenkten Augen zu.

»Sieh mich bitte nicht so an«, sagte er. »Es nützt dir nichts.«

»Leck mich«, knurrte ich. Dann schwieg ich verlegen und mürrisch. Ich versuchte es mit einem gemeinen Blick, hatte aber auch damit kein Glück. Ich konnte sehen, daß er es ernst meinte.

»Ich will dir nicht weh tun, Lucy«, sagte er, »also laß mich dir bitte helfen.« Anstandshalber muß ich sagen, daß es so klang, als machte er sich wirklich Sorgen um mich.

Seufzend gab ich nach. »Na schön, du verdammter Schweinehund, dann hilf mir schon.«

»Dein schlechtes Gewissen wird vermutlich nachlassen, aber nie vollständig aufhören. Du mußt lernen, damit zu leben.«

»Aber das will ich nicht.«

»Das ist mir klar, aber du mußt. Du kannst nicht einfach das Leben bis zu irgendeinem fernen Zeitpunkt in der Zukunft aufschieben, wenn du kein schlechtes Gewissen mehr hast – vielleicht wird das nie der Fall sein.« Damit war ich bis dahin eigentlich ganz gut zurechtgekommen.

»Du bist wie die Kleine Seejungfrau«, sagte er, mit einem Mal das Thema wechselnd.

»Tatsächlich?« Ich strahlte vor Vergnügen. Das gefiel mir schon besser. Außerdem war mein Haar tatsächlich lang und gelockt, da hatte er schon recht.

»Sie mußte die Qual leiden, wie auf Messerklingen zu gehen. Das war der Preis dafür, daß sie an Land leben durfte. Auch du hast einen solchen Handel abgeschlossen – du hast mit einem schlechten Gewissen für deine Freiheit bezahlt.«

»Oh.« Kein Wort über mein Haar.

»Du bist ein guter Mensch. Du hast nichts Unrechtes getan und hast ein Recht auf ein schönes Leben«, erklärte er. »Denk mal drüber nach, mehr verlange ich gar nicht.«

Also dachte ich darüber nach. Immer wieder. Und noch einmal. Ich rauchte eine Zigarette und dachte darüber nach. Ich trank meinen Gin Tonic und dachte darüber nach. Während Daniel zum Tresen ging, um mir noch einen Gin Tonic zu holen, dachte ich darüber nach. Und am Ende fing ich an zu reden.

»Ich hab darüber nachgedacht. Vielleicht hast du recht. Vielleicht ist es Zeit, daß ich weitermache.«

In Wahrheit begann mich wahrscheinlich dieses Übermaß an Elend pur zu langweilen. Womöglich langweilte es mich allmählich, daß ich mich so in mein Leid hineinsteigerte. Trotzdem hätte ich unter Umständen noch lange so weitergemacht – wahrscheinlich Jahre –, wenn Daniel es nicht angesprochen hätte.

»Wunderbar, Lucy.« Er war begeistert. »Wenn ich schon mal dabei bin, gemein zu dir zu sein, könntest du vielleicht auch mal darüber nachdenken, ob du nicht deine Mutter besuchen solltest.«

»Was bist du eigentlich?« fragte ich ihn scharf. »Mein verdammtes Gewissen?«

»Jetzt, wo du sowieso schon sauer auf mich bist«, grinste er, »kann ich dir auch gleich sagen, daß du dir nicht länger Beleidigungen von deinem Vater anhören solltest. Schluß mit der Selbstbestrafung. Du hast der Gesellschaft gegenüber deine Schuld getilgt, und dein Tun ist gesühnt.«

»Das laß mich selbst beurteilen«, sagte ich ärgerlich. ›Schluß mit der Selbstbestrafung‹ – das hätte ihm so passen können! Da merkte man, daß *er* nicht als Katholik aufgewachsen war. Ich könnte ein Leben, bei dem es nicht um eine Menge Selbstkasteiung geht, nicht einmal in Erwägung ziehen, geschweige denn führen.

Doch als ich darüber nachdachte, fand ich die Vorstellung nicht schlecht, die Zügel ein wenig schleifen zu lassen. Sie war sogar ausgesprochen angenehm. Während ich noch schwankte, sagte Daniel etwas, das für mich alles änderte: »Weißt du, wenn du ein so schrecklich schlechtes Gewissen hast, kannst du jederzeit zu deinem Vater zurückgehen.«

Die bloße Vorstellung entsetzte mich. Das würde ich auf keinen Fall tun. Nie. Erst in dem Augenblick begriff ich, was Daniel gemeint hatte. Ich hatte mich für die Freiheit entschieden, weil ich frei sein wollte. Wenn ich aber die Freiheit schon besaß, konnte ich mich ihrer auch ebensogut bedienen. Ich sah ihn an, während mir das alles dämmerte.

»Weiß Gott, du hast recht«, sagte ich matt. »Das Leben ist dazu da, daß man lebt.«

»Meine Güte, Lucy.« Er klang erschrocken. »Das ist doch kein Grund, jetzt klischeehaft zu werden.«

»Mistkerl«, sagte ich mit einem Lächeln.

»Du kannst nicht für alle Zeiten in Angst leben«, fuhr er fort, wobei er meine gute Laune ausnutzte. »Du kannst dich weder vor deinen Gefühle noch vor anderen Menschen verstecken.«

Er ließ eine Pause eintreten, um seinen Worten mehr Gewicht zu verleihen. »Lucy, du kannst dich nicht vor den Männern verstecken.«

Das ging zu weit. Es sah so aus, als sollte ich den zweiten Schritt vor dem ersten tun.

»*Männer!*« sagte ich beunruhigt. »Nach all den Katastrophen, die ich erlebt habe, soll ich mich mit einem Mann einlassen?«

»Augenblick mal, Lucy«, sagte er. Er packte mich am Arm, als stünde ich im Begriff, auf die Straße zu rennen und mich dem ersten Mann an den Hals zu werfen, der mir über den Weg liefe. »Nicht sofort. Ich meine, *irgendwann* mal, nicht jetzt gleich.«

»Aber Daniel«, jammerte ich. »Ich kann Männer so schlecht einschätzen. Du müßtest das besser wissen als jeder andere.«

»Lucy, ich möchte doch nur, daß du die Möglichkeit in Betracht ziehst …« sagte er beunruhigt.

»Ich kann nicht glauben, daß du meinst, ich wäre für einen Kerl bereit«, sagte ich überrascht.

»Lucy, das meine ich doch gar nicht … Ich sag doch nur …«

»Aber ich trau deinem Urteil«, sagte ich zweifelnd. »Wenn du meinst, daß es richtig ist, muß es wohl so sein.«

»Es ist doch nur eine Anregung, Lucy.« Er wirkte nervös.

Aber irgend etwas hatte sich in meinem Hinterkopf gerührt, die Erinnerung, wie schön es war, verliebt zu sein. Ich entsann mich undeutlich. Vielleicht langweilte mich nicht nur mein Elend, sondern auch das Leben ohne Mann.

»Nein, Daniel«, sagte ich nachdenklich. »Jetzt, wo du das sagst, scheint mir die Idee gar nicht so schlecht zu sein.«

»Augenblick, Lucy, ich hab doch nur gesagt … Wenn ich es recht bedenke, scheint es mir eine schlechte Idee zu sein, eine überaus schlechte. Es tut mir leid, daß ich die Sache überhaupt aufgebracht habe.«

Ich hob gebieterisch die Hand: »Unsinn, Daniel, du hattest völlig recht, mir all das zu sagen. Vielen Dank.«

»Aber ...«

»Kein Aber. Du hast absolut recht. Sobald jemand eine Party gibt, geh ich hin!« beschloß ich in einem Ton, der keinen Widerspruch duldete.

Nach wenigen Minuten des Triumphs sagte ich mit leiser Stimme: »Aber wir sehen uns doch weiter? Nicht dauernd, aber du weißt schon ...«

Entschlossen kam seine Antwort: »Klar, Lucy, selbstverständlich.«

Keine Sekunde hätte ich daran gezweifelt, es könnte etwas anderes als bloße Nächstenliebe sein, daß er mich losließ, mir die Freiheit gab, selbst zu fliegen. Ich kam nicht auf die Idee, seine Sorge um meine Unabhängigkeit könnte damit zu tun haben, daß eine neue Freundin in den Kulissen wartete, die unruhig von einem Fuß auf den anderen trat und keinen brennenderen Wunsch hatte, als daß ich mich ein letztes Mal verbeugte und von der Bühne abging, damit sie ihren angestammten Platz im Rampenlicht einnehmen konnte. Ich zweifelte keine Sekunde lang daran, daß seine Sorge um mich ungeheuchelt, selbstlos und aufrichtig war. Nur weil ich ihm rückhaltlos vertraute, beschloß ich, seinen Vorschlägen zu folgen.

80

Das neue Ich. Kraftstrotzend. Unabhängig. Wiedergeboren. Zurück im Leben. Zum Kampf gerüstet. Fester Händedruck. Gesellschaftliche Interaktion. Lernt andere Menschen kennen. Flirtet. Eine starke Frau. Weiß, was sie will.

Großer Gott, es war die reinste Strapaze. Und sterbenslangweilig. Soweit ich sehen konnte, war Lernen Wieder Zu Leben gleichbedeutend damit, daß ich mich von Daniel fernhalten oder zumindest die Zeit, die ich mit ihm verbrachte, deutlich einschränken mußte. Dabei fehlte er mir so furchtbar. Niemand war so lustig wie er. Aber es war zu meinem eigenen Besten, das konnte sogar *ich* sehen, und Spielregeln sind dazu da, daß man sich an sie hält. Immerhin waren die Auswirkungen des Entzugs nicht ganz so entsetzlich, wie ich befürchtet hatte, denn er rief mich nach wie vor täglich an. Außerdem wußte ich, daß ich ihn am folgenden Sonntag sehen würde, weil ich ihn an seinem Geburtstag zum Mittagessen in ein Restaurant eingeladen hatte.

Dieses Lernen Wieder Zu Leben war leichter gesagt als getan. Zu lange war ich nicht unter Menschen gewesen, und ich hatte niemanden, der sich um mich kümmerte. Einmal war ich nach Feierabend uneingeladen mitgegangen, als Jed und Meredia etwas trinken wollten. Das hatte sich als großer Fehler herausgestellt – die beiden hatten mich behandelt, als wäre ich unsichtbar.

Am nächsten Abend war ich mit Dennis ausgegangen, der mir einen ereignisreichen Abend versprochen hatte. Auch das hatte sich als Katastrophe erwiesen. Zuerst hatte er sich geweigert, in andere als in Schwulen-Kneipen zu gehen – und dann hatte ich den ganzen Abend mit dem verzweifelten Versuch verbracht, seine Aufmerksamkeit auf mich zu lenken, während er auf seinem Stuhl herumgerutscht war und über meine Schulter hinweg junge Männer in enganliegenden weißen T-Shirts beobachtet hatte. Ich hatte kaum ein Wort aus

ihm herausbekommen. Als er sich dann doch dazu herabge-
lassen hatte, mit mir zu sprechen, hatte sich das Gespräch ausschließlich um Daniel gedreht. Das war äußerst verantwortungslos von Dennis – er förderte meine Sucht, statt mich von
ihr zu entwöhnen.

Megan litt nach wie vor an ihrer jahreszeitlich bedingten
Gemütsstörung, und als ich vorschlug, wir könnten gemeinsam ausgehen, uns betrinken und Kerle anquatschen, seufzte
sie lediglich und sagte, sie sei zu müde.

Damit blieben nur noch Charlotte und Karen. Aber Mitbewohnerinnen kommen ehrlich gesagt nur in Frage, wenn
alle Stricke reißen, denn mit denen kann man sich ja *jederzeit*
betrinken.

»Fällt dir nichts Besseres ein, als ins *Dog's Bollix* zu gehen,
wo uns schottische Bauarbeiter Bier über die Klamotten
schütten?« klagte ich. »Nicht, daß du glaubst, ich hätte was
gegen schottische Bauarbeiter«, fügte ich rasch hinzu, als ich
sah, wie sich Karens Gesicht verfinsterte.

»Überlaß das nur mir.« Geheimnisvoll klopfte Charlotte mit
dem Finger auf ihren Nasenflügel. Mit der Fertigkeit eines
Zauberers, der ein Kaninchen aus dem Hut zieht, zauberte sie
eine Party am Samstag abend hervor, die der Cousin des Kollegen eines Bruders des Freundes einer Mitbewohnerin von
einer ihrer Kolleginnen gab, weil er schon ewig keine Frau
aufgerissen hatte. Genau aus diesem Grund waren Charlotte,
Karen und ich dort hoch willkommen.

Am Samstag abend verliefen die Vorbereitungen ganz wie
in alten Zeiten. Charlotte und ich machten eine Flasche Wein
auf und richteten uns gemeinsam in meinem Zimmer her. »Ob
es da irgendwelche netten Jungs gibt?« sagte Charlotte, während sie sich mit leicht zitternder Hand bemühte, Wimperntusche aufzutragen.

»Ich frage mich, ob da *überhaupt* Jungs sein werden«, sagte
ich zweifelnd. »Vor allem, wenn der Heini die Party nur gibt,
damit er sich 'ne Tussi an Land ziehen kann.«

»Keine Sorge«, sagte Charlotte und machte eine unsichere
Handbewegung. »Da *müssen* welche sein, und bestimmt ist
der eine oder andere von denen nett.«

»Mir egal, solange sie nicht wie Gus sind«, sagte ich.

Karen kam herein und öffnete meinen Kleiderschrank.

»Soll das heißen, daß die Tage vorbei sind, an denen du betrunkene, mittellose Verrückte mit nach Hause gebracht hast, die unsere Tequila-Flaschen klauen?« fragte sie, während sie suchend einen meiner Kleiderbügel nach dem anderen beiseite schob.

»Ja.«

»Ach Scheiße!« rief Charlotte aus. »Gib mir mal jemand 'n Tempo, ich hab mir das ganze Gesicht beschmiert.«

»Und alles nur wegen der Sache mit deinem Vater?« fragte Karen, ohne auf Charlotte zu achten.

»Wer weiß? Vielleicht wäre ich eines Tages auch so über mittellose Musiker hinausgewachsen«, sagte ich.

»Das halte ich für unwahrscheinlich«, sagte Charlotte, während sie ein Papiertaschentuch beleckte und damit die Wimperntuschestreifen von ihren Wangenknochen wegtupfte. Sie war nicht ohne weiteres bereit, ihre Theorie aufzugeben. »Sei doch ehrlich, Lucy, du wirst auch nicht jünger. Sigmund Freud sagt …«

»Halt bloß die Klappe«, blaffte Karen sie an, »und lies wieder Enid Blyton. Lucy, wo ist deine Wildlederjacke? Ich würde sie heute abend gern anziehen.« Widerwillig gab ich sie ihr.

Irgendwann wurden wir fertig. »Lucy, du siehst *wunderschön* aus«, sagte Charlotte.

»Ach was.«

»*Doch*. Seh ich aus, als hätte ich graues Rouge aufgelegt?«

»Eigentlich nicht. Und du siehst großartig aus.«

Tatsächlich ließ sich an einigen Stellen noch undeutlich erkennen, wo sie sich die Wimperntusche ins Gesicht gerieben hatte, aber das Taxi war schon unterwegs, und die Zeit reichte nicht für ein neues Make-up. Ich konnte Charlotte immer noch ins Badezimmer schicken, wenn wir auf der Party waren.

»Karen, wir müssen Lucy heute abend unbedingt zusehen«, sagte sie. »Bestimmt schnappt sie sich den am besten aussehenden und reichsten Mann, der da ist, und zieht mit ihm los.«

»Bestimmt nicht.« Ich wollte Charlotte nicht enttäuschen. Meine Verwandlung konnte nicht so schlagartig und wunderbar sein, wie sie das erwartete. »Es gibt sowieso kaum Männer, mit denen man was Vernünftiges anfangen kann – wieso sollte ich da auf einmal den Traummann kennenlernen, der den Boden anbetet, über den ich gehe, nur, weil ich gemerkt hab, daß mein Vater säuft?«

»Du wirst schon sehen.« Sie ließ sich nicht von ihrer Meinung abbringen.

»Hör mal«, sagte Karen. »Wenn es da 'nen reichen und gutaussehenden Mann gibt, gehört der mir.«

Unausgesprochen hing der Name »Daniel« zwischen uns in der Luft. Dann sprach die furchtlose Karen ihn aus. »Weißt du noch, wie ich geglaubt hab, zwischen dir und Daniel wär was?« fragte sie mit drohendem Lachen. »Übrigens bin ich immer noch nicht überzeugt, daß du nicht doch hinter ihm her bist. Allerdings würde ich dir das nicht raten«, fuhr sie fort. Abschätzend ließ sie ihren blonden Blick über meine kleine und flachbrüstige Gestalt gleiten. Sogleich schämte ich mich und fühlte mich wertlos. »Dir ist ja hoffentlich klar, daß du nicht sein Typ bist, oder?«

Da er mir das selbst gesagt hatte, war es sozusagen amtlich. Die Erinnerung an den Abend, an dem er mich verschmäht hatte, hatte sich mir unauslöschlich ins Bewußtsein gebrannt.

81

Auf der Party sah ich ihn sofort – er war der Mann, für den ich mich in meinem früheren Leben entschieden hätte. Er war jung, sah gut und unzuverlässig aus, und die Länge seines von der Sonne gebleichten Surfer-Haars zeigte überdeutlich, daß er kein Börsenmakler war. Das Leuchten seiner Augen ging vermutlich auf chemische Mittel zurück. Sein bloßer Anblick genügte, um zu erkennen, daß er noch nie im Leben pünktlich gewesen war.

Seinen Pulli hätte ich früher als individuell und einzigartig bezeichnet, doch war er mit dem Wort entsetzlich hinreichend beschrieben. Gerade erzählte er laut und mit weit ausholenden Gesten eine Geschichte. Die Leute, die ihn umringten, lachten hemmungslos, sahen allerdings alle miteinander aus, als wären sie auf einem Trip. *Wahrscheinlich erzählt er denen, wie man ihn wieder mal verhaftet hat*, dachte ich unliebenswürdig.

Ich riß mich zusammen. Wann war ich nur so bitter geworden? Es war nicht in Ordnung, jeden schlecht gekleideten, langhaarigen jungen Mann auf eine Stufe mit Gus zu stellen. Dieser Blonde konnte ohne weiteres ein warmherziger und großzügiger Mensch mit einem Haufen Geld sein. Während ich ihn ansah, dachte ich unwillkürlich, daß er nicht wirklich gut aussah. Er spürte meinen Blick und zwinkerte mir breit grinsend zu. Ich wandte mich ab.

Einige Minuten später tippte mir jemand auf die Schulter. Ich drehte mich um, und er war es: der gutaussehende, geräuschvolle, sonnengebleichte Knastbruder.

»Hallo«, sagte er mit lauter Stimme. Seine Augen hatten einen verblüffenden Silberglanz. Das Muster seines Pullovers konnte beim Betrachter ohne weiteres einen epileptischen Anfall auslösen.

»Hallo«, lächelte ich unwillkürlich. Es kam ganz automatisch.

»Ich hab dich von da hinten gesehen.« Erneutes Grinsen. »Und ich hab gemerkt, daß du mich auch gesehen hast. Vielleicht hast du Lust, mit mir in den Wintergarten zu gehen und da 'nen Joint oder zwanzig zu rauchen ...«

Seine Stimme versickerte, während ich ihn verständnislos ansah. Ich wollte nicht unhöflich sein, mußte aber in mich hineinhorchen, um zu erkennen, ob ich ihn anziehend fand oder nicht. Nichts geschah. Ich war eiskalt.

»Äh ... muß nicht unbedingt sein. War nur ein Vorschlag.« Er zog sich zurück. An die Stelle seines Lächelns war der Ausdruck nervöser Besorgnis getreten. »Blödsinn. Ich hab gar keinen Stoff dabei und würd das Zeug nie anfassen. Mein Wahlspruch ist ›Sag einfach nein‹ ...«

Er eilte zu seinen Kumpeln zurück, und ich hörte, wie er ihnen berichtete, ich sei ein Polizeispitzel. Sie alle wurden grau im Gesicht und verschwanden wie ein Mann aus dem Zimmer.

Was immer er anfangs an mir wahrgenommen haben mochte – das Signal, das ich früher ausgesandt hatte, um Männer wie ihn anzulocken, war verschwunden. Nur sein Schattenbild war kurz aufgeblitzt und hatte ihn irregeführt. Eigentlich schade, denn er sah wirklich gut aus.

Als ich später hörte, wie sich jemand beklagte, man könne von keinem Menschen hier Stoff kaufen, besaß ich wenigstens den Anstand, ein schlechtes Gewissen zu bekommen.

Die Party war eine Katastrophe – die Nachbarn riefen nicht einmal die Polizei. Die Musik war grauenvoll, es gab fast nichts zu trinken und keinen einzigen anziehenden Mann. Jedenfalls keinen, der mir gefallen hätte.

Karen machte sich wegen eines breitschultrigen Fleischkloßes ins Hemd, von dessen Vater es hieß, er sei schwer reich. Auf ihre übliche zielstrebige Art fand sie einen, der jemanden kannte, der jemanden kannte, der den breitschultrigen Fleischkloß kannte, so daß sie schließlich mit ihm ins Gespräch kam.

Charlotte und ich saßen auf dem Sofa. Keiner von all den Menschen um uns herum achtete auf uns. Ich fand die ganze Sache zum Sterben öde. Charlotte hatte über jeden etwas zu sagen. »Sieh mal, Lucy, wie der die Arme hängen läßt – ein klassischer anal determinierter Zauderer.« Oder »Sieh mal, Lucy, wie die nach Zuneigung giert – ist wahrscheinlich nie gestillt worden.«

Ich wiederum murmelte: »Das nennt man Zurückhaltung« und »Der, mit dem sie Händchen hält, ist ihr Mann.«

Ich kann gar nicht sagen, wie sehr mich der Tag ärgerte, an dem meine psychologischen Werke Charlotte in die Hände gefallen waren.

Die Langeweile dauerte an, aber immerhin konnte man sich auf den kurzen Spaziergang zum Taxi- und zum Kebab-Stand freuen.

Karen zog mit dem Steak in Menschengestalt herum. »Darf ich euch Tom vorstellen?«, sagte sie mit ihrer aufgesetzt netten Stimme zu Charlotte und mir. »Er wollte euch kennenlernen – weiß der Geier, warum!«

Charlotte und ich lachten. Uns war klar, daß es später Ärger geben würde, wenn wir uns zierten.

»Tom, das ist Charlotte, und das ist Lucy.«

Aus der Nähe besehen war er gar nicht so schlecht. Braune Augen, braune Haare, ein ziemlich nettes Gesicht. Nur stellte ich ihn mir unwillkürlich in Pfeffersoße vor.

Die Frau, die neben mir saß, stand vom Sofa auf, weil ihre Freundin im Badezimmer einen Kollaps erlitten hatte, und Tom fragte Karen, ob sie sich setzen wolle. Sie lehnte ab – natürlich wollte sie neben ihm stehen.

»Bist du sicher?« fragte er verwirrt.

»Natürlich.« Sie lachte munter zu ihm auf. »Ich steh gern.«

»In Ordnung«, sagte er. Er schien *wirklich* verwirrt zu sein. Dann setzte er sich neben mich, woraufhin Karen vor Entsetzen der Kiefer herunterklappte.

Blitzschnell hockte sie sich, um den Schaden in Grenzen zu halten, neben Charlotte auf die Sofalehne. Eigentlich saß sie *auf* Charlotte. Dann beugte sie sich, um mit Tom, dem T-Bone-Steak, reden zu können, so weit zu uns herüber, daß Charlotte und ich fast im Dunkeln saßen.

Aber es war verschwendete Zeit. »Ich freu mich richtig, daß ich Karen kennengelernt habe«, sagte Tom zu mir. Ich lächelte höflich. »Denn dich hab ich schon den ganzen Abend beobachtet«, fuhr er fort. »Ich hätte dich gern angesprochen, hatte aber nicht den Mut dazu.« Erneut lächelte ich höflich. *Großer Gott*, dachte ich, *Karen bringt mich um.*

»Deshalb konnte ich mein Glück nicht fassen, als ich mit deiner Freundin gesprochen hab.«

»Worum geht's?« lächelte Karen.

»Ich sag gerade zu Lucy, wie sehr ich mich freue, daß ich mit dir ins Gespräch gekommen bin«, gab Tom Auskunft. Karen warf ihr Haar mit einer Geste des Triumphs zurück. »Ich hatte schon den ganzen Abend hin und her überlegt, wie ich es anstellen könnte, mit ihr bekannt zu werden«, fuhr er fort. Karen erstarrte mitten in der Bewegung. Sogar ihre Haarsträhnen waren starr.

Ihre Miene sagte deutlich: Lucy, du Miststück, dafür wirst du sterben.

Ich zog mich tief in die Polster zurück. Einige Tage später erfuhr ich, daß an jenem Abend alle Pflanzen im Hause verdorrt waren.

Dabei fand ich Tom nicht einmal von ferne anziehend – schließlich bin ich fast Vegetarierin.

»Schön, daß ich dir von Nutzen sein konnte, Tom«, sagte Karen mit ätzender Schärfe, stand auf und stolzierte quer durch das Zimmer davon.

Tom und ich sahen einander an, er entsetzt, ich angstvoll. Dann lachten wir beide laut heraus.

Es war typisch, daß ich Tom gefiel, denn er gefiel mir nicht. Er war mir nicht einmal aufgefallen. Schon lange hatte ich gemerkt, daß ich am ehesten die Männer dazu bekam, sich für mich zu interessieren, die ich nicht mochte. Aber es mußte mir ernst sein – wenn ich nur so tat als ob, klappte das nie. Männer, die ich hochmütig erhobenen Hauptes übersah, wußten immer sofort, daß ich in Wirklichkeit danach lechzte (ich zitiere).

Charlotte lief Karen nach – allem Anschein nach von Todessehnsucht getrieben –, also unterhielt ich mich mit Tom, dem Fleischkloß. Sein kleines Geständnis, daß er zu nervös gewesen war, mit mir zu reden usw. usw. rührte mich. Er machte einen netten Eindruck. Verständlich – immerhin wollte er ja mit mir ins Bett gehen. Der Gedanke ließ mich fast erschauern. Er war so *riesig*, es wäre wie Bumsen mit einem Stier.

Daniel war anders, zwar auch kräftig gebaut, aber in angenehmer Weise. Ich überlegte, wo er wohl sein mochte. Auf einmal kam mir ein schrecklicher Verdacht: vielleicht war er auf einer anderen Party und versuchte wie Tom, eine Frau für sich zu interessieren. Angstvoll krampfte sich mein Magen zusammen, und ich hatte das panische Bedürfnis, ihn anzurufen, wobei ich hoffte, er werde zu Hause im Bett liegen – allein.

»Das wirst du schön bleiben lassen«, sagte ich entsetzt zu mir selbst. *»Ich hab dir gleich gesagt, daß das passieren kann.«*

War ich trotz aller guten Vorsätze zu abhängig von Daniel geworden?

Ich zwang mich stillzusitzen – ich konnte ihn ja nicht einfach anrufen und fragen, ob er mit einer Frau im Bett lag. Warum interessierte mich das überhaupt? Die Vorstellung machte mir solche Angst, daß sie mich zugleich beruhigte. Ich hatte nie Besitzansprüche Daniel gegenüber geltend gemacht. Es war mir immer gleichgültig gewesen, welche Frauen er anbaggerte, welche er abschleppte, mit ins Bett nahm, auszog und …

Erneut stieg die panische Angst in mir auf. Er hatte lange keine Freundin gehabt – dieser Zustand konnte nicht ewig dauern. Er mußte irgendwann eine nette Frau kennenlernen. Aber was würde aus mir, wenn er anfing, mit einer zu gehen? Welchen Stellenwert hätte ich dann in seinem Leben?

Was geht da vor sich? fragte ich mich furchtsam. Ich verhielt mich, als wäre ich eifersüchtig, als … als … als wäre ich verrückt nach ihm. Ach was, völlig undenkbar! VÖLLIG UNDENKBAR. Fast hätte ich es laut herausgeschrien.

Mühsam wandte ich meine Gedanken wieder der Gegenwart zu. Ich versuchte mich auf den armen Tom zu konzentrieren, der mir eine Frage gestellt hatte und begierig auf eine Antwort zu warten schien.

»Was?« fragte ich. Ich fühlte mich ein wenig unwohl.

»Darf ich dich mal abends zum Essen einladen?«

»Aber ich steh nicht auf dich, Tom«, platzte ich heraus. Tatsächlich sagte ich: »Ich steh nicht auf *dich*.« Er sah ein wenig geknickt drein.

»Entschuldige«, sagte ich. »Ich hab das nicht so gemeint …«
Aber ich *hatte* es so gemeint. Ich hatte Daniel zu sehr als mein
Eigentum betrachtet, und er hatte das wohl gemerkt. Wahrscheinlich glaubte er jetzt, ich sei hinter ihm her. Unverschämter Kerl.

»Ich möchte doch nur mit dir Essen gehen«, sagte Tom flehend. »Mußt du dafür auf mich stehen?«

»Entschuldige, Tom.« Ich konnte kaum mit ihm sprechen.
Daniel wollte mich loswerden, das wurde mir klar. Das war
der eigentliche Grund all seines Geredes, daß ich wieder anfangen müsse zu leben. Von wegen Kleine Seejungfrau! Er
versuchte, meine Hände, die sich an ihn krallten, Finger um
Finger zu lösen. Das Gefühl der Demütigung durchflutete
mich und verwandelte sich rasch in Zorn. *Schön*, dachte ich
voll Wut. *Dann hab ich eben nichts mehr mit dir zu tun. Ich lach
mir 'nen neuen Freund an und zeig es dir.* Ich würde mit Tom ausgehen, wir würden uns ineinander verlieben und wirklich
glücklich sein.

»Tom, ich würde gern mit dir ausgehen«, sagte ich. Am liebsten wäre ich tot gewesen.

»Prima«, strahlte Tom. Ich hätte ihn verprügeln können,
wenn er mir nicht so leid getan hätte.

»Wann?« Ich bemühte mich, ein wenig Begeisterung in
meine Stimme zu legen.

»Gleich?« fragte er hoffnungsvoll. Mit vernichtend erhobenen Brauen gelang es mir, ihm klar zu machen, daß er in un-
mittelbarer Lebensgefahr schwebte.

»Entschuldigung«, sagte er angstvoll. »Tut mir leid. Morgen abend?«

»In Ordnung.« Es war abgemacht. Gerade noch rechtzeitig,
denn im selben Augenblick kippte die Party um und erstarb.

82

Ich war fest entschlossen, Daniel nie wiederzusehen. Der einzige Haken daran war, daß ich ihn am nächsten Tag zum Mittagessen ausführen wollte. Diese Einladung konnte ich nicht gut rückgängig machen – nicht nur, weil der Tisch im Restaurant seit Wochen reserviert war, er hatte auch Geburtstag.

Vielleicht fühlte ich mich erleichtert, aber ich versuchte, nicht daran zu denken. Was nicht schwer war, denn zwischen Karen und mir herrschte eine entsetzliche Spannung. Ohne mit mir auch nur ein Wort zu wechseln, zog sie in regelmäßigen Abständen durch die ganze Wohnung und öffnete unter großem Aufwand an Zeit und Mühe alle Türen, nur um sie wieder zuschlagen zu können.

Die Situation war ausgesprochen unangenehm, und ich bedauerte zutiefst, Tom zugesagt zu haben. Ich hatte wohl den Verstand verloren – er war *gräßlich*, und ich hätte ihn Karen von Herzen gegönnt. Ich wußte mit Sicherheit, daß ich mich nicht einmal dann in ihn verlieben könnte, wenn ich Daniel damit was auch immer beweisen wollte.

Während des Schlafs schlich sich wieder die panische Angst ein, Daniel könnte eine neue Freundin haben. Ich war sicher, daß mein sechster Sinn die Beklemmung vom Vorabend ausgelöst hatte. Sie war nicht mehr eine bloße Vermutung, sondern hatte sich in eine *Vorahnung* verwandelt.

Während ich mich zum Ausgehen fertigmachte, versuchte ich mir gut zuzureden. Ich war mir sicher, daß ich nicht hinter Daniel her war. Von ihm ging für mich weder eine sexuelle noch sonst eine Verlockung aus. Sogleich kamen mir wieder Erinnerungen an den bewußten Kuß, aber ich erstickte sie im Keim. (Ich besaß nach wie vor eine ausgeprägte Fertigkeit darin, Dinge zu unterdrücken, die mir unangenehm waren – sehr praktisch.) Aber vielleicht war ich von seiner Freundschaft zu abhängig geworden? Vielleicht hatte ich mich unter dem

Eindruck der Nachwehen des Zerfalls meiner Familie zu eng an ihn angeschlossen? Sofern das so war, mußte damit Schluß sein.

Ich war mit mir zufrieden, weil ich so vernünftig war. Allerdings hielt das nicht lange vor, und gleich darauf setzte die Panik wieder ein. *Und wenn er gerade jetzt mit ihr im Bett liegt?* dachte ich.

Schließlich rief ich ihn an; ich konnte einfach nicht anders. Ich tat so, als wollte ich mich vergewissern, wo und wann wir uns treffen würden – als ob ich nicht genau gewußt hätte, daß wir uns um zwei Uhr am U-Bahnhof Green Park verabredet hatten. Zu meiner Erleichterung klang es nicht, als habe er eine Frau neben sich im Bett. Sicher konnte ich aber nicht sein – Daniels Leben war kein Klamaukfilm, in dem Frauen im Bett kreischten und kicherten.

Es war ein wahrer Segen, daß ich bei Karen in Ungnade gefallen war, denn so brauchte ich mir keine durchtriebene Entschuldigung auszudenken, als ich zu meiner Verabredung mit Daniel ging. Wären wir nicht verkracht gewesen, hätte sie bestimmt Verrat gewittert, denn ich hatte mich richtig aufgedonnert, damit mich Daniel nicht etwa für eine Versagerin hielt. Mein superkurzes Hemdblusenkleid mit dazu passendem weitschwingenden Mantel bot keinen angemessenen Schutz vor der beißenden Märzkälte, aber das war mir gleichgültig. Mein Selbstwertgefühl würde mich wärmen.

Daniel wartete zur vereinbarten Zeit am angegebenen Ort. Während ich in meinen hochhackigen Schlangenlederpumps bibbernd auf ihn zuwankte, lächelte er mich so strahlend an, daß ich fast umgeknickt wäre. Ich ärgerte mich – und war zugleich argwöhnisch. Was gab es da so breit zu grinsen? War es die Freude über eine Neueroberung? Ließ ihn das Hochgefühl nach dem Koitus so hinreißend aussehen?

»Lucy, du siehst wunderschön aus.« Als er mir die Wange küßte, kribbelte es auf meiner Haut.

»Frierst du nicht?« fragte er.

»Nicht die Spur«, sagte ich wegwerfend, während ich ihn unauffällig musterte, um zu sehen, ob er Knutschflecken, Kratzspuren, eine aufgesprungene Lippe o. ä. hatte.

»Wohin gehen wir?« fragte er.

Ich konnte an ihm keine erkennbaren Hinweise auf sexuelles Treiben in jüngster Zeit entdecken, doch da er größtenteils in einem Wintermantel steckte, war das noch kein Anlaß für einen Seufzer der Erleichterung.

»Es ist eine Überraschung«, sagte ich, während ich mich fragte, ob er den Mantelkragen hochgeklappt hatte, um Knutschflecken zu kaschieren. »Komm schnell, mir ist kalt!«

Verdammt! Unsere Blicke trafen sich, und es zuckte um seine Mundwinkel, während er versuchte, nicht zu lachen.

»Untersteh dich«, drohte ich.

»Ich denke nicht im Traum daran«, sagte er kleinlaut.

Ich führte ihn in die Arbroath Street und sagte vor dem großen Fenster des *Shore*: »Hier!«

Er war beeindruckt, und ich freute mich. *Shore* war eines von Londons jüngsten In-Restaurants, in das Models und Schauspielerinnen gingen. Jedenfalls stand das in den Illustrierten. Das würde mein erster und wahrscheinlich letzter Besuch dort sein.

Kaum hatten wir das *Shore* betreten, als ich sah, wie ›in‹ es war. Man merkte es an der Ruppigkeit der Bedienung.

Der junge Mann am Eingang sah mich mit so finsterer Miene an, als hätte ich mich auf die Schwelle gehockt und Wasser gelassen.

»Ja?« zischte er.

»Einen Tisch für zwei auf den Namen…«

»Haben Sie reserviert?« blaffte er mich an. Ich hatte den Impuls zu antworten: »Hör mal, du Arsch, du *empfängst* hier nur die Gäste. Tut mir leid, daß ich für unser Essen hier mehr ausgeb, als du in der Woche verdienst, aber wenn du uns die Freude daran verdirbst, macht dich das auch nicht reicher. Wie wär's mit der Abendschule? Probier noch mal 'n paar Prüfungen zu machen, dann könntest du vielleicht auch 'nen anständigen Job kriegen.«

Aber da Daniel Geburtstag hatte und ich wollte, daß alles angenehm ablief, sagte ich bescheiden: »Ja. Auf den Namen Sullivan.«

Aber ich sprach gegen die Wand. Er war hinter seinem kleinen Pult hervorgekommen und warf einer Frau in einer ausgestellten Gucci-Hose, die nach uns hereingekommen war, eine Kußhand zu.

»Hallöchen, Kiki«, katzbuckelte er. »Wie war's auf Barbados?«

»Na ja, wie's auf Barbados so ist.« Sie schob sich an mir vorbei. »Wir sind gerade erst gelandet. David kommt gleich. Er sucht gerade 'nen Parkplatz für den BMW.«

Sie ließ den Blick durch das Restaurant schweifen. Daniel und ich drückten uns zuvorkommend an die Wand.

»Ein Tisch am Fenster wäre schön«, sagte sie. »Nur für uns beide.«

»Haben Sie ... äh ... reserviert?« Er hüstelte diskret.

»Ach, wie unartig von mir.« Sie lächelte eisig. »Ich hätte vom Auto aus kurz anrufen sollen. Aber ich verlaß mich ganz auf Sie, Raymond.«

»Äh, Maurice«, sagte Raymond. Bestimmt hieß er Morris und sprach den Namen nur französisch aus.

»Ist ja auch egal.« Sie machte eine wegwerfende Handbewegung. »Besorgen Sie uns einfach einen Tisch, und zwar schnell. David stirbt vor Hunger.«

»Keine Sorge, wir quetschen Sie schon irgendwo rein«, sagte er mit affektiertem Lachen. »Überlassen Sie das nur Maurice.«

Er warf einen Blick auf seinen Tischplan. Daniel und ich verschmolzen mit der Tapete – dabei gab es an der Wand gar keine.

»Mal sehen, was sich machen läßt«, murmelte Maurice diensteifrig. »Die Leute an Tisch zehn gehen jeden Augenblick ...«

Er übersah Daniel und mich nach wie vor. *Ich hasse dich*, dachte ich.

Wenn ich allein gewesen wäre, hätte ich ewig so weiter gewartet. Da wir aber gekommen waren, um Daniels Geburtstag zu feiern und weil ich wollte, daß es ihm gefiel, beschloß ich, die Dinge in die Hand zu nehmen. »Entschuldigung, Morris«, sagte ich, »Daniel stirbt vor Hunger, fast so wie David. Wir würden gern an unseren Tisch gehen. An den, den wir *reserviert* haben.«

Daniel platzte vor Lachen heraus. Maurice warf mir einen wütenden Blick zu, nahm zwei Speisekarten in die Hand und warf Kiki einen Blick zu, der soviel bedeutete wie »Großer Gott, sollte man das für möglich halten?« Er eilte mit schnellen Schritten durch das Restaurant vor uns her. Aus irgendeinem Grund schien er sich ein Geldstück zwischen die winzigen Hinterbacken geklemmt zu haben, das er auf keinen Fall verlieren wollte. Er wirkte sehr verkniffen.

Er pfefferte die Speisekarten auf ein Tischchen und verschwand, so schnell ihn seine Füße trugen. Proleten, pfui Teufel!

Daniel und ich setzten uns. Er konnte nicht aufhören zu lachen.

»Das war großartig, Lucy«, sagte er.

»Tut mir leid.« Ich war den Tränen nahe. »Ich möchte, daß dir das richtig gefällt, weil du Geburtstag hast und immer so gut zu mir warst, weil ich dir für so vieles zu danken habe – und was hast du gestern abend getan?«

»Wie bitte?« Er sah verwirrt drein. »Hast du gefragt, was ich gestern abend getan hab?«

»Hm, ja«, sagte ich. Ich wollte eigentlich nicht so damit herauszuplatzen.

»Ich hab mit Chris 'n paar Bier getrunken.«

»Und wer war noch dabei?«

»Niemand.«

Meine Erleichterung dauerte etwa eine halbe Minute. Dann fiel mir ein, daß in der Zukunft Tausende weiterer Samstagabende drohten, eine endlose Folge, und an jedem von ihnen konnte er eine Frau kennenlernen.

Diese Vorstellung bedrückte mich so sehr, daß ich ihm kaum zuhören konnte. Er sprach davon, daß er und ich am Abend miteinander ins Kabarett gehen könnten.

»Augenblick, Daniel«, sagte ich rasch. »Heute abend kann ich nicht.«

»Nein?«

Ob er enttäuscht ist? fragte ich mich hoffnungsvoll und fuhr fort: »Ich hab 'ne heiße Verabredung.«

»Tatsächlich? Super.«

Mußte er das unbedingt so sagen, als freute er sich für mich?

»Stimmt.« Ich war wütend und glaubte mich verteidigen zu müssen. »Es ist kein betrunkener, mittelloser Herumlungerer. Er hat eine Stelle, ein Auto, und Karen war scharf auf ihn.«

»Super«, sagte er – wieder! Ich nickte knapp.

»Gut gemacht«, lobte er mich begeistert.

Gut gemacht? dachte ich wütend. *Hab ich auf ihn so mitleiderregend gewirkt?*

Auf einmal hatte sich der Tag bewölkt. Ich saß schweigend da. Geburtstag hin oder her – ich war viel zu wütend, als daß ich freundlich zu ihm hätte sein können.

»Ich werde dich also in Zukunft nicht mehr so häufig sehen«, sagte ich.

»Versteht sich«, sagte er gut gelaunt. Am liebsten hätte ich losgeheult.

Ich saß da und starrte mürrisch den Tisch an. Daniel hatte sich wohl von meiner Stimmung anstecken lassen, denn auch er war ganz gegen seine sonstige Gewohnheit sehr gedämpft.

Die Mahlzeit war kein solcher Erfolg, wie man angesichts der ausgesuchten Rüpelhaftigkeit des Personals hätte erwarten dürfen. Zwar war das Essen ganz ordentlich, aber ich brachte keinen Bissen hinunter. Ich hatte die Nase von Daniel gestrichen voll. Woher nahm er die Frechheit, sich für mich zu freuen? Als wäre ich behindert oder was.

Zum Glück lieferte uns das unmögliche Verhalten der Bedienungen Gesprächsstoff. Jede einzelne von ihnen behandelte die Gäste so von oben herab, war von solcher Arroganz und schlichter, altmodischer Flegelhaftigkeit, daß Daniel und ich gegen Ende der Mahlzeit wieder ansatzweise miteinander redeten.

Als wir Kaffee bestellen wollten, übersah uns der Kellner betont. Daraufhin sagte Daniel: »Wichser.« Dabei lächelte er mir ein wenig zu.

»Dämlicher Sack«, stimmte ich ihm lächelnd zu.

Als die Rechnung kam, stritten wir darum, wer sie bezahlen durfte.

»Nein, Daniel«, sagte ich fest. »Heute bin ich dran. Du hast Geburtstag.«

»Willst du wirklich?«

»Ich will wirklich«, sagte ich mit einem Lächeln. Es verging mir, als ich den Rechnungsbetrag sah.

»Laß mich die Hälfte übernehmen«, schlug Daniel vor, der den entsetzten Ausdruck auf meinem Gesicht offenbar richtig gedeutet hatte.

»Kommt überhaupt nicht in Frage.« Wir stritten uns weiter. Daniel versuchte, mir die Rechnung zu entreißen, ich entriß sie ihm usw. usw. Schließlich ließ er freundlicherweise zu, daß ich bezahlte.

»Vielen Dank für ein tolles Essen«, sagte er.

»So toll war es nun auch wieder nicht, was?« gab ich betrübt zurück.

»Doch«, sagte er mannhaft. »Ich wollte den Schuppen immer schon kennenlernen, und jetzt weiß ich, wie es da ist.«

»Versprich mir was, Daniel«, bat ich ihn mit Nachdruck.

»Was du willst.«

»Daß du nie wissentlich und willentlich noch mal hierhergehst.«

»Ist versprochen.«

Ich begleitete ihn zur U-Bahn und ging dann zur Bushaltestelle weiter. Ich war zutiefst deprimiert.

Tom erwies sich als Mann von Welt vom Scheitel bis zur Sohle. Wie vereinbart klingelte er um Punkt sieben und kam wie vereinbart nicht in die Wohnung. Was ihm an elegantem, ätherischem und anmutigem gutem Aussehen fehlte, machte er durch seinen Selbsterhaltungstrieb mehr als wett. Er war kein Dummkopf und sah in Karen eine wutschnaubende und rachsüchtige Verliererin.

Ich eilte nach unten, wo er in seinem Wagen wartete. Sein Anblick hinter dem Steuer versetzte mir eine Art Schock. Es war nichts Schlimmes – nur sah er so aus, als müßte er eigentlich an einem Fleischerhaken hängen. Diesen Eindruck verstärkte noch das rote Hemd, das er trug. Hoffentlich ließ er sich nie die Nase piercen.

Er fuhr mit mir zu einem Restaurant – es war just das Lokal *Zu des Kaisers neuen Kleidern*, in dem ich mit Daniel gewesen war. Ungläubig und voll Abscheu starrte Maurice, der noch Dienst hatte, herüber, als Tom in meiner Begleitung durch die Tür stürmte und mit den Hufen auf dem Boden scharrte.

Nach dem Diner mit allem Drum und Dran versuchte er mich in seine Wohnung zu lotsen; wohl um dort die Stellung Neunundsechzig auszuprobieren. Er hatte nicht die geringste Aussicht. Er war ganz nett, aber ins Bett gegangen wäre ich nicht einmal dann mit ihm, wenn er der letzte Mann auf dem Planeten gewesen wäre. Nicht nur schien ihn meine Ablehnung nicht im geringsten zu stören, seine Augen leuchteten im Gegenteil voll Bewunderung auf.

»Würdest du gern unter der Woche mal mit mir ausgehen?« fragte er eifrig. »Wir könnten ins Theater gehen.«

»Mal sehen«, sagte ich zweifelnd.

»Es muß nicht unbedingt das Theater sein«, fuhr er fort. Er wirkte bemüht. »Wir könnten auch kegeln oder Go-Kart-Fahren gehen. Worauf du Lust hast.«

»Mal sehen«, sagte ich. Ich empfand ihm gegenüber ein schlechtes Gewissen. »Ich ruf dich dann an.«

»In Ordnung«, sagte er. »Hier hast du meine Nummer. Und hier meine Nummer in der Firma. Und hier die von meinem Handy. Und hier meine Fax-Nummer. Und hier meine E-Mail-Adresse. Und hier meine Anschrift.«

»Vielen Dank.«

»Ruf ruhig an, wenn du Lust dazu hast«, sagte er mit Nachdruck, »ganz egal, ob Tag oder Nacht.«

83

Am Donnerstag abend ließ Charlotte die Bombe platzen. Sie kam nach Feierabend ganz aufgeregt ins Haus gestürmt.

»Ratet mal, wen ich getroffen hab«, kreischte sie.

»Wen?« fragten Karen und ich wie aus einem Munde.

»Daniel«, sagte sie strahlend. »Mit seiner neuen Freundin.« Ich konnte mein Gesicht natürlich nicht sehen, aber ich *spürte*, wie ich blaß wurde.

»Seine neue was?« zischte Karen, die auch nicht gerade begeistert aussah.

»Ja«, sagte Charlotte. »Und er war hinreißend. Ich hatte übrigens den Eindruck, als wenn er sich gefreut hätte, mich zu sehen ...«

»Und wie sieht das Miststück aus?« zischte Karen. *Dem Himmel sei Dank für Karen.* Sie stellte all die Fragen, die ich nicht herausbrachte.

»Sehr gut!« begeisterte sich Charlotte. »Richtig zierlich und anmutig. Ich bin mir neben ihr wie eine Elefantenkuh vorgekommen. Und sie hat Unmengen schwarzes lockiges Haar. Sie ist wie eine kleine Puppe, ein bißchen wie Lucy. Daniel ist richtig in sie *verschossen.* Ihr hättet nur seine Körpersprache sehen sollen ...«

»Lucy ist nicht wie eine kleine Puppe«, unterbrach Karen sie.

»Aber ja.«

»Ist sie nicht. Es ist ein gewaltiger Unterschied, ob jemand klein oder eine kleine Puppe ist, Dummkopf.«

»Jedenfalls sieht ihr Gesicht wie das von Lucy aus. Und ihre Haare auch«, rief Charlotte.

»Ich dachte, sie sähe sehr gut aus«, stieß Karen hervor.

Zuerst hatte ich das Geräusch, das sie dabei machte, für ein verächtliches Schnauben gehalten, aber als es überhaupt nicht mehr aufhörte, wobei ihre Schultern zuckten und ein lautes Schluchzen ertönte, merkte ich, daß sie hemmungslos weinte.

Sie hatte es gut. Sie als Ex-Freundin durfte sich das leisten. Ich hatte keinen Anspruch darauf.

»Der verdammte miese Saukerl«, schäumte sie. »Wie kann er es wagen, ohne mich glücklich zu werden? Er hätte keine andere kennenlernen dürfen, er sollte merken, daß er ohne mich nicht leben kann. Ich wünsche ihm, daß er seine Stelle verliert, sein Haus abbrennt und er Syphilis kriegt, nein, wartet ... Aids, nein, wartet ... Akne. Das würde ihm richtig stinken. Und hoffentlich hat er mit seiner Bumsschaukel 'nen Unfall mit Totalschaden, und er kommt mit seinem Schwanz in den Fleischwolf und er muß in den Knast, für ein Verbrechen, das er nicht begangen hat, und ...« Was eine Frau eben so sagt, wenn ihr früherer Freund die Dreistigkeit besitzt, eine Neue kennenzulernen.

Charlotte tröstete sie, ich hingegen ging einfach weg. Ich empfand nichts für Karen, ich hatte genug mit meinen eigenen Gefühlen zu tun. Ich war erschüttert. Mir war soeben aufgegangen, daß ich in Daniel verliebt war. Ich konnte meine Dummheit kaum fassen, ganz zu schweigen von meinem unterentwickelten Urteilsvermögen. Schon eine ganze Weile hatte ich vermutet, daß ich in ihn verknallt sein könnte. Das war sehr unvorsichtig von mir gewesen, aber in ihn verliebt zu sein, ihn zu *lieben* – das war nun wirklich sträflicher Leichtsinn.

Dabei hatte ich mich doch über all die anderen Frauen krankgelacht, die sich ihm im Laufe der Jahre an den Hals geworfen hatten. Nie und nimmer wäre ich auf den Gedanken gekommen, mir könne das passieren. Zweifellos ließ sich daraus eine wertvolle Lehre ziehen – spotte nicht, damit du nicht zum Gespött wirst, oder was in der Richtung.

Ich konnte keinen klaren Gedanken fassen, weil mir der scharfe und schneidende Schmerz der Eifersucht den Verstand raubte.

Schlimmer als sie war die Befürchtung, Daniel auf immer verloren zu haben. Er war schon so lange nicht mehr mit einer anderen Frau ausgegangen, daß ich angefangen hatte, ihn als mein *Eigentum* zu betrachten. Was für ein Fehler!

Ich tat das Dümmste, was mir einfiel, und rief ihn an. Er war der einzige, der mich trösten konnte, auch wenn er selbst die Ursache war.

Es war ungewöhnlich, daß ich mich an der Schulter des Freundes, der mir das Herz gebrochen hatte, über mein gebrochenes Herz ausweinte. Aber ich schien ja nichts je auf die übliche Weise zu tun.

»Daniel, bist du allein?« Ich rechnete damit, daß er nein sagte.

»Ja.«

»Kann ich rüberkommen?« Er sagte nicht »Es ist schon spät« oder »Was willst du?« oder »Kann das nicht bis morgen warten?«, sondern einfach »Ich hol dich ab.«

»Nicht nötig«, sagte ich. »Ich nehm ein Taxi. Ich bin gleich da.«

»Wohin willst du?« Karen ertappte mich beim Versuch, mich aus der Wohnung zu schleichen.

»Raus«, sagte ich mit einem Anflug von Trotz. Der Kummer hatte meine Angst vor ihr vermindert.

»Wohin?«

»Einfach raus.«

»Du gehst ja wohl nicht zu Daniel, oder?« Entweder war sie ausgesprochen scharfsinnig, oder sie litt an Zwangs- und Wahnvorstellungen.

»Doch.« Ich sah ihr in die Augen.

»Du dumme Kuh, du hast nicht die geringste Chance bei ihm.«

»Ich weiß.« Ich ging zur Treppe.

»Willst du trotzdem hin?« fragte sie wütend und überrascht.

»Ja.«

»Du-gehst-nicht!« bellte sie.

»Wer sagt das?« Da ich inzwischen die Hälfte der Treppe hinter mir hatte, war es sehr viel leichter, ihr zu trotzen.

»Ich verbiete es dir«, sagte sie.

»Ich geh trotzdem.« Sie war gereizt bis zur Weißglut und konnte kaum sprechen. Schließlich stotterte sie: »Ich will ja nur verhindern, daß du dich lächerlich machst.«

»Kann schon sein. Ich glaube aber eher, daß du es nur allzugern hättest, daß ich mich lächerlich mache.«

»Komm sofort zurück!«

»Leck mich«, sagte ich tapfer und verschwand.

»Komm du nach Hause ...« kreischte sie mir nach. »Ich warte, bis du zurückkommst.«

84

Im Taxi auf dem Weg zu Daniel überlegte ich, daß ich ihm
lediglich sagen würde, warum ich so aufgewühlt war – obwohl mich der Chor der griechischen Tragödie in meinem
Kopf anflehte, es nicht zu tun. ›Du weißt doch, daß man einem
Mann, den man liebt, seine Liebe auf keinen Fall gestehen
darf‹, belehrte sie mich lautstark. ›*Schon gar nicht*, wenn er
dich nicht liebt.‹

›Das weiß ich‹, erregte ich mich. ›Aber bei mir und Daniel
ist das was anderes. Er ist mein guter Freund und wird es mir
ausreden. Er wird mir erzählen, wie greulich und abscheulich
er seine Frauen behandelt.‹

›Laß es dir von jemand anders ausreden‹, sagten sie. ›Die
Welt ist voller Menschen – warum ausgerechnet er?‹

›Er wird den Schmerz lindern, wird dafür sorgen, daß ich
mich besser fühle.‹

›Aber …‹

›Er ist der einzige, der das kann‹, sagte ich in einem Ton, der
keinen Widerspruch duldete.

›Uns führst du nicht hinters Licht‹, intonierte der Chor. ›Wir
wissen, daß du was im Schilde führst.‹

›Aber wo denkt ihr hin‹, begehrte ich auf. Mir war der vikto-
rianische Grundsatz durchaus geläufig: ›Er darf nie erfahren,
wie sehr ich ihn liebe, denn sein Mitleid wäre mir unerträglich.‹
Vor allem galt das für einen nicht besonders einfühlsamen
Mann, der darüber lachen und es seinen Freunden weiterer-
zählen würde, wenn sie gemeinsam auf Moorhuhnjagd gingen.
Aber für mich galt das nicht, fand ich. Bei Daniel brauchte ich
meine Würde nicht.

Als er mir öffnete, war ich so glücklich, ihn zu sehen, daß mein
Herz vor Freude hüpfte.

Verdammt, dachte ich, *es stimmt also. Ich liebe ihn wirklich.*

Ich stürzte mich in seine Arme. Daß wir gute Freunde

waren, hatte viele Vorteile, die ich nicht aufzugeben gedachte, nur weil er eine neue Frauenbekanntschaft gemacht hatte.

Ich hielt ihn fest in den Armen und – der Wahrheit die Ehre – er hielt mich ebenfalls ziemlich fest.

Wahrscheinlich fand er mein Verhalten ziemlich sonderbar, ließ es sich aber nicht anmerken, er war schließlich ein netter Kerl. Ich würde es ihm ein wenig später erklären, beschloß ich. Fürs erste wollte ich bleiben, wo ich war. Da er nach wie vor mein guter Freund war, hatte ich einen Anspruch darauf, von ihm in den Armen gehalten zu werden. Eine Weile konnte ich ruhig so tun, als wäre er mein Liebhaber.

»Tut mir leid, Daniel, aber ich brauche deine Freundschaft.«

Natürlich war das gelogen, aber ich konnte ihm ja nicht gut sagen: »Tut mir leid, Daniel, aber ich möchte dich heiraten und mit dir Kinder kriegen.«

»Ich werde immer dein Freund sein, Lucy«, sagte er leise, während er mir über das Haar strich. *Danke für leere Versprechungen*, dachte ich unfreundlich. Aber nur ganz kurz. Er war wirklich ein großartiger Freund – es war wohl kaum seine Schuld, daß ich dumm genug gewesen war, mich in ihn zu verlieben.

Nach einer Weile fühlte ich mich stark genug, mich aus seiner Umarmung zu lösen.

»Wo brennt's?« fragte er. »Geht es um deinen Vater?«

»Nein, nichts in der Art.«

»Tom?«

»Wer? Ach nein, der arme Tom. Warum verlieben sich eigentlich immer die in einen, die man selber nicht liebt?«

»Keine Ahnung, Lucy, aber so ist das nun mal.«

Tu nicht so, als ob du alles wüßtest, dachte ich nervös.

Ich holte tief Luft. »Daniel, ich muß mit dir sprechen.« Aber als ich ihm dann zu sagen versuchte, was mir fehlte, war das nicht so einfach, wie ich angenommen hatte. Es war sogar ausgesprochen schwierig und peinlich.

Die romantische Vorstellung, daß ich auf ihn zustürmte

und er mir den Kummer wie mit einem Zauberschlag weg-küßte, war verflogen. Er hatte eine neue Freundin, zum Teufel. Ich war nur seine gute Freundin. Ich hatte keinen An-spruch auf ihn. Was konnte ich da sagen? Etwa »Daniel, schieß die Tussi in den Wind«? Das ging ja wohl kaum.

»Äh, Lucy, worüber möchtest du mit mir sprechen?« fragte er, nachdem viele Sekunden vergangen waren und ich nach wie vor nichts gesagt hatte.

Ich sah ewig lange auf meine Hände, bevor ich die richti-gen Worte fand. »Charlotte hat gesagt, sie hat dich mit 'ner Frau gesehen, und ich war, äh, eifersüchtig«, brachte ich schließlich heraus. Ich wich seinem Blick aus und machte mich klein.

Vielleicht war es doch kein guter Einfall gewesen, es ihm zu sagen. Vielleicht war der Einfall sogar ausgesprochen schlecht gewesen.

Mir wurde klar, daß ich nicht hätte kommen sollen. Ich mußte verrückt gewesen sein. Ich hätte einfach ins Bett gehen und die weitere Entwicklung abwarten sollen. Irgendwann wäre der Schmerz schon vergangen.

»Nur, weil sie klein ist und dunkles Haar hat«, fügte ich rasch hinzu, in einem Versuch, verlorenen Boden wieder gutzumachen und verlorene Würde wiederzuerlangen. Was die Würde anbelangte, hatte ich mich vorher geirrt – bei Da-niel war ich auf sie *angewiesen*. »Es macht mir nichts aus, wenn du mit strammen Blondinen ins Bett gehst, aber ich muß im-mer wieder an den Abend im Haus meines Vaters denken, als du mich zurückgewiesen hast. Ich dachte immer, es hätte daran gelegen, daß ich nicht dein Typ bin. Es war kein schönes Gefühl, als mir Charlotte sagte, daß die Frau, mit der sie dich gesehen hat, ein bißchen wie ich aussah. Was stimmt nicht mit mir …?«

»Ach, Lucy«, sagte er mit einer Art Lachen. Lachte er mich aus, oder war er erleichtert? War es ein schlechtes oder ein gutes Zeichen?

»Ich nehme an, daß dir Sascha tatsächlich ein bißchen ähnelt«, sagte er. »Es war mir gar nicht aufgefallen, aber jetzt, wo du das sagst …«

Sascha. Natürlich. Warum konnte sie nicht einfach Madge heißen?

»Mehr wollte ich nicht wissen«, sagte ich munter, in einem wirklich späten Versuch, verlorenes Terrain zurückzugewinnen. »Sonst ist alles in Ordnung. Ich hab wie üblich zu stark reagiert. Du kennst mich ja. Es war schön, es loszuwerden. Jetzt muß ich aber gehen …«

Ich erhob mich, und wenn ich sofort gegangen wäre, hätte ich den Auftritt meines Zorns verpaßt. Aber nein, ich traf ihn an der Tür, während er hereinkeuchte, vom langen Weg durch die Stadt ausgepumpt. »Entschuldige die Verspätung«, stieß er hervor und faßte sich an die Brust. »Der entsetzliche Verkehr. Jetzt bin ich aber da …« Und damit attackierte ich Daniel mit plötzlicher Wut.

»Du hättest mir ja wenigstens sagen können, daß du 'ne neue Freundin hast, statt mir all den … all den … *Scheiß* aufzutischen«, stieß ich hervor, »von wegen ich müßte mehr unter Leute gehen. Warum hast du nicht einfach gesagt, daß ich dir im Weg bin und *Sascha* dich dringender braucht als ich. Ich hätte das schon verstanden.«

Er machte den Mund auf, um etwas zu sagen, aber ich kam ihm zuvor.

»Ein Wort von dir hätte genügt, wenn du mich aus dem Weg haben wolltest. Meinst du denn, es hätte mir was ausgemacht, glaubst du etwa, ich wär' eifersüchtig gewesen? Das ist ja wohl das Letzte! Du hältst dich wohl für den größten Verführer aller Zeiten und glaubst, jede Frau ist verrückt nach dir.«

Wieder bemühte er sich, etwas zu sagen. Wahrscheinlich wollte er meine Vorwürfe abstreiten, aber er hatte nicht die geringste Chance.

»Wir sind angeblich gute Freunde, Daniel. Wie kannst du da so tun, als läge dir mein Wohl am Herzen, wenn es nicht stimmt?«

»Aber …«

»Es ist doch deutlich zu sehen, daß der einzige, der dir am Herzen liegt, du selbst bist!«

Das war bei den meisten Streitigkeiten der Moment, in dem

wütendes Gebrüll in tränenreiches, zitterndes Schluchzen umschlägt. Ich war keine Ausnahme – man hätte die Uhr danach stellen können. Meine Stimme verließ die nach oben offene Kreischskala, und ich merkte, daß ich im nächsten Augenblick würde weinen müssen. Aber noch ging ich nicht. Wie ein Dummkopf wartete ich und hoffte, er könnte nett zu mir sein und mir einige tröstende Worte sagen.

»Ich hab dir nichts vorgemacht«, erklärte er. »Ich hatte wirklich Sorge um dich.« Ich haßte den Ausdruck des Mitleids auf seinem Gesicht.

»Dazu besteht nicht der geringste Anlaß«, sagte ich boshaft. »Ich kann mich selbst um mich kümmern.«

»Tatsächlich?« Es klang erbärmlich hoffnungsvoll.

Wie konnte er es wagen! »Natürlich kann ich das«, schleuderte ich ihm entgegen.

»Dann ist es ja gut«, sagte er.

Wie kann er so grausam sein? fragte ich mich, während ich sämtliche Höllenqualen durchlitt. Es fiel ihm ganz leicht, begriff ich. Er hatte sich bei zahlreichen anderen Frauen zahllose Male so verhalten – warum sollte er mich da anders behandeln?

»Mach's gut, Daniel. Ich hoffe, daß es mit dir und der schönen Sascha klappt«, sagte ich boshaft.

»Danke, Lucy, und viel Glück mit dem reichen Tom.« Seine Boshaftigkeit stand der meinen in nichts nach.

»Welchen Grund hast *du*, so sauer zu sein?« fragte ich wütend und überrascht.

»Was glaubst du wohl?« Die Lautstärke seiner Stimme hatte sich mit einem Mal um mehrere Dezibel gesteigert.

»Woher zum Teufel soll ich das wissen?« brüllte ich zurück.

»Du bist nicht die einzige, die eifersüchtig ist!« schrie er wütend.

»Das weiß ich!« sagte ich. »Aber wenn ich ehrlich sein soll, ist mir Karen im Augenblick piepegal.«

»Wovon zum Teufel redest du?« fragte er. »Ich sprech von *mir*! Ich bin selber verdammt eifersüchtig! Seit Monaten warte ich auf den richtigen Augenblick, warte darauf, daß du über deinen Vater wegkommst. Ich hab mir alle Mühe gegeben und mich zurückgehalten, um dir nicht zu nahe zu kommen. Es war zum Wahnsinnigwerden.«

Er holte Luft. Sprachlos sah ich ihn an. Bevor ich verstanden hatte, was er sagte, fing er wieder an zu brüllen.

»Und wie ich es endlich geschafft hab, dich zu überzeugen, daß du anfangen mußt, über eine Beziehung mit einem Mann nachzudenken«, schrie er mir ins Gesicht, »gehst du her und hängst dich an 'nen anderen. Ich meinte *mich*, ich wollte, daß du an eine Beziehung mit *mir* dachtest, und statt dessen hat irgendein reicher Drecksack das Glück, dich zu kriegen!«

In meinem Kopf drehte sich alles, während ich die Situation zu verstehen versuchte.

»Augenblick mal, wieso hat Tom Glück?« fragte ich. »Weil er reich ist?«

»Nein«, brüllte Daniel. »Natürlich weil er mit dir geht.«

»Aber das tut er doch gar nicht«, sagte ich. »Ich war nur ein einziges Mal mit ihm aus, und das auch nur, weil ich dich ärgern wollte. Nur hat es nicht geklappt.«

»So, meinst du?« brach es aus Daniel heraus. »Und wie es geklappt hat! Ich hab mich am Sonntag abend so voll-laufen lassen, daß ich am Montag nicht zur Arbeit gehen konnte.«

»Ach wirklich?« fragte ich, einen Augenblick lang abge-lenkt. »War dir richtig übel? So, daß du dich übergeben muß-test?«

»Ich hab bis Dienstag abend keinen Bissen runtergekriegt«, sagte er. Ein kurzes Schweigen trat ein, und einen Augenblick lang waren wir einfach wieder Daniel und Lucy.

»Was hast du da gerade gesagt, daß du dich zurückhalten mußtest, um mir nicht zu nahe zu kommen?« fragte ich.

»Nichts. Vergiß es«, sagte er mürrisch.

»Sag's mir!« schrie ich.

»Da gibt's nichts zu sagen«, knurrte er. »Es ist mir einfach wahnsinnig schwer gefallen, dich nicht anzufassen, aber ich wußte, daß ich das nicht durfte, weil du so verletzlich warst. Wenn zwischen uns was gewesen wäre, hätte ich immer Angst gehabt, du hättest es nur getan, weil du so verwirrt warst. Und deshalb hab ich dir auch den Vortrag gehalten und dir gesagt, du müßtest unter die Lebenden zurückkehren«, sagte er. »Ich wollte, daß du dir über deine eigenen Empfindungen klar wurdest und Entscheidungen treffen konntest, damit ich nicht das Gefühl hatte, deine Lage auszunutzen, wenn ich dich zum Ausgehen einlud und du ja sagtest.«

»Mich zum Ausgehen einladen?« fragte ich vorsichtig.

»Ja, zum Kuckuck«, sagte er verlegen. »So wie ein Mann und eine Frau ausgehen.«

»Ach ja?« fragte ich. »Ist das dein Ernst? Heißt das, du wolltest mich mit all deinem Gerede darüber, daß ich unter Leute müßte, nicht aus dem Weg räumen, um Platz für Sascha zu schaffen?«

»Du hast es erfaßt.«

»Wer ist diese Sascha überhaupt?« fragte ich eifersüchtig.

»'ne Arbeitskollegin.«

»Und hat sie Ähnlichkeit mit mir?«

»Wenn man nicht genau hinsieht, ja. Aber sie ist nicht halb so schön wie du«, sagte er munter. »Und auch nicht so lustig, so begehrenswert, so süß und so klug.«

Ich rührte mich nicht. Das klang vielversprechend. Aber nicht vielversprechend genug.

»Seit wann gehst du mit ihr?« fragte ich.

»Ich geh doch gar nicht mit ihr.« Er klang ärgerlich.

»Aber Charlotte hat gesagt ...«

»Bitte!« Daniel legte sich eine Hand an die Stirn, als hätte er Kopfschmerzen. »Ich bin sicher, daß Charlotte viel sagt, wenn der Tag lang ist, und du weißt, wie gern ich sie habe, aber sie kriegt nicht immer alles richtig mit.«

»Heißt das, du gehst *nicht* mit Sascha?« fragte ich.

»So ist es.«

»Warum nicht?«

»Weil ich finde, daß es sich nicht gehört, wo ich doch in dich verliebt bin.« Es durchfuhr mich. Die Worte trafen mich, lange bevor ihnen die Gefühle folgen konnten.

»Oh«, sagte ich überrascht. Etwas anderes fiel mir nicht ein. Das war ja großartig. Es hätte mir schon genügt, wenn er auf mich scharf gewesen wäre.

»Ich hätte das nicht sagen sollen«, sagte Daniel mit kläglicher Miene.

»Warum nicht? Stimmt es nicht?«

»Doch, natürlich. Ich erzähl doch Frauen nicht einfach grundlos, daß ich sie liebe. Aber ich will dir keinen Schreck einjagen, Lucy. Bitte vergiß, daß ich es gesagt habe.«

»Ich denke nicht daran«, sagte ich entrüstet. »Das ist das Schönste, was jemals jemand zu mir gesagt hat.«

»Wirklich?« fragt er hoffnungsvoll. »Willst du damit sagen, daß …«

»Ja, ja.« Ich fuchtelte aufgeregt in der Luft herum. Ich wollte über seine Worte nachdenken und hatte keine Zeit, mich groß mit ihm abzugeben.

»Ich liebe dich auch«, fügte ich hinzu. »Wahrscheinlich schon seit ewigen Zeiten.«

Glück und Erleichterung begannen sich zaghaft in mir zu regen, wurden zu einem beständigen Strom und rissen dann alles mit sich, als wäre ein Damm gebrochen. Aber ich brauchte Gewißheit.

»Liebst du mich wirklich?« fragte ich ihn argwöhnisch.

»Aber sicher.«

»Seit wann?«

»Schon lange.«

»Seit Gus?«

»Schon lange vor Gus.«

»Und warum hast du mir das nie gesagt?«

»Weil du dich dann vor Lachen auf dem Boden gewälzt und mich gedemütigt hättest.«

»Das hätte ich *nie* getan!« Ich war empört.

»Hättest du doch.«

»Meinst du?«

»Bestimmt.«

»Möglich«, gab ich zögernd zu. »Es tut mir so leid, Daniel«, entschuldigte ich mich gleich darauf mit Nachdruck. »Aber ich *mußte* dich einfach schlecht behandeln, weil du viel zu anziehend bist. Das meine ich als Kompliment«, fügte ich hinzu.

»Ach ja?« fragte er. »Aber all die Kerle, mit denen du gegangen bist, waren ganz anders als ich – wie hätte ich je einem wie Gus das Wasser reichen können?«

Das stimmte – bis vor kurzem hätte ich mit einem Freund, der weder entsetzliche Geldsorgen hatte noch trank, nicht das Geringste anzufangen gewußt.

Ich dachte noch eine Weile darüber nach.

»Und liebst du mich ganz ehrlich?«

»Ja, Lucy.«

»Ich meine, wirklich.«

»Wirklich.«

»Könnten wir dann nicht ins Bett gehen?«

85

Voll Staunen über meine Schamlosigkeit nahm ich ihn bei der Hand und führte ihn in sein Schlafzimmer.

Ich war zwischen brennender Begierde und tiefster Verlegenheit hin und her gerissen. Noch immer fürchtete ich, die Sache könne gräßlich schiefgehen.

Für ihn war es gut und schön, mir zu sagen, daß er mich liebte, aber die eigentliche Bewährungsprobe stand mir im Bett bevor. Und wenn ich da nichts taugte? Immerhin waren wir seit über zehn Jahren gut miteinander befreundet. Da war die Wahrscheinlichkeit groß, daß wir uns vor Lachen kringelten, wenn wir miteinander turtelten und uns gegenseitig anschnulzten.

Und wenn er mich nun häßlich fand? Er war an Frauen mit gewaltigen Brüsten gewöhnt. Was würde er beim Anblick meines Busens sagen, der eher an zwei Spiegeleier erinnerte?

Ich war so nervös, daß ich es mir fast anders überlegt hätte. Aber nur fast.

Ich hatte die Möglichkeit, mit ihm ins Bett zu gehen, und ich war fest entschlossen, sie zu nutzen. Ich liebte ihn. Aber ich begehrte ihn auch.

Allerdings war nach dem fliegenden Start der Anfall von Verruchtheit, mit dem ich ihn dreist bei der Hand genommen hatte, gleich wieder dahin. Kaum befanden wir uns in seinem Schlafzimmer, war ich ratlos. Sollte ich mich verführerisch auf seiner Habitat-Steppdecke räkeln? Sollte ich ihn aufs Bett stoßen und mich auf ihn werfen? Aber das war zu peinlich, ich hätte es nicht fertiggebracht.

So hockte ich mich auf die Bettkante, und er setzte sich neben mich. Die ganze Sache fiel mir weit leichter, wenn ich betrunken war.

»Was hast du?« flüsterte er.

»Und wenn du mich nun häßlich findest?«

»Und wenn du *mich* häßlich findest?«

»Aber du siehst doch sagenhaft aus«, kicherte ich.

»Du auch.«

»Ich bin so schrecklich nervös«, flüsterte ich.

»Ich auch.«

»Ich glaub dir kein Wort.«

»Doch, ehrlich«, sagte er. »Hier, fühl mal mein Herz.« Das machte mich unruhig. Es war früher vorgekommen, daß ich einem jungen Mann meine Hand anvertraut hatte, weil ich angeblich sein Herz fühlen sollte, dann aber umschloß sie auf einmal seinen steifen Penis und wurde rasend schnell daran auf und ab geführt.

Doch Daniel legte sich meine Hand wirklich auf das Herz, und es kam mir ganz so vor, als herrsche in seiner Brust beträchtliche Unruhe.

»Ich liebe dich, Lucy«, sagte er.

»Ich dich auch«, sagte ich schüchtern.

»Komm, küß mich«, sagte er.

»Wird gemacht.« Ich wandte ihm das Gesicht zu, schloß aber dabei die Augen. Er küßte mich auf die Augenlider, auf die Brauen, den Haaransatz und bis hinab zum Nacken. Es waren leicht hingehauchte, quälende Küsse, die mir eine fast unerträgliche Lust verursachten. Dann küßte er mich auf die Mundwinkel und nagte zärtlich mit den Zähnen an meiner Unterlippe.

»Hör mit dem Erzverführer-Blödsinn auf«, beschwerte ich mich, »und gib mir 'nen anständigen Kuß.«

»Sofern meine Art zu küssen der Dame nicht behagt…« Er lachte.

Dann setzte er sein gekonntestes Lächeln auf, und ich küßte ihn – ich konnte nicht anders.

»Hattest du nicht gesagt, daß du nervös bist?« fragte er.

»Psst.« Ich legte einen Finger auf meine Lippen. »Ich hatte es einen Augenblick lang fast vergessen.«

»Wie wäre es, wenn ich mich hinlegte und du dich in meinen Armen neben mich legtest?« schlug er vor, während er mich neben sich auf das Bett zog. »Ist dir das zu erzverführerisch?«

»Nein, das hast du hübsch und recht ungeschickt gemacht«, sagte ich zu seiner Brust.

»Besteht Aussicht, daß du mich noch einmal küßt?« flüsterte er.

»Von mir aus«, flüsterte ich zurück. »Aber keine professionellen Manöver von der Art, daß du mir den BH mit einem Griff ausziehst.«

»Keine Sorge, Lucy, ich werd dran rumfummeln.«

»Und ich will auch nicht, daß du mir mit den Worten ›Was ist denn das?‹ den Slip hinter den Ohren hervorziehst«, sagte ich griesgrämig. »Hast du gehört?«

»Aber das ist doch mein bestes Kunststück«, sagte er. »Es ist das Aufsehenerregendste, was ich im Bett zustande bring.«

Ich küßte ihn erneut und entspannte mich ein wenig. Es war herrlich, so dicht neben Daniel zu liegen, seinen Geruch einzuatmen, sein schönes Gesicht zu berühren. Großer Gott, wie begehrenswert er war.

»Liebst du mich wirklich?« fragte ich erneut.

»Lucy, ich liebe dich sehr.«

»Nein, ich meine, liebst du mich *ganz*, ganz wirklich?«

»Ich liebe dich ganz, *ganz* wirklich«, sagte er und sah mir in die Augen. »Mehr als jeder andere, mehr als du dir vorstellen kannst.« Eine Sekunde lang beruhigte mich das. Aber nur eine Sekunde lang.

»Wirklich?« fragte ich.

»Wirklich.«

»Nein, Daniel, ich meine, *ganz* wirklich?«

»Ganz wirklich.«

»Na schön.« Eine kurze Pause trat ein.

»Es macht dir doch nichts aus, daß ich frage, oder?« fragte ich.

»Überhaupt nicht.«

»Ich muß nur meiner Sache sicher sein.«

»Das verstehe ich. Glaubst du mir denn?«

»Ich glaube dir.« Wir lächelten einander an.

»Lucy?« fragte Daniel.

»Was?«

»Liebst du mich wirklich?«

»Ich liebe dich wirklich.«

»Nein«, sagte er verlegen. »Ich meine, *wirklich*? Also *ganz* wirklich?«

»Ich liebe dich *ganz* wirklich, Daniel.«

»Bestimmt?«

»Bestimmt.«

Mit größter Behutsamkeit zog er mich aus, wobei er es geschickt verstand, dafür zu sorgen, daß Reißverschlüsse klemmten und es hier und da einen Ruck gab, wo es keinen hätte geben dürfen. Jedesmal, wenn er einen Knopf öffnete, küßte er mich ungefähr eine Stunde lang, bevor er sich den nächsten vornahm. Er küßte mich überall hin. Na ja, fast überall hin. Dankenswerterweise ließ er meine Füße zufrieden. Damit hatte Fergie ziemlich viel Unheil angerichtet – alle Männer schienen zu glauben, es gehörte zum Pflichtprogramm im Bett, einer Frau an den Zehen herumzunuckeln. Vor ein paar Jahren war Cunnilingus der große Renner gewesen – überflüssig wie ein Kropf. Ich mochte nicht, daß sich Männer mit meinen Füßen beschäftigten, es sei denn, ich wußte es so lange im voraus, daß ich vorher zur Pediküre gehen konnte. Er küßte mich und öffnete Knöpfe, küßte mich und zog mir das Hemd von einer Schulter, küßte mich erneut und zog es von der anderen Schulter, küßte mich wieder, ohne ein Wort über das Grau meines weißen Slips zu verlieren, küßte mich wieder und sagte, meine Brüste seien nicht wie zwei Spiegeleier, sondern – noch ein Kuß – eher wie Sesambrötchen. Dann küßte er mich noch einmal. »Du bist so schön, Lucy«, sagte er immer wieder. »Ich liebe dich.« Bis ich keinen Faden mehr am Leibe hatte.

Es war sehr sinnlich, nackt dazuliegen, während er noch angezogen war. Ich legte mir die Arme über die Brust und rollte mich zu einer Kugel zusammen.

»Zieh dein Zeug aus«, kicherte ich.

»Du bist ja so was von romantisch«, sagte er, zog einen meiner Arme und dann den anderen beiseite.

»Versteck dich nicht«, sagte er. »Dafür bist du zu schön.«

Sanft zog er meine Knie von meiner Brust fort.

»Hau ab«, sagte ich und versuchte, meine Erregung zu verbergen. »Wieso lieg ich splitternackt hier, und du bist noch in voller Montur?«

»Ich kann mich ausziehen, wenn du das möchtest«, neckte er mich.

»Dann tu's«, sagte ich und bemühte mich, einen munteren Klang in meine Stimme zu legen.

»Bitte mich drum.«

»Nein.«

»Dann mußt du es selbst machen.«

Ich zog ihn aus. Meine Finger zitterten so sehr, daß ich kaum seine Hemdknöpfe aufbekam, aber es lohnte sich. Er hatte eine so wunderschöne Brust, eine so glatte Haut, einen so flachen Bauch.

Mit dem Fingernagel fuhr ich die Haare von seinem Bauchnabel bis zum Hosenbund nach und erschauerte, als ich ihn stöhnen hörte.

Aus dem Augenwinkel warf ich einen raschen Blick auf den Teil seiner Hose, der die Leisten bedeckte, und war entsetzt und begeistert zugleich, als ich sah, wie straff sich der Stoff spannte.

Schließlich brachte ich genug Mut auf und fing allmählich an, seine Hose zu öffnen. Aber ich war den Umgang mit Männern, die Anzüge trugen, nicht gewohnt. Daniels Hose verfügte über ein System von Knöpfen und Reißverschlüssen, das den Sicherheitseinrichtungen von Fort Knox in nichts nachstand.

Schließlich brachten wir seine machtvoll drängende Erektion ans Licht.

Er bestand den Unterhosen-Test. Das konnte man von mir nicht sagen. Mein Slip hatte bessere Tage gesehen, die meisten davon im Inneren einer Waschmaschine, wo er versehentlich mit einer Ladung Buntwäsche gelandet war.

Daniel war großartig und – das machte ihn mir noch begehrenswerter – nicht vollkommen. Zwar war sein Körper schön, aber er hatte keine kunstvoll wie in Marmor gehauene Athletenfigur, wie man sie als Ergebnis langer Mühen im Fitneßstudio bekommt.

Das Gefühl seiner Haut auf meiner war unbeschreiblich. Alles wirkte so empfindlich. Ein Schauer durchrieselte mich, als ich meine Arme um seinen Rücken schlang. Das Gefühl seiner rauhen Oberschenkel auf meinen weichen machte mich schwach, seine Härte, die gegen meine Feuchte drängte, war explosiv.

Alle peinliche Befangenheit war verflogen. Nur die Begierde war noch da. Als sich unsere Blicke trafen, hatte ich nicht mehr das Bedürfnis, hysterisch zu lachen. Wir hatten die Grenze überschritten – wir waren nicht mehr Daniel und Lucy, sondern ein Mann und eine Frau.

Über Geburtenkontrolle hatten wir nicht gesprochen, aber als es so weit war, verhielten wir uns wie verantwortungsbewußte Erwachsene in den HIV-positiven Neunzigern.

Er holte ein Kondom hervor, und ich half ihm, es anzubringen. Und dann ... äh, Sie wissen schon ...

Er entlud sich nach etwa drei Sekunden. Es war ein unvorstellbar erotischer Anblick, wie eine Ekstase sein Gesicht verzerrte, deren Ursache ich war.

»Tut mir leid, Lucy«, keuchte er. »Ich konnte nicht anders. Du bist so schön, und ich wollte dich schon so lange.«

»Ich dachte immer, du bist im Bett so toll«, beklagte ich mich spöttisch. »Davon, daß du zur Schnellschuß-Fraktion gehörst, war nie die Rede.«

»Tu ich auch nicht«, bemühte er sich, seinen Ruf zu retten. »Das ist mir schon ewig nicht passiert. Warte fünf Minuten, und ich werde es dir beweisen.«

Ich lag in seiner Armbeuge, und er deckte mich weiter mit Küssen ein, streichelte mir Rücken, Oberschenkel und Bauch.

In bewundernswert kurzer Zeit fing er wieder an mich zu lieben. Das zweite Mal dauerte unendlich lange, und er tat es mit quälender Langsamkeit, wobei er alle Aufmerksamkeit auf mich und meine Wünsche konzentrierte. Noch nie war ein Mann im Bett so selbstlos gewesen, hatte mir so viel gegeben. Zitternd und erschauernd erlebte ich einen Höhepunkt wie nie zuvor, meine Augen vor Erstaunen und Wonne weit aufgerissen.

Diesmal schloß er die Augen nicht, als er kam, sondern sah mich unverwandt an. Ich wäre vor Hingabe fast vergangen. Wild drängten wir uns aneinander und konnten einander nicht nahe genug sein.

»Könnte ich doch an meiner Haut einen Reißverschluß aufmachen und dich in mich hineinholen«, sagte er. Ich wußte, was er meinte.

Schweigend lagen wir eine Weile da.

»Das war doch gar nicht so schlecht, oder?« fragte Daniel. »Wovor hattest du denn Angst?«

»Da gibt's 'ne ganze Menge«, lachte ich. »Daß du meinen Körper abscheulich finden könntest, daß du widerliche Sachen von mir verlangen würdest.«

»Du hast einen *wunderschönen* Körper, und was für widerliche Sachen? So was mit Plastiktüten und Apfelsinen?«

»Eigentlich nicht, denn du bist ja kein Unterhausabgeordneter der Konservativen, aber anderes.«

»Da würde ich aber gern wissen, was mir bisher entgangen ist.«

»Du weißt schon«, sagte ich verlegen.

»Nein«, sagte er.

»Na ja«, erklärte ich. »Manche Männer sagen zum Beispiel ›Mach mal 'nen Kopfstand und denk nicht an die Schmerzen, die lassen nach 'ner Weile nach. Halt jetzt deine Beine im Winkel von hundertdreißig Grad, ich komm dann von hinten. Jetzt kannst du dich in einer Art Scherenbewegung drehen, vielleicht so zwanzig Zentimeter, nein, ich hab gesagt, *zwanzig* Zentimeter, das sind eher fünfundzwanzig – blöde Kuh, willst du mich umbringen?‹ – so was in der Art.«

Er hörte nicht auf zu lachen, und auch das war wunderbar.

Dann liebten wir uns erneut, ein wenig schläfriger, ein wenig entspannter.

»Wie spät ist es eigentlich?« fragte ich irgendwann.

»So gegen zwei.«

»Mußt du morgen ins Büro?«

»Ja. Und du?«

»Auch. Vielleicht sollten wir ein bißchen schlafen«, sagte ich. Aber wir taten es nicht.

Da ich schrecklichen Hunger hatte, ging Daniel in die Küche und kam mit einem Paket Schokoladenkekse wieder. Wir lagen im Bett, aßen sie, hielten einander im Arm, küßten einander und sprachen über dies und jenes.

»Ich sollte wohl besser in ein Fitneßstudio gehen«, sagte er bedauernd und stieß sich einen Finger in den Bauch. »Wenn ich geahnt hätte, daß es dazu kommt, hätte ich das schon vor Monaten getan.«

Diese Äußerung ließ ihn mir noch mehr ans Herz wachsen als alles andere, was er gesagt oder getan hatte.

Als die Kekse aufgegessen waren, befahl er mir: »Setz dich hin.« Das tat ich. Er wischte kräftig über das Laken.

»Ich kann schließlich nicht zulassen, daß du auf Schokoladenkeks-Krümeln schläfst«, sagte er. Während ich ihm zulächelte, klingelte das Telefon, und ich fuhr fast einen halben Meter in die Höhe. Daniel nahm ab.

»Ja bitte? Ach, hallo, Karen. Ja, ich bin im Bett.« Eine Pause. »Lucy?« fragte er gedehnt, als hätte er den Namen noch nie gehört. »Lucy *Sullivan*?« Eine weitere Pause.

»Deine *Mitbewohnerin* Lucy Sullivan? *Die* Lucy Sullivan? Ja, die liegt hier neben mir.«

»Ja, hier neben mir im Bett«, sagte er. »Möchtest du mit ihr sprechen?«

Ich machte allerlei abwehrende Gesten, kreuzte beide Zeigefinger und hielt sie dem Telefon entgegen.

»Doch, ja«, sagte Daniel munter. »Dreimal. Stimmt doch, Lucy, es war dreimal?«

»Was ist mit dreimal?« fragte ich.

»Wie oft wir uns in den letzten paar Stunden geliebt haben?«

»Äh, ja, dreimal«, sagte ich matt.

»Mit Sicherheit dreimal, Karen. Es kann aber sein, daß wir es noch mal machen, bevor die Nacht um ist. Mußt du sonst noch was wissen?«

Ich hörte Karen kreischen und toben. Selbst *ich* bekam es mit, wie sie krachend den Hörer auf die Gabel knallte.

»Was hat sie gesagt?« fragte ich.

»Sie hofft, daß wir uns gegenseitig mit Aids anstecken.«

»Sonst nichts?«

»Äh, doch.«

»Los, Dan, was hat sie noch gesagt?«

»Lucy, ich möchte dich nicht aufregen ...«

»Du *mußt* es mir sagen.«

»Daß sie mit Gus geschlafen hat, als du mit ihm gegangen bist.«

Er sah mich besorgt an. »Hab ich dich jetzt aufgeregt?«

»Nein. Ich bin eher erleichtert. Ich hatte immer das Gefühl, daß da noch jemand anders war. Aber regst *du* dich nicht darüber auf?«

»Warum sollte ich? Ich bin ja nicht mit Gus gegangen.«

»Nein, aber mit Karen, als ich mit Gus zusammen war. Wenn sie mit ihm geschlafen hat ...«

»Ach *so*«, sagte er fröhlich, »dann hat sie mich betrogen.«

»Macht es dir was aus?« fragte ich besorgt.

»Natürlich nicht. Ob Karen mit ihm geschlafen hat oder nicht, ist mir schnurzegal. Was mich geärgert hat, war, daß *du* mit ihm geschlafen hast.«

Wir lagen schweigend da. Der Zauber war gebrochen.

»Ich werde ausziehen müssen«, sagte ich schließlich.

»Du kannst hier einziehen«, bot er mir an.

»Sei nicht albern«, sagte ich. »Wir gehen erst seit dreieinhalb Stunden miteinander. Ist das nicht ein bißchen früh, da schon von Zusammenziehen zu reden?«

»Zusammenziehen?« Seine Stimme klang entsetzt. »Wer hat was von Zusammenziehen gesagt?«

»Du.«

»Kein Wort. Ich hab viel zu viel Angst vor deiner Mutter, als daß ich auf den Gedanken käme, mit ihrer einzigen Tochter in Sünde leben zu wollen.«

»Wovon redest du *dann*?«

»Ich hab gedacht«, sagte er kläglich, »ob wir, weißt du ... äh ...«

»Was?«

»Ob vielleicht die Möglichkeit bestünde ...?«

»Was für eine Möglichkeit?«

»Wahrscheinlich findest du, daß ich mir schrecklich viel rausnehme, aber ich liebe dich so sehr und ...«

»Daniel«, forderte ich ihn auf. »Sag mir *bitte*, wovon du redest.«

»Du mußt mir auch nicht sofort antworten.«

»Worauf?« drängte ich ihn.

»Denk so lange drüber nach, wie du willst.«

»WORÜBER soll ich nachdenken?« schrie ich.

»Entschuldige, ich wollte dich nicht ärgern, aber es ist nur so, äh ...«

»Daniel, was willst du mir sagen?«

Er machte eine Pause, holte tief Luft und stieß hervor: »Lucy Carmel Sullivan, willst du mich heiraten?«

Epilog

Hetty ist nicht wieder ins Büro gekommen. Sie ist von Dick geschieden, hat Roger verlassen, sich von ihren Tweedröcken getrennt, Unmengen an Leggings gekauft, einen Kurs ›Selbsterfahrung für Frauen‹ belegt und lebt jetzt in einer glücklichen Liebesbeziehung mit einer ernsten Schwedin namens Agnetha. Soweit Meredia berichtet, rasiert sich keine von beiden unter den Armen.

Auch Frank Erskine ist nie wieder im Büro aufgetaucht. Er hat sich für den vorzeitigen Ruhestand entschieden, und sein Weggang hat keinerlei Aufsehen erregt. Es heißt, daß er viel Golf spielt.

Adrian arbeitet nur noch an Wochenenden in der Videothek, weil er Regie studiert. Ich hoffe, er lernt dabei eine nette junge Frau kennen, die Walt Disney von Quentin Tarantino unterscheiden kann.

Daniels Ruth, die Frau, mit der er vor Karen ging, war in den Nachrichten, weil man sie bei Sexspielchen mit einem Politiker erwischt hatte.

Jed ist mit Meredia zusammengezogen, und die beiden scheinen sehr glücklich zu sein. Obwohl er so klein und sie so massig ist, hat er sich zu ihrem Beschützer aufgeworfen und hat reichlich Gelegenheit, sich auf diesem Gebiet hervorzutun.

Meredia heißt in Wirklichkeit Valerie und ist achtunddreißig. Das habe ich zufällig entdeckt, als ich ins Personalbüro mußte, weil ich einmal zu oft zu spät gekommen war. Ihre Personalakte lag aufgeschlagen auf einer Schublade von Blandinas Aktenschrank und ich konnte nicht umhin, einen Blick darauf zu werfen.

Ich habe es Megan nicht gesagt. Ich habe es überhaupt niemandem gesagt.

Charlotte hat nach wie vor keinen Mann gefunden, der sie ernst nimmt, und sie redet davon, sich den Busen operativ verkleinern zu lassen. Sie will sich um einen Studienplatz in Psychologie bewerben, sobald sie das Wort buchstabieren kann.

Seit Daniel und ich zusammen sind, geht Karen mit Simon. Die beiden sieht man nur im Partner-Look. Sie kaufen massenweise Markenklamotten und gehen in Bars, die erst vor einer Woche eröffnet haben und für Architekturzeitschriften fotografiert werden.

Dennis hat immer noch nicht den Richtigen gefunden, genießt die Suche aber offenkundig. Es hat ihn sehr mitgenommen, daß Michael Flatley die Truppe von *Riverdance* verlassen hat, er ist aber inzwischen darüber hinweg.

Megan ist schwanger. Gus ist der Vater. Es sieht ganz so aus, als hätten sie seit dem Sommer miteinander zu tun gehabt, in dem angeblich ich mit ihm zusammen war. Megan hatte ihm sogar den Abschiedsvortrag geschrieben, den er mir gehalten hat. Obwohl ich Gus seitdem nicht gesehen habe, vermute ich, daß er trotz der bevorstehenden Vaterschaft kein Verantwortungsbewußtsein entwickelt hat. Die arme Megan macht beständig einen erschöpften und beklagenswerten Eindruck. Sie tut mir aufrichtig leid, und ich sage das nicht einfach so dahin wie in den Fällen, wo einem die Leute gar nicht leid tun und man sie in Wirklichkeit nicht ausstehen kann. Ich habe tatsächlich viel Verständnis für sie.

Meine Mutter lebt nach wie vor mit Ken Kearns zusammen. Die beiden führen sich auf wie verliebte Halbwüchsige. Ken hat neue dritte Zähne, die sehr teuer aussehen, richtig wie ein erstklassiges Luxusgebiß. Wenn ich meine Mutter treffe, wirkt sie von Mal zu Mal jünger. Es kommt noch so weit, daß man ihr in Kneipen keinen Alkohol mehr ausschenkt, weil man sie für minderjährig hält. Wir beide haben uns einmal in Ruhe zusammengesetzt. Auch wenn wir nach wie vor nicht die besten Freundinnen sind, geben wir uns doch Mühe.

Mein Vater trinkt wie eh und je, aber er hat Leute, die sich um ihn kümmern, eine Sozialarbeiterin und eine Haushaltshilfe. Chris, Peter und ich besuchen ihn abwechselnd. Immer, wenn ich an der Reihe bin, begleitet mich Daniel. Das hat den Vorteil, daß Dad seine Beschimpfungen auf uns beide aufteilen muß. Ich habe ihm gegenüber nach wie vor ein schlechtes Gewissen. Das wird wohl auch immer so bleiben, aber ich werde damit leben können.

Daniel fragt mich immer wieder, ob ich ihn nicht heiraten will, und ich sage ihm immer wieder, daß er zum Teufel gehen soll. »Überleg doch mal praktisch«, sage ich ihm dann. »Wer soll mich zum Altar führen? Selbst wenn mich Dad nicht haßte, wäre er doch nicht nüchtern genug, an meiner Seite durch die Kirche zu gehen.« Aber der wahre Grund für meine Weigerung besteht darin, daß ich Angst habe, er könnte vor dem Priester ›nein‹ sagen. Es sieht ganz so aus, als hätte ich mich noch nicht daran gewöhnt, daß ein Kerl nett zu mir ist. Aber Daniel sagt, er wird mich immer lieben und mich nie verlassen und daß Heiraten der extremste Liebesbeweis ist, den er sich vorstellen kann, es sei denn, er ginge so weit und schnitte sich den Penis ab, um ihn mir in Spiritus als Geschenk zu überreichen.

Ich habe ihm gesagt, daß ich es mir überlegen würde. Ich meine die Sache mit dem Heiraten, nicht die mit dem Abschneiden seines … na, Sie wissen schon.

Falls wir tatsächlich heiraten sollten, möchte ich gern Mrs. Nolan als Trauzeugin dabei haben.

Daniel schwört, daß er mich liebt. Er *tut* auf jeden Fall so, als ob es ihm ernst damit wäre.

Und wissen Sie, mehr oder weniger glaube ich es ihm.

Eins ist sicher, ich liebe Daniel. Warten wir also ab, wie es weitergeht …

Danksagung

Mein Dank gilt den im folgenden Genannten für ihre Hilfe bei der Entstehung dieses Buches.

Meiner Lektorin Kate Cruise O'Brien danke ich, weil sie mir unnachgiebig die ersten drei Kapitel mit der Erklärung zurückgeschickt hat, ich könne besser schreiben als ich vermute und solle noch einmal von vorn anfangen. Im Vertrauen auf ihr Urteil bin ich das Risiko eingegangen und muß ihr nicht nur für ihre schrankenlose Begeisterung und ihr Lob danken, sondern auch für die Geduld, die sie aufbrachte, wenn ich mir nichts zutraute, glaubte, nicht wirklich schreiben zu können, und alles für einen schrecklichen Irrtum hielt. Ich bin ihr aufrichtig dankbar.

Außerdem gilt mein Dank allen Mitarbeitern des Poolbeg Verlags für ihre Arbeit an diesem Buch. Nicole Hodson und Lucy Keogh, die das Manuskript während seiner Entstehung lasen, mir immer wieder Mut machten und mir sagten, daß ich auf dem richtigen Wege sei. Paula Campbell, der die Szene im russischen Restaurant so gut gefallen hat. Ganz besonders danken möchte ich Brenda Dermody für ihren Einsatz und ihre endlose Geduld mit Du-weißt-schon-Was (und zwar für jedes einzelne).

Auch danke ich Louise Voss und Jenny Boland, die das Buch im Lauf des Entstehungsprozesses Kapitel für Kapitel lasen und (bisweilen durchaus mit Nachdruck) darauf drängten, daß ich das nächste schrieb. Sonst wäre ich möglicherweise nie fertig geworden. Worte reichen nicht aus zu sagen, wie sehr ich ihre Begeisterung und Bestärkung zu schätzen wußte.

Mein Dank gilt auch Belinda Flaherty, die das fertige Manuskript gelesen, mir ihre Kommentare und Anregungen zukommen lassen und das Ganze gebilligt hat, bevor ich es abschickte.

Ebenso sei Jill Richter und Ann Brolan dafür gedankt, daß sie den Anfang gelesen und mich ermutigt haben, weiterzumachen.

Danke an Paula Whitlam für die Briefmarke.

Danke an Geoff Simmonds für die Gummiknüppel.

Danke an Eileen Prendergast für ihren Rat und ihren Einsatz. Ganz besonders dankbar bin ich ihr für die Erlaubnis, ihre Geschichte mit dem Video-Laden zu übernehmen.

Ich danke meinem lieben Tony für alles – weil er es hingenommen hat, daß ich während unserer Flitterwochen arbeitete, und sich nicht beschwerte, wenn ich den Laptop öfter auf dem Schoß hatte als er mich auf seinem. Ich danke ihm für seinen Mut, konstruktiv zu kritisieren, und ich bitte um Entschuldigung wegen des blauen Auges. Ich danke ihm für das überschwengliche Lob, dafür, daß er an lustigen Stellen laut gelacht und immer den Abwasch erledigt hat, so daß ich weiterschreiben konnte. Ich danke ihm für die unbeirrbare und geduldige Bestärkung, dafür, daß er mich das Wort »Spannung« tausendmal hat schreiben lassen, für seinen Rat bei allem, von der Entwicklung der Figuren bis hin zu Fragen der sprachlichen Richtigkeit. Besonders dankbar bin ich ihm für die Schokolade und die Eiscreme.

Ohne ihn hätte ich das Buch ganz bestimmt nicht schreiben können.

HEYNE
BÜCHER

Olivia Goldsmith

»Ihre Romane sind geistreich,
energiegeladen ... und
manchmal auch bissig.«
Publishers Weekly

»Teuflisch amüsant!« *Für Sie*

01/13110

Der Club der Teufelinnen
01/9117

Die schönen Hyänen
01/9446

Die Rache der Frauen
01/9561

Der Bestseller
01/10506

Ein Ticket nach New York
01/10855

Typisch Mann
01/13110

HEYNE-TASCHENBÜCHER